Über dieses Buch

Ist Fürst Myschkin wirklich ein Idiot, wie ganz Petersburg meint? Gemessen an der ›Normalität‹ der Gesellschaft, in der als normal gilt, was die Mehrheit kennzeichnet, ist Myschkin nicht normal. Er leidet an Epilepsie und verbringt deshalb mehrere Jahre in einem Schweizer Sanatorium. Grund, ihn zu fürchten, hat die Petersburger Gesellschaft aber nicht wegen dieser Krankheit. Myschkin ist ein Mann von distanzloser Lauterkeit und von einer Toleranz, die die Grenzen eines traditionell festgefügten Gesellschaftssystems zu verwischen droht.
Seine bloße Gegenwart macht ihm die Menschen zu Feinden. Dostojewski kontrastiert diese Gestalt mit dem Prototyp des Triebhaften und Leidenschaftlichen, mit Rogoshin, der wie Myschkin schließlich scheitert – freilich auf ganz andere Weise.

Der Autor

Fjodor Michailowitsch Dostojewski wurde am 21. Oktober 1821 in Moskau als Sohn eines Arztes geboren. Er studierte an der Militär-Ingenieurschule, erhielt eine Anstellung am Petersburger Ingenieur-Departement, verließ diese Stelle jedoch bald wieder und lebte seit 1845 als freier Schriftsteller. Ein Jahr später erschien sein Erstlingswerk ›Arme Leute‹, das begeisterte Aufnahme fand. Im Frühjahr 1849 wurde er wegen Teilnahme an den Abenden des regierungsfeindlichen Kreises um Petraschewski verhaftet und nach neunmonatiger Haft zum Tode verurteilt. Auf der Hinrichtungsstätte wurde das Urteil in Zwangsarbeit umgewandelt. Vier Jahre Schwerarbeit in Sibirien beschleunigten die Entwicklung seiner Epilepsie. 1857 heiratete er die Witwe Marja Issajewa. 1859 kehrte Dostojewski innerlich gewandelt und als überzeugter Christ zurück, von nun an Gegner des atheistischen Sozialismus. In den Jahren nach 1861 entstanden seine großen Romane. Zwischen 1862 und 1865 führten ihn mehrere Reisen durch Europa. Der Tod seines Bruders und seiner Frau verschlechterten seine wirtschaftliche Lage. 1867 heiratete er Anna Snitkina. Er verließ mit ihr Rußland für drei Jahre, die er in Deutschland und der Schweiz verbrachte. Den Höhepunkt seines Ruhms als Schriftsteller brachte seine Rede bei der Enthüllung des Puschkin-Denkmals 1880 in Moskau. Dostojewski starb am 28. Januar 1881 in Petersburg.

F. M. DOSTOJEWSKI

WERKE IN EINZELAUSGABEN

Fischer
Taschenbuch
Verlag

F. M. DOSTOJEWSKI

DER IDIOT

Roman

Übertragen von E. K. Rahsin

Band 1

Fischer
Taschenbuch
Verlag

Fischer Taschenbuch Verlag
1.–15. Tausend: September 1971
16.–20. Tausend: Januar 1974
21.–25. Tausend: April 1975
26.–30. Tausend: Mai 1976
Ungekürzte Ausgabe

Umschlagentwurf: Hansjürgen Meurer

Titel der russischen Originalausgabe: ›Idiot‹
Übertragen von E. K. Rahsin

Fischer Taschenbuch Verlag GmbH, Frankfurt am Main
Lizenzausgabe mit freundlicher Genehmigung des
R. Piper & Co. Verlages, München

Gesamtherstellung: Hanseatische Druckanstalt GmbH, Hamburg
Printed in Germany
780-ISBN 3 436 01429 x

Inhalt

Erster Teil

I. Kapitel 11
II. Kapitel 23
III. Kapitel 34
IV. Kapitel 48
V. Kapitel 64
VI. Kapitel 82
VII. Kapitel 93
VIII. Kapitel 107
IX. Kapitel 121
X. Kapitel 131
XI. Kapitel 138
XII. Kapitel 146
XIII. Kapitel 156
XIV. Kapitel 168
XV. Kapitel 180
XVI. Kapitel 190

Zweiter Teil

I. Kapitel 205
II. Kapitel 217
III. Kapitel 232
IV. Kapitel 247
V. Kapitel 253
VI. Kapitel 267
VII. Kapitel 283
VIII. Kapitel 294
IX. Kapitel 313
X. Kapitel 326
XI. Kapitel 340
XII. Kapitel 356

Erster Teil

Es war Ende November, bei Tauwetter, als gegen neun Uhr morgens ein Zug der Petersburg-Warschauer Bahn sich mit Volldampf Petersburg näherte. Das Wetter war so feucht und neblig, daß es kaum richtig hell werden wollte; aus den Wagenfenstern konnte man zehn Schritte rechts und links vom Bahndamm nur mit Mühe etwas erkennen. Unter den Reisenden gab es auch einige, die aus dem Ausland zurückkehrten; am stärksten aber waren die Abteile der dritten Klasse besetzt, und zwar fast nur von geringeren Leuten, die Geschäfte halber reisten und nicht sehr weit herkamen. Alle waren müde von der Reise, wie das immer so ist, allen waren über Nacht die Augenlider schwer geworden, alle schienen durchfroren zu sein, und die Gesichter waren gelblich blaß, fast von derselben Farbe wie der Nebel.
In einem der Wagen dritter Klasse saßen schon seit dem Morgengrauen zwei Reisende einander gegenüber, unmittelbar am Fenster, – beides junge Leute, beide fast ohne Gepäck und nicht elegant gekleidet, beide mit recht interessanten Gesichtern, die schließlich beide gern in ein Gespräch mit einander gekommen wären. Wenn sie einer vom andern gewußt hätten, wodurch sie besonders in diesem Augenblick bemerkenswert waren, so würden sie sich gewiß darüber gewundert haben, daß der Zufall sie so seltsamerweise in einem Wagen dritter Klasse der Petersburg-Warschauer Bahn gegenüber gesetzt hatte. Der eine von ihnen war nicht groß von Wuchs, etwa siebenundzwanzig Jahre alt, hatte krauses, fast schwarzes Haar und kleine graue, aber feurige Augen. Seine Nase war breit und flach, die Kiefer- und Backenknochen stark entwickelt; die schmalen Lippen verzogen sich fortwährend zu einem halb frechen, halb spöttischen und sogar boshaften Lächeln. Seine Stirn aber war hoch und wohlgeformt und verschönte die unedel entwickelte untere Hälfte seines Gesichts. Am auffallendsten war an diesem Gesicht die Leichenblässe, die der ganzen Physiognomie des jungen Mannes trotz seines festen Körperbaues das Aussehen eines Erschöpften verlieh und gleichzeitig etwas von einer peinvollen Leidenschaft, das mit dem unverschämten, rohen Lächeln und seinem durchdringend scharfen, selbstzufriedenen Blick eigentlich gar nicht übereinstimmen wollte. Er war warm gekleidet, in einen weiten tuchüberzogenen Pelz aus schwarzem Lammfell, und hatte es in der Nacht nicht kalt gehabt, während sein Reisegefährte gezwungen war, seinen Rücken von einer feuchtkalten russischen Novembernacht, auf die er sich offenbar nicht vorbereitet hatte, durchfrieren zu lassen. Er saß in einem weiten ärmel-

losen, zwar von dickem Stoff gefertigten, aber immerhin unwattierten Mantel mit einer sehr großen Kapuze, wie ihn Reisende im Winter dort irgendwo fern im Ausland, in der Schweiz oder in Oberitalien, zu tragen pflegen, natürlich ohne dabei auch mit solchen Abstechern rechnen zu müssen wie von Eydtkuhnen bis Petersburg. Denn was in Italien vollkommen genügte, erwies sich natürlich in Rußland als wenig zweckmäßig. Der Besitzer dieses Kapuzenmantels war gleichfalls ein noch junger Mann von etwa sechs- oder siebenundzwanzig Jahren, etwas über mittelgroß, mit auffallend hellblondem, dichtem Haar, hohlen Wangen und einem kleinen, spitzen, fast weißblonden Bärtchen. Seine Augen waren groß, blau und hatten einen ruhig und denkend schauenden Blick. Es lag etwas eigentümlich Stilles, gleichzeitig aber auch Bedrücktes in diesem Blick, etwas von jenem eigenartigen Ausdruck, an dem manche Leute sofort den Fallsüchtigen erkennen. Übrigens war das Gesicht des jungen Mannes sehr angenehm, feingeschnitten und hager, aber farblos, und im Augenblick sogar ziemlich blaugefroren. An seiner Hand baumelte in einem alten verblichenen Seidentuch ein armseliges Reisebündel, das wahrscheinlich seine ganze Habe enthielt. Seine Füße staken in dicksohligen Schuhen, über die Gamaschen geknöpft waren – alles nicht nach russischer Art. Der Brünette im tuchüberzogenen Pelz hatte mittlerweile schon im dämmernden Morgenlicht alle diese Einzelheiten seines Gegenübers wahrgenommen und kritisch betrachtet – zum Teil auch, weil er sonst nichts zu tun hatte –, bis er dann schließlich mit jenem unzarten, gewissermaßen nachlässigen Spottlächeln, in dem sich mitunter so ungeniert das eigene Wohlbehagen beim Betrachten des Unglücks anderer ausdrückt, halb fragend bemerkte:
»Ist's nicht kalt?«
Und er bewegte dabei die Schultern, als wenn ihn selber fröre.
»Sogar sehr«, antwortete der andere mit auffallender Bereitwilligkeit. »Und dabei ist Tauwetter. Wenn wir noch Frost hätten! Ich dachte gar nicht, daß es bei uns so kalt sein würde. Jetzt bin ich daran nicht mehr gewöhnt.«
»Ihr kommt wohl aus dem Ausland?«
»Ja, aus der Schweiz.«
»Teufel! Seht mal an! ...«
Er pfiff einmal und lachte dann vor sich hin.
Die Fortsetzung des Gesprächs machte sich ganz von selbst, denn die Bereitwilligkeit des blonden jungen Mannes im Schweizermantel, auf alle Fragen seines schwarzhaarigen Reisegefährten zu antworten, war wirklich erstaunlich. Er schien auch nicht den geringsten Anstoß an der Unbekümmertheit zu nehmen, mit der der andere manch eine müßige Frage stellte. Unter anderem erzählte er auch, als Antwort auf eine dieser Fragen, daß er allerdings schon längere Zeit, über viele Jahre, nicht in Rußland gewesen sei, und daß man ihn krankheitshalber – er sprach von einer sonderbaren Ner-

venkrankheit, ähnlich der Epilepsie oder dem Veitstanz, die in Krämpfen und Zitteranfällen auftrat – ins Ausland gebracht habe. Der Schwarzhaarige lächelte mehrmals auffallend spöttisch, während der andere erzählte, und er lachte laut auf, als jener auf seine Frage, ob er denn dort auch geheilt worden sei, ganz offen antwortete: »Nein, ich bin nicht geheilt worden.«

»Haha! Das konnt' ich mir denken, daß Ihr Euer Geld umsonst fortgeworfen habt! Und wir hier trauen denen immer noch!« bemerkte der Schwarzhaarige gehässig.

»Da haben Sie ein wahres Wort gesagt!« mischte sich ein schlecht gekleideter Herr ein, der neben ihm saß. Er mochte etwas von der Art eines im Amts- oder Gerichtsschreibertum erfahrenen und gerissenen Beamten sein, vierzig Jahre zählen, war von kräftiger Statur, hatte eine rote Nase und ein finniges Gesicht. »Ein wahres Wort! Sie ziehen nur das ganze russische Geld zu sich hinüber, und wir haben das Nachsehen!«

»Oh, was meinen Fall betrifft, so irren Sie sich sehr!« versetzte der in der Schweiz nicht geheilte Kranke in ruhigem und versöhnlichem Ton. »Natürlich kann ich Ihnen nicht grundsätzlich widersprechen; denn so genau kenne ich die Verhältnisse nicht. Mein Arzt jedoch hat mir von seinen geringen Mitteln noch das Geld zur Reise gegeben, und außerdem hat er mich dort fast zwei Jahre lang auf seine Rechnung unterhalten.«

»Hattet Ihr denn sonst keinen, der für Euch bezahlt hätte?« fragte der Schwarzhaarige.

»Nein. Herr Pawlíschtscheff, der dort für mich bezahlte, starb vor zwei Jahren. Ich schrieb darauf hierher, an die Generalin Jepántschin, eine entfernte Verwandte von mir, erhielt aber keine Antwort. So bin ich denn hergereist.«

»Das heißt, zu wem seid Ihr denn hergereist?«

»Sie meinen, wo ich absteigen werde? ... Ja, das weiß ich noch nicht, wirklich ... ich ...«

»Ihr habt sonach die Wahl noch nicht getroffen?«

Und beide Zuhörer brachen von neuem in Lachen aus.

»Und dieses Bündel enthält wohl Euer ganzes Hab und Gut?« fragte der Brünette.

»Ich möchte wetten, daß es so ist!« griff sofort mit äußerst zufriedenem Schmunzeln der rotnasige Beamte die Bemerkung auf. »Und auch darauf, daß keine weiteren Koffer im Gepäckwagen sind, obgleich Armut kein Laster ist, was man immer wieder bemerken muß!«

Es stellte sich heraus, daß es sich auch tatsächlich so verhielt, wie jener annahm: der blonde junge Mann gestand es ohne weiteres mit auffallender Offenherzigkeit ein.

»Ihr Bündel hat aber trotzdem einen gewissen Wert«, fuhr der Beamte fort, nachdem sie sich satt gelacht hatten. (Merkwürdigerweise stimmte auch der Besitzer des Bündels beim Anblick der beiden

Lachenden schließlich in das Gelächter ein, was deren Heiterkeit natürlich noch erhöhte.) »Und wenn man auch darauf wetten könnte, daß sich in demselben keine ausländischen Geldrollen mit Napoleondors und Friedrichsdors oder mit holländischen Goldgulden befinden, was man allein schon aus Ihren Gamaschen ersehen kann, so erhält doch Ihr Reisebündel, wenn man zu diesem Bündel eine solche angebliche Verwandte wie zum Beispiel die Generalin Jepántschin hinzufügt, eine ganz andere Bedeutung. Versteht sich, nur in dem Fall, wenn die Generalin Jepántschin auch wirklich Ihre Verwandte ist und Sie sich nicht etwa irren ... aus Zerstreutheit vielleicht ... was einem Menschen sehr wohl passieren kann, und wenn auch nur – nun, sagen wir, infolge übermäßig entwickelter Phantasie.«

»Oh, da haben Sie wieder die Wahrheit erraten«, versetzte schnell der blonde junge Mann; »denn ich irre mich ja auch in der Tat: sie ist eigentlich so gut wie gar nicht verwandt mit mir, so daß es mich damals auch durchaus nicht wunderte, von ihr keine Antwort zu erhalten. Ich hatte das auch im Grunde nicht einmal erwartet.«

»Da haben Sie nur das Geld für das Briefporto unnütz ausgegeben. Hm! ... Sie sind wenigstens gutmütig und aufrichtig, das ist lobenswert! Hm! den General Jepantschin kennen wir, vornehmlich, weil er allbekannt ist. Aber auch den seligen Herrn Pawlíschtscheff, der für Sie in der Schweiz bezahlt hat, haben wir einstmals gekannt, wenn es Nikolái Andréjewitsch Pawlíschtscheff war; denn es gab ihrer zwei Vettern. Der eine lebt heute noch in der Krim. Nikolai Andrejewitsch aber, der Verstorbene, war ein angesehener Mann, der gute Verbindungen hatte und seinerzeit viertausend Leibeigene besaß, jawohl ...«

»Ganz recht, er hieß Nikolai Andrejewitsch Pawlischtscheff«, und der junge Mann blickte, nachdem er das geantwortet hatte, unverwandt und forschend den allwissenden Herrn an.

Solche Leute, die alle Welt kennen und alles wissen, findet man zuweilen, oder eigentlich sogar recht häufig, in einer ganz bestimmten Gesellschaftsschicht. Sie wissen buchstäblich alles, die ganze unruhige Wißbegier ihres Geistes ist unablenkbar nach dieser einen Seite gerichtet, selbstverständlich „in Ermangelung ernsterer Lebensinteressen und Anschauungen“, wie sich ein zeitgenössischer Denker ausdrücken würde. Übrigens beschränkt sich diese Allwissenheit nur auf ein ziemlich eng begrenztes Gebiet: welche Anstellung der und der hat, mit wem er bekannt, wie groß sein Vermögen, wo er Gouverneur gewesen, mit wem er verheiratet ist, wieviel er blank und bar mitgeheiratet hat, wer seine Verwandten, Tanten, Nichten, Neffen und Vettern im zweiten und dritten Grade sind usw., usw., in dieser Art. Größtenteils gehen diese Leute mit durchgewetzten Ellenbogen umher und beziehen ein Monatsgehalt von etwa siebzehn Rubeln. Die Betreffenden, von denen sie alle diese Einzelheiten wissen, könnten es sich natürlich nie erklären, aus welchen Gründen sie sich für diese Dinge interessieren; indes kann ich versichern, daß viele von ihnen mit diesen Kenntnissen, die einer ganzen Wissenschaft gleichkommen, sich vollkommen zufrieden geben, in ihrer Selbstachtung bedeutend steigen und mit der Zeit sogar eine höhere geistige Genugtuung darin finden. Und sie ist ja auch wirklich verführerisch, diese Wissenschaft! Ich habe Gelehrte, Literaten, Dichter und Staatsmänner gekannt, die in dieser Wissenschaft ihre größte Befriedigung und ihren höchsten Lebenszweck fanden und einzig durch sie Karriere machten.

Während dieser ganzen Unterhaltung hatte der brünette junge Mann gegähnt, ziellos zum Fenster hinausgeschaut und voll Ungeduld das Ende der Reise erwartet. Er war sichtlich zerstreut – geradezu seltsam zerstreut, fast aufgeregt, und sein ganzes Gebaren war etwas sonderbar: er hörte zu und hörte doch nicht zu, sah und sah doch nicht recht, oder er lachte und wußte selbst nicht, worüber er lachte.

»Aber erlauben Sie, mit wem habe ich die Ehre?« wandte sich plötzlich der Herr mit dem finnigen Gesicht an den blonden jungen Mann mit dem Bündel.

»Fürst Lew Nikolájewitsch Mýschkin«, antwortete jener ohne zu zögern und mit aller Bereitwilligkeit.

»Fürst Myschkin? Lew Nikolajewitsch? Kenn' ich nicht. Nicht mal vom Hörensagen«, meinte der Beamte nachdenklich. »Das heißt, ich rede nicht vom Namen – der Name ist historisch, in Karamsíns „Russischer Geschichte" kann und muß man ihn finden. Ich rede vielmehr von Ihrer Person. Man hat lange nichts mehr von irgendwelchen Fürsten dieses Namens gehört, und es ist einem auch keiner mehr zu Gesicht gekommen.«

»Oh, wie sollten sie auch! Außer mir gibt es jetzt überhaupt keine Fürsten Myschkin mehr; ich bin, glaube ich, der letzte. Meine Vorfahren aber sind zum Teil auch Einhöfer gewesen. Mein Vater war übrigens Leutnant in einem Linienregiment; einer von den Junkern. Nur weiß ich nicht, wie die Generalin Jepantschin von den Fürsten Myschkin abstammt; jedenfalls ist auch sie die Letzte ihres ganzen Geschlechts[1] . . .«

»Hahaha! Die Letzte ihres ganzen Geschlechts! Haha! Nicht schlecht gesagt«, lachte der Beamte.

Auch der Brünette lächelte. Der Blonde aber wunderte sich, daß es ihm gelungen war, einen – übrigens recht schwachen – Witz zu machen.

»Ach so . . . Ich habe es ganz gedankenlos gesagt«, erklärte er schließlich noch immer etwas verwundert.

»I, versteht sich, versteht sich!« beruhigte ihn der Beamte oder richtiger der Herr mit der Physiognomie eines Beamten.

»Aber sagt doch, Fürst, habt Ihr dort auch Wissenschaften betrieben, dort bei Eurem Professor?« erkundigte sich plötzlich der Brünette.

»Ja . . . ich habe manches gelernt . . .«

»Ich aber habe nie was gelernt.«

»Auch ich habe ja nur so einiges...«, fügte der Fürst fast entschuldigend hinzu. »Infolge meiner Krankheit war es nicht möglich, mich systematisch zu unterrichten.«

»Kennt Ihr die Rogóshins?« fragte plötzlich der Brünette.

»Nein, ich kenne sie nicht; die sind mir ganz unbekannt. Ich kenne ja nur sehr wenige Menschen in Rußland. So sind Sie ein Rogóshin?«

Ja, ich bin ein Rogoshin. Parfjónn...«

»Parfjónn?« Der Beamte stutzte. »Aber doch nicht etwa von jenen selben Rogoshin...«, begann er langsam.

»Na ja, gewiß von jenen selben, jenen selben«, unterbrach ihn mit unhöflicher Gereiztheit der Brünette, der sich, nebenbei bemerkt, kein einziges Mal an den finnigen Beamten wandte, sondern von Anfang an nur zum Fürsten sprach.

»Ja ... wie denn das?« wunderte sich maßlos und die Augen aufreißend der Beamte, dessen ganzes Gesicht sich sofort in einen andächtigen und unterwürfigen, ja sogar aufrichtig erschrockenen Ausdruck zu verwandeln begann. »Doch nicht etwa der Sohn desselben Ssemjón Parfjónowitsch Rogóshin, des erblichen Ehrenbürgers, der vor einem Monat gestorben ist und ein bares Kapitel von zwei Millionen fünfmalhunderttausend Rubeln hinterlassen hat?«

»So, woher weißt denn du, daß er ein bares Kapital von zwei Millionen fünfmalhunderttausend Rubeln hinterlassen hat?« unterbrach ihn der Brünette, auch diesmal ohne ihn eines Blickes zu würdigen. »Seht doch den Kerl!« fuhr er mit einer Kopfbewegung nach dessen Seite hin fort, sich an den Fürsten wendend, »was sie nur davon haben, daß sie sich einem sofort wie ein Schweif anhängen? Aber das stimmt, daß mein Vater gestorben ist und ich erst nach einem Monat aus Pskow beinah ohne Stiebel nach Hause fahre. Weder mein Bruder, der Schuft, noch meine Mutter, weder Geld noch Nachricht – nichts haben sie mir geschickt! Wie einem Hunde! Hab' dortselbig in Pskow den ganzen Monat im Fieber gelegen!«

»Und jetzt heißt es mehr als ein Milliönchen auf einen Ruck in Empfang nehmen! – zum allermindesten! Du lieber Gott!« Der Beamte hob ganz überwältigt die Hände empor.

»Sagt doch, bitte, was geht das *ihn* an?« fragte Rogoshin gereizt und ärgerlich mit demselben kurzen Kopfnicken nach dessen Seite hin. »Ich werde dir ja doch keine Kopeke davon geben, und wenn du dich auch auf den Kopf stellst und auf den Händen vor mir gehen und bitten solltest.«

»Und ich werde, und ich werde es tun!«

»Seht doch! Aber ich werde dir ja doch nichts geben, werde dir keine Kopeke geben, tanze meinetwegen eine ganze Woche auf den Händen vor mir herum!«

»Und gib auch nicht! Geschieht mir recht: gib nicht! Ich aber werde tanzen! Werde mein Weib und meine Kinderchen verlassen und vor dir tanzen! – jawohl! – und vor dir tanzen!«

»Pfui Teufel!« Der Brünette spie aus. »Vor fünf Wochen fuhr ich ganz wie Ihr da«, wandte er sich an den Fürsten, »nur mit einem Bündel nach Pskow, um mich vor meinem Vater in Sicherheit zu bringen. Fuhr zur Tante. Dort warf mich das Fieber nieder. Er aber starb in meiner Abwesenheit. Am Schlage. Ewiges Angedenken dem Seligen, nur hätte er mich damals sicherlich totgeschlagen. Werdet Ihr's mir glauben, Fürst: bei Gott! – wär' ich nicht geflohen, er hätte mich ohne weiteres erschlagen.«

»Sie haben ihn wohl irgendwie erzürnt?« fragte der Fürst, der mit eigentümlichem Interesse den Millionär im Schafpelz betrachtete. Aber wenn auch eine Million und deren Erbschaft immer beachtenswert zu sein pflegen, so war es doch etwas ganz anderes, das den Fürsten wunderte und interessierte. Aber auch Rogóshin hatte aus irgendeinem Grunde ersichtlich gern mit dem Fürsten das Gespräch angeknüpft, obschon er eine Unterhaltung offenbar mehr mechanisch als aus innerem Bedürfnis suchte – gewissermaßen mehr aus Zerstreutheit als aus Offenherzigkeit, mehr infolge seiner Erregung und Unruhe ... vielleicht nur, um die Zunge bewegen zu können. Auch schienen seine Reden noch halbe Fieberphantasien zu sein, wenigstens sah man ihm an, daß er innerlich noch immer fieberte. Der Beamte aber wandte keinen Blick von ihm und wagte kaum noch zu atmen. Er hing förmlich an seinen Lippen, von denen er jedes Wort gierig auffing und dann wägte, ganz als hätte er unter ihnen nach einem kostbaren Edelstein gesucht.

»Ja, erzürnt – das war er schon ... und es war vielleicht auch der Mühe wert«, brummte Rogoshin. »Mich aber hat am meisten mein Bruder geärgert. Von meiner Mutter red' ich nicht, ist eine alte Frau, liest die Heiligenlegenden, sitzt mit alten Weibern zusammen, und wie's mein Bruder Ssénjka bestimmt, so muß alles geschehen. Warum aber hat er mich nicht zur rechten Zeit benachrichtigt? Na, wir verstehen schon! Es ist ja wahr, ich lag bewußtlos im Fieber, und ein Telegramm haben sie ja wohl abgesandt. Aber meine Tante ist grad die Richtige für Telegramme! Sie verbringt schon seit dreißig Jahren ihre Witwenschaft mit Trübsalspinnen und hockt vom Morgen bis zum Abend mit Kirchenbettlern und Stadtverrückten zusammen. Nonne ist sie grad nicht, jedenfalls aber so was von der Art, nur noch schlimmer. Das Telegramm erschreckte sie natürlich fürchterlich, und da lief sie mit ihm, ohne es zu entsiegeln, geradewegs aufs Polizeiamt, wo es heute noch liegt. Nur Kónjeff, Wassíly Wassíljitsch, rettete mich: schrieb mir alles ganz genau. Von der brokatenen Sargdecke des Vaters hat mein Bruder nachts heimlich die massiv goldenen Quasten abgeschnitten – ‚sie kosteten doch ein Heidengeld'! Schon allein dafür kann er nach Sibirien wandern, wenn ich nur will, denn das ist doch Beraubung von

Heiligtümern, also so gut wie Kirchenschändung. He, du da, alte Vogelscheuche!« wandte er sich plötzlich an den Beamten. »Wie ist's nach dem Gesetz: ist's Kirchenschändung oder nicht?«
»Jawohl, Kirchenschändung! Gewiß Kirchenschändung!« bestätigte dieser sofort mit großem Eifer.
»Und dafür geht's nach Sibirien?«
»Ohne weiteres nach Sibirien! Sofort nach Sibirien!«
»Die glauben, daß ich noch todkrank dort liege«, fuhr Rogoshin, zum Fürsten gewandt, fort, »ich aber bin heimlich, ohne ein Wort zu sagen, und allerdings noch halb krank, in den Zug gestiegen. Fuhr einfach los! Mach mal auf das Tor, mein bester Ssemjón Ssemjónytsch! Er hat mich bei meinem verstorbenen Vater angeschwärzt, das weiß ich. Daß ich aber mit Nastássja Filíppowna damals meinen Vater aufgebracht habe, das läßt sich nicht leugnen. Hier war es nun freilich ganz allein meine Schuld. Die Sünde hat's so gewollt.«
»Mit Nastássja Filíppowna? . . .«, flüsterte der Beamte ehrfurchtsvoll, als überlege er irgend etwas.
»Kennst sie ja noch nicht!« schnitt ihm Rogoshin gereizt und ärgerlich das Wort ab.
»Doch! ich kenne sie!« triumphierte der Beamte.
»Das fehlte noch! Als ob nur eine in der ganzen Welt Nastássja Filíppowna hieße! Was du übrigens für ein unverschämtes Geschmeiß bist! Merk dir das. Wußt' ich's doch, daß sich mir sogleich irgend so'n Geschmeiß anhängen würde!« Er sprach wieder nur zum Fürsten.
»Wer weiß, vielleicht kenne ich aber doch die Richtige!« Der Beamte ließ sich nicht abschütteln. »Lébedeff soll sie nicht kennen! Sie, Hochwohlgeborenster, geruhen mich zu tadeln, wie aber, wenn ich beweise, was ich sage? Das ist doch dieselbe Nastassja Filippowna, deretwegen Ihr Vater mittels eines Stockes Ihnen die Leviten zu lesen gedachte, und ihr Familienname ist Baráschkoff, also sozusagen der Herkunft nach sogar eine vornehme Dame und in ihrer Art auch eine Fürstin. Sie hat mit einem gewissen Tózkij, Afanássij Iwánowitsch, ein Verhältnis, aber nur mit ihm allein, einem Gutsbesitzer und Großkapitalisten, Mitglied verschiedener Handelsgesellschaften, der dieserhalb mit dem General Jepántschin enge Freundschaft pflegt . . .«
»Ah! Also solch ein Vogel bist du!« Rogoshin wunderte sich denn doch. Er war aufrichtig überrascht. »Pfui Teufel, er scheint sie ja tatsächlich zu kennen!«
»Wen kennt er nicht? Lébedeff kennt alle und alles! Ich, müßt Ihr wissen, Hochwohlgeborenster, habe einmal mit Alexáschka Lichatschóff zwei Monate lang juchheit, gleichfalls nach dem Tode des Vaters, kenne daher alle Winkel und Gassen; denn schließlich ging er ohne Lébedeff keinen Schritt! Jetzt sitzt er im Schuldturm, damals aber hatte er Gelegenheit, sowohl die Armance und Coralie wie die

Fürstin Pázkij und Nastassja Filippowna kennenzulernen ... und noch so manches andere hatte er Gelegenheit kennenzulernen!«

»Nastassja Filippowna? Ja, hat sie mit Lichatschóff...?« Rogoshin blickte ihn wütend an. Selbst seine Lippen wurden blaß und bebten.

»Nein-nein-nein – nichts! Absolut nichts!« beeilte sich der Beamte zu versichern. »Er konnte mit allem Geld *n-n-nichts* bei ihr erreichen, *n-nicht das geringste*! Nein, die war keine Armance! Nur Tózkij allein, wie gesagt. Und abends sitzt sie in der großen Oper oder im Französischen Theater in ihrer eigenen Loge. Vieles, was die Offiziere so unter sich reden – na, aber auch sie können ihr nichts nachsagen. Nur so: ‚Sieh dort, das ist Nastassja Filippowna' – das ist alles, was sie sagen können; in betreff des Weiteren aber n-nichts! Denn es ist ja auch nichts zu sagen.«

»Das stimmt alles ganz genau«, bestätigte Rogoshin düster und stirnrunzelnd. »Das hat mir auch Saljósheff gesagt ... Ich lief damals«, fuhr er, zum Fürsten gewandt, fort, »in einem alten Pelzüberrock meines Vaters, den dieser schon vor drei Jahren abgelegt hatte, über den Néwskij-Prospekt, da tritt sie aus einem Laden und setzt sich in ihren Wagen. Ich war auf der Stelle wie von Feuer durchbrannt. Darauf begegne ich Saljósheff – der paßt nicht zu mir, kleidet sich wie ein Friseurgehilfe, Glas vor'm Auge, wir aber durften beim Seligen nur Schaftstiefel tragen und aßen nichts als Fastenkost. ‚Nichts für dich', sagte er, ‚die ist so gut wie eine Fürstin, Nastássja Filíppowna heißt sie, eine Baráschkowa. Sie lebt mit einem gewissen Tozkij, der nicht weiß, wie er von ihr loskommen soll; denn da er jetzt reif zum Heiraten ist – fünfundfünfzig geworden – so will er eine der ersten Schönheiten Petersburgs ehelichen.' Gleichzeitig teilte er mir mit, daß ich sie noch am selben Abend in der Großen Oper sehen könnte, sie würde in ihrer Parterreloge sitzen. Bei uns aber, zu Lebzeiten des Seligen, sollte jemand versuchen, ins Theater oder gar ins Ballett zu gehen! Kurzen Prozeß hätte er gemacht: glatt erschlagen! Ich aber machte mich dennoch ganz heimlich auf und davon – und es gelang mir auch wirklich, Nastassja Filippowna zu sehen. Die ganze Nacht schlief ich nicht. Am nächsten Morgen gibt mir der Selige zwei fünfprozentige Wertpapiere, zu fünftausend Rubel jedes. ‚Geh', sagte er, ‚verkauf sie: siebentausendfünfhundert bring zu Andréjeffs ins Kontor, bezahle dort, und den Rest von den zehntausend bring mir, ohne dich irgendwo aufzuhalten, unverzüglich zurück. Werde dich hier erwarten.' Die Papiere verkaufte ich, nahm das Geld, zu Andréjeffs aber ins Kontor ging ich nicht, sondern begab mich schnurstracks zum englischen Juwelier und kaufte dort fürs ganze Geld ein Paar Ohrringe, in jedem ein Brillant so ungefähr von der Größe einer Haselnuß, blieb noch vierhundert Rubel schuldig – nannte meinen Namen, da trauten sie mir. Mit den Ohrringen ging ich zu Saljósheff, sagte: Soundso, gehen wir, Freund, zu Nastassja

Filippowna. Wir gingen. Was damals unter meinen Füßen war, was vor mir, was neben mir – davon weiß ich nichts mehr, keine Ahnung. Wir traten ein, in ihren Salon, und sie erschien selbst. Ich, das heißt ... ich sagte damals nicht, wie ich heiße, sondern Saljosheff sagte einfach: ‚Von Parfjónn Rogóshin, zum Andenken an die gestrige Begegnung, wenn Sie es annehmen wollten.' Sie öffnete, sah den Schmuck, lächelte. ‚Überbringen Sie', sagte sie, ‚Ihrem Freunde, Herrn Rogoshin, meinen Dank für seine liebenswürdige Aufmerksamkeit.' Nickte und ging. Warum bin ich damals nicht auf der Stelle gestorben! Aber wenn ich auch fortging, so ging ich doch nur, weil ich dachte: ‚Einerlei, lebendig kommst du doch nie wieder her!' Am kränkendsten aber schien mir, daß dieses Biest Saljosheff alles wie von sich aus gemacht hatte. Ich bin nicht groß von Wuchs, und gekleidet war ich wie 'n Knecht. Ich stehe, schweige, starre sie nur an – denn ich schämte mich doch –, er aber ist nach neuester Mode gekleidet, ist pomadisiert und frisiert, rotwangig, mit 'ner karierten Krawatte – dienert nur so, Kratzfuß hier und Bückling dort. Sicher hat sie ihn für den Parfjonn Rogoshin gehalten, während ich wie 'n Esel dabeistehe! ‚Nun', sagte ich, als wir hinaustraten, ‚daß du mir jetzt nicht hier irgend etwas auch nur zu denken wagst, verstanden!' Er lachte. ‚Wie aber wirst du denn jetzt Ssemjón Parfjónowitsch' – also meinem Vater – ‚Rechenschaft ablegen?' Ich muß gestehen, daß ich damals einfach ins Wasser wollte, ohne nach Hause zurückzukehren, dachte aber: ‚Jetzt ist doch alles gleich', und ging wie ein Verdammter heim.«

Der Beamte stöhnte überwältigt »Ach!« und »Oh!, verrenkte sein Gesicht und schüttelte sich, als wenn ihn Frostschauer durchrieselten.

»Und dabei müssen Sie bedenken, daß der Selige imstande war, einen schon wegen gewöhnlicher zehn Rubel – von zehntausend ganz zu schweigen – ins Jenseits zu befördern!« teilte er dem Fürsten wichtigtuend unter mehrfachem Kopfnicken mit.

Interessiert betrachtete der Fürst Rogóshin, der in diesem Augenblick noch bleicher erschien.

»Ins Jenseits zu befördern!« äffte Rogoshin ärgerlich nach. »Was weißt du denn davon? ... Im Augenblick hatte er alles erfahren«, erzählte er dann dem Fürsten weiter; »denn Saljosheff hatte natürlich nichts Besseres zu tun, als die ganze Geschichte jedem ersten besten auf die Nase zu binden. Mein Vater führte mich ins Obergeschoß und schloß mich in ein Zimmer ein, wo er mir sodann eine Stunde lang Vernunft einbleute. ‚Jetzt bereite ich dich nur vor', sagte er, ‚am Abend aber werde ich wiederkommen und in noch ganz anderer Weise mit dir reden.' Was glauben Sie wohl? – Der Alte fährt zu Nastassja Filippowna, verneigt sich vor ihr bis zur Erde, fleht und weint, bis sie ihm den Schmuck bringt und hinwirft: ‚Da hast du deine Ohrringe, alter Graubart', sagt sie, ‚ich schätze sie jetzt zehnmal teurer ein, wenn er sie sich trotz solcher Gefahr verschafft hat. Grüß mir', sagt sie, ‚grüß mir Parfjónn Ssemjónytsch und sag ihm meinen Dank.‘ Nun, ich aber hatte inzwischen mit meiner Mutter Segen von Sserjósha Protuschin zwanzig Rubel geborgt und begab mich sofort per Bahn nach Pskow, kam aber schon im Fieber dort an. Die alten Weiber langweilten mich tot mit dem Vorlesen ihrer Heiligengeschichten, während ich halb betrunken dasaß. So ging ich denn und suchte für mein Letztes die Schenken heim und lag dann bewußtlos die ganze Nacht auf der Straße, und am Morgen war dann das hohe Fieber da, und nachts hatten mich noch die Hunde angenagt. Ein Wunder, daß ich überhaupt noch zu mir kam.«

»Na! Na! Jetzt wird Nastassja Filippowna ein anderes Liedchen singen!« kicherte händereibend der Beamte. »Jetzt werden wir sie für diese Ohrringe schon entschädigen . . .«

»Höre, wenn du noch ein einziges Mal, gleichviel mit welchem Wort, Nastassja Filippowna erwähnst, so werde ich dich, bei Gott, einfach verbleuen, und wenn du auch hundertmal mit Lichatschöff juchheit hast!« rief knirschend Rogoshin, der plötzlich mit eisernem Griff des anderen Arm gepackt hatte.

»Nun zu, schlägst du mich, so wirst du mich nicht fortjagen. Schlag nur! Gerade damit erwirbst du dir meine Freundschaft. Hast du mich erst einmal verbleut, so hast du damit die Freundschaft besiegelt . . . Ah, da sind wir ja schon angekommen!«

Der Zug fuhr gerade in diesem Augenblick in den Bahnhof ein. Obgleich Rogoshin sich nach seinen Worten ganz heimlich aufgemacht hatte, wurde er doch von einer ganzen Schar Bekannter erwartet. Sobald sie ihn erblickt hatten, schrien sie ihm zu und schwenkten die Mützen.

»Sieh mal, auch Saljosheff ist hier!« brummte Rogoshin, indem er sie mit triumphierendem und gleichwohl boshaftem Lächeln musterte, und plötzlich wandte er sich an den Fürsten. »Ich weiß nicht, weshalb ich dich liebgewonnen hab', Fürst. Vielleicht, weil ich dich in einer solchen Stunde kennengelernt habe; aber ich habe ja auch diesen da kennengelernt« (er wies auf Lebedeff), »ohne ihn dabei liebzugewinnen. Komm zu mir, Fürst. Diese Stiebletten wollen wir dir schon abziehen, werde dir einen, den schönsten Marderpelz kaufen, werde dir den teuersten Frack machen lassen, dazu eine weiße Weste oder was für eine du willst, die Taschen stopfe ich dir voll mit Geld und – fahren wir dann zu Nastassja Filippowna! Wirst du kommen?«

»So hören Sie doch, Fürst Lew Nikolajewitsch!« mischte sich Lededeff eifrig dazwischen. »Greifen Sie zu, oh, greifen Sie zu! . . .«

Fürst Myschkin erhob sich, bot Rogoshin höflich die Hand und sagte herzlich:

»Ich werde mit dem größten Vergnügen zu Ihnen kommen, und ich danke Ihnen dafür, daß Sie mich liebgewonnen haben. Vielleicht werde ich sogar heute schon kommen, wenn ich Zeit finde. Denn, ich sage es Ihnen aufrichtig, auch Sie haben mir sehr gefallen – namentlich, als Sie das von den Ohrringen erzählten. Ja, sogar vor den Ohrringen gefielen Sie mir bereits, obschon Sie ein düsteres Gesicht machten. Auch danke ich Ihnen für die Kleider und den Pelz, die Sie mir schenken wollen, ich werde bald beides nötig haben. Geld jedoch habe ich im gegenwärtigen Augenblick fast keine Kopeke mehr, doch ...«

»Oh, Geld wirst du von mir bekommen, soviel du nur willst, zum Abend wird es schon da sein, komm nur zu mir!«

»Oh, Geld wird schon da sein«, griff der Beamte sofort auf, »zum Abend, noch vor dem Abend wird es da sein!«

»Aber wie steht es mit den Frauen, Fürst? Seid Ihr ein großer Liebhaber des weiblichen Geschlechts? – das müßt Ihr mir im voraus sagen.«

»Ich? N-n-nein. Ich bin ja ... Sie wissen vielleicht nicht, daß ich ... daß ich infolge meiner Krankheit die Frauen überhaupt noch nicht kenne.«

»Nun, wenn's so ist ...«, rief Rogoshin aus, »dann bist du ja, Fürst, ein ganz armer Heiliger! Solche, wie du, hat Gott lieb.«

»Gewiß! Gerade solche hat Gott der Herr lieb!« echote der Beamte.

»Und du, Schmeißfliege, kannst jetzt gleich mitkommen!« wandte sich Rogoshin an Lebedeff, und sie verließen alle den Waggon.

Lebedeff hatte nun doch erreicht, was er wollte. Die lärmende Schar entfernte sich bald in der Richtung nach dem Wosnessénskij-Prospekt. Der Fürst dagegen mußte den Weg zur Liteínaja einschlagen. Der Morgen war feucht und naßkalt. Fürst Myschkin erkundigte sich bei Vorübergehenden nach den Entfernungen: bis zu seinem Ziel waren es noch etwa drei Werst, und so entschloß er sich, eine Droschke zu nehmen.

II

General Jepantschin wohnte in seinem eigenen Hause, etwas abseits von der Liteínaja, in der Richtung zur Heiligen Verklärungskirche. Außer diesem äußerst stattlichen Hause, von dem fünf Sechstel vermietet waren, besaß der General noch ein riesiges Haus an der Ssadówaja Straße, das ihm gleichfalls sehr viel eintrug. Ferner besaß er in der nächsten Nähe Petersburgs ein überaus rentables und durchaus nicht so kleines Gut und dann noch, gleichfalls im Petersburger Kreis, irgendeine Fabrik. In früheren Zeiten hatte sich der General, wie alle Welt wußte, an der Branntweinpacht beteiligt, jetzt jedoch war er Mitglied einiger solider Aktiengesellschaften, in deren Aufsichtsrat er eine einflußreiche Stimme besaß. Jedenfalls galt er als schwerreicher Mann mit Unternehmungsgeist und guten Verbindungen. An manchen Stellen, unter anderem auch in seinem Dienst, hatte er es verstanden, sich fast unentbehrlich zu machen. Indes wußte alle Welt, daß Iwán Fjódorowitsch Jepántschin ein Mann ohne besondere Bildung und ein einfaches Soldatenkind war. Letzteres konnte ihm zweifellos nur zur Ehre gereichen. Doch hatte der General, obgleich sonst gerade kein Dummer, auch seine kleinen, sehr verzeihlichen Schwächen, denen es zuzuschreiben war, daß er gewisse Anspielungen auf seine Herkunft nichts weniger als gern hörte. Im übrigen war er ein kluger und gewandter Mensch, der wußte, was sich gehörte, und der seine Prinzipien hatte. So zum Beispiel hatte er es sich zum Grundsatz gemacht, sich nie dort vorzudrängen, wo zurückzustehen ratsamer war. Im allgemeinen wurde er wegen seiner einfachen Natürlichkeit geschätzt, weil er sich nichts anmaßte, was ihm nicht zukam, und weil er immer seinen Platz kannte. Währenddessen aber – wenn diese Leute nur geahnt hätten, was bisweilen in der Seele Iwán Fjódorowitschs, der so gut seinen Platz kannte, vorging! Doch wieviel Lebenserfahrung er auch besaß – und sogar einige recht bemerkenswerte Fähigkeiten ließen sich ihm nicht absprechen –: er zog es im allgemeinen durchaus vor, sich mehr als Vollstrecker fremder Ideen, denn als ein aus eigener Initiative Handelnder hinzustellen. Er war ein »treuer Untertan ohne zu kriechen« und – was erlebt man nicht alles in unserem Jahrhundert! – gab sich sogar als echter und herzlicher Russe. In dieser Beziehung sollen ihm sogar ein paar amüsante Geschichtchen passiert sein, doch der General verzagte nie, nicht einmal in den komischsten Situationen. Zudem hatte er Glück, selbst im Kartenspiel. Ja, er spielte sogar sehr hoch und bemühte sich auch keineswegs, diese seine scheinbare kleine Schwäche – die ihm mitunter nicht wenig eintrug – zu verbergen, sondern kehrte sie noch absichtlich hervor. Sein Bekanntenkreis war ein etwas gemischter, doch selbstverständlich gehörten zu ihm immerhin nur reiche Leute. Aber es lag ja alles noch vor ihm, jedes Ding hat seine Zeit, und so mußte einmal doch alles an die Reihe kommen. Auch was das Alter anbelangt, war der General sozusagen noch in den besten Jahren, nämlich genau sechsundfünfzig Jahre alt, nicht weniger und beileibe nicht mehr, was ja doch unter solchen Verhältnissen ein blühendes Alter zu nennen ist, ein Alter, in dem das wirkliche Leben so recht eigentlich erst beginnt. Gesundheit, frische Gesichtsfarbe, gute, wenn auch schon etwas dunkel angelaufene Zähne, eine breitschultrige, robuste Gestalt, morgens im Dienst der ebenso besorgte und strenge wie abends am Kartentisch Seiner Durchlaucht heitere Gesichtsausdruck – alles das trug zu den schon erreichten und noch bevorstehenden Erfolgen des Generals in nicht geringem Maße bei und bestreute den Lebenspfad Seiner Exzellenz mit Rosen.

Der General besaß auch eine entsprechend blühende Familie. Freilich waren die Rosen, die ihm hier erblühten, nicht immer ganz ohne Dornen, doch dafür gab es wieder manches andere, auf Grund dessen sich die größten und liebsten Hoffnungen Seiner Exzellenz gerade auf seinen Nachwuchs konzentrierten. Welche Hoffnungen und Pläne könnten auch wichtiger und heiliger sein als diejenigen liebender Eltern? An was soll man sich schließlich anklammern, wenn nicht an die Familie? Die Familie des Generals bestand aus seiner Gattin und drei erwachsenen Töchtern. Geheiratet hatte er schon vor sehr langer Zeit, als er noch Leutnant war; seine Braut war fast in gleichem Alter mit ihm, zeichnete sich weder durch besondere Schönheit noch durch Bildung aus, und als Mitgift bekam sie auch nur fünfzig Seelen – die allerdings zur Grundlage seines späteren Reichtums wurden. Der General jedoch äußerte in der Folge nie etwas, woraus man hätte schließen können, daß er seine frühe Heirat bereue. Er behandelte sie nie als übereilte Handlung der unüberlegten Jugend. Und seine Gemahlin achtete er so hoch und fürchtete sie bisweilen so sehr, daß er sie offenbar sogar liebte. Sie nun, die Generalin Jepantschin, stammte aus dem Hause der Fürsten Myschkin, einem nicht gerade sehr glänzenden, doch dafür sehr alten Geschlecht, und tat sich auf diese ihre Abkunft nicht wenig zugute. Eine zu jener Zeit einflußreiche Persönlichkeit (einer jener Protektoren, denen das Protegieren kein Geld kostet) hatte sich bereit gefunden, der jungen Fürstin einen Gatten zu verschaffen. Er öffnete dem jungen Offizier das Pförtchen zur Karriere und gab ihm den ersten Stoß, der ihn auf dieser Bahn in Gang brachte. Der junge Mann aber bedurfte nicht einmal einer so großen Hilfeleistung, es genügte ihm zunächst, wenn er nur mit einem Blick bemerkt und nicht ganz übersehen wurde. Die Ehegatten lebten, abgesehen von einzelnen wenigen Ausnahmen, bis zu ihrer Silberhochzeit in bester Eintracht. Bereits in jungen Jahren hatte die Generalin es verstanden – dank ihrer fürstlichen Abstammung und als Letzte ihres Stammes, vielleicht aber auch dank persönlicher Vorzüge –, einzelne hochgestellte Gönnerinnen zu finden, und mit der Zeit war sie, dank ihrem Reichtum und der dienstlichen Stellung ihres Gemahls, in diesem hohen Kreise sogar einigermaßen heimisch geworden.

In den letzten Jahren waren die drei Töchter des Generals, Alexandra, Adelaïda und Aglaja, herangewachsen und lieblich erblüht. Freilich hießen sie alle drei nur Jepantschin, doch waren sie mütterlicherseits immerhin fürstlicher Abstammung, hatten keine geringe Mitgift zu erwarten und besaßen einen Vater, der für die Zukunft noch Aussicht auf einen vielleicht sogar sehr hohen Posten hatte. Außerdem waren sie alle drei – was gleichfalls von nicht geringer Bedeutung ist – auffallend hübsche Mädchen, selbst die Älteste, Alexandra, die bereits das fünfundzwanzigste Jahr überschritten hatte, nicht ausgenommen. Die zweite war dreiundzwanzig Jahre alt und die Jüngste, Aglaja, kaum zwanzig. Diese Jüngste war sogar eine ausgesprochene Schönheit und lenkte denn auch in der Gesellschaft die allgemeine Aufmerksamkeit auf sich. Aber das war noch längst nicht alles Gute, was sich von ihnen sagen ließ: alle drei zeichneten sich nämlich auch durch Bildung, Verstand und Talente aus. Auch wußte man zu erzählen, daß sie einander sehr zugetan seien und in gutem Einvernehmen zusammenhielten. Ja, man sprach sogar von gewissen Opfern, die die beiden älteren Schwestern der Jüngsten, dem Abgott des ganzen Hauses, zu bringen beabsichtigten. Niemand konnte ihnen Hochmut oder gar Dünkel vorwerfen, obschon ein jeder wußte, daß sie stolz waren und ihren eigenen Wert kannten. Die Älteste war musikalisch, die Mittlere besaß ein auffallendes Zeichentalent, doch davon hatte viele Jahre kein Mensch etwas geahnt: erst in der letzten Zeit hatte man es plötzlich entdeckt, und auch da nur ganz zufällig. Mit einem Wort, es wurde sehr viel Lobenswertes von ihnen erzählt. Nichtsdestoweniger gab es auch solche, die ihnen nicht gerade wohlwollten. So sprach man z. B. mit wahrem Entsetzen davon, wieviel Bücher sie schon gelesen hätten. Mit dem Heiraten hatten sie es nicht eilig. Vornehme Gesellschaft zogen sie natürlich vor, doch machten sie sich schließlich auch nicht viel aus ihr, was um so bemerkenswerter war, als jedermann den Charakter, die Wünsche und Hoffnungen ihres Vaters kannte.

Es war bereits elf Uhr, als der Fürst an der Wohnung des Generals die Klingel zog. Jepantschins wohnten im zweiten Stock, zwar möglichst wenig protzig, doch ihrer gesellschaftlichen Stellung durchaus entsprechend. Der Fürst, dem ein Diener in voller Livree öffnete, mußte ziemlich lange mit diesem Menschen reden, der ihn und sein Bündel zuerst recht kritisch musterte. Erst nach wiederholter und bestimmter Versicherung, daß der Besucher tatsächlich Fürst Myschkin sei und den General in einer wichtigen Angelegenheit zu sprechen wünsche, führte ihn der ungläubige Bediente in ein kleines Vorzimmer vor dem Empfangskabinett Seiner Exzellenz und übergab ihn dort gewissermaßen der Obhut eines anderen Dieners, der des Morgens in diesem Zimmer Dienst hatte und die zum Besuch erscheinenden Herren anmelden mußte. Dieser zweite Diener trug einen schwarzen Frack, mochte etwa vierzig Jahre zählen, zeigte eine sorgenvolle Miene und besaß in seinen eigenen Augen als spezieller Anmeldediener des Generals Jepantschin ganz zweifellos höheren Wert.

»Warten Sie gefälligst im Empfangszimmer, das Bündel lassen Sie aber hier«, sagte er jetzt, ohne sich zu beeilen, setzte sich darauf wichtig auf seinen Stuhl und betrachtete mit strenger Verwunderung den Fürsten, der, als wäre es ganz selbstverständlich, neben ihm auf einem anderen Stuhl Platz nahm, während er das Bündel immer noch an der Hand trug.

»Wenn Sie erlauben«, sagte der Fürst, »werde ich lieber hier bei Ihnen warten, was soll ich dort allein sitzen?«

»Im Vorzimmer ist nicht der richtige Platz für Sie; denn Sie sind ein Besucher, also sozusagen ein Gast. Wollen Sie den General persönlich sprechen?«

Der Diener konnte sich offenbar nicht so schnell an den Gedanken, diesen Menschen anmelden zu müssen, gewöhnen und entschloß sich daher, vorsichtshalber nochmal zu fragen.

»Ja, ich habe die Absicht ...«, sagte der Fürst.

»Ich frage Sie nicht nach Ihren Absichten – ich habe Sie nur anzumelden. Aber ohne den Sekretär werde ich Sie doch nicht anmelden können.«

Das Mißtrauen dieses Menschen schien noch zu wachsen: der Fürst glich aber auch gar zu wenig den täglichen Besuchern, und wenn der General auch recht oft zu einer festgesetzten Stunde sogar sehr verschiedenartige Leute empfing – vornehmlich in geschäftlichen Angelegenheiten –, so war der Kammerdiener trotz aller Anweisungen diesmal doch sehr im Zweifel darüber, was er tun sollte. Jedenfalls erschien ihm die Mittlerschaft des Sekretärs mit jeder Minute notwendiger.

»Ja, aber sind Sie auch wirklich ... aus dem Auslande gekommen?« fragte er schließlich ganz unwillkürlich und verstummte sogleich etwas betreten.

Er hatte wahrscheinlich fragen wollen: ‚Sind Sie auch wirklich ein Fürst Myschkin?'

»Ja, ich komme direkt von der Bahn. Ich glaube jedoch, daß Sie mich fragen wollten, ob ich wirklich Fürst Myschkin bin. Sie sprachen das aber aus Höflichkeit nicht aus.«

»Hm!« brummte der verwunderte Lakai.

»Nun, ich versichere Sie, daß ich Ihnen nichts vorgelogen habe. Übrigens werden Sie für mich nicht einzustehen brauchen. Und daß ich in diesem Aufzug und mit diesem Reisebündel erscheine, ist weiter nicht verwunderlich, da meine Verhältnisse im Augenblick nicht glänzend sind.«

»Hm! Sehen Sie, das ist es eigentlich nicht, was ich befürchte. Sie anzumelden, bin ich ja verpflichtet, und der Sekretär wird Sie empfangen, außer wenn ... das ist es eben, dieses außer wenn ... Sie wollen doch nicht, hm ... den General, wenn ich fragen darf, um eine Unterstützung bitten? – verzeihen Sie ...«

»O nein, in der Beziehung können Sie vollkommen beruhigt sein. Ich habe ein anderes Anliegen.«

»Sie müssen mich entschuldigen, ich fragte nur so ... aus Ihrem Auftreten zu schließen ... Warten Sie, bis der Sekretär kommt. Der General selbst arbeitet jetzt mit dem Obersten, dann aber kommt auch der Sekretär.«

»Wenn ich lange warten muß, so möchte ich Sie um etwas bitten: könnte ich hier nicht irgendwo ein wenig rauchen? Tabak und eine Pfeife habe ich bei mir.«

»Ra-au-chen?« Der Diener blickte ihn mit verächtlicher Verwunderung an, als traue er seinen Ohren nicht ganz. »Ra-au-chen? Nein, hier dürfen Sie nicht rauchen. Schämen Sie sich denn gar nicht, an so etwas auch nur zu denken? He! – das ist mal nett!«

»Oh, ich fragte ja nicht, ob ich hier in diesem Zimmer rauchen könnte. Ich weiß, daß das nicht geht. Ich wäre irgendwohin hinausgegangen, in ein Vorhaus oder einen Korridor, den Sie mir gezeigt hätten; denn ich bin sehr ans Rauchen gewöhnt, und heute habe ich seit ganzen drei Stunden nicht geraucht. Übrigens, wie Sie meinen. Es gibt ja auch ein Sprichwort: „In ein fremdes Kloster soll man nicht mit eigenen Sitten einziehen“ ...«

»Wie soll ich Sie denn nun eigentlich anmelden?« brummte der Kammerdiener fast unwillkürlich. »Erstens schon, daß dies hier doch nicht der rechte Platz zum Warten für Sie ist! Sie müßten im Empfangszimmer sitzen; denn Sie sind doch sozusagen ein Besucher, also ebensogut wie ein Gast, und mich wird man dann verantwortlich machen ... oder haben Sie ... haben Sie die Absicht, ganz bei uns zu bleiben?« fragte er plötzlich mit einem neuen Seitenblick nach dem Bündel des Fürsten, das ihm offenbar keine Ruhe ließ.

»Nein, die Absicht habe ich nicht. Selbst wenn man mich hier dazu aufforderte, würde ich nicht hier bleiben. Ich bin einfach gekommen, um die Familie kennenzulernen, weiter nichts.«

»Was? Kennenzulernen?« fragte der Kammerdiener verwundert mit doppeltem Mißtrauen. »Aber Sie sagten doch, Sie hätten ein Anliegen?«

»Oh, eigentlich habe ich kein Anliegen. Das heißt, wenn Sie wollen, habe ich allerdings ein Anliegen – ich wollte um einen Rat bitten –, aber hauptsächlich bin ich doch gekommen, um mich vorzustellen; denn ich bin ein Fürst Myschkin, und auch die Generalin Jepantschin ist eine geborene Fürstin Myschkin – und außer uns beiden gibt es keine Myschkins mehr.«

»Was, so sind Sie auch noch ein Verwandter?« Der Kammerdiener stutzte erschrocken.

»Auch das eigentlich nicht. Oder wenn man durchaus will, sind wir zwar verwandt, aber immerhin in so entferntem Grade, daß man es im Grunde wohl kaum noch Verwandtschaft nennen kann. Ich habe bereits einmal aus der Schweiz an die Generalin geschrieben, aber sie hat mir nicht geantwortet. Dennoch halte ich es jetzt, nach meiner Rückkehr, für nötig, wenigstens den Versuch zu machen, Beziehungen anzuknüpfen. Und Ihnen erkläre ich das alles jetzt nur, damit Sie an meiner Identität nicht zweifeln; denn, wie ich sehe, beunruhige ich Sie immer noch. Also melden Sie getrost den Fürsten Myschkin an, der Grund meines Besuches wird schon aus dieser Anmeldung zu ersehen sein. Empfängt man mich – ist's gut. Empfängt man mich nicht – ist's vielleicht ebenso gut, vielleicht sogar besser. Nur können sie, glaube ich, keinen Grund haben, mich nicht zu empfangen. Die Generalin wird doch sicherlich den einzigen noch lebenden Träger ihres Namens kennenlernen wollen, um so mehr, als sie, wie ich gehört habe, auf ihre fürstliche Herkunft etwas geben soll.«

Die Unterhaltung des Fürsten war scheinbar die allergewöhnlichste, doch je selbstverständlicher sie wurde, desto unverständlicher erschien sie dem erfahrenen Kammerdiener. Jedenfalls konnte er nicht umhin herauszufühlen, daß doch manches, was sonst zwischen zwei Menschen sehr wohl möglich ist, zwischen einem Gast und einem Diener dagegen ganz unmöglich ist. Da nun die Dienstboten in der Regel viel klüger zu sein pflegen, als ihre Herrschaft es im allgemeinen von ihnen voraussetzt, so dachte auch der Diener Seiner Exzellenz, daß es sich hier nur um zwei Möglichkeiten handeln könne: entweder war der Fürst irgend so ein leichtsinniger Herumtreiber, der unfehlbar Seine Exzellenz anbetteln wollte, oder er war einfach ein Dummkopf, der kein Standesbewußtsein hatte, denn: ein kluger Fürst mit Standesbewußtsein würde doch nicht im Vorzimmer sitzen und mit einem Lakaien von seinen Privatverhältnissen reden!? Wenn dem nun aber so war – fiel dann nicht ihm als erfahrenem Kammerdiener die ganze Verantwortung zu?

»Aber Sie werden sich nun doch ins Empfangszimmer bemühen müssen«, bemerkte er schließlich in möglichst bestimmtem Ton.

»Wenn ich dort gesessen hätte, würde ich Ihnen nichts erzählt haben«, meinte halb lachend der Fürst, »und folglich würde Sie der Anblick meines Mantels und Reisebündels immer noch ängstigen. So aber brauchen Sie den Sekretär jetzt vielleicht nicht mehr zu erwarten und können mich ohne fremde Vermittlung selbst anmelden?«

»Nein, einen Besuch wie Sie kann ich ohne den Sekretär nicht anmelden, und überdies hat Seine Exzellenz vorhin noch ausdrücklich befohlen, daß ich sie nicht stören soll, gleichviel wer da käme, solange der Oberst bei ihm ist. Nur Gawríla Ardaliónytsch kann unangemeldet eintreten.«

»Wer ist das – ein Beamter?«

»Gawríla Ardaliónytsch? Nein. Er ist bei der Aktiengesellschaft angestellt. Ihr Bündel könnten Sie doch wenigstens dorthin stellen.«
»Daran habe ich auch schon gedacht; wenn Sie erlauben. Und wissen Sie, ich lege lieber auch den Mantel ab.«
»Natürlich, Sie können doch nicht im Mantel eintreten.«
»Gewiß nicht.«
Der Fürst erhob sich, zog eilig seinen Mantel aus und stand nun in einem zwar schon getragenen, jedenfalls aber noch sehr anständigen, kurzen Rock von gut sitzendem, elegantem Schnitt vor dem ihn kritisch musternden Diener. Über der Weste hing eine schlichte Stahlkette, an der er eine silberne Genfer Uhr trug.
Wenn nun der Fürst auch ein Dummkopf war – das hatte der Lakai bereits festgestellt –, so schien es dem Kammerdiener Seiner Exzellenz doch unzulässig, daß er von sich aus das Gespräch mit dem Gast fortsetzte, obschon ihm der Fürst aus irgendeinem Grunde gefiel – in seiner Art, versteht sich. Trotzdem aber erregte er immer noch seinen aufrichtigen Unwillen.
»Wann empfängt die Generalin?« fragte der Fürst, nachdem er sich wieder auf denselben Platz gesetzt hatte.
»Das ist nicht mehr meine Sache. Sehr verschieden übrigens, je nach Wunsch. Die Modistin wird sogar schon um elf empfangen. Gawrila Ardalionytsch gleichfalls früher als die anderen, sogar schon zum ersten Frühstück.«
»Hier ist es in den Zimmern an kalten Wintertagen bedeutend wärmer als im Ausland«, bemerkte der Fürst, »dafür aber ist es dort in den Straßen wärmer als bei uns. Die Häuser sind dort im Winter dermaßen kalt, daß ein echter Russe anfangs gar nicht in ihnen wohnen kann.«
»Heizt man denn dort nicht?«
»Das wohl, aber die Häuser sind anders gebaut, die Öfen und Fenster...«
»Hm! Und wie lange beliebten Sie dort herumzureisen?«
»Ja so – vier Jahre. Übrigens habe ich die ganze Zeit fast nur an einem Ort gelebt, auf dem Lande.«
»Sind wohl unser Leben nicht mehr gewöhnt?«
»Auch das ist wahr. Glauben Sie mir, es wundert mich wirklich, daß ich die russische Sprache nicht verlernt habe. Da spreche ich nun mit Ihnen und denke dabei doch die ganze Zeit: ‚Aber ich spreche ja wirklich gutes Russisch!' Vielleicht ist das auch der Grund, weshalb ich so viel rede. Tatsächlich würde ich am liebsten nur reden und reden.«
»Hm! Hm! Haben Sie früher schon in Petersburg gelebt?« – Wie sehr sich der Diener auch beherrschen wollte, so weit konnte er sich doch nicht bezwingen, daß er ein so freundlich und fast sogar zuvorkommend mit ihm geführtes Gespräch einfach einschlafen ließ.

»In Petersburg? So gut wie überhaupt nicht. Nur auf der Durchreise bin ich hier gewesen. Ich habe die Stadt auch früher nicht gekannt, und jetzt soll es ja hier, wie man hört, so viel Neues geben, daß selbst diejenigen, die die Stadt früher gekannt haben, sie schwerlich wiedererkennen könnten. Augenblicklich wird hier viel von der Reform unserer Gerichte gesprochen.«
»Hm! . . . Unsere Gerichte. Ja . . . Wie ist es dort: sind dort die Gerichte gerechter als bei uns?«
»Das weiß ich nicht. Ich habe aber gerade von unseren Gerichten viel Gutes gehört. Da hat man jetzt auch die Todesstrafe bei uns abgeschafft.«
»Wird man denn dort zum Tode verurteilt?«
»Ja. Ich habe einmal in Frankreich eine Hinrichtung gesehen. In Lyon. Mein Arzt, Professor Schneider, hatte mich dorthin mitgenommen.«
»Wird dort gehängt?«
»Nein, in Frankreich wird nur enthauptet.«
»Was, schreit der Mensch dabei sehr?«
»Wo denken Sie hin! Es geschieht ja in einem Augenblick. Der Mensch wird hingelegt, und dann fällt plötzlich von oben ein breites Messer auf seinen Hals, mittels einer Maschine – die Guillotine wird sie genannt – schwer, scharf, in einer Sekunde . . . Der Kopf springt vom Rumpf ab, ehe man mit dem Auge einmal blinken kann. Die Vorbereitungen aber nehmen viel Zeit in Anspruch. Zuerst wird dem Verbrecher das Todesurteil vorgelesen, dann wird er hergerichtet, gebunden und aufs Schafott geführt – das alles muß schrecklich sein! Das Volk läuft von allen Seiten herzu, sogar Frauen, obschon man es dort sehr ungern sieht, daß Frauen der Hinrichtung beiwohnen.«
»Ist auch nicht ihre Sache.«
»Natürlich nicht! Diese Qual! . . . Der Verbrecher war ein kluger, furchtloser, starker Mann, nicht mehr jung, Legros hieß er. Nun, glauben Sie es mir oder glauben Sie es nicht: als er das Schafott bestieg – weinte er, und sein Gesicht war so bleich, war so weiß wie Papier. Wie ist so etwas nur möglich? Ist das nicht grauenvoll? Welcher Mensch weint denn vor Angst? Ich hätte nie gedacht, daß – nicht ein Kind –, aber ein erwachsener Mensch vor Angst weinen könnte, ein Mann von fünfundvierzig Jahren, der noch nie geweint hat! Was muß mit der Seele in diesem Augenblick geschehen, bis zu welchen Krämpfen wird sie gemartert? Eine Beschimpfung der Seele ist es, weiter nichts! Es heißt: „Du sollst nicht töten“ – und nun soll man dafür, daß er getötet hat, wiederum ihn töten? Nein, das darf man nicht. Jetzt ist es schon über einen Monat her, daß ich es gesehen habe, und immer noch glaube ich, es lebendig vor mir zu sehen. Fünfmal hat mir davon geträumt.«
Der Fürst hatte sich geradezu in Eifer geredet: auf seinem blassen Gesicht erschien ein leises Rot, wenn auch seine Rede ruhig blieb,

wie vorher. Der Kammerdiener hatte ihm mit großer Teilnahme und noch größerem Interesse zugehört und hing mit den Blicken an ihm, als könne er sich nicht von ihm losreißen. Vielleicht war dieser Bediente als Mensch nicht ohne Phantasie und Denkvermögen.
»Gut wenigstens, daß die Schmerzen nicht groß sind«, meinte er, »hm, so ... wenn der Kopf abgehackt wird.«
»Wissen Sie was«, griff der Fürst angeregt diesen Gedanken auf, »was Sie da soeben bemerkt haben, wird fast von allen ganz genau so hervorgehoben. Auch wird die Maschine, die Guillotine, heutzutage hauptsächlich deshalb benutzt. Mir aber kam damals etwas anderes in den Sinn: wie, wenn das sogar noch schlimmer ist? Ihnen erscheint meine Annahme vielleicht lächerlich, unmöglich; wenn man sich jedoch ein wenig in die Stimmung des Verurteilten zu versetzen sucht, so kommt einem ganz unwillkürlich der Gedanke an diese Möglichkeit. Denken Sie mal nach – nun, nehmen Sie zum Beispiel die Folter: da gibt es Schmerzen und Wunden und körperliche Qual, die aber lenkt einen doch von den seelischen Qualen ab, so daß einen bis zum Augenblick des Todes nur die Wunden quälen. Den größten, den quälendsten Schmerz aber verursachen vielleicht doch nicht die Wunden, sondern das Bewußtsein, daß, wie man *genau weiß*, in einer Stunde, dann in nur zehn Minuten, dann in einer halben Minute, sogleich, noch in diesem Augenblick – die Seele den Körper verlassen wird, und daß du dann kein Mensch mehr sein wirst, und daß das doch unfehlbar geschehen wird. Das Entsetzlichste ist ja gerade dieses ‚*Unfehlbar*'. Gerade wenn man den Kopf unter das Messer beugt und dann hört, wie es von oben klirrend herabglitscht – gerade diese Viertelsekunden müssen die furchtbarsten sein! Dies ist nicht nur meine Ansicht, müssen Sie wissen, sondern sehr viele haben das Gleiche geäußert. Ich bin aber so fest von der Richtigkeit meiner Annahme überzeugt, daß ich Ihnen offen sagen will, wie ich darüber denke: Für einen Mord getötet zu werden, ist eine unvergleichlich schwerere Strafe, als das begangene Verbrechen schwer ist. Laut Urteil getötet zu werden, ist unvergleichlich schrecklicher, als durch Räuberhand umzukommen. Wer von Räubern ermordet wird, nachts, im Walde oder sonstwo, hat zweifellos noch bis zum letzten Augenblick die Hoffnung auf Rettung. Hat man doch Beispiele erlebt, daß dem Betreffenden schon die Kehle durchgeschnitten ist, er aber doch noch zu fliehen oder zu entlaufen sucht. Hier aber wird einem auch diese letzte unwillkürliche Hoffnung, mit der zu sterben zehnmal leichter ist, unwiderruflich genommen; hier ist es das Todesurteil, dem man auf keine Weise entrinnen kann, hier ist es das Bewußtsein der unfehlbaren Vollstreckung desselben, was die größte Qual verursacht – eine größere Qual kann es in der Welt gar nicht geben. Führen Sie einen Soldaten in der Schlacht geradeswegs vor die Kanonen und lassen Sie auf ihn feuern, er wird doch immer noch hoffen, mit dem Leben

davonzukommen; aber lesen Sie demselben Soldaten sein Todesurteil vor, das *unfehlbar* an ihm vollstreckt werden wird, so wird er entweder irrsinnig werden oder in Tränen ausbrechen. Wer hat es denn gesagt, daß die menschliche Natur fähig sei, diesen Tod ohne die geringste Geistesverwirrung zu ertragen? Und wozu diese überflüssige, unnütze, so unglaublich überflüssige Beschimpfung des Menschen? Vielleicht gibt es irgendwo einen Menschen, dem das Todesurteil verlesen worden ist, der diese Qualen bis zum letzten Augenblick durchmacht, und dem man dann gesagt hat: ‚Geh hin, dir ist die Strafe erlassen.' Ja, solch einer könnte dann vielleicht erzählen. Von dieser Qual und diesem Entsetzen hat auch Christus gesprochen. Nein, so etwas darf man einem Menschen nicht antun!«
Der Diener hätte diesen Gedanken zwar nicht so auszudrücken vermocht wie der Fürst, verstand aber dennoch die Hauptsache sehr wohl, was man allein schon aus seiner gerührten Miene ersehen konnte.
»Wenn Sie nun einmal so gern rauchen«, brummte er, »so können Sie es schließlich auch tun, bloß dann etwas schnell. Denn wenn ich plötzlich gefragt werde und Sie nicht da sind –? Hier, sehen Sie, unter der Treppe ist eine kleine Tür. Da gehen Sie nur durch und dann rechts in die Kammer. Dort können Sie rauchen, nur müssen Sie das Klappfenster aufmachen, denn es ist doch immerhin nicht in der Ordnung . . .«
Doch noch bevor der Fürst sich erheben konnte, trat ein junger Mann mit Papieren unterm Arm ganz plötzlich ins Vorzimmer. Der Diener half ihm sofort, sich des Pelzes zu entledigen. Währenddessen musterte der Eingetretene den Fürsten möglichst unauffällig.
»Dieser Herr, Gawríla Ardaliónytsch, bittet, ihn als Fürst Myschkin und Verwandten bei der gnädigen Frau anzumelden. Er ist soeben mit der Bahn aus dem Ausland gekommen, auch sein Reisebündel hat er bei sich, nur . . .«
Das Weitere vernahm der Fürst nicht, denn der Diener begann zu flüstern. Der mit Gawrila Ardalionytsch angeredete junge Mann hörte ihm aufmerksam zu und blickte dann mit unverhohlener Neugier den Fürsten an, bis er schließlich den Diener stehen ließ und sich ihm näherte.
»Sie sind Fürst Myschkin?« fragte er äußerst höflich und liebenswürdig.
Er war ein sehr gefälliger junger Mann, gleichfalls etwa achtundzwanzig Jahre alt, gut gewachsen, von mittlerer Größe, blond und mit einem kleinen Napoleonsbart. Sein Gesicht war klug und sehr hübsch. Nur sein Lächeln war bei aller Liebenswürdigkeit gewissermaßen allzu fein, die Zähne erschienen dabei von gar zu perlenartiger Gleichmäßigkeit, und sein Blick war trotz seiner heiteren, vielleicht etwas zur Schau getragenen Offenherzigkeit etwas gar zu stechend und abschätzend.
»Wenn er allein ist, wird er wohl ganz anders blicken und vielleicht

niemals lachen«, sagte sich der Fürst unwillkürlich nach einer plötzlichen Empfindung.
Fürst Myschkin wiederholte in kurzen Worten, was er bereits dem Diener und am Morgen seinem Reisegefährten Rogoshin berichtet hatte. Gawrila Ardalionytsch schien sich inzwischen einer anderen Sache zu erinnern.
»Ach, dann waren Sie es vielleicht«, unterbrach er ihn, »dann haben Sie vor etwa einem Jahr oder noch kürzerer Zeit einen Brief – ich glaube, aus der Schweiz – an Jelisawéta Prokófjewna geschrieben?«
»Allerdings.«
»Dann wird man Sie hier schon kennen und wird sich gewiß Ihrer erinnern. Wollen Sie zu Seiner Exzellenz? Ich werde Sie sofort anmelden ... Er wird im Augenblick frei sein. Nur müßten Sie ... vielleicht halten Sie sich so lange im Empfangszimmer auf ... Weshalb haben Sie den Fürsten nicht ins Empfangszimmer geführt?« wandte er sich in strengem Ton an den Diener.
»Ich habe es doch gesagt, Sie wollten aber selbst nicht ...«
In dem Augenblick öffnete sich plötzlich die Tür zum Kabinett Seiner Exzellenz, und ein Offizier trat mit einem Portefeuille unterm Arm, laut sprechend und zum Abschied die Hacken zusammenschlagend, heraus.
»Bist du es, Gánja?« rief eine Stimme aus dem Kabinett. »Dann komm mal her.«
Gawríla Ardaliónytsch nickte dem Fürsten zu und trat schnell ins Kabinett.
Nach zwei Minuten öffnete sich die Tür von neuem, und Gawrila Ardalionytschs wohlklingende Stimme rief höflich:
»Wenn ich bitten darf, Fürst!«

III

Seine Exzellenz, General Iwán Fjódorowitsch Jepántschin stand mitten in seinem Kabinett und musterte mit nicht geringer Neugier den eintretenden Fürsten, ja, er trat ihm sogar zwei Schritte entgegen. Der Fürst ging auf ihn zu und nannte seinen Namen.
»Freut mich, Sie kennenzulernen«, erwiderte der General, »und womit kann ich Ihnen dienen?«
»Ein unaufschiebbares Anliegen an Sie habe ich im Grunde genommen nicht. Der Zweck meines Besuches ist ausschließlich, Ihre Bekanntschaft zu machen. Ich will Sie jedoch, wenn Ihre Zeit knapp bemessen ist, nicht weiter aufhalten; doch da ich weder Ihren Empfangstag kenne, noch weiß, wann Sie zu sprechen sind – ich bin übrigens soeben erst hier in Petersburg eingetroffen, aus der Schweiz ...«
Der General wollte schon lächeln, besann sich aber noch rechtzeitig und blieb ernst; darauf überlegte er noch ein wenig, kniff die Augen zusammen, betrachtete seinen Gast nochmals vom Kopf bis zu den Füßen, wies dann plötzlich auf einen Stuhl, setzte sich selbst schräg gegenüber und wandte dem Fürsten in ungeduldiger Erwartung sein Gesicht zu. Gánja stand in einer Ecke des Arbeitszimmers am Schreibtisch und sortierte die verschiedenen Schriftstücke.
»Zu Bekanntschaften habe ich im allgemeinen wenig Zeit«, sagte der General, »da Sie jedoch mit Ihrem Besuch zweifellos einen besonderen Zweck verfolgen, so ...«
»Ich habe es, offen gestanden, nicht anders erwartet, als daß Sie in meinem Besuch eine besondere Absicht vermuten würden. Aber – mein Ehrenwort – außer dem Vergnügen, Ihre Bekanntschaft zu machen, habe ich keinerlei besondere Nebenabsicht im Sinn.«
»Das Vergnügen liegt natürlich auf meiner Seite, aber man kann doch nicht immer nur ans Vergnügen denken. Mitunter, wissen Sie, gibt es auch ernste Sachen zu erledigen ... Zudem kann ich zwischen uns bis jetzt noch nichts Gemeinsames entdecken ... ich meine, sozusagen Gründe, di–i–ie ...«
»Ganz recht, solche Gründe gibt es natürlich nicht, und Gemeinsames zwischen uns dürfte wahrscheinlich nur wenig vorhanden sein. Denn wenn ich auch ein Fürst Myschkin bin und Ihre Frau Gemahlin aus demselben Hause stammt, so ist das wohl noch kein genügender Grund zu einem Besuch. Das sehe ich vollkommen ein. Dennoch ist es nun einmal der einzige Grund, weshalb ich Sie aufgesucht habe. Ich bin vier Jahre nicht in Rußland gewesen. Und als was verließ ich es: kaum war ich bei vollem Verstande! Damals

kannte ich so gut wie niemanden, und heute kenne ich hier vielleicht noch weniger ... Mir tut Bekanntschaft mit guten Menschen not. Außerdem muß ich noch eine wichtige Angelegenheit erledigen, und ich weiß nicht einmal, an wen ich mich wenden soll, und wer mir mit seinem Rat beistehen könnte. Da dachte ich schon in Berlin an Sie: ‚Das sind doch beinahe Verwandte, also werde ich mit denen den Anfang machen; vielleicht können wir einander doch von Nutzen sein, sie mir, ich ihnen – wenn es gute Menschen sind.' Und ich habe gehört, Sie seien gute Menschen.«

»Sehr verbunden.« Der General wunderte sich. »Erlauben Sie, wenn ich fragen darf: wo sind Sie abgestiegen?«

»Ich bin noch nirgendwo abgestiegen.«

»Also direkt aus dem Zug zu mir? Und ... mit Ihrem ganzen Gepäck?«

»Mein Gepäck besteht nur aus einem Bündel, in dem ich meine Wäsche habe, und sonst nichts; ich trage es gewöhnlich in der Hand bei mir. Ein Zimmer aber – nun ich werde ja wohl heute noch Zeit haben, eines zu finden.«

»So haben Sie also noch die Absicht, ein Zimmer zu mieten?« fragte der General.

»O ja, gewiß, selbstverständlich.«

»Ihren Worten glaubte ich eigentlich entnehmen zu können, daß Sie bei mir zu wohnen gedachten.«

»Daran hätte ich doch nur denken können, wenn ich von Ihnen dazu eingeladen worden wäre. Ich muß aber gestehen, daß ich selbst auf eine Einladung hin nicht bei Ihnen bleiben würde – nicht etwa aus irgendwelchen besonderen Gründen, sondern so ... es ist nicht meine Art.«

»Nun, dann war es ja ganz richtig von mir, daß ich Sie nicht gleich dazu einlud und Sie auch jetzt nicht einlade. Nur – wenn Sie gestatten, Fürst – um die Sache klarzulegen: da von einer Verwandtschaft zwischen uns, wie wir übereingekommen sind, nicht die Rede sein kann, obschon es mir, versteht sich, sehr schmeichelhaft wäre, so ...«

»So kann ich jetzt aufstehen und gehen, nicht wahr?« Und der Fürst erhob sich mit einem völlig heiteren Lachen im Gesicht, das sich zu seiner etwas peinlichen Lage seltsam genug ausnahm. »Werden Sie es mir glauben, Exzellenz, bei Gott, obschon ich weder mit den hiesigen Sitten noch mit dem ganzen Leben hierzulande vertraut bin, war ich doch überzeugt, bevor ich herkam, daß mein Besuch unfehlbar so und nicht anders verlaufen werde, wie er jetzt tatsächlich verlaufen ist. Nun! – vielleicht ist es so auch ganz in der Ordnung ... Und schon mein Brief ist ja unbeantwortet geblieben ... Also dann – leben Sie wohl und entschuldigen Sie, daß ich gestört habe.«

Doch der Blick, mit dem der Fürst bei diesen Worten den Hausherrn ansah, war so freundlich und sein Lächeln so ohne jegliche Spur von irgendeinem verborgenen unangenehmen Gefühl, daß der General plötzlich stutzte und seinen Gast auf einmal gleichsam mit ganz anderen Augen betrachtete. In einem Moment hatte er seine Meinung über den Fürsten geändert.

»Wissen Sie, Fürst«, sagte er lebhaft und mit einer fast ganz anderen Stimme, »ich habe Sie ja eigentlich noch gar nicht kennengelernt, und es ist doch sehr gut möglich, daß auch Jelisawéta Prokófjewna ihren stammverwandten Namensvetter sehen will ... Vielleicht warten Sie noch einen Augenblick, wenn es Ihre Zeit erlaubt ...«

»Oh, meine Zeit erlaubt es mir sehr leicht, sie gehört nur mir allein.« (Der Fürst legte seinen weichen Hut mit runder Krempe gleichzeitig auf den Tisch.) »Offen gesagt, ich habe eigentlich auch daran gedacht, daß Jelisaweta Prokofjewna sich vielleicht meines Briefes an sie erinnern wird. Vorhin, als ich dort im Vorzimmer wartete, befürchtete Ihr Diener, daß ich Sie vielleicht anbetteln würde – das war nicht schwer zu erraten – bei Ihnen aber muß es in der Beziehung strenge Vorschriften geben. Doch ich habe Sie wirklich nicht deshalb aufgesucht, es war mir wirklich nur darum zu tun, mit Menschen bekannt zu werden. Nur glaube ich, daß ich Sie aufgehalten habe, und das beunruhigt mich.«

»Nun denn, Fürst«, sagte der General mit erfreutem Lächeln, »wenn Sie tatsächlich das sind, was Sie scheinen, so wird es wohl ein Vergnügen sein, Sie näher kennenzulernen. Nur, sehen Sie, ich bin ein sehr in Anspruch genommener Mensch, ich muß mich sofort wieder an die Arbeit machen, dies und jenes durchsehen, unterschreiben, dann muß ich zu Seiner Durchlaucht, dann in den Dienst, kurzum – so gern ich auch geselligen Umgang mit Menschen pflegen würde, das heißt, mit guten Menschen, so, wie gesagt ... Überdies bin ich fest überzeugt, daß Sie eine so vorzügliche Erziehung genossen haben, daß ... Pardon, wie alt sind Sie, Fürst?«

»Sechsundzwanzig.«

»Ach! Ich habe Sie weit jünger geschätzt.«

»Ja, man sagt, daß ich jünger aussehe. Und was Ihren Zeitmangel anbetrifft, so werde ich bald lernen, Sie nicht lange aufzuhalten; denn es ist mir selbst sehr unangenehm zu stören ... Und schließlich sind wir ja allem Anschein nach so verschieden geartete Menschen ... aus verschiedenen Gründen –, daß es zwischen uns auch schwerlich viele Berührungspunkte geben wird. Das heißt, genaugenommen bin ich selbst nicht der Meinung; es scheint nur zu oft, daß es keine Berührungspunkte gibt, und doch sind sogar sehr zahlreiche vorhanden. Das kommt nur von der Trägheit der Menschen, weil sie sich nur so nach dem äußeren Schein zusammenfinden, deshalb können sie auch nichts Gemeinsames entdecken ... Doch ich langweile Sie vielleicht? Ich glaube, Sie sind ...«

»Nur zwei Worte: Besitzen Sie irgendwelches Vermögen? Oder beabsichtigen Sie, sich sonst irgendwie zu betätigen? Verzeihen Sie, daß ich so ...«

»Aber ich bitte Sie, ich verstehe Ihre Frage sehr wohl zu schätzen und begreife sie vollkommen. Ein Vermögen besitze ich im Augenblick nicht, und eine Beschäftigung habe ich ebensowenig, aber ich müßte mich eigentlich nach einer solchen umsehen. Hergereist bin ich mit fremdem Geld. Professor Schneider, mein Arzt und Lehrer in der Schweiz, hat mir das Reisegeld gegeben, aber auch nur so viel, wie dazu nötig war, so daß ich im Augenblick nur noch ein paar Kopeken besitze. Allerdings habe ich hier eine Angelegenheit, in der ich Sie eigentlich um Rat bitten wollte, jedoch ...«
»Sagen Sie, wovon gedenken Sie dann vorläufig zu leben, und welches sind Ihre Absichten?« unterbrach ihn der General.
»Ich beabsichtige zu arbeiten.«
»Oh, dann sind Sie ja ein ganzer Philosoph! Doch was ich sagen wollte ... glauben Sie irgendwelche Talente oder Fähigkeiten zu besitzen, das heißt – ich meine solche, durch die man sich sein tägliches Brot verdienen kann? Sie müssen nochmals entschuldigen ...«
»Oh, es bedarf durchaus keiner Entschuldigung. Nein, ich glaube, daß ich weder Talente noch besondere Fähigkeiten besitze. Hinzu kommt noch, daß ich ein kranker Mensch bin und keinen systematischen Unterricht genossen habe. Und in bezug auf meinen Lebensunterhalt glaube ich ...«
Wieder unterbrach ihn der General, der jetzt verschiedenes zu fragen begann. Der Fürst erzählte alles, was hier bereits berichtet worden ist. Es stellte sich heraus, daß der General den verstorbenen Pawlíschtscheff sogar persönlich gekannt hatte. Aus welchem Grunde sich dieser Pawlischtscheff für ihn interessiert und für seine Erziehung gesorgt hatte, vermochte der Fürst übrigens selbst nicht zu erklären; vielleicht einfach nur aus alter Freundschaft für den verstorbenen Vater des Fürsten. Nach dem Tode seiner Eltern war der Fürst, damals noch ein kleines Kind, ganz allein in der Welt zurückgeblieben und hatte dann ausschließlich auf dem Lande gelebt, da die Landluft ihm bedeutend zuträglicher gewesen war. Pawlischtscheff hatte den kleinen Knaben zwei alten Gutsbesitzerinnen, mit denen er weitläufig verwandt war, anvertraut; zuerst hatte er eine Gouvernante gehabt, späterhin einen Erzieher. Der Fürst fügte auch noch hinzu, daß er sich zwar alles dessen entsinnen, doch vieles nicht ganz erklären könne, da er sich über manche Dinge damals nicht Rechenschaft gegeben habe. Die häufigen Krankheitsanfälle hätten aus ihm fast einen Idioten gemacht. (Der Fürst drückte sich tatsächlich so aus: ‚einen Idioten'.) Zum Schluß erzählte er noch, daß Pawlischtscheff einmal in Berlin den Professor Schneider, einen Schweizer, kennengelernt habe, der sich auch damals schon speziell mit derartigen Krankheiten abgab und im Kanton Wallis eine Heilanstalt besaß, in der er die Kranken nach seiner eigenen Methode (vornehmlich mit kaltem Wasser, Gymnastik und ähnlichem) auch von Idiotie und Irrsinn heilte, gleichzeitig sie unterrichtete und sich

überhaupt ihrer geistigen Entwicklung mit Erfolg annahm. Pawlischtscheff hatte darauf den jungen Fürsten vor etwa fünf Jahren zu ihm in die Heilanstalt geschickt und war dann selbst – vor etwa zwei Jahren – ganz plötzlich gestorben, ohne ein Testament zu hinterlassen. In diesen zwei Jahren hatte ihn Schneider auf eigene Kosten in der Anstalt behalten und behandelt. Zwar habe er ihn nicht völlig geheilt, aber ihm doch sehr geholfen, bis er ihn dann schließlich auf seinen, des Fürsten, eigenen Wunsch und außerdem noch aus einem »anderen besonderen Grunde« nach Rußland geschickt habe.

Der General wunderte sich nicht wenig.

»Und hier in Rußland haben Sie keinen einzigen, der Ihnen nahesteht, keinen einzigen Menschen?« fragte er.

»Bis jetzt keinen ... aber ich hoffe ... außerdem habe ich einen Brief erhalten ...«

»Aber wenigstens haben Sie doch etwas gelernt«, unterbrach ihn wieder der General, ohne die letzten Worte des Fürsten zu beachten, »und Ihre Krankheit wird Sie doch nicht hindern, einen, nun, sagen wir – nicht allzu schweren Posten zu bekleiden?«

»Oh, sicherlich nicht. Und ich würde sogar sehr gern eine Stellung annehmen; denn ich wüßte auch selbst gern, wozu ich fähig bin. In diesen vier Jahren habe ich ununterbrochen gelernt, allerdings nicht so, wie man in der Schule lernt, sondern nach Professor Schneiders Grundsatz, nämlich gewissermaßen frei und freiwillig. Ich hatte dort auch Gelegenheit, viele Bücher zu lesen.«

»Russische Bücher? Dann können Sie also auch schreiben und ... können Sie auch fehlerlos schreiben?«

»Oh, selbstverständlich!«

»Vortrefflich. – Und Ihre Handschrift?«

»Meine Handschrift ist tadellos. Hierin besitze ich allerdings Talent, und wenn man will, kann man mich vielleicht sogar einen Künstler nennen, was das Schreiben anbelangt. Geben Sie mir ein Blatt Papier, ich werde Ihnen etwas zur Probe schreiben«, sagte der Fürst, ganz bei der Sache.

»Bitte. Das ist sogar von großer Wichtigkeit ... Und diese Ihre Bereitwilligkeit gefällt mir sehr, Fürst; Sie sind wirklich ein sehr lieber Mensch.«

»Was für wundervolle Schreibutensilien Sie hier haben, wieviel Bleistifte, wieviel Federn, welch ein dickes, schönes Papier ... Und überhaupt haben Sie ein prachtvolles Arbeitskabinett. Diese Landschaft hier kenne ich: sie ist – aus der Schweiz. Der Künstler hat sicher nach der Natur gemalt. Ich glaube sogar, diesen Ort gesehen zu haben – im Kanton Uri ...«

»Das ist leicht möglich, obschon das Gemälde hier gekauft ist. Gánja, gib dem Fürsten ein Blatt Papier; hier sind Federn und Tinte, schreiben Sie hier auf dieser Unterlage, bitte. – Was ist das?« wandte sich der General an Ganja, der seinem Portefeuille eine Photographie in großem Format entnahm und dem General überreichte. »Ah! Nastássja Filíppowna! Hat sie dir die selbst, wirklich selbst geschickt?« fragte er lebhaft und mit größtem Interesse.

»Soeben, als ich zur Gratulation bei ihr war, gab sie sie mir. Ich hatte sie schon vor längerer Zeit darum gebeten. Nur weiß ich nicht, ob das vielleicht nicht eine Anspielung sein soll, weil ich mit leeren Händen kam, ohne Geschenk – an einem solchen Tag?« fügte Ganja mit einem unangenehmen Lächeln hinzu.

»Aber nein!« meinte der General überzeugt. »Wie bist du nur wieder auf diesen Gedanken gekommen? Sie sollte solche Anspielungen machen! Sie ist ja doch gar nicht eigennützig. Und dann: womit solltest du ihr Geschenke machen? Dazu braucht man doch Tausende! Es sei denn, daß du ihr dein Bild schenktest. Wie, hat sie dich denn noch nicht um deine Photographie gebeten?«

»Nein, bis jetzt noch nicht. Vielleicht wird sie es auch nie tun. Sie haben doch den heutigen Abend nicht vergessen, Iwán Fjódorowitsch? Sie sind ja einer der ausdrücklich Geladenen.«

»Gewiß, gewiß weiß ich's, und ich werde auch unfehlbar erscheinen. Das fehlte noch, an ihrem Geburtstag! – und noch dazu am fünfundzwanzigsten! ... Hm! Aber weißt du, Ganja, ich werde dir – mag es denn so sein – etwas mitteilen. Bereite dich vor: sie hat Afanássij Iwánowitsch und mir versprochen, daß sie heute abend ihr letztes Wort sagen werde: Ja oder nein. So bereite dich jetzt mal darauf vor, vergiß es nicht!«

Ganja geriet plötzlich dermaßen in Verwirrung, daß er sogar ein wenig erblaßte.

»Hat sie das wirklich gesagt?« fragte er, und seine Stimme war unsicher.

»Vorgestern. Sie gab uns schließlich ihr Wort. Wir bedrängten sie beide so lange, bis sie es endlich versprach. Nur bat sie uns, es dir bis zum letzten Augenblick nicht zu sagen.«

Der General blickte Ganja aufmerksam an: ihm schien dessen Verwirrung nicht zu gefallen.

»Vergessen Sie aber nicht, Iwan Fjodorowitsch«, sagte Ganja erregt und mit unsicherer Stimme, »daß sie mir bis zu dem Augenblick, in dem sie sich entscheidet, volle Freiheit gelassen hat, und auch dann habe ich noch die Möglichkeit, mich nach meinem freien Willen zu entscheiden.«

»Ja, willst du denn ... so willst du also ...«, stotterte der General erschrocken.

»Ich habe nichts gesagt.«

»Aber ich bitte dich, als was willst du uns denn hinstellen?«

»Ich habe ja nicht gesagt, daß ich mich weigern werde. Ich habe mich vielleicht nicht ganz richtig ausgedrückt ...«

»Das fehlte noch, daß du dich weigertest!« rief der General ärgerlich aus, ohne seinen Ärger verbergen zu wollen. »Hier, mein Freund, handelt es sich nicht mehr darum, daß du dich *nicht* weigerst, son-

dern hier handelt es sich um deine Bereitwilligkeit, um deine Freude, mit der du ihr Jawort vernimmst . . . Wie steht's bei dir zu Hause?«
»Wie soll es da stehn? Zu Hause geschieht alles nach meinem Willen, nur mein Vater kann natürlich seinen Blödsinn nicht lassen. Er ist ja jetzt schon ganz unmöglich geworden. Ich rede überhaupt nicht mehr mit ihm, halte ihn aber noch im Zaum. Wenn die Mutter nicht wäre, würde ich ihm einfach die Tür weisen. Meine Mutter weint natürlich, und meine Schwester ärgert sich. Ich habe ihnen aber jetzt endlich einmal offen gesagt, daß ich Herr meines Schicksals bin und in meinem Haus wünsche, daß man mir . . . gehorcht. Meiner Schwester wenigstens habe ich es kurz und bündig auseinandergesetzt, und zwar in Gegenwart meiner Mutter.«
»Tja, Freund, ich begreife wahrhaftig nicht!« sagte der General, indem er mit gehobenen Schultern die Hände ausbreitete und wieder sinken ließ. »Mit Nína Alexándrowna ist es ganz dasselbe – du weißt, als sie neulich bei mir war, stöhnte und seufzte sie. ‚Was haben Sie denn gegen diese Heirat?' fragte ich. Da stellt es sich denn heraus, daß diese Heirat eine *Entehrung* für sie sei. Aber erlaub mal, wer kann denn hier von Entehrung reden? Wer kann den Nastassja Filippowna auch nur irgendeinen Vorwurf machen oder ihr etwas Schlechtes nachsagen? Doch nicht ewig das eine, daß sie zu Tozkij in Beziehung gestanden hat? Aber das ist doch nur lächerlich, namentlich wenn man gewisse Verhältnisse in Betracht zieht! ‚Sie werden sie doch nicht mit Ihren Töchtern verkehren lassen', sagte sie. Da haben wir's! Ich begreife Nina Alexandrowna einfach nicht! Wie kann man nur so wenig . . . so wenig . . .«
»So wenig seine Stellung begreifen?« half Ganja dem General. »Seien Sie ihr nicht böse: sie begreift ihre Stellung nur zu gut. Ich habe ihr damals sogleich gründlich die Wahrheit gesagt, damit sie sich nicht mehr in fremde Angelegenheiten einmischt. Und doch ist das einzige, was die Familie bis jetzt noch zusammenhält, daß das letzte Wort noch nicht gesprochen ist. Das Gewitter aber zieht schon herauf. Wenn heute das letzte Wort gesagt wird, so wird auch alles übrige gesagt werden.«
Der Fürst hatte, während er an einem anderen Tisch seine Schriftprobe verfaßte, das ganze Gespräch der beiden mit angehört. Als er fertig war, trat er an den ersten Tisch und überreichte dem General das Blatt.
»Das also ist Nastássja Filíppowna?« murmelte er halblaut vor sich hin, während er aufmerksam und neugierig die Photographie auf dem Schreibtisch betrachtete: »Wie wunderbar schön!« rief er gleich darauf ganz begeistert aus.
Die Photographie zeigte einen Frauenkopf von allerdings ungewöhnlicher Schönheit. Sie hatte sich in einem schwarzen Seidenkleid von sehr schlichter und eleganter Machart photographieren lassen; ihr offenbar dunkelblondes Haar war sehr einfach aufgesteckt; die Augen waren dunkel, tief, die Stirn nachdenklich. Der

Ausdruck des Gesichts verriet Leidenschaft und Hochmut. An sich war das Gesicht etwas hager, vielleicht auch blaß ...

Gánja und der General blickten beide ganz erstaunt den Fürsten an.

»Wie, Nastassja Filippowna? Ja, kennen Sie denn Nastassja Filippowna?« fragte der General.

»Ja. Ich bin wohl noch nicht vierundzwanzig Stunden in Rußland, aber diese Schönheit hier kenne ich schon.«

Und der Fürst berichtete von seiner Begegnung mit Rogóshin und was dieser ihm erzählt hatte.

»Das sind mir mal Neuigkeiten!« bemerkte der General erregt, nachdem er dem Fürsten aufmerksam zugehört hatte, worauf er forschend Ganja anblickte.

»Wahrscheinlich hat er nichts als Unanständigkeiten im Sinn«, brummte Ganja, der gleichfalls etwas betroffen zu sein schien. »Kennt man ... ein Kaufmannssohn, der durchgehen will. Ich habe bereits einiges von ihm gehört.«

»Auch ich, mein Lieber, habe von ihm gehört«, griff der General auf. »Gleich damals nach der Geschichte mit den Ohrringen erzählte uns Nastassja Filippowna das ganze Erlebnis. Aber jetzt hat sich die Sachlage doch bedeutend geändert. Hier spricht vielleicht wirklich eine Million mit und dazu ... Leidenschaft. Gesetzt – eine unanständige Leidenschaft ... vielleicht ... aber es riecht jedenfalls nach Leidenschaft, und wozu diese Leute im Rausch fähig sind, das weiß man! ... Hm! ... Wenn nur kein Skandal daraus entsteht!« schloß der General nachdenklich.

»Sie fürchten wohl die Million?« fragte Ganja mit einem Lächeln, das seine Zähne entblößte.

»Und du natürlich nicht?«

»Was meinen Sie, Fürst«, wandte sich Ganja plötzlich an diesen, »was für einen Eindruck hat er auf Sie gemacht? Ist es ein ernst zu nehmender Mensch oder nur so ein ... wüster Kerl? Ich möchte gern Ihre persönliche Meinung hören.«

Es ging etwas Besonderes vor in Gánja, als er diese Frage stellte. Es war, als wenn plötzlich eine neue Idee in seinem Hirn aufgeblitzt wäre, die jetzt ungeduldig aus seinen Augen hervorleuchtete. Der General, der sich außerordentlich beunruhigt fühlte, blickte von der Seite gleichfalls auf den Fürsten, doch schien er nicht viel von seiner Antwort zu erwarten.

»Ich weiß nicht, wie ich mich ausdrücken soll«, antwortete der Fürst, »ich glaube, daß viel Leidenschaft in ihm steckt, und sogar eine gewissermaßen krankhafte Leidenschaft. Und er scheint ja auch physisch noch ganz krank zu sein. Es ist leicht möglich, daß er sich schon nach den ersten Tagen in Petersburg wieder wird hinlegen müssen, namentlich, wenn er sofort wild draufloslebt.«

»So? Also diesen Eindruck hat er auf Sie gemacht?« Der General hielt sich offenbar gern an diese Auffassung.

»Ja, den Eindruck hatte ich.«

»Und dennoch kann ein Skandal von dieser Art nicht erst nach einigen Tagen, sondern heute noch eintreten, vielleicht werden wir noch heute abend etwas erleben«, sagte Ganja zum General, wiederum mit einem Lächeln, das seine Zähne entblößte, was ihm eine Art Hohn verlieh. –

»Hm ... Gewiß ... Dann kommt es eben nur darauf an, welch eine Laune ihr in den Kopf fährt«, meinte der General.

»Und Sie wissen wohl noch nicht, wie sie mitunter sein kann?«

»Das heißt, wie – ‚sein kann'?« fuhr der General auf, der sehr verstimmt und auch etwas verwirrt aussah. »Hör' mal, Ganja, ich bitte dich, widersprich ihr heute nicht und bemühe dich, so, weißt du, nun so ... mit einem Wort: nach ihrem Geschmack zu sein ... Hm! ... Weshalb verziehst du denn den Mund? Hör mal, Gawríla Ardaliónytsch, es ist Zeit, daß wir uns einmal klar werden über die Dinge, sogar höchste Zeit: für wen mühen wir uns denn? Du begreifst doch, daß ich mir in bezug auf meinen eigenen Vorteil keine Sorgen zu machen brauche: der ist doch vollkommen sichergestellt. Ob so oder so, jedenfalls werde ich die Sache zu meinem Vorteil zu wenden wissen. Tozkijs Entschluß ist unerschütterlich, folglich kann ich ruhig sein. Und deshalb merk dir, mein Lieber, daß, wenn ich jetzt überhaupt was wünsche, dieses einzig dein Vorteil ist. Urteile doch selbst! Oder traust du mir etwa nicht? Aber du bist doch ein ... ein Mensch ... mit einem Wort, ein vernünftiger Mensch, und das ist doch in diesem Fall ... das ist doch ... ist doch ...«

»Die Hauptsache«, half Ganja wieder dem etwas in die Enge geratenen General, worauf er seine Lippen zum beißendsten Lächeln verzog, das er jetzt nicht einmal mehr zu verbergen suchte. Er sah mit flammendem Blick ganz offen dem General in die Augen, als wünsche er, daß jener in seinen Augen alle seine Gedanken lese. Der General wurde feuerrot und geriet in Zorn.

»Nun ja, Vernunft ist die Hauptsache!« sagte er scharf, indem er Ganja streng anblickte. »Du bist, weiß Gott, ein komischer Mensch, Gawríla! Wie ich sehe, freust du dich geradezu über das Auftauchen dieses Kaufmannssohnes wie über einen Ausweg für dich. Hier hat es sich doch von Anfang an gerade um deine Vernunft gehandelt; hier galt es doch vor allen Dingen, zu begreifen und ... beiderseits ehrlich und offen zu handeln oder ... sonst wenigstens beizeiten zu sprechen, um nicht andere bloßzustellen. Zeit war dazu doch genug vorhanden, und es ist sogar auch jetzt noch nicht zu spät« (der General zog bedeutsam die Brauen in die Höhe), »obschon uns nur noch ein paar Stunden geblieben sind ... Haben wir uns verstanden? Nun? so sag doch: willst du oder willst du nicht? ... Willst du nicht, so sprich es aus – es steht dir vollkommen frei. Niemand wird Sie, mein bester Gawríla Ardaliónytsch, dazu bereden, niemand zieht Sie mit Gewalt in die Falle, vorausgesetzt, daß Sie eine Falle darin sehen!«

»Ich will«, sagte Ganja halblaut, doch mit fester Stimme; er blickte zu Boden und verstummte finster.
Der General war zufriedengestellt. Er war in Hitze geraten, bereute es aber augenscheinlich schon, daß er sich so weit hatte fortreißen lassen. Plötzlich wandte er sich zum Fürsten, und auf seinem Gesicht drückte sich flüchtig der unruhige Gedanke aus, daß der Fürst ja zugegen gewesen war und folglich alles gehört hatte. Doch er beruhigte sich sofort: ein Blick auf den Fürsten genügte, um jede Befürchtung auszuschließen.
»Oho!« rief der General erstaunt aus, als er die Schriftprobe erblickte, die der Fürst fertiggestellt hatte. »Aber das ist ja einfach Kalligraphie! Und sogar eine von seltener Schönheit! Ganz großartig! Sieh mal her, Ganja, was sagst du zu diesem Talent?«
Auf einem Blatt dicken Velinpapiers hatte der Fürst in mittelalterlicher russischer Schrift die Worte geschrieben:
„In Demut unterzeichnet dieses
Igúmen Pafnútij".
»Dieses hier«, erklärte der Fürst bereitwilligst und mit sichtlichem Interesse an der Sache, »ist die eigenhändige Unterschrift des Abtes Paphnutius nach einem Faksimile aus dem vierzehnten Jahrhundert. Sie schrieben alle prächtig, unsere alten Äbte und Metropoliten, und mit soviel Geschmack und Sorgfalt! Haben Sie nicht die Pogódinsche Ausgabe zur Hand, Exzellenz? ... Und hier habe ich in einer anderen Art geschrieben: das ist die runde, deutliche französische Schrift des vorigen Jahrhunderts, manche Buchstaben wurden sogar ganz anders geschrieben. Es ist eine offizielle Schrift, die Schrift der öffentlichen Schreiber, nach einer ihrer Vorlagen – ich hatte eine – und sie ist nicht ohne Vorzüge, das werden Sie zugeben. Betrachten Sie diese runden o, e und a. Ich habe den französischen Charakter der Schrift auf die russischen Buchstaben übertragen, was freilich durchaus nicht leicht ist, aber es ist mir doch gelungen. Und dann hier: gleichfalls eine schöne originelle Schrift, hier dieser Satz: „Eifer kann alles überwinden." Das ist eine echt russische Schrift, die Handschrift eines russischen Schreibers, oder wenn Sie wollen, eines Militärschreibers. So wird in dienstlichen Angelegenheiten an hohe Vorgesetzte geschrieben. Der Charakter dieser Schrift ist gleichfalls rund, entzückend, eine *schwarze* Schrift, wie man sie nennt, viel Tinte, doch mit sehr viel Geschmack geschrieben. Ein Kalligraph würde diese Schnörkel, oder richtiger, diese Ansätze zu Schnörkeln, diese halben, unvollendeten Schwänzchen – sehen Sie, hier und hier – nicht zulassen, aber als Ganzes betrachtet, nicht wahr, machen sie doch gerade den Charakter aus. Und wirklich, in ihnen verrät sich die ganze militärisch gedrillte Schreiberseele: er würde so gerne einen schwungvollen Schnörkel machen, das Talent will sich kundtun, aber es geht nicht – der Militärkragen ist eng zugeknöpft, die Disziplin erstreckt sich sogar bis auf die Handschrift – entzückend! Diese Probe fand ich vor nicht langer

Zeit ganz zufällig, und noch dazu wo? – in der Schweiz! Sie frappierte mich geradezu. Nun, und dieses hier ist die gewöhnliche, sehr einfache, echt englische Schrift: weiter kann die Eleganz nicht gehen, hier ist alles vollendet! Wie aufgereihte Glasperlen sind die Buchstaben. Unübertrefflich. Doch hier eine Variation derselben, und wiederum eine französische, ich habe sie von einem französischen Commis voyageur: es ist fast dieselbe englische Schrift, nur sind die Grundstriche ein wenig, nur um ein Haar, schärfer und dicker – und sehen Sie: die ganze Proportion ist sofort aufgehoben! Und beachten Sie auch das Oval der Buchstaben: sie sind um ein Haar runder, auch hat er sich einen Schnörkel erlaubt, ein Schnörkel aber ist ein überaus gefährliches Ding. Ein Schnörkel verlangt einen außergewöhnlichen Geschmack. Ist er aber wirklich gelungen, ist die richtige Proportion getroffen, so läßt sich diese Schrift mit keiner einzigen vergleichen, dann ist sie so schön, daß man sich einfach in sie verlieben kann.«

»Oho! In was für Feinheiten Sie sich da vertiefen!« sagte der General lachend. »Sie scheinen ja durchaus kein gewöhnlicher Kalligraph, sondern ein ganzer Künstler in diesem Fach zu sein – habe ich nicht recht, Gánja?«

»In der Tat, und sogar mit dem vollen Bewußtsein seiner Bestimmung«, sagte Ganja mit leicht spöttischem Lächeln.

»Lach nur, lach nur, aber damit kann man doch Karriere machen!« sagte der General. »Wissen Sie auch, Fürst, an welche Persönlichkeit wir Sie unsere Eingaben werden schreiben lassen? Nein, Ihnen kann man ja von vornherein fünfunddreißig Rubel monatliches Gehalt zahlen. Oh! gleich halb eins!« unterbrach er sich nach einem Blick auf die Uhr. »Zur Sache, Fürst, ich muß mich beeilen, und heute werden wir uns wohl nicht wiedersehen. Setzen Sie sich noch auf einen Augenblick ... Wie ich Ihnen bereits gesagt habe, wird es mir nicht möglich sein, Sie oft zu empfangen, doch ein wenig helfen will ich Ihnen herzlich gern, ein wenig, wie gesagt, das heißt natürlich nur im ... Allernotwendigsten, aber, fürs Weitere sozusagen, dafür müssen Sie schon selbst Sorge tragen. Ich werde Ihnen eine kleine Anstellung in einer Kanzlei verschaffen, nichts besonders Schwieriges, nur verlangt so etwas immerhin Akkuratesse. Jetzt kommen wir auf das andere zu sprechen: im Hause, oder vielmehr in der Wohnung Gawríla Ardaliónytsch Iwólgins, meines jungen Freundes hier, den ich Ihnen hiermit vorstelle, haben Mutter und Schwester desselben zwei oder drei möblierte Zimmer eingerichtet, die sie an gutempfohlene Mieter abgeben, versteht sich: mit Kost und Bedienung. Meine Empfehlung wird Nína Alexándrowna, denke ich, genügen. Für Sie aber, Fürst, dürfte das ein gefundener Schatz sein, erstens weil Sie dann nicht allein, sondern sozusagen im Schoße einer Familie leben werden, denn meiner Ansicht nach wäre es für Sie sehr unangenehm, in einer Großstadt wie Petersburg – besonders in der ersten Zeit – ganz allein zu sein. Nína Alexándrowna –

die Mutter – und Warwára Ardaliónowna – sind zwei Damen, die ich sehr hochschätze. Nina Alexandrowna ist die Gattin Ardalión Alexándrowitschs, eines verabschiedeten Generals, meines ehemaligen Regimentskameraden in jüngeren Jahren, mit dem ich aber aus gewissen Gründen den Verkehr abgebrochen habe, was mich jedoch nicht hindert, ihn in seiner Art zu schätzen. Alles dies erkläre ich Ihnen jetzt, Fürst, damit Sie sehen, daß ich Sie sozusagen persönlich empfehle und folglich für Sie gewissermaßen garantiere. Zu zahlen haben Sie für Kost und Logis einen sehr mäßigen Preis, doch wird, wie ich hoffe, Ihr Gehalt alsbald vollkommen dazu ausreichen. Es ist ja wahr, ein Mensch braucht auch etwas Taschengeld, wenn auch nur sehr wenig, aber – nehmen Sie es mir nicht übel, Fürst, wenn ich Ihnen rate, den Besitz von Taschengeld lieber zu vermeiden oder überhaupt zu vermeiden, Geld in der Tasche zu haben. Ich sage es nur so nach meiner Auffassung Ihres Charakters. Doch da Ihr Beutel im Augenblick ganz leer ist, so erlauben Sie mir, Ihnen jetzt – für den Anfang – hier ... diese fünfundzwanzig Rubel anzubieten. Wir können sie ja dann später, natürlich, verrechnen ... Wenn Sie in der Tat ein so herzlicher und aufrichtiger Mensch sind, wie Sie zu sein scheinen, so wird es hierin zwischen uns niemals Schwierigkeiten geben. Und wenn ich mich für Sie interessiere, so geschieht es, weil ich in bezug auf Sie bereits etwas im Sinn habe – was es ist, werden Sie später erfahren. Sie sehen, ich bin ganz offen zu Ihnen. Ich hoffe, Ganja, daß du gegen die Aufnahme des Fürsten in deine Familie nichts einzuwenden hast?«

»Im Gegenteil! Meine Mutter wird sich sehr freuen ...«, versicherte Ganja höflich.

»Ihr habt doch, glaube ich, bis jetzt nur ein Zimmer vermietet? An diesen – na, wie heißt er doch gleich? – Ferd ... Ferd ...«

»Ferdyschtschénko.«

»Nun ja. Weiß der Teufel, aber der Kerl gefällt mir nicht. Scheint mir irgend so ein ordinärer Spaßmacher zu sein. Und ich versteh auch nicht, warum Nastássja Filíppowna ihn so protegiert? Ist er etwa wirklich mit ihr verwandt?«

»Ach nein, das war doch nur ein Scherz! Keine Spur von Verwandtschaft!«

»Na, dann hol' ihn der Teufel! Und Sie, Fürst, sind Sie damit zufrieden oder nicht?«

»Ich danke Ihnen, Exzellenz, Sie erweisen sich mir gegenüber als ein ungemein gütiger Mensch, um so mehr, als ich Sie nicht einmal um etwas gebeten habe. Ich sage das jetzt nicht etwa aus Stolz. Ich wußte zwar eigentlich selbst noch nicht, wohin ich heute mein Haupt legen sollte. Allerdings hat mich Rogoshin zu sich eingeladen ...«

»Rogoshin? Aber nein, das geht denn doch nicht! Ich würde Ihnen väterlich oder, wenn Sie wollen, freundschaftlich raten, diesen Rogoshin ganz zu vergessen. Und überhaupt würde ich Ihnen raten, sich mehr der Familie anzuschließen, in die Sie eintreten.«

»Da Sie nun einmal so gütig zu mir sind«, wollte der Fürst noch einmal von seiner besonderen Angelegenheit beginnen, »so erlauben Sie mir, bitte, Sie in einer für mich sehr wichtigen Sache um Rat zu fragen. Ich bin vor kurzem durch einen Bevollmächtigten benachrichtigt worden ...«

»Nein, jetzt müssen Sie mich schon entschuldigen«, unterbrach ihn der General, »ich habe keinen Augenblick mehr zu verlieren. Ich werde Sie noch bei Lisawéta Prokófjewna anmelden: wünscht sie, Sie sogleich zu empfangen – ich werde mich bemühen, Sie dementsprechend zu empfehlen –, so rate ich Ihnen, die Gelegenheit zu benutzen und ihr zu gefallen, denn Lisawéta Prokófjewna kann sehr viel für Sie tun. Und dazu sind Sie ja ihr – Namensvetter. Wünscht sie es dagegen nicht, so nehmen Sie es ihr nicht übel und sprechen Sie einmal zu einer anderen Stunde vor. Du, Gánja, sieh mal inzwischen hier diese Rechnungen durch, wir konnten gestern, Fedosséjeff und ich, nicht damit ins reine kommen. Die darf man nicht vergessen, auch noch hinzuzufügen ...«

Der General verließ bereits das Zimmer, und so kam denn der Fürst doch nicht dazu, mit ihm über die Angelegenheit zu reden, von der er wohl zum vierten Mal zu sprechen begonnen hatte. Ganja zündete sich eine Zigarette an, worauf er auch dem Fürsten sein Etui reichte. Der Fürst nahm eine Zigarette, knüpfte aber, da er nicht stören wollte, kein Gespräch an, sondern begann, das Zimmer zu betrachten. Ganja jedoch schenkte dem mit Zahlen bedeckten Blatt Papier, auf das ihn der General aufmerksam gemacht hatte, kaum einen Blick. Er war augenscheinlich sehr zerstreut: sein Lächeln, seine bei aller Nachdenklichkeit auffallende Zerfahrenheit erschienen dem Fürsten noch unangenehmer, seitdem sie beide allein zurückgeblieben waren. Plötzlich trat Ganja an den Fürsten heran. Dieser stand wieder über die Photographie Nastassja Filippownas gebeugt und betrachtete sie.

»Also Ihnen gefällt eine solche Frau, Fürst?« fragte er ganz unvermittelt, während er ihn durchdringend ansah, als hätte er irgendeine außergewöhnliche Absicht gehabt.

»Ein wunderbares Gesicht!« sagte der Fürst, »und ich bin überzeugt, daß ihr Schicksal kein gewöhnliches ist. Das Gesicht an sich ist fast heiter, aber sie muß doch unglaublich gelitten haben, nicht? Das sieht man den Augen an, sehen Sie diese beiden hervorstehenden Knöchelchen bei den Augen, hier, wo die Wangen beginnen. Es ist ein stolzes Gesicht, unglaublich stolz, nur weiß ich nicht, ob sie auch gut ist. Ach, wenn sie es doch wäre! Dann wäre alles gerettet!«

»Würden *Sie* eine solche Frau heiraten?« fragte Ganja plötzlich ganz unvermittelt, ohne seinen brennenden Blick von ihm abzuwenden.

»Ich kann weder die noch eine andere heiraten, ich bin ja nicht gesund«, sagte der Fürst.

»Aber würde Rogoshin sie heiraten? Was meinen Sie?«
»Oh, heiraten würde der sie, glaube ich, womöglich gleich morgen! Heiraten, ja, aber nach einer Woche würde er sie vielleicht ermorden.«
Kaum hatte der Fürst das gesagt, als Ganja so heftig zusammenfuhr, daß der Fürst beinahe aufschrie vor Schreck.
»Was ist Ihnen?« fragte er entsetzt und griff nach seinem Arm.
»Seine Exzellenz lassen Durchlaucht bitten, sich zu Ihrer Exzellenz zu bemühen«, sagte der Diener, der in der Tür erschienen war.
Der Fürst folgte ihm zur Generalin.

IV

Alle drei Töchter des Generals waren gesunde, blühende, gutgewachsene junge Damen mit wundervollen Schultern, straffer Büste und kräftigen, fast könnte man sagen männlichen Armen. Infolge ihrer guten Gesundheit und frischen Jugend aßen sie natürlich auch gern, wessen sie sich übrigens durchaus nicht schämten, und was sie daher auch vor Fremden gar nicht so zimperlich zu verbergen suchten. Zwar war ihre Mutter, die Generalin Lisawéta Prokófjewna, mitunter etwas ungehalten über diesen offen bekundeten, echten Jugendhunger; doch da gar manche ihrer Ansichten trotz aller äußeren Ehrerbietung, mit der die Töchter sie anhörten, im Grunde schon längst ihre anfängliche und unerschütterliche Autorität eingebüßt hatten – und das sogar in einem solchen Maße, daß die einstimmige Partei der drei jungen Mädchen fast immer recht behielt –, so fand es die Gemahlin im Hinblick auf ihre persönliche Würde weit bequemer und ersprießlicher, nicht zu streiten, sondern nachzugeben. Freilich wollte sie auch nicht immer nachgeben und sich dem Willen der Töchter fügen. Lisaweta Prokofjewna wurde mit jedem Jahre launischer, ungeduldiger und unduldsamer, ja, sie konnte bisweilen sogar sehr sonderbar sein. Doch da sie immer einen ihr äußerst ergebenen und von ihr gut erzogenen Gatten zur Hand hatte, so ergoß sich der Ärger, wenn sich ein solcher in ihrem Herzen angesammelt hatte, gewöhnlich über sein Haupt, worauf dann die Harmonie in der Familie wieder hergestellt war und alles von neuem im alten Gleise seinen gewohnten Gang nahm.

Übrigens besaß auch die Generalin selbst keinen gerade schlechten Appetit, und so nahm sie täglich um halb ein Uhr an einem sehr reichhaltigen Frühstück teil, das man ebensogut ein Mittagsmahl hätte nennen können. Eine Tasse Kaffee wurde von den jungen Damen bereits früher getrunken, um zehn Uhr, und das geschah in der Regel noch im Bett. Daran hatten sie sich einmal gewöhnt und dabei blieb es. Um halb eins wurde dann im kleinen Speisesalon in der nächsten Nähe der Gemächer der Mama der Frühstückstisch gedeckt. Zu diesem intimen Dejeuner im engsten Familienkreise erschien bisweilen auch der General, wenn seine Zeit es ihm erlaubte. Da gab es dann außer Kaffee, Tee, Käse, Honig, Butter gewisse Pfannkuchen, die besonders von der Generalin sehr gern gegessen wurden, auch noch Koteletts und sogar eine starke heiße Bouillon. An jenem Morgen, an dem unsere Erzählung beginnt, hatten sich Mutter und Töchter wie gewöhnlich an der Frühstückstafel versammelt und erwarteten den General, der versprochen hatte, um halb eins sich gleichfalls einzufinden. Hätte er nur eine Minute länger auf sich warten lassen, so würde sofort nach ihm geschickt worden sein. Doch er erschien pünktlich.

Als er an seine Gattin herantrat, um ihr einen „Guten Morgen" zu wünschen und die Hand zu küssen, bemerkte er in ihrem Gesicht einen ganz eigenartigen Ausdruck, und wenn er auch schon am Abend vorher nichts anderes erwartet hatte, als daß es infolge einer gewissen »Geschichte« – wie er Ähnliches in Gedanken zu nennen pflegte – genau so kommen werde, und sich noch im Einschlafen darob Sorgen gemacht hatte, so wurde ihm jetzt doch trotz der Vorbereitung etwas bange. Die Töchter kamen alle drei zum Papa, um ihm den Morgenkuß zu geben; die hatten nun allerdings keinen Grund, ihm gram zu sein, aber auch aus ihren Mienen glaubte sein argwöhnisches Gewissen etwas Besonderes herauszulesen. Freilich war der General aus gewissen Gründen mehr als nötig mißtrauisch geworden, und da er bei alledem noch ein erfahrener und geschickter Gatte und Vater war, so traf er schleunigst seine Vorkehrungen.

Doch, wie ich sehe, muß ich hier von meiner Erzählung ein wenig abschweifen und zur Erläuterung der Situation noch einiges über die inneren Verhältnisse der Familie Jepántschin hinzufügen. Vielleicht wird das auch die Plastik des Gesamteindrucks nicht beeinträchtigen.

Der General war, wie bereits erwähnt, zwar kein sehr gebildeter Mann – er selbst nannte sich gern einen Autodidakten –, doch das hinderte ihn nicht, als Gatte und Vater ein geschickter Stratege zu sein. Unter anderem befolgte er auch den Grundsatz, seine Töchter nicht zum Heiraten zu drängen, d. h. »nicht ewig und immer hinter ihnen her zu sein«, und sie mit einer übergroßen väterlichen Besorgnis zu ihrem Glück zu drängen, wie es sonst fast ausnahmslos in allen Familien geschieht, in denen erwachsene Töchter sind. Ja, es war sogar ausschließlich dem Einfluß des Generals zuzuschreiben, daß auch Lisawéta Prokófjewna, seine Gattin, diesem Verfahren beitrat, obschon es für eine Frau doch recht schwer sein mußte – schwer, weil unnatürlich. Aber die Argumente des Generals waren zu überzeugend und stützten sich überdies noch auf greifbare Tatsachen. Mädchen, die sich vollkommen allein überlassen blieben, mußten sich doch mit der Zeit unwillkürlich selbst entschließen, Vernunft anzunehmen – und dann würde das Unternehmen ganz anders in Gang gesetzt werden: das lag doch auf der Hand! Sie würden sich dann mit ganz anderer Lust und wirklichem Eifer an die Sache machen und alle Launen und wählerisches Mäkeln hübsch beiseite lassen; die Eltern aber brauchten dann nur noch darauf achtzugeben, daß die Töchter keine gar zu sonderbare Wahl träfen oder sonst eine unnatürliche Neigung an den Tag legten, um nur, wenn dann der richtige Augenblick gekommen war, sofort mit aller Kraft nachzuhelfen und mit Ausnutzung jedes Einflusses die Angelegenheit ins richtige Gleis zu bringen. Hinzu kam noch, daß ihr Vermögen und ihr gesellschaftliches Ansehen mit jedem Jahr in geometrischem Verhältnis wuchs – folglich gewannen auch die Töchter, lediglich als „Partien“ betrachtet, mit jedem Jahr. Aber zu diesen Tatsachen war in jüngster Zeit noch eine andere wichtige Tatsache hinzugekommen: Die älteste Tochter, Alexandra, war plötzlich und ganz unerwartet – wie das gewöhnlich zu geschehen pflegt – fünfundzwanzig Jahre alt geworden. Fast um dieselbe Zeit hatte sich Afanassij Iwánowitsch Tózkij, ein Mann aus der besten Gesellschaft, der Beziehungen zu den angesehensten Persönlichkeiten hatte und außerordentlich reich war, wieder einmal zur Verwirklichung seines längst nicht mehr neuen Wunsches, sich zu verheiraten, fest entschlossen. Er war ein Mann von ungefähr fünfundfünfzig Jahren, von vornehmer Gesinnung und Gesittung, was man so nennt, und von einer seltenen Geschmacksfeinheit. Er wollte nicht »geschmacklos« heiraten, denn er wußte Schönheit sehr zu schätzen, und da er mit dem General Jepantschin seit einiger Zeit innige Freundschaft pflegte, die durch gemeinsame Beteiligung an finanziellen Unternehmungen herbeigeführt worden war, so stellte er an ihn die Frage, gewissermaßen in der Form einer Bitte um freundlichen Rat und Beistand, ob es ginge oder nicht, daß er bei einer seiner Töchter anhielt.

Diese Frage verursachte im stillen, ruhig-schönen Lebenslauf der Familie Jepantschin einen sichtlichen Umschwung.

Die unbestritten Schönste in der Familie war, wie bereits erwähnt, Aglaja, die Jüngste. Aber selbst Tozkij, der außergewöhnliche Egoist, der sich sonst durch höchste Selbsteinschätzung auszeichnete, begriff, daß er hier nicht anklopfen durfte und daß eine Aglaja nicht für ihn bestimmt sein konnte. Es ist möglich, daß die blinde Liebe und gar zu glühende Freundschaft der Schwestern die Sache etwas übertrieb, doch ihrer festen Überzeugung nach mußte Aglajas Leben nicht ein gewöhnliches Leben, sondern womöglich das Ideal eines irdischen Paradieses werden. Aglajas zukünftiger Mann sollte alle Tugenden und Vollkommenheiten in sich vereinigen und die größten Erfolge aufzuweisen haben, vom Besitz irdischer Güter schon ganz zu schweigen. Die beiden Schwestern hatten sogar beschlossen – und zwar ohne viel Worte zu verlieren –, falls es nötig sein sollte, nach Möglichkeit von ihrer Mitgift zugunsten Aglajas einen Teil abzutreten, denn Aglaja stünde, so meinten sie, eine enorme Mitgift zu, weit mehr als ihnen, den beiden älteren Schwestern. Die Eltern wußten um diese Absicht, und deshalb zweifelten sie kaum, als Tozkij um ihren Rat bat, daß eine von ihren älteren Töchtern seinen Antrag annehmen werde, zumal der reiche Freier in betreff der Mitgift nicht allzu peinlich sein würde. Der General hatte seinerseits den Antrag Tozkijs sofort mit der ihm eigenen Lebensweisheit sehr hoch einzuschätzen gewußt. Nun ging aber Tozkij aus gewissen besonderen Gründen nur mit äußerster Vorsicht in dieser Angelegenheit vor – sondierte einstweilen noch – und daher hatten auch die Eltern mit ihren Töchtern von der Sache nur wie von einer fernen Möglichkeit gesprochen. Als Antwort hatten sie von den Töchtern den gleichfalls noch ziemlich unbestimmt ausgedrückten Bescheid erhalten, daß Alexandra, die Älteste, ihm vielleicht keinen Korb geben würde. Alexandra war ein gutherziges Mädchen, dabei aber charakterfest, sehr verständig und überaus verträglich. Einen Mann wie Tozkij hätte sie ohne Überwindung, sogar ganz gern, zu heiraten vermocht, und es war sicher, wenn sie einmal ihr Wort gegeben, dann würde sie es treu und ehrlich halten. Den Glanz liebte sie nicht und es waren von ihr keine Launenhaftigkeit und keine Scherereien zu erwarten, sondern sie konnte möglicherweise das Leben eines Mannes sogar versüßen und ruhig und angenehm machen. Dabei war sie hübsch, sehr hübsch, wenn sie auch nicht gerade Aufsehen erregte. Was konnte es für Tozkij Besseres geben?

Einstweilen aber fuhr man fort, mit entschlossenerem Vorgehen immer noch zu zögern und vorerst zu sondieren. Gemeinsam und freundschaftlich war von Tozkij und dem General beschlossen worden, vorderhand jeden formellen und unwiderruflichen Schritt zu vermeiden. Und so vermieden es auch die Eltern, offen mit den Töchtern zu reden. Und das war schließlich der Grund, weshalb sich in die bisherige Harmonie gleichsam eine Dissonanz einzuschleichen begann: die Generalin selbst, die Mutter der Familie, wurde unzufrieden, und das war von großer Bedeutung. Es gab da nämlich einen gewissen verzwickten und recht unangenehmen »Umstand«, der vielleicht sogar alle diese Heiratspläne zerschlagen und für immer unmöglich machen konnte.

Dieser verzwickte und unangenehme »Umstand«, wie sich Tozkij auszudrücken pflegte, hatte eine Vorgeschichte, die schon ziemlich weit, ungefähr achtzehn Jahre, zurücklag. In einem der mittleren Gouvernements des europäischen Rußlands lebte damals auf einem kleinen Gütchen, das an eines der größten Güter Afanassij Iwanowitsch Tozkijs grenzte, in ärmlichen Verhältnissen ein gänzlich vermögensloser Landjunker, der wegen seines sprichwörtlichen, überall und unermüdlich ihn verfolgenden Mißgeschicks eine wirklich bemerkenswerte Erscheinung war. Er stammte aus einem guten alten Adelsgeschlecht. In dieser Beziehung rangierte Filípp Alexándrowitsch Baráschkoff – so hieß der Betreffende – sogar noch vor Tozkij. Nachdem er als Offizier seinen Abschied genommen und lange Zeit bis über die Haare in Schulden gesteckt hatte, war es ihm endlich nach unermüdlicher, harter, geradezu sibirischer Arbeit gelungen, die Ertragsfähigkeit seines kleinen Gutes so weit in die Höhe zu bringen, daß er wenigstens sein Auskommen hatte. Da er bei allem Pech doch kein Pessimist geworden war, ermutigte ihn jeder noch so geringe Erfolg ganz außerordentlich. Als er nun nach langen Jahren wieder einmal neue Hoffnungen hegen durfte, begab er

sich auf ein paar Tage in die nächste Kreisstadt, um daselbst mit einem seiner Hauptgläubiger zu verhandeln und, wenn möglich, einen günstigen Vertrag abzuschließen. Am dritten Tage nach seiner Ankunft in der Stadt erschien aber plötzlich sein Dorfältester, reitend, mit verbrannter Wange und versengtem Bart, und meldete gehorsamst, daß am Tage vorher um die Mittagszeit sein »Stammgut« niedergebrannt sei, »wobei auch die gnädige Frau zu verbrennen geruhten, die Kinderchen aber sind heil geblieben«, wie er sich buchstäblich ausdrückte. Diesem Schicksalsschlag war jedoch selbst Baráschkoff, der an die Rippenstöße Fortunas so lange Gewöhnte, nicht gewachsen: er verlor den Verstand und starb nach einem Monat an einem hitzigen Fieber. Das Gut mit den niedergebrannten Gebäuden wurde versteigert, und die Bauern waren bald ihrer Wege gegangen. Der beiden kleinen Mädchen aber, der Töchter Baráschkoffs, die damals sechs und sieben Jahre alt waren, nahm sich großmütigerweise der Gutsnachbar Tozkij an.
Sie wurden zusammen mit den Kindern eines Verwalters der Tozkijschen Güter, eines Deutschen und ehemaligen Beamten, der eine zahlreiche Familie besaß, erzogen. Bald jedoch starb das eine Mädchen, die Jüngere, am Keuchhusten, so daß nur noch die siebenjährige Nástja (Nastássja) von der ganzen Familie übrigblieb. Tozkij, der damals im Ausland lebte, hatte sie bald alle beide vergessen. Nach fünf Jahren fiel es ihm dann eines Tages ein, doch mal nachzusehen, wie es auf seinem Gut eigentlich aussah, und da entdeckte er denn zu seiner Überraschung in seinem alten Gutsgebäude unter den Kindern seines deutschen Verwalters ein entzückendes Mädchen von zwölf Jahren, ein ausgelassenes, reizendes, kluges Ding, das einmal sehr schön zu werden versprach – in solchen Dingen war Tozkij ein Kenner mit unfehlbarem Blick. Er blieb nur ein paar Tage auf dem Gut, doch genügten sie ihm vollkommen, um einige Anordnungen zu treffen. Die Folge davon war, daß in der Erziehung der Kleinen eine bedeutsame Wendung eintrat. Es erschien alsbald eine ehrwürdige, ältere, sehr gebildete Gouvernante, eine Schweizerin, die sich im Erziehen höherer Töchter bereits gut bewährt hatte und die außer in der französischen Sprache auch noch in verschiedenen wissenschaftlichen Fächern unterrichtete. Sie zog in das Gutsgebäude ein, und von nun an vergrößerte sich das Wissen der kleinen Nastássja mit jedem Jahr um ein Bedeutendes. Nach vier Jahren war die Erziehung abgeschlossen: die Gouvernante fuhr wieder fort, und bald darauf erschien eine ältere Dame, eine Gutsnachbarin Tozkijs – doch aus einem anderen, fernen Gouvernement –, um Nastássja, wie die Instruktion und Bevollmächtigung Tozkijs lautete, auf ein anderes seiner zahlreichen Güter zu bringen. Auf diesem nicht großen Landstück war ein sehr nettes, wenn auch nur kleines Landhaus neu aufgebaut und sehr geschmackvoll eingerichtet worden. Das Gütchen trug wie absichtlich den Namen „Otrádnoje“.[2] Die alte Dame brachte das Mädchen in dieses stille

Haus, und da ihr eigenes Gut nur eine Werst von dort entfernt lag, so richtete sie sich zusammen mit Nastássja in Otrádnoje ein. Im Hause lebten noch eine alte Haushälterin und eine junge, geschickte Zofe. Auch gab es dort Musikinstrumente, eine elegante Mädchenbibliothek, Bilder, Skizzen, Zeichenstifte, Farben, kurz, alle Malutensilien, ferner ein schönes sibirisches Windspiel. Nach zwei Wochen erschien auch Afanássij Iwánowitsch in Otrádnoje ... Und seit der Zeit zeigte er dann eine ganz besondere Vorliebe für dieses entlegene kleine Steppengut, suchte es in jedem Jahr einmal auf, blieb dort zwei oder sogar drei Monate, und so vergingen etwa vier Jahre, ruhige und glückliche Jahre vornehmen und geschmackvollen Lebens.

Da sollte es aber geschehen, daß einmal, zu Anfang des Winters, ungefähr vier Monate nach dem Sommerbesuch Tozkijs, der diesmal nur zwei Wochen geblieben war, in Otradnoje sich das Gerücht verbreitete und auch Nastassja Filippowna zu Ohren kam, daß Tozkij in Petersburg alsbald ein schönes, reiches und vornehmes Mädchen heiraten – kurz, eine solide und glänzende Partie machen werde. Später zeigte es sich, daß dieses Gerücht nicht in allen Punkten der Wahrheit entsprach. Die Heirat war nur erst ein Projekt, und überhaupt war alles noch sehr unbestimmt, doch in Nastássja Filíppowna hatte sich aus diesem Anlaß bereits eine unangenehme Veränderung vollzogen. Sie bewies plötzlich eine ungewöhnliche Entschlossenheit und zeigte einen Charakter, den niemand in ihr vermutet hätte. Ohne sich lange zu bedenken, verließ sie das Landhaus und erschien plötzlich ganz allein in Petersburg, wo sie sich sofort zu Afanassij Iwanowitsch Tozkij begab. Dieser war zunächst sprachlos, sammelte sich aber doch so weit, daß er nach einer Weile mit ihr zu reden begann. Und nun stellte es sich zu seiner noch größeren Überraschung schon nach dem ersten Wort heraus, daß er in einem ganz anderen Ton mit ihr reden mußte, daß er Stil, Stimme, die Themen ihrer früheren so ästhetischen und so angenehmen Gespräche, die er bis jetzt so erfolgreich zu beherrschen gewußt, ja selbst die Logik, kurz – alles, alles, alles von Grund aus ändern mußte! Vor ihm saß ein ganz anderes, ihm vollkommen fremdes Wesen, das mit jener Nastassja Filippowna, die er bis jetzt gekannt und erst im Juli in Otradnoje zurückgelassen hatte, nichts, aber auch nichts Gemeinsames hatte.

Diese neue Frau da vor ihm wußte und begriff unglaublich viel – so viel, daß man sich nur wundern konnte, woher sie dieses Wissen erlangt, wie sie so genaue Vorstellungen in sich hatte ausarbeiten können. (Doch nicht etwa aus den Büchern ihrer Mädchenbibliothek?) Am erstaunlichsten jedoch war, daß sie sogar ausgesprochen juristische Kenntnisse besaß, und wenn ihr auch die Kenntnis der „Welt" fehlte, so schien sie doch ganz genau zu wissen, wie gewisse Dinge in der „Welt" zu verlaufen pflegen. Das war gar nicht mehr derselbe Charakter, den sie früher gehabt hatte – jene Zaghaftigkeit

und Undefinierbarkeit des jungen Mädchens, das in seiner reizenden Unart und Naivität so bezaubernd sein konnte, mit seiner Lebhaftigkeit und Trauer und ernsten Nachdenklichkeit, seinem Staunen und Mißtrauen, mit seinen Tränen und mit seiner Unruhe.
Nein: hier lachte vor ihm und verletzte ihn mit dem beißendsten Spott ein ganz ungewöhnliches, nie gesehenes Wesen, von dem ihm offen ins Gesicht gesagt wurde, daß es in seinem Herzen nie etwas anderes für ihn empfunden habe als tiefste Verachtung, eine Verachtung bis zum Ekel, die sogleich nach dem ersten Erstaunen eingetreten sei. Diese neue, unbekannte Frau da vor ihm erklärte ferner, daß es ihr im vollen Sinne des Wortes vollkommen gleichgültig sei, ob er heirate oder nicht heirate und wen er erwählt habe, daß sie aber gekommen sei, um ihm diese Heirat zu verbieten, und zwar einzig aus Bosheit zu verbieten, einzig weil sie es so wolle und es genau so geschehen müsse, wie sie wolle, – »und wär's auch nur, damit ich über dich lachen, mich sattlachen kann, denn jetzt will endlich auch ich einmal lachen«.
Wenigstens drückte sie sich so aus. Und dabei war mit diesen Worten vielleicht noch lange nicht alles ausgesprochen, was sie im Sinne hatte. Doch während die neue Nastássja Filíppowna lachte und sich über ihn lustig machte, überlegte sich Tozkij die neue Wendung der Dinge und suchte seine etwas verwirrten Gedanken nach Möglichkeit wieder in Ordnung zu bringen. Dieses Ordnen und Überlegen nahm nicht wenig Zeit in Anspruch; es dauerte etwa vierzehn Tage, bis er alles begriffen und endgültig bei sich beschlossen hatte, was wohl zu tun sei. Afanassij Iwanowitsch Tozkij war zu jener Zeit nicht weniger als fünfzig Jahre alt und ein im höchsten Grade gesetzt und ehrbar gewordener Mann. Seine gesellschaftliche Stellung hatte sich auf den besten Grundlagen aufgebaut. Sein Ich, seine Ruhe und Bequemlichkeit liebte und schätzte er höher als alles andere auf der Welt, wie es sich ja auch für einen ehrenwerten Menschen gar nicht anders schickt. Nicht die geringste Verletzung oder Störung dieses in langen Jahren klug aufgebauten Lebens durfte zugelassen werden, da es jetzt eine so schöne Form angenommen hatte. Andererseits sagten ihm seine Erfahrung und seine Menschenkenntnis sehr bald und ausnehmend richtig, daß er es nun mit einem ganz außergewöhnlichen Wesen zu tun habe, mit einem Wesen, das nicht nur drohte, sondern unfehlbar auch handeln würde, und das überdies vor nichts, absolut nichts zurückschreckte, weil ihm jetzt nichts mehr teuer war, so daß man es nicht einmal mehr – gleichviel womit – bestechen konnte. Nein, hier handelte es sich offenbar um etwas ganz anderes, um irgendein inneres, seelisches Chaos: um etwas wie eine romantische Entrüstung über Gott weiß wen und Gott weiß was, jedenfalls war es ein unersättliches Verachtungsbedürfnis, das jedes Maß überstieg – mit einem Wort, etwas im höchsten Grade Lächerliches und in der guten Gesellschaft Unerlaubtes, dem im Leben zu be-

gegnen für jeden anständigen Menschen eine wahre Strafe Gottes ist. Versteht sich: wenn man als Weltmann solchen Reichtum und solche Verbindungen wie Tozkij besaß, konnte man sich ja doch mit Leichtigkeit und in kürzester Zeit durch eine kleine und vollkommen »harmlose« Schändlichkeit frei machen.
Andererseits aber lag es doch auf der Hand, daß Nastassja Filippowna ihm, sagen wir z. B. im juristischen Sinne, so gut wie überhaupt nichts anhaben konnte; nicht einmal einen großen Skandal vermochte sie zu machen, denn es wäre doch ein leichtes gewesen, ihr Schranken zu setzen. Das war ja nun alles ganz wunderschön und beruhigend, kam aber doch nur in dem Fall in Betracht, wenn Nastassja Filippowna zu solchen Dingen entschlossen gewesen wäre, wie sie in ähnlichen Fällen von allen Frauen ausgeübt werden, nämlich ohne daß dabei gar zu exzentrisch über die Schnur geschlagen wird. Hier aber kam Tozkij seine durch Erfahrung erworbene Menschenkenntnis sehr zustatten: er erriet, daß Nastassja Filippowna selbst nur zu gut wußte, wie machtlos sie vom Standpunkt des Gesetzes aus war, und daß sie daher etwas ganz Anderes im Sinne haben mußte, etwas, das nur ihre blitzenden Augen ahnen ließen. Da ihr nichts mehr teuer war, und am wenigsten sie sich selbst (es gehörte kein geringer Scharfblick dazu, um zu erraten, daß ihr eigenes Ich schon längst aufgehört hatte, ihr teuer zu sein, und um als Skeptiker und zynisch denkender Weltmann an den Ernst dieses Gefühls zu glauben), so war sie imstande, sich selbst womöglich auf die entsetzlichste Art zugrunde zu richten, ohne vor Zuchthaus und Sibirien zurückzuschrecken, wenn sie nur einmal diesen Menschen beschimpfen konnte, vor dem sie einen so unmenschlichen Ekel empfand! Tozkij hatte es niemals verleugnet, daß er ein wenig feige war oder, besser gesagt, im höchsten Grade konservativ. Wenn er gewußt hätte, daß er z. B. vor dem Traualtar umgebracht werden würde, oder daß ihn etwas Ähnliches erwartete, etwas ebenso Unästhetisches, Lächerliches und in der Gesellschaft nicht Übliches, so wäre er natürlich erschrocken – jedoch nicht so sehr deshalb, weil man ihn ermorden, verwunden oder ihm öffentlich ins Gesicht speien wollte, als vielmehr deshalb, weil dieses in einer so unfeinen und gesellschaftlich unzulässigen Form geschehen würde. Nastassja Filippowna aber schien gerade so etwas im Sinn zu haben, wenn sie vorläufig auch noch mit keinem Wort ihre Absicht angedeutet hatte. Er wußte, daß sie ihn bis ins kleinste hinein beobachtet hatte und dementsprechend kannte: daher mußte sie es auch wissen, wie und wo sie ihn am stärksten verletzen konnte. Und so beschloß Tozkij, da die Heirat noch nicht viel mehr als ein frommer Wunsch war, sich seinem Schicksal zu fügen und Nastassja Filippownas Willen zu tun.
Es gab aber noch einen anderen Grund, warum er sich dazu entschloß.
Nastassja Filippowna hatte sich auch im Gesicht stark verändert.

Man konnte es kaum glauben, daß sie wirklich dieselbe Nastassja Filippowna war. Früher war sie ein hübsches Mädchen gewesen, jetzt aber ... Tozkij konnte es sich lange Zeit nicht verzeihen, daß er sie vier Jahre lang so oft betrachtet und doch eigentlich nie gesehen hatte. Allerdings mußte man nicht vergessen, daß auf beiden Seiten eine ungeheure Veränderung vor sich gegangen war. Übrigens entsann er sich, daß es auch früher bisweilen Minuten gegeben hatte, in denen ihm z. B. beim Anblick dieser Augen eigentümliche Gedanken gekommen waren: es war, als hätte man hinter ihnen eine tiefe, geheimnisvolle Finsternis ahnen können. Wenn dieser Blick einen ansah, so war's, als gäbe er ein Rätsel auf.
In den letzten zwei Jahren hatte er sich unter anderem auch oft über die Veränderung ihrer Gesichtsfarbe gewundert: Nastassja Filippowna wurde seltsam blaß, doch – sonderbar: sie wurde dadurch noch schöner. Tozkij, der anfangs wie alle Lebemänner seiner Epoche nur mit Zynismus daran gedacht hatte, wie billig er diese Seele gekauft, die so gut wie überhaupt noch nicht gelebt hatte, war mit der Zeit an der Richtigkeit seiner Annahme doch sehr irre geworden. Jedenfalls hatte er noch im letzten Frühling in Otradnoje beschlossen, Nastassja Filippowna bald mit irgendeinem verständigen und anständigen Herrn, dessen Arbeitsfeld am besten in einem anderen Gouvernement lag, zu verheiraten, natürlich nicht ohne reichliche Mitgift. (Oh, wie unheimlich und boshaft Nastassja Filippowna jetzt über diesen Plan zu spottlachen pflegte!) Doch nun dachte Tozkij – verlockt durch den Reiz der Neuheit – sogar daran, daß er dieses Weib ja von neuem ausnutzen könne. Er beschloß, sie in Petersburg unterzubringen und mit dem größten Luxus zu umgeben. Wenn er das eine nicht haben konnte, so konnte er doch wenigstens das andere haben: mit Nastassja Filippowna Aufsehen erregen und in einem gewissen Kreise sogar renommieren. Und Afanassij Iwanowitsch Tozkij schätzte gerade seinen Ruhm in dieser Hinsicht sehr hoch ein.
Inzwischen waren nach ihrem Erscheinen in Petersburg fünf Jahre vergangen, und während dieser Zeit hatte sich manches offenbart. Tozkijs Lage war einfach trostlos; und das Dümmste an der Sache war, daß er, nachdem ihm einmal bange geworden war, nicht mehr Mut fassen und sich beruhigen konnte. Er fürchtete ... was? – das wußte er selbst nicht; fürchtete einfach Nastassja Filippowna. Eine Zeitlang – das war noch in den ersten zwei Jahren – begann er allmählich zu vermuten, daß sie ihn, Afanassij Tozkij, heiraten wolle, aus übertriebenem Stolz jedoch schweige und seinen Antrag erwarte. Das Verlangen wäre sonderbar gewesen, doch Tozkij wurde argwöhnisch: er runzelte zwar die Stirn und wollte nicht, aber er begann doch nachzudenken, schließlich wurde er sogar *sehr* nachdenklich ... bis er sich eines Tages zu seiner größten und (so ist das Menschenherz!) etwas unangenehmen Verwunderung überzeugte, daß er, falls er anhalten würde, ganz positiv einen Korb

bekäme. Lange Zeit konnte er es gar nicht fassen. Nur eine einzige Erklärung schien ihm schließlich möglich: daß der Stolz dieser »beleidigten und phantastischen Frau« bereits so nahe an Verzweiflung grenzte, daß sie es vorzog, einmal ihre Verachtung für ihn in einer Absage ausdrücken zu können, als ihr Leben ein für allemal sicherzustellen und hinfort auf einer für sie sonst doch unerreichbar hohen Staffel zu stehen. Das Schlimmste aber war, daß Nastassja Filippowna in geradezu beängstigender Weise die Oberhand gewann. Mit Geld war bei ihr gleichfalls nichts zu erreichen, gleichviel wie hohe Summen er ihr auch angeboten hätte. Zwar lebte sie in einer teuren Wohnung, die er luxuriös für sie eingerichtet hatte, doch führte sie daselbst ein sehr bescheidenes Leben und versuchte nicht einmal in den ganzen fünf Jahren, etwas beiseite zu schaffen. Da verfiel Tozkij auf ein sehr schlaues Mittel, um seine Ketten zu zerreißen: unmerklich und sehr geschickt versuchte er, sie mit den idealsten Mitteln zu verlocken; doch all die verkörperten Ideale in Gestalt von Fürsten, Husarenoffizieren, Gesandtschaftssekretären, Dichtern, Romanschriftstellern und sogar Sozialisten, die er ihr zuführte, machten alle nicht den geringsten Eindruck auf sie, ganz als hätte sie anstatt des Herzens einen Stein in der Brust gehabt, als wären alle ihre Gefühle eingetrocknet und für immer gestorben. Sie lebte eigentlich recht einsam, las, lernte sogar, liebte Musik. Bekannte, die sie besuchten, hatte sie nur sehr wenige, dabei durchaus keine vornehmen Leute: so verkehrte sie mit ein paar armen und lächerlichen Beamtenfrauen, kannte zwei sonst ganz unbekannte Schauspielerinnen, beide schon fast Greisinnen, liebte die zahlreiche Familie eines ehrsamen Lehrers, in dessen Hause auch sie gern gesehen war und sogar sehr geliebt wurde. Hin und wieder fanden sich bei ihr abends fünf bis sechs Bekannte ein, nicht mehr. Tozkij erschien sehr oft und pünktlich. In der letzten Zeit war es auch dem General Jepantschin gelungen (nicht ohne Mühe), Nastassja Filippownas Bekanntschaft zu machen. In derselben Zeit wurde auch ein junger Beamter, Ferdyschtschénko mit Namen, sehr schnell und ohne Mühe mit ihr bekannt. Das war ein ziemlich unmöglicher und billiger Possenreißer, der dem Alkohol nicht abhold war und sich für einen geistreichen Humoristen hielt. Ferner war ein junger und recht eigentümlicher Mensch mit ihr bekannt, ein gewisser Ptízyn, ein bescheidener, stets korrekter und gesellschaftlich einigermaßen polierter Junge, der sich aus der größten Armut heraufgearbeitet hatte und jetzt Geld auf hohe Zinsen verlieh. Schließlich wurde auch Gawríla Ardaliónytsch Iwólgin mit ihr bekannt ... Es endete damit, daß Nastassja Filippowna eine seltsame Berühmtheit erlangte: ein jeder sprach von ihrer Schönheit, aber das war auch alles: niemand konnte sich mit etwas rühmen oder das Recht dazu einem anderen nachsagen. Dieser Ruf, ihre Bildung, ihr feines Benehmen, ihr Scharfsinn, ihr Geist – alles das zusammen bewirkte, daß Tozkij sich endgültig zur Ausführung seines erwähnten Planes entschloß.

Hier nun begann der Augenblick, von dem ab General Jepantschin selbst so regen Anteil an dieser Angelegenheit nahm.
Als Tozkij sich liebenswürdig und freundschaftlich in betreff einer seiner drei Töchter an den General wandte, legte er ihm in der ausführlichsten und edelsten Weise ein volles Bekenntnis ab. Doch teilte er ihm gleichzeitig mit, daß er vor keinem einzigen Mittel zurückschrecken würde, um nur endlich seine Freiheit wiederzuerlangen: daß es ihn auch nicht beruhigen würde, wenn Nastassja Filippowna ihm versprechen sollte, ihn hinfort mit nichts zu bedrohen, weil er sich auf Worte allein nicht verlassen könne und folglich die sichersten Garantien wünsche und verlange. Sie berieten hin und her, bis sie dann zunächst einmal zu der Einsicht kamen, daß gemeinschaftlich vorzugehen am besten sei. Auch wurde ferner noch beschlossen, es zunächst mit den sanftesten Mitteln zu versuchen, oder wie man zu sagen pflegt: nur die edlen Saiten des Herzens zu berühren. Sie machten sich also beide auf und fuhren zu Nastassja Filippowna, und Tozkij begann hier sofort und ohne alle Vorreden und Umschweife damit, daß er ihr das Unerträgliche seiner Lage schilderte; die Schuld an allem maß er sich selbst zu; sagte ganz offen, daß er für das Unrecht, das er ihr zugefügt, nicht ewig büßen wolle, er sei ein eingefleischter Genußmensch und habe sich nicht in der Gewalt; daß er aber jetzt zu heiraten beabsichtige und das ganze Schicksal dieser höchst ehrenhaften und anständigen Verbindung in ihrer Hand liege; mit einem Wort, er erwarte alles von ihrem edlen Herzen. Darauf ergriff der General das Wort, in seiner Eigenschaft als Vater, sprach er sehr vernünftig, vermied alles Rührende, erwähnte nur, daß er ihr Recht, über Tozkijs Schicksal zu bestimmen, vollkommen anerkenne, hob geschickt seine eigene Ergebung hervor, sowie daß das Schicksal seiner ältesten Tochter, vielleicht aber auch noch dasjenige der beiden jüngeren, im Augenblick nur von ihr abhinge. Auf Nastassja Filippownas Frage, was sie denn eigentlich von ihr verlangten, gestand Tozkij mit derselben nackten Offenheit, sie habe ihm vor fünf Jahren einen solchen Schrecken eingejagt, daß er sich auch jetzt noch nicht sicher fühle, es sei denn, daß Nastassja Filippowna selbst heiratete. Er fügte übrigens sofort eilig hinzu, daß diese Bitte natürlich unsinnig wäre, wenn er nicht Ursache hätte, sie doch für nicht unsinnig zu halten. Er hätte nämlich sehr wohl bemerkt und außerdem noch aus sicherer Quelle erfahren, daß ein junger Mann aus sehr guter Familie, der hier in Petersburg lebe, und zwar Gawrila Ardalionytsch Iwolgin, den sie auch selbst kenne und bei sich empfange, sie mit der ganzen Glut der Leidenschaft liebe und selbstverständlich die Hälfte seines Lebens hingeben würde für die bloße Hoffnung, ihre Zuneigung erringen zu können. Dieses Geständnis hätte er, Tozkij, selbst von Gawrila Ardalionytschs Lippen gehört, und zwar schon vor langer Zeit, als Freund des jungen Mannes, der ihm einmal sein ganzes Herz ausgeschüttet, und daß um diese Liebe auch Seine Exzellenz

Iwan Fjodorowitsch Jepantschin, der den jungen Mann protegiere, schon lange wisse. Ferner, wenn er, Tozkij, sich nicht täusche, sei ja auch ihr selbst die Liebe des jungen Mannes kein Geheimnis mehr, und wie ihm scheine, verhielte sie sich zu derselben nicht abweisend. Natürlich sei es ihm schwerer als jedem anderen, davon zu sprechen; doch wenn sie ihm außer Egoismus und dem Wunsch, sein eigenes Leben zu verschönern, nur ein wenig auch den Wunsch, ihr Gutes zu erweisen, zutraue, so würde sie begreifen, wie unangenehm und schwer es ihm sei, ihre Einsamkeit zu sehen. Er könne hieraus nur eins schließen: daß sie an eine Erneuerung ihres Lebens – das doch in der Liebe und im Familienglück so herrlich neu erstehen und somit einen Inhalt finden könnte – nicht glaube oder nicht einmal glauben wolle. Dieses Leben aber, das sie jetzt führe, sei einfach ein Vergraben und Abtöten ihrer glänzenden Fähigkeiten und bewußtes Gefallenfinden an ihrem Unglück; ja, sogar die gewisse Romantik, die ihrem jetzigen Leben anhafte, sei sowohl ihres gesunden Verstandes wie ihres edlen Herzens unwürdig. Nachdem er dann noch einmal wiederholt hatte, daß es ihm schwerer falle als jedem anderen, mit ihr darüber zu reden, kam er auf den zweiten Teil seines Planes zu sprechen. Er sagte, er könne sich nicht die Hoffnung versagen, daß sie ihm nicht mit Verachtung antworten werde, wenn er sie seines aufrichtigen Wunsches, ihre Zukunft sicherzustellen, versicherte und ihr die Summe von fünfundsiebzigtausend Rubeln anböte. Er fügte sogleich hinzu, daß diese Summe sowieso für sie in seinem Testament bestimmt sei; mit einem Wort, es handle sich hier nicht etwa um eine Abfindung ... und weshalb wolle sie denn den menschlichen Wunsch, wenigstens in irgendeiner Art sein Gewissen zu erleichtern, bei ihm nicht gelten lassen und entschuldigen usw. usw. – was in solchen Fällen gewöhnlich geredet wird. Tozkij sprach lange und beredt und flocht noch – gleichsam im Vorübergehen – die interessante Mitteilung ein, daß er von diesen fünfundsiebzigtausend Rubeln keinem Menschen ein Wort gesagt, daß selbst Iwan Fjodorowitsch Jepantschin, der hier neben ihm sitze, bis jetzt nichts davon gewußt habe, kurzum – es wisse darum kein Mensch.

Die Antwort, die ihnen hierauf von Nastassja Filippowna zuteil wurde, setzte aber beide Freunde nicht wenig in Erstaunen: alles andere hätten sie eher erwartet!

Es war nicht nur keine Spur von ihrer früheren Spottlust und Feindseligkeit, ihrem früheren Haß und Lachen vorhanden, von diesem Lachen, bei dessen bloßer Vorstellung Tozkij ein Gruseln im Rükken fühlte, sondern es schien sie im Gegenteil sogar zu freuen, daß sie endlich offen und freundschaftlich mit jemandem reden konnte. Sie gestand ohne weiteres, daß sie selbst schon lange um freundschaftlichen Rat habe bitten wollen, nur habe ihr Stolz sie davon abgehalten, daß jedoch jetzt, nachdem das Eis gebrochen, einer Aussprache nichts mehr im Wege stehe. Sie gestand anfangs mit einem traurigen Lächeln, bald aber ganz heiter und sogar lachend, daß vom früheren Sturm in ihr keine Rede mehr sein könne, daß sie Zeit genug gehabt habe, ihre Auffassung der Dinge zu ändern, und wenn sie in ihrem Herzen auch noch ganz dieselbe sei, so habe sie sich doch gezwungen gesehen, manches als vollendete Tatsache gelten zu lassen: was geschehen sei, sei geschehen, was vergangen, das sei vergangen, und es wundere sie nur, daß Afanassij Iwanowitsch immer noch fortfahre, so ängstlich zu sein und Befürchtungen zu hegen. Hierauf wandte sie sich an den General und versicherte ihm, daß sie die größte Hochachtung für seine Töchter empfände, von denen sie schon viel gehört habe, und es würde sie glücklich und stolz machen, wenn sie ihnen irgendwie einen Dienst erweisen könne. Es sei vollkommen wahr, daß sie sich bedrückt und einsam fühle, sehr einsam; Afanassij Iwanowitsch habe ihre Gedanken erraten; gern würde sie von ihrem jetzigen zu einem neuen Leben auferstehen wollen, wenn nicht durch die Liebe, so doch vielleicht in der Ehe, durch einen neuen Lebensinhalt. In bezug auf Gawrila Ardalionytsch jedoch könne sie noch nichts Bestimmtes sagen. Sie glaube allerdings auch, bemerkt zu haben, daß er sie liebe, und glaube sogar, daß sie ihn mit der Zeit gleichfalls liebgewinnen würde, wenn sie nur an die Treue seiner Zuneigung glauben könnte; doch wenn er auch aufrichtig wäre, so sei er doch noch sehr jung, und daher falle es ihr nicht leicht, einen Entschluß zu fassen. Was ihr übrigens am meisten an ihm gefiele, sei, daß er arbeite und ganz allein seine Mutter und Geschwister ernähre. Sie habe ferner gehört, er sei energisch, arbeitsam und stolz, wolle sich durchkämpfen und Karriere machen. Desgleichen habe sie gehört, daß Nina Alexandrowna Iwólgina, die Mutter Gawrila Ardalionytschs, eine vortreffliche und in jeder Beziehung schätzenswerte Dame sei; auch von seiner Schwester Warwára Ardaliónowna habe ihr Ptízyn viel erzählt. Derselbe habe ihr auch erzählt, wie mutig sie ihr schweres Leben ertrügen. Sie würde gern ihre Bekanntschaft machen, nur frage es sich noch, ob diese auch ihrerseits sie gerne sehen und in ihre Familie aufnehmen würden. Kurzum, im allgemeinen würde sie gewiß nichts gegen die Möglichkeit dieser Verbindung sagen, doch wolle die Sache immerhin noch überlegt sein, und daher wünsche sie, daß man sie nicht zu einer übereilten Handlung dränge. Was jedoch die fünfundsiebzigtausend Rubel betreffe, so habe Afanassij Iwanowitsch ganz grundlose Befürchtungen gehegt. Sie kenne sehr wohl den Wert des Geldes und werde es natürlich annehmen. Sie danke ihm für sein Zartgefühl, daß er nicht nur Seiner Exzellenz, sondern auch Gawrila Ardalionytsch nichts davon gesagt, doch schließlich – weshalb sollte denn dieser es nicht im voraus erfahren? Sie habe doch gar keine Ursache, sich dieses Geldes zu schämen. Überdies werde sie sich vor keinem Menschen irgendwie schuldig fühlen, was man, das wünsche sie, sich merken solle. Jedenfalls würde sie den jungen Iwolgin nicht eher heiraten, als bis sie sich überzeugt habe, daß weder er noch seine Familie im geheimen irgendwie anders über sie dächten, als es den Anschein habe. Denn wie dem auch sei – sie fühle sich in keiner Beziehung schuldig, und es wäre doch besser, Iwolgin erführe sobald als möglich, in welchen Beziehungen zu Tozkij sie die vier Jahre in Otradnoje gestanden habe, ferner wie sie hier in Petersburg gelebt, und ob sie viel oder nichts erspart habe. Und wenn sie jetzt die fünfundsiebzigtausend Rubel annehme, so betrachte sie dieses Geld durchaus nicht als Zahlung für ihre Mädchenschande, an der sie keine Schuld trage, sondern einfach als Entschädigung für ihr verdorbenes Leben.

Diese ganze Erklärung hatte sie – was übrigens nur natürlich war – in solche Erregung versetzt und so gereizt, daß der General sehr zufrieden war und die Sache für erledigt hielt. Tozkij jedoch, dem sie einmal so großen Schrecken eingejagt hatte, glaubte auch diesmal nicht bedingungslos und fürchtete immer noch, daß auch hier wieder die Schlange unter den Blumen liegen könnte. Trotzdem begannen alsbald die Unterhandlungen. Der Punkt, um den herum sich die Manöver der beiden Freunde konzentrierten (in Nastassja Filippowna Sympathie für Ganja Iwolgin zu erwecken), schien allmählich erreicht zu werden, so daß selbst Tozkij bisweilen an die Möglichkeit eines Erfolges zu glauben wagte. Inzwischen sprach sich auch Nastassja Filippowna mit Iwolgin aus, d. h. es wurden nur sehr wenige Worte zwischen ihnen gewechselt, ganz als hätte ihr Schamgefühl darunter gelitten. Aber sie gestattete ihm doch, sie zu lieben, nur erklärte sie in sehr bestimmtem Ton, daß sie sich in keiner Beziehung binden wolle, sich vielmehr bis zur Stunde der Trauung – falls es so weit kommen sollte – das Recht, jederzeit „Nein" zu sagen, vorbehalte und ganz dasselbe Recht auch ihm zuspreche. Bald darauf erfuhr Gawrila Ardalionytsch zufällig, daß der Widerstand, den seine ganze Familie dieser Heirat entgegensetzte, und die Antipathie, die sie für Nastassja Filippowna empfand – und die sich bei ihm zu Hause oft genug in erregten Szenen kundtat – ihr bereits zum größten Teil und sogar mit allen Einzelheiten kein Geheimnis mehr war. Es wunderte ihn nur, daß sie niemals ein Wort darüber fallen ließ, was er eigentlich täglich erwartete. So ließen sich noch manche Geschichten, Zwischenfälle und nähere Umstände erzählen, die man während dieser Verabredungen und Unterredungen erlebte oder sich offenbaren sah; aber ich habe ohnehin schon zuviel im voraus gesagt, um so mehr, als manche dieser verzwickten Umstände nur in Gestalt von vagen Gerüchten auftraten. So hatte z. B. Tozkij irgendwoher erfahren, daß Nastassja Filippowna in gewisse unerklärliche und vor allen anderen geheimgehaltene Beziehungen zu den Töchtern des Generals getreten sei – ein doch ganz unglaubliches Gerücht! Dafür aber mußte er an ein anderes allen Ernstes glauben, an eines, das er bis zum blassen Schrecken fürchtete: wie ihm von durchaus glaubwürdiger Seite versichert wurde, wußte Nastassja Filippowna ganz genau, daß Ganja Iwolgin sie nur des Geldes wegen heiraten wolle, daß er eine schwarze, habgierige, unduldsame und neidische Seele habe, die unendlich, bis zur Unglaublichkeit, selbstsüchtig war; daß Ganja einmal allerdings leidenschaftlich in sie verliebt gewesen, doch daß er, seitdem von den beiden Freunden beschlossen war, diese Leidenschaft zum eigenen Vorteil auszunutzen und Ganja für die legitime Ehe mit Nastassja Filippowna zu kaufen, sie wie seinen Fluch zu hassen begonnen hatte. Man sagte Tozkij, sie wisse ganz genau, daß in Ganja Iwolgins Seele Haß und Leidenschaft in sonderbarer Weise gepaart seien, und daß er, wenn er auch schließlich nach qualvollem Schwanken eingewilligt, das »ehrlose Weib« zu heiraten, sich in der Seele doch geschworen habe, sie dafür später bitter büßen zu lassen und sie à la canaille zu behandeln, wie er sich selbst ausgedrückt hätte. Alles das wüßte Nastassja Filippowna und bereite im stillen etwas Besonderes vor. Tozkij geriet hierob in so große Angst, daß er sogar dem General seine Besorgnisse zu verschweigen begann. Dennoch gab es Augenblicke, in denen er als schwacher Mensch, der er nun einmal war, von neuem Mut schöpfte und wieder auflebte. Dasselbe tat er auch, als Nastassja Filippowna den beiden Freunden im Ernst versprach, am Abend ihres Geburtstages das entscheidende Wort zu sprechen. Dafür aber erwies sich ein überaus unglaubliches Gerücht, das sogar den hochverehrten General betraf, mit jedem Tage – leider! – als immer begründeter und richtiger. Auf den ersten Blick schien das Ganze nur eine infame Lüge zu sein. Wie sollte man es auch glauben, daß der General Jepantschin in seinen alten Tagen, bei seinem Verstande, bei seiner Lebensklugheit usw. sich in Nastassja Filippowna verliebt habe, und zwar dermaßen, daß diese plötzliche Schrulle fast eine Leidenschaft genannt werden mußte! Welche Hoffnungen er sich machte, war schwer sich vorzustellen. Vielleicht rechnete er sogar auf den Beistand Ganjas, ihres zukünftigen Mannes. Wenigstens vermutete Tozkij etwas von der Art, vermutete eine vielleicht wortlose Übereinkunft zwischen dem alten General und dem jungen Ganja, wie sie gegenseitiges Durchschauen sehr wohl herbeigeführt haben konnte. Übrigens ist es ja bekannt, daß ein Mensch, der sich gar zu sehr von einer Leidenschaft hinreißen läßt, und namentlich noch, wenn er dabei schon ein – wie man zu sagen pflegt – gesetzteres Alter erreicht hat, alsbald vollkommen mit Blindheit geschlagen und dann fähig ist, Hoffnungen sogar dort zu sehen, wo gar keine sein können, ja, daß er dann sogar trotz einer Stirnhöhe von fünf Zoll wie ein dummes Kind handeln kann. Ferner war es Tozkij bekannt, daß der General ihr zum Geburtstag ein Schmuckstück aus wundervollen Perlen, das eine gewaltige Summe gekostet hatte, zu schenken beabsichtigte und wahrscheinlich viel von diesem Geschenk erwartete, obschon er wußte, daß Nastassja Filippowna weder habsüchtig noch eigennützig war. Am Vorabend des Geburtstages war er wie im Fieber, verstand sich aber verhältnismäßig gut zu beherrschen.

Die Kunde von diesem Perlenschmuck nun war auch der Generalin, Lisaweta Prokofjewna, zu Ohren gekommen. Sie hatte zwar schon seit längerer Zeit die Flatterhaftigkeit ihres Gemahls empfunden und zum Teil sich auch schon an sie gewöhnt; aber das ging denn doch nicht an, daß man eine solche Gelegenheit ungenutzt vorübergehen ließ! Wie gesagt, die Perlen beschäftigten sie ungemein, und das hatte der General natürlich gemerkt: sie hatte schon gestern, am letzten Abend vor diesem Geburtstag, ein paar entsprechende Anspielungen gemacht, weshalb er denn jetzt eine ihm noch bevorstehende, weit umfangreichere Aussprache erwartete und fürchtete. Dies war auch der Grund, warum er sich jetzt eigentlich sehr ungern zum Frühstück begab. Vor dem Besuch des Fürsten hatte er sogar die Absicht gehabt, Arbeit vorzuschützen und das Wiedersehen zu umgehen (das bedeutete für ihn gewöhnlich Flucht); denn es war ihm eigentlich nur darum zu tun, diesen einen Tag, und hauptsächlich diesen einen Abend, ohne Unannehmlichkeiten verbringen zu können. Da kam ihm denn der Fürst wie gerufen! »Wie von Gott gesandt!« dachte der General, als er sich zu seiner Gemahlin begab.

V

Die Generalin war stolz auf ihre Abstammung. Wie mußte ihr nun zumut sein, als ihr so offen und ohne Vorbereitungen mitgeteilt wurde, daß der letzte Träger ihres Namens nicht viel mehr als ein bedauernswerter Idiot, fast ganz mittellos sei und sogar Almosen annehme. Dem General war es um den denkbar größten Eindruck zu tun, um sogleich ihr Interesse zu erwecken, sie von anderen Gedanken abzulenken und hierdurch die Frage nach den Perlen in Vergessenheit zu bringen.

Die Generalin hatte die Angewohnheit, wenn etwas geschehen war, was ihr nicht behagte, mit weit offenen Augen und unbestimmtem Blick, den Oberkörper gewöhnlich etwas zurückgelehnt, vor sich in die Luft zu starren und kein Wort zu sprechen. Sie war eine stattliche Frau, in gleichem Alter wie ihr Gatte, mit dunklem, schon stark graumeliertem, doch noch recht vollem Haar, einer leicht gebogenen Nase, mit gelblichen, eingefallenen Wangen und dünnen Lippen. Ihre Stirn war hoch und schmal; ihre grauen, ziemlich großen Augen konnten bisweilen einen ganz unerwarteten Ausdruck annehmen. Sie hatte einmal die Schwäche gehabt zu glauben, daß ihr Blick ausdrucksvoll sei, und diese Überzeugung ließ sie sich auch jetzt noch nicht nehmen.

»Empfangen? Wir sollen ihn empfangen? Jetzt? Sogleich?«

Die Generalin sah ihren etwas unsicher geschäftigen Iwan Fjodorowitsch mit besagten großen Augen an.

»Oh, was das betrifft, so braucht man bei dem nicht alle Etikettevorschriften und Zeremonien zu beobachten, vorausgesetzt, daß es dir, mein Freund« (der General redete seine Gattin gewöhnlich mit »mein Freund« an), »daß es dir nur zusagt, ihn zu empfangen«, beeilte er sich erklärend hinzuzufügen. »Er ist ein vollständiges Kind und so ein armer Junge: hat da gewisse Anfälle, wie er sagt, von einer Krankheit wahrscheinlich; kommt soeben aus der Schweiz, direkt von der Bahn, ist etwas eigenartig gekleidet, so–o ... nach deutscher Art gewissermaßen, und hat zum Überfluß keine Kopeke in der Tasche, tatsächlich; er weinte beinahe. Ich habe ihm fünfundzwanzig Rubel geschenkt und will ihm in einer Kanzlei eine kleine Stelle als Schreiber zu verschaffen suchen. Und euch, mesdames, bitte ich, ihn gefälligst zu bewirten; denn er wird, glaube ich, auch hungrig sein ...«

»Ich verstehe Sie nicht«, fuhr die Generalin im selben Ton und mit demselben Blick fort, »hungrig und hat Anfälle! Was für Anfälle?«

»Oh, die wiederholen sich nicht so oft, und dann – er ist ja fast noch ein großes Kind, übrigens nicht ungebildet. Und euch wollte ich bitten, mesdames«, wandte er sich wieder an seine Töchter, »ihn ein wenig zu examinieren; denn es ist doch immer gut, wenn man weiß, was für Eigenschaften er hat.«

»Ex–a–mi–nie–ren?« fragte die Generalin gedehnt und begann in größter Verwunderung bald ihre Töchter, bald wiederum ihren Gatten mit fragendem Blick anzusehen.

»Ach, mein Freund, das war natürlich nicht so gemeint, versteh mich nicht falsch ... übrigens, wie du willst. Ich hatte die Absicht, ihn gut zu behandeln und in unser Haus einzuführen; denn das wäre doch ein gutes Werk.«

»In unser Haus einzuführen? Aus der Schweiz?«

»Die Schweiz ist eine Sache für sich ... doch, übrigens, wie gesagt: ganz wie du willst. Ich meine ja nur, weil er doch auch ein Mýschkin ist, und vielleicht sogar verwandt mit dir, und dann: er weiß nicht einmal, wo er sein Haupt hinlegen soll. Ich glaubte, daß es dich interessieren würde, ihn kennenzulernen; denn er gehört doch gewissermaßen, nun ja, zur Familie.«

»Aber selbstverständlich, maman, wenn man mit ihm nicht so zeremoniell zu sein braucht! Und nach der Reise wird er sicherlich Hunger haben, weshalb also soll man ihm nicht zu essen geben, wenn er hier sonst keine Menschenseele hat?« sagte Alexandra, die älteste Tochter.

»Und überdies ist er ja das reine Kind, mit ihm kann man noch Blindekuh spielen.«

»Blindekuh spielen? Wie das?«

»Ach, maman, hören Sie doch auf, sich so zu verstellen, bitte!« unterbrach Aglaja sie ärgerlich.

Die mittlere, Adelaïda, konnte sich nicht bezwingen und brach in helles Lachen aus.

»Lassen Sie ihn nur herbitten, Papa, maman erlaubt es schon«, entschied Aglaja.

Die Generalin klingelte und ließ den Fürsten zur Generalin bitten.

»Aber nur unter der Bedingung, daß ihm eine Serviette um den Hals gebunden wird, sobald er sich an den Tisch setzt«, sagte die Generalin. »Ruft Fjódor ... oder Máwra ... sie soll hinter seinem Stuhl stehen, wenn er ißt. Ist er wenigstens ruhig, wenn er seine Anfälle hat? Macht er nicht wilde Gesten?«

»Im Gegenteil, er ist sogar sehr nett erzogen, hat anscheinend vorzügliche Manieren. Mitunter ist er vielleicht etwas gar zu offenherzig ... Ah, da ist er ja selbst! Bitte, hier, stelle euch vor, meine Damen: Fürst Lew Nikolájewitsch Mýschkin, der Letzte dieses Namens. Ein Namensvetter von dir, liebe Lisaweta Prokofjewna, und vielleicht sogar ein Verwandter. Bitte, sich seiner gefälligst anzunehmen. Sogleich wird das Frühstück aufgetragen, Sie erweisen uns doch die Ehre, Fürst ... Nun, ich aber, Verzeihung, ich habe mich schon verspätet, ich muß eilen ...«

»Wir wissen schon, wohin Sie eilen«, sagte die Generalin bedeutsam.

»Ja, ich eile, ich eile, mein Freund, habe mich nämlich schon verspätet! Gebt ihm übrigens eure Alben, mesdames, damit er euch irgend etwas einschreibt. Ihr ahnt gar nicht, was für ein Kalligraph er ist – einfach ein Phänomen! Angeborenes Talent! Dort bei mir hat er mit mittelalterlichen Buchstaben eine Unterschrift geschrieben: „In Demut unterzeichnet dieses Igúmen Pafnútij" – großartig! ... Nun, also auf Wiedersehen!«

»Pafnutij? Ein Abt? Warten Sie, aber so warten Sie doch, wohin gehen Sie denn, was ist das für ein Pafnutij?« rief die Generalin mit ärgerlicher Gereiztheit und fast aufgebracht ihrem eilig sich entfernenden Gatten nach.

»Ja, ja, mein Freund, früher hat es einmal einen solchen Abt gegeben ... ich muß zum Grafen, er erwartet mich schon lange, und die Hauptsache: er hat mich selbst bestellt ... Auf Wiedersehen, Fürst!«

Und Se. Exzellenz verschwand mit schnellen Schritten.

»Ich weiß schon, zu welchem Grafen er eilt!« bemerkte die Generalin scharf und wandte gereizt ihren Blick dem Fürsten zu. »Nun – was war's doch?« begann sie gereizt, indem sie sich ärgerlich des vorhergehenden Gespräches zu erinnern suchte. »Wovon sprachen wir? Ach richtig! – nun, was war das für ein Abt?«

»Maman«, wollte Alexandra sich einmischen, und Aglaja klappte hörbar mit der Fußspitze auf den Boden.

»Unterbrechen Sie mich nicht, Alexandra Iwanowna«, wandte sich die Generalin eisig an ihre Älteste. »Ich will es wissen, was es mit diesem Abt für eine Bewandtnis hat. Setzen Sie sich hierher, Fürst, hier auf diesen Sessel, mir gegenüber, nein, nein, hierher, mehr ins Licht, rücken Sie der Sonne näher, damit ich Sie besser sehen kann. Nun, was ist das für ein Abt?«

»Der Abt Pafnutij«, antwortete der Fürst höflich und ernst.

»Pafnutij? Das ist interessant. Nun, was ist's mit ihm?«

Die Generalin stellte ihre Fragen ungeduldig, schnell, schroff, ohne den Blick von dem Fürsten abzuwenden, und als dieser antwortete, nickte sie nach jedem Satz mit dem Kopf.

»Igumen Pafnutij lebte im vierzehnten Jahrhundert«, begann der Fürst, »und stand einem Kloster an der Wolga in unserem jetzigen Gouvernement Kostromá vor. Er war bekannt wegen seines gottesfürchtigen Lebens und seiner Reise ins Reich der Goldenen Horde.[3] Ferner half er, Ordnung und Ruhe in unseren damaligen Fürstentümern wieder herzustellen. Das Faksimile seiner Unterschrift auf einer Urkunde kam mir zufällig in die Hände. Seine Schrift gefiel mir, und ich versuchte sie nachzuahmen. Als Ihr Herr Gemahl nun sehen wollte, wie ich schreibe, um mir vielleicht eine Anstellung zu verschaffen, schrieb ich einige Sätze auf ein Blatt Papier, unter anderem auch „In Demut unterzeichnet dieses Igumen Pafnutij", genau so, wie der Abt selbst geschrieben hat. Diese Schriftprobe gefiel Seiner Exzellenz, und deshalb hat er sie auch erwähnt.«

»Aglaja«, sagte die Generalin, »merk dir: Pafnutij, oder notiere den Namen, denn sonst vergesse ich ihn. Ich glaubte, daß es interessanter wäre. Wo ist denn diese Schriftprobe?«
»Sie blieb, glaube ich, auf dem Tisch im Kabinett des Generals.«
»Schickt Fjodor hin und laßt sie sofort herholen!« wandte sich die Generalin an ihre Töchter.
»Aber ich kann es Ihnen ja nochmals aufschreiben, wenn Sie wollen.«
»Gewiß, maman«, sagte Alexandra, »jetzt aber täten wir besser zu frühstücken; wir sind hungrig.«
»Ja, das können wir«, entschied die Generalin. »Gehen wir, Fürst! Bringen Sie auch einen großen Hunger mit?«
»Ja, im Augenblick ist er sogar recht groß. Ich danke Ihnen.«
»Das gefällt mir, daß Sie höflich sind, und ich merke, Sie sind durchaus nicht so ein ... Sonderling, wie man Sie uns zu schildern beliebt hat. Nun, gehen wir ... Setzen Sie sich dorthin, mir gegenüber«, sagte sie, geschäftig dem Fürsten einen Stuhl anweisend, als sie ins Frühstückszimmer traten, »ich will Sie sehen. Alexandra, Adelaida, sorgt dafür, daß der Fürst alles Nötige bekommt. Nicht wahr, er ist doch gar nicht so ... krank? Vielleicht ist's auch gar nicht nötig, ihm die Serviette ... Hat man Ihnen bei Tisch immer eine Serviette umgebunden, Fürst?«
»Früher, als ich etwa siebenjährig war, allerdings, wie ich mich zu erinnern glaube; jetzt jedoch lege ich die Serviette gewöhnlich auf die Knie, wenn ich esse.«
»So gehört sich's auch. Aber Ihre Anfälle?«
»Anfälle!« wunderte sich der Fürst ein wenig. »Im allgemeinen habe ich meine Anfälle jetzt ziemlich selten. Übrigens, ich weiß nicht: man sagt, das hiesige Klima würde mir schädlich sein.«
»Er spricht sehr gut«, bemerkte die Generalin, sich an ihre Töchter wendend, nachdem sie wieder zu jedem Satz des Fürsten genickt hatte. »Ich hatte es gar nicht erwartet. Das ist wahrscheinlich alles nur Erfindung, wie gewöhnlich. Essen Sie, Fürst, und erzählen Sie, wo Sie geboren, wo Sie erzogen sind. Ich will alles wissen; Sie interessieren mich sehr.«
Der Fürst dankte und begann, während er mit großem Appetit aß, zwischendurch alles das zu erzählen, was er an diesem Morgen schon zweimal über seine Person berichtet hatte. Die Generalin blickte ihn mit wachsender Zufriedenheit an. Die jungen Mädchen hörten gleichfalls recht aufmerksam zu. Man kam auf die Verwandtschaft zu sprechen; es zeigte sich, daß der Fürst seinen Stammbaum kannte, aber wie sehr sie sich auch mühten, es ließ sich doch so gut wie gar keine Verwandtschaft zwischen ihnen herstellen. Ihre Großväter und Großmütter hätten sich vielleicht noch als entfernte Verwandte betrachten können. Dieses verhältnismäßig trockene Thema gefiel der Generalin ausnehmend gut, da sie sonst nie Gelegenheit

hatte, von ihrem Stammbaum zu sprechen, und so war sie sehr guter Laune, als sie sich von der Frühstückstafel erhob.
»So, jetzt wollen wir in unser Versammlungszimmer gehen«, sagte sie, »der Kaffee kann dort gereicht werden. Wir haben, müssen Sie wissen, ein bestimmtes Zimmer, in dem wir uns regelmäßig zu versammeln pflegen, wenn wir allein sind«, erzählte sie dem Fürsten, während sie sich mit ihm dorthin begab. »Es ist im Grunde nichts anderes als mein kleiner Salon, in dem sich dann eine jede damit beschäftigt, wozu sie gerade Lust hat. Alexandra, das ist diese hier, meine älteste Tochter, spielt Klavier, oder sie liest oder näht. Adelaida malt Landschaften und Porträts – kann aber leider nichts beenden. Und Aglaja sitzt da und tut nichts. Auch mir fällt jede Arbeit aus den Händen: was ich auch beginne, es kommt doch nichts dabei heraus. Nun, da sind wir. Setzen Sie sich, Fürst, hier, an den Kamin, und erzählen Sie. Ich will wissen, wie Sie eine Sache zu erzählen verstehen. Jetzt werde ich mich selbst überzeugen ... Ich will Sie gut kennenlernen, und wenn ich die alte Fürstin Bjelokónskaja wiedersehe, werde ich ihr von Ihnen erzählen. Ich will, daß Sie auch alle anderen interessieren. Nun, reden Sie jetzt.«
»Aber maman, so auf Kommando zu erzählen, ist doch sehr schwer«, bemerkte Adelaida, die inzwischen ihre Staffelei zurechtgerückt hatte, jetzt Pinsel und Palette zur Hand nahm und sich anschickte, an der längst begonnenen Kopie einer Landschaft zu malen.
Alexandra und Aglaja setzten sich beide auf ein kleines Sofa und schienen mit müßig im Schoß ruhenden Händen nichts als zuhören zu wollen. Dem Fürsten fiel es auf, daß von allen Seiten mit ganz besonderer, aufmerksamer Erwartung die Blicke auf ihn gerichtet waren.
»Ich würde nichts erzählen, wenn man mir so befehlen wollte«, sagte Aglaja.
»Warum nicht? Was ist denn dabei so verwunderlich? Warum sollte er nicht erzählen? Er ist doch nicht stumm. Ich will wissen, wie er zu erzählen versteht. Nun, bitte, gleichviel wovon. Erzählen Sie, wie Ihnen die Schweiz gefallen hat, wie war der erste Eindruck? Ihr werdet sehen, er wird sogleich beginnen und wird sogar vorzüglich beginnen.«
»Der Eindruck war stark ...«, begann der Fürst, wurde jedoch sofort von der Generalin unterbrochen.
»Seht Ihr? Was hab' ich gesagt?« wandte sie sich äußerst befriedigt an ihre Töchter, »da hat er doch begonnen!«
»Aber so lassen Sie ihn doch wenigstens weitererzählen, maman«, versuchte Alexandra sie aufzuhalten. »Dieser Fürst ist vielleicht sogar ein großer Schlaukopf und nichts weniger als ein Idiot«, raunte sie unbemerkt Aglaja zu.
»Zweifellos, das habe ich schon längst bemerkt«, flüsterte Aglaja ebenso zurück. »Wie dumm von ihm, sich zu verstellen und eine solche Rolle zu spielen. Glaubt er etwa, dadurch zu gewinnen?«

»Der erste Eindruck war ungeheuer stark«, wiederholte der Fürst. »Als man mich aus Rußland fortbrachte und wir durch verschiedene deutsche Städte fuhren, sah ich nur schweigend, was an uns vorüberzog, und ich weiß noch, ich stellte keine einzige Frage. Es war das nach einer ganzen Reihe von sehr starken und qualvollen Anfällen meiner Krankheit. Und nach einer solchen Zeit, wenn meine Krankheit so heftig aufgetreten war und die Anfälle sich mehreremal wiederholt hatten, verfiel ich regelmäßig in vollkommene geistige Stumpfheit, verlor ganz und gar mein Gedächtnis, und wenn der Verstand auch noch arbeitete, so wurde doch die logische Entwicklung meiner Gedanken gleichsam immer abgeschnitten. Mehr als zwei oder drei Gedanken vermochte ich nicht nacheinander zu denken. So scheint es mir wenigstens jetzt. Ließen dagegen die Anfälle nach, so wurde ich wieder gesund und kräftig, ganz so wie ich jetzt bin. Ja, ich entsinne mich noch: es war eine unerträgliche Traurigkeit in mir; ich hätte weinen mögen. Ich wunderte mich nur und war sehr unruhig. Doch am entsetzlichsten wirkte auf mich, daß alles um mich herum so *fremd* war; das begriff ich. Diese Fremdheit vernichtete mich förmlich. Aus diesem Zustand, aus dieser Dunkelheit, dessen entsinne ich mich noch deutlich, erwachte ich eines Abends – es war in Basel, als wir in der Schweiz angelangt waren – und was mich weckte, war der Schrei eines Esels auf dem Marktplatz. Dieser Esel frappierte mich ungeheuer: er gefiel mir aus irgendeinem Grunde über alle Maßen. Und im selben Augenblick wurde es gleichsam hell in mir, und die Dunkelheit verschwand.«
»Ein Esel? Das ist sonderbar«, meinte die Generalin. »Aber übrigens, was soll denn Sonderbares dabei sein – manch eine verliebt sich sogar in einen Esel«, bemerkte sie mit zornigem Blick auf die lachenden Töchter. »Auch in der Mythologie gibt es etwas Ähnliches. Fahren Sie fort, Fürst.«
»Seit der Zeit habe ich die Esel sehr gern. Ich empfinde geradezu Sympathie für sie. Ich erkundigte mich sofort nach ihnen – es waren meine ersten Worte seit langer Zeit. Ich wollte Näheres über sie hören, denn ich hatte ja noch nie welche gesehen; und so überzeugte ich mich bald selbst, daß sie überaus nützliche Tiere sind: arbeitsam, stark, geduldig, billig, ausdauernd. Durch diesen Esel aber begann mir von Stund an die ganze Schweiz zu gefallen, und so verging meine frühere Traurigkeit.«
»Das ist alles sehr eigentümlich, aber ich denke, vom Esel brauchen Sie uns jetzt nichts mehr zu erzählen. Gehen wir auf ein anderes Thema über. Worüber lachst du die ganze Zeit, Aglaja? Und du, Alexandra? Der Fürst hat ganz vorzüglich vom Esel erzählt. Er hat ihn selbst gesehn, was aber hast du gesehn? Du bist noch nie im Auslande gewesen.«
»Ich habe aber doch schon einen Esel gesehn«, sagte Adelaida.
»Und ich habe sogar einen gehört! Einen vierbeinigen!« übertrumpfte sie Aglaja.

Da brachen sie alle drei in Lachen aus, und der Fürst lachte mit.
»Das ist aber sehr häßlich von euch«, bemerkte die Generalin, »Sie müssen sie schon entschuldigen, Fürst, sie sind im Grunde gute Mädchen. Ich muß sie ewig schelten, aber lieb habe ich sie doch. Sie sind flatterhaft, leichtsinnig und im Augenblick einfach unzurechnungsfähig.«
»Weshalb denn das?« fragte der Fürst lachend. »Nur weil sie jetzt lachen? Oh, auch ich würde die Gelegenheit nicht versäumen. Doch trotzdem: ich habe den Esel in jeder Gestalt gern. Ein Esel ist immer ein gutherziger und nützlicher Mensch.«
»Aber Sie selbst, Fürst, sind Sie gutherzig? Ich frage aus Neugier«, sagte die Generalin ganz harmlos.
Wieder brachen alle in Lachen aus.
»Ach, das war doch nicht so gemeint! Ihr habt wirklich nichts anderes als den Esel im Sinn!« rief die Generalin unwillig aus. »Glauben Sie mir, Fürst, ich habe es nur so gesagt, ganz gedankenlos, ohne jede ...«
»Anspielung? Oh, ich glaube es Ihnen, ohne Zweifel!«
Und der Fürst konnte kaum aufhören zu lachen.
»Das ist sehr nett, daß Sie lachen. Ich sehe, Sie sind ein gutherziger Mensch«, sagte die Generalin.
»Mitunter auch kein gutherziger«, antwortete der Fürst.
»Nun, ich bin immer gutherzig«, bemerkte die Generalin unerwartet, »ich bin tatsächlich immer gut, und das ist mein einziger Fehler; denn man soll nicht immer gut sein. Ich ärgere mich sehr oft über diese drei hier, und über Iwan Fjodorowitsch besonders, doch schlimm ist nur, daß ich gerade dann am gutmütigsten bin, wenn ich mich ärgere. Vorhin, kurz bevor Sie kamen, ärgerte ich mich wieder und tat, als begriffe ich nichts, und als könnte ich auch nichts begreifen. Das kommt bei mir vor, ganz als wäre ich ein Kind. Aglaja hat mir eine Lektion erteilt, hab' Dank dafür, Aglaja. Übrigens, das ist ja doch alles Unsinn. Ich bin noch nicht so dumm, wie ich scheine und wie mich meine lieben Töchter hinstellen möchten. Ich habe Charakter und bin nicht scheu. Ich sage das jetzt nur so, nicht etwa, weil ich ihnen zürne. Komm her, Aglaja, gib mir einen Kuß ... Nun, genug der Zärtlichkeit«, sagte sie, als Aglaja ihr nach einem Kuß auf den Mund auch noch herzlich die Hand küßte. »Fahren Sie fort, Fürst. Vielleicht fällt Ihnen noch etwas Interessanteres ein als das vom Esel.«
»Ich begreife nicht, wie man so auf Kommando erzählen kann«, wunderte sich Adelaida, »ich würde es wirklich nicht können.«
»Der Fürst aber kann es, wie du siehst. Das kommt natürlich daher, weil er klug ist; mindestens zehnmal klüger als du, vielleicht sogar zwölfmal. Ich hoffe, du fühlst das nun auch selbst. Beweisen Sie es ihnen, Fürst. Fahren Sie fort. Den Esel kann man, denke ich, auch in dieser Geschichte beiseite lassen. Nun, was haben Sie denn außer dem Esel im Auslande gesehen?«

»Aber auch das, was der Fürst vom Esel sagte, war interessant«, bemerkte Alexandra. »Der Fürst hat seinen krankhaften Zustand wirklich sehr einleuchtend geschildert, und wie ihm dann alles, durch einen äußeren Stoß gleichsam, mit völlig unerwarteter Plötzlichkeit in einem ganz anderen Licht erschien. Es hat mich immer zu wissen interessiert, wie es wohl sein mag, wenn man den Verstand verliert und dann später wieder gesund wird. Besonders wenn es ganz plötzlich geschieht.«

»Nicht wahr? Nicht wahr?« fragte die Generalin lebhaft. »Ich sehe, auch du kannst mitunter klug sein. Jetzt aber genug gescherzt! Sie blieben, glaube ich, bei der Schweizer Landschaft stehen, Fürst – nun?«

»Wir kamen nach Luzern, und man brachte mich über den See. Ich fühlte seine Schönheit, aber es war mir dabei unsäglich schwer zumute«, erzählte der Fürst.

»Warum?« fragte Alexandra.

»Das weiß ich nicht. Beim ersten Anblick einer solchen Natur ist mir immer schwer zumut und eine gewisse Unruhe erfaßt mich; schön ist es und doch – beunruhigend. Aber das war ja alles noch während der Krankheit.«

»Oh, ich möchte gern einmal die Schweiz sehen!« sagte Adelaida. »Wann werden wir endlich einmal ins Ausland reisen? Da sitze ich nun hier und kann seit zwei ganzen Jahren keinen Vorwurf zu einem Gemälde finden.«

»Was im Osten und Süden wir lieben,
Ist schon längst und vielfach beschrieben«

zitierte sie. »Suchen Sie mir ein Sujet, Fürst.«

»Ich verstehe davon nichts. Ich denke: man schaut und malt.«

»Ich verstehe aber nicht zu schauen ...«

»In was für Rätseln redet ihr? – das soll ein Mensch verstehen! Kein Wort begreife ich!« unterbrach sie die Generalin. »Weshalb verstehst du denn nicht zu schauen? Du hast doch Augen, mach sie auf und sieh. Verstehst du es hier nicht, so wirst du's auch dort im Ausland nicht lernen. Erzählen Sie lieber, was und wie Sie selbst geschaut haben, Fürst.«

»Ja, das wird besser sein«, meinte auch Adelaida. »Sie haben ja doch im Auslande das Schauen gelernt.«

»Ich weiß nicht, ob ich es getan habe. Ich habe dort nur Heilung von meiner Krankheit gesucht. Ob ich aber zu schauen gelernt habe, das weiß ich wirklich nicht. Ich war die ganze Zeit dort sehr glücklich.«

»Glücklich! Sie verstehen es, glücklich zu sein?« rief Aglaja aus. »Wie können Sie dann sagen, daß Sie nicht zu schauen gelernt hätten! Sie werden auch uns noch das Schauen lehren.«

»Ach, bitte, lehren Sie's uns!« bat Adelaida lachend.

»Ich kann nichts lehren«, gab auch der Fürst lachend zurück. »Ich habe fast die ganze Zeit, die ich im Ausland war, dort in jenem

Schweizer Dorf verbracht; nur selten unternahm ich eine kurze Reise. Was vermag ich da zu lehren? Anfangs konnte ich nur sagen, daß ich mich nicht langweilte, dann aber – meine Gesundheit besserte sich schnell – dann wurde mir jeder Tag teuer, und je länger ich da war, desto teurer, so daß es mir selbst auffiel. Ich war so zufrieden, wenn ich zu Bett ging, und wenn ich aufstand, war ich geradezu glücklich. Weshalb aber das alles so war, ist ziemlich schwer zu erklären.«

»So daß Sie sich nirgendwohin mehr fortsehnten, sich nirgendwohin mehr fortgerufen fühlten?« fragte Alexandra.

»Anfangs, ja, ganz zu Anfang – da rief es mich fort, und mich überkam dann eine große Unruhe. Ich dachte immerwährend daran, wie ich einst leben würde. Ich wollte mein Schicksal erforschen, und in manchen Augenblicken wurde die Unruhe fast unerträglich. Wissen Sie, es gibt solche Augenblicke, namentlich in der Einsamkeit. Wir hatten dort einen Wasserfall, keinen sehr großen; der fiel von einem hohen Berge. Wie ein weißer, dünner Faden sah er aus, und er fiel fast senkrecht, – weiß, rauschend, mit spritzendem, zerstäubendem Gischt. Er stürzte von hoch oben herab und schien dabei doch gar nicht so hoch zu sein, er war vielleicht eine halbe Werst entfernt, und es schien, als seien nur fünfzig Schritt bis zu ihm. Wenn ich nachts nicht schlafen konnte, lauschte ich seinem Rauschen; in solchen Minuten wuchs dann meine Unruhe und wurde beklemmend. Auch mitten am Tage, wenn man so zuweilen irgendwohin in die Berge ging – da blieb man plötzlich stehen: ringsum nichts als Fichten, alte, große, harzige Stämme; über einem auf dem Felsen die Ruinen einer mittelalterlichen Burg; unser Dorf weit unten, kaum noch sichtbar; die Sonne so grell, der Himmel blau, unheimlich wurde die Stille. Da scheint es einem denn, daß man irgendwohin gerufen wird, und ich dachte oft, wenn man immer geradeaus und lange, lange ginge, bis dorthin zu jenem Strich, wo sich Himmel und Erde vereinen – daß dort des Rätsels Lösung sei und man dort sogleich ein neues Leben sehen würde, ein tausendmal stärkeres und geräuschvolleres als bei uns. So dachte ich mir immer eine große Stadt, wie etwa Neapel, in der nur Paläste sind und Geräusch, und Lärm, und Leben ... Doch wer kann das alles erzählen, was man so zusammengedacht hat! Und dann schien mir wiederum, daß man auch im Gefängnis ein unermeßlich großes Leben finden kann.«

»Diesen löblichen Gedanken habe ich schon in meiner Chrestomathie gelesen, als ich zwölf Jahre alt war«, sagte Aglaja.

»Das ist alles Philosophie«, meinte Adelaida, »Sie sind ein Philosoph, Fürst, und sind hergekommen, um uns zu belehren.«

»Sie haben vielleicht recht«, sagte der Fürst lächelnd, »ich bin vielleicht tatsächlich ein Philosoph und habe vielleicht auch wirklich die Absicht zu lehren ... Das ist schon möglich; ja, das ist wohl möglich.«

»Und Ihre Philosophie ist von genau derselben Art wie die Jewlámpia Nikolájewnas«, griff wieder Aglaja auf. »Das ist eine Beamtenfrau – eine Witwe übrigens; sie besucht uns oft und sitzt dann hier stundenlang. Bei ihr liegt das ganze Lebensrätsel in der – Billigkeit. Nur wie man billiger leben könnte, nur von Kopeken spricht sie, und dabei nicht zu vergessen – sie *hat* Geld. Genau so ist auch Ihr großes Leben im Gefängnis, und vielleicht auch Ihr vierjähriges Glück im Dorf, für das Sie Ihre große Stadt Neapel verkauften und, wie mir scheint, noch mit Profit, wenn Sie sie auch nur für Kopeken hingaben.«
»Was das Leben im Gefängnis betrifft, so kann man auch anderer Meinung sein«, sagte der Fürst. »Ich habe einmal gehört, wie ein Mensch, der zwölf Jahre im Gefängnis verbracht hatte, von diesem Leben erzählte. Es war das einer von den Patienten meines Professors. Er hatte Anfälle, war bisweilen sehr unruhig, weinte oft und wollte sich einmal sogar das Leben nehmen. Sein Leben im Gefängnis war sehr traurig gewesen, dessen kann ich Sie versichern, doch sicherlich nicht nur von Kopekenwert. Seine ganzen Erlebnisse beschränkten sich auf eine Spinne und einen kleinen Baum, der unter dem Fenster herangewachsen war ... Doch ich werde Ihnen lieber von einem anderen Menschen erzählen, den ich im vorigen Jahr kennen lernte. Hier ist ein Umstand von besonderer Merkwürdigkeit – eben weil man einen solchen Menschen nur äußerst selten trifft: dieser Mensch war einmal zusammen mit anderen aufs Schafott geführt worden und hatte sein Todesurteil gehört: sie alle sollten wegen eines politischen Verbrechens erschossen werden. Nach etwa zwanzig Minuten wurde ihre Begnadigung verlesen, und sie wurden zu einer milderen Strafe verurteilt. Einstweilen aber, die Zeit zwischen den beiden Verlesungen, also etwa ganze zwanzig Minuten, hatte er natürlich in der festen Überzeugung verbracht, daß er nach wenigen Minuten jählings sterben werde. Ich wollte furchtbar gern einmal hören, wie er seine damaligen Eindrücke jetzt wohl wiedergeben würde, und versuchte mehrmals, das Gespräch auf jenes Erlebnis zu bringen. Er entsann sich noch jeder Einzelheit ungewöhnlich deutlich und versicherte, daß er niemals auch nur das geringste vergessen würde, was er in diesen Minuten gesehen oder gedacht. Zwanzig Schritte vom Schafott, das viel Volk und Soldaten umstanden, waren drei Pfähle eingerammt; denn der Verurteilten waren mehrere. Die ersten drei wurden zu den Pfählen geführt und angebunden; man zog ihnen das „Sterbekleid“ an – lange weiße Kittel – und über die Augen wurden ihnen weiße Kapuzen gezogen, damit sie nicht sähen, wie auf sie gezielt wurde. Vor jedem Pfahl wurde ein Kommando Soldaten, bestehend aus einigen Mann, aufgestellt. Mein Bekannter war der Achte in der Reihe, folglich mußte er als einer der Letzten zu den Pfählen gehen. Der Geistliche trat an jeden heran und segnete ihn mit dem Kreuz. Es blieben ihm noch fünf Minuten auf

Erden, nicht mehr. Doch diese fünf Minuten schienen ihm eine unendlich lange Frist, ein unschätzbarer Reichtum; es schien ihm, daß er in diesen fünf Minuten noch so viel Leben zu durchleben habe, daß er an den letzten Augenblick vorläufig noch gar nicht zu denken brauche, und er entwarf noch einen ganzen Plan für die Ausnutzung dieser kurzen Zeit: für den Abschied von den Kameraden bestimmte er zwei Minuten; weitere zwei Minuten bestimmte er dazu, um zum letztenmal noch einmal still für sich zu denken, und die letzte Minute, um noch einmal, zum letztenmal, rings um sich zu schauen. Er entsann sich dieser Zeiteinteilung noch bis auf jede Einzelheit, er wußte genau, welche Gedanken er gehabt, und daß er sich gerade diese Reihenfolge vorgenommen. Er war damals siebenundzwanzig Jahre alt, als er sterben sollte, gesund und kräftig. Als er von seinen Freunden Abschied nahm, stellte er, dessen entsann er sich noch deutlich, an einen von ihnen irgendeine nebensächliche Frage und vernahm sogar sehr interessiert dessen Antwort. Darauf, als er von ihm Abschied genommen, begannen die zwei Minuten, die er dazu bestimmt hatte, *still für sich zu denken.* Er wußte, worüber er nachdenken würde: er wollte es sich immer einmal vorstellen, möglichst schnell und klar und grell, wie denn das eigentlich sei: soeben lebt er noch, er *ist*, nach drei Minuten aber *ist er nicht*, nach drei Minuten wird er schon ein *Irgend-etwas* sein – aber was denn? Wo denn? Und alles das glaubte er in diesen zwei Minuten entscheiden zu können. Nicht weit von jenem Platz, auf dem sie erschossen werden sollten, war eine Kirche, und die vergoldete Kuppel der Kirche glänzte im hellen Sonnenschein. Er wußte noch, daß er unverwandt, daß er fast starr auf diese goldene Kuppel und die Strahlen, die von ihr ausgingen, gesehen hatte; er vermochte sich nicht loszureißen von diesen Strahlen: es schien ihm, daß sie seine neue Natur seien, daß er nach drei Minuten irgendwie mit ihnen ineinanderfluten werde ... Die Ungewißheit und der Ekel vor diesem Neuen, das unfehlbar sogleich eintreten mußte und dann ewig sein würde, waren für ihn auch in der Erinnerung noch grauenvoll. Doch trotzdem sei ihm in diesen Augenblicken nichts schwerer gewesen, erzählte er, als der unausgesetzte Gedanke: ‚Wie aber, wenn du nicht zu sterben brauchtest? Wenn man dir das Leben wiedergeben würde – welch eine Ewigkeit! Und all das gehörte dann mir! Oh, jede Minute würde ich in ein ganzes Jahrhundert verwandeln, nichts würde ich verlieren, jede Minute würde ich zählen, nichts, nichts würde ich verlieren, keinen Augenblick würde ich ungenützt vergeuden!‘ Er sagte, daß dieser Gedanke in ihm schließlich zu einem so brennenden Ingrimm geworden sei, daß er nur noch gewünscht habe, schneller erschossen zu werden.«

Der Fürst verstummte plötzlich. Alle erwarteten, daß er etwas Besonderes daraus folgern würde.

»Ist Ihre Erzählung zu Ende?« fragte Aglaja.

»Was? Ach so – ja«, sagte der Fürst, aus seiner Gedankenverlorenheit auffahrend.
»Wozu haben Sie uns denn das erzählt?«
»So ... es fiel mir gerade ein ... weil wir darauf zu sprechen kamen ...«
»Sie scheinen gern so plötzlich abzubrechen«, bemerkte Alexandra. »Sie wollten damit gewiß sagen, daß man keinen Augenblick nach Kopeken abschätzen kann und fünf Minuten mitunter wertvoller als ein Schatz sein können. Das ist ja alles recht schön und gut, aber, erlauben Sie mal – was tat denn dieser Ihr Bekannter, der Ihnen diese Marter geschildert hat: er wurde doch begnadigt, folglich erhielt er diese ‚Ewigkeit' geschenkt. Nun, und was tat er denn später mit diesem Reichtum? Lebte er wirklich so, daß er keinen Augenblick mehr ‚unnütz vergeudete?'«
»O nein, er hat mir selbst gesagt – auch ich stellte diese Frage an ihn –, daß er längst nicht so gelebt und viele, viele Augenblicke vergeudet und verloren habe.«
»Nun, dann kann Ihnen ja dies sogleich als Beispiel dienen, und wie Sie daraus sehen, kann man doch nicht so leben, daß man keinen Augenblick ungenützt vergeudet. Aus irgendeinem Grunde ist es eben unmöglich.«
»Ja, aus irgendeinem Grunde muß es wohl unmöglich sein«, sprach der Fürst gedankenverloren nach, »das habe auch ich mir schon gesagt ... Und dennoch – man will es gleichsam nicht glauben ...«
»Das heißt, Sie glauben, daß Sie klüger als alle anderen leben werden?« fragte Aglaja.
»Ja, auch das habe ich mitunter geglaubt.«
»Und glauben es auch jetzt noch?«
»Und ... glaube es auch jetzt noch«, antwortete der Fürst, der immer noch mit demselben stillen und sogar wie schüchternen Lächeln Aglaja ansah. Alsbald jedoch lachte er wieder und sah sie heiter an.
»Sehr bescheiden!« Aglaja ärgerte sich fast.
»Aber wie tapfer Sie doch alle sind, Sie lachen ganz harmlos, während mich sein Bericht so heftig traf und erschütterte, daß mir noch lange nachher davon träumte; gerade diese fünf Minuten habe ich oft im Traum durchlebt ...«
Prüfend und ernst betrachtete er nochmals seine Zuhörerinnen.
»Sie ärgern sich doch nicht aus irgendeinem Grunde über mich?« fragte er plötzlich, offenbar etwas verwirrt, doch blickte er dabei allen offen in die Augen.
»Weswegen?« riefen alle drei Mädchen erstaunt.
»Nun, weil es doch so den Anschein hat, als wolle ich immer belehren ...«
Alle lachten.
»Und wenn Sie sich ärgerten, so ärgern Sie sich bitte nicht weiter«, bat er »Ich weiß es ja selbst, daß ich weniger als alle anderen gelebt

habe und weniger als alle vom Leben verstehe. Ich spreche mitunter vielleicht sehr sonderbar ...«

Und der Fürst verstummte, nun wirklich verwirrt.

»Wenn Sie sagen, daß Sie glücklich gewesen sind, so haben Sie nicht weniger, sondern mehr gelebt – weshalb verstellen Sie sich dann und entschuldigen sich?« fragte Aglaja streng, fast händelsüchtig. »Und beunruhigen Sie sich nicht darüber, daß Sie uns belehren, hier kann von einem Triumph Ihrerseits gar nicht die Rede sein. Mit Ihrem Quietismus kann man auch ein Leben von hundert Jahren mit Glück ausfüllen. Ihnen kann man eine Hinrichtung zeigen oder einen kleinen Finger, Sie werden aus dem einen wie aus dem anderen einen gleich lobenswerten Schluß ziehen und überdies noch sehr zufrieden sein. So kann man schon leben!«

»Weshalb ereiferst du dich so? – das versteh' ich nicht!« unterbrach sie die Generalin, die schon längere Zeit verwundert die Gesichter der Sprechenden betrachtet hatte, »und wovon redet ihr überhaupt? Was soll dieser kleine Finger? Und dieser ganze Unsinn? Der Fürst spricht vorzüglich, nur ein wenig traurig. Weshalb entmutigst du ihn? Als er zu erzählen begann, lachte er noch, jetzt aber hast du ihn ganz traurig gemacht.«

»Tut nichts, maman. Schade, daß Sie keine Hinrichtung gesehen haben, Fürst, ich würde Sie sonst etwas fragen.«

»Ich habe eine Hinrichtung gesehen«, antwortete der Fürst.

»Ja?« fragte Aglaja ganz überrascht. »Eigentlich hätte ich es mir denken können! Das setzt nun dem Ganzen die Krone auf! Aber wenn Sie eine Hinrichtung gesehen haben, wie können Sie dann sagen, daß Sie die ganze Zeit glücklich gewesen sind? Nun, hab' ich nicht recht?«

»Wurde denn auch dort in Ihrem Dorf hingerichtet?« fragte Adelaida.

»Nein, ich habe in Lyon eine Hinrichtung gesehen. Ich war mit Professor Schneider hingefahren, er nahm mich mit. Als wir ankamen, gerieten wir zufällig gerade auf den Platz ...«

»Nun, und es gefiel Ihnen sehr? Es enthielt wohl viel Erbauliches? Nützliches?« fragte Aglaja.

»Es gefiel mir ganz und gar nicht, und ich war nachher beinahe krank, aber ich muß gestehen, daß ich wie gebannt hinsah, ich konnte meinen Blick nicht abwenden.«

»Auch ich hätte meinen Blick nicht abwenden können«, sagte Aglaja.

»Man sieht es dort sehr ungern, wenn Frauen einer Hinrichtung beiwohnen, sogar die Zeitungen schreiben nachher gegen solche Zuschauerinnen.«

»Das heißt also, daß man es nicht für eine Frauensache hält, sondern nur (und damit will man's wohl rechtfertigen), für eine Männersache. Ich gratuliere zu dieser Logik. Und Sie sind natürlich derselben Ansicht.«

»Erzählen Sie uns doch von jener Hinrichtung«, unterbrach Adelaida die Schwester.
»Ich würde jetzt sehr ungern davon erzählen ...«, sagte der Fürst, ein wenig verwirrt und die Stirn runzelnd, während es wie ein Schatten über sein Gesicht glitt.
»Das sieht ja ganz so aus, als sei es hier nicht der Mühe wert«, stichelte Aglaja.
»Nein, ich sagte es nur, weil ich von dieser Hinrichtung vorhin schon erzählt habe.«
»Wem haben Sie davon erzählt?«
»Ihrem Diener, als ich dort wartete ...«
»Welchem Diener?« ertönte es von allen Seiten.
»Nun dem, der dort im Vorzimmer sitzt, mit dem graumelierten Haar und rötlichem Gesicht. Ich wartete im Vorzimmer, bis Iwan Fjodorowitsch mich empfing.«
»Das ist sonderbar«, meinte die Generalin.
»Der Fürst ist ein Demokrat«, warf Aglaja kurz hin. »Nun, wenn Sie es unserem Alexei erzählt haben, können Sie es uns doch erst recht nicht abschlagen.«
»Ich will es unbedingt hören!« bestand Adelaida auf ihrem Wunsch.
»Vorhin«, wandte sich der Fürst wieder lebhafter an Adelaida (anscheinend gab er sich sehr schnell und vertrauensvoll jeder Eingebung hin), »vorhin hatte ich allerdings einen Gedanken, als Sie um ein Sujet für ein Bild baten: malen Sie das Gesicht eines zum Tode Verurteilten, wenn er auf dem Schafott steht, kurz bevor er auf dieses Brett geschnallt wird, etwa eine Minute vor dem Niederfallen des Beiles.«
»Wie, das Gesicht? Nur das Gesicht?« fragte Adelaida. »Das ist doch ein etwas eigentümliches Sujet, und was wäre denn das für ein Bild?«
»Ich weiß nicht ... aber warum nicht?« fragte der Fürst, der mit Eifer bei der Sache war. »Ich habe in Basel vor nicht langer Zeit ein ähnliches Bild gesehen. Ich würde es Ihnen gern beschreiben ... nun, ein anderes Mal ... Es hat sich mir unvergeßlich eingeprägt.«
»Oh ja, das Baseler Bild müssen Sie mir unbedingt einmal beschreiben; jetzt aber sagen Sie mir, wie Sie sich das Bild von der Hinrichtung denken? Können Sie es so wiedergeben, wie Sie es sich selbst vorstellen? Wie soll ich denn dieses Gesicht malen? Nichts als ein Gesicht? Was muß denn das für ein Gesicht sein?«
»Das Gesicht eines zum Tode Verurteilten, etwa eine Minute vor der Hinrichtung«, begann der Fürst mit ersichtlicher Bereitwilligkeit, als ließe er sich von der Erinnerung ganz gefangennehmen, und es hatte den Anschein, als hätte er alles übrige sofort vergessen. »Das Gesicht in dem Augenblick, wenn er gerade die kleine Treppe emporgestiegen ist und sich nun plötzlich auf dem Schafott sieht ... Er blickte zufällig nach der Seite, wo ich stand: ich sah sein Gesicht und begriff alles ... Aber wie soll man das in Worten wiedergeben!

Ich würde – ich weiß nicht was darum geben, wenn Sie oder sonst jemand dieses Gesicht zeichnen würden! Wenn Sie das könnten? Ich dachte schon damals, daß ein solches Bild von großem Nutzen wäre. Wissen Sie, man müßte in diesem Gesicht alles wiedergeben, was vorhergegangen ist, alles, alles! Er hatte im Gefängnis gesessen und, wie ich später las, die Hinrichtung erst in einer Woche erwartet. Er hatte auf Verzögerung gerechnet, darauf, daß die Papiere noch irgendwo eingereicht werden müßten und nicht vor einer Woche zurückkommen könnten. Und nun plötzlich hatten alle Formalitäten viel weniger Zeit in Anspruch genommen. Um fünf Uhr morgens schlief er noch. Es war Ende Oktober: da ist es um fünf Uhr kalt und dunkel. Der Gefängnisaufseher trat mit der Wache leise herein und berührte sacht seine Schulter; jener erwachte, richtete sich auf, sah das Licht und die Wachen. ‚Was ist?' – ‚Um zehn Uhr findet die Hinrichtung statt.' Zuerst habe er es gar nicht glauben wollen, habe sogar widersprochen und gesagt, die Papiere könnten doch nicht vor einer Woche zurückkommen. Als er aber dann nach dem jähen Erwachen vollends zu sich kam, da hörte er auf zu widersprechen und verstummte – so wurde später erzählt. Darauf soll er noch gesagt haben: ‚Es ist doch schwer, so plötzlich ...', worauf er wieder verstummte. Die ersten drei oder vier Stunden vergehen über den Vorbereitungen: da kommt der Geistliche, dann das Frühstück, zu dem er Wein, Kaffee und Rindfleisch erhält (ist das nicht ein wahrer Spott und Hohn? Wenn man bedenkt, wie grausam das alles ist! Und doch, bei Gott, diese unschuldigen Leute sind in ihrer Herzenseinfalt vollkommen überzeugt, daß es ein Werk der Nächstenliebe sei!) Darauf folgt das Ankleiden oder Herrichten des Verurteilten (Sie wissen doch, worin das besteht?) – nun, und dann wird er durch die Stadt zum Schafott geführt ... Ich glaube, auch hier muß es dem Betreffenden scheinen, daß noch ein unendlich langes Leben vor ihm liegt, während er hingefahren wird. Sicherlich denkt er unterwegs: ‚Es ist ja noch weit, ganze drei Straßen weit habe ich noch zu leben; noch habe ich die erste vor mir, dann kommt erst die zweite und dann erst die dritte, wo rechts der Bäckerladen ist ... bis wir erst zum Bäckerladen kommen, das dauert noch eine ganze Weile!' Ringsum drängt sich das Volk, ringsum Geschrei und Lärm, zehntausend Gesichter, zehntausend Augenpaare – alles das muß er ertragen, aber das Schrecklichste ist der Gedanke: ‚Da sind ihrer zehntausend, und von ihnen wird keiner hingerichtet, nur ich allein werde hingerichtet!' Und das ist alles erst der Anfang! Eine kleine Treppe führt zum Schafott hinauf; vor dieser Treppe brach er plötzlich in Tränen aus und war dabei doch ein starker und mutiger Mann, ein großer Verbrecher, wie man erzählte. Der Geistliche wich keinen Augenblick von seiner Seite, er fuhr auch im Schinderkarren mit ihm zum Richtplatz und sprach die ganze Zeit auf ihn ein, nur wird dieser ihm wohl kaum zugehört haben – und wenn er auch hingehört haben sollte, so wird er ihn nach dem dritten Wort doch nicht mehr verstanden haben. So wird es bestimmt gewesen sein. Endlich begann er die Treppe emporzusteigen. Die Füße waren gefesselt, so konnte er sich nur mit ganz kleinen Schritten vorwärts bewegen. Der Geistliche muß ein verständiger Mann gewesen sein: er hörte auf zu reden und hielt ihm immer nur das Kreuz zum Küssen hin. Vor der Treppe war er sehr bleich, als er aber oben anlangte und auf dem Schafott stand, da wurde er plötzlich weiß, buchstäblich so weiß wie Papier, wie ein Blatt weißes Schreibpapier. Zweifellos wurden seine Beine schwach und steif, und es wandelte ihn wohl eine gewisse Übelkeit an, mit einem Würgen in der Kehle, das wie ein Kitzeln ist, – haben Sie noch nie diese Empfindung gehabt, nach einem großen Schreck vielleicht oder im Augenblick entsetzlicher Angst, wenn der ganze Verstand zwar noch da ist, aber schon gar keine Kraft mehr hat? Ich glaube, daß, wenn man zum Beispiel unabwendbarem Untergang preisgegeben ist, wenn etwa ein Haus auf einen niederstürzt oder etwas Ähnliches geschieht, daß man dann am liebsten sich hinsetzen und die Augen schließen möchte: komme, was kommen mag! ... Hier nun, als diese Schwäche bei ihm eintrat, hielt ihm der Geistliche mit einer schnellen Geste und ohne ein Wort zu sagen, das Kreuz zum Kuß hin, fast so nah, daß es die Lippen berührte – es war ein kleines silbernes Kreuz – und immer wieder hielt er es ihm hin, alle Augenblicke. Und sobald das Kreuz seine Lippen berührte, öffnete der Verurteilte die Augen und belebte sich wieder für ein paar Sekunden ... und die Füße gingen wieder. Gierig küßte er das Kreuz, ja, er beeilte sich geradezu, es zu küssen, ganz wie man sich beeilt, irgend etwas als Vorrat für alle Fälle mitzunehmen; aber es ist nicht anzunehmen, daß er dabei irgendeinen religiösen Gedanken hatte oder sich einer religiösen Handlung bewußt war. Und so ging er bis zum Brett ... Ist es nicht merkwürdig, daß in diesen letzten Sekunden so selten ein Verurteilter in Ohnmacht fällt? Im Gegenteil, das Gehirn lebt unheimlich intensiv, arbeitet rastlos, unermüdlich und stark, stark, stark, wie eine Maschine in vollem Gang; ich bilde mir ein, sie stampfen nur so durchs Gehirn, diese verschiedenen Gedanken, die man alle nicht zu Ende denkt, und vielleicht sind es sogar sehr lächerliche, so nebensächliche Gedanken, wie: ‚Jener dort schaut, hat eine Warze auf der Stirn; dort der unterste Knopf am Kittel des Scharfrichters ist verrostet ...‘, und dabei weiß man doch alles und vergißt man nichts; und da ist ein Punkt, den man auf keine Weise vergessen kann, und auch in Ohnmacht kann man nicht fallen, und alles bewegt und dreht sich um ihn, um diesen einen Punkt. Und sich vorzustellen, daß sich das so bis zur allerletzten Viertelsekunde fortsetzt, wenn der Kopf schon auf dem Block ruht und wartet und ... *weiß*, und plötzlich hört, wie über ihm das Fallbeil ins Gleiten kommt! Das hört man noch bestimmt! Ich würde, wenn ich so daläge, absichtlich hinhorchen und es noch vernehmen! Hier handelt es sich vielleicht nur um den zehnten Teil eines Augenblicks, aber man hört es unbedingt! Und denken Sie sich, bis jetzt noch streitet man darüber, ob nicht der Kopf, wenn er schon abgeschlagen ist, möglicherweise noch eine Sekunde lang weiß, daß er jetzt abgeschlagen ist und herunterfliegt – können Sie sich das vorstellen? Und wenn er es nun ganze fünf Sekunden lang weiß? ... Zeichnen Sie das Schafott so, daß man nur die oberste Stufe ganz deutlich und möglichst nah sieht; dort steht der Verurteilte: die Hauptsache ist der Kopf; das Gesicht ist weiß, schneeweiß, der Geistliche aber hält ihm das Kreuz hin, das jener gierig mit seinen blauen Lippen küssen will, er streckt schon die Lippen vor und schaut und – *weiß alles*. Das Kreuz und der Kopf – das ist die Hauptsache. Das Gesicht des Priesters, der Henker, dessen zwei Gehilfen, unten noch ein paar Köpfe und Augen – das kann alles nur angedeutet sein, wie im Nebel, als Beiwerk ... So denke ich mir das Bild.«

Der Fürst verstummte und sah seine Zuhörerinnen an.

»Das sieht jedenfalls nicht nach Quietismus aus«, sagte Alexandra halblaut vor sich hin.

»So, und jetzt erzählen Sie uns, wie Sie verliebt waren«, bat Adelaida plötzlich.

Der Fürst blickte sie verwundert an.

»Hören Sie«, fuhr Adelaida schnell fort, als wolle sie sich mit der Begründung ihrer Bitte beeilen, »Sie sind mir zwar noch die Beschreibung des Baseler Bildes schuldig, ich weiß, aber zuerst will ich hören, wie und wo und wann Sie verliebt gewesen sind! Leugnen Sie es nicht, Sie sind bestimmt verliebt gewesen. Zudem hören Sie sogleich auf, Philosoph zu sein, sobald Sie zu erzählen beginnen.«

»Sobald Sie etwas erzählt haben, scheinen Sie sich sogleich dessen zu schämen, was Sie erzählt haben. Weshalb das?« fragte Aglaja.

»Nein, das ist mir denn doch zu dumm!« schnitt ihr die Generalin ungehalten das Wort ab.

»Ja, das war nicht gerade klug«, pflichtete ihr Alexandra bei.

»Nehmen Sie es nicht ernst, Fürst«, wandte sich die Generalin an ihren Gast, »sie sagt es mit Absicht, aus einer gewissen Bosheit heraus. Sie ist sonst gar nicht so ungezogen. Denken Sie, bitte, nichts Schlechtes von ihnen, weil sie Ihnen so zusetzen; sie haben sich wohl wieder etwas in den Kopf gesetzt, aber ich weiß, daß sie Sie trotzdem schon gern haben. Ich kenne ihre Gesichter.«

»Auch ich kenne ihre Gesichter«, sagte der Fürst mit besonderem Nachdruck.

»Wieso?« fragte Adelaida neugierig.

»Was wissen Sie von unseren Gesichtern?« fragten wißbegierig auch die beiden anderen.

Aber der Fürst schwieg und blieb ernst; alle warteten, was er wohl antworten werde.

»Ich werde es Ihnen später sagen«, sagte er schließlich halblaut und mit ernstem Gesicht.

»Sie wollen ja durchaus unser Interesse erwecken«, neckte Aglaja, »und dazu dieser feierliche Ton!«
»Nun gut«, fiel wieder Adelaida in ihrer schnellen Redeweise lustig ein, »aber wenn Sie ein solcher Kenner der Menschengesichter sind, dann sind Sie gewiß auch verliebt gewesen, folglich habe ich ganz richtig geraten. Erzählen Sie also!«
»Ich bin nicht verliebt gewesen«, antwortete der Fürst ebenso leise und ernst, »ich bin anders glücklich gewesen.«
»Wie das? Auf welche Weise?«
»Gut, ich werde es Ihnen erzählen«, sagte der Fürst nach einer Weile, wie in tiefes Nachdenken versunken.

VI

»Da sehen Sie mich nun alle mit solcher Spannung an«, begann der Fürst, »daß Sie mir womöglich böse sein werden, wenn ich Sie nicht ganz zufriedenstelle. Nein, das sagte ich ja nur zum Scherz«, fügte er schnell mit einem Lächeln hinzu.

»Dort ... gab es viele Kinder, und ich habe die ganze Zeit mit Kindern zugebracht, nur mit Kindern. Es waren die Dorfkinder, die die Schule besuchten, eine ganze Schar. Ich kann nicht sagen, daß ich sie gerade unterrichtet hätte, o nein; denn sie hatten ja einen Schulmeister, Jules Thibaut; ich aber, nun ja, wenn ich sie auch manches lehrte, so war ich eigentlich doch nur so mit ihnen zusammen, und in dieser Weise vergingen die ganzen vier Jahre. Ich wollte auch nichts anderes. Ich habe ihnen alles erzählt, nichts habe ich ihnen verheimlicht. Ihre Eltern und Verwandten waren nicht wenig ungehalten über mich, denn die Kinder konnten zu guter Letzt gar nicht mehr ohne mich auskommen und umdrängten mich ständig, und der Schulmeister war bald mein ärgster Feind. Überhaupt machte ich mir dort viele Feinde, und immer nur wegen der Kinder. Sogar Schneider machte mir Vorwürfe. Und weshalb nur, was befürchteten sie eigentlich? Einem Kinde kann man doch alles sagen, alles! Es hat mich oft stutzig gemacht, wie schlecht Erwachsene Kinder verstehen, selbst Väter und Mütter ihre eigenen Kinder. Kindern sollte man nichts verheimlichen, wie man es gewöhnlich unter dem Vorwand tut, daß sie zu jung seien, und es für sie noch zu früh sei, manches zu wissen. Was das doch für eine traurige und klägliche Auffassung ist! Und wie gut es die Kinder begreifen, daß die Eltern sie für zu klein und zu dumm zum Verstehen halten, während sie doch tatsächlich alles verstehen! Die Erwachsenen wissen nicht, daß ein Kind sogar in der schwierigsten Angelegenheit einen äußerst guten Rat zu geben vermag. Mein Gott, wenn so ein Kind einen mit seinen klaren Augen wie ein kleiner Vogel treuherzig und glücklich ansieht – da muß man sich doch schämen, es zu belügen! Ich nenne sie deshalb kleine Vögel, weil es etwas Reizenderes als kleine Vögel nicht gibt. Übrigens hatte mir ein ganz besonderer Fall die Feindschaft des Dorfes eingetragen ... Thibaut aber war wohl nur neidisch. Anfangs schüttelte er bloß den Kopf und wunderte sich, wie es zuging, daß die Kinder bei mir alles begriffen, bei ihm aber beinahe nichts. Und dann machte er sich über mich lustig, als ich ihm sagte, daß wir beide sie in nichts unterrichten könnten, daß im Gegenteil sie uns unterrichteten. Wie konnte er mich nur beneiden und verleumden, wenn er doch selbst unter Kindern lebte! Durch Umgang mit Kindern gesundet die Seele ...

Dort in der Anstalt war ein Kranker, den Professor Schneider behandelte, ein armer Unglücklicher. Sein Unglück war so groß, daß man es kaum für möglich halten kann, wie ein Mensch so etwas zu ertragen vermag. Er sollte dort vom Irrsinn geheilt werden, doch meiner Ansicht nach war er nicht irrsinnig, sondern litt nur unsäglich, und das war seine ganze Krankheit. Wenn Sie wüßten, was diesem Menschen schließlich unsere Kinder bedeuteten! ... Aber von diesem Kranken werde ich Ihnen ein anderes Mal erzählen. Jetzt will ich Ihnen lieber erzählen, wie das alles damals begann. Anfangs mochten mich die Kinder gar nicht. Ich war auch so groß und bin immer so unbeholfen; ich weiß, daß ich auch sonst unschön bin ... und obendrein war ich noch ein Ausländer. Zunächst grinsten sie nur über mich, dann aber warfen sie sogar mit Steinen nach mir, als sie gesehen hatten, wie ich Marie küßte. Ich habe sie aber nur einmal geküßt ... Nein, lachen Sie nicht«, beeilte sich der Fürst, das Lächeln seiner Zuhörerinnen aufzuhalten, »hier handelte es sich gar nicht um jene Liebe. Wenn Sie wüßten, was für ein unglückliches Geschöpf sie war, Sie würden sie gewiß ebenso bemitleiden, wie auch ich es tat. Sie war ein Mädchen aus unserem Dorf. Ihre Mutter war eine alte, kranke Frau, die in ihrem kleinen, baufälligen Häuschen hinter dem einen der beiden kleinen Fenster mit Erlaubnis der Dorfobrigkeit einen Ladentisch eingerichtet hatte. Aus diesem Fenster verkaufte sie Schnürsenkel, Garn, Tabak, Seife; lauter Kleinigkeiten, die wenig einbrachten, und von diesem kleinen Verdienst lebte sie. Sie war schon lange krank, ihre Füße waren geschwollen, so daß sie immer zu Hause saß und sich nicht rühren konnte. Marie war ihre einzige Tochter, zwanzig Jahre alt, schwächlich und mager; sie war schon seit längerer Zeit schwindsüchtig, verrichtete aber trotzdem die schwerste Arbeit als Tagelöhnerin bei fremden Leuten: sie scheuerte die Fußböden, wusch Wäsche, fegte die Höfe rein, versorgte das Vieh. Nun geschah es, daß ein französischer Kommis auf der Durchreise ins Dorf kam, sie verführte und mitnahm. Er verließ sie aber schon nach einer Woche und fuhr heimlich davon. Sie machte sich zu Fuß auf den Heimweg, bettelte sich unterwegs das Notwendigste zusammen, bis sie dann endlich schmutzig und zerlumpt und mit zerrissenen Stiefeln wieder im Dorf anlangte. Eine ganze Woche war sie gewandert; genächtigt hatte sie unter freiem Himmel und sich dabei natürlich erkältet. Ihre Füße waren wund und die Hände rissig und geschwollen. Sie war übrigens auch früher nicht hübsch gewesen, nur ihre Augen waren still und gut und unschuldig. Auffallend an ihr war ihre Schweigsamkeit. Früher hatte sie einmal bei der Arbeit zu singen begonnen, und da hatten alle sie ganz erstaunt angesehen, bis sie in Lachen ausbrachen: ‚Marie singt! Denkt doch, Marie singt! Was hat denn das zu bedeuten?‘ Marie aber soll sehr verlegen gewesen sein, und seit dem Tage hat niemand mehr sie singen hören. Damals war man noch freundlich zu ihr gewesen; als sie nun aber krank und erschöpft zurückkehrte, da hatte kein einziger auch nur das geringste Mitleid für sie übrig! Wie grausam die Menschen in solchen Fällen sind! Was für starre Begriffe sie in der Beziehung haben! Ihre Mutter war die erste, die sie mit Zorn und Verachtung empfing. ‚Du hast mich jetzt entehrt!', sagte sie. Und die Mutter gab sie auch als erste der Schande preis. Als man im Dorf erfuhr, daß Marie zurückgekehrt war, lief alles hin, um sie zu sehen: fast das ganze Dorf versammelte sich in der Hütte der Alten – Greise, Kinder, Weiber, Mädchen, alle eilten sie neugierig herbei. Marie kniete zu Füßen der Mutter, hungrig und zerlumpt, und schluchzte. Als nun die Menschen sich so in die Stube drängten, um die Sünderin zu betrachten, verbarg Marie ihr Gesicht im aufgelösten Haar und warf sich in ihrer Verzweiflung auf den Fußboden, wo sie schluchzend liegen blieb. Alle, die sie rings umstanden, blickten auf sie herab, als wäre sie irgend etwas Widerliches gewesen. Die Männer verurteilten sie schonungslos, die jüngeren lachten und machten sich über sie lustig, die Weiber überschütteten sie mit Schimpf und Vorwürfen und behandelten sie wie etwa eine garstige Spinne. Und die Mutter ließ das zu, saß dabei, nickte mit dem Kopf und fand es ganz in Ordnung. Die Alte war damals von den Ärzten bereits aufgegeben (zwei Monate danach starb sie auch wirklich). Sie wußte, daß ihre Tage gezählt waren, aber sie söhnte sich nicht mit der Tochter aus, sprach mit ihr überhaupt nicht, jagte sie zum Schlafen in den kalten Flur und gab ihr kaum etwas zu essen. Die kranken Füße der Alten mußten oft in warmes Wasser gesetzt werden, was Marie denn auch sorgsam tat. Sie wusch ihr die Füße und pflegte sie überhaupt aufopfernd. Die Alte aber nahm alle Dienste der Tochter als etwas Selbstverständliches hin und sagte ihr nicht einmal ein freundliches Wort. Marie ertrug alles, und wie ich mich später bei näherer Bekanntschaft überzeugte, empfand sie diese Behandlung von seiten der Mutter als vollkommen gerecht und hielt sich selbst für die Verworfenste aller Verworfenen. Als dann die Alte in ihren letzten Wochen ganz zu Bett bleiben mußte, kamen die Dorfweiber abwechselnd zu ihr, um sie zu pflegen; das ist dort so Sitte. Nun bekam Marie überhaupt nichts mehr zu essen; im ganzen Dorf wurde sie verfolgt, und man wollte ihr nicht einmal Arbeit geben wie früher. Alle spien hinter ihr her, und die Männer betrachteten sie wohl überhaupt nicht mehr als ein Weib – solche Schändlichkeiten sagten sie ihr. Nur manchmal, übrigens sehr selten, nur wenn sie betrunken waren, sonntags gewöhnlich, warfen sie ihr in der Trunkenheit zum Spott ein Kupferstück hin, so einfach auf die Erde, und Marie hob es schweigend auf. Sie hustete damals bereits sehr stark und begann Blut zu speien. Schließlich hingen ihre Kleider nur noch wie Lumpen an ihrem Körper, so daß sie sich schämte, sich im Dorf zu zeigen. Seit ihrer Rückkehr ging sie überhaupt nur noch barfuß. Da begannen denn besonders die Kinder – es gab ihrer dort sehr viele, mindestens vierzig Schulrangen –

da begannen besonders die Kinder, sie zu necken und ihr mit Straßenschmutz nachzuwerfen. Sie bat den Hirten, daß er ihr erlauben möge, seine Kühe zu hüten, aber der Hirt jagte sie davon. Sie nahm aber eine Gelegenheit wahr und zog ohne seine Erlaubnis mit der Herde hinaus und blieb den ganzen Tag fort. Da sah der Hirt ein, daß sie ihm sehr nützlich sein konnte, und jagte sie nicht mehr fort und gab ihr bisweilen sogar die Überreste seiner Mahlzeit, etwas Käse und Brot. Das hielt er natürlich für eine große Gnade. Als ihre Mutter endlich gestorben war und beerdigt wurde, schämte sich der Pastor nicht, sie öffentlich zu schmähen, und er tat das noch in der Kirche. Marie stand in ihren Lumpen hinter dem Sarge und weinte. Viel Volks hatte sich versammelt, um zu sehen, wie sie weinen und hinter dem Sarge hergehen werde. Da hub der Pastor an – er war ein noch junger Mann, der den Ehrgeiz hatte, ein großer Redner zu werden –, wandte sich an alle Anwesenden und wies auf Marie. ‚Seht, dort steht sie, die die Schuld am Tode dieser achtbaren Frau trägt', begann er (das war gar nicht wahr, denn die Alte war doch schon ganze zwei Jahre lang krank gewesen) ‚seht, da steht sie nun vor euch und wagt nicht, den Blick zu erheben, denn der Zorn des Herrn ruht auf ihr! Da steht sie barfuß und in Lumpen – ein Beispiel aus der Schar jener, die den Pfad der Tugend verlassen! Und wer ist sie? Wer ist sie, die diese fromme Frau ins Grab gebracht? Sie ist – ihre Tochter!' und so weiter, immer in derselben Tonart. Und können Sie sich so etwas denken: diese Gemeinheit gefiel allen. Aber dann kam etwas anderes dazwischen: die Kinder traten für sie ein; denn damals waren sie bereits alle auf meiner Seite und hatten Marie gern. Das war folgendermaßen gekommen: Ich wollte etwas für Marie tun, man mußte ihr Geld verschaffen, denn sie hatte es sehr nötig. Ich besaß aber – dort, bei Schneider – nie Geld. Dafür hatte ich eine kleine Krawattennadel mit einem Brillanten, die verkaufte ich an einen Aufkäufer alter Sachen; es war dort gerade einer, der von Dorf zu Dorf fuhr und mit alten Kleidern handelte. Er gab mir acht Franken, obschon die Nadel wenigstens vierzig wert war. Darauf bemühte ich mich lange Zeit vergeblich, Marie einmal allein zu treffen. Endlich gelang es mir: wir begegneten uns hinter dem Dorf auf einem einsamen Fußsteig, der auf die Berge hinaufführte, gerade hinter einem Baum. Ich gab ihr die acht Franken und sagte ihr, daß sie sparsam mit ihnen umgehen müsse; denn mehr Geld hätte ich nicht, und dann küßte ich sie und sagte, sie solle nicht denken, daß ich irgendeine schlechte Absicht hätte, daß ich sie nicht deshalb geküßt, weil ich etwa in sie verliebt sei, sondern nur, weil sie mir sehr leid täte und ich sie niemals für eine Schuldige, sondern nur für eine Unglückliche halten würde. Ich wollte sie gern noch etwas trösten und ihr klarmachen, daß sie sich doch nicht für so tief unter den andern stehend zu halten brauche; aber ich sah es ihr an, daß sie mich nicht verstand, obschon sie kein Wort sagte, mit gesenktem Blick vor mir stand und sich entsetzlich schämte. Als ich geendet hatte, beugte sie sich plötzlich nieder und küßte mir die Hand, worauf ich sofort ihre Hand nahm, um sie gleichfalls zu küssen, aber sie zog sie erschrocken zurück. Da tauchten plötzlich die Kinder auf, eine ganze Bande. Wie ich später erfuhr, hatten sie mich beobachtet und waren mir sogar heimlich gefolgt. Kaum hatten sie uns erblickt, als sie auch schon in ein Hohngelächter ausbrachen, pfiffen, schrien und in die Hände klatschten. Marie lief natürlich eiligst davon. Ich wollte zu den Kindern reden, aber sie warfen mit Steinen nach mir. Noch am selben Abend wußte es das ganze Dorf, und Marie mußte dafür büßen: sie wurde noch mehr verfolgt und gehaßt. Wie ich hörte, wollte man sie sogar gerichtlich zu einer Strafe verurteilen lassen, doch zum Glück kam es nicht so weit. Dafür aber ließen die Kinder sie keinen Augenblick mehr in Ruhe: sie schalten sie mit häßlichen Worten, warfen ihr Schmutz nach, trieben sie fort, und sie mußte mit ihrer schwachen Brust laufen, keuchend, atemlos, die Kinder mit Geschrei hinter ihr her. Einmal trat ich der Schar entgegen und prügelte mich sogar mit den Jungen. Dann begann ich mit ihnen zu reden. Und so redete ich jeden Tag, wenn sich nur Gelegenheit dazu bot. Bisweilen blieben sie dann stehen und hörten zu, wenn sie auch das Schelten noch nicht ließen. Ich erzählte ihnen, wie unglücklich Marie sei, und bald hörten sie auf, sie zu verfolgen und gingen nur schweigend fort, wenn sie kam. Mit der Zeit begannen sie auch mit mir zu sprechen, und wir unterhielten uns; ich verheimlichte ihnen nichts, ich erzählte ihnen alles. Sie hörten mir sehr neugierig zu und bald empfanden auch sie Mitleid mit Marie. Einzelne von ihnen gingen sogar so weit, daß sie sie jetzt freundlich grüßten, wenn sie ihr begegneten. Es ist dort Sitte, daß einander Begegnende, gleichviel ob sie sich kennen oder nicht, „Guten Tag“ sagen. Ich kann mir denken, wie erstaunt Marie anfangs gewesen sein muß. Einmal hatten zwei kleine Mädchen ihr etwas zu essen gebracht und kamen dann zu mir, um es mir zu erzählen. Sie sagten, Marie habe angefangen zu weinen, und sie hätten sie jetzt sehr lieb. Es dauerte nicht lange, und sie wurde von allen geliebt, und danach liebten sie plötzlich auch mich. Von der Zeit an kamen sie oft zu mir und baten mich, ihnen zu erzählen. Ich glaube, ich habe nicht schlecht erzählt, denn sie hörten mir sehr gern zu. Späterhin lernte und las ich nur zu dem Zweck, um ihnen dann das Gelesene erzählen zu können, und so habe ich ihnen ganze drei Jahre lang erzählt. Als mich dann später alle, selbst Schneider nicht ausgenommen, verurteilten, weil ich mit den Kindern wie mit Erwachsenen sprach und ihnen nichts verheimlichte, sagte ich, daß man sich schämen müßte, Kinder zu belügen, daß sie ja sowieso alles wüßten, wie sehr man es auch vor ihnen geheimhalten wollte. Wenn sie all das später von anderen erfahren würden, dann würden sie es als etwas Schmutziges ansehen, von mir aber erführen sie es als etwas Reines. Es sollte, meinte ich, doch ein jeder nur daran denken, wie er selbst es als Kind erfahren hat.

Die Menschen waren aber anderer Meinung ... Daß ich Marie geküßt hatte, war ungefähr zwei Wochen vor dem Tode ihrer Mutter geschehen, so daß die Kinder, als der Pastor die Beerdigungsrede hielt, schon alle auf meiner Seite waren. Ich erklärte ihnen unverzüglich die ganze Schändlichkeit dieser Rede, und sie wurden alle böse auf ihn, einige sogar in dem Maße, daß sie mit Steinen seine Fensterscheiben einwarfen. Ich verbot es ihnen natürlich, denn das ging doch nicht an; aber im Dorf hatte man schon den ganzen Zusammenhang erfahren, und alle beschuldigten mich, daß ich die Kinder verdürbe. Gleichzeitig erfuhren sie auch den Grund: daß die Kinder Marie liebten – und sie erschraken unsäglich. Marie aber war glücklich. Den Kindern wurde strengstens verboten, mit ihr zusammenzukommen. Da liefen sie denn heimlich fort und stahlen sich auf Umwegen zur Herde, die sie hütete. Es war ziemlich weit – eine gute halbe Werst vom Dorf. Und sie brachten ihr Leckerbissen, die sie sich selbst absparten, oder sie liefen auch nur so hin, um sie zu grüßen und zu streicheln und ihr zu sagen: ‚Je vous aime, Marie.' Und dann liefen sie blitzschnell wieder nach Hause. Marie war wie von Sinnen vor Glück: es kam so plötzlich, daß sie gar nicht wußte, wohin damit! So etwas hatte sie ja nie im Traum für möglich gehalten. Sie schämte sich und war doch selig. Die Kinder aber, namentlich die Mädchen, liefen gern zu ihr hin, um ihr zu sagen, daß ich sie liebe und ihnen sehr viel von ihr erzähle. Sie erzählten ihr sogar, daß ich ihnen alles gesagt hätte, und daß sie sie jetzt liebten und bemitleideten, und daß es immer so bleiben werde. Und von ihr kamen sie eilig zu mir gelaufen, um mir mit freudigen Gesichtchen und geschäftigen Mienen höchst wichtig mitzuteilen, daß sie soeben Marie gesehen und gesprochen hatten, und daß sie mich grüßen lasse. Abends ging ich dann zum Wasserfall: dort war eine rings von Pappeln umstandene einsame Stelle, die man vom Dorf aus nicht sehen konnte, und dorthin kamen sie dann zu mir gelaufen, viele nur ganz heimlich. Das war unser Versammlungsort. Ich glaube, meine Zuneigung zu Marie war für sie von ungeheurem Reiz, und so habe ich ihnen denn nur in dieser einen Beziehung nicht die Wahrheit gesagt: ich ließ sie in dem Glauben, daß ich Marie tatsächlich liebe, das heißt, daß ich in sie verliebt sei, während sie mir doch nur leid tat; ich ersah aus allem, daß es ihnen so, wie sie es sich selbst zurechtgelegt hatten, besser gefiel, und deshalb schwieg ich und tat, als hätten sie das Geheimnis erraten. Und wie zartfühlend und liebevoll diese kleinen Herzen waren! Unter anderem schien es ihnen ganz ungehörig, daß Marie, die von ihrem guten Léon geliebt wurde, so schlecht gekleidet war und sogar barfuß ging. Und können Sie sich denken: sie verschafften ihr Schuhe und Strümpfe und Wäsche und sogar ein Kleid – wie sie das fertigbrachten, begreife ich heute noch nicht! Jedenfalls wird sich die ganze Schar zusammengetan und mit vereinten Kräften am großen Werk gearbeitet haben. Als ich sie fragte, wie sie das angestellt hätten, lachten sie nur fröhlich, und die kleinen Mädchen klatschten in die Hände und kamen zu mir gelaufen und küßten mich. Auch ich ging bisweilen zu Marie, aber gleichfalls nur heimlich. Sie wurde immer schwächer und konnte bald kaum noch gehen. Aber trotzdem schleppte sie sich jeden Morgen hinaus und zog mit der Herde aus und saß dort im Freien, den ganzen Tag: sie setzte sich etwas abseits an einen steilen, fast senkrechten Abhang auf einen kleinen Vorsprung, dort lag ein großer Stein, ganz verborgen hinter Felsvorsprüngen. Und dort saß sie fast regungslos, vom Morgen bis zum Abend, bis zu dem Augenblick, wo die Herde heimkehren mußte. Sie war von der Schwindsucht so entkräftet, daß sie gewöhnlich mit geschlossenen Augen dasaß, den Kopf an den Fels gelehnt, schwer atmend, und so verträumte sie halb schlummernd den ganzen Tag. Ihr Gesicht war so mager geworden, daß man glauben konnte, ein Skelett vor sich zu haben, und auf der Stirn und an den Schläfen trat immer Schweiß hervor. So traf ich sie regelmäßig an, wenn ich sie aufsuchte. Ich blieb nicht lange bei ihr, denn ich wollte nicht, daß man mich mit ihr zusammen sah. Kaum näherte ich mich ihr, da zuckte sie auch schon zusammen, schlug die Augen auf, und dann stürzte sie mir entgegen, um meine Hände zu küssen. Das verbot ich ihr nicht, denn sie war glücklich, wenn sie es tun konnte. Die ganze Zeit, die ich bei ihr saß, bebte sie und weinte. Sie begann allerdings ein paarmal zu sprechen, aber es war schwer, sie zu verstehen. Sie war dann wie von Sinnen, und ich weiß nicht, ob es nur krankhafte Erregung war oder inneres Entzücken. Bisweilen kamen auch die Kinder mit mir zu ihr. Dann stellten sie sich gewöhnlich nicht weit von uns auf und bewachten und beschützten uns vor Gott weiß was oder wem, und waren sehr froh dabei. Wenn wir fortgingen, blieb Marie wieder allein zurück und saß wieder regungslos da, mit geschlossenen Augen, den Kopf an die Felswand gelehnt; vielleicht träumte sie von irgend etwas. Eines Morgens aber konnte sie nicht mehr mit der Herde ausziehen und blieb in ihrem alten, leeren Häuschen. Das hatten die Kinder bald erfahren, und sie besuchten sie fast alle an diesem Tage. Sie lag mutterseelenallein in ihrem armseligen Bett. Die ersten zwei Tage wurde sie nur von den Kindern gepflegt, die abwechselnd zu ihr liefen, so daß die einen die anderen ablösten, dann jedoch, als man im Dorf erfuhr, daß Marie im Sterben liege, gingen auch die alten Dorfweiber zu ihr, um sie nicht ganz allein zu lassen und um sie zu pflegen. Wahrscheinlich begann man jetzt im Dorf, sie zu bemitleiden, wenigstens hielt man die Kinder nicht mehr zurück, wenn sie zu ihr laufen wollten. Marie lag die ganze Zeit über wie im Halbschlummer, nur hatte sie keinen ruhigen Schlaf, denn sie hustete entsetzlich. Die alten Weiber ließen aber die Kinder nicht mehr in ihre Stube, und so liefen die Kleinen immer unter ihr Fenster, um ihr von draußen ‚Bonjour, notre bonne Marie' zuzurufen. Marie aber war, sobald sie wieder ein

Kleines hinter dem Fenster erblickte oder nur hörte, sogleich wie neu belebt und mühte sich mit Aufbietung ihrer letzten Kräfte, ohne auf die alten Weiber zu hören, sich im Bett aufzurichten, sich auf den Ellbogen zu stützen, und dann nickte sie ihnen mit dem Kopf zu und dankte. Die Kinder brachten ihr nach wie vor ihre kleinen Leckerbissen, aber sie aß fast nichts mehr. Sie können mir glauben, daß sie durch die Liebe der Kinder beglückten Herzens starb. Die Liebe der Kinder ließ sie ihr trostloses Elend vergessen, sie empfing von ihnen gleichsam die Vergebung, denn sie hielt sich ja selbst bis zum Tode für eine große Sünderin. Sie kamen wie kleine Vögel an ihr Fenster geflogen und riefen ihr an jedem Morgen einen Gruß zu und sagten: ‚Nous t'aimons, Marie!' Sie starb sehr bald. Ich dachte bis zuletzt, daß sie noch länger leben werde. Am Abend vor ihrem Tode, kurz vor Sonnenuntergang, besuchte ich sie. Ich glaube, sie erkannte mich, und ich drückte ihr zum letztenmal die Hand. Wie abgezehrt diese Hand war! Und plötzlich am nächsten Morgen kamen sie und sagten, Marie sei gestorben. Da konnte man die Kinder nicht mehr zurückhalten: sie schmückten den ganzen Sarg mit Blumen und setzten ihr einen Kranz aufs Haar. Der Pastor sagte kein schlechtes Wort über die Tote in seiner Leichenrede. Es waren nur sehr wenige zugegen, nur so – aus Neugier waren einige gekommen; als man aber den Sarg hinaustragen wollte, stürzten alle Kinder herbei, um ihn selbst zu tragen. Natürlich waren sie zu schwach dazu, sie konnten beim Tragen höchstens ein wenig helfen, aber dennoch liefen sie alle mit, und alle weinten herzbrechend. Maries Grab wurde von ihnen unermüdlich mit Blumen geschmückt, und ringsum wurden von ihnen kleine Rosenstöcke gepflanzt. Seit dieser Beerdigung wurde ich vom ganzen Dorf der Kinder wegen verfolgt. Meine größten Feinde und die Hauptanstifter dieser Verfolgung waren der Pastor und der Schulmeister. Den Kindern wurde strengstens verboten, mit mir Umgang zu pflegen, und Schneider verpflichtete sich sogar, mich besser zu beaufsichtigen und Annäherungen zu verhindern. Aber wir kamen dennoch zusammen oder verständigten uns, wenn es nicht anders ging, von ferne durch verschiedene Zeichen, oder sie schickten mir heimlich ihre kleinen Briefe. Späterhin hörte das übrigens wieder auf, und wir brauchten nicht mehr heimlich zu verkehren. Aber es war doch hübsch so: ich trat ihnen gleichsam noch näher dadurch, daß ich verfolgt wurde. Im letzten Jahr kam es zwischen mir und meinen beiden Feinden, Thibaut und dem Pastor, sogar zu einer halben Aussöhnung. Schneider stritt oft mit mir über mein schädliches ‚System' der Kindererziehung und redete viel darüber. Aber was hatte ich denn für ein System! Schließlich sagte er mir noch etwas sehr Sonderbares – einen Gedanken, den er über mich hatte. Das war kurz vor meiner Abreise. Er sagte mir, er habe sich überzeugt, daß ich selbst ein vollständiges Kind sei, ein wirkliches Kind, daß ich nur dem Alter und dem Äußern nach ein Erwachsener zu sein scheine, in jeder geistigen

Beziehung dagegen, in der ganzen psychischen Entwicklung, als Charakter, als Seele – und vielleicht sogar meinen Verstand nicht ausgenommen – sei ich kein Erwachsener, und so würde ich bleiben, wenn ich auch sechzig Jahre alt würde. Ich lachte nicht wenig, als er mir das sagte, natürlich hat er nicht recht, denn – nicht wahr – was bin ich denn für ein Kind? Nur eines ist wahr: ich bin tatsächlich nicht gern mit Erwachsenen zusammen, mit großen Menschen, das habe ich selbst bemerkt, – nicht gern, weil ich es nicht verstehe, mit ihnen zusammenzusein. Was sie auch reden, und wie gut sie auch zu mir sein mögen, ich fühle mich doch nicht wohl in ihrer Gesellschaft, es ist mir aus irgendeinem Grunde schwer zumut, und ich bin sehr froh, wenn ich zu meinen kleinen Freunden gehen kann, und das sind von jeher Kinder gewesen – nicht, weil ich selbst ein Kind bin, sondern ich fühle mich nur einfach zu ihnen hingezogen. Als ich noch zu Anfang meines Aufenthalts dort im Dorf umherstrich und die einsamen Berge aufsuchte, um allein zu sein, begegnete mir bisweilen um die Mittagszeit die ganze Schar der Dorfkinder, die aus der Schule mit Täschchen und Schiefertafeln schreiend, lachend, spielend und streitend nach Hause eilte, und meine ganze Seele strebte dann zu ihnen hin. Ganz plötzlich kam es. Ich weiß nicht, was es war, aber mich ergriff jedesmal ein großes Glücksempfinden, wenn ich ihnen begegnete. Ich blieb stehen und lachte vor Glück, wenn ich diese kleinen Beinchen sah, die so flink und unermüdlich durcheinanderliefen, diese kleinen Buben und Mädel, die in bunter Schar nach Hause eilten, dazu ihr Lachen und ihre Tränen – denn viele hatten unterwegs Zeit genug, sich zu balgen und zu weinen, sich zu versöhnen und von neuem zu spielen – und ich vergaß dann meinen Kummer. Und die ganzen drei folgenden Jahre konnte ich deshalb auch nicht begreifen, warum die Menschen sich grämen. Mein ganzes Leben war von den Kindern ausgefüllt. Ich hätte es mir ja nie träumen lassen, daß ich jemals das Dorf verlassen und gar nach Rußland zurückkehren würde. Es schien mir, daß ich ewig dort bliebe, aber dann sah ich selbst ein, daß Schneider mich doch nicht ständig unterhalten konnte, und hinzu kam gerade noch eine Angelegenheit von so großer Wichtigkeit, daß Schneider selbst mir zur unverzüglichen Abreise riet und mir auch das nötige Reisegeld vorstreckte. Ich will nun sehen, was es damit eigentlich für eine Bewandtnis hat. Ich werde mich wohl zuerst an einen Rechtsanwalt wenden müssen, damit er mir wenigstens einen Rat erteilt; denn ich selbst habe keine Ahnung, wie man solche Sachen anfassen muß. Es ist möglich, daß meine Verhältnisse sich sehr bald ändern werden ... aber das ist ja nicht die Hauptsache! Wichtig ist vielmehr, daß sich mein ganzes Leben geändert hat. Ich habe viel dort zurückgelassen, gar zuviel. Alles Bekannte liegt jetzt weit zurück. Als ich im Waggon saß, dachte ich: ‚Jetzt gehe ich zu den erwachsenen Menschen; vielleicht weiß ich noch nichts von ihnen; – aber jedenfalls beginnt jetzt ein neues

Leben.‘ Ich beschloß, meine Aufgabe ehrlich und standhaft zu erfüllen. Ich werde es vielleicht öde finden unter den Menschen und werde mich bedrückt und einsam fühlen. Ich will aber, so nahm ich mir vor, gegen alle höflich und offen sein – mehr wird doch niemand von mir verlangen. Vielleicht wird man mich auch hier für ein Kind halten, nun, meinethalben! Jetzt hält man mich, ich weiß nicht warum, für einen Idioten ... ich war allerdings einmal so krank, daß ich fast einem Idioten glich. Aber wie kann ich denn jetzt ein Idiot sein, wenn ich doch selbst sehr wohl begreife, daß man mich für einen Idioten hält? Wenn ich irgendwo eintrete, denke ich: ‚Da hält man mich nun für einen Idioten, aber ich bin doch bei vollem Verstande, und das errät man hier nicht einmal.‘ Diesen Gedanken habe ich sogar sehr oft. Als ich in Berlin die ersten kleinen Briefe meiner kleinen Freunde erhielt, begriff ich erst, wie sehr ich sie liebte. Es tut weh, wenn man einen ersten Brief erhält. Wie traurig sie waren, als wir Abschied nahmen! Schon einen ganzen Monat vor meiner Abreise fingen wir an, Abschied voneinander zu nehmen. ‚Léon s’en va, Léon s’en va pour toujours!‘ sagten sie tieftraurig. Wir versammelten uns jeden Abend am Wasserfall, wie wir es auch früher getan hatten, und sprachen nur davon, daß wir uns trennen müßten. Mitunter ging es ebenso heiter her wie früher; nur wenn wir bei Anbruch der Nacht auseinandergingen, umarmten sie mich geradezu krampfhaft, was sie früher nicht getan hatten. Einige von ihnen kamen ganz allein und heimlich, so daß niemand sie sah, zu mir gelaufen, nur um mich unter vier Augen umarmen und küssen zu können. Die waren zu verschämt, um es in Gegenwart anderer zu tun. Und als ich dann endlich fortfuhr, begleitete mich die ganze Schar bis zur Station, etwa eine Werst weit von unserem Dorf. Sie bezwangen sich, um nicht zu weinen, doch viele konnten die Tränen nicht unterdrücken und weinten laut, besonders die kleinen Mädchen. Wir mußten schnell gehen, um uns nicht zu verspäten; doch plötzlich warf sich bald dieses, bald jenes Kind mitten auf dem Wege mir entgegen, umklammerte mich mit seinen Ärmchen und küßte mich – und hielt uns alle dadurch auf, denn die anderen Kinder blieben, obschon wir eilen mußten, jedesmal gleichfalls stehen und warteten so lange, bis der eine Abschied genommen hatte. Und als ich schon im Waggon saß und der Zug sich in Bewegung setzte, riefen sie alle „Hurra!“ und standen noch lange winkend da und sahen dem Zuge nach. Auch ich sah noch lange aus dem Fenster ... Wissen Sie, als ich vorhin hier eintrat und Ihre lieben Gesichter erblickte – ich betrachte jetzt immer sehr aufmerksam die Gesichter der Menschen – und als ich Ihre Worte hörte, da wurde mir zum erstenmal wieder leicht ums Herz. Ich war auch sogleich bereit, mich für ein Glückskind zu halten: ich weiß ja, daß man Menschen, die man auf den ersten Blick liebgewinnt, nicht so leicht findet. Sie aber sind die ersten, die ich hier, kaum daß ich angekommen bin, kennengelernt habe.

Ich weiß sehr wohl, daß die Menschen im allgemeinen sich schämen, von ihren Gefühlen zu reden, Ihnen aber kann ich von meinen Gefühlen erzählen und schäme mich nicht. Ich bin menschenscheu und werde vielleicht lange Zeit nicht zu Ihnen kommen. Nur fassen Sie das, bitte, nicht falsch auf: ich sage es nicht, weil ich Sie nicht schätze, und denken Sie auch nicht, daß ich Ihnen irgend etwas übelgenommen habe ... Sie fragten mich, inwiefern ich Sie durch Ihre Gesichter kenne, was ich aus ihnen herauszulesen weiß, – jetzt werde ich es Ihnen gern sagen. Sie, Adelaida Iwánowna, Sie haben ein glückliches Gesicht, das sympathischste von allen dreien. Ganz abgesehen davon, daß Sie sehr hübsch sind, denkt man, wenn man Sie ansieht: ‚Sie hat das Gesicht einer guten Schwester.' Sie kommen einem einfach und heiter entgegen, doch verstehen Sie auch, schnell das Herz eines Menschen zu erraten. Das wäre es, was mir aus Ihrem Gesicht zu sprechen scheint. Sie, Alexándra Iwánowna, haben gleichfalls ein schönes und ein sehr liebes Gesicht, aber Sie haben vielleicht irgendeinen geheimen Kummer; Sie sind zweifellos ein herzensguter Mensch, aber Sie sind nicht eigentlich fröhlich. Sie haben einen gewissen ... einen ganz besonderen Zug im Gesicht, ähnlich der Holbeinschen Madonna in Dresden. Nun, das wäre Ihr Gesicht. Habe ich das Richtige erraten? Sie waren doch der Meinung, daß ich es erraten könne. Und was nun Ihr Gesicht betrifft, Lisawéta Prokófjewna«, wandte er sich plötzlich an die Generalin, »so scheint es mir nicht nur, sondern ich bin sogar fest überzeugt, daß Sie ein vollständiges Kind sind, in jedem, in jedem guten wie jedem schlechten Sinne, obschon Sie den Jahren nach in ein anderes Alter gehören. Sie nehmen es mir doch nicht übel, daß ich so offen rede? Sie wissen doch, was ich für Kinder übrig habe, und wieviel ich von ihnen halte! Und denken Sie nicht, daß ich Ihnen alles das über Ihre Gesichter aus bloßer Einfalt so freimütig gesagt habe – o nein, durchaus nicht! Vielleicht habe auch ich meine besondere Absicht dabei gehabt!«

VII

Als der Fürst geendet hatte, blickten ihn alle mit heiteren Gesichtern an, selbst Aglaja nicht ausgenommen, doch vor allen Lisaweta Prokofjewna.
»Da habt ihr ihn jetzt examiniert!« rief sie aus. »Nun, was, meine verehrten Damen, ihr dachtet wohl, daß ihr ihn noch protegieren würdet, so als armen Jungen – und dabei würdigt er euch nur gerade noch seiner Bekanntschaft, und auch das noch mit der Randbemerkung, daß er nur selten kommen werde. Wer sind jetzt die Dummen? Natürlich wir! Das freut mich! Aber am meisten ist's doch Iwán Fjódorowitsch! Bravo, Fürst, wir wurden nämlich vorhin beauftragt, Sie zu examinieren. Und was Sie da von meinem Gesicht sagten, ist vollkommen richtig: ich bin ein Kind, das weiß ich selbst. Das wußte ich aber schon vor Ihnen. Sie haben nur meinen Gedanken in einem einzigen Wort ausgedrückt. Ihren Charakter halte ich dem meinen für vollkommen ähnlich, und das freut mich sehr. Wie zwei Tropfen Wasser. Nur sind Sie ein Mann, und ich bin eine Frau und bin nicht in der Schweiz gewesen; das ist der ganze Unterschied.«
»Warten Sie noch ein wenig, Mama«, rief Aglaja, »der Fürst sagt ja doch, daß er bei jedem seiner Bekenntnisse eine besondere Absicht gehabt und nicht nur aus Einfalt so gesprochen habe.«
»Ja, ja!« lachten die anderen.
»Bitte, sich über andere nicht lustig zu machen; er ist vielleicht noch viel schlauer, als ihr alle drei zusammengenommen. Das werdet Ihr sehen. Aber warum haben Sie nichts von Aglaja gesagt, Fürst. Sie wartet, und ich warte.«
»Augenblicklich kann ich nichts sagen; erst später.«
»Warum später? Ich dächte, sie sieht nicht danach aus, daß man sie übersehen könnte.«
»O nein, ganz im Gegenteil. Sie sind eine außergewöhnliche Schönheit, Aglája Iwánowna. Sie sind so schön, daß man fast Angst hat, Sie anzusehen.«
»Und das ist alles? Aber ihre Eigenschaften?« wollte die Generalin wissen.
»Eine Schönheit ist schwer zu beurteilen. Ich habe mich nicht darauf vorbereitet. Schönheit ist ein Rätsel.«
»Das heißt also, daß Sie das Rätsel von Aglaja selbst lösen lassen wollen«, sagte Adelaida. »Dann versuch es mal zu lösen, Aglaja. Aber ist sie nicht schön, Fürst, ist sie nicht schön?«
»Außergewöhnlich!« antwortete der Fürst, der Aglaja begeistert be-

trachtete. »Fast so schön, wie Nastassja Filippowna, obschon es ein ganz anderes Gesicht ist! . . .«
Verwundert blickten sich die Damen untereinander an.
»Wie we–e–er?« fragte die Generalin, als traue sie ihren Ohren nicht. »Wie Nastassja Filippowna? Wo haben Sie denn Nastassja Filippowna gesehen? Welch eine Nastassja Filippowna?«
»Vorhin zeigte Herr Iwolgin Ihrem Herrn Gemahl die Photographie . . .«
»Was, er hat Iwan Fjodorowitsch ihre Photographie gebracht?«
»Nein, nur gezeigt. Nastassja Filippowna hat heute Herrn Iwolgin ihr Bild geschenkt und Herr Iwolgin zeigte es vorhin Iwan Fjodorowitsch.«
»Ich will es sehen!« fuhr die Generalin auf. »Wo ist diese Photographie? Wenn sie sie ihm geschenkt hat, dann muß er sie noch bei sich haben und er ist gewiß noch im Arbeitszimmer. Mittwochs arbeitet er immer hier und geht dann niemals vor vier Uhr fort. Man muß ihn sofort herbitten lassen! Doch nein, ich brenne durchaus nicht so darauf, ihn selbst zu sehen. Ach, Fürst, seien Sie so gut, mein Lieber, gehen Sie ins Arbeitszimmer, erbitten Sie die Photographie von ihm und bringen Sie sie her! Sagen Sie ihm, ich wolle sie sehen! Bitte!« –
»Nicht übel, aber doch ein wenig gar zu naiv«, sagte Adelaida, als der Fürst das Zimmer verlassen hatte.
»Ja, ein wenig gar zu sehr«, pflichtete ihr Alexandra bei, »so daß es mitunter sogar ein wenig komisch wirkt.«
Es war aber, als hätten beide nicht alles ausgesprochen, was sie bei sich dachten.
»Er hat sich übrigens mit unseren Gesichtern gut aus der Affäre gezogen«, sagte Aglaja, »er hat allen geschmeichelt, selbst Mama nicht ausgenommen.«
»Sei nicht so spitz, wenn ich bitten darf!« verwies die Generalin ihre Jüngste. »Nicht er hat geschmeichelt, sondern ich fühle mich geschmeichelt.«
»Du glaubst, er habe sich auf diese Weise aus der Affäre ziehen wollen?« fragte Adelaida.
»Ich glaube, daß er durchaus nicht so naiv ist.«
»Ach geh!« erwiderte ärgerlich die Generalin. »Ich aber finde, daß ihr drei noch viel lächerlicher seid als er. Meinetwegen, mag er einfältig sein, dafür hat er aber auch besondere Einfälle – im besten Sinn ‚besondere'. Ganz wie ich.« –
»Das ist natürlich dumm, daß ich von der Photographie etwas habe verlauten lassen«, dachte der Fürst bei sich, während er sich ins Arbeitszimmer des Generals begab und so etwas wie leichte Gewissensbisse empfand. »Aber vielleicht ist es auch sehr gut, daß es nun so gekommen ist . . .«
Ihm war plötzlich ein sonderbarer Gedanke gekommen, doch war er ihm selbst noch nicht so ganz klar.

Gawríla Ardaliónytsch Iwólgin saß noch im Arbeitszimmer und hatte sich ganz in den Inhalt der verschiedenen Schriftstücke vertieft. Selbstverständlich wurde er nicht umsonst von der Aktiengesellschaft honoriert.
Er war höchst unangenehm überrascht, als der Fürst ihn um das Bild bat und zur Erklärung noch ehrlich mitteilte, auf welche Weise die Damen von der Existenz desselben erfahren hatten.
»Verdammt! Was plagte Sie denn, davon zu schwatzen!« fuhr er geärgert auf. »Was wissen Sie überhaupt davon ... Idiot!« brummte er unwirsch vor sich hin.
»Verzeihen Sie mir. Ich habe es gesagt, ohne mir dabei etwas Schlimmes zu denken. Wir kamen zufällig auf die Schönheit zu sprechen. Ich sagte, daß Aglája Iwánowna fast ebenso schön sei wie Nastassja Filippowna.«
Ganja bat ihn, ausführlicher zu erzählen, worauf der Fürst das vorhergehende Gespräch in kurzen Worten wiedergab, während Ganja ihn wiederum spöttisch von der Seite betrachtete.
»Diese ewige Nastassja Filippowna! Von anderem hört man hier überhaupt nicht ...«, brummte er ärgerlich, brach jedoch plötzlich ab und wurde nachdenklich.
Er war sichtlich erregt. Der Fürst erinnerte ihn an das Bild.
»Hören Sie, Fürst«, begann Ganja plötzlich, als wäre ihm mit einemmal ein wichtiger Gedanke gekommen, »ich habe eine große Bitte an Sie ... Nur weiß ich nicht, in der Tat ...«
Er wurde einigermaßen verlegen und sprach seine Bitte nicht aus. Er schien innerlich zu kämpfen und sich nicht entschließen zu können. Der Fürst wartete schweigend. Ganja sah ihn noch einmal mit prüfendem Blick an.
»Fürst«, begann er dann wieder, »dort ist man jetzt auf mich ... infolge eines besonderen Umstandes ... eines sehr lächerlichen Umstandes ... und an dem ich nicht schuld bin ... nun, mit einem Wort – doch das gehört nicht zur Sache ... Ich glaube, man ist dort ein wenig ungehalten über mich, so daß ich eine Zeitlang nicht ungerufen hingehen möchte. Nur, sehen Sie, ich muß jetzt unbedingt mit Aglája Iwánowna sprechen. Ich habe hier ... ich habe hier für jeden Fall ein paar Worte geschrieben« (in seiner Hand befand sich plötzlich ein kleiner Brief), »nur weiß ich nicht, wie ich ihr diesen Zettel zustellen soll. Würden nicht Sie, Fürst, so freundlich sein, ihn Aglaja Iwanowna gleich zu übergeben, aber nur Aglaja Iwanowna allein, das heißt so, daß niemand es sieht, Sie verstehen doch? Es ist nicht Gott weiß was für ein Geheimnis, es steht hierin nichts von der Art ... aber ... würden Sie ihn ihr übergeben?«
»Ihre Bitte ist mir nicht gerade angenehm«, antwortete der Fürst.
»Ach, ich bitte Sie, Fürst, es ist wirklich von großer Wichtigkeit für mich«, begann Ganja beschwörend, »Sie wird mir vielleicht auch antworten ... Sie können mir glauben, daß ich mich nur an Sie wende, weil es der einzige Ausweg ist ... Durch wen könnte ich

ihr denn sonst den Brief schicken? Es ist unendlich wichtig für mich, von unendlicher Wichtigkeit ...«
Ganja hatte große Angst, daß der Fürst sich nicht dazu herablassen würde, und blickte ihm mit ängstlicher Bitte in die Augen.
»Nun gut, ich werde ihn übergeben.«
»Aber nur so, daß es niemand bemerkt«, bat Ganja erfreut, »und dann, Fürst – nicht wahr – ich kann mich doch auf Ihre Diskretion verlassen, nicht?«
»Ich werde ihn keinem zeigen«, sagte der Fürst.
»Der Brief ist nicht geschlossen, aber ...«, fuhr der erfreute Ganja im Eifer fort, brach jedoch wieder plötzlich verwirrt ab.
»Ich werde ihn nicht lesen«, antwortete der Fürst ganz ruhig, nahm die Photographie und verließ das Kabinett.
Als Ganja allein zurückblieb, griff er sich an den Kopf.
»Nur ein Wort von ihr, und ich ... und ich, wirklich, ich breche vielleicht mit allem!«
Er war zu erregt, um sich wieder an die Arbeit zu machen, und so begann er in gespannter Erwartung ruhelos im Zimmer hin und her zu gehen. –
Der Fürst kehrte nachdenklich zu den Damen zurück: der übernommene Auftrag war ihm peinlich, und der Gedanke an irgendwelche Beziehungen zwischen Aglaja und Ganja war ihm direkt unangenehm. Plötzlich blieb er stehen, als wenn ihm etwas einfiele; er blickte sich im Zimmer um: zwischen ihm und dem kleinen Salon lagen noch zwei Zimmer. Da trat er schnell ans Fenster und begann Nastassja Filippownas Bild zu betrachten.
Es war, als hätte er ein gewisses Etwas erraten wollen, das sich in diesem Gesicht verbarg und ihn vorhin ganz betroffen gemacht hatte. Fast die ganze Zeit hatte er den Nachhall dieses Eindrucks empfunden, und so beeilte er sich jetzt, sich gewissermaßen nochmals von der Richtigkeit des ersten Eindrucks zu überzeugen. Da war es ihm plötzlich, als mache dieses in seiner Schönheit und noch aus einem anderen unbestimmbaren Grunde außergewöhnliche Gesicht einen noch weit fesselnderen Eindruck auf ihn. Grenzenloser Stolz und Verachtung und nahezu Haß sprachen aus diesem Gesicht, und doch lag in ihm gleichzeitig etwas Vertrauendes, etwas erstaunlich Gutherziges; und diese Kontraste erweckten sogar so etwas wie Mitleid, wenn man diese Züge betrachtete. Diese Schönheit war fast nicht zu ertragen, diese Schönheit des blassen Gesichts mit den fast eingefallenen Wangen und den brennenden Augen. Eine eigenartige Schönheit war es! Der Fürst konnte den Blick nicht losreißen von dem Bild. Plötzlich fuhr er auf, sah sich um, führte dann schnell das Bild an die Lippen und küßte es. Als er nach einer Minute in den großen Salon trat, war sein Gesicht vollkommen ruhig.
Gerade im Begriff, ins Eßzimmer hinüber zu gehen, stieß er in der Tür beinahe mit Aglaja zusammen. Sie war allein. Im Salon der

Mutter konnte man nichts hören – es lag noch ein Zimmer dazwischen – und so entschloß sich der Fürst schnell.
»Gawrila Ardalionytsch hat mich gebeten, Ihnen dieses zu übergeben«, sagte er und überreichte ihr den Brief.
Aglaja blieb stehen, nahm den Brief entgegen und blickte den Fürsten etwas sonderbar an. Nicht die geringste Verwirrung lag in ihrem Blick, höchstens Verwunderung hätte man aus ihm herauslesen können, doch auch diese schien sich nur auf den Fürsten zu beziehen. Ihr Blick verlangte gleichsam Rechenschaft von ihm darüber, wie er dazu kam, in dieser Angelegenheit Helfershelfer zu sein, und verlangte sie ruhig und hochmütig. Sie standen sich ein paar Augenblicke lang stumm gegenüber. Endlich zuckte es kaum merklich wie leiser Spott in ihrem Gesicht, und mit einem flüchtigen Lächeln ging sie an ihm vorüber.
Die Generalin betrachtete eine Zeitlang schweigend und mit einer Nuance von Geringschätzung das Bild Nastassja Filippownas, das sie effektvoll auf Armeslänge von den Augen entfernt hielt.
»Ja, sie ist schön«, sagte sie endlich, »sogar sehr. Ich habe sie zweimal gesehen, aber nur von weitem. Also, eine solche Schönheit schätzen Sie?« wandte sie sich an den Fürsten.
»Ja ... eine solche«, antwortete der Fürst mit einiger Überwindung.
»Das heißt also, gerade eine solche Schönheit?«
»Ja, gerade eine solche.«
»Weshalb?«
»In diesem Gesicht ... ist viel Leid ...«, sagte der Fürst unwillkürlich, doch gleichsam als spräche er nur zu sich selbst, und als antworte er gar nicht auf eine Frage.
»Sie phantasieren vielleicht nur«, meinte die Generalin anmaßend und warf das Bild mit einer hochmütigen Bewegung von sich weg auf den Tisch.
Alexandra nahm es auf, Adelaida trat hinter ihren Stuhl, und beide betrachteten es schweigend. Im nächsten Augenblick kehrte Aglaja in den Salon zurück.
»Welch eine Macht!« rief plötzlich Adelaida aus, die über die Schulter der Schwester ganz entzückt das Bild betrachtete.
»Wo? Was für eine Macht?« fragte die Generalin scharf.
»Eine solche Schönheit ist eine große Macht«, sagte Adelaida begeistert, »mit einer solchen Schönheit könnte man die ganze Welt umdrehen!«
Nachdenklich ging sie zu ihrer Staffelei zurück. Aglaja blickte nur flüchtig auf die Photographie, kniff die Augen zusammen, schob die Unterlippe etwas vor und setzte sich dann abseits nieder, die Hände müßig im Schoße faltend.
Die Generalin klingelte.
»Ich lasse Gawrila Ardalionytsch herbitten, er ist im Kabinett«, sagte sie zu dem eingetretenen Diener.
»Mama!« warf Alexandra in bedeutsamem Tone ein.

»Ich will nur zwei Worte mit ihm reden, beruhige dich«, schnitt ihr die Mutter schnell das Wort ab, um jedem weiteren Einwand zuvorzukommen.

Sie war ersichtlich gereizt.

»Bei uns, müssen Sie wissen, Fürst, bei uns gibt es jetzt nur noch Geheimnisse. Nichts als Geheimnisse! Und nach der Etikette gehöre es sich so – etwas Dümmeres kann man sich nicht leicht ausdenken. Und das noch in einer Angelegenheit, in der Offenheit, Klarheit und Ehrlichkeit die ersten Bedingungen sein sollten. Es soll jetzt mit Gewalt geheiratet werden – nein, diese Heiraten gefallen mir nicht . . .«

»Mama, was soll das nur?« beeilte sich Alexandra wieder, sie aufzuhalten.

»Was wünschst du, liebes Töchterchen? Gefallen sie denn dir? Und daß der Fürst es hört, das hat nichts zu sagen – wir sind Freunde. Wenigstens er und ich. Gott sucht Menschen, gute, versteht sich, böse und launische dagegen braucht er nicht, namentlich launische nicht, die heute so und morgen anders reden. Haben wir uns verstanden, Alexandra Iwánowna? Hier glauben sie alle, ich hätte nichts als Schrullen im Kopf; aber glauben Sie mir, Fürst, ich verstehe so manches sehr gut zu unterscheiden. Denn die Hauptsache ist und bleibt doch immer das Herz, das andere ist alles Unsinn. Verstand ist natürlich auch nötig . . . vielleicht ist sogar der Verstand gerade die Hauptsache. Bitte, nicht zu lächeln, Aglaja, ich widerspreche mir durchaus nicht. Ein Weib mit Herz und ohne Verstand ist eine ebenso unglückliche Törin wie ein Weib mit Verstand und ohne Herz. Das ist eine alte Wahrheit. Ich bin eine Törin mit Herz und ohne Verstand, und du bist eine Törin mit Verstand und ohne Herz. Und so sind wir beide unglücklich und müssen beide leiden.«

»Inwiefern sind Sie denn so unglücklich, Mama?« Adelaida konnte sich die etwas ungezogene Frage nicht verbeißen. Sie war die einzige, die ihre gute Laune stets beibehielt.

»Erstens durch meine gelehrten Töchter«, antwortete die Generalin schlagfertig, »und da das allein schon vollkommen genügt, so brauche ich mich wohl über das andere nicht erst weitläufig zu verbreiten. Aber es ist genug geredet worden. Warten wir ab, wie ihr beide, von Aglaja rede ich vorläufig nicht, wie ihr beide mit eurem Verstande und eurer Redekunst euch herausziehen werdet, ob unsere verehrte Alexandra Iwanowna sehr glücklich sein wird mit ihrem verehrten Gemahl . . . Ah!« rief sie plötzlich aus, als sie den eintretenden Ganja erblickte. »Da kommt ja noch ein Heiratskandidat. Guten Tag«, sagte sie auf Ganjas Verbeugung hin, doch ohne ihn zu bitten, Platz zu nehmen. »Sie werden heiraten?«

»Heiraten? . . . Wie? . . . Wieso heiraten?« stotterte Ganja, der aus den Wolken zu fallen schien.

Man sah es ihm deutlich an, wie verlegen und verwirrt er war.

»Werden Sie eine Ehe schließen, frage ich, wenn Ihnen diese Redewendung mehr zusagt?«
»N–ein ... ich ... n–ein«, log Ganja, und heiße Schamröte stieg ihm ins Gesicht.
Er wagte es, flüchtig zu Aglaja hinüberzublicken, wandte jedoch den Blick sehr schnell von ihr ab. Aglaja betrachtete ihn kühl, ruhig, aufmerksam, ohne auch nur einen Blick von ihm abzuwenden, und beobachtete seine Verwirrung.
»Nein? Also nicht? Sie haben „Nein" gesagt?« forschte Lisaweta Prokofjewna geradezu unerbittlich. »Nun gut, das werde ich mir merken. Denken Sie daran, daß Sie heute, am Mittwochvormittag, auf meine diesbezügliche Frage mit einem Nein geantwortet haben. Was haben wir heute? Mittwoch?«
»Ja, ich glaube, Mittwoch, Mama«, antwortete Adelaida.
»Niemals wissen sie die Tage! – Welches Datum?«
»Den siebenundzwanzigsten«, sagte Ganja.
»Den siebenundzwanzigsten? Das ist nach einer gewissen Berechnung leicht zu behalten. Nun, auf Wiedersehen; Sie sind, glaube ich, sehr beschäftigt, und auch für mich ist es Zeit, mich anzuziehen und fortzufahren. Nehmen Sie Ihre Photographie. Grüßen Sie Ihre liebe Mutter, Nina Alexandrowna, von mir. Auf Wiedersehen, Fürst. Sie können öfter herkommen. Ich fahre jetzt zur alten Fürstin Bjelokónskaja. Ich fahre absichtlich zu ihr, um ihr von Ihnen zu erzählen, mein Lieber. Und hören Sie, Fürst: ich glaube, daß Gott Sie einzig um meinetwillen aus der Schweiz hergeschickt hat. Vielleicht haben Sie auch noch andere Gründe vorzubringen, aber der Hauptgrund bin doch ich allein. Der liebe Gott hat es sicherlich mit Absicht so eingerichtet. Auf Wiedersehen, meine Lieben. Alexandra, mein Freund, komm mit mir in mein Zimmer.«
Die Generalin verließ den Salon.
Ganja, der zuerst ganz sprachlos dagestanden, nahm plötzlich die Photographie vom Tisch und wandte sich mit einem verzerrten Lächeln, dem man sehr wohl seine Wut ansah, an den Fürsten.
»Fürst, ich gehe sogleich nach Hause. Wenn Sie Ihre Absicht, bei uns zu wohnen, nicht aufgegeben haben, so würde ich Sie heimbegleiten, Sie wissen ja noch nicht einmal die Adresse.«
»Noch einen Augenblick, Fürst«, hielt ihn Aglaja auf und erhob sich schnell von ihrem Platz. »Sie müssen mir noch etwas ins Album schreiben. Papa sagte, Sie hätten eine schöne Handschrift. Ich werde es Ihnen sofort bringen.«
Sie verließ das Zimmer.
»Nun, auf Wiedersehen, Fürst, auch ich muß gehen«, verabschiedete sich auch Adelaida von ihm.
Sie drückte dem Fürsten fest die Hand, lächelte ihm freundlich und herzlich zu und ging hinaus, ohne Ganja zu beachten.
»Das haben Sie, natürlich Sie ausgeplaudert, daß ich heirate!« fiel Ganja, kaum daß sie allein zurückgeblieben waren, in wutbeben-

dem Flüsterton über den Fürsten her. Sein Gesicht war bleich, und aus seinen Augen blickte Haß. »Ein schamloser Schwätzer sind Sie!«
»Ich versichere Sie, daß Sie sich irren«, antwortete der Fürst ruhig und höflich. »Ich habe nicht einmal gewußt, daß Sie heiraten.«
»Wie denn nicht? Sie hörten doch vorhin, wie Iwán Fjódorowitsch sagte, daß sich heute abend alles bei Nastassja Filippowna entscheiden werde, und das haben Sie hier erzählt! Sie lügen einfach! Woher hätte man es denn sonst erfahren? Wer, zum Teufel, hätte es ihnen denn erzählen können? Nur Sie! Haben Sie denn die Anspielungen der Alten nicht verstanden?«
»Das müssen Sie besser wissen als ich, wer es den Damen erzählt haben kann ... wenn Sie glauben, daß es eine Anspielung war. Ich jedenfalls habe kein Wort davon gesagt.«
»Haben Sie den Brief übergeben? ... Die Antwort? ...« unterbrach ihn Ganja, zitternd vor Ungeduld.
Doch in diesem Augenblick kehrte Aglaja zurück, und der Fürst konnte nichts mehr antworten.
»Hier, Fürst«, sagte Aglaja, indem sie ihr Album auf einem Tisch aufschlug. »Suchen Sie eine Seite aus, und schreiben Sie mir etwas hinein. Hier ist eine Feder, noch dazu eine neue. Tut es nichts, daß es eine Stahlfeder ist? Kalligraphen hab' ich gehört, sollen nie mit Stahlfedern schreiben.«
Sie sprach und tat, als bemerke sie überhaupt nicht, daß Ganja noch anwesend war. Während nun der Fürst die Feder nahm, eine Seite aussuchte und sich zu schreiben anschickte, trat Ganja an den Kamin, wo Aglaja rechts vom Fenster in dessen nächster Nähe stand, und flüsterte ihr mit bebender, vor Erregung stockender Stimme ins Ohr:
»Nur ein Wort, nur ein einziges Wort von Ihnen – und ich bin gerettet!«
Der Fürst wandte sich hastig um und sah beide an. Aus Ganjas Gesicht sprach fast Verzweiflung. Allem Anschein nach hatte er diese Worte völlig unüberlegt, vielleicht sogar halb besinnungslos gesprochen. Aglaja dagegen maß ihn ein paar Sekunden lang mit demselben ruhigen Erstaunen, mit dem sie kurz vorher den Fürsten angeblickt hatte, und dieses ihr ruhiges Erstaunen, dieses vollkommene Nichtverstehenkönnen dessen, was zu ihr gesprochen wurde, war für Ganja in diesem Augenblick noch schrecklicher, als es die größte Verachtung gewesen wäre.
»Was soll ich schreiben?« fragte der Fürst.
»Das werde ich Ihnen sogleich diktieren«, sagte Aglaja, sich zu ihm wendend. »Sind Sie bereit? Dann schreiben Sie: ‚Ich lasse mich auf keinen Handel ein.' ... Jetzt schreiben Sie noch das Datum und den Monat ... Zeigen Sie her!«
Der Fürst reichte ihr das Album.
»Vorzüglich! Sie haben es ausgezeichnet geschrieben! Sie haben die schönste Handschrift, die ich je gesehen! Ich danke Ihnen. Auf

Wiedersehen, Fürst ... Warten Sie« – ihr schien noch etwas einzufallen – »kommen Sie, ich will Ihnen etwas zum Andenken schenken.«
Der Fürst folgte ihr; im Speisezimmer blieb Aglaja plötzlich stehen.
»Lesen Sie dies«, sagte sie, indem sie ihm Ganjas Brief hinhielt.
Der Fürst nahm den Brief, blickte jedoch Aglaja verständnislos fragend an.
»Ich weiß es, daß Sie ihn nicht gelesen haben und auch nicht der Vertraute dieses Menschen sein können«, sagte Aglaja. »Lesen Sie den Brief, ich will, daß Sie ihn lesen!«
Der Brief war offenbar in aller Eile geschrieben:
»Heute wird sich mein Schicksal entscheiden. Sie wissen, auf welche Weise. Heute werde ich mein Wort geben müssen, und das soll unwiderruflich sein. Auf Ihr Mitleid habe ich kein Anrecht, und mir Hoffnungen zu machen, das wage ich nicht. Doch einmal haben Sie ein Wort fallen lassen, nur ein einziges Wort, und dieses Wort hat die ganze finstere Nacht meines Lebens erhellt und ist mir zur Leuchte geworden, die mir den richtigen Weg weist. Sagen Sie jetzt noch einmal ein solches Wort – und Sie werden mich erretten, mich vor dem Untergang bewahren. Sagen Sie mir nur *‚Brich!'* – und ich werde es heute noch tun, werde heute noch alles von mir werfen! Was macht es Ihnen denn aus, dieses eine Wort zu sagen! Mit der Bitte um dieses eine Wort flehe ich Sie nur um ein Zeichen Ihrer Teilnahme, Ihres Mitleids an – nur, *nur* ihrer Teilnahme! Und weiter nichts, *nichts!* Ich wage nicht, mir eine Hoffnung zu machen, denn ihrer Erfüllung wäre ich nicht wert. Doch sagen Sie nur das eine Wort, und ich werde von neuem meine Armut auf mich nehmen und freudig meine verzweifelte Lage ertragen. Ich werde den Kampf aufnehmen, werde mich freuen auf ihn und im Kampf mit neuen Kräften wiedergeboren werden! Senden Sie mir dieses eine Wort des Mitgefühls (*nur* des Mitgefühls, ich schwöre es Ihnen!) und tragen Sie diese Kühnheit dem Verzweifelten, dem Ertrinkenden nicht nach, der es wagt, eine letzte Anstrengung zu machen, um sich vor dem Untergang zu bewahren! G. I.«
»Dieser Mensch versichert«, sagte Aglaja scharf, als der Fürst den Brief zu Ende gelesen hatte, »daß das verlangte Wort, er solle mit allem brechen, mich nicht kompromittieren und auch zu nichts verpflichten würde, wofür er mir noch, wie Sie sehen, in diesem Brief eine schriftliche Garantie gibt. Bitte, beachten Sie doch nur, wie naiv er sich beeilt hat, einzelne Wörtchen zu unterstreichen, und wie plump dabei doch sein geheimer Gedanke überall hervorschaut. Im übrigen weiß er sehr gut, daß ich, wenn er mit allem brechen würde – aber aus eigenem Antrieb, von sich aus, ohne mein Wort zu erwarten oder überhaupt mir etwas davon zu sagen, ohne jede Hoffnung auf mich –, daß ich dann anders über ihn denken und vielleicht sogar sein Freund werden würde. Das weiß er

selbst ganz genau! Aber er hat eine schmutzige Seele: er weiß es, und dennoch entschließt er sich nicht, sondern bittet um Garantien. Er ist unfähig, auf sein eigenes Wagnis hin sich zu entscheiden; er will, daß ich ihm, als Ersatz für die dort aushängenden Hunderttausend, auf mich zu hoffen erlaube. Und was das früher einmal von mir ausgesprochene Wort betrifft, von dem er im Brief spricht und das sein ganzes Leben erhellt haben soll, so lügt er einfach unverschämt. Ich habe ihn nur einmal flüchtig bedauert, und das ist alles. Ihm aber ist in seiner Frechheit sogleich der Gedanke an die Möglichkeit einer Hoffnung gekommen. Das merkte ich sehr bald. Seit der Zeit sucht er mich nun in die Falle zu locken. Und das tut er auch jetzt. Doch genug davon. Behalten Sie diesen Brief und geben Sie ihn ihm zurück, sogleich, das heißt natürlich, sobald Sie unser Haus verlassen haben, nicht früher.«

»Und was soll ich ihm als Antwort sagen?«

»Nichts, natürlich. Das ist die beste Antwort. Ach so, Sie wollen, glaube ich, bei ihm wohnen?«

»Iwan Fjodorowitsch hat mir vorhin selbst diesen Rat gegeben«, antwortete der Fürst.

»Dann seien Sie auf der Hut vor diesem Menschen, ich warne Sie, er wird es Ihnen nie verzeihen, daß Sie ihm diesen Brief zurückgeben.«

Aglaja drückte dem Fürsten leicht die Hand und ging hinaus. Ihr Gesicht war ernst und verriet ihren Unmut; sie lächelte nicht einmal, als sie dem Fürsten zum Abschied zunickte. –

»Sofort, ich hole nur noch mein Bündel«, sagte der Fürst zu Ganja, »dann gehen wir.«

Ganja stampfte vor Ungeduld mit dem Fuß auf. Sein Gesicht wurde ganz dunkel vor Wut. Endlich traten sie beide auf die Straße, der Fürst mit seinem Bündel in der Hand.

»Die Antwort, die Antwort?« drängte Ganja wieder in größter Spannung. »Was hat sie Ihnen gesagt? Haben Sie ihr den Brief gegeben?«

Der Fürst reichte ihm schweigend den Brief. Ganja erstarrte.

»Wie! Mein Brief!« schrie er. »Er hat ihn ihr überhaupt nicht gegeben! Haha, das hätte ich mir doch denken können! Ach, ver–r–fl ... Natürlich konnte sie dann nichts verstehen vorhin! Aber wie denn, wie konnten Sie ihr denn meinen Brief nicht übergeben, o ver–r–rrfluch ...«

»Entschuldigen Sie, im Gegenteil, zufällig konnte ich ihr den Brief sogleich, nachdem ich ihn erhalten hatte, einhändigen, und zwar ganz so, wie Sie es wünschten. Ich bin nur jetzt wieder in seinen Besitz gekommen, weil Aglaja Iwanowna ihn mir zurückgegeben hat.«

»Wann? Wann?«

»Nachdem ich in ihr Album eingeschrieben hatte und auf ihre Bitte hin ihr ins andere Zimmer folgte – Sie waren doch zugegen? Wir

kamen ins Speisezimmer, sie reichte mir den Brief, wünschte ausdrücklich, daß ich ihn lese und dann – Ihnen zurückgebe.«
»Daß Sie ihn l–e–esen?« schrie Ganja fast aus vollem Halse, »l–e–esen? Und Sie lasen ihn?«
Ganja blieb wie zu Stein erstarrt mitten auf dem Trottoir stehen und war dermaßen erstaunt, daß er sogar den Mund zu schließen vergaß.
»Ja, ich las ihn.«
»Und sie selbst, sie selbst gab Ihnen den Brief zum Durchlesen? Sie selbst?«
»Ja, sie selbst, und Sie können mir glauben, daß ich ihn ohne ihre Aufforderung gewiß nicht gelesen hätte.«
Ganja schwieg eine Weile in qualvoll angestrengtem Nachdenken, doch plötzlich packte ihn wieder die Wut:
»Das kann nicht sein! Sie hat Ihnen den Brief unmöglich zum Durchlesen geben können! Sie lügen! Sie haben ihn eigenmächtig gelesen!«
»Ich habe Ihnen die Wahrheit gesagt«, sagte der Fürst in demselben ruhigen Ton, »und ich versichere Sie, es tut mir sehr leid, daß diese Nachricht einen so unangenehmen Eindruck auf Sie macht.«
»Aber, Sie Unglücksmensch, sie hat Ihnen bei der Gelegenheit doch wenigstens etwas gesagt! Irgend etwas muß sie doch geantwortet haben!«
»Ja, gewiß ...«
»Aber dann tun Sie doch den Mund auf, reden Sie doch, sprechen Sie, zum Teufel ...«
Und Ganja stampfte vor Ungeduld und Wut mit dem rechten Fuß im Überschuh zweimal aufs Trottoir.
»Als ich den Brief zu Ende gelesen hatte, sagte sie mir, daß Sie sie in eine Falle zu locken suchten; Sie möchten sie gern kompromittieren, um sich dann Hoffnungen, von denen sie nichts wissen wolle, hingeben zu können. Und auf Grund dieser Hoffnungen würden Sie dann ohne Verlust eine andere Hoffnung auf hunderttausend Rubel aufgeben. Ferner sagte sie, daß, wenn Sie dieses getan hätten, ohne auf sie zu rechnen – wenn Sie von sich aus mit dem Früheren gebrochen hätten, ohne von ihr im voraus Garantien für einen Ersatz zu erbitten – sie vielleicht Ihr Freund geworden wäre. Und das war alles, glaube ich. Richtig, noch eins: als ich sie dann fragte, welche Antwort ich Ihnen bringen solle, sagte sie, daß gar keine Antwort die beste Antwort sei – ich glaube, so war's. Verzeihen Sie, daß ich den genauen Wortlaut vergessen habe und Ihnen nur den Sinn mit meinen Worten so wiedergebe, wie ich ihn verstanden habe.«
Ganja erbleichte und seine ganze grenzenlose Wut schaffte sich in Worten Ausdruck.
»Ah! Also so!« knirschte er. »Also meine Briefe werden einfach fortgeworfen! Ah! Sie läßt sich auf keinen Handel ein! Schön, dann

werde ich mich darauf einlassen! Wollen wir doch sehen! Mir steht noch vieles ... Wir werden schon sehen! Ich werde sie schon kleinkriegen!«
Er zitterte, erbleichte, schäumte vor Wut; er drohte sogar mit der Faust und machte wilde Bewegungen mit den Armen. So gingen sie ein paar Schritte. Der Fürst genierte ihn nicht im geringsten – »dieser Idiot«! Er benahm sich, als wäre er ganz allein in seinem Zimmer. Doch plötzlich stutzte er und besann sich.
»Ja, aber wie denn«, wandte er sich an den Fürsten, »wie kommt es, daß Sie« (»so ein Idiot!« fügte er innerlich hinzu), »daß Sie plötzlich dieses Vertrauen genießen, zwei Stunden nach der ersten Bekanntschaft? Wie ist das zu erklären?«
Zu all seinen Qualen kam jetzt noch der Neid hinzu – der hatte gerade noch gefehlt! Ganz plötzlich tauchte er auf und stach ihn ins Herz.
»Das vermag ich Ihnen freilich nicht zu erklären«, antwortete der Fürst.
Ganja sah ihn gehässig an.
»Sollte es nicht gar ihr *Vertrauen* sein, was sie Ihnen in dem anderen Zimmer schenken wollte? Sie sagte doch, bevor sie hinausging, daß sie Ihnen etwas schenken wolle!«
»Anders fasse ich es auch nicht auf als gerade so.«
»Ja, aber wofür denn, zum Teufel noch eins! Was haben Sie denn dort so Großes vollbracht? Womit haben Sie ihr Vertrauen errungen? Hören Sie«, unterbrach er sich plötzlich in seiner sich überstürzenden Weise (alles in ihm war in diesem Augenblick gleichsam kopflos durcheinandergeworfen und kochte in wirrer Unordnung, so daß von einem Überlegen oder auch nur einem Zusammenhalten der Gedanken gar keine Rede sein konnte). »Hören Sie, können Sie sich denn nicht irgendwie noch entsinnen oder sich in einigermaßen richtiger Reihenfolge dessen erinnern, was Sie dort gesprochen haben, alles, alles, jedes Worts, ganz von Anfang an? Haben Sie vielleicht irgend so eine Bemerkung fallen lassen – können Sie sich denn gar nicht mehr Ihres Gesprächs entsinnen?«
»Gewiß kann ich das«, antwortete der Fürst. »Ganz zu Anfang, nachdem das Erste überstanden war, sprachen wir von der Schweiz.«
»Nun, zum Teufel mit der Schweiz!«
»Dann sprachen wir von der Todesstrafe ...«
»Von der Todesstrafe?«
»Ja; es kam die Rede darauf ... Dann erzählte ich ihnen, wie ich die vier Jahre in der Schweiz verbracht habe, und ferner die Geschichte eines armen Dorfmädchens ...«
»Ach, zum Teufel alle armen Dorfmädchen! Weiter!« Ganja raste innerlich vor Ungeduld.
»Darauf erzählte ich, wie Schneider mir seine Meinung über meinen Charakter gesagt und mich veranlaßte ...«
»Der Satan hole Ihren Schneider und seine Meinungen!«

»Weiter – kamen wir auf Gesichter zu sprechen, auf den Ausdruck der Gesichter, und bei der Gelegenheit sagte ich, daß Aglaja Iwanowna fast ebenso schön sei wie Nastassja Filippowna. Und da mußte ich denn auch sagen, daß ich ihre Photographie gesehen hatte ...«

»Aber Sie sagten doch nicht, Sie erzählten doch nicht, was Sie vorher im Kabinett gehört hatten? Nein? Nein?«

»Ich wiederhole es Ihnen: nein.«

»Ja, aber woher denn ... Teufel ... Ach zum ...! Aber hat Aglaja den Brief nicht der Alten gezeigt?«

»Nein, sie hat ihn ihr nicht gezeigt. Dessen kann ich Sie bestimmt versichern. Ich war die ganze Zeit nachher zugegen, so daß ich es unfehlbar gesehen hätte.«

»Aber vielleicht haben Sie selbst irgend etwas bemerkt ... Ach, dieser ver–r–rdammte Idiot«, knirschte er außer sich – diesmal ganz laut – »nicht einmal zu erzählen versteht er etwas!«

Ganja, der einmal ins Schimpfen hineingekommen war, hatte allmählich, wie das oft mit solchen Menschen geschieht, jede Zurückhaltung verloren. Es fehlte vielleicht nicht mehr viel, und er hätte den Fürsten vor Wut angespien. Doch gerade diese Wut blendete ihn; denn sonst hätte er schon längst bemerkt, daß dieser »Idiot«, den er so beleidigend behandelte, sehr schnell und sehr feinfühlig alles begriff und es ungewöhnlich treffend wiederzugeben verstand. Aber da geschah mit einem Mal etwas ganz Unerwartetes.

»Ich muß Sie darauf aufmerksam machen, Gawrila Ardalionytsch«, sagte nun plötzlich der Fürst, »daß ich früher allerdings so krank war, daß man mich in der Tat fast als einen Idioten bezeichnen konnte. Jetzt aber bin ich schon lange nicht mehr so krank, und daher ist es mir etwas peinlich, wenn man mich so einfach, ins Gesicht, einen Idioten nennt. Zwar kann man Sie, in Anbetracht Ihrer Mißerfolge, noch entschuldigen, doch haben Sie mich in Ihrem Ärger schon zweimal beschimpft. Dem möchte ich mich in der Folge nicht mehr aussetzen, es ist mir, wie gesagt, sehr peinlich, zumal Sie es schon tun, nachdem wir uns kaum erst kennengelernt haben ... Wäre es deshalb nicht besser – wir sind hier gerade an einer Straßenkreuzung – wenn wir jetzt auseinandergingen: Sie nach rechts, und ich nach links? Ich bin im Besitz von fünfundzwanzig Rubeln und werde sicher Unterkunft in irgendeinem Hotel garni finden.«

Ganja machte ein entsetzlich verlegenes Gesicht und wurde dunkelrot vor Scham – die Zurechtweisung kam ihm gar zu unerwartet.

»Verzeihen Sie, Fürst«, rief er glühend aus – sein soeben noch äußerst beleidigender Ton hatte sich schnell in einen äußerst höflichen verwandelt, »um Gottes willen, verzeihen Sie! Sie sehen, in welch einer Lage ich mich befinde! Und dabei wissen Sie noch nicht einmal alles; wenn Sie aber alles wüßten, würden Sie mich vielleicht ein wenig entschuldigen, obschon ich, versteht sich, nicht mehr zu entschuldigen bin ...«

»Oh, so große Entschuldigungen verlange ich ja gar nicht«, unter-

brach ihn der Fürst, »ich verstehe ja nur zu gut, wie unangenehm Ihnen das alles sein muß, nur deshalb fluchen und schimpfen Sie so. Nun, gehen wir also zu Ihnen. Es wird mir ein Vergnügen sein ...«
(»Nein, so kann man ihn nicht fortgehen lassen«, dachte Ganja bei sich mit einem gehässigen Seitenblick auf den Fürsten. »Dieser Spitzbube hat zuerst als Idiot alles aus mir herausgeholt, um dann die Maske abzunehmen ... Das hat etwas zu bedeuten. Nun, wir werden ja sehen, jetzt muß sich alles entscheiden, alles, alles! Und noch heute!«)
Inzwischen waren sie an dem Hause, in dem Ganja wohnte, angelangt.

VIII

Ganjas Wohnung lag im dritten Stock, zu dem eine überaus saubere, helle und breite Treppe hinaufführte. Sie bestand aus sechs oder sieben größeren und kleineren Zimmern und war, wenn sie sich auch durch nichts Besonderes auszeichnete, für eine Beamtenfamilie, in der nur ein einziger verdiente, doch sicherlich zu teuer, mochte dieser eine sich auch auf zweitausend Rubel jährlich stehen. Es hatte jedoch einen besonderen Grund, weshalb Iwólgins vor zwei Monaten in diese große Wohnung gezogen waren: Ganjas Mutter und Schwester – Nina Alexandrowna und Warwára Ardaliónowna – hatten, um die Einkünfte wenigstens etwas zu vergrößern, schon vor längerer Zeit beschlossen, einige Zimmer mit Kost und Bedienung zu vermieten, was ihnen denn auch von seiten Ganjas nach langen Kämpfen schließlich erlaubt worden war. Doch trotz seiner Einwilligung ärgerte sich Ganja nicht wenig darüber und nannte »diese ganze Vermieterei« einfach eine »Unanständigkeit«; er glaubte sich jetzt in der Gesellschaft, in der er bis dahin als junger, hoffnungsvoller Mann stets mit Selbstbewußtsein und als Gentleman aufgetreten war, seiner Familie geradezu schämen zu müssen. Jedenfalls hinterließen alle diese Dämpfer, die ihm das Schicksal zugedacht hatte, und die Erniedrigungen dieses »engen Lebens« die tiefsten Wunden in seiner Seele. Seit einiger Zeit konnte er sich über jede Kleinigkeit bis zur Maßlosigkeit aufregen, und wenn er auch beschlossen hatte, vorläufig noch nachzugeben und das Vermieten zu dulden, so tat er es doch nur, weil er sich geschworen hatte, in kürzester Frist diesem ganzen Zustand ein Ende zu machen und eine neue Ordnung und bessere Verhältnisse zu schaffen. Nur sollte es sich leider bald zeigen, daß das Mittel, das er zur Ermöglichung einer solchen Veränderung gewählt hatte, an sich noch viel unangenehmer und qualvoller als alles Vorhergegangene zu werden drohte.

Die Wohnung wurde durch einen Korridor, der sogleich am Eingang begann, in zwei Hälften geteilt. Auf der einen Seite des Korridors lagen die drei Zimmer, die für die »besonders empfohlenen« Mieter bestimmt waren, und dann noch ein viertes, kleines Zimmerchen neben der Küche, das dem Familienoberhaupt und verabschiedeten General, Ardalión Alexándrowitsch Iwólgin, zugewiesen war; er schlief dort auf einem breiten Diwan und mußte stets durch die Küche und über die Hintertreppe ein- und ausgehen. In demselben Zimmerchen lebte auch der fünfzehnjährige Bruder Gawrila Ardalionytschs, der Gymnasiast Kólja: der mußte sich gleichfalls hier aufhalten, auf einem anderen alten, schmalen und kurzen Diwan schlafen und vor allen Dingen »nach dem Vater sehen«, was mit jedem

Tage unerläßlicher zu werden begann. Dem Fürsten wurde das mittlere von den drei Zimmern zugewiesen; im ersten Zimmer rechts wohnte Herr Ferdyschtschénko, und links, das dritte, stand noch leer. Doch Ganja führte den Fürsten zuerst in die Familienhälfte der Wohnung. Diese bestand aus einem »Salon«, der zur Essenszeit in ein Speisezimmer verwandelt wurde, aus einem »Empfangszimmer«, das aber nur tagsüber »Empfangszimmer« war und am Abend sich in Ganjas Arbeits- und Schlafzimmer verwandelte, und dann noch aus einem kleinen, engen, stets verschlossenen Stübchen, in dem Nina Alexándrowna und Warwára Ardaliónowna schliefen. Mit einem Wort, die ganze Familie hatte sich so eng wie möglich eingerichtet, worüber Ganja vor Empörung »innerlich knirschte«. Zwar bemühte er sich stets, ehrerbietig zu seiner Mutter zu sein, aber nichtsdestoweniger merkte man es doch sofort, daß er der große Despot in der Familie war.
Nina Alexándrowna und Warwára Ardaliónowna saßen nicht allein im Empfangszimmer: sie unterhielten sich, beide mit einer Strickarbeit beschäftigt, mit ihrem Gast, Iwán Petrówitsch Ptízyn. Nina Alexandrowna mochte etwa fünfzig Jahre alt sein; sie hatte ein hageres, eingefallenes Gesicht und tiefe Schatten unter den Augen. Sie sah kränklich und vergrämt aus, doch machten ihr Gesicht und ihr Blick einen recht angenehmen Eindruck. Schon aus den ersten Worten sprach ein ernster, ehrbarer Charakter. Trotz ihres vergrämten Antlitzes sah man ihr sogleich ihre Festigkeit und sogar Entschlossenheit an. Gekleidet war sie sehr bescheiden, dunkel und altjüngferlich; doch ihre Bewegungen, ihre Sprechweise, ihr ganzes Auftreten verrieten die Dame, die sich einst in bester Gesellschaft bewegt hatte.
Warwara Ardalionowna war ein Mädchen von dreiundzwanzig Jahren, mittelgroß, ziemlich mager und mit einem Gesicht, das nicht gerade sehr schön war, dafür aber das Geheimnis in sich barg, ohne Schönheit zu gefallen und bis zur Leidenschaft anzuziehen. Sie war der Mutter sehr ähnlich, sogar in ihrer Kleidung; denn ihr Sinn stand nicht danach, sich zu putzen. Ihre grauen Augen konnten mitunter sehr heiter und freundlich blicken, aber gewöhnlich waren sie ernst und nachdenklich, ja, in der letzten Zeit waren sie es fast allzuoft. Auch aus ihrem Gesicht sprach Festigkeit und Entschlossenheit, doch fühlte man, daß diese Entschlossenheit noch energischer sein konnte als die der Mutter. Warwara Ardalionowna konnte sehr heftig werden, und ihr Bruder schien diese Heftigkeit fast ein wenig zu fürchten. Dasselbe tat auch der Gast, der gerade jetzt bei ihnen saß, Iwán Petrówitsch Ptízyn. Das war ein noch junger Mann von annähernd dreißig Jahren, nicht auffallend, doch gut gekleidet, von sympathischem, wenn auch vielleicht ein wenig gar zu ehrbarem Wesen. Sein kurzgeschnittener, dunkelblonder Bart kennzeichnete ihn als einen, der nicht im Staatsdienst stand. Er konnte sich sehr verständig und angenehm unterhalten, war aber

sonst nicht gesprächig und zog es gewöhnlich vor, ganz zu schweigen. Der allgemeine Eindruck, den er machte, war angenehm. Warwara Ardalionowna war ihm offenbar nicht gleichgültig, was er übrigens auch gar nicht zu verbergen suchte. Warwara Ardalionowna dagegen verhielt sich zwar freundschaftlich zu ihm, zögerte aber immer noch mit der Antwort auf eine Frage, von der sie ihn eigentlich auch nur ungern sprechen hörte, was Ptizyn jedoch durchaus nicht entmutigte. Nina Alexandrowna behandelte ihn freundlich, und in der letzten Zeit hatte sie sogar großes Zutrauen zu ihm gefaßt. Übrigens war es allen bekannt, wie er sich sein Geld verdiente – daß er gegen mehr oder weniger sichere Garantien Geld zu hohen Prozenten lieh. Mit Ganja stand er sich sehr gut.

Als der Fürst und Gawrila Ardalionytsch eintraten, grüßte dieser nur seine Mutter in sehr trockenem Ton, übersah die Schwester vollkommen, und nachdem er den Fürsten vorgestellt hatte, wandte er sich sofort an Ptizyn, mit dem er gleich darauf das Zimmer verließ. Nina Alexandrowna sagte dem Fürsten ein paar freundliche Worte und befahl Kólja, dessen Kopf sich gerade durch die Türspalte schob, den Fürsten ins mittlere Zimmer zu führen. Kolja war ein munterer Knabe mit einem netten Gesicht und zutraulichem, offenherzigem Benehmen.

»Wo ist denn Ihr Gepäck?« fragte er, als er den Fürsten in dessen Zimmer geführt hatte.

»Ich habe ein Bündel, es ist im Vorzimmer geblieben.«

»Ich werde es sofort herschaffen. Wir haben an Dienstboten nur die Köchin und Matrjóna, so daß auch ich helfe. Wárja sieht nur nach allem nach und ärgert sich. Ganja sagt, Sie seien soeben aus der Schweiz zurückgekehrt?«

»Ja.«

»Ist es schön in der Schweiz?«

»Sehr schön.«

»Lauter Berge?«

»Ja.«

»Ich werde Ihnen sofort Ihr Bündel herbringen.«

Warwara Ardalionowna trat ins Zimmer.

»Matrjóna wird Ihnen sogleich das Bett überziehen. Haben Sie einen Koffer?«

»Nein, nur ein Bündel. Ihr Bruder wollte es herbringen; es ist im Vorzimmer.«

»Dort ist überhaupt kein Bündel, außer diesem Bündelchen hier; wo haben Sie es denn hingelegt?« fragte Kolja, der wieder zurückgekommen war.

»Ja, das ist auch alles, was ich habe«, sagte der Fürst und nahm sein Bündel in Empfang.

»A–a!« Kólja sperrte etwas erstaunt den Mund auf. »Und ich dachte schon, ob nicht Ferdyschtschénko es bereits hat verschwinden lassen.«

»Schwatz nicht so dummes Zeug«, verwies ihn Wárja streng, die auch mit dem Fürsten zwar nicht gerade unhöflich, doch sehr trocken sprach.
»Chère Babette, mit mir kann man auch etwas zärtlicher umgehen, ich bin ja doch nicht Ptizyn.«
»Dich kann man noch durchhauen, Kolja, so dumm bist du trotz deiner fünfzehn Jahre. Wenn Sie sonst etwas brauchen, können Sie sich an Matrjona wenden. Um halb fünf speisen wir. Sie können gemeinschaftlich mit uns oder auch in Ihrem Zimmer essen, ganz wie Sie wünschen. Gehen wir, Kolja, du sollst nicht stören.«
»Gehen wir, Charaktermensch!«
In der Tür stießen sie auf Ganja.
»Ist der Vater zu Hause?« fragte er Kolja, und als dieser bejahte, flüsterte er ihm etwas zu.
Kolja nickte mit dem Kopf und folgte der Schwester.
»Nur auf ein Wort, Fürst – ich habe es über diesen ... diesen Schereien zu sagen vergessen. Ich will Sie um etwas bitten: seien Sie so gütig und sprechen Sie, wenn es Ihnen nicht gar zu schwerfällt, weder hier davon, was ich mit Aglaja gehabt habe, noch dort davon, was Sie hier erleben; denn auch hier gibt es genug des Widerwärtigen. Zum Teufel, übrigens ... Versuchen Sie wenigstens, sich heute zu bezwingen.«
»Ich versichere Ihnen, daß ich weit weniger gesagt habe, als Sie vermuten«, sagte der Fürst einigermaßen gereizt.
Ihre Stellung zueinander wurde ersichtlich immer feindlicher.
»Nun, ich habe heute schon genug durch Sie auszustehen gehabt. Also mit einem Wort, ich bitte Sie darum.«
»Gestatten Sie mir die Frage, Gawrila Ardalionytsch, inwiefern ich denn vorhin gebunden war, und weshalb ich mit keinem Wort der Photographie hätte Erwähnung tun dürfen? Sie hatten mich doch weder darum gebeten noch mich in die Verhältnisse eingeweiht.«
»Pfui, was das für ein scheußliches Zimmer hier ist«, lenkte Ganja von diesem Gespräch ab, indem er sich mit angewiderter Miene im Zimmer umsah, »dunkel und die Fenster gehen auf den Hof. Sie sind in jeder Beziehung zur Unzeit zu uns gekommen ... Nun, aber das ist nicht mehr meine Sache, nicht ich vermiete hier Zimmer.«
Ptizyn blickte zur Tür herein und rief Ganja. Dieser verließ eilig den Fürsten und ging hinaus, obwohl er augenscheinlich noch etwas sagen wollte, doch schien er in der Verlegenheit nicht das richtige Wort finden zu können. Auch das Zimmer hatte er offenbar nur aus Verlegenheit kritisiert.
Der Fürst hatte sich kaum gewaschen und mit einiger Sorgfalt umgekleidet, als die Tür sich wieder öffnete und eine neue Gestalt erschien.
Es war ein Herr von etwa dreißig Jahren, groß von Wuchs, breitschultrig und mit einem äußerst großen Kopf, der durch das rot-

blonde krause Haar noch größer erschien, als er an sich schon war. Sein Gesicht war fleischig und rosig, die Lippen dick, die Nase breit und platt und die kleinen Augen unter den dicken Lidern schienen fortwährend spöttisch zu blinzeln. Der Gesamteindruck war der eines ziemlich unverschämten Menschen. Seine Kleider ließen an Sauberkeit zu wünschen übrig.

Die Tür öffnete er anfangs nur so weit, daß er knapp den Kopf durchschieben konnte. Hierauf betrachtete der durchgeschobene Kopf das Zimmer etwa fünf Sekunden lang in unveränderter Stellung. Dann erst begann sich die Tür allmählich so weit aufzuschieben, daß man auch die Gestalt auf der Schwelle erblickte, nur trat der Herr immer noch nicht herein, sondern begann, von der Schwelle aus, blinzelnd den Fürsten zu betrachten. Endlich entschloß er sich zum ersten Schritt, schloß die Tür, trat näher, setzte sich auf einen Stuhl, faßte den Fürsten mit kräftigem Griff bei der Hand und drückte ihn schräg gegenüber auf das Sofa nieder.

»Ferdyschtschénko«, stellte er sich vor und blickte aufmerksam und fragend dem Fürsten ins Gesicht.

»Nun, und?« fragte der Fürst, der kaum noch ernst blieb.

»'n Mieter«, antwortete Ferdyschtschénko, mit dem Daumen über die Achsel nach rückwärts weisend, und blickte den Fürsten unverändert mit demselben Ausdruck an.

»Sie wollen sich wohl mit mir bekannt machen?«

»Ach!« war die Antwort des Gastes, der sich mit den Fingern durch die Haare fuhr, daß sie zu Berge standen, und er begann in die entgegengesetzte Zimmerecke zu schauen. »Haben Sie Geld?« fragte er plötzlich, sich wieder dem Fürsten zuwendend.

»Nicht viel.«

»Wieviel denn auf den Knopf?«

»Fünfundzwanzig Rubel.«

»Zeigen Sie mal her.«

Der Fürst entnahm seiner Westentasche den Fünfundzwanzigrubelschein, den ihm der General Jepantschin gegeben hatte, und reichte ihn Ferdyschtschenko. Dieser faltete die Note auseinander, betrachtete sie zuerst von der einen, dann von der anderen Seite, drehte sie nochmals um und hielt sie dann gegen das Licht.

»Sonderbar«, meinte er nachdenklich, »weshalb mögen sie nur so braun werden? Diese Fünfundzwanziger werden mitunter verteufelt braun, andere aber bleichen wiederum völlig aus. Nehmen Sie.«

Der Fürst nahm sein Geld zurück. Ferdyschtschenko erhob sich vom Stuhl.

»Ich bin gekommen, um Sie zu warnen: erstens, mir jemals Geld zu pumpen; denn ich werde Sie unfehlbar darum bitten.«

»Gut.«

»Haben Sie die Absicht, hier zu bezahlen?«

»Gewiß.«

»Ich nicht. Danke. Ich wohne hier rechts von Ihnen, die erste Tür – Sie wissen? Bemühen Sie sich, mich nicht allzuoft zu besuchen. Ich werde schon zu Ihnen kommen, seien Sie unbesorgt. Den General haben Sie schon gesehen?«
»Nein.«
»Und auch noch nicht gehört?«
»Nein.«
»Na, dann werden Sie ihn noch sehen und hören; der will ja sogar mich anpumpen! Avis au lecteur. Leben Sie wohl. Kann man denn leben mit dem Namen: Ferdyschtschenko? Hm?«
»Weshalb nicht?«
»Adieu.«
Und er ging zur Tür. Wie der Fürst später erfuhr, hatte dieser Herr es sich gewissermaßen zur Aufgabe gemacht, einen jeden durch Originalität und Witze in Erstaunen zu setzen, nur wollte ihm das nie so recht gelingen. Auf manche Leute machte er sogar einen direkt unangenehmen Eindruck, was ihm selbst aufrichtigen Kummer bereitete. Trotzdem konnte er es nicht übers Herz bringen, auf den einmal erwählten Lebensberuf zu verzichten. In der Tür hatte er Gelegenheit, den Eindruck, den er auf den Fürsten gemacht hatte, seiner Meinung nach noch zu verbessern: im Begriff hinauszugehen, stieß er nämlich mit einem älteren Herrn zusammen, der gerade eintreten wollte; er trat vor diesem neuen, dem Fürsten gleichfalls unbekannten Gast zur Seite, und nachdem jener an ihm vorübergegangen war, machte er hinter seinem Rücken warnende Zeichen, worauf er sich mit einem gewissen Siegesbewußtsein schneidig entfernte.
Der neue Gast war groß von Wuchs, etwa fünfundfünfzig Jahre alt oder noch älter, ziemlich wohlbeleibt, mit einem leuchtendroten, fleischigen, aufgedunsenen Gesicht, das von einem dichten grauen Backenbart umrahmt wurde, mit einem Schnurrbart und großen, hervorstehenden Augen. Die Erscheinung wäre ziemlich imposant gewesen, wenn ihr nicht etwas Heruntergekommenes, Schäbiges, geradezu Schmieriges angehaftet hätte. Er trug einen alten Überrock, dessen Ellenbogen fast durchgewetzt waren, und auch die Wäsche war nicht gerade sauber. In seiner Nähe roch es ein wenig nach Branntwein. Nichtsdestoweniger war sein Auftreten sehr effektvoll, ein wenig einstudiert vielleicht und augenscheinlich von dem Wunsch beseelt, unter allen Umständen Eindruck zu machen. Der Herr näherte sich dem Fürsten mit freundlichem Lächeln, doch ohne sich zu beeilen, ergriff schweigend seine Hand, und indem er sie in der seinen behielt, blickte er ihm eine Zeitlang ins Gesicht, als wolle er bekannte Züge wiedererkennen.
»Er! Er!« sagte er dann leise und feierlich. »Wie leibhaftig! Ich höre einen mir so bekannten und teuren Namen nennen und muß an die unwiederbringliche Vergangenheit denken ... Fürst Mýschkin?«
»Ja.«

»General Iwólgin, verabschiedet und unglücklich. Ihr Vorname und Vatername, wenn ich fragen darf?«

»Lew Nikolájewitsch.«

»Ja, ja, ganz recht! Der Sohn meines Freundes und, ich kann wohl sagen, Spielkameraden, Nikolai Petrówitsch!«

»Mein Vater hieß Nikolai Lwówitsch.«

»Lwówitsch«, verbesserte sich der General, ohne sich zu beeilen, eben mit der vollkommenen Ruhe eines Menschen, der den Namen nicht im geringsten vergessen, sondern sich nur zufällig versprochen hat. Er setzte sich, und den Fürsten bei der Hand erfassend, zog er ihn neben sich auf das Sofa. »Ich habe Sie als Kind auf den Armen getragen.«

»Wirklich?« fragte der Fürst überrascht. »Mein Vater ist schon vor zwanzig Jahren gestorben.«

»Ja, vor zwanzig Jahren; vor zwanzig Jahren und drei Monaten. Wir haben zusammen die Schule besucht; ich kam dann zum Militär ...«

»Auch mein Vater war Offizier – Sekondeleutnant beim Wassilkóffskischen Regiment.«

»Beim Bjelomírskischen. Die Nachricht von seiner Versetzung ins Bjelomirskische traf kurz vor seinem Tode ein. Ich war zugegen und drückte ihm die Augen zu. Ihre Mutter ...«

Der General hielt inne, wie um seine Ergriffenheit zu überwinden.

»Ja, auch sie starb nach einem halben Jahr an einer Erkältung«, sagte der Fürst.

»Nicht an einer Erkältung! Nicht an einer Erkältung, glauben Sie einem alten Mann. Ich war zugegen, ich habe auch sie beerdigt. Sie starb aus Kummer um ihren verlorenen Gatten, nicht aber an einer Erkältung. Ja, unvergeßlich ist mir diese Fürstin! O Jugend! Ihretwegen wurden wir beide, der Fürst und ich, wir zwei Jugendfreunde, fast zu gegenseitigen Mördern.«

Der Fürst begann, etwas mißtrauischer zuzuhören.

»Ich hatte mich sterblich in Ihre Mutter verliebt, als sie noch Braut war – die Braut meines Freundes. Er aber merkte es! Kommt zu mir, frühmorgens um sieben Uhr, weckt mich. Ich kleide mich ganz verwundert an ... Schweigen beiderseits. Ich begriff alles. Er nimmt aus der Tasche zwei Pistolen. Amerikanisches Duell, selbstverständlich. Ohne Zeugen. Wozu Zeugen, wenn wir uns nach fünf Minuten beide in die Ewigkeit befördern? Wir luden, zogen das Tuch auseinander, nahmen jeder seine Stellung ein, setzten die Pistolenmündung einander auf die Brust und schauten uns an. Plötzlich bricht ein Strom von Tränen aus unseren Augen, die Hände sinken herab – bei beiden, bei beiden zugleich! Nun, dann gab's natürlich Umarmungen und Wetteifer in Großmut. Der Fürst sagt: ‚Sie sei dein!' Mit einem Wort ... mit einem Wort ... Sie wollen bei uns wohnen ... wohnen?«

»Ja, eine Zeitlang ... vielleicht«, sagte der Fürst, gleichsam etwas stockend.

»Fürst, Mama läßt Sie zu sich bitten«, rief plötzlich Kolja, der in der Tür erschien.
Der Fürst erhob sich, doch der General legte ihm seine Rechte auf die Schulter und drückte ihn wieder aufs Sofa.
»Als aufrichtiger und treuer Freund Ihres Vaters will ich Sie warnen«, sagte der General. »Ich selbst bin, wie Sie sehen, durch eine tragische Katastrophe ins Unglück geraten. Doch ohne vor die Schranken, ohne vor die Schranken gekommen zu sein! Nina Alexandrowna ist eine seltene Frau! Warwara Ardalionowna, meine Tochter, ist ein seltenes Mädchen! Die Verhältnisse zwingen uns, Zimmer zu vermieten – eine unerhörte Erniedrigung! ... Und das mir, dem es bevorstand, Generalgouverneur zu werden! ... Doch Sie sind uns zu jeder Zeit willkommen. Aber jetzt, gerade jetzt spielt sich in meinem Hause eine Tragödie ab!«
Der Fürst blickte ihn fragend und interessiert an.
»Eine Ehe soll geschlossen werden, eine seltsame Ehe! Ein zweideutiges Frauenzimmer soll einen jungen Mann heiraten, der, wenn er wollte, Kammerjunker sein könnte. Und dieses Frauenzimmer soll in mein Haus eingeführt werden, in dem meine Frau und meine Tochter leben! Doch so lange ich noch lebe, wird ihr Fuß nicht mein Haus betreten! Ich werde mich auf die Schwelle hinwerfen, mag sie dann über mich hinwegtreten! ... Mit Ganja spreche ich jetzt fast überhaupt nicht mehr, vermeide es sogar, ihm zu begegnen. Ich warne Sie absichtlich. Wenn Sie bei uns leben werden, werden Sie ja ohnehin Zeuge sein ... Aber Sie sind der Sohn meines Freundes, und ich kann doch wohl hoffen ...«
»Verzeihung, Fürst. Bitte, seien Sie so freundlich und kommen Sie auf einen Augenblick zu mir ins Empfangszimmer«, unterbrach ihn Nina Alexandrowna, die diesmal selbst gekommen war, um den Fürsten zu sich zu rufen.
»Denke dir nur, mein Schatz«, rief ihr der General sofort zu, »es stellt sich heraus, daß ich den Fürsten als kleines Kind auf meinen Armen gewiegt habe!«
Nina Alexandrowna warf ihm einen vorwurfsvollen Blick zu und sah dann forschend den Fürsten an, sagte aber kein Wort. Der Fürst folgte ihr. Doch kaum waren sie im anderen Zimmer angelangt, kaum hatte Nina Alexandrowna halblaut etwas offenbar Peinliches mitzuteilen begonnen, als auch der General plötzlich wieder in der Tür erschien. Seine Frau verstummte sofort und beugte sich ersichtlich geärgert über die Strickarbeit. Der General bemerkte ihren Ärger sehr wohl, ließ sich aber dadurch nicht im geringsten seine gute Laune nehmen.
»Der Sohn meines Freundes!« rief er begeistert aus, sich an Nina Alexandrowna wendend. »Und so unerwartet! Wie hätte ich das noch gestern erhoffen können! Aber, mein Schatz, entsinnst du dich denn wirklich nicht mehr des seligen Nikolai Lwowitsch? Du trafst ihn doch noch ... in Twerj?«

»Nein, ich entsinne mich Nikolai Lwówitschs nicht. Ist das Ihr Vater?« fragte sie den Fürsten.
»Ja, aber er starb, glaube ich, nicht in Twerj, sondern in Jelisawetgrád«, bemerkte der Fürst etwas verlegen. »Ich habe es von Pawlíschtscheff gehört ...«
»In Twerj starb er«, behauptete der General. »Kurz vor seinem Tode wurde er nach Twerj versetzt, vor dem Ausbruch der Krankheit. Sie waren damals viel zu klein, um sich jetzt noch der Versetzung oder der Reise entsinnen zu können, und Pawlischtscheff kann sich geirrt haben – er war ja doch auch nicht mehr als ein Mensch, wenn er auch sonst ein seltener Mensch war.«
»Sie haben auch Pawlischtscheff gekannt?«
»Ein seltener Mensch war er, aber ich war ja doch Augenzeuge, ich habe ihm die Augen zugedrückt ...«
»Aber mein Vater starb doch, soviel ich weiß, als Untersuchungsgefangener«, bemerkte der Fürst, »obwohl ich niemals habe erfahren können, welch eines Vergehens er eigentlich beschuldigt worden ist. Er starb im Hospital.«
»Ach was, das war doch die Geschichte mit dem Soldaten Kolpaköff – der Fürst wäre ganz zweifellos freigesprochen worden!«
»Ja? Sie wissen das bestimmt?« fragte der Fürst lebhaft interessiert.
»Das fehlte noch, daß ich's nicht wüßte!« rief der General fast entrüstet aus. »Das Kriegsgericht löste sich auf, ohne auch nur das geringste Urteil zu fällen. Ein ganz unmöglicher Fall! Man kann sogar sagen: ein geradezu mysteriöser Fall! Eines Tages stirbt der Hauptmann Larionoff, unser Kompagniechef; dem Fürsten werden zeitweilig die Pflichten desselben übertragen; schön. Der gemeine Soldat Kolpaköff begeht darauf einen Diebstahl – er stiehlt einem Kameraden die Stiefel und vertrinkt sie, schön. Der Fürst – und vergessen Sie nicht, es geschah in Gegenwart des Feldwebels und Korporals – wäscht dem Kolpaköff tüchtig den Kopf und droht ihm mit Prügelstrafe. Sehr schön. Kolpakoff geht in die Kaserne, legt sich auf die Pritsche, und nach einer Viertelstunde ist er tot. Vortrefflich. Aber wie dem auch sein mag, jedenfalls bleibt die Sache unerklärlich, geradezu unmöglich. Nun gut, Kolpakoff wird beerdigt; der Fürst rapportiert, und Kolpakoff wird aus den Listen gestrichen. Die Sache ist erledigt, nicht wahr? Was kann man noch verlangen? Doch siehe da, genau nach einem halben Jahre steht bei einer Brigadebesichtigung der Soldat Kolpakoff, als wäre er nie gestorben, in der dritten Rotte des zweiten Bataillons des Nowosemljánskischen Infanterie-Regiments, in derselben Brigade und derselben Division!«
»Was!« Der Fürst fiel natürlich aus den Wolken.
»Es verhält sich nicht so, das ist ein Irrtum!« wandte sich plötzlich Nina Alexandrowna an den Fürsten, und ihr Blick bat ihn um Verzeihung. »Mon mari se trompe«, fügte sie leise hinzu.
»Aber mein Schatz, ‚se trompe', das ist leicht gesagt, aber urteile du über diesen Fall! Alles war natürlich baff! Ich hätte ja gern als erster

gesagt, qu'on se trompe! Zum Unglück aber war ich Augenzeuge und selbst ein Mitglied der Untersuchungskommission. Sämtliche Konfrontationen ergaben immer nur das eine: daß es derselbe, vollkommen derselbe Kolpakoff war, den man vor einem halben Jahr unter Trommelwirbel begraben hatte. Der Fall war wirklich eine Seltenheit, etwas fast Unmögliches, das gebe ich vollkommen zu, aber ...«

»Papa, das Essen für Sie ist schon aufgetragen«, meldete Warwara Ardalionowna, ins Zimmer tretend.

»Ah, schön, schön! Ich habe auch schon Hunger ... Aber der Fall war, man kann wohl sagen, sogar psy–cho–logisch ...«

»Die Suppe wird wieder kalt werden!« sagte Warja ungeduldig.

»Ich geh' ja schon«, murmelte der General, der sich bereits gehorsam auf den Weg zu seiner Suppe machte, – »... doch trotz aller Untersuchungen«, hörte man noch vom Korridor her.

»Sie werden Ardalion Alexandrowitsch vieles nachsehen müssen, wenn Sie bei uns bleiben«, sagte Nina Alexandrowna zum Fürsten. »Übrigens wird er Sie nicht gar zu oft belästigen. Er speist auch allein. Sie werden zugeben, daß ein jeder seine Mängel hat und seine ... besonderen Eigenschaften, der kleinen vielleicht noch mehr als der großen, auf die man gewöhnlich mit Fingern zeigt. Nur um eines wollte ich Sie sehr bitten: falls mein Mann sich einmal wegen des Kostgeldes an Sie wenden sollte, so sagen Sie, daß Sie es mir bereits bezahlt hätten. Selbstverständlich wird Ihnen auch das, was Sie eventuell Ardalion Alexandrowitsch geben, als Bezahlung der Pension angerechnet werden, ich bitte Sie aber nur um der Ordnung willen ... Was ist das, Warja?«

Warwara Ardalionowna, die den Vater hinausgeleitet hatte, war wieder zurückgekehrt und reichte der Mutter Nastassja Filippownas Photographie. Nina Alexandrowna zuckte zusammen und starrte, anfangs erschrocken, dann jedoch mit einem erdrückend bitteren Ausdruck auf das Bild der schönen Frau. Endlich blickte sie auf und sah fragend ihre Tochter an.

»Sie hat es ihm heute selbst geschenkt«, sagte Warja, »und am Abend wird sich alles entscheiden.«

»Heute abend!?« stieß Nina Alexandrowna wie in hoffnungsloser Verzweiflung leise hervor. »Nun, dann kann hierüber kein Zweifel mehr bestehen, dann lohnt es sich auch gar nicht mehr, noch zu hoffen: mit dem Geschenk des Bildes hat sie alles gesagt ... Hat er es dir selbst gezeigt?« fragte sie gleich darauf ganz verwundert.

»Sie wissen doch, daß wir schon über einen Monat kein Wort miteinander sprechen. Ptizyn hat mir alles erzählt, das Bild aber lag dort neben dem Tisch auf dem Fußboden. Ich hob es auf.«

»Ich wollte Sie fragen, Fürst«, wandte sich Nina Alexandrowna an ihn, »deshalb bat ich Sie auch her – ob Sie meinen Sohn schon lange kennen? Er sagte, wenn ich mich nicht irre, daß Sie heute erst irgendwoher angekommen seien.«

Der Fürst gab ihr in kurzen Worten die nötigen Erklärungen. Mutter und Tochter hörten ihn ruhig an.
»Glauben Sie nicht, daß ich Sie über Gawrila Ardalionytsch ausforschen will, wenn ich Sie einiges frage«, sagte Nina Alexandrowna. »O nein, das müssen Sie nicht von mir denken. Wenn es etwas gibt, was er mir nicht selbst sagen kann, so will ich sicher nicht hinter seinem Rücken danach forschen. Ich meine nur . . . Ganja sagte vorhin auf meine Frage, als Sie hinausgegangen waren: ‚Er weiß alles, vor ihm braucht man sich nicht zu genieren!' Was hat das nun zu bedeuten? Ich meine nur . . . ich möchte gern wissen, inwiefern . . .«
Ganja und Ptizyn traten ins Zimmer. Nina Alexandrowna verstummte. Der Fürst blieb ruhig auf seinem Platz neben ihr sitzen, Warja jedoch trat zur Seite. Nastassja Filippownas Bild lag, allen sichtbar, auf ihrem Nähtischchen. Ganja bemerkte es sogleich, runzelte die Stirn, nahm es, ohne zu fragen, fort und warf es ärgerlich auf seinen Schreibtisch, der am anderen Ende des Zimmers stand.
»Also heute, Ganja?« fragte plötzlich Nina Alexandrowna.
»Was heute?« fuhr Ganja auf, und zornig wandte er sich an den Fürsten. »Ah, ich verstehe, auch hier haben Sie! . . . Ja, zum Teufel, ist das bei Ihnen eine *Krankheit* oder was sonst für eine Manie? Können Sie denn wirklich nicht den Mund halten? So begreifen Sie doch wenigstens endlich, Fürst . . .«
»Hier bin diesmal ich der Schuldige, Ganja, und kein anderer«, unterbrach ihn Ptizyn.
Ganja sah ihn fragend an.
»Es ist schon besser so, Ganja«, fuhr Ptizyn fort, »um so mehr, als es doch schon beschlossene Sache ist«, brummte er halblaut, trat zur Seite, setzte sich am Tisch nieder und zog aus seiner Tasche ein mit Bleistift beschriebenes Blatt Papier hervor, das er aufmerksam zu studieren begann.
Ganja blieb finster stehen und erwartete unruhig eine Familienszene. Sich beim Fürsten zu entschuldigen, fiel ihm gar nicht ein.
»Wenn alles beschlossen ist, so hat Iwán Petrówitsch natürlich recht«, pflichtete Nina Alexandrowna Ptízyn bei. »Sei, bitte, nicht so böse und rege dich nicht auf, Ganja, ich werde dich nicht danach fragen, wenn du es nicht selbst erzählen willst, und ich versichere dir, daß ich mich vollkommen ergeben habe. Also sei so gut und rege dich nicht mehr auf.«
Sie sagte es, ohne von der Arbeit aufzublicken, und war auch allem Anschein nach tatsächlich ruhig. Ganja war etwas erstaunt, schwieg jedoch und wartete, was sie weiter sagen werde. Diese Familienszenen kamen seinen Nerven etwas teuer zu stehen. Nina Alexandrowna bemerkte diese Vorsicht, und so fügte sie mit bitterem Lächeln hinzu:
»Du zweifelst wohl immer noch und glaubst mir nicht. Ich versichere dir, es wird weder Tränen noch Bitten geben wie früher, wenigstens nicht meinerseits. Alles, was ich wünsche, ist ja nur, dich

glücklich zu sehen; das weißt du doch. Ich habe mich dem Schicksal ergeben. Mein Herz wird immer bei dir sein, gleichviel ob wir beisammenbleiben oder auseinandergehen. Selbstverständlich rede ich nur von mir, und du kannst nicht verlangen, daß auch deine Schwester ...«

»Ah, selbstverständlich! Wieder die Schwester!« rief Ganja spöttisch aus, mit haßerfülltem Blick auf Warja. »Mama! Ich schwöre Ihnen nochmals, worauf ich Ihnen schon mein Wort gegeben habe: solange ich hier bin, solange ich lebe, wird niemand Ihnen seine Achtung versagen dürfen. Gleichviel wer es sei: wer über unsere Schwelle hereintritt, ist Ihnen die größte Ehrerbietung schuldig...«

Ganja war so erfreut, daß er fast zärtlich auf seine Mutter blickte.

»Für mich habe ich auch niemals etwas gefürchtet, Ganja, ich habe mich nicht meinetwegen beunruhigt und gequält, das weißt du. Heute, sagt man, werde sich alles entscheiden – was wird sich denn entscheiden?«

»Sie hat versprochen, heute abend zu erklären, ob sie einverstanden ist oder nicht«, antwortete Ganja.

»Wir haben beinahe drei Wochen jedes Wort über diese Angelegenheit vermieden, und das war auch das Beste, was wir tun konnten. Jetzt, wo nichts mehr zu ändern ist, erlaube ich mir nur eines – dich zu fragen: wie hat sie denn deinen Antrag annehmen und dir sogar ihr Bild schenken können, wenn du sie doch nicht liebst? Hast du denn wirklich eine so ... eine so ...«

»Nun, eine so erfahrene, wie?«

»Ich wollte mich nicht so ausdrücken. Hast du ihr denn wirklich in solchem Maße ... Sand in die Augen zu streuen vermocht?«

Eine ungewöhnliche Gereiztheit klang plötzlich aus dieser Frage. Ganja stand da, dachte eine Weile nach und sagte dann mit unverhohlenem Spott:

»Sie haben sich hinreißen lassen, Mama, haben sich doch nicht bezwingen können. So haben ja alle diese Gespräche bei uns begonnen. Sie sagten, es werde weder Fragen noch Vorwürfe geben, und da haben wir nun beides! Wozu von neuem anfangen? Unterlassen wir es doch lieber ganz, es ist wirklich besser. Wenigstens haben Sie die Absicht gehabt ... Ich werde meine Eltern und Geschwister niemals im Stich lassen, unter keinen Umständen! Ein anderer würde von einer solchen Schwester zum mindesten fortlaufen – seht doch, wie sie mich fixiert! Doch beenden wir dieses Gespräch! Ich hatte mich schon so gefreut ... Woher wissen Sie denn, daß ich Nastassja Filippowna betrüge? Und was Warja betrifft, so – nun, wie sie selbst will. Doch genug! ... Aber jetzt wirklich einmal Schluß damit!«

Ganja wurde mit jedem Wort erregter und wanderte ziellos im Zimmer umher. Diese Gespräche waren der wunde Punkt der Familie.

»Ich habe gesagt, sobald sie hier eintritt, gehe ich von hier fort, und ich werde mein Wort halten«, sagte Warja.

»Aus Eigensinn! Natürlich!« rief Ganja wütend aus. »Aus Eigensinn will sie ja auch nicht heiraten! Was zuckst du mit der Schulter? Mir ist es wahrhaftig ganz egal, was Sie zu tun gedenken, gnädigste Warwara Ardalionowna! Ist es gefällig, dann – bitte: führen Sie Ihre Absicht ohne Aufschub aus. Weiß Gott, ich hab' Sie mehr als satt! – Wie! Sie entschließen sich also endlich doch, uns allein zu lassen, Fürst?« wandte er sich an diesen, als er bemerkte, daß der Fürst sich erhob.

Ganjas Stimme verriet bereits jenen Grad von Gereiztheit, in dem der Mensch sich fast über dieselbe freut und sich rückhaltlos und womöglich mit wachsender Freude von ihr hinreißen läßt, gleichviel wohin sie ihn führen kann. Der Fürst wandte sich in der Tür zurück, um etwas zu entgegnen, doch als er an dem krankhaft verzerrten Gesicht seines Beleidigers sah, daß nur noch ein Tropfen zum Überfließen fehlte, trat er schweigend aus dem Zimmer und zog die Tür hinter sich zu. Kaum war er ein paar Schritte gegangen, als die Stimmen im Empfangszimmer noch bedeutend lauter und heftiger wurden.

Er ging durch den sogenannten »Salon« – richtiger die »gute Stube« – ins Vorzimmer, um von dort durch den Korridor in sein Zimmer zu gelangen, doch im Vorübergehen an der Eingangstür bemerkte er, daß draußen auf dem Treppenflur sich jemand vergeblich bemühte, die Klingel zu ziehen. Am Klingelzug mußte wohl irgend etwas nicht ganz in Ordnung sein, denn die Glocke zitterte nur, aber ein Ton war nicht zu hören. Der Fürst trat näher, schloß auf, öffnete die Tür und – trat zusammenzuckend erschrocken einen Schritt zurück; vor ihm stand Nastassja Filippowna. Er erkannte sie sofort. Ihre Augen blitzten vor Unwillen. Sie trat schnell ins Vorzimmer, wobei sie ihn mit der Schulter streifte, da er ihr im Wege stand, und sagte zornig, indem sie den Pelz abwarf:

»Wenn ein Diener zu faul ist, den Klingelzug in Ordnung zu bringen, so sollte er doch wenigstens im Flur sitzen, damit man nicht stundenlang vergeblich zu klopfen braucht. Da hat er auch noch den Pelz fallen lassen, Tölpel!«

Der Pelz lag tatsächlich auf dem Fußboden. Nastassja Filippowna hatte, an Bedienung gewöhnt, den Pelz einfach abgeworfen, ohne sich umzusehen oder zu warten, bis der Fürst ihn ihr abnahm. Dieser aber hatte versäumt, ihn aufzufangen.

»Entlassen müßte man dich! Geh, melde mich an!«

Der Fürst wollte zwar etwas sagen, war jedoch so verwirrt, daß er nichts hervorbrachte und mit dem Pelz, den er aufgehoben hatte, in das Empfangszimmer gehen wollte.

»Da! – er geht mitsamt dem Pelz! Wozu nimmst du denn den Pelz mit! Hahaha! Oder bist du total verrückt?«

Der Fürst kehrte zurück und starrte sie wie ein Götzenbild an. Erst nach ihrem Lachen kam etwas Leben in sein Gesicht: er lächelte, doch die Zunge konnte er immer noch nicht bewegen. Im ersten

Augenblick, als er ihr die Tür geöffnet hatte, war er erbleicht, jetzt stieg plötzlich eine heiße Blutwelle in sein Gesicht.
»Ach, das ist ja ein Idiot«, rief Nastassja Filippowna aus. »Nun, wohin gehst du denn? So wart doch! Nun, wen wirst du denn melden?«
»Nastassja Filippowna«, murmelte der Fürst.
»Woher kennst du mich?« fragte sie erstaunt. »Ich habe dich nie gesehen! Geh jetzt, melde mich! Was ist das für ein Geschrei?«
»Sie streiten dort«, antwortete der Fürst und begab sich ins Empfangszimmer.
Er erschien dort in einem recht gefährlichen Augenblick: Nina Alexandrowna war bereits im Begriff, gänzlich zu vergessen, daß sie sich »vollkommen ergeben« hatte. Ihre Tochter verteidigte sie. Ptizyn hatte sein mit Bleistift beschriebenes Blatt Papier weggelegt und stand jetzt neben Warja, die zwar selbst keine Angst hatte – doch wurden die Grobheiten ihres Bruders mit jedem Wort unerträglicher, und in solchen Fällen pflegte sie gewöhnlich zu verstummen und dann nur mit unsäglich spöttischem Blick den Bruder zu betrachten, ohne auch nur auf eine Sekunde die Augen von ihm abzuwenden. Gerade dieses Verhalten aber konnte Ganja, wie sie sehr wohl wußte, bis zum Äußersten bringen. In diesem Augenblick trat der Fürst ins Zimmer und meldete:
»Nastássja Filíppowna!«

IX

Alles verstummte. Alle blickten den Fürsten an, als könnten oder wollten sie ihn nicht verstehen. Ganja war vor Schreck wie zu Stein erstarrt.

Nastassja Filippownas Besuch war für alle – und namentlich noch in diesem Augenblick – eine wahrhaft erschreckende Überraschung. Es war ihr erster Besuch in diesem Hause! Bis dahin hatte sie sich dermaßen hochmütig zu ihnen verhalten, daß in den Gesprächen mit Ganja nicht einmal der Wunsch, seine Familie kennenzulernen, von ihr geäußert worden war. In der letzten Zeit hatte sie seine Verwandten überhaupt nicht mehr erwähnt, ganz als hätte er gar keine. Zwar war es Ganja einesteils ganz angenehm gewesen, daß dieses für ihn so unangenehme Gespräch hinausgeschoben wurde, doch im Herzen trug er diesen Hochmut sofort in ihr Schuldbuch ein. Jedenfalls aber hatte er von ihr eher spitze Bemerkungen über seine Familie erwartet als einen Besuch. Er wußte ganz genau, daß ihr alles bekannt war, was bei ihm zu Hause infolge seiner Werbung um ihre Hand vorging, und welcher Meinung seine Familie über sie war. Ihr Besuch jedoch gerade an *diesem* Tage und in *diesem* Augenblick, nachdem sie ihm ihr Bild geschenkt und am Abend desselben Tages das letzte entscheidende Wort zu sagen versprochen hatte – war das nicht ebensogut wie dieses Wort selbst?

Die starre Verständnislosigkeit, mit der alle den Fürsten ansahen, dauerte nicht lange: Nastassja Filippowna erschien selbst in der Tür und stieß bei ihrem Eintritt wiederum den Fürsten leicht zur Seite.

»Endlich ist es mir gelungen einzutreten ... Warum binden Sie denn die Glocke fest?« sagte sie fröhlich, indem sie Ganja, der ihr sofort entgegenstürzte, die Hand reichte. »Warum machen Sie ein so verdutztes Gesicht? Stellen Sie mich doch vor, bitte ...«

Ganja, der gänzlich den Kopf verloren hatte, stellte sie zuerst seiner Schwester vor, und beide Frauen maßen einander, bevor sie sich die Hand reichten, mit seltsamem Blick. Nastassja Filippowna lachte übrigens und markierte Fröhlichkeit, doch Warja wollte sich nicht verstellen und sah sie finster und unverwandt an; nicht einmal der Schatten eines Lächelns erschien auf ihrem Gesicht. Ganja erbleichte; sie zu bitten oder zu beschwören war unmöglich, und so blickte er sie nur so drohend an, daß sie aus seinem Blick wohl begreifen mußte, was dieser Augenblick für ihn bedeutete. Da entschloß sie sich denn nachzugeben, und sie lächelte Nastassja Filippowna kaum merklich zu. Der schlechte Eindruck wurde etwas wieder gutgemacht durch Nina Alexandrowna, welcher Ganja nun in seiner Verwirrung Nastassja Filippowna nach der Schwester vorstellte. Doch kaum begann Nina Alexandrowna etwas von ihrem »besonderen Vergnügen« zu sprechen, als Nastassja Filippowna, ohne sie bis zu Ende anzuhören, sich schon an Ganja wandte, den sie, sich unaufgefordert auf ein kleines Sofa in der Ecke am Fenster setzend, lachend fragte:

»Wo ist denn Ihr Büro? Und ... und wo sind denn die Pensionäre? Sie vermieten doch möblierte Zimmer mit Kost und Bedienung?«

Ganja wurde feuerrot und wollte etwas erwidern, allein Nastassja Filippowna ließ ihn gar nicht zu Wort kommen:

»Aber wie können Sie hier denn Pensionäre halten? Sie haben ja nicht einmal ein Arbeitszimmer für sich! Bringt denn das auch viel ein?« wandte sie sich an Nina Alexandrowna.

»Es macht ein wenig Mühe«, antwortete ihr diese, »aber selbstverständlich muß es doch etwas einbringen. Wir haben übrigens erst ...«

Doch Nastassja Filippowna hörte ihr schon wieder nicht mehr zu: sie betrachtete Ganja, lachte und fragte:

»Was machen Sie denn für ein Gesicht? O mein Gott, sehen Sie doch nur, was für ein Gesicht er macht!«

Während sie noch lachte, ging in Ganjas Gesicht eine große Veränderung vor sich: die Starrheit, die lächerliche, feige Fassungslosigkeit verließen ihn plötzlich; er erbleichte unheimlich, seine Lippen preßten sich wie in einem Krampf zusammen; schweigend, unverwandt und stechend sah er mit Böses verheißendem Blick seinem immer noch lachenden Gast in die Augen.

Es war aber noch ein Beobachter anwesend, dem, wenn er auch immer noch wie betäubt auf demselben Fleck an der Tür des Empfangszimmers stand, doch plötzlich die Blässe und die unheilverkündende Verwandlung in Ganjas Gesicht auffiel und den sie erschreckte. Dieser Beobachter war der Fürst. Fast mechanisch trat er vor und näherte sich Ganja:

»Trinken Sie Wasser ... und blicken Sie nicht so ...«, stieß er leise hervor.

Man sah es ihm an, daß er dies ohne jede Überlegung oder gar Berechnung sagte, sondern daß einfach sein Instinkt aus ihm sprach. Doch seine Worte hatten eine merkwürdige Wirkung zur Folge. Wie es schien, wandte sich Ganjas ganze Wut plötzlich gegen den Fürsten: er packte ihn an der Schulter und blickte ihn mit unsäglichem Haß an, mit einem Haß, der ihn kein Wort hervorbringen ließ. Alle fuhren zusammen. Nina Alexandrowna schrie sogar leise auf. Ptizyn näherte sich schnell. Kolja und Ferdyschtschénko, die in der offenen Tür erschienen, blieben verwundert stehen. Nur Warja blickte unverändert unter der Stirn hervor und beobachtete aufmerksam. Sie setzte sich absichtlich nicht, sondern stand mit verschränkten Armen etwas abseits neben dem Stuhl der Mutter.

Übrigens besann sich Ganja sofort, fast schon im nächsten Augen-

blick. Dann lachte er nervös auf. Da war er bereits ganz zur Besinnung gekommen!
»Ja, sind Sie denn ein Arzt, Fürst?« rief er aus, bemüht, möglichst heiter zu erscheinen. »Sie können einen ja wahrhaftig erschrecken! Nastassja Filippowna, gestatten Sie, Ihnen vorzustellen – ein kostbares Geschöpf! Zwar kenne ich ihn selbst erst seit dem Morgen...«
Nastassja Filippowna blickte erstaunt den Fürsten an.
»Fürst? Er ist ein Fürst? Denken Sie sich, ich hielt ihn, als ich eintrat, dort im Vorzimmer für den Diener und schickte ihn her, um mich anzumelden! Hahaha!«
»Kein Malheur, kein Malheur!« fiel Ferdyschtschénko sofort nähertretend ein, sichtlich erfreut darüber, daß man zu lachen begann: »Das hat nichts zu sagen: se non è vero ...«
»Und ich habe Sie ja fast gescholten, Fürst! Verzeihen Sie, bitte. Aber wie kommen denn Sie, Ferdyschtschénko, zu dieser Tageszeit hierher? Haben Sie heute Feiertag? Ich glaubte, daß ich zum mindesten Sie hier nicht antreffen würde. Was? Wer? Was für ein Fürst? Myschkin?« fragte sie Ganja, der ihr inzwischen den Fürsten, den er immer noch an der Schulter hielt, vorgestellt hatte.
»Er wohnt bei uns«, erläuterte Ganja.
Augenscheinlich wurde der Fürst (der als Retter aus der peinlichen Situation allen sehr gelegen kam) wie etwas Seltenes vorgestellt, ja, er wurde ihrer Aufmerksamkeit nahezu aufgedrängt. Der Fürst hörte sogar das Wort »Idiot« hinter seinem Rücken flüstern, das wahrscheinlich Ferdyschtschenko Nastassja Filippowna zur Erklärung zuraunte.
»Sagen Sie doch, warum klärten Sie mich vorhin nicht auf, als ich mich so unverzeihlich ... in Ihnen täuschte?« fragte Nastassja Filippowna, die den Fürsten in der ungeniertesten Weise vom Kopf bis zu den Füßen betrachtete.
Sie erwartete ungeduldig, was er sagen würde, ganz, als wäre sie von vornherein überzeugt, eine so dumme Antwort zu erhalten, daß alle in schallendes Gelächter ausbrechen müßten.
»Ich war zu überrascht, als ich Sie so plötzlich vor mir sah ...«, begann der Fürst.
»Aber woher wußten Sie denn, wer ich bin? Wo haben Sie mich früher gesehen? Aber was ist das, wirklich, es scheint mir, daß ich Sie irgendwo gesehen habe ... Und erlauben Sie, – warum erstarrten Sie denn plötzlich, nachdem Sie mir die Tür aufgemacht hatten? Was ist denn an mir, das so erstarren machen kann?«
»Nun! na! los doch!« rief ihm Ferdyschtschenko grimassenschneidend in aufmunternd sein sollendem Tone zu. »Na, schießen Sie doch los! Herrgott! was ich auf eine solche Frage reden würde! Aber so ... na! Ach, bist du aber ein Tölpel, Fürst!«
»Oh, an Ihrer Stelle würde ich auch zu reden verstehen«, wandte sich der Fürst lächelnd zu Ferdyschtschenko. »Mich hat heute Ihre Photographie frappiert«, fuhr er zu Nastassja Filippowna fort, »dann habe

ich mit Jepantschins von Ihnen gesprochen ... und früh am Morgen, noch bevor ich in Petersburg eintraf, hat mir im Eisenbahnzuge Parfjónn Rogóshin viel von Ihnen erzählt. Und in jenem Augenblick, als ich Ihnen die Tür aufmachte, dachte ich auch wieder an Sie – und da standen Sie plötzlich vor mir.«
»Aber wie haben Sie mich denn erkannt?«
»Nach der Photographie und ...«
»Und?«
»Und ... weil ich Sie mir gerade so vorstellte ... Ich glaube, Sie gleichfalls irgendwo gesehen zu haben.«
»Wo? Wo denn?«
»Ich glaube, Ihre Augen irgendwo gesehen zu haben ... aber das kann ja nicht sein! Das ist nur so ... Ich bin nie hier gewesen. Vielleicht, daß ich im Traum ...«
»Eh–hee! Seht doch mal an!« rief Ferdyschtschenko laut dazwischen. »Nein, ich nehme mein ‚se non è vero' zurück! Doch ... doch übrigens – das hat er ja alles nur aus reiner Unschuld gesagt!« fügte er mitleidig bedauernd hinzu.
Der Fürst hatte die wenigen Sätze mit einer unruhigen Stimme gesprochen, dazwischen in der Erregung oft Atem holend oder kurz abbrechend, weshalb seine Rede denn auch geradezu abgehackt klang. Nastassja Filippowna sah ihn interessiert an, doch hatte sie aufgehört zu lachen. Da ertönte plötzlich eine neue laute Stimme hinter der Gruppe, die Nastassja Filippowna umstand. Der Neueingetretene brach sich majestätisch Bahn und – vor Nastassja Filippowna verneigte sich das Oberhaupt der Familie in eigener Person. General Iwolgin erschien im Frack und in sauberem Vorhemd. Sein Schnurrbart war starr aufgewichst.
Das war zuviel für Ganja.
Dieser eitle, bis zur Hypochondrie ehrgeizige und mißtrauische Mensch, der in den ganzen zwei Monaten vergeblich nach einem Piedestal gesucht, auf dem er höher dastehen und sich edler ausnehmen könnte, mußte nun fühlen, daß er noch ein Neuling auf dem erwählten Wege war und vielleicht nicht einmal bis zum Ende durchhalten können werde; dieser Mensch, der sich in der Verzweiflung schließlich zur größten Gemeinheit entschlossen hatte und dies bei sich zu Hause, wo er als richtiger Despot herrschte, auch vollkommen eingestand, Nastassja Filippowna gegenüber jedoch – die geradezu unbarmherzig das Übergewicht behielt und ihn dies auch fühlen ließ – nie und nimmer einzugestehen gewagt hätte; dieser »anmaßende Bettler«, wie sie ihn einmal genannt, was ihm bald darauf hinterbracht worden war, hatte sich mit allen Schwüren geschworen, sie in der Folge bitter dafür büßen zu lassen, während er gleichzeitig wie ein Kind davon träumen konnte, wie er alles gutmachen, alle Widersprüche auflösen und nichts als Glück schaffen würde – dieser Mensch mußte jetzt den furchtbarsten Kelch leeren! Ihm war auch noch diese schreckliche, für einen ehrgeizigen

Menschen allerschrecklichste Folter zugedacht: die Qual, für seine Angehörigen erröten zu müssen, und das noch dazu in seinem eigenen Hause!

»Aber ist denn schließlich der verheißene Lohn auch alle diese Qualen wert?« fuhr es ihm plötzlich durch den Kopf.

Und in eben diesem Augenblick geschah das, was in den letzten zwei Monaten wie ein Alpdruck auf ihm gelastet, ihn vor Entsetzen frösteln und vor Scham erglühen gemacht hatte: Nastassja Filippowna lernte seinen Vater kennen. Wenn er sich bisweilen selbst gereizt und gequält hatte, dann hatte er sich wohl den Vater während der Zeremonie der kirchlichen Trauung vorzustellen versucht, doch nie war er fähig gewesen, das peinigende Bild sich bis zu Ende vorzustellen, sondern hatte es immer schnell wieder verscheucht. Vielleicht sah er das Unglück viel zu schwarz – aber das pflegt ja bei eitlen Menschen immer der Fall zu sein! In diesen zwei Monaten hatte er sich die Sache mehrfach überlegt und dann doch beschlossen und sich das Wort gegeben, seinen Vater irgendwie »unschädlich« zu machen, ihn wenigstens für eine kurze Zeit, falls das möglich war, ganz aus Petersburg fortzuschaffen, gleichviel ob seine Mutter es billigte oder nicht. Vor zehn Minuten, nach Nastassja Filippownas unerwartetem Erscheinen, war er so bestürzt, so betäubt gewesen, daß er an die Möglichkeit, sein Vater könne gleichfalls erscheinen, gar nicht gedacht hatte, noch daran, wie das zu verhüten wäre. Und nun stand der General hier vor allen feierlich und lächerlich im Frack und geschniegelt da, und das in einem Augenblick, wo Nastassja Filippowna »offenbar nur eine Gelegenheit suchte, ihn und seine Familie zu verspotten«. (Davon war Ganja überzeugt.) Denn in der Tat: was konnte dieser Besuch anderes bedeuten? War sie gekommen, um die Freundschaft seiner Mutter und Schwester zu suchen, oder um sie in ihren vier Wänden zu beleidigen? Ein Blick genügte, um zu erkennen, wie sich die beiden Parteien zueinander stellten, und dieser Blick schloß jeden Zweifel aus: seine Mutter und Schwester saßen abseits, wie erniedrigt und verhöhnt, während Nastassja Filippowna ganz vergessen zu haben schien, daß sie mit ihnen in ein und demselben Zimmer saß ... Wenn sie sich aber in dieser Weise aufführte, so mußte sie natürlich etwas Besonderes im Sinn haben.

Ferdyschtschenko sprang sofort herbei, um den General vorzustellen, doch dieser kam ihm zuvor.

»Ardalión Alexándrowitsch Iwólgin«, sagte er pathetisch, sich verbeugend und lächelnd, »ein alter, unglücklicher Soldat und Vater einer Familie, die glücklich ist in der Hoffnung, in ihrem Schoß eine so bezaubernde ...«

Er sprach nicht zu Ende: Ferdyschtschenko schob ihm von hinten ganz unverhofft einen Stuhl unter, und zwar tat er das so schwungvoll, daß der General, der nach dem Essen gewöhnlich etwas schwach auf den Beinen war, bei diesem plötzlichen Stoß in die Kniekehlen

wie ein Sack auf den Sitz plumpste, was ihn im übrigen durchaus nicht aus dem Konzept brachte. So saß er denn jetzt Nastassja Filippowna gegenüber, zog mit süßem Lächeln ihre Hand an die Lippen und küßte sie langsam und effektvoll. Überhaupt war es ziemlich schwer, den General aus der Fassung zu bringen. Sein Äußeres war, abgesehen von einer gewissen Nachlässigkeit in der Kleidung, immer noch ziemlich anständig, was er selbst recht wohl wußte. Er hatte früher nur in guter Gesellschaft verkehrt, von der er erst seit zwei oder drei Jahren endgültig ausgeschlossen war. Seit dieser Zeit hatte er sich auch erst angewöhnt, etwas gar zu zügellos gewissen Schwächen nachzugeben, nur die einmal erworbenen Manieren hatte er deshalb nicht eingebüßt. Nastassja Filippowna schien höchst erfreut über das Erscheinen Ardalion Alexandrowitschs zu sein, von dem sie natürlich schon viel gehört hatte.
»Ich habe gehört, daß mein Sohn ...«, begann Ardalion Alexandrowitsch.
»Ja, Ihr Sohn! Aber auch Sie sind mir mal ein schöner Vater! Warum sieht man Sie denn nie bei mir? Sie sind doch sein Papa? Verstecken Sie sich selbst oder werden Sie von Ihrem Sohn versteckt? Sie könnten doch wirklich zu mir kommen, ohne daß sich deshalb jemand kompromittiert zu glauben brauchte.«
»Die Kinder des neunzehnten Jahrhunderts und deren Eltern ...«, wollte wieder der General beginnen.
»Nastassja Filippowna! Entschuldigen Sie, bitte, Ardalion Alexandrowitsch auf einen Augenblick, es wird nach ihm verlangt«, unterbrach ihn plötzlich Nina Alexandrowna laut.
»Verlangt? Aber ich bitte Sie, ich habe soviel von ihm gehört und ihn schon lange einmal sehen wollen! Und was hat er denn so Unaufschiebbares vor? Er ist doch verabschiedet? Nicht wahr, Sie werden mich nicht verlassen, Ardalion Alexandrowitsch, Sie werden doch nicht fortgehen?«
»Ich verspreche Ihnen, daß er Sie selbst aufsuchen wird, doch jetzt bedarf er dringend der Ruhe.«
»Ardalion Alexandrowitsch, Sie sollen der Ruhe bedürfen!« rief Nastassja Filippowna mit einer pikierten kleinen Grimasse aus, ganz wie ein leichtfertiges, dummes Gänschen, dem man ein Spielzeug wegnehmen will.
Der General aber war im besten Zuge, sich wieder lächerlich zu machen.
»Aber mein Schatz! Du siehst doch!« sagte er, sich feierlich an seine Gattin wendend, in vorwurfsvollem Ton und die Hand aufs Herz gepreßt.
»Werden Sie nicht von hier fortgehen, Mama?« fragte Warja laut.
»Nein, Warja, ich bleibe bis zum Schluß.«
Nastassja Filippowna konnte unmöglich diese Frage und Antwort nicht gehört haben, doch ihre Fröhlichkeit schien nur noch zuzunehmen. Sie überschüttete den General mit Fragen, und binnen fünf

Minuten war dieser in der siegesbewußtesten Stimmung und redete äußerst schwungvoll.
Kolja zupfte den Fürsten am Rockschoß.
»So bringen *Sie* ihn doch weg! Das geht doch nicht! Bitte!« Dem armen Jungen standen vor Unwillen Tränen in den Augen. »Ach, dieser verwünschte Ganja!« fügte er bei sich noch hinzu.
»Mit Iwán Fjódorowitsch Jepántschin war ich einstmals allerdings eng befreundet«, erzählte der General in bester Laune auf eine Frage Nastassja Filippownas. »Ich, er und der verstorbene Fürst Lew Nikolájewitsch Mýschkin, dessen Sohn ich heute nach zwanzigjähriger Trennung in meine Arme geschlossen habe – wir drei waren eine sozusagen unzertrennliche Kavalkade: Athos, Portos und Aramis. Aber ach, der eine liegt im Grabe, gefällt von Kugeln und Verleumdungen, der andere sitzt vor Ihnen und kämpft noch mit Verleumdungen und Kugeln ...«
»Kugeln?« fragte Nastassja Filippowna, scheinbar sehr erstaunt.
»Hier in meiner Brust, beim Sturm auf Kars erhalten, und wenn das Wetter umschlägt, fühle ich jede. In allen anderen Beziehungen lebe ich als Philosoph, gehe spazieren, mache in meinem Café ein Spielchen, wie ein vom Geschäft zurückgezogener Bourgeois, und lese die „Indépendance“. Doch mit unserem Portos Jepantschin habe ich nach jener vor drei Jahren im Eisenbahncoupé passierten Geschichte mit dem Bologneserhündchen ein für allemal die Freundschaft gebrochen.«
»Einem Bologneserhündchen? Was war denn das für eine Geschichte?« fragte Nastassja Filippowna mit ganz besonderem Interesse. »Mit einem Bologneserhündchen sagen Sie? Erlauben Sie, und im Eisenbahncoupé ...«, sie schien in ihrem Gedächtnis irgend etwas zu suchen.
»Ach, nichts Besonderes, eine dumme Geschichte, die zu wiederholen sich gar nicht lohnt. Die Schuld an allem trug eigentlich die Gouvernante der Fürstin Bjelokónskaja, eine Mrs. Smith, doch .. es lohnt sich wahrhaftig nicht, sie zu erzählen.«
»Aber unbedingt müssen Sie sie uns erzählen!« bestand Nastassja Filippowna fröhlich auf ihrem Wunsch.
»Auch ich habe sie noch nie vernommen!« bemerkte Ferdyschtschenko. »C'est du nouveau!«
»Ardalion Alexandrowitsch!« ertönte wieder beschwörend Nina Alexandrownas Stimme.
»Papa, jemand will Sie sprechen!« rief Kolja.
»Eine ganz dumme Geschichte, nur zwei Worte«, begann der General mit großer Selbstzufriedenheit. »Vor zwei Jahren, ja, fast vor zwei Jahren mußte ich auf der neuen Eisenbahnlinie Petersburg–Warschau in einer für mich äußerst wichtigen Angelegenheit, die mit meinem Austritt aus dem Dienst in Zusammenhang stand (ich trug bereits Zivil), eine Reise unternehmen. Ich löse also ein Billett erster Klasse, steige ein, setze mich, rauche. Oder vielmehr, fahre

fort zu rauchen; denn ich hatte mir die Zigarre schon früher angesteckt. Bin ganz allein im Coupé. Das Rauchen ist nicht verboten, ist aber auch nicht gerade gestattet, sondern so–o . . . halb und halb, wie gewöhnlich, und natürlich: je nachdem. Das Fenster ist heruntergelassen. Plötzlich, kurz vor dem letzten Pfiff, steigen zwei Damen mit einem kleinen Bologneser ein und setzen sich mir vis-à-vis. Hatten sich etwas verspätet. Die eine pompös gekleidet, ganz in Hellblau; die andere etwas schlichter in schwarzer Seide mit einer kleinen Pelerine. Beide nicht gerade häßliche Frauenzimmer, scheinen nur im allgemeinen etwas sehr ‚von oben herab' zu sein, sprechen Englisch. Ich natürlich verhalte mich ganz ruhig; rauche meine Zigarre. Das heißt, im ersten Augenblick dachte ich wohl so bei mir, aber schließlich – das Fenster war ja heruntergelassen, weshalb soll ich nicht zum Fenster hinausrauchen? Der kleine Bologneser ruht auf dem Schoß der Hellblauen, so 'n kleines Tierchen, nicht größer als meine Faust, pechschwarz, weiße Pfötchen – eine Seltenheit zweifellos. Das Halsbändchen war aus Silber und mit einer Inschrift versehen. Nun, ich – merke nichts. Bemerke nur, daß die Damen sich über mich zu ärgern scheinen, natürlich wegen der Zigarre. Die eine betrachtet mich durchs Lorgnon – aus echtem Schildpatt natürlich. Ich jedoch kümmere mich um nichts. Weshalb sagen sie denn nichts? Sie sollen doch den Mund auftun! Hätten sie mich darauf aufmerksam gemacht, etwas gesagt, mich gebeten, sie waren doch nicht stumm! Aber so – wie soll ich's denn wissen? . . . Plötzlich – und zwar ohne die geringste Vorbereitung, ich sage Ihnen, ohne die allergeringste, als wäre sie übergeschnappt – reißt mir die Hellblaue, schwaps! die Zigarre aus der Hand und wirft sie zum Fenster hinaus. Na, die war hin, den Zug hält man nicht auf. Ich mache ein verblüfftes Gesicht, staune sie an: ein tolles Weib, ich sage Ihnen, ein vollkommen tolles Weib! Stattlich, groß, üppig, blond, rosig (vielleicht etwas zu rosig) und die Augen blitzen mich nur so an. Ich – ohne ein Wort zu verlieren, strecke mit der größten Höflichkeit, mit der erlesensten Höflichkeit langsam meine Hand nach dem Bologneser aus, fasse ihn delikat mit zwei Fingern am Schlafittchen und – wups! werfe ihn gleichfalls zum Fenster hinaus, dorthin, wo die Zigarre war! Er quiekte nur einmal, zum Kläffen kam er gar nicht. Na, der Bologneser war auch hin! Den Zug hält man nicht auf, der saust weiter.«

»Sie Ungeheuer!« rief Nastassja Filippowna köstlich amüsiert aus, klatschte Beifall und lachte wie ein kleines Mädchen über den gelungenen Streich.

»Bravo, bravo!« rief Ferdyschtschenko.

Auch Ptizyn lachte, obgleich ihm das Erscheinen des Generals nicht minder unangenehm war, und sogar Kolja lachte und rief seinem Vater ein »Bravo« zu.

»Und ich war doch im Recht, doppelt und dreifach im Recht!« fuhr

der triumphierende General fort; wenn im Coupé das Rauchen verboten ist, sind es Hunde erst recht!«
»Bravo, Papa!« rief Kolja begeistert aus, »das war großartig! Ich hätte es unbedingt ebenso gemacht!«
»Aber was tat denn die Dame?« fragte in ungeduldiger Neugier Nastassja Filippowna.
»Sie? Ja, hier erst beginnt das Unangenehme an der ganzen Geschichte«, fuhr der General stirnrunzelnd fort. »Ohne ein Wort zu sagen, und ohne die geringste Vorbereitung gab sie mir eine schallende Ohrfeige! Ein tolles Weib, ein vollkommen, ein selten tolles Weib, sage ich Ihnen.«
»Und Sie?«
Der General schlug die Augen nieder, zog die Brauen in die Höhe, preßte die Lippen zusammen, hob die Schultern, während er die Hände gleichsam entschuldigend auseinanderführte – es war eine Kunstpause – und sagte dann plötzlich kurz:
»Ließ mich hinreißen!«
»Oh! Und stark? Wirklich stark?«
»Bei Gott, durchaus nicht stark! Es kam zwar zu einem großen Skandal, aber ich hatte ja nur ein einziges Mal den Schlag zurückgegeben, eben nur – nun, um ihn zurückzugeben. Da kam aber der Teufel dazwischen und steckte seine Hand ins Spiel: die Hellblaue war, wie es sich herausstellte, die Gouvernante oder Engländerin oder gar Freundin der Fürstin Bjelokónskaja, die Dame in Schwarz aber war die älteste Tochter der Fürstin, ein älteres Mädchen von fünfunddreißig Jahren. Und wie die Generalin Jepantschin zum Hause Bjelokonskij steht, ist ja bekannt. Alle Damen fielen in Ohnmacht, Tränen, Trauer um den geliebten Schoßhund, Jammer und Geschrei aller sechs Töchter, und als siebente die Engländerin noch dazu – kurz, das Ende der Welt war nahe. Nun, versteht sich: ich wollte meine Entschuldigung machen, machte einen Besuch, um wenigstens Verzeihung zu erbitten, schrieb sogar einen Brief, doch wurde weder ich noch der Brief angenommen, und mit Jepantschin gab es Auseinandersetzungen, Kündigung der Freundschaft und darauf ewige Feindschaft!«
»Aber erlauben Sie, wie ist denn das?« begann plötzlich Nastassja Filippowna, »vor fünf oder sechs Tagen habe ich in der „Indépendance“ genau dieselbe Geschichte gelesen! Es war auf ein Haar dieselbe! Sie hatte sich am Rhein in einem Eisenbahncoupé zwischen einem Franzosen und einer Engländerin zugetragen: genau so hatte sie ihm die Zigarre aus der Hand gerissen, genau so hatte er ihr Hündchen aus dem Fenster geworfen, und genau so hatte es auch zwischen ihnen geendet. Sogar das hellblaue Kleid stimmt mit dem Bericht der Zeitung überein!«
Der General wurde über und über rot, und auch Kolja errötete und bedeckte vor Scham das Gesicht mit den Händen. Ptizyn wandte sich schnell ab. Nur Ferdyschtschenko

lachte. Ganja aber stand da und ertrug stumm seine unerträgliche Qual.
»Ich ... ich kann Sie versichern«, stotterte der General, »daß auch mir genau dasselbe passiert ist ...«
»Papa hatte wirklich einmal eine Unannehmlichkeit mit Mrs. Smith, der Gouvernante von Bjelokonskijs«, rief Kolja dazwischen, »ich entsinne mich dessen noch sehr gut! ...«
»Wie! Ein und dieselbe Geschichte sollte an zwei verschiedenen Punkten Europas sich mit einer solchen Übereinstimmung aller Einzelheiten zugetragen haben? Auch die Dame am Rhein hatte ein hellblaues Kleid!« fuhr Nastassja Filippowna erbarmungslos fort. »Aber ich werde Ihnen die „Indépendance Belge" zusenden!«
»Vergessen Sie nur nicht«, bemerkte der General, »daß die Geschichte mir zwei Jahre früher passiert ist!«
»Ah, so, richtig, das wäre dann doch wenigstens ein Unterschied!« Und Nastassja Filippowna lachte hell auf.
»Papa, ich bitte Sie, auf zwei Worte mit mir hinauszukommen«, sagte jetzt mit zitternder, gequälter Stimme Ganja, der den Vater mechanisch an der Schulter faßte.
In seinen Augen lag grenzenloser Haß.
Da ertönte plötzlich und jetzt erschreckend laut die Glocke im Vorzimmer. Ein Wunder, daß der Klingelzug nicht abgerissen wurde! Es mußte ein besonderer Besuch sein. Kolja eilte hinaus, um zu öffnen.

X

Im Vorzimmer wurde es sofort sehr geräuschvoll und lebendig; wie es den im Empfangszimmer Zurückgebliebenen schien, traten dort mehrere Menschen ein, denen noch andere auf der Treppe folgten. Mehrere Stimmen sprachen durcheinander, Ausrufe und Stimmen wurden auch im Treppenhaus laut, zu dem die Tür offenbar noch nicht wieder geschlossen worden war. Der Besuch mußte allerdings kein gewöhnlicher sein. Alle blickten einander fragend an. Ganja besann sich als erster und eilte in den »Salon«, doch trat ihm dort schon eine ganze Schar Menschen entgegen.

»Ah, da ist ja der Judas!« rief eine dem Fürsten bekannte Stimme aus. »Guten Tag, Gánjka, Lump!«

»Da, da ist er ja!« ertönte noch eine andere Stimme.

Jetzt konnte der Fürst nicht mehr zweifeln: das waren Rogóshin und Lébedeff.

Ganja stand wie betäubt in der Tür zum Salon und sah stumm, ohne zu protestieren, zu, wie etwa zehn bis zwölf Menschen Parfjónn Rogóshin ins Zimmer folgten. Die ganze Rotte bestand aus recht verschiedenartigen Leuten, aber sie zeichneten sich nicht nur durch ihre Verschiedenartigkeit, sondern noch viel mehr durch ihre Unanständigkeit aus. Einige traten im Mantel oder im Pelz ins Zimmer. Wirklich Betrunkene freilich gab es unter ihnen nicht, doch waren sie alle zum mindesten in „stark gehobener" Stimmung. Wie es schien, bedurfte ein jeder aller anderen, um einzutreten; denn als einzelner hätte niemand den Mut dazu gehabt, alle zusammen aber drängten und schoben sie sich gegenseitig vorwärts. Selbst Rogoshin, der an der Spitze der Schar stand, trat nicht ganz sicher vor, doch sah man ihm an, daß er eine bestimmte Absicht hatte. Sein Gesicht war finster, gereizt und unruhig. Die anderen bildeten gewissermaßen nur den Chor oder richtiger eine Reserve zu seiner Unterstützung. Außer Lebedeff befand sich unter ihnen noch der wie ein »Friseurgehilfe« geschniegelte und gekräuselte Saljósheff, der seinen Pelz im Vorzimmer abgeworfen hatte und als Stutzer selbstbewußt und mit übertriebener Liebenswürdigkeit eintrat; ferner zwei, drei andere Herren von derselben Art, augenscheinlich junge Kaufleute, Kommis; irgendeiner steckte in einem Uniformmantel; ferner war ein kleiner und auffallend dicker Mann darunter, der beständig lachte; und dann ein Riese, der gleichfalls sehr dick war, dafür aber sehr finster und stumm zu sein schien und der sich offenbar mehr auf seine Fäuste verließ. Außer diesen erschienen noch ein Student der Medizin und ein windiger, scharwenzelnder Pole. Aus dem Treppenflur blickten noch zwei Damen

ins Vorzimmer, wagten aber nicht einzutreten. Kolja besann sich plötzlich, schlug ihnen die Tür vor der Nase zu und schob den Riegel vor.
»Guten Tag, Gánjka, Lump! Was, hast wohl Parfjonn Rogoshin nicht erwartet?« fragte Rogoshin, der in der Tür des Empfangszimmers vor Ganja stehen geblieben war.
Da erblickte er plötzlich sich gegenüber auf dem Sofa in der anderen Zimmerecke – Nastassja Filippowna. Sicherlich hatte er alles andere eher erwartet, als *sie* hier anzutreffen; denn der Schreck lähmte ihn geradezu: er erbleichte dermaßen, daß selbst seine Lippen weiß wurden.
»Dann ... dann ist es also wahr!« brachte er leise, halb wie zu sich selbst hervor, und der Blick seiner Augen war wie verloren. »Alles aus! ... Nun ... Wart, das sollst du mir jetzt büßen!« knirschte er in unbändiger Wut, zu Ganja gewandt. »Nun ...«, stieß er wieder kurz und rauh hervor. »Ach!« und seine Nägel preßten sich in die Handfläche.
Er schien nach Atem zu ringen, nur mit Mühe stieß er die Worte hervor. Mechanisch trat er näher, doch kaum hatte er einen Schritt getan, als er plötzlich Nina Alexandrowna und Warja erblickte, und verwirrt blieb er stehen, trotz seiner ganzen, ungeheuren Erregung. Nach ihm trat sofort Lebedeff ins Zimmer; er folgte ihm wie sein Schatten und war wohl der am stärksten Berauschte. Dann folgte der Student, der Riese mit den Fäusten, Saljósheff, der nach rechts und links seine Bücklinge machte, und schließlich preßte sich auch noch der kleine Dicke durch das Gedränge an der Tür und trat etwas vor. Die Anwesenheit von Damen hielt sie alle noch zurück, war ihnen sichtlich unangenehm, störte sie in ihrem Vorhaben. Doch selbstverständlich konnte das nur anfangs vorhalten, nur bis zur ersten Veranlassung, loszuschreien und – zu *beginnen* ... Dann hätten wohl alle Damen der Welt sie nicht mehr aufzuhalten vermocht.
»Wie? Auch du bist hier, Fürst?« sagte Rogoshin zerstreut, wenn auch offenbar verwundert über dieses Wiedersehen. »Und immer noch in diesen Gamaschen ... a–ach!« seufzte er gequält, indem er den Blick wieder Nastassja Filippowna zuwandte und sich immer näher zu ihr, die ihn wie ein Magnet anzog, vorwagte.
Nastassja Filippowna betrachtete die Eingetretenen gleichfalls mit unruhiger Neugier.
Endlich kam Ganja zur Besinnung.
»Aber erlauben Sie, was hat denn das zu bedeuten?« begann er laut, sich vornehmlich an Rogoshin wendend, während er mit strengem Blick die Eingetretenen maß. »Ich dächte, Sie sind nicht in einen Stall eingetreten, hier sind meine Mutter und Schwester!«
»Das sehen wir, daß hier Mutter und Schwester sind«, preßte Rogoshin durch die Zähne hervor.
»Das sehen wir doch, daß hier Mutter und Schwester sind!« wieder-

holte wie ein Echo Lebedeff, um den Worten Rogoshins mehr Nachdruck zu verleihen.
Der Mann mit den Fäusten glaubte wahrscheinlich, daß der Augenblick gekommen sei, und brummte irgend etwas.
»Aber, was soll denn das?« Ganz plötzlich erhob Ganja die Stimme, wie aus der Pistole geschossen, und diese Plötzlichkeit machte einen unangenehmen Eindruck, wie etwas, das nicht am Platz ist. »Erstens bitte ich Sie, von hier fortzugehen, und in den Salon einzutreten ... Und dann bitte ich Sie, mich wissen zu lassen, mit wem ...«
»Seht doch, er erkennt uns nicht!!« sagte Rogoshin mit boshaftem Spottlächeln, ohne sich von der Stelle zu rühren. »Hast du denn Rogoshin nicht erkannt?«
»Ich–ch, allerdings, ich glaube mit Ihnen irgendwo einmal zusammengekommen zu sein, aber ...«
»Seht doch, irgendwo zusammengekommen zu sein! Ich habe an dich ja doch noch vor drei Monaten zweihundert Rubel von meines Vaters Geld verspielt, der Alte ist darüber gestorben, ohne was davon zu erfahren. Du hast mich doch selbst hingeschleppt! Und Kniff zog mir dann das Fell über die Ohren mit seiner Falschspielerei! Erkennst mich nicht! Ptizyn war Zeuge! Ich brauch' dir ja nur drei Rubel zu zeigen, hier aus der Tasche zu nehmen und dir zu zeigen, und du wirst auf allen vieren bis zur Wassíljeff-Insel ihnen nachkriechen – sieh, so einer bist du! Wer deine Seele nicht kennt! Ich bin jetzt auch gekommen, um dich für Geld zu kaufen, Leib und Seele kaufe ich dir ab! Du, sieh nicht darauf, daß ich mit solchen Stiefeln hereingekommen bin, ich hab' jetzt viel Geld, Bruder, kaufe dich mitsamt deinem ganzem Leben ... wenn ich will, kauf' ich euch alle! Kaufe alles!« phantasierte Rogoshin, der plötzlich wie trunken erschien. »A–ach!« stöhnte er dann laut, »Nastassja Filippowna! Jagen Sie mich nicht fort, sagen Sie nur ein einziges Wort: lassen Sie sich mit ihm trauen oder nicht?«
Rogoshin stellte seine Frage wie in Verzweiflung, wie an eine Gottheit, gleichzeitig jedoch mit der Kühnheit eines zum Tode Verurteilten, der nichts mehr zu verlieren hat. Und mit diesem Todesgefühl erwartete er die Antwort.
Nastassja Filippowna maß ihn mit einem spöttischen und hochmütigen Blick, doch dann blickte sie auf Warja und Nina Alexandrowna, blickte auf Ganja – und plötzlich änderte sie ihren Ton.
»Durchaus nicht, wie kommen Sie darauf? Und wie kommen Sie dazu, diese Frage an mich zu stellen?« fragte sie leise und ernst und scheinbar mit einer gewissen Verwunderung.
»Nein? Nein!!« schrie Rogoshin fast rasend vor Freude. »Also doch nicht?! Und mir sagte man ... Ach! Nun! ... Nastassja Filippowna! Alle sagten, Sie hätten sich mit Ganjka verlobt! Mit dem da? Ist denn das überhaupt möglich? – Ich hab's denen doch gleich gesagt! – Ich kaufe ihn ja doch mit Leib und Seele, so wie er da ist, für hundert Rubel! Gebe ihm dreitausend und er wird noch am Tage

vor der Hochzeit fortlaufen und die Braut mir überlassen. Was, hab' ich nicht recht, Ganjka, Schuft? Würdest doch dreitausend mit Freuden nehmen! Hier sind sie, hier, sieh! Darum bin ich ja gekommen, um's von dir schriftlich zu haben! Hab' gesagt; ‚Ich kauf' ihn!' und ich kauf' ihn auch!«
»Mach, daß du fortkommst, hinaus! Besoffen bist du!« schrie ihn Ganja an, der abwechselnd bleich und rot wurde. Doch kaum war seine Stimme verhallt, als plötzlich durch die ganze Rotte Rogoshins eine Bewegung ging und mehrere Stimmen laut wurden. Lebedeff flüsterte Rogoshin hastig und furchtbar eifrig etwas ins Ohr.
»Du hast recht, Alter!« sagte Rogoshin auf sein Geflüster hin, »hast recht, betrunkene Seele! Ach, wagen wir's! Nastassja Filippowna!« rief er, wie ein Halbwahnsinniger sie anstarrend, offenbar mit Furcht im Herzen, doch plötzlich sich bis zur Frechheit erkühnend, »– hier sind Achtzehntausend!« Und er warf gleichzeitig ein in weißes Papier eingewickeltes und kreuzweise mit einer Schnur umbundenes Päckchen vor sie hin auf den Tisch. »Da! Und ... und es wird noch mehr geben!«
Doch wagte er nicht auszusprechen, was er von ihr wollte ...
»Nich–nich–nicht!« flüsterte ihm erschrocken Lebedeff zu, mit wahrhaft entsetztem Gesicht.
Es war leicht zu erraten, daß ihn die Höhe der gebotenen Summe erschreckte und er zureden wollte, zu Anfang viel weniger zu bieten.
»Nein, davon verstehst du nichts, Bruder, darin bist du dumm, weißt nicht, mit wem du's zu tun hast ... aber ... auch ich bin ebenso dumm wie du!« besann sich Rogoshin plötzlich, unter Nastassja Filippownas aufblitzendem Blick zusammenzuckend. »Ach! Nein, ich hab nur gefaselt! – daß ich auf dich auch hören mußte! ...« fügte er in heißer Scham hinzu.
Als Nastassja Filippowna Rogoshins bestürztes Gesicht sah, lachte sie plötzlich auf.
»Achtzehntausend – mir? Da zeigt sich doch gleich der Bauer!« sagte sie plötzlich mit frecher Familiarität und erhob sich vom Sofa, als wolle sie fortgehen.
Ganja verfolgte klopfenden Herzens die ganze Szene.
»Vierzigtausend, vierzig, vierzig, nicht achtzehn!« rief Rogoshin zitternd. »Wanjka Ptizyn und Biskup haben mir versprochen, bis sieben Uhr abends vierzigtausend zur Stelle zu schaffen. Vierzigtausend Rubel! Alle blank und bar auf den Tisch!«
Die Szene wurde immer gemeiner. Doch Nastassje Filippowna fuhr fort zu lachen und ging auch nicht weg, als wolle sie sie mit Absicht in die Länge ziehen. Nina Alexandrowna und Warja erhoben sich gleichfalls und warteten erschrocken und stillschweigend in qualvoller Spannung, womit das schließlich enden werde. Warjas Augen glühten, Nina Alexandrowna aber zitterte und sah aus, als werde sie im nächsten Augenblick in Ohnmacht fallen.

»Ah ... wenn's so ist, dann – Hundert! Heute noch bringe ich hunderttausend Rubel! Ptizyn, hilf, kannst dir die Hände dabei wärmen!«
»Du bist wohl wahnsinnig!« raunte ihm Ptizyn, der plötzlich neben ihm stand und ihn am Arm packte, ungehalten zu. »Du bist betrunken, man wird nach der Polizei schicken! Besinn dich, weißt du auch, wo du bist!«
»Er phantasiert ja nur so in der Trunkenheit«, sagte Nastassja Filippowna verächtlich. Wie es schien, wollte sie ihn damit nur aufstacheln.
»Aber nein doch, ich lüge nicht! Ich bringe sie, bringe sie noch vor dem Abend! ... Ptizyn, hilf, Prozentmensch, nimm, was du willst, mach Hunderttausend flüssig bis zum Abend! – Ich werde beweisen, daß ich Wort halte!« rief bis zur Begeisterung hingerissen Rogoshin aus.
»Aber! Einstweilen! Was geht denn hier vor?« mischte sich da ganz unerwartet Ardalion Alexandrowitsch in drohendem Ton ein und näherte sich Rogoshin.
Die Plötzlichkeit, mit der sich der bis dahin vollkommen vergessene, verdrängte Alte einmischte, hatte etwas überaus Komisches. Aus der Rotte ertönte Gelächter.
»Was ist denn das noch für einer?« fragte Rogoshin lachend. »Komm mit, Alter, wirst betrunken sein!«
»Das ist aber doch eine Gemeinheit!« rief Kolja empört aus, fast weinend vor Ärger und Schande.
»Findet sich denn wirklich kein einziger unter euch, der diese Unverschämte hinausweist?« rief plötzlich, zitternd vor Zorn, Warwara Ardalionowna.
»Wie, ich werde hier eine Unverschämte genannt!« wehrte sich Nastassja Filippowna mit nachlässiger Heiterkeit gegen die Beleidigung. »Und ich bin wie ein Gänschen hergekommen, um sie heute abend zu mir einzuladen! Sehen Sie doch, wie Ihre liebe Schwester mich behandelt, Gawrila Ardalionytsch!«
Ganja stand ein paar Sekunden nach dem Ausfall der Schwester wie vom Blitz getroffen. Als er aber dann plötzlich sah, daß Nastassja Filippowna tatsächlich fortgehen wollte, stürzte er wie ein Irrsinniger auf Warja, deren Handgelenk er in der Wut wie mit Klammern erfaßte.
»Was hast du getan?« schrie er mit einem Blick, der sie auf der Stelle vernichten zu wollen schien.
Er hatte entschieden die Besinnung verloren.
»Was ich getan habe? Wohin zerrst du mich? Doch nicht zu jener, damit ich sie um Verzeihung bitte, weil sie deine Mutter beleidigt, und weil sie hergekommen ist, um dein Haus zu beschimpfen, du gemeiner Mensch!« schrie Warja, die den Bruder empört und herausfordernd ansah.
Eine Weile standen sie sich gegenüber. Ganja hielt noch immer ihr

Handgelenk umklammert. Warja wollte sich losreißen, einmal, noch einmal aus aller Kraft, doch es gelang ihr nicht, und plötzlich, außer sich, spie sie den Bruder an.
»Das ist mir mal ein Mädchen!« rief Nastassja Filippowna aus. »Bravo, Ptizyn, ich gratuliere!«
Ganja wurde es schwarz vor den Augen, und er holte besinnungslos zu einem Schlage aus, der die Schwester mitten ins Gesicht getroffen hätte. Aber seine Hand wurde von einer anderen Hand aufgehalten: zwischen ihm und der Schwester stand der Fürst.
»Lassen Sie, lassen Sie es gut sein!« stieß er mit fester Stimme hervor, doch zitterte er am ganzen Körper.
»Wirst du mir denn ewig in den Weg treten?« brüllte ihn Ganja an, und Warjas Hand fahren lassend, holte er in rasender Wut aus und schlug den Fürsten ins Gesicht.
»Ach!« schrie Kolja entsetzt auf. »Ach Gott!«
Von allen Seiten wurden Ausrufe laut.
Der Fürst erbleichte. Mit seltsamem, vorwurfsvollem Blick sah er Ganja unverwandt in die Augen: seine Lippen zitterten und schienen sich vergeblich zu bemühen, etwas hervorzubringen – ein seltsames Lächeln, das gar nicht zur Situation paßte, zitterte auf ihnen.
»Nun, mag das ... mir zufallen ... aber sie ... das lasse ich nicht zu! ...«, sagte er endlich leise.
Doch plötzlich hielt er es doch nicht aus, wandte sich von ihm ab, bedeckte die Augen mit der Hand, ging in die nächste Ecke, stützte die Stirn an die Wand und brachte mit stockender Stimme hervor:
»Oh, wie werden Sie das bereuen!«
Ganja stand allerdings wie vernichtet da. Kolja stürzte zum Fürsten, den er heiß umarmte und küßte; nach ihm drängten sich Rogoshin, Warja, Ptizyn, Nina Alexandrowna, kurz – alle, sogar der alte Ardalion Alexandrowitsch, zum Fürsten, der sich ihnen nun wieder zuwandte und sie mit demselben rätselhaften Lächeln beruhigte:
»Nichts, nichts, es ist wirklich nichts!«
»Und er wird's auch bereuen!« rief Rogoshin ärgerlich. »Wirst dich schämen, Ganjka, daß du ein solches ... Lamm« (er konnte kein anderes Wort finden) »beleidigt hast! Fürst, du meine Seele, laß sie laufen! Speie sie an – und gehen wir! Komm, sollst erfahren, wie Rogoshin liebt!«
Nastassja Filippowna war gleichfalls durch Ganjas Tat und die Antwort des Fürsten erschüttert. Ihr stets blasses Gesicht, das so wenig mit ihrem gezwungenen heiteren Lachen übereinstimmte, war jetzt augenscheinlich durch ein neues Gefühl erregt; dennoch schien sie es nicht zu zeigen und sich zwingen zu wollen, das spöttische Lächeln beizubehalten.
»Nein, wirklich, irgendwo habe ich dieses Gesicht doch schon gesehen?« wiederholte sie mit einemmal ganz ernst, sich wieder ihrer Frage entsinnend.
»Und Sie schämen sich nicht! Sind Sie denn so, wie Sie sich hier

gezeigt haben? Ist denn das möglich?« rief ihr plötzlich der Fürst mit erschütterndem Vorwurf zu.

Nastassja Filippowna stutzte, lächelte spöttisch – doch schien sie hinter diesem Lächeln etwas verbergen zu wollen, wenigstens sah man ihm ihre Verwirrung an – blickte sich dann nach Ganja um und verließ das Zimmer. Doch noch war sie nicht bis ins Vorzimmer gekommen, als sie plötzlich zurückkehrte, eilig auf Nina Alexandrowna zutrat, ihre Hand ergriff und an die Lippen führte.

»Ich bin ja wirklich nicht so, er hat es erraten«, flüsterte sie schnell und erregt, während ihr das Blut heiß ins Gesicht stieg, doch schon hatte sie sich abgewandt und verließ diesmal so schnell das Zimmer, daß niemand begriff, weshalb sie zurückgekommen war. Man hatte nur gesehen, daß sie Nina Alexandrowna etwas zugeflüstert und ihr die Hand geküßt hatte. Nur Warja hatte alles gehört, und ihr Blick folgte erstaunt Nastassja Filippowna ... Ganja besann sich und eilte ihr nach, aber sie war bereits auf der Treppe.

»Begleiten Sie mich nicht!« rief sie ihm zu. »Auf Wiedersehen am Abend! Kommen Sie unbedingt, hören Sie!«

Er kehrte verwirrt und nachdenklich zurück; ein schweres Rätsel lag ihm auf der Seele, ein noch schwereres als das frühere. Auch an den Fürsten dachte er flüchtig ... Über seinen Gedanken vergaß er alles andere, so daß er es kaum bemerkte, wie die ganze Rogoshinsche Rotte sich an ihm vorbeiwälzte und ihn in der Tür beiseite schob, um nur schneller die Wohnung zu verlassen. Alle sprachen laut und schienen über etwas zu streiten. Rogoshin selbst ging mit Ptizyn hinaus, auf den er in sehr bestimmtem Tone einredete. Offenbar handelte es sich für ihn um etwas äußerst Wichtiges und Unaufschiebbares.

»Hast verspielt, Ganjka!« rief er diesem im Vorübergehen zu.

Erregt blickte Ganja ihm nach.

XI

Der Fürst zog sich gleichfalls zurück und schloß sich in seinem Zimmer ein. Gleich darauf kam Kolja zu ihm gelaufen, um ihn zu trösten. Der arme Knabe schien sich gar nicht mehr von ihm trennen zu wollen.

»Das war gut von Ihnen, daß Sie fortgingen«, sagte er, »dort wird jetzt die Kabbelei noch heftiger losgehen als zuvor. So geht es jetzt tagaus, tagein, und alles das hat uns nur diese Nastassja Filippowna eingebrockt.«

»Hier gibt es viel Krankes, das sich mit der Zeit aufgestaut hat, Kolja«, bemerkte der Fürst.

»Ja, viel Krankes. Aber von uns lohnt es sich gar nicht zu reden. Es ist unsere eigene Schuld. Ich habe einen kranken Freund, der ist noch viel unglücklicher. Wenn Sie wollen, werde ich Sie mit ihm bekannt machen?«

»Sehr gern. Es ist Ihr Schulkamerad?«

»Ja, so gut wie mein Schulkamerad. Ich werde Ihnen das später erzählen ... Aber ist Nastassja Filippowna nicht schön, was meinen Sie? Ich hatte sie ja bis jetzt noch nie gesehen, obschon ich mich sehr darum bemühte. Ich war wie geblendet! Ich würde Ganjka alles verzeihen, wenn er es aus Liebe täte; aber weshalb nimmt er Geld dafür, das ist das Unglück!«

»Ja, Ihr Bruder gefällt mir nicht sehr.«

»Das fehlte noch, daß er Ihnen gefiele! Ihnen, nachdem er ... Aber wissen Sie, ich kann alle diese verschiedenen Ansichten nicht ausstehen! Irgendein Verrückter oder Esel oder Räuber in verrücktem Zustand gibt eine Ohrfeige, und der Mensch ist dann sein Leben lang entehrt und kann die Schmach nicht anders abwaschen als mit Blut, oder es sei denn, daß er kniend um Verzeihung gebeten wird. Meiner Meinung nach ist das einfach Unsinn! Darauf ist auch Lermontoffs Drama „Die Maskerade" aufgebaut, und deshalb ist es auch – dumm, meiner Meinung nach, vielmehr ... ich will damit nur sagen – es ist nicht natürlich. Aber er hat es ja fast noch in seiner Kindheit geschrieben.«

»Ihre Schwester gefällt mir sehr.«

»Wie sie Ganjka anspie, was? Bravo, Warjka! Sie hätten nicht gespien, aber nicht etwa aus Mangel an Mut, davon bin ich überzeugt. Ah, da ist sie ja selbst, hat es nicht vergessen. Ich wußte, daß sie kommen würde: sie ist korrekt, wenn sie auch sonst ihre Mängel hat ...«

»Du hast hier nichts zu suchen, Kolja«, wandte sich Warja zuerst an ihn. »Geh zum Vater. Langweilt er Sie nicht, Fürst?«

»Durchaus nicht, im Gegenteil.«

»Da hörst du es, Warja! Sehen Sie, das ist das Schändlichste an ihr, daß sie mich behandelt, als ob ich ein Baby wäre! Übrigens – ich dachte, daß der Vater bestimmt mit Rogoshin weggehen würde. Bereut jetzt wahrscheinlich. Nein, tatsächlich, man muß doch nachsehen, was er jetzt tut«, meinte Kolja und ging hinaus.
»Gott sei Dank, Mama hat sich hingelegt, und es ist zu keiner neuen Szene gekommen. Ganja ist verwirrt und scheint nachdenklich geworden zu sein. Hat auch allen Grund dazu. Die Lehre war nicht schlecht! ... Ich bin gekommen, um Ihnen zu danken, Fürst. Und dann wollte ich Sie noch eines fragen: Haben Sie Nastassja Filippowna bisher wirklich nicht gekannt?«
»Nein, ich habe sie nicht gekannt.«
»Wie kamen Sie dann darauf, ihr ins Gesicht zu sagen, daß sie nicht ‚so' sei? Und Sie haben auch, glaube ich, die Wahrheit erraten. Es zeigte sich, daß sie vielleicht wirklich nicht ‚so' ist. Übrigens werde ich aus ihr nicht klug. Natürlich hatte sie die Absicht, uns zu beleidigen, das ist klar. Ich habe auch früher schon viel Sonderbares über sie gehört. Aber wenn sie wirklich gekommen war, uns einzuladen, wie konnte sie dann Mama so beleidigend behandeln? Ptízyn kennt sie sehr gut, auch er sagt, er habe vorhin nicht aus ihr klug werden können. Aber das mit Rogoshin? Wenn man sich selbst achtet, kann man so nicht reden im Hause seines ... Mama beunruhigt sich Ihretwegen sehr.«
»Ach, nichts!« Der Fürst winkte mit der Hand ab.
»Aber wie sie Ihnen gehorchte ...«
»Inwiefern gehorchte?«
»Sie sagten, sie solle sich schämen, und da war sie plötzlich ganz verändert. Sie haben Einfluß auf sie, Fürst«, fügte Warja mit kaum merklichem Lächeln hinzu.
Die Tür öffnete sich und ganz unerwartet erschien Ganja.
Er trat nicht zurück, als er Warja erblickte, stand eine Weile auf der Schwelle, und plötzlich näherte er sich entschlossen dem Fürsten.
»Fürst, ich habe schlecht gehandelt, verzeihen Sie es mir, lieber Mensch«, sagte er mit aufrichtigem Gefühl. Seine Züge drückten Schmerz aus. Der Fürst blickte ihn verwundert an und antwortete nicht sogleich.
»Nun, verzeihen Sie, so verzeihen Sie mir doch!« drängte Ganja ungeduldig. »Wenn Sie wollen, küsse ich Ihnen sofort die Hand!«
Der Fürst war ganz betroffen und traute seinen Ohren nicht. Er besann sich aber, und schweigend umarmte er ihn.
»Ich hätte nie, nie gedacht, daß Sie dazu imstande wären«, sagte endlich der Fürst erregt. »Ich glaubte, Sie wären unfähig ...«
»Um Verzeihung zu bitten? ... Wie ich vorhin nur darauf gekommen bin, Sie für einen Idioten zu halten! Sie bemerken Dinge, die andere nie bemerken. Mit Ihnen könnte man reden ... oder lieber nicht!«

»Hier ist noch jemand, den Sie um Verzeihung bitten müssen«, sagte der Fürst, auf Warja weisend.
»Nein, die gehört zu meinen Feinden. Glauben Sie mir, Fürst, es hat der Versuche nachgerade genug gegeben. Hier wird nicht aufrichtig verziehen!« stieß Ganja heftig hervor und wandte sich von seiner Schwester ab.
»Doch! ich werde verzeihen!« sagte Warja plötzlich ganz unerwartet.
»Und wirst heute auch zu Nastassja Filippowna kommen?«
»Ich werde kommen, wenn du es befiehlst, nur – sage selbst: besteht denn jetzt auch nur noch irgendeine Möglichkeit, daß ich zu ihr gehe?«
»Sie ist ja doch nicht so! Du siehst doch, was für Rätsel sie aufgibt! Launen, weiter nichts!«
Und Ganja lachte böse.
»Das weiß ich selbst, daß sie nicht ‚so' ist und Launen hat, aber was für Launen?! Und dann noch eins, Ganja, sieh: wofür hält sie dich selbst? Gut, sie hat Mama die Hand geküßt, mag das auch wiederum eine Laune sein, aber sie hat sich doch über dich lustig gemacht! Das aber, weiß Gott, wiegen die Fünfundsiebzigtausend nicht auf, Bruder! Du bist doch noch edler Gefühle fähig, das weiß ich, deshalb rede ich auch noch. Hör auf mich, fahr' auch selbst nicht zu ihr! Sei vorsichtig, nimm dich in acht, Bruder! Das kann kein gutes Ende nehmen.«
Erregt wandte sich Warja schnell von ihm ab und verließ das Zimmer.
»So sind sie alle!« sagte Ganja mit ironischem Lächeln. »Ich möchte bloß wissen, ob sie wirklich glauben, daß ich es nicht selbst weiß? Ich weiß es ja noch hundertmal besser als sie!«
Ganja setzte sich auf das Sofa, augenscheinlich in der Absicht, seinen Besuch noch länger auszudehnen.
»Wenn Sie es selbst wissen«, begann der Fürst etwas unsicher, »wie haben Sie dann eine solche Qual auf sich nehmen können? Dann müssen Sie doch auch wissen, daß die Fünfundsiebzigtausend diese Qual nicht aufwiegen?«
Ganja wandte sich mit einer hastigen Bewegung zum Fürsten.
»Ich rede nicht davon«, lenkte er ab. »Doch übrigens, sagen Sie mir Ihre Meinung, ich will gerade Ihre Meinung wissen: wiegen fünfundsiebzigtausend Rubel diese Qual auf oder nicht?«
»Meiner Meinung nach – nicht.«
»Nun, das konnt' ich mir denken. Und so zu heiraten, ist schmählich?«
»Sehr schmählich.«
»Nun, so hören Sie denn, daß ich sie heiraten werde, und zwar jetzt unbedingt! Vorhin war ich noch unschlüssig, jetzt aber bin ich's nicht mehr! Sagen Sie nichts! Ich weiß, was Sie sagen wollen ...«

»Ich werde nicht von dem sprechen, was Sie meinen, mich wundert nur Ihre feste Überzeugung ...«
»Überzeugung? Was für eine Überzeugung?«
»Ihre Überzeugung, daß Nastassja Filippowna Ihren Antrag unfehlbar annehmen werde, was Sie ja geradezu für bereits entschieden und unterschrieben zu halten scheinen. Und zweitens, daß Sie glauben, die fünfundsiebzigtausend Rubel, selbst wenn sie Sie heiraten sollte, würden dann in Ihren alleinigen Besitz gelangen, und Sie würden sich das Geld sofort in die Tasche stecken können ... Im übrigen kenne ich die Verhältnisse nicht so genau ...«
»Natürlich wissen Sie nicht alles«, sagte Ganja, »weshalb sollte ich mir denn wohl diese ganze Bürde aufladen?«
»Ich glaube, daß es bei solchen Heiraten immer auf eins hinauskommt: das Geld wird geheiratet, doch die Besitzerin des Geldes bleibt die Frau.«
»N–ein, bei uns wird es nicht so sein ... Hier ... hier gibt es besondere Umstände ...«, brummte Ganja, erregt seinen Gedanken nachhängend. »Und was ihre Antwort betrifft, so kann doch wohl darüber kein Zweifel mehr bestehen«, fügte er schnell hinzu. »Oder woraus schließen Sie, daß Nastassja Filippowna mir einen Korb geben wird?«
»Ich weiß nichts außer dem, was ich gesehen habe; aber auch Warwara Ardalionowna sagte ja ...«
»Ach! Das sagen sie alle nur so, wissen selbst nicht, was sie reden! Und über Rogoshin hat sie sich einfach nur lustig gemacht, das können Sie mir glauben, ich habe sie durchschaut. Das war ja ganz klar! Vorhin bekam ich allerdings einen Schrecken, aber jetzt weiß ich, woran ich bin. Oder schließen Sie es etwa daraus, wie sie sich zu meiner Mutter und zu meinem Vater und zu Warja verhalten hat?«
»Und zu Ihnen.«
»Nun ja, meinetwegen auch zu mir. Aber das ist ja nur die ewige weibliche Rachsucht. Sie ist ein schrecklich reizbares, argwöhnisches und ehrgeiziges Weib. Wie ein bei der Beförderung übergangener Beamter! Sie wollte sich zeigen und zugleich die ganze Geringschätzung, die sie für meine Familie empfindet ... nun, und natürlich auch für meine Person. Das ist wahr, ich will es nicht abstreiten ... Trotzdem aber wird sie mich heiraten. Sie ahnen nicht, zu welchen Verdrehungen die menschliche Eitelkeit fähig ist: da hält sie mich nun für einen Schuft, weil ich sie, die Geliebte eines anderen, so offenkundig um des Geldes willen nehme, und sagt sich nicht einmal, daß ein anderer sie noch viel gemeiner betrügen würde, – würde ihr den Hof machen und alles mögliche liberal-fortschrittliche Zeug vorschwatzen, die ganze Frauenfrage aufrollen und in diesem gewissen Sinne beleuchten, bis er sie schließlich wie einen Faden durchs Nadelöhr zieht. Er würde der selbstgefälligen Närrin versichern – nichts leichter als das! – daß er sie einzig wegen ihres ‚edlen Herzens‘ und ‚Un-

glücks' nehme. In Wirklichkeit aber will er nur ihr Geld haben. Ich gefalle ihr nicht, weil ich nicht schmeicheln will; das wäre aber nötig. Und was tut sie denn selbst? Ist das bei ihr nicht ganz dieselbe Sache? Also, mit welchem Recht darf sie mich dann verachten? Und weshalb spielt sie alle diese Stückchen? Doch nur, weil ich mich nicht unterwerfe und meinen Stolz zeige. Nun, wir werden ja sehen!«

»Haben Sie sie wirklich einmal geliebt?«

»Anfangs, ja. Aber genug davon ... Es gibt Weiber, die nur zur Geliebten taugen und zu nichts weiter. Ich will damit nicht sagen, daß sie meine Geliebte gewesen sei. Wenn sie vernünftig leben will, werde auch ich vernünftig leben. Fällt es ihr aber ein, rebellisch zu werden, so verlasse ich sie sofort und nehme das Geld mit. Ich will mich nicht lächerlich machen lassen; das vor allen Dingen nicht.«

»Es will mir immerhin scheinen«, begann der Fürst vorsichtig, »daß Nastassja Filippowna klug ist. Weshalb sollte sie dann, wenn sie doch diese Qualen voraussieht, in die Falle gehen? Sie könnte ja ebensogut einen anderen heiraten. Das ist es, was mich wundert.«

»Aber da liegt doch gerade die Berechnung! Sie wissen nicht alles, Fürst ... hier ... und außerdem ist sie überzeugt, daß ich sie bis zum Wahnsinn liebe, das schwöre ich Ihnen, und wissen Sie, ich vermute stark, daß auch sie mich liebt, natürlich auf ihre Art, etwa nach dem Sprichwort: „Wen ich liebe, den schlage ich." Sie wird mich ihr Leben lang für einen dummen Jungen halten – das ist aber vielleicht gerade das, was sie haben will! – und mich dabei doch auf ihre Art lieben; wenigstens bereitet sie sich dazu vor, das ist nun einmal ihr Charakter. Sie ist, wissen Sie, eine echt russische Frau. Nun, ich aber habe auch schon meine Überraschung für sie in Bereitschaft. Diese Szene vorhin mit Warja kam ganz unerwartet, aber sie kann mir noch sehr zustatten kommen: jetzt hat sie selbst gesehen und sich überzeugt, daß ich zu ihr halte und um ihretwillen mit allem zu brechen bereit bin. Auch wir sind nicht ganz so dumm, wie es vielleicht den Anschein hat, ich versichere Sie. Oder glauben Sie am Ende gar, daß ich nichts als ein leerer Schwätzer bin? Liebster Fürst, es ist vielleicht tatsächlich dumm von mir, daß ich Ihnen alles so aufdecke. Ich tue es nur, weil Sie der erste edle Mensch sind, der mir begegnet ist, deshalb habe ich mich nun sofort auf Sie gestürzt ... das heißt, das sollte keine Anspielung sein. Sie sind mir doch wegen des Vorgefallenen nicht mehr böse, wie? Ich spreche jetzt seit zwei Jahren vielleicht zum erstenmal frei von der Leber. Hier gibt es furchtbar wenig ehrliche Menschen; Ptizyn ist noch der ehrlichste unter ihnen. Wie, Sie lachen, scheint es, oder nicht? Schufte haben immer ehrliche Menschen gern – wußten Sie das noch nicht? Ich aber bin doch ... Übrigens, inwiefern bin ich denn ein Schuft, sagen Sie mir das doch auf Ehre und Gewissen? Weshalb nennen mich alle, nachdem *sie*'s einmal getan hat, einen Schuft? Und wissen Sie, weil sie es gesagt hat und die anderen es nachschwätzen, nenne auch ich mich so! Sehen Sie, nur das ist das wirklich Gemeine dabei!«

»Ich werde Sie jetzt nie mehr so beurteilen«, sagte der Fürst. »Vorhin hielt ich Sie bereits für einen ausgesprochen bösen Menschen ... Da kamen Sie und bereiteten mir diese Freude. Das war eine gute Lehre: Nicht urteilen, ohne geprüft zu haben. Jetzt sehe ich, daß man Sie nicht nur für keinen bösen, sondern nicht einmal für einen allzu verdorbenen Menschen halten kann. Sie sind meiner Ansicht nach nur ein ganz gewöhnlicher Durchschnittsmensch, abgesehen höchstens von dem einen, daß Sie ein wenig schwach sind und gar nicht originell.«

Ganja lächelte spöttisch in sich hinein, schwieg aber. Als der Fürst sah, daß seine Äußerung nicht gefiel, wurde er verlegen und verstummte gleichfalls.

»Hat mein Vater Sie schon um Geld gebeten?« fragte Ganja plötzlich.

»Nein.«

»Dann wird er es noch tun, geben Sie ihm aber nichts. Und doch war er einmal ein anständiger Mensch, ich weiß, ich erinnere mich. Er verkehrte mit angesehenen Leuten. Wie schnell doch diese Leute alle verschwinden! Kaum hatten sich die Verhältnisse geändert, und aus war es mit ihnen, wie wenn Pulver verbrennt! Früher log er nicht so wie jetzt, glauben Sie mir. Früher war er nur ein gar zu begeisterungsfähiger Mensch, jetzt aber – Sie sehen, was aus ihm geworden ist! Natürlich ist das Trinken schuld daran. Wissen Sie auch, daß er eine Geliebte hier unterhält? O ja, er ist nicht nur so ein unschuldiger kleiner Lügner. Ich kann bloß die Langmut meiner Mutter nicht begreifen. Hat er Ihnen von der Belagerung der Festung Kars erzählt?« Ganja lachte. »Oder wie sein Schimmel das Maul auftat und sprach? Bisweilen kommt es sogar so weit!« Und Ganja bog sich plötzlich vor Lachen.

»Weshalb sehen Sie mich so an?« fragte er den Fürsten nach einer Weile verwundert.

»Ich wundere mich nur, daß Sie so herzlich lachen können. Sie haben wirklich noch ein ganz harmloses Kinderlachen. Und als Sie mich um Verzeihung baten, sagten Sie: ‚Wenn Sie wollen, werde ich Ihnen die Hand küssen' – genau wie Kinder sagen, wenn sie um Verzeihung bitten. So sind Sie also doch noch fähig zu solchen Worten und Regungen! Und dann plötzlich beginnen Sie einen ganzen Vortrag über diese dunkle Angelegenheit und die fünfundsiebzigtausend Rubel – wirklich, das hat etwas so Ungereimtes an sich und Unmögliches!«

»Was wollen Sie damit sagen?«

»Ob Sie nicht doch gar zu leichtsinnig handeln und es nicht besser wäre, wenn Sie sich die Sache vorher noch etwas überlegen würden? Warwára Ardaliónowna hat vielleicht so unrecht nicht.«

»Ah, die Moral! Daß ich mitunter noch ein Junge bin, weiß ich selbst«, fiel Ganja lebhaft ein, »und wenn auch nur deshalb, weil ich mit Ihnen ein solches Gespräch angeknüpft habe. Ich, sehen Sie, Fürst, ich trete nicht aus Berechnung in die Ehe«, fuhr er fort wie ein in seiner Eigenliebe verletzter junger Mann. »Wenn ich es aus Berechnung täte, würde ich wahrscheinlich Fehler machen, denn ich bin vorläufig weder als Kopf noch als Charakter genügend gefestigt. Ich tue es jedoch aus Leidenschaft, aus innerem Trieb, denn ich habe ein großes Ziel vor Augen. Sie denken, daß ich, wenn ich die Fünfundsiebzigtausend erhalte, mir dann sofort eine eigene Kutsche zulegen werde? Nein, lieber Fürst, dann werde ich meinen ältesten, vor drei Jahren abgelegten Rock hervorholen und ihn so lange tragen, wie er nur noch hält, und mit meinen Klubbekanntschaften ist dann Schluß. Bei uns gibt es nur wenige Leute, die durchzuhalten verstehen, wenn sie auch alle Wucherer sind, ich aber will durchhalten. Hier ist die Hauptsache, daß man durchführt, was man beginnt – das ist das ganze Problem! Ptizyn hat als Siebzehnjähriger auf der Straße geschlafen und mit Federmessern gehandelt: er hat mit Kopeken angefangen. Jetzt besitzt er sechzigtausend Rubel, aber bedenken Sie, nach welch einer ... sagen wir Gymnastik! Nun, und ebendiese Gymnastik werde ich dann überspringen und gleich mit dem Kapital beginnen. Nach fünfzehn Jahren wird man sagen: ‚Sieh da, das ist Iwolgin, der größte aller Wucherer!' Sie sagen, ich sei kein origineller Mensch? Merken Sie sich, lieber Fürst, daß es für einen Menschen unserer Zeit und unseres Volkes nichts Beleidigenderes gibt, als wenn man ihm sagt, er sei nicht originell, sei charakterschwach, nicht talentvoll, kurzum ein Dutzendmensch. Sie haben mich nicht einmal für einen tüchtigen Schuft zu halten geruht, und wissen Sie, dafür hätte ich Sie vorhin totschlagen mögen! Sie haben mich noch mehr beleidigt als Jepantschin, der mich für fähig hält (und zwar ohne Worte, ohne Verhandlungen, in aller Herzenseinfalt, wohlgemerkt!) – ja, für fähig hält, an ihn meine Frau zu verkaufen! Das bringt mich schon lange aus der Haut! Geld will ich haben, Geld! Wenn ich erst Geld habe, wissen Sie, werde ich sofort im höchsten Grade originell sein. Das ist ja das Gemeinste und Verächtlichste am Geld, daß es sogar Talente verleiht. Und es wird sie verleihen solange die Welt steht! Sie werden vielleicht sagen, daß alles das kindisch von mir sei, poetisch-sentimental womöglich – nun gut, was ficht's mich an, mir soll's um so amüsanter sein; denn die Sache wird gemacht, da seien Sie unbesorgt! Ich werde sie durchführen! Wer zuletzt lacht, lacht am besten! Weshalb beleidigt mich denn Jepantschin so in aller Harmlosigkeit? Aus Bosheit etwa? Nicht die Spur! Einfach, weil ich gesellschaftlich gar zu unbedeutend bin. Nun, dann aber ... Doch genug davon, und es ist auch Zeit. Kolja hat schon zweimal seine Nase hereingesteckt. Das bedeutet, daß er Sie zum Essen rufen will. Ich gehe jetzt. Ich werde hin und wieder bei Ihnen vorsprechen. Sie werden es bei uns nicht schlecht haben – man wird

Sie nun mit offenen Armen in die Familie aufnehmen. Nur sehen Sie sich vor, daß Sie nichts ausplaudern. Ich glaube, wir zwei werden entweder Freunde oder Feinde werden. Aber was meinen Sie, Fürst, wenn ich Ihnen vorhin die Hand geküßt hätte – wäre ich deshalb nachher Ihr Feind geworden?«
»Zweifellos, bloß nicht für immer, lange würden Sie es doch nicht aushalten, und dann hätten Sie mir verziehen«, entschied der Fürst nach einer Weile, und er lachte.
»Oho! Mit Ihnen muß man ja wahrhaftig vorsichtig sein. Weiß der Teufel, Sie haben auch hier Gift hineingeträufelt. Wer weiß, vielleicht sind Sie auch mein Feind? Übrigens, haha! – ich vergaß ganz zu fragen: habe ich recht gesehen, wenn mir scheint, daß Nastassja Filippowna auch Ihnen – gefällt, wie?«
»Ja ... sie gefällt mir.«
»Verliebt?«
»N–nein.«
»Und dabei ist er feuerrot geworden und leidet! Nun, tut nichts, tut nichts, ich werde nicht lachen – auf Wiedersehen. Aber wissen Sie, sie ist ja doch ein tugendhaftes Weib – können Sie das glauben? Sie denken vielleicht, daß sie mit Tozkij lebt? Denkt nicht daran! Schon lange nicht mehr! Aber haben Sie bemerkt, daß sie selbst sehr leicht verlegen wird? Vorhin war sie in manchen Augenblicken ganz verwirrt! Tatsächlich! Und gerade solche lieben dann das Herrschen. Nun, leben Sie wohl!«
Gánetschka verließ das Zimmer weit aufgeräumter, als er es betreten hatte. Er war sogar sehr guter Laune. Der Fürst blieb lange Zeit regungslos sitzen und dachte nach.
Kolja steckte wieder den Kopf durch die Tür.
»Ich will nicht essen, Kolja, ich habe bei Jepantschins gut gefrühstückt.«
Da trat Kolja ins Zimmer und reichte dem Fürsten einen zusammengefalteten versiegelten Zettel. Man sah es dem Gesicht des Knaben an, wie peinlich es ihm war, den Brief zu übergeben. Der Fürst las ihn, erhob sich und nahm seinen Hut.
»Es ist nur zwei Schritte von hier«, sagte Kolja verlegen. »Er sitzt jetzt bei der Flasche. Ich kann nur nicht begreifen, wie er sich dort Kredit verschafft hat! Aber bitte, bitte, sagen Sie es dann nur nicht hier den anderen, daß ich Ihnen den Brief überbracht habe! Ich habe tausendmal geschworen, daß ich seine Briefe nicht mehr überbringen werde, aber er tut mir dann doch wieder leid! Nur, wissen Sie, machen Sie keine Umstände mit ihm, geben Sie ihm eine Kleinigkeit und damit ist es erledigt.«
»Ich hatte selbst die Absicht, ihn aufzusuchen, Kolja. Ich muß Ihren Vater sprechen ... in einer gewissen Angelegenheit ... Also gehen wir ...«

XII

Kolja führte den Fürsten nicht weit: nur bis zur Litéinaja-Straße, in ein Café-Billard, das zu ebener Erde lag und seinen besonderen Eingang von der Straße hatte. Hier hatte sich Ardalion Alexandrowitsch in der Ecke eines kleinen Raumes als alter Stammgast niedergelassen, vor sich auf dem Tischchen eine Flasche und in der Hand tatsächlich die „Indépendance Belge". Er erwartete den Fürsten. Kaum hatte er ihn erblickt, als er die Zeitung auch schon beiseite legte und eine wortreiche Erklärung begann, von der der Fürst so gut wie nichts begriff; denn der General befand sich bereits in „vorgerücktem Stadium".

»Zehn Rubel habe ich nicht«, unterbrach ihn der Fürst, »aber hier sind fünfundzwanzig. Lassen Sie das Geld wechseln und geben Sie mir fünfzehn zurück; denn sonst bleibe ich selbst ohne eine Kopeke ...«

»Oh, sofort, sofort, sofort! Seien Sie überzeugt, daß ich sogleich ...«

»Ich bin mit einer Bitte zu Ihnen gekommen, General. Sind Sie noch nie bei Nastassja Filippowna gewesen?«

»Ich? Ich nicht bei ihr gewesen? Fragen Sie das mich? Unzähligemal, unzähligemal, mein Lieber!« rief der General wie in einem Anfall von selbstgefälliger und triumphierender Ironie. »Aber ich habe schließlich diese Beziehungen abgebrochen; denn ich will diese unanständige Verbindung nun einmal nicht fördern. Sie haben doch selbst gesehen, Sie waren doch Zeuge heute: ich tat alles, was ein Vater tun konnte, wohlgemerkt, ein gütiger und nachsichtiger Vater! Jetzt jedoch wird ein ganz anderer Vater auf die Bühne treten, und dann – wollen wir sehen, ob der verdienstvolle alte Krieger die Intrige bewältigen, oder ob die schamlose Kameliendame in eine hochangesehene Familie eindringen wird!«

»Und ich wollte Sie gerade fragen, ob Sie, als Bekannter Nastassja Filippownas, mich heute abend nicht bei ihr einführen könnten? Es muß unbedingt noch heute geschehen; es handelt sich um etwas sehr Wichtiges, aber ich weiß nicht wie hingelangen. Ich wurde ihr vorhin zwar vorgestellt, aber sie hat mich nicht eingeladen, und heute abend empfängt sie gewiß nur geladene Gäste. Ich wäre übrigens auch bereit, mich über gewisse gesellschaftliche Vorschriften hinwegzusetzen, mag man mich auch auslachen, wenn ich nur irgendwie hineinkäme.«

»Ich habe genau, genau denselben Gedanken gehabt, mein junger Freund!« rief der General begeistert aus. »Ich habe Sie nicht etwa dieser Kleinigkeit wegen hergebeten«, fuhr er fort, indem er das Geld in die Tasche steckte, »sondern ich wollte Sie gerade zu diesem

Gang zu Nastassja Filippowna, oder besser gesagt, zu diesem Feldzug gegen sie auffordern. General Iwolgin und Fürst Myschkin! Wie das klingt! Wird es ihr nicht imponieren? Und ich werde dann in aller Liebenswürdigkeit endlich meinen Willen aussprechen, aus Rücksicht auf ihr Geburtsfest nur durch die Blume, natürlich nicht geradeaus ... aber es wird doch ebensogut wie geradeaus sein. Mag dann Ganja selbst entscheiden, zu wem er zu halten hat: zum alten verdienstvollen Vater und ... sozusagen ... alles weitere, oder ... Nun, wir werden ja sehen. Ihr Einfall ist im höchsten Grade aussichtsreich. Um neun Uhr brechen wir auf; bis dahin haben wir noch Zeit.«

»Wo wohnt sie?«

»Ziemlich weit von hier: neben dem Großen Theater, im Hause der Mytówzowa in der Beletage, gleich am Platz ... Es werden nicht viele Gäste bei ihr sein – obschon sie heute ihren Geburtstag feiert –, und auch die werden früh aufbrechen.«

Inzwischen wurde es Abend. Der Fürst saß immer noch, hörte zu und wartete, daß der General sich endlich erheben werde. Dieser jedoch war ins Erzählen geraten und gab alle seine Geschichten zum besten, von denen er immer wieder eine neue begann, ohne die vorhergehende beendet zu haben. Nachdem der Fürst gekommen war, hatte der General eine neue Flasche bestellt und im Verlaufe einer Stunde ausgetrunken; dann bestellte er noch eine, die er gleichfalls allein leerte. Es ist anzunehmen, daß der General in dieser Zeit so ungefähr sein ganzes Leben erzählte. Endlich riß dem Fürsten die Geduld: er erhob sich und erklärte, daß er nicht länger warten könne. Der General trank noch den letzten Rest aus, erhob sich dann gleichfalls und schritt äußerst unsicher aus dem Lokal. Der Fürst war verzweifelt. Er begriff jetzt selbst nicht, wie er sich so dumm auf diesen Menschen hatte verlassen wollen. Im Grunde verließ er sich ja nie auf andere; und er bedurfte des Generals doch nur, um an diesem Abend zu Nastassja Filippowna gelangen zu können, wenn auch auf etwas befremdliche Weise; aber er hatte doch nicht mit einem unvermeidlich skandalösen Erscheinen gerechnet: der General war vollkommen betrunken und von einer Redseligkeit, die ihn ohne Unterlaß gefühlvoll und „mit Tränen in der Seele" sprechen ließ. Es drehte sich dabei unaufhörlich nur darum, daß infolge der schlechten Aufführung seiner Familienangehörigen alles zugrunde gehe, weshalb es jetzt endlich an der Zeit sei, daß er eingreife.

Sie traten auf die Liteinaja hinaus. Das Tauwetter hielt noch immer an; ein wehmütiger, warmer, modriger Wind pfiff durch die Straßen, die Gummireifen der Equipagen klatschten im Straßenschmutz, und die Hufe der Traber und Droschkengäule klangen hier und da hell auf einem Pflasterstein auf. Die Fußgänger schoben sich in freudloser, durchnäßter Masse auf dem Trottoir durcheinander. Hin und wieder sah man einen Betrunkenen.

»Sehen Sie diese erleuchteten Beletagen«, fuhr der General unermüdlich fort, »hier leben alle meine Freunde, ich aber, der ich dem Vaterlande am treuesten gedient und für dasselbe gelitten habe, ich irre zu Fuß zum Großen Theater und begebe mich in die Wohnung eines zweideutigen Weibes! Ein Mensch, der dreizehn Kugeln in der Brust hat . . . Sie glauben mir nicht? Mein Herr, einzig meinetwegen hat Pirogóff[4] nach Paris telegraphiert und das belagerte Sebastopol zeitweilig im Stich gelassen. Dem Pariser Hofarzt Nélaton erwirkte er im Namen der Wissenschaft freies Geleit, worauf dieser persönlich im belagerten Sebastopol erschien, um mich zu untersuchen. Selbst den höchsten Vorgesetzten war es bekannt. ‚Ah, das ist der Iwolgin mit den dreizehn Kugeln im Leibe!' hieß es allgemein. Sehen Sie, Fürst, dort jenes Haus? Dort wohnt in der Beletage mein alter Freund General Ssokolówitsch, mit seiner edlen und zahlreichen Familie. Diese Familie hier, drei, die am Newskij wohnen, und zwei in der Großen Morskája – das ist mein ganzer Verkehr; denn Nina Alexandrowna hat sich schon längst den Verhältnissen gefügt, während ich noch fortfahre, mich den Erinnerungen hinzugeben und mich sozusagen zu erholen im gebildeten Kreise meiner früheren Bekannten, Freunde und Untergebenen, die mich auch jetzt noch vergöttern. Dieser General Ssokolówitsch – eigentlich habe ich ihn lange nicht mehr besucht und auch Anna Fjodorowna nicht gesehen . . . Wissen Sie, lieber Fürst, wenn man selbst nicht mehr empfängt, dann gibt man es ganz unwillkürlich auf, bei anderen Besuche zu machen. Indessen . . . hm! . . . es scheint, Sie glauben mir nicht . . . Doch – da fällt mir eben ein! – weshalb sollte ich nicht den Sohn meines besten Freundes und Jugendgespielen in diese bezaubernd liebenswürdige Familie einführen? General Iwolgin und Fürst Myschkin! Sie werden ein entzückendes junges Mädchen kennenlernen, nein, nicht nur eines, sondern zwei, sogar drei! Eine schöner als die andere! Sie sind die Zierde der Residenz und der Gesellschaft. Schönheit, Bildung, moderne Einstellung . . . Frauenfrage, Poesie – alles das hat sich in ihnen in einer glücklichen Mischung vereinigt, ganz abgesehen von den achtzigtausend Rubeln Mitgift, die eine jede erhält – was ja doch kein Fehler und niemals überflüssig ist, weder bei sozialen noch bei Frauenfragen . . . Mit einem Wort, ich muß Sie unbedingt, unbedingt dort einführen; es ist sogar meine Pflicht, Sie mit ihnen bekannt zu machen! General Iwolgin und Fürst Myschkin! Mit einem Wort . . . das macht Eindruck!«

»Wie, doch nicht jetzt? Heute? Sie vergessen . . .«, begann der Fürst . . .

»Nichts, nichts vergesse ich, gehen wir! Hier, diese prachtvolle Treppe geht's hinauf. Ich wundere mich nur, daß der Portier nicht zu sehen ist . . . Richtig, es ist ja heut Feiertag, da kann er sich einmal fortbegeben haben. Er ist übrigens ein alter Trinker, den man eigentlich schon längst hätte vor die Türe setzen sollen. Dieser Ssokolówitsch verdankt sein ganzes Lebensglück und seine ganze Karriere einzig mir, mir allein und keinem anderen, aber ... da sind wir ja schon!«

Der Fürst versuchte nichts mehr dagegen einzuwenden und folgte ergeben dem General, um ihn nicht zu reizen. Er war fest überzeugt, daß der General Ssokolówitsch mit seiner ganzen Familie alsbald wie eine Fata morgana verschwinden und sich als nie dagewesen erweisen werde, und daß ihnen somit nichts Schlimmes begegnen könne; und dann würden sie die Treppe wieder hinuntersteigen. Doch zu seinem Entsetzen mußte er diese Überzeugung bald aufgeben; denn der General stieg die Treppe mit einer Sicherheit hinauf, als habe er tatsächlich alte Bekannte in diesem Hause, und zwischendurch erzählte er noch die verschiedensten biographischen und topographischen Einzelheiten, die den Eindruck nahezu mathematischer Genauigkeit machten. Als sie dann schließlich im ersten Stock anlangten und der General bereits an der Tür einer hochherrschaftlichen Wohnung die Hand nach dem Klingelzug ausstreckte, beschloß der Fürst, sogleich zurückzugehen ... da fiel ihm plötzlich etwas auf:

»Sie haben sich geirrt, General«, sagte er schnell, »hier an der Tür steht Kulakóff, und Sie wollen doch zu Ssokolówitsch!«

»Kulakóff ... Kulakóff beweist doch nichts. Die Wohnung hat Ssokolówitsch inne, und ich klingle bei Ssokolówitsch, was schiert mich Kulakóff ... Da kommt man schon!«

Die Tür wurde von einem Diener geöffnet, der sie fragend ansah und dann meldete, daß die Herrschaft nicht zu Hause sei.

»Wie schade, o, wie schade, das ist ja wie vorherbestimmt!« wiederholte Ardalion Alexandrowitsch mehrmals mit tiefstem Bedauern. »Dann melden Sie, daß General Iwolgin und Fürst Mýschkin ihre Aufwartung zu machen wünschten und unendlich, unendlich bedauerten ...«

Durch die offene Zimmertür blickte plötzlich das Gesicht einer Haushälterin oder Gouvernante, eines etwa vierzigjährigen Frauenzimmers in einem dunklen Kleide. Neugierig und doch mißtrauisch näherte sie sich, als sie die Namen General Iwólgin und Fürst Mýschkin hörte.

»Márja Alexándrowna ist nicht zu Hause«, sagte sie mit kritischem Blick auf den General, »sie ist mit dem Fräulein, mit Alexandra Micháilowna, zur Großmutter gefahren.«

»So ist auch Alexandra Micháilowna nicht zu sprechen? O Gott, welches Pech! Und das passiert mir wirklich jedesmal! Haben Sie die Güte, meinen ergebensten Gruß zu bestellen, und Alexandra Michailowna sagen Sie, daß sie nicht vergessen soll ... mit einem Wort, sagen Sie ihr, daß ich ihr von Herzen die Erfüllung dessen wünsche, was sie sich Donnerstag abend bei den Klängen der Chopinschen Ballade gewünscht hat. Sie wird es schon selbst wissen ...

Also meinen herzlichsten Gruß! General Iwólgin und Fürst Myschkin!«

»Schön, ich werde es ausrichten«, sagte die Person, die etwas Zutrauen gefaßt hatte, mit einer leichten Verbeugung.

Als sie die Treppe hinunterstiegen, bedauerte der General noch aufs lebhafteste, daß sie die Familie nicht angetroffen und der Fürst nun die Bekanntschaft so entzückender Menschen nicht hatte machen können.

»Wissen Sie, mein Lieber, ich bin im Grunde dichterisch veranlagt, ist Ihnen das noch nicht aufgefallen? Doch übrigens ... übrigens ... übrigens sind wir, wie mir scheint, nicht ganz richtig gegangen«, schloß er plötzlich selbst völlig überrascht. »Ssokolówitschs wohnen – jetzt fällt's mir ein! – in einem ganz anderen Hause, ich glaube sogar in ... Moskau. Ja, ich habe mich ein wenig versehen, aber ... aber das hat nichts zu sagen.«

»Ich möchte jetzt nur eines wissen«, bemerkte der Fürst resigniert, »ob ich mich überhaupt noch auf Sie verlassen kann, oder ob es nicht besser ist, wenn ich auf Ihre Beihilfe ganz verzichte und lieber allein hingehe?«

»Allein? Zu ihr? Ohne mich? Aber weshalb denn das, wenn es doch für mich ein großes Unternehmen ist, von dem so viel für meine ganze Familie abhängt? Nein, mein junger Freund, dann kennen Sie Iwolgin schlecht! Wer ‚Iwolgin' sagt, der sagt soviel wie ‚Mauer'. ‚Verlaß dich auf Iwolgin wie auf eine Mauer!' – sehen Sie, so sagte man schon in der Schwadron, bei der ich einst meinen Dienst begann. Ich muß jetzt nur auf einen Augenblick hier in ein Haus eintreten, wo meine Seele von den Aufregungen und Schicksalsschlägen nun schon seit Jahren Erholung findet ...«

»Wie, Sie wollen nach Hause gehen?«

»Nein! Ich will ... zu Frau Teréntjewa, der Witwe des Hauptmanns Teréntjeff, meines ehemaligen Untergebenen ... und sogar Freundes ... Hier bei dieser Frau lebt meine Seele wieder auf, und hierher trage ich alles Leid, das mir das Leben und meine Familie bereiten, und lasse mich von meinem Kummer erlösen ... Und da ich gerade heute so viel auf dem Herzen habe, möchte ich die große moralische Last ...«

»Ich sehe, daß ich eine ungeheure Dummheit begangen habe«, brummte der Fürst, »als ich Sie vorhin mit meiner Bitte belästigte. Zudem sind Sie ja jetzt ... Leben Sie wohl.«

»Aber ich kann, ich kann Sie nicht von mir fortlassen, mein junger Freund!« rief der General beschwörend aus und hielt ihn krampfhaft fest. »Sie ist Witwe, Mutter einer Familie! Nur sie allein versteht, in ihrem Herzen jene Saiten anzuschlagen, die in meinem ganzen Wesen einen Widerhall finden. Der Besuch bei ihr wird nur fünf Minuten dauern. In diesem Hause kann ich ganz ohne Formalitäten ein- und ausgehen, ich lebe ja hier so gut wie ganz, wasche mich, kleide mich um ... und dann fahren wir sofort zum Großen

Theater. Glauben Sie mir, ich kann Sie den ganzen Abend nicht entbehren ... Hier in diesem Hause ... wir sind schon da ... Ah, Kolja, du bist auch schon hier? Ist Márfa Boríssowna zu Hause? Oder bist du selbst erst im Augenblick gekommen?«

»O nein«, sagte Kolja, der gleichzeitig mit ihnen am Portal angelangt war. »Ich bin schon ziemlich lange hier bei Ippolit. Er fühlt sich schlecht, liegt seit dem Morgen zu Bett. Ich war soeben nur im Laden und habe ein Spiel Karten geholt. Márfa Boríssowna erwartet Sie, Papa. Nur ... ach Gott, Papa, wie haben Sie sich ...«, rief Kolja vorwurfsvoll und erschrocken aus, indem er prüfend die Haltung des Generals betrachtete. »Ach nun, gehen wir, gleichviel!«

Die Begegnung mit Kolja bewog den Fürsten, den General zu Marfa Borissowna zu begleiten, doch wollte er dort nur eine Minute bleiben. Er mußte mit Kolja sprechen. Den General wollte er unbedingt verlassen. Er konnte es sich nicht verzeihen, daß er von ihm überhaupt etwas erwartet hatte. Sie stiegen auf der Hintertreppe bis zum vierten Stock empor, was lange dauerte.

»Wollen Sie den Fürsten mit ihr bekannt machen?« fragte Kolja.

»Jawohl, mein Freund, gewiß bekannt machen. General Iwolgin und Fürst Myschkin! Aber wie ... was sagt ... Márfa Boríssowna?«

»Wissen Sie, Papa, es wäre besser, Sie gingen jetzt nicht zu ihr! Sie wird Sie zerreißen vor Wut! Sie haben sich drei Tage lang nicht blicken lassen, sie aber wartet auf das Geld. Weshalb haben Sie ihr denn wieder Geld versprochen? Das tun Sie immer wieder. Sehen Sie jetzt zu, wie Sie sich herausreden.«

Im vierten Stock angelangt, machten sie vor einer niedrigen Tür halt. Dem General wurde ersichtlich bange, und er schob den Fürsten vor.

»Ich werde mich hier verstecken«, flüsterte er, »um sie dann zu überraschen ...«

Kolja trat als erster ins Vorzimmer. Eine stark geschminkte und gepuderte Dame von etwa vierzig Jahren, in Pantoffeln und einer alten Hausjacke, die Haare in dünne Zöpfchen geflochten, blickte aus dem Zimmer durch die Türspalte und – die Überraschung des Generals fiel ins Wasser. Kaum hatte sie ihn erblickt, als sie ein großes Geschrei erhob.

»Da ist er, da ist er, dieser niedrige, dieser gemeine Mensch, das ahnte mein Herz!«

»Treten wir ein, das ist nur so«, flüsterte der General, noch harmlos lächelnd, dem Fürsten zu.

Doch täuschte er sich sehr. Die Hausfrau ließ ihnen kaum Zeit, durch das dunkle, niedrige Vorzimmer in das Gastzimmer einzutreten – ein schmales Zimmer, in dem ein halbes Dutzend Rohrstühle und zwei Spieltische standen –, als sie auch schon von neuem mit ihrer gleichsam eingeübt weinerlichen und ordinär klingenden Stimme fortfuhr:

»Und du schämst dich nicht, du schämst dich nicht, du Barbar und Tyrann meiner Familie, du Barbar und Heide! Bestohlen hast du mich bis aufs Letzte, alle meine Säfte hast du mir ausgesogen, und immer hast du noch nicht genug! Wie lange werde ich dich noch ertragen, du schamloser, du ehrloser Mensch?«

»Márfa Boríssowna, Márfa Boríssowna! Das ... hier ist Fürst Myschkin. General Iwolgin und Fürst Myschkin ...«, stotterte der unsicher und ganz kleinlaut gewordene General.

»Werden Sie es mir glauben«, wandte sich die Witwe sogleich an den Fürsten, »werden Sie es mir glauben, daß dieser schamlose Mensch nicht einmal meine verwaisten Kinder verschont hat? Alles hat er uns genommen, alles hat er fortgeschleppt, alles hat er verkauft und versetzt, nichts hat er uns gelassen! Was soll ich denn mit deinen Schuldverschreibungen anfangen, du schlauer, du gerissener Mensch? So antworte doch wenigstens, du Betrüger, antworte mir doch, du unersättliches Herz! Sag mir doch, womit soll ich, womit soll ich jetzt meine verwaisten Kinderchen ernähren? Da kommt er nun betrunken angetorkelt, kann kaum auf den Beinen stehen ... Womit ich wohl den Zorn Gottes erregt haben mag, daß er mich so bitter straft! – So antworte, du schändlicher, du schamloser Mensch, so antworte doch wenigstens!«

Der General jedoch war nicht dazu aufgelegt, zu antworten, er hatte anderes im Sinn.

»Hier, Márfa Boríssowna, hier sind fünfundzwanzig Rubel ... alles, was ich dank der Großmut meines Freundes Ihnen geben kann. Fürst! Ich habe mich grausam geirrt! So ... ist das Leben ... Jetzt aber ... fühle ich mich schwach ... verzeihen Sie«, fuhr der General, der mitten im Zimmer stand, sich nach allen Seiten verbeugend, mit müder Stimme fort. »Ich ... bin schwach, verzeiht! Lénotschka! ein Kissen ... liebes Knd!«

Lénotschka, das achtjährige Töchterchen der Witwe, lief flink nach einem Kissen, das sie dann auf das harte, zerschlissene Wachstuchsofa legte. Der General setzte sich nieder, mit der Absicht, noch vieles zu sagen, doch kaum saß er, als er sich auch schon auf die Seite neigte, ausstreckte, zur Wand drehte und in den Schlaf des Gerechten sank.

Marfa Borissowna sah kummervoll den Fürsten an, deutete zeremoniell auf einen Stuhl am Tisch, setzte sich selbst ihm gegenüber, stützte das Kinn in die rechte Hand und begann den Gast, nur ab und zu aufseufzend, stumm zu betrachten. Ihre drei kleinen Kinder (zwei Mädchen und ein Knabe), von denen Lénotschka das älteste war, traten auch an den Tisch heran, legten alle drei die Händchen auf die Tischkante und begannen gleichfalls alle drei, stumm und aufmerksam den Fürsten anzuschauen. Da kam Kolja aus dem Nebenzimmer.

»Kolja! Es freut mich sehr, daß ich Sie hier angetroffen habe«, wandte sich der Fürst an ihn, »vielleicht können Sie mir helfen. Ich muß unbedingt heute noch zu Nastassja Filippowna. Ich hatte Ardalión Alexándrowitsch gebeten, mich hinzuführen, und er wollte mir auch den Dienst erweisen, aber nun ist er mir, wie Sie sehen, eingeschlafen. Bitte führen Sie mich hin; denn ich kenne hier weder die Straßen, noch den Weg zu ihr. Zum Glück habe ich durch ihn wenigstens die Adresse erfahren: am Großen Theater, im Hause der Mytówzowa.«

»Nastassja Filippowna? Aber die hat doch nie im Leben dort gewohnt, und mein Vater ist niemals bei ihr gewesen, wenn Sie's wissen wollen. Mich wundert nur, daß Sie von ihm überhaupt etwas erwartet haben. Nastassja Filippowna wohnt nicht weit von den „Fünf Ecken", in der Gegend der Wladímirskaja, das ist viel näher von hier. Wollen Sie jetzt gleich gehen? Es ist halb zehn. Gut, ich werde Sie gern hinbegleiten.«

Der Fürst und Kolja machten sich sofort auf den Weg. Der Fürst hatte kein Geld mehr, um eine Droschke zu bezahlen, so mußten sie zu Fuß gehen.

»Ich wollte Sie gerade mit Ippolit bekannt machen«, sagte Kolja, als sie auf die Straße traten, »das ist der älteste Sohn dieser Witwe mit den Rattenschwänzen auf dem Kopf. Er wohnt in einem Hinterzimmer. Heute hat er den ganzen Tag gelegen, er fühlt sich bedeutend schlechter. Er ist aber so sonderbar, ist entsetzlich empfindlich. Ich glaube, er hätte sich vor Ihnen geschämt, weil Sie in einem solchen Augenblick gekommen sind . . . Für mich ist es doch immerhin weniger peinlich als für ihn; denn bei mir ist es ja nur der Vater, bei ihm aber die Mutter, das ist doch ein Unterschied! Männern geht so etwas nicht gleich an die Ehre. Oder vielleicht ist das nur ein Vorurteil, das sich aus dem Vorrecht des männlichen Geschlechts auf diesem Gebiet entwickelt hat. . . . Ippolit ist sonst ein famoser Junge, bloß in manchen Dingen ist er einfach Sklave gewisser Vorurteile.«

»Sie sagten, er sei schwindsüchtig?«

»Ja; wahrscheinlich wäre es für ihn besser, er stürbe bald. Ich würde an seiner Stelle unbedingt sterben wollen. Ihm tun aber die kleinen Geschwister leid, die drei Gören, – Sie haben sie ja gesehen. Wenn es nur ginge, wenn wir nur das Geld dazu hätten, würden wir eine eigene Wohnung mieten und uns von unseren Angehörigen lossagen. Das ist unser Ideal! Aber wissen Sie, als ich ihm vorhin von Ihrem Auftritt mit Ganja erzählte, wurde er in seiner Reizbarkeit ganz wild und behauptete, daß jeder, der eine Ohrfeige erhält und seinen Beleidiger nicht fordert, einfach ein Lump sei. Er war aber in sehr gereizter Stimmung, daher wollte ich weiter nicht mit ihm streiten. Also Nastassja Filippowna hat Sie gleich richtig eingeladen zu sich?«

»Das ist es ja, daß sie mich nicht eingeladen hat.«

»Wie? Aber wie können Sie dann zu ihr gehen?« fragte Kolja fast erschrocken und blieb vor Verwunderung mitten auf dem Trottoir stehen. »Und ... und in diesem Anzug? Dort ist doch geladener Besuch!«

»Bei Gott, ich weiß es selbst nicht, wie ich eintreten soll. Werde ich empfangen – gut, wenn nicht – dann nicht: dann ist eben nichts daraus geworden. Und was den Anzug betrifft – ja, was ist da zu machen?«

»Ah, so, Sie haben wohl einen ernsten Grund hinzugehen? Oder gehen Sie nur pour passer le temps ‚in guter Gesellschaft'?«

»Nein, im Grunde ... oder ja, doch, ich habe ... das läßt sich schwer erklären, Kolja ...«

»Nun, gleichviel was das für ein Grund ist, das ist Ihre Sache. Ich meine nur – Sie wollen sich doch nicht dieser Gesellschaft aufdrängen, den Kameliendamen, Generalen und Wucherern ... Wenn das der Fall wäre (verzeihen Sie, Fürst!), dann müßte ich Sie auslachen und verachten! Hier gibt es nur sehr wenige Menschen, die ehrenhaft sind, wirklich, es gibt hier keinen, den man richtig achten kann. Da blickt man unwillkürlich auf sie von oben herab, wenn sie trotzdem alle geachtet sein wollen. Wárja ist die erste, die's tut. Und ist es Ihnen nicht aufgefallen, Fürst, daß in unserer Zeit alle Abenteurer sind? Und namentlich noch bei uns in Rußland, in unserem lieben Vaterlande. Woher das nur alles kommen mag – wirklich, ich begreife es nicht. Man sollte meinen, daß alles unerschütterlich fest stand – aber jetzt? Darüber redet und schreibt jetzt alle Welt. Bei uns wollen alle ‚alles entlarven'! Und die Eltern sind die ersten, die sich ihrer früheren ‚alten Moral' schämen. In Moskau zum Beispiel hat ein Vater seinen Sohn gelehrt, vor *nichts* zurückzuschrecken, wenn es sich um Gelderwerb handelt – tatsächlich! Es stand in der Zeitung. Und nehmen Sie doch zum Beispiel meinen General. Was ist aus ihm geworden? Aber wissen Sie was, ich glaube, daß mein General doch ein ehrlicher Mensch ist. Bei Gott, er ist es. Das ist ja alles nur die Unordnung und der Alkohol. Bei Gott, er kann einem sogar leid tun. Ich will es nur nicht jedem sagen; denn sie würden mich ja alle auslachen. Aber er tut mir wirklich leid, glauben Sie mir. Und was ist denn schließlich an den anderen dran? – an diesen sogenannten Klugen? Alle sind sie Wucherer, alle, vom ersten bis zum letzten. Ippolít verteidigt den Wucher, er sagt, das müsse so sein, es wäre ökonomische Umwälzung, Ebbe und Flut, oder so etwas Gutes, hol's der Kuckuck. Mich ärgert es scheußlich, daß *er* so etwas sagt. Aber was, er ist ja doch krank und verbittert. Stellen Sie sich vor, seine Mutter, die da, erhält von meinem Vater Geld, und dieses Geld borgt sie ihm dann gegen Wucherzinsen! Ist das nicht eine Gemeinheit? Aber wissen Sie, Mama, das heißt, meine Mama, Nina Alexandrowna, hilft Ippolit mit Geld, Kleidern, Wäsche und was sonst noch nötig ist, und sogar den drei Kleinen hilft sie, durch Ippolit; denn die Witwe vernachlässigt sie ganz. Auch Warja hilft ihnen.«

»Nun sehen Sie, Sie sagen, es gäbe keine ehrenhaften und starken Menschen, alle seien Wucherer. Da haben Sie doch Ihre Mutter und Warja. Ist denn das kein Beweis sittlicher Kraft, wenn sie hier unter solchen Umständen helfen?«

»Warja tut es nur aus Eigenliebe, bei ihr ist es Prahlerei, sie will der Mutter nicht nachstehen. Aber Mama allerdings ... ich muß schon sagen, da hat man alle Hochachtung. Jawohl, das achte ich an ihr, und diese Achtung ist gerechtfertigt. Selbst Ippolit fühlt es, aber er ist ja schon ganz verbittert. Anfangs lachte er darüber und nannte es von seiten meiner Mutter eine Gemeinheit. Aber jetzt fängt er schon an zu fühlen, daß ... Also, Sie nennen so etwas Kraft? Das werde ich mir merken. Ganja weiß nichts davon, sonst würde er es unnütze Verwöhnung nennen.«

»Ganja weiß es nicht? Ich glaube, Ganja weiß noch sehr vieles nicht«, kam es dem nachdenklich gewordenen Fürsten unwillkürlich über die Lippen.

»Wissen Sie, Fürst, Sie gefallen mir sehr. Ich kann es noch immer nicht vergessen, wie Sie sich da vorhin verhielten.«

»Auch Sie gefallen mir sehr, Kolja.«

»Hören Sie, wie beabsichtigen Sie hier zu leben? Ich werde mir bald irgendeine Beschäftigung verschaffen und etwas verdienen – wollen wir dann alle drei zusammen, Sie, Ippolit und ich, eine Wohnung mieten?! – und der General kann uns dann besuchen!«

»Mit dem größten Vergnügen. Übrigens werden wir ja noch sehen ... Ich bin sehr ... sehr zerstreut. Was? Wir sind schon da? In diesem Hause? ... Was für eine prächtige Vorhalle! Und die Portierloge ... Nun, Kolja, ich weiß nicht, was daraus werden wird ...«

Der Fürst stand wie verloren vor dem Portal.

»Nun, morgen werden Sie mir alles erzählen! Seien Sie nur nicht gar zu schüchtern. Gott gebe Ihnen guten Erfolg, denn ich bin in allem ganz Ihrer Meinung. Leben Sie wohl. Ich gehe wieder dorthin zurück und werde Ippolit alles erzählen. Daß Sie empfangen werden, ist sicher, eine Abweisung brauchen Sie bestimmt nicht zu fürchten! Sie ist unglaublich originell. Hier, diese Treppe geht's hinauf, im ersten Stock, der Portier wird Ihnen schon Bescheid sagen.«

XIII

Der Fürst suchte, als er die Treppe hinaufstieg, mit aller Gewalt seiner Aufregung Herr zu werden. »Das Schlimmste, was mir begegnen kann«, dachte er, »ist, daß man mich nicht empfängt und etwas Schlechtes von mir denkt ... oder vielleicht empfängt man mich, um mir dann ins Gesicht zu lachen? ... Ach, mögen sie doch!« Was ihn aber am meisten schreckte, war der Gedanke oder die Frage, was er denn dort eigentlich zu tun beabsichtige, und weshalb er überhaupt hinging, – eine Frage, auf die er entschieden keine zufriedenstellende und beruhigende Antwort zu finden vermochte. Selbst wenn sich ihm dort die Gelegenheit böte, Nastassja Filippowna unbemerkt zu sagen: ‚Heiraten Sie diesen Menschen *nicht*, stürzen Sie sich nicht ins Unglück, er liebt nicht Sie, sondern nur Ihr Geld, das hat er mir selbst gesagt, und auch Aglaja Jepántschina hat mir das gesagt, ich aber bin gekommen, um es Ihnen zu hinterbringen', so wäre damit wohl in keiner Hinsicht das Richtige getan. Ferner gab es da noch eine andere ungelöste Frage, eine Frage von solcher Wichtigkeit, daß der Fürst sich scheute, an sie auch nur zu denken, ja, daß er es nicht einmal wagte, nicht über sich brachte, sie als zulässig zu betrachten, auch nicht wußte, wie er sie hätte formulieren sollen, und schon errötete und erbebte, sobald sein Denken auch nur in diese Richtung abschweifen wollte. Allein, trotz all dieser Befürchtungen und Zweifel, endete es damit, daß er die Glocke zog, eintrat und sich bei der Dame des Hauses anmelden ließ.

Nastassja Filippowna hatte eine nicht sehr große, dafür aber wirklich prachtvoll eingerichtete Wohnung inne. Im Laufe dieser fünf Jahre ihres Lebens in Petersburg hatte es eine Zeit gegeben, am Anfang, wo Tozkij aus freien Stücken sehr viel Geld für sie aufwandte; damals spekulierte er noch auf ihre Liebe und glaubte, sie hauptsächlich mit Komfort und Luxus betören zu können, da er wußte, wie leicht man sich die Gewohnheiten des Reichtums aneignet und wie schwer es nachher fällt, auf sie zu verzichten, wenn der Luxus allmählich zu einem Bedürfnis geworden ist. Auch in diesem Fall verblieb Tozkij treu bei den alten guten Überlieferungen, ohne an ihnen etwas zu ändern, und baute unentwegt auf die unüberwindliche Macht der sinnlichen Einflüsse, die er unermeßlich hoch veranschlagte. Nastassja Filippowna wies den Luxus nicht zurück, ja, sie liebte ihn sogar, aber – und das war doch äußerst sonderbar – sie ließ sich auf keine Weise von ihm unterjochen, ganz als könne sie jederzeit auch ohne ihn auskommen; und sie machte sich sogar die Mühe, dies auch mehrfach kundzutun, wovon Tozkij sich jedesmal unangenehm überrascht fühlte. Übrigens gab es in Nastassja Filippowna vielerlei Eigenheiten, die Tozkij unangenehm überraschten (in der Folgezeit sogar in eine Opposition bis zur Verachtung drängten). Ganz abgesehen von der Unvornehmheit jener Menschensorte, mit der sie gelegentlich verkehrte, und das offenbar aus Neigung tat, legte sie noch andere äußerst seltsame Neigungen an den Tag: es zeigte sich in ihr neuerdings eine gewisse barbarische Mischung zweier Geschmacksrichtungen, die Fähigkeit, einerseits auf Dinge zu verzichten und andererseits an Dingen Gefallen zu finden, deren bloßes Dasein ein feingebildeter, ästhetisch empfindender Mensch, wie man meinen sollte, überhaupt nicht für möglich halten konnte. Dagegen: hätte Nastassja Filippowna z. B. eine liebe kleine Unwissenheit vornehmer Art verraten, wie etwa, daß Bauernmädchen nicht solche Batistwäsche tragen wie sie, so hätte das Afanassij Iwanowitsch aus unbestimmten Gründen sehr angenehm berührt. Hätte doch nach Tozkijs Erziehungsprogramm Nastassja Filippownas ganzer Unterricht unfehlbar zu diesen Resultaten führen müssen – und er hielt sich für durchaus kompetent in allen Erziehungsfragen. Doch leider waren die Resultate, wie es sich in der Praxis erwies, ganz anderer und zum mindesten sehr seltsamer Art. Trotzdem aber war und blieb in Nastassja Filippowna ein »Etwas«, das sogar Tozkij durch seine ungewöhnliche und reizvolle Originalität, durch seine gewisse Kraft stutzig machte und ihn auch jetzt noch mitunter bestrickte, obschon doch alle seine früheren Spekulationen auf Nastassja Filippowna schon längst zusammengebrochen waren.

Dem Fürsten öffnete eine Zofe die Tür (Nastassja Filippowna hatte stets nur weibliche Bedienung), und diese vernahm zu seiner Verwunderung ohne das geringste Erstaunen die Bitte, ihn anzumelden. Weder seine schmutzigen Stiefel noch sein breitrandiger Filzhut, weder sein ärmelloser Kapuzenmantel noch seine verwirrte Miene erregten Bedenken in ihr. Sie nahm ihm den Mantel ab, bat ihn höflich einen Augenblick zu warten, und ging sogleich, um ihrer Herrin den Besuch zu melden.

Die Gesellschaft, die sich bei Nastassja Filippowna versammelt hatte, bestand nur aus ihren alten Bekannten, die sie ständig besuchten. Diesmal war es nur eine kleine Gesellschaft, im Vergleich mit den früheren Abenden an ihrem Geburtstag. Anwesend waren erstens und als die Hauptpersonen Afanássij Iwánowitsch Tózkij und der General Iwán Fjódorowitsch Jepántschin; beide bemühten sich liebenswürdig zu sein; doch sah man beiden an, daß die bevorstehende Entscheidung Nastassja Filippownas sie nicht wenig beunruhigte. Außer ihnen war natürlich auch Ganja anwesend – finster, nachdenklich und, fast kann man sagen, das Gegenteil von liebenswürdig. Er hielt sich etwas abseits und schwieg. Warja mitzubringen, hatte er doch nicht für ratsam gehalten, aber Nastassja Filippowna fragte auch mit keinem Wort nach ihr. Dafür jedoch kam sie sogleich nach seiner Begrüßung auf jenen Zwischenfall mit dem Fürsten zu sprechen. Der General, der noch nichts davon gehört hatte, erkundigte sich interessiert, was denn vorgefallen sei, worauf Ganja trocken, sachlich, doch vollkommen wahrheitsgetreu alles erzählte und hinzufügte, daß er den Fürsten bereits um Verzeihung gebeten habe. Zum Schluß sprach er noch wärmstens seine Meinung aus: daß der Fürst seltsamerweise – Gott weiß weshalb – ein „Idiot" genannt werde, daß er, Ganja, sich aber vom vollkommenen Gegenteil überzeugt habe; denn »dieser Mensch hat sicher seinen Kopf für sich«, d. h. denke selbständig. Nastassja Filippowna hörte diese Meinungsäußerung sehr aufmerksam an und beobachtete Ganja neugierig. Das Gespräch ging dann auf Rogóshin über, der ja bei Iwolgins eine so große Rolle gespielt hatte, und diesem Gespräch folgten nun Tozkij und Jepantschin mit größter Aufmerksamkeit. Ptizyn, der sich fast bis neun Uhr abends für Rogoshin in geschäftlichen Angelegenheiten gemüht hatte, wußte, wie sich herausstellte, noch einzelne Neuigkeiten über ihn zu berichten: Rogoshin setzte alle Hebel in Bewegung, um noch vor der Nacht hunderttausend Rubel in barem Gelde zusammenzubringen. »Allerdings war er betrunken«, fügte Ptizyn hinzu, »aber er wird wahrscheinlich sein Wort halten; denn wenn es auch schwer ist, hunderttausend an einem Tag flüssig zu machen, so helfen ihm doch viele: Trepáloff, Kinder und Bískup ... Nur weiß ich nicht, ob es ihnen gerade heute noch gelingen wird ... Auf die Höhe der Prozente kommt es ihm gar nicht an, er zahlt alles – natürlich in der Trunkenheit und in der ersten Freude ...«, schloß Ptizyn. Alle diese Mitteilungen wurden von den Anwesenden mit zum Teil finsterem Interesse zur Kenntnis genommen. Nastassja Filippowna schwieg und wollte sich offenbar nicht dazu äußern. Ganja schwieg gleichfalls. General Jepantschin beunruhigte sich innerlich vielleicht am meisten von allen: sein kostbares Geschenk war von ihr mit etwas gar zu kühler Freundlichkeit in Empfang genommen worden; ja, vielleicht täuschte er sich nicht einmal, wenn er sogar so etwas wie leisen Spott in ihrem Blick und Lächeln bemerkt zu haben glaubte. Nur Ferdyschtschénko befand sich als einziger von allen Gästen in gehobener festtäglicher Stimmung und lachte laut, oft ohne selbst zu wissen weshalb – vielleicht nur, weil er sich selbst die Rolle des Spaßmachers auferlegt hatte. Tozkij, den die Fama als eleganten und geistreichen Erzähler pries, und der an solchen Abenden gewöhnlich die ganze Unterhaltung beherrscht hatte, war diesmal offenbar nicht dazu aufgelegt. Man merkte ihm sogar eine gewisse, an ihm ganz fremde Verlegenheit an. Die übrigen Gäste – ein armer, alter Lehrer, der Gott weiß weshalb eingeladen worden war, irgendein unbekannter und sehr junger Mann, der entsetzlich schüchtern zu sein schien und den Mund überhaupt nicht auftat, eine lebhafte ältere Dame von etwa vierzig Jahren, die einstmals Schauspielerin gewesen war, und dann noch eine auffallend hübsche, reich gekleidete junge Dame, die so

gut wie gar nichts sagte – sie alle konnten das Gespräch nicht nur nicht beleben, sondern wußten mitunter nicht einmal, was sie antworten oder wovon sie überhaupt sprechen sollten.
So war es denn begreiflich, daß das Erscheinen des Fürsten allen Anwesenden sehr gelegen kam. Übrigens rief seine Anmeldung doch einiges Erstaunen und auf manchen Gesichtern sogar ein gewisses Lächeln hervor, namentlich als man aus Nastassja Filippownas überraschter Miene erriet, daß sie gar nicht daran gedacht hatte, ihn einzuladen. Doch schon im nächsten Augenblick verriet ihr Gesicht so viel aufrichtige Freude über seinen Besuch, daß die Mehrzahl der Gäste sich sofort gleichfalls anschickte, den unerwarteten Gast mit Vergnügen zu empfangen.
»Nun ja, wenn er das auch wieder nur aus Naivität tut«, meinte General Jepantschin, »und solche – hm! – Neigungen zu begünstigen ziemlich gefährlich sein kann, so ist es doch im Augenblick nicht übel, daß er das Geburtstagskind mit seinem Besuch bedacht hat, zumal er es noch in einer so originellen Weise tut. Aller Voraussicht nach wird er uns sogar erheitern, wenigstens soweit ich über ihn urteilen kann.«
»Selbstverständlich muß er nun herhalten, da er sich ja auf eigene Faust eindrängt«, rief sofort Ferdyschtschenko aus.
»Sie meinen?« fragte der General trocken. Er konnte diesen Ferdyschtschenko nicht ausstehen.
»Nun, ich meine, daß er für den Eintritt wird zahlen müssen«, erklärte dieser.
»Mir scheint, daß ein Fürst Myschkin immerhin kein Ferdyschtschenko ist«, konnte der General sich nicht enthalten zu bemerken. Es fiel ihm ehrlich schwer, sich an den Gedanken zu gewöhnen, daß er, General Jepantschin, sich mit einem Ferdyschtschenko in ein und derselben Gesellschaft befand, ganz als wären sie gleichstehende Persönlichkeiten.
»Ei, Exzellenz, mit Ferdyschtschenko müssen Sie Nachsicht haben«, antwortete jener lachend, »ich bin doch hier mit ganz besonderen Rechten ausgestattet!«
»Was sind denn das für besondere Rechte, wenn man fragen darf?«
»Das auseinanderzusetzen hatte ich bereits das vorigemal die Ehre, doch für Eure Exzellenz will ich es wiederholen. Also, ich bitte zu erwägen, Exzellenz: alle Menschen sind geistreich, nur ich allein bin es nicht. Als Schadenersatz habe ich dafür die Erlaubnis erhalten, die Wahrheit zu sagen, da doch bekanntlich nur jene die Wahrheit sagen, die nicht geistreich sind. Zudem bin ich ein äußerst rachsüchtiger Mensch, und das natürlich gleichfalls nur aus Mangel an Geist. Ich nehme jede Beleidigung ruhig hin, jedoch nur bis zum ersten Mißerfolg des Beleidigers. Bei seiner ersten Niederlage entsinne ich mich unverzüglich alles dessen, was er auf dem Kerbholz hat, und zahle es ihm prompt auf irgendeine Weise heim – schlage

mit den Hinterbeinen aus, wie Iwan Petrowitsch Ptizyn es nennt, der, versteht sich, selbst niemals gegen jemand ausschlägt. Kennen Eure Exzellenz vielleicht Kryloffs Fabel vom Löwen und vom Esel? Nun, sehen Sie, die ist wie auf uns gedichtet, tatsächlich, das sind Sie und ich!«

»Sie scheinen ja wieder einmal in Ihr unleidliches Phantasieren zu geraten, Ferdyschtschenko«, entgegnete der General gereizt und grob.

»Aber was haben Sie denn dagegen einzuwenden, Exzellenz?« griff Ferdyschtschenko schnell auf, ganz als hätte er nur auf diesen Einwand gewartet. »Beunruhigen Sie sich nicht, Exzellenz, ich kenne sehr wohl den Platz, der mir zukommt: der Löwe sind natürlich Sie, Exzellenz:

„Der grimme Leu, des Waldes Schrecken,
Ward mit den Jahren altersschwach –"

Und ich, Exzellenz, bin selbstverständlich der Esel ...«

»Mit letzterem bin ich einverstanden«, platzte der General unvorsichtig genug heraus.

Diese ganze Plänkelei wurde natürlich mit Absicht von Ferdyschtschenko in die Länge gezogen: obwohl er nicht geistreich zu sein verstand, wurde ihm doch vieles erlaubt, da er nun einmal offiziell die Rolle des Spaßmachers übernommen hatte.

»Aber ich werde ja doch nur deshalb hier empfangen, damit ich gerade in diesem Genre rede!« hatte Ferdyschtschenko einmal lachend erklärt. »Wie wäre es denn sonst möglich, mich zu empfangen? Das begreife ich doch! Wie könnte man mich denn im Ernst, mich, den obskuren Ferdyschtschenko, neben einen so ästhetisch überfeinen Gentleman wie Afanassij Iwanowitsch Tozkij setzen? Da bleibt einem doch nur die eine Erklärung übrig: eben weil es unvorstellbar ist, wird es getan!«

Ferdyschtschenko konnte in seinen Späßen sehr plump, bisweilen aber auch sehr bissig sein, und bisweilen sogar noch mehr als bissig. Das aber war es gerade, was Nastassja Filippowna zu gefallen schien. Daher mußte auch ein jeder, der mit ihr verkehren wollte, Ferdyschtschenkos Anwesenheit in Kauf nehmen. Er traf vielleicht den Nagel auf den Kopf, wenn er sich sagte, daß er nur deshalb empfangen wurde, weil er gleich bei seinem ersten Besuch für Tozkij »unmöglich« geworden war. Auch Ganja mußte sich endlose Sticheleien von ihm gefallen lassen, und gerade in *der* Beziehung kam Ferdyschtschenko Nastassja Filippowna sogar sehr zustatten.

»Der Fürst aber wird bei uns damit beginnen müssen, daß er eine moderne Arie zum besten gibt«, schloß Ferdyschtschenko mit einem Seitenblick auf Nastassja Filippowna, um aufzupassen, was sie dazu sagen werde.

»Ich glaube nicht, daß er das tun wird, und bitte, Ferdyschtschenko, geben Sie sich keine Mühe«, bemerkte sie kurz.

»A–ah! Nun, wenn er unter besonderer Protektion steht, so werde natürlich auch ich nachsichtig sein.«
Nastassja Filippowna hatte sich bereits erhoben und ging ohne ihn anzuhören, dem Fürsten entgegen.
»Ich habe es schon bedauert«, sagte sie, als sie plötzlich vor ihm stand, »daß ich Sie vorhin in der Eile zu mir einzuladen vergaß. Um so mehr freut es mich, daß Sie mir jetzt selbst Gelegenheit geben, Ihnen zu danken und für die Geistesgegenwart, mit der Sie eingriffen, meine Anerkennung auszusprechen.«
Während sie das sagte, blickte sie ihn forschend an, bemüht, wenigstens halbwegs eine Erklärung für sein Erscheinen zu finden.
Der Fürst hätte auf ihre liebenswürdige Begrüßung vielleicht auch etwas erwidert, aber er war dermaßen geblendet und betroffen, daß er kein Wort hervorzubringen vermochte. Nastassja Filippowna bemerkte es und es tat ihr wohl. Sie war an diesem Abend in großer Toilette und machte einen außergewöhnlichen Eindruck. Sie reichte ihm die Hand und führte ihn dann zu ihren Gästen. Doch dicht vor der Tür zum Salon blieb der Fürst plötzlich stehen und flüsterte ihr in ungewöhnlicher Erregung schnell, fast atemlos zu:
»An Ihnen ist alles vollkommen ... selbst das, daß Sie mager und blaß sind, ist schön ... Man mag Sie sich gar nicht anders vorstellen ... Ich wollte um jeden Preis zu Ihnen ... ich ... verzeihen Sie ...«
»Bitten Sie nicht um Verzeihung«, unterbrach ihn Nastassja Filippowna lachend, »damit würden Sie die ganze Seltsamkeit und Originalität Ihres Erscheinens zerstören. Man hat wohl recht, wenn man Sie einen sonderbaren Menschen nennt. Sie halten mich also wirklich für vollkommen, ja?«
»Ja.«
»Wenn Sie auch sonst ein Meister im Erraten sind, diesmal täuschen Sie sich doch. Ich werde Sie noch heute daran erinnern ...«
Sie stellte ihn darauf ihren Gästen vor, von denen freilich die meisten ihn bereits kannten. Tozkij sagte ihm sogleich irgendeine Liebenswürdigkeit. Alle schienen sich zu beleben, alle begannen plötzlich zu sprechen und zu lachen. Nastassja Filippowna ließ den Fürsten neben sich Platz nehmen.
»Aber was ist denn am Erscheinen des Fürsten so Erstaunliches?« übertönte Ferdyschtschenkos Organ alle anderen Stimmen. »Die Sache liegt doch auf der Hand, sie spricht ja für sich selbst!«
»Ja, sie spricht nur zu deutlich für sich selbst«, brach plötzlich Ganja sein Schweigen. »Ich habe den Fürsten heute fast ununterbrochen beobachtet, von dem Augenblick an, als er am Vormittag zum erstenmal Nastassja Filippownas Bild erblickte auf dem Schreibtisch Iwan Fjódorowitschs. Ich entsinne mich noch sehr gut, daß ich mir schon damals dasselbe dachte, wovon ich jetzt vollkommen überzeugt bin, und was mir der Fürst, nebenbei bemerkt, auch selbst gestanden hat.«

Ganja hatte mit sehr ernster, fast sogar finsterer Miene ohne den geringsten Scherzton gesprochen, was einen ziemlich sonderbaren Eindruck machte.

»Ich habe Ihnen keine Geständnisse gemacht«, entgegnete der Fürst, der bei Ganjas Worten rot geworden war, »ich habe nur auf Ihre Frage geantwortet.«

»Bravo, bravo!« schrie Ferdyschtschenko laut. »Das nenne ich wenigstens aufrichtig! Und zwar ist es ebenso aufrichtig wie auch schlau zugleich!«

Alles lachte hellauf.

»Schreien Sie doch nicht so, Ferdyschtschenko«, sagte mit angewiderter Miene Ptizyn halblaut zu ihm.

»Solche Bravourstückchen hätte ich Ihnen, Fürst, eigentlich gar nicht zugetraut«, bemerkte Iwan Fjodorowitsch Jepantschin. »Aber wissen Sie auch, wem allein das im Grunde zusteht? . . . Und ich habe Sie für einen Philosophen gehalten! Ja, ja, die stillen Gewässer!«

»Und danach zu urteilen, daß der Fürst bei diesem harmlosen Scherz wie ein unschuldiges, junges Mädchen errötet, muß er ja als edler Jüngling nur die edelsten Absichten in seinem Herzen hegen«, sagte oder, richtiger, mummelte mit seinem zahnlosen Munde der bis dahin stumme siebzigjährige kleine Lehrer, von dem ein jeder alles andere eher erwartet hätte, als daß er an diesem Abend überhaupt ein Wort reden werde.

Die Bemerkung des Greises rief noch größere Heiterkeit hervor, und er selbst begann in dem Glauben, daß sein Scherz die Ursache des Gelächters sei, noch lauter als die anderen zu lachen – bis er einen so heftigen Hustenanfall bekam, daß Nastassja Filippowna, die für alte Originale, Greise und sogar Schwachsinnige eine besondere Zuneigung hegte, den Alten zu streicheln begann, ihn küßte und ihm Tee anbot. Von der eintretenden Zofe ließ sie sich eine Mantille bringen, in die sie sich dann fröstelnd einhüllte. Darauf hieß sie das Mädchen, noch Holzscheite im Kamin nachzulegen. Auf ihre Frage, wieviel Uhr es sei, antwortete das Mädchen, es sei schon halb elf.

»Meine Herrschaften, wollen Sie nicht Champagner trinken?« fragte plötzlich Nastassja Filippowna. »Er ist schon bereitgestellt. Vielleicht wird es dann lustiger werden. Also ganz ungeniert, wenn ich bitten darf.«

Die Aufforderung zu trinken, die noch dazu so naiv ausgesprochen wurde, erschien den Anwesenden sehr sonderbar von Nastassja Filippowna. Alle kannten die feine Förmlichkeit, die sie auf ihren Abendgesellschaften stets zu beobachten pflegte. Diesmal wurde es lustiger, als es die Gäste sonst bei ihr gewohnt waren. Den gereichten Champagner lehnte man nicht ab; die lebhafte Dame, der General, der alte Lehrer, Ferdyschtschenko machten den Anfang und ihrem Beispiel folgten auch die anderen. Tozkij nahm gleich-

falls einen der Kelche und bemühte sich, dem neuangeschlagenen Ton nach Möglichkeit den Charakter eines unbefangenen Scherzens zu geben. Nur Ganja trank nicht. Nastassja Filippowna dagegen erklärte, daß sie mindestens drei Glas trinken werde. Es war sehr schwer, aus ihrem oft grundlosen, plötzlichen Lachen, das bald ernster Nachdenklichkeit und finsterem Schweigen wich, um dann von neuem in nervöser Heiterkeit hervorzubrechen, klug zu werden oder gar aus ihm zu erraten, was sie für Absichten hatte. Es fiel mit der Zeit auf, daß sie gleichsam etwas erwartete, häufig nach der Uhr sah, immer ungeduldiger wurde und sehr zerstreut war.
»Bei Ihnen scheint ja eine richtige kleine Influenza im Anzug zu sein, meine Liebe?« fragte die lebhafte Dame.
»Oh, eine sehr große sogar, nicht nur eine kleine, deshalb habe ich auch die Mantille umgenommen«, entgegnete Nastassja Filippowna, die in der Tat blasser geworden war und zuweilen sich krampfhaft zusammenzunehmen schien, damit die anderen nicht merkten, wie ein Frösteln sie durchlief.
Alle wurden unruhig und machten besorgte Gesichter; es kam Bewegung in die ganze Versammlung.
»Oder sollten wir Nastassja Filippowna nicht Ruhe gönnen?« fragte Tozkij mit einem Blick auf Jepantschin.
»Oh, nein, nein! auf keinen Fall! Ich bitte Sie alle, bei mir zu bleiben«, rief sie lebhaft. »Ihre Anwesenheit ist für mich gerade heute unentbehrlich«, fügte sie plötzlich nachdrücklich und recht vielsagend hinzu.
Da nun fast alle Gäste wußten, daß an diesem Abend eine wichtige Entscheidung bevorstand, so fielen diese ihre Worte schwer ins Gewicht. Der General und Tozkij tauschten nochmals einen bedeutsamen Blick aus. Ganja machte eine hastige Bewegung.
»Wie wär's, wenn wir ein Petit-jeu spielten?« schlug die lebhafte Dame vor.
»Ach, ich kenne ein ganz neues Gesellschaftsspiel!« rief Ferdyschtschenko sofort aus. »Wenigstens ist es eines, das nur ein einziges Mal auf der Welt gespielt worden ist, und selbst da gelang es nicht!«
»Was ist denn das für ein Spiel?« fragte die lebhafte Dame.
»Wir hatten uns einmal zu einer ganzen Gesellschaft zusammengefunden, nun, es war auch ein bißchen getrunken worden, das läßt sich nicht leugnen, und da machte plötzlich jemand den Vorschlag, daß jeder von uns etwas aus seinem Leben erzählen solle, ganz einfach, so wie wir da alle um den Tisch herumsaßen, doch dieses Etwas – jetzt kommt der Haken! – mußte unbedingt gerade das sein, was der Erzähler auf Ehr' und Gewissen für die schlechteste Tat hielt, die er je im Laufe seines Lebens begangen hatte; und zwar nur unter dieser einen Bedingung: daß er nicht log, sondern aufrichtig, ganz aufrichtig, nur der Wahrheit gemäß die Sache wiedergab.«
»Ein sonderbarer Einfall«, meinte der General.

»Aber erlauben Sie, Exzellenz, Sonderbarkeit ist doch nur ein Vorzug!«
»Ich finde den Einfall lächerlich«, äußerte sich Tozkij, »doch im Grunde begreiflich: Prahlerei besonderer Art.«
»Aber das war's ja vielleicht gerade, was man wollte, Afanassij Iwanowitsch.«
»Ach, gehen Sie! Ein solches Petit-jeu bringt einen ja eher zum Weinen als zum Lachen!« sagte die lebhafte Dame ablehnend.
»Ich halte ein solches Spiel für ganz unmöglich«, äußerte sich Ptizyn.
»Aber gelang es denn auch, Ferdyschtschenko?« erkundigte sich Nastassja Filippowna.
»Das ist es ja eben, daß es nicht gelang, es geriet daneben. Allerdings weigerte sich niemand zu erzählen, viele erzählten auch wahrheitsgetreu – und denken Sie sich, manch einer erzählte sogar mit aufrichtigem Vergnügen, danach aber schämte sich doch ein jeder. Hielten's nicht aus. Im allgemeinen war es übrigens durchaus erheiternd, das heißt, in seiner Art ...«
»Aber das ist ja wie geschaffen für uns!« fiel ihm Nastassja Filippowna ins Wort, plötzlich wie neubelebt. »Nein, wirklich, das müssen wir doch versuchen, meine Herrschaften! Sie scheinen heute gar nicht lustig zu sein. Wenn nun ein jeder von uns bereit wäre, etwas zu erzählen ... irgend etwas in dieser Art? ... Natürlich nur, wenn er aus freien Stücken einwilligt – was meinen Sie? Vielleicht werden wir es aushalten? Wenigstens ist es furchtbar originell!«
»Es ist eine geniale Idee!« begeisterte sich Ferdyschtschenko geradezu. »Die Damen brauchen übrigens nicht mitzuwirken, die Herren fangen an. Die Reihenfolge wird durch das Los bestimmt – so machten wir es auch damals. Unbedingt, unbedingt müssen wir es versuchen! Wer nun *durchaus nicht* will, der kann natürlich den Mund halten, aber dazu muß man schon besonders unliebenswürdig sein. Also, meine Herren, ein jeder gebe ein Pfand, einen beliebigen Gegenstand – hier ... hier ist ein Hut – also hier hinein, meine Herren, und der Fürst wird dann die Pfänder herausnehmen. Die ganze Aufgabe ist ja so einfach, wie man sie sich einfacher gar nicht denken kann: die häßlichste Tat von allen im Laufe des Lebens begangenen ... wie gesagt: die Einfachheit selbst. Sie werden ja sehen, meine Herren. Und falls jemand sein schlechtes Gedächtnis vorschützen sollte, dem werde ich schon nachzuhelfen wissen!«
Der Einfall war allerdings sehr eigenartig und gefiel fast keinem der Gäste. Einige waren verstimmt, andere lächelten verschmitzt, und wieder andere versuchten dies und jenes einzuwenden, doch taten sie es nur mit Vorsicht, so z. B. der General, der Nastassja Filippowna nicht widersprechen wollte. Er hatte sogleich bemerkt, daß ihr dieser Einfall sehr zusagte – vielleicht nur weil er nicht alltäglich und eigentlich doch unerhört war. In ihren Wünschen war Nastassja Filippowna, wenn sie sich einmal entschlossen hatte, sie

auszusprechen, immer rücksichtslos und nicht aufzuhalten, auch wenn diese Wünsche noch so kapriziös und für sie selbst nutzlos waren. Und jetzt war sie wie im Fieber vor Eifer, lachte gleichsam anfallweise besonders über die Einwendungen des beunruhigten Tozkij. Ihre dunklen Augen sprühten, ihre blassen Wangen bekamen Farbe. Der Schatten unbehaglichen Mißvergnügens in den Gesichtern einiger ihrer Gäste reizte noch mehr ihre Spottlust und ihre Heiterkeit. Vielleicht gefiel ihr an dem ganzen Einfall am meisten gerade der Zynismus und die Grausamkeit. Einzelne waren überzeugt, daß sie da einen besonderen Zweck verfolge. Übrigens begann man sich bereit zu zeigen: jedenfalls war man neugierig, wie es werden würde, und diese Neugier zog sogar sehr. Ferdyschtschenko war ganz bei der Sache.

»Aber wenn es etwas ist, was man ... in Gegenwart von Damen nicht erzählen kann?« fragte schüchtern der schweigsame Jüngling.

»Dann erzählt man es eben nicht«, versetzte Ferdyschtschenko. »Als ob Sie nur eine einzige Schändlichkeit begangen hätten! Ach, Sie – Jüngling!«

»Und ich weiß nicht einmal, was nun gerade die schlechteste Tat war, die ich begangen habe«, seufzte die lebhafte Dame.

»Die Damen sind nicht verpflichtet zu erzählen«, wiederholte Ferdyschtschenko, »aber auch nur das: nicht verpflichtet! Inspiration aus eigener Initiative wird mit Anerkennung zugelassen. Die Herren dagegen werden nur dann der Pflicht enthoben, wenn sie nun mal *durchaus nicht* wollen.«

»Aber wie läßt sich das feststellen, ob einer nicht lügt?« fragte Ganja. »Wenn man aber lügt, ist doch der ganze Sinn des Spiels verdorben. Und wer wird nicht lügen? Das ist doch selbstverständlich, daß bei einer solchen Gelegenheit ein jeder lügt.«

»Aber so ist doch schon das allein interessant, *wie* ein jeder lügt«, versetzte Ferdyschtschenko. »Du aber, Gánetschka, brauchst dir darob, daß du lügen könntest, keine besonderen Sorgen zu machen, da doch deine schmählichste Tat ohnehin schon allen bekannt ist seit heute vor Tisch. Bedenken Sie doch nur, meine Herrschaften«, rief er plötzlich geradezu begeistert aus, »mit welchen Augen wir dann einander ansehen werden, morgen zum Beispiel, nach den Erzählungen!«

»Wie, soll es denn wirklich? ... Ist es denn wirklich Ihr Ernst, Nastassja Filippowna?« fragte Tozkij würdevoll.

»Wer den Wolf fürchtet, soll nicht in den Wald gehen!« war ihre spöttisch lächelnde Antwort.

»Aber erlauben Sie, Herr Ferdyschtschenko, eignet sich denn das überhaupt zu einem Gesellschaftsspiel?« fuhr Tozkij, immer erregter, fort. »Ich versichere Sie, solche Späße gelingen nie. Sie sagten ja auch selbst, daß der Versuch bereits einmal mißlungen sei.«

»Wieso mißlungen? Habe ich nicht das vorige Mal erzählt, wie ich einmal drei Rubel gestohlen habe? Da war's doch ganz einfach!«

»Vielleicht. Aber es war doch von vornherein ausgeschlossen, die Sache so zu erzählen, daß sie glaubhaft erschien. Und Gawríla Ardaliónytsch hat ganz richtig bemerkt, daß das ganze Spiel sofort seine Pointe verliert, sobald man auch nur im geringsten den Verdacht schöpft, daß der Erzähler beschönigt. Die Wahrheit kann hierbei doch nur zufällig gesagt werden, höchstens in einer gewissen üblen Renommierstimmung in übler Gesellschaft, und so etwas ist doch hier undenkbar und wäre auch vollkommen unzulässig.«

»Sind Sie aber ein verfeinerter Mensch, Afanassij Iwanowitsch, Sie verblüffen mich geradezu!« lachte Ferdyschtschenko. »Mit dieser Bemerkung, meine Damen und Herren, hat Afanassij Iwanowitsch in der zartesten Weise angedeutet, daß ich ganz unmöglich hätte stehlen können – was direkt zu sagen, wohl unzulässig wäre –, wenn er auch bei sich vollkommen überzeugt ist, daß Ferdyschtschenko sehr wohl stehlen könnte! Doch zur Sache, meine Herren, die Pfänder sind vollzählig – und auch Sie, Afanassij Iwanowitsch, haben ja von sich einen Gegenstand in den Hut gelegt; folglich sind doch alle bereit und niemand schließt sich aus. Bitte, Fürst, greifen Sie hinein.«

Der Fürst senkte schweigend die Hand in den Hut: der erste Gegenstand, den er hervorholte, war von Ferdyschtschenko hineingelegt worden, der zweite von Ptizyn, der dritte vom General, der vierte von Tozkij, der fünfte von ihm selbst, der sechste von Ganja usw. Die Damen hatten es vorgezogen, sich nicht zu beteiligen.

»O Gott, welches Pech!« jammerte Ferdyschtschenko. »Und ich dachte, als erster würde der Fürst daran kommen und als zweiter Seine Exzellenz! Doch zum Glück folgt Iwan Petrowitsch Ptizyn nach mir, und das soll meine Entschädigung sein! Nun, dann – meine Herrschaften, ich muß wohl mit gutem Beispiel vorangehen! Da tut es mir nun unsäglich leid, daß ich so gering bin und mich durch nichts auszeichne, nicht einmal durch einen Titel. Wie kann es da von Interesse sein, wie und wann und wo überhaupt ein Ferdyschtschenko mal was Schändliches getan hat? Und schließlich: welches ist nun meine größte Schandtat? Hier gerät man ja förmlich in einen embarras de richesse! Es sei denn, daß ich wieder den Diebstahl der drei Rubel erzähle, um unseren verehrten Afanassij Iwanowitsch zu überzeugen, daß man sehr wohl stehlen kann, ohne dabei ein Dieb zu sein.«

»Sie überzeugen mich sogar davon, daß gewisse Leute tatsächlich ein Vergnügen bis zum Hochgenuß daran finden können, von ihren schmutzigen Taten zu erzählen, selbst dann, wenn niemand sie darum bittet ... Doch übrigens ... Verzeihen Sie, Herr Ferdyschtschenko.«

»Fangen Sie an, Ferdyschtschenko! Sie reden so viel Überflüssiges und können nie zu einem Schluß kommen!« befahl Nastassja Filippowna gereizt und ungeduldig.

Es fiel allen auf, daß sie nach ihren Lachanfällen plötzlich geradezu finster geworden war. Nichtsdestoweniger bestand sie eigensinnig und herrisch auf der Durchführung ihrer Laune. Tozkij stand Qualen aus. Auch der General ärgerte ihn nicht wenig: der saß vor seinem Champagner, »als wäre nichts geschehen«, und schien sogar tatsächlich die Absicht zu haben, etwas zum besten zu geben, wenn die Reihe an ihn käme.

XIV

»Ich bin eben nicht geistreich, Nastassja Filippowna, deshalb rede ich so viel Überflüssiges!« begann Ferdyschtschenko, der als erster erzählen mußte. »Hätte ich dagegen tant d'esprit wie zum Beispiel Afanássij Iwánowitsch Tózkij oder so viel Scharfsinn wie Iwán Petrówitsch Ptízyn, so würde ich heute ganz wie Afanassij Iwanowitsch und Iwan Petrowitsch dasitzen und schweigen. Fürst, erlauben Sie, daß ich eine Frage an Sie stelle: Was meinen Sie, – es will mir immer scheinen, daß es auf der Welt mehr Diebe gibt als Nichtdiebe, und daß es selbst unter den ehrlichsten Menschen keinen gibt, der nicht wenigstens einmal in seinem Leben gestohlen hat. Das ist so eine Privatanschauung von mir, aus der ich jedoch noch längst nicht schließe, daß alle ohne Ausnahme Diebe seien, obschon man, weiß Gott, mitunter verteufelt gern auch dieses daraus folgern möchte. Nun, was meinen Sie dazu, Fürst?«
»Pfui, wie dumm Sie erzählen«, ärgerte sich die lebhafte Dame. »Und welch ein Unsinn: jeder Mensch soll etwas gestohlen haben! Ich habe noch nie etwas gestohlen.«
»Ich glaub's Ihnen gern, Dárja Alexéjewna, daß Sie nie etwas gestohlen haben, aber hören wir doch zu, was der Fürst, der plötzlich sogar errötet ist, wie ich sehe, dazu sagen wird.«
»Ich glaube, daß Sie recht haben, nur übertreiben Sie sehr«, sagte der Fürst, der tatsächlich errötet war.
»Und Sie selbst, Fürst, haben Sie nie etwas gestohlen?«
»Pfui, Sie machen sich ja lächerlich, kommen Sie doch zur Besinnung, Herr Ferdyschtschenko«, unterbrach ihn der General, für den Fürsten eintretend.
»Ach, jetzt, wo es erzählen heißt, schämen Sie sich der Geschichte«, warf Darja Alexejewna ein, »und deshalb wollen Sie die Aufmerksamkeit auf den Fürsten ablenken.«
»Ferdyschtschenko, entweder erzählen Sie oder schweigen Sie, und befassen Sie sich mit Ihrer eigenen Person! Sie bringen einen ja um den letzten Rest Geduld!« sagte Nastassja Filippowna scharf und ärgerlich.
»Im Augenblick, Nastassja Filippowna! Aber wenn sogar der Fürst es eingestanden hat – denn ich behaupte, daß er es so gut wie tatsächlich eingestanden hat –: was würde dann noch irgendein anderer gestehen müssen (ich rede ganz objektiv, ohne dabei an einen Namen zu denken), wenn er es sich einmal einfallen ließe, die Wahrheit zu sagen? Was nun mich betrifft, meine Damen und Herren, so lohnt es sich weiter gar nicht zu erzählen: 's ist sehr einfach, sehr dumm und sehr häßlich. Aber ich versichere Sie, ich bin kein Dieb. Gestoh-

len habe ich, ohne selbst zu wissen, wie es kam. Das geschah vor etwa drei Jahren, auf dem Landsitz Ssémjon Iwánowitsch Ischtschénkos, an einem Sonntage. Es waren mehrere Gäste zu Tisch. Nach dem Essen blieben die Herren noch beim Wein sitzen. Da fiel es mir ein, Márja Ssemjónowna, die Tochter des Hausherrn, um einen musikalischen Genuß zu bitten, das heißt, ich wollte sie bitten, uns etwas auf dem Flügel vorzuspielen. Wie ich nun gehe, um sie zu suchen, komme ich auch ins Eckzimmer, und da sehe ich: auf dem Nähtischchen Márja Iwánownas, der Hausfrau, liegt ein grünes Papier: ein Dreirubelschein. Sie hatte ihn kurz vorher herausgenommen, da sie das Geld in der Wirtschaft brauchte. Kein Mensch im Zimmer. Ich nahm den Schein und schob ihn in die Westentasche. Weshalb? – Das weiß ich selbst nicht. Ich begreife wirklich nicht, was mir in dem Augenblick einfiel. Nur drückte ich mich schleunigst und setzte mich wieder an den Tisch zu den Gästen. Ich saß und wartete die ganze Zeit in nicht geringer Erregung, schwatzte aber ohne Unterlaß, erzählte Anekdoten, lachte, ging dann zu den Damen hinüber, setzte mich zu ihnen. Nach ungefähr einer halben Stunde wurde der Geldschein vermißt, und man begann die Dienstboten auszufragen. Der Verdacht fiel auf das Stubenmädchen Dárja. Ich zeigte lebhaftes Interesse und aufrichtige Teilnahme, und als Darja ganz konfus wurde, redete ich ihr zu, ihre Schuld doch einzugestehen, und ich bürgte mit meinem Kopf dafür, daß die gnädige Frau ihr verzeihen würde, und zwar redete ich laut, so daß alle es hörten! Alle sahen sie an, ich aber empfand ein ganz besonderes Vergnügen bei dem Gedanken, daß ich großartig Moral predigte, während der Schein in meiner Tasche steckte. Ich vertrank diese drei Rubel noch am selben Tag im Restaurant. Ich ging hinein und verlangte eine Flasche Lafitte. Niemals hatte ich so ohne Imbiß Wein verlangt und eine Flasche solo ausgetrunken, und noch dazu Lafitte. Ich wollte nur schnell das Geld loswerden. Besondere Gewissensbisse habe ich weder damals noch später empfunden. Ein zweites Mal würde ich's bestimmt nicht tun. Das können Sie mir nun glauben oder nicht glauben, ganz wie es Ihnen beliebt, das interessiert mich nicht. Nun, das wäre also meine Geschichte.«

»Nur ist das selbstverständlich nicht Ihre schlechteste Tat«, sagte Darja Alexéjewna angewidert.

»Das ist ein psychologischer Fall, aber keine Tat«, bemerkte Tozkij.

»Und das Mädchen?« fragte Nastassja Filippowna, ohne ihren Ekel zu verbergen.

»Das Mädchen wurde am nächsten Tage fortgejagt. Es war ein strenges Haus.«

»Und Sie ließen das zu?«

»Na, hören Sie mal! Sie meinen wohl, ich hätte dann noch hingehen sollen, um mich als Dieb vorzustellen?« Und Ferdyschtschenko lachte, jedoch nicht allzu laut, denn er war doch etwas verdutzt

über den gar zu unangenehmen Eindruck, den seine Erzählung auf alle Anwesenden gemacht hatte.
»Wie schmutzig das ist!« rief Nastassja Filippowna aus.
»Bah! Sie wollen von einem Menschen seine gemeinste Handlung hören und verlangen dabei eine glänzende Heldentat! Gemeine Handlungen sind immer schmutzig, Nastassja Filippowna, das werden wir ja auch sogleich von Iwan Petrowitsch Ptizyn hören. Und was erscheint nicht alles von außen glänzend und tugendhaft, bloß weil es in eigener Equipage fährt! Als ob wenige in eigenen Equipagen führen! Womit aber diese Equipagen ...«
Kurzum, Ferdyschtschenko hielt doch nicht stand und wurde plötzlich wütend, sogar so, daß er sich gänzlich vergaß. Sein ganzes Gesicht zuckte. Wie sonderbar es auch klingen mag, aber es war doch sehr möglich, daß er eine ganz andere Wirkung erwartet hatte. Solche Entgleisungen, die ihm oft unterliefen, und diese »üble Renommierstimmung«, wie Tozkij es nannte, lagen ganz in seinem Charakter.
Nastassja Filippowna war zusammengezuckt und sah ihn unverwandt an. Ferdyschtschenko erschrak und verstummte sofort. Es überlief ihn kalt: er begriff, daß er zu weit gegangen war.
»Sollte man das Spiel nicht lieber ganz aufgeben«, fragte Tozkij scheinbar harmlos.
»Die Reihe ist jetzt an mir, aber ich habe ja das Recht, nicht zu erzählen, wenn ich nicht will, und so werde ich von diesem Recht Gebrauch machen«, sagte Ptizyn entschlossen.
»Sie wollen nicht?«
»Ich kann nicht, Nastassja Filippowna. Und überdies halte ich ein solches Gesellschaftsspiel für ganz unmöglich.«
»Exzellenz, dann ist jetzt die Reihe an Ihnen, glaube ich«, wandte sich Nastassja Filippowna an diesen. »Wenn auch Sie nicht wollen, so wird nichts daraus, dann werden auch die anderen nicht wollen. Das würde mir aber leid tun; denn ich beabsichtige, auch etwas aus meinem Leben zu erzählen. Aber nur nach Ihnen und Afanássij Iwánowitsch. Sie müssen mich erst noch dazu ermutigen«, schloß sie lächelnd.
»Oh, wenn auch Sie etwas zu erzählen versprechen, so bin ich bereit, Ihnen mein ganzes Leben zu erzählen«, beteuerte der General mit galantem Eifer. »Ich will auch offen gestehen, daß ich mir meine Geschichte bereits zurechtgelegt habe ...«
»Und schon aus der Miene Seiner Exzellenz kann man erraten, mit welch hohem literarischen Verständnis diese Geschichte bearbeitet sein wird«, wagte Ferdyschtschenko ironisch lächelnd zu bemerken.
Nastassja Filippowna blickte flüchtig auf den General, und auch sie konnte kaum ein Lächeln verbergen. Trotzdem sah man ihr an, daß ihre Stimmung sich bedeutend verschlechtert hatte. Tozkij wurde bleich vor Schreck, als er von ihrer Absicht, gleichfalls etwas zu erzählen, hörte.

»Es ist mir, meine Damen und Herren, im Laufe meines Lebens, wie jedem Menschen, bisweilen passiert, daß ich etwas getan habe, was man nicht gerade schön nennen kann«, hub der General an. »Aber am seltsamsten ist bei alledem, daß ich eine ganz gewöhnliche und kleine Geschichte, die ich Ihnen sogleich erzählen werde, für die häßlichste, für die schändlichste je von mir verübte Tat halte. Es sind jetzt inzwischen fünfunddreißig Jahre darüber vergangen; doch dessenungeachtet empfinde ich noch jedesmal, wenn ich daran denke, so etwas wie ein nagendes Gefühl am Herzen. Die ganze Episode ist übrigens nichtssagend. Ich war damals erst Fähnrich und hatte schweren Dienst. Nun, man weiß ja, wie das ist: Fähnrich, hitziges Blut, und der Beutel namentlich für den Haushalt klein. Mein Bursche, Nikífor mit Namen, sparte für mich, nähte, wusch, putzte, ja, er stibitzte sogar, wo er etwas erwischen konnte, nur um unseren Besitz zu vermehren. Sonst war er der treueste und ehrlichste Mensch. Ich war natürlich streng, aber gerecht. Einmal lagen wir in einer kleinen Stadt in Quartier. Mir wurde in der Vorstadt eine kleine Wohnung bei einer alten Unteroffizierswitwe angewiesen. Diese war ein altes Mütterchen von achtzig Jahren oder so um die Achtzig herum. Ihr kleines Haus, natürlich nur ein Holzgebäude, war alt und nichts mehr wert, und dort lebte sie in ihrer Armut ganz allein, ohne Magd oder Aufwärterin. Sie hatte aber einmal eine überaus zahlreiche Familie gehabt und einen ganzen Schwarm von Verwandten; doch mit der Zeit waren die einen gestorben, die anderen in die Welt hinausgezogen, und die übrigen hatten sie vergessen. Ihren Mann hatte sie schon vor etwa fünfundvierzig Jahren beerdigt. Ein paar Jahre vorher, ehe ich dort in Quartier lag, hatte eine Nichte bei ihr gelebt, eine verwachsene alte Jungfer; die soll aber, wie man erzählte, eine richtige Hexe gewesen sein, ja, einmal soll sie im Streit die Alte sogar in den Finger gebissen haben. Aber auch die war gestorben, und nun lebte die Alte schon seit drei Jahren mutterseelenallein in ihrem Häuschen. Ich fand es schrecklich langweilig bei ihr, und sie war auch solch ein einfältiges Frauenzimmer, kein Wort konnte man aus ihr herausbringen. Schließlich stahl sie mir einen Hahn. Die Sache hat sich bis heute noch nicht aufgeklärt, doch außer ihr hätte ihn niemand stehlen können. Wegen dieses Hahnes gerieten wir in Streit, und sogar in sehr heftigen. Und da kam es mir sehr gelegen, daß man mir auf mein Gesuch hin gleich ein anderes Quartier anwies, am entgegengesetzten Ende des Städtchens, im Hause eines Kaufmanns. Dieser hatte eine zahlreiche Familie und einen riesengroßen Bart – ich sehe ihn noch wie leibhaftig vor mir. Ich zog also ohne weiteres mit meinem Nikífor zu ihm – beide waren wir guter Laune –, meine Alte aber ließen wir höchst verärgert zurück. Es vergingen drei Tage, am dritten kehre ich mittags aus dem Dienst zurück, da sagt mir mein Nikifor, er wisse nicht, wie er mir die Suppe auf den Tisch bringen solle, und es wäre doch gar nicht nötig gewesen, unsere Terrine bei der Alten zu lassen. Ich war natürlich ganz überrascht. ‚Wieso, weshalb ist denn unsere Terrine bei der Alten geblieben?' Nikifor wundert sich über mich und meldet gehorsamst, daß die Alte, als er meine Siebensachen einpackte, die Terrine nicht herausgegeben habe, und zwar aus dem Grunde nicht, weil ich ihren irdenen Topf zerschlagen und zum Ersatz für diesen meine Suppenterrine angeboten hätte. Eine solche Niedertracht ihrerseits brachte mich ganz aus dem Häuschen. Mein Fähnrichsblut brauste auf, ich nahm meine Mütze und fort ging's. Bis ich bei ihr anlangte, hatte ich mich glücklich in die größte Wut hineingeredet. Wie ich eintrete, sehe ich, sie sitzt im Flur ganz allein in einer Ecke, wie vor der Sonne verkrochen, und stützt den Kopf in die Hand. Ich, wissen Sie, fange ohne weiteres mit meinem Donnerwetter an und sage ihr so auf gut russisch die Wahrheit, aber gründlich! Nur fällt mir plötzlich etwas auf: sonderbar, sie sitzt, hat das Gesicht mir zugewandt, die Augen quellen hervor, sie spricht aber kein Wort, sie sieht mich nur eigentümlich an, so, wissen Sie, ich weiß selbst nicht wie, und der Oberkörper scheint zu schwanken. Ich – was sollt' ich tun? – ich verstumme schließlich, rufe sie beim Namen – keine Antwort! Ich stand, stand: ich konnte mich zu nichts entschließen. Die Fliegen summten, die Sonne ging unter, es war so still. Ganz verwirrt ging ich schließlich fort. Noch bevor ich zu Hause ankam, holte mich eine Ordonnanz ein, die mich zum Major rief, von dort mußte ich mich noch zur Kompagnie begeben, so daß ich erst am Abend wieder zurückkehrte. Das erste, was ich von Nikifor hörte, ist: ‚Wissen Euer Gnaden schon, daß unsere Alte gestorben ist?' – ‚Wann das?' – ‚Heute vor etwa anderthalb Stunden.' Das bedeutete aber, daß sie gerade im Sterben begriffen war, als ich auf sie loswetterte. Glauben Sie mir, ich war so betroffen, daß ich anfangs gar nicht recht zur Besinnung kommen konnte. Und wissen Sie, der Gedanke an den Tod der Alten verfolgte mich geradezu, selbst in der Nacht hat mir von ihr geträumt. Ich bin natürlich nicht abergläubisch, aber am dritten Tag ging ich doch in die Kirche zu ihrer Beerdigung. Mit einem Wort: je mehr Zeit darüber verging, um so öfter mußte ich daran zurückdenken. Ich will nicht sagen, daß ... aber wenn man es sich mitunter so vergegenwärtigt, kann einem wirklich unbehaglich werden. Die Hauptsache ist natürlich, wie ich mir die Sache nachher selbst zurechtgelegt habe, was war denn eigentlich geschehen? Erstens, nun ja, es war da eine alte Frau, sozusagen eben ein menschliches Wesen, oder wie man heutzutage sagt, ein humanes Wesen. Sie hatte gelebt, lange gelebt, bis sie dann endlich – starb. Sie hatte einst einen Mann, Kinder, eine Familie, Verwandte gehabt, um sie herum war, wie man so sagt, die Fülle des Lebens gewesen, hier ein Kind, dort ein Kind, sozusagen alles lächelte ihr zu, und plötzlich nichts als eine Leere, alles ist weg, wie zum Schornstein hinausgeflogen. Sie ist allein wie ... irgendeine Fliege, die von Ewigkeit her den Fluch trägt. Und schließlich, eines schönen Tages ruft Gott sie zu sich. Bei Sonnenuntergang, an einem schönen stillen Sommerabend schwebt meine Alte zu ihm empor. Doch hier beginnt nun die Moral von der Geschichte: in dem Augenblick, wo sie ihren Geist aufgibt, steht anstatt eines mitleidigen Menschen, der ihr eine Träne nachweint, spreizbeinig ein junger verwegener Fähnrich mit in die Seite gestemmten Armen vor ihr und begleitet ihr Hinscheiden von der Erdoberfläche mit einer Flut der wüstesten russischen Schimpfwörter, bloß weil sie seine Suppenterrine behalten hat! Natürlich bin ich als der Schuldige zu verurteilen! Aber wenn ich auch jetzt nach so langen Jahren und infolge der Veränderung, die seitdem in meiner Veranlagung vorgegangen ist, diese ganze Tat gewissermaßen als von einem fremden Menschen begangen betrachte, so reut sie mich doch nichtsdestoweniger noch sehr ... So sehr, daß es mir sogar, ich wiederhole es, selbst seltsam erscheint, um so mehr, als die Schuld doch schließlich nicht mich allein trifft: weshalb mußte sie denn ausgerechnet diesen Augenblick zum Sterben wählen? Selbstverständlich ist hier eine Rechtfertigung möglich: die Tat ist doch in ihrer Art psychologisch verständlich. Trotzdem aber konnte ich mich nicht eher darüber beruhigen, als bis ich – vor etwa fünfzehn Jahren – auf den Gedanken kam, in einem Armenhause zeit meines Lebens für zwei alte kranke Frauen den Unterhalt zu zahlen, um ihnen auf diese Weise ihre letzten Tage hier auf Erden etwas zu erleichtern. Jetzt beabsichtige ich, diesem Armenhaus eine Summe zu vermachen, deren jährliche Zinsen auch weiterhin zum Unterhalt zweier Frauen ausreichen. Nun, und das wäre alles. Wie gesagt, vielleicht habe ich in meinem Leben noch sehr viel Schlechtes getan, doch halte ich – auf Ehrenwort! – diese Handlung für die schlechteste von allen, die ich auf dem Gewissen habe.«

»Und doch haben Euer Exzellenz statt der schlechtesten wahrscheinlich die beste erzählt und somit Ferdyschtschenko betrogen!« bemerkte dieser.

»In der Tat, ich hätte nicht gedacht, daß Sie ein so gutes Herz haben; wirklich schade«, sagte Nastassja Filippowna in nachlässigem Ton.

»Schade? Weshalb denn das?« fragte der General mit liebenswürdigem Lachen im Gesicht und trank darauf nicht ohne Selbstzufriedenheit einen Schluck Champagner. Doch Nastassja Filippowna hatte sich schon von ihm abgewandt.

Jetzt kam die Reihe an Tozkij, der sich inzwischen gleichfalls seine Erzählung zurechtgelegt hatte. Alle fühlten bereits, daß er nicht wie Ptizyn Schweigen vorziehen werde, und aus gewissen Gründen sah man seiner Erzählung nicht ohne Spannung entgegen, während man gleichzeitig auch zu Nastassja Filippowna hinüberblickte. Und so begann denn Tozkij mit der gewohnten Selbstachtung, die seinem gepflegten Äußern vollkommen entsprach, und mit seiner nicht lauten, liebenswürdigen Stimme eine seiner »netten Geschichten«. (Bei der Gelegenheit sei hier noch etwas über seine äußere Erscheinung gesagt: er war groß von Wuchs, stattlich, kann man sagen, war ein wenig kahlköpfig, auch schon ein wenig grau, ziemlich wohlgenährt, mit frischer Gesichtsfarbe, weichen, etwas herabhängenden Backen und mit falschen Zähnen. Gekleidet war er stets sehr elegant, und namentlich seine Wäsche war von wunderbarer Feinheit. Seine Hände waren weiß und wohlgepflegt. Am Zeigefinger der rechten Hand trug er einen kostbaren Siegelring.)

Nastassja Filippowna betrachtete während der ganzen Zeit seiner Erzählung unverwandt das Spitzenmuster an ihrem Ärmel, indem sie mit zwei Fingern der linken Hand den Ausputz zurechtzupfte, so daß sie gar nicht dazu kam, den Erzähler auch nur ein einziges Mal anzublicken.

»Was mir meine Aufgabe vor allem sehr erleichtert«, begann er, »ist die strikte Vorschrift, nichts anderes als die unbedingt häßlichste Tat meines Lebens wiederzugeben. Angesichts einer solchen Bedingung kann es selbstverständlich kein Schwanken geben: das Gewissen und das Gedächtnis des Herzens sagen einem sofort, was man zu erzählen hat. Ich muß zu meinem Kummer gestehen, daß unter allen vielleicht leichtsinnigen und ... unbedachten Handlungen meines Lebens eine gibt, deren Eindruck sich möglicherweise sogar allzu tief meinem Gedächtnis eingeprägt hat. Die Sache trug sich zu vor ungefähr zwanzig Jahren; ich war damals gerade zu Besuch auf dem Gut Platón Ordýnzeffs. Er war kurz zuvor zum Adelsmarschall gewählt worden und wollte mit seiner jungen Frau die Winterfeiertage auf dem Lande verbringen. In diese Zeit fiel nun auch der Geburtstag seiner Frau, Anfissa Alexéjewna, und es sollten zwei Bälle gegeben werden. Damals hatte gerade der wunderbare Roman des jüngeren Dumas „La dame aux camélias" in der vornehmen Welt gewaltigen Eindruck gemacht, sein chef-d'oeuvre, das meiner Ansicht nach niemals vergessen, noch veraltet sein wird. In der Provinz waren alle Damen bis zur Verzückung hingerissen von dem Werk, oder doch wenigstens diejenigen, die es gelesen hatten. Die Schönheit der Sprache, die eigenartige Stellung der Hauptperson, diese ganze verlockende Welt, die mit aller Feinheit geschildert wird, und schließlich diese bezaubernden Details, die durch das ganze Buch verstreut sind (wie zum Beispiel die Begründung, weshalb abwechselnd weiße oder rosa Kamelien gewählt werden), mit einem Wort, alle diese entzückenden Einzelheiten und das alles zusammen hatte einen nahezu erschütternden Erfolg. Kamelienblüten wurden die große Mode. Alle wollten Kamelien haben, jedermann suchte nach Kamelien. Nun frage ich Sie: wieviel Kamelien lassen sich wohl in der Provinz auftreiben, wenn alle Damen zu Bällen nichts anderes wünschen als Kamelien und Kamelien, selbst wenn es auch nur wenige Bälle gibt? Pétja Worchowskói, der Arme, hatte sich gerade sterblich in Anfissa

Alexéjewna verliebt. Ich weiß nicht, ob zwischen ihnen irgend etwas ... das heißt, ich will nur sagen, daß ich wirklich nicht weiß, ob Pétja sich auch nur die geringsten ernsteren Hoffnungen machen durfte. Doch wie dem auch war, jedenfalls wollte sich der Arme schier zerreißen, um seiner Angebeteten zum Ball Kamelien zu verschaffen. Die Gräfin Ssózkaja, die aus Petersburg eingetroffen war und als Gast bei der Gouverneurin weilte, sowie Ssófja Bespálowa würden, wie verlautete, unfehlbar mit weißen Kamelien erscheinen. Deshalb wünschte nun Anfissa Alexéjewna, um abzustechen, dunkelrote Kamelien. Der arme Platon wurde fast zu Tode gehetzt; versteht sich – er war ja der Ehemann. Er schwört unter allen Eiden, er werde ihr den gewünschten Strauß bestimmt verschaffen, doch was geschieht? Katharina Alexándrowna Mytíschtschewa, die größte Rivalin und gehässigste Feindin Anfissa Alexéjewnas, schnappt ihr die bestellten Blüten weg! Die Folge waren Weinkrämpfe und Ohnmachtsanfälle im Hause meines Platon. Er ist an allem schuld und verfemt. Sie verstehen: hätte nun mein Pétja irgendwo einen Strauß auftreiben können, so wären seine Aussichten bedeutend gestiegen. Die Dankbarkeit einer Frau ist ja in solchen Fällen grenzenlos. Er jagt wie gehetzt von einem zum andern, aber es war nichts zu wollen: Kamelien gab es nicht mehr. Da begegne ich ihm zufällig noch um elf Uhr abends – der Ball bei Marja Petrówna Súbkowa, einer Gutsnachbarin Ordýnzeffs, sollte am nächsten Tage stattfinden – und was sehe ich: mein Petja strahlt! – ‚Was ist denn los?‘ frage ich. – ‚Heureka! Ich habe Kamelien gefunden!‘ – ‚Was du sagst! Wo?‘ – ‚In Jekscháisk‘ (es war dort solch ein Städtchen, kaum zwanzig Werst entfernt, es lag aber nicht in unserem Kreise) ‚lebt ein gewisser Kaufmann Trepáloff, ein alter bärtiger, schwerreicher Mann, lebt ganz einsam mit seiner alten Frau, und da sie keine Kinder haben, haben sie sich Kanarienvögel und Blumen zugelegt: der hat rote Kamelien.‘ – ‚Aber deshalb hast du sie doch noch nicht! Wenn er sie nun nicht hergeben will?‘ – ‚Dann werde ich vor ihm niederknien‘, sagte Petja, ‚und so lange knien, bis er sie mir gibt! Ich fahre einfach nicht früher fort!‘ – ‚Wann fährst du hin?‘ – ‚Morgen in aller Frühe um fünf Uhr.‘ – ‚Nun, dann glückliche Reise.‘ Und ich freute mich noch für ihn. Darauf kehre ich zu Ordynzeffs zurück; es ist mittlerweile schon zwei Uhr geworden, ich bin gerade im Begriff, zu Bett zu gehen, da plötzlich – ein großartiger Gedanke! Ich begebe mich unverzüglich nach der Kutscherstube, wecke den Ssawélj, gebe ihm fünfzehn Rubel: ‚In einer halben Stunde mußt du die Pferde angeschirrt haben!‘ Nach einer halben Stunde fährt also der Schlitten vor. Anfissa Alexejewna, höre ich, hat Migräne, Fieber, Schmerzen, deliriert! Ich fahre wie der Wind. Um fünf Uhr bin ich in Jekschaisk, warte im Gasthof, bis es tagt, aber auch nur so lange: um sieben bin ich bei Trepáloff. ‚So und so – haben Sie Kamelien?‘ frage ich, ‚Väterchen, dann helfen Sie, retten Sie, werde Ihnen die Hände küssen!‘ Der Alte, sehe ich, ist groß, grau, strenges Gesicht – unerbittlich! ‚Nein, auf keinen Fall', sagt er, ‚ich tue es nicht.' Ich, plumps, falle vor ihm auf die Knie nieder. So wie ich stand, ohne weiteres. ‚Was tun Sie, was tun Sie?' rief er ganz erschrocken aus, ‚das geht doch nicht!' – ‚Aber es handelt sich doch um ein Menschenleben!' rufe ich. – ‚Ja, wenn das *so* ist, dann nehmen Sie sie, nehmen Sie sie in Gottes Namen!' Er war tatsächlich ganz erschrocken. Ich ließ es mir nicht zweimal sagen und schnitt mir alle roten Blüten ab. Wundervoll waren sie, er hatte ein ganzes kleines Treibhaus voll Kamelien. Der Alte seufzte nur. Da zog ich mein Portefeuille hervor und reichte ihm einen Hundertrubelschein. ‚Nein, mein Bester, das geht nicht, Sie wollen mich doch nicht kränken', sagte er. ‚Nun, dann bitte ich Sie, diese hundert Rubel dem hiesigen Hospital zur Verbesserung der Kost zu übergeben.' – ‚Ja, das, Väterchen, ist eine andere Sache', sagte er, ‚das ist eine gute und edle und Gott wohlgefällige Tat. Ich werde das Geld in Ihrem Namen übergeben.' Er gefiel mir sehr, dieser alte russische Mann, dieser autochthone Russe, de la vraie souche, wie man zu sagen pflegt. In der Freude über den gelungenen Streich machte ich mich unverzüglich auf den Rückweg, nur ließ ich diesmal einen Umweg machen, um Petja nicht zu begegnen. Kaum war ich angelangt, da übersandte ich das Bukett auch schon Anfissa Alexejewna, damit sie es beim Erwachen vorfände. Nun, Sie können sich diese Überraschung, diese Freude, diese Dankbarkeit vorstellen! Platon, der tags zuvor noch ganz zerschlagene, verzweifelte, vernichtete Platon, schluchzt an meiner Brust! – Ja! So sind nun einmal alle Ehemänner seit der Erschaffung . . . der Ehe! Ich wage nichts mehr hinzuzufügen, aber der arme Petja verlor nach dieser Episode seine letzten Aussichten. Ich befürchtete anfangs, daß er sich mit einem Messer auf mich stürzen werde, und ich traf bereits einige Vorkehrungen für den Fall, daß ich ihm begegnen sollte. Doch nein, es kam ganz anders – und diese Wendung der Dinge hatte ich nicht vorausgesehen, und ich wollte es kaum glauben: er fiel in Ohnmacht! Am Abend phantasierte er bereits, am nächsten Morgen hatte er hohes Fieber, weinte wie ein kleines Kind, wand sich fast in Krämpfen. Nach einem Monat, kaum aus dem Bett, bat er um seine Versetzung nach dem Kaukasus – und die Sache endete damit, daß er schließlich in der Krim fiel. Sein Bruder, Stepán Worchowskói, zeichnete sich damals im Krimkriege als Oberst ganz besonders aus. Offen gestanden, mich haben nachher oft genug Gewissensbisse gemartert. Weshalb hatte ich ihm das angetan? Ich will nichts sagen, wenn ich selbst in sie verliebt gewesen wäre, aber so! Es sollte nur ein Scherz sein, pour faire la cour, und weiter nichts. Hätte ich dagegen nicht vor ihm die Kamelien dem Alten abgeluchst, so würde der Mensch noch heute leben, wäre glücklich, hätte es weit gebracht, und es wäre ihm nie in den Sinn gekommen, sich türkischen Kugeln auszusetzen!«

Tozkij verstummte mit derselben soliden Würde, mit der er seine

Erzählung begonnen hatte. Die Gäste bemerkten nur, daß Nastassja Filippownas Augen aufblitzten und ihre Lippen zuckten, als Tozkij geendet hatte. Gespannt blickte man sie beide an.
»Nein, das ist wiederum Betrug! Sie haben gleichfalls Ferdyschtschenko betrogen! Und wie haben Sie mich betrogen!« beteuerte Ferdyschtschenko weinerlich und spielte den Gekränkten; denn er fühlte, daß man doch etwas sagen mußte.
»Wer hat Sie geplagt, sich dem auszusetzen? Behalten Sie jetzt die Lehre, die Ihnen Klügere erteilt haben, und seien Sie ein anderes Mal selbst klüger«, schnitt ihm fast triumphierend Darja Alexejewna das Wort ab. (Sie hielt von jeher zu Tozkij, als seine alte Freundin und treueste Parteinehmerin.)
»Sie hatten recht, Afanassij Iwanowitsch, das Spiel ist sehr langweilig, wir wollen es abbrechen«, sagte Nastassja Filippowna in wegwerfendem Tone. »Ich werde nur noch erzählen, was ich versprochen habe, und dann können wir Karten spielen ...«
»Aber zuerst unbedingt das Versprochene!« sagte der General galant.
»Fürst«, wandte sich Nastassja Filippowna plötzlich schroff und steif an Myschkin, »meine beiden alten Freunde da, der General und Afanassij Iwanowitsch, wollen mich durchaus verheiraten. Sagen Sie mir nun, was Sie für richtiger halten: soll ich heiraten oder soll ich nicht heiraten? Was Sie sagen, das werde ich tun.«
Tozkij wurde blaß, der General erstarrte. Alle rissen die Augen auf und hoben die Köpfe. Ganja wurde es eiskalt.
»Wen ... wen heiraten?« fragte der Fürst mit stockender Stimme.
»Gawríla Ardaliónytsch Iwólgin«, antwortete Nastassja Filippowna schroff und fest – jede Silbe war deutlich zu vernehmen.
Alles schwieg. Mehrere Sekunden lang. Der Fürst schien wie unter einer erdrückenden Last nach Worten zu ringen.
»N–nein! ... heiraten Sie nicht!« stieß er endlich mit Mühe leise hervor, und er holte tief Atem.
»Schön, dabei bleibt es jetzt! Gawríla Ardaliónytsch!« wandte sie sich herrisch und gleichsam feierlich an Ganja. »Sie haben die Entscheidung des Fürsten gehört? Nun, damit haben Sie auch meine Antwort. Und, bitte, jetzt die Angelegenheit ein für allemal als abgetan zu betrachten!«
»Nastassja Filippowna!« stieß Tozkij mit unsicherer Stimme hervor.
»Nastassja Filippowna!« sagte in beschwörendem, doch erregtem Ton der General.
Alles geriet in Aufregung, Unruhe erfaßte die ganze Gesellschaft.
»Aber was wollen Sie denn, meine Herrschaften?« fuhr sie fort, gleichsam verwundert die Anwesenden messend. »Weshalb regen Sie sich denn so auf? Und was für Gesichter Sie machen!«
»Aber ... bedenken Sie doch, Nastassja Filippowna«, begann Tozkij stockend, »Sie vergessen, daß Sie uns versprochen haben ... und

zwar ganz freiwillig, und ... Sie müssen doch auch etwas Rücksicht nehmen ... Ich ... ich weiß nicht, wie ich mich ausdrücken soll ... ich bin ganz verwirrt, aber ... Kurzum, heute abend, in einem solchen Augenblick und ... und in Gegenwart fremder Menschen ... und mit einem solchen Petit-jeu eine so ernste Sache zu erledigen, eine Ehren- und Herzenssache ... von der so viel abhängt ...«

»Ich verstehe Sie nicht, Afanássij Iwánowitsch, Sie scheinen allerdings ganz verwirrt zu sein. Was wollen Sie damit sagen ‚in Gegenwart fremder Menschen'? Befinden wir uns denn nicht in bester, vertrauter Gesellschaft? Und was haben Sie an dem ‚Petit-jeu' auszusetzen? Ich wollte doch gleichfalls etwas zum besten geben – war es mir denn nicht erlaubt? Und warum sagen Sie, daß es nicht ernst sei? Ist denn das kein Ernst? Sie haben doch gehört, wie ich zum Fürsten sagte: ‚Was Sie sagen, das werde ich tun'. Hätte er ja gesagt, so würde ich sofort dieselbe Antwort auch Gawrila Ardalionytsch gegeben haben; er aber sagte nein, und folglich sagte ich ab. Ist denn das kein Ernst? Hier hing doch mein ganzes Leben an einem Haar, was kann es denn noch Ernsteres geben?«

»Aber der Fürst! – was hat denn der Fürst damit zu tun? Und was ist denn schließlich dieser Fürst?« fiel der General ärgerlich ein, fast schon außerstande, seinen Unwillen über diese ihn kränkende plötzliche Autorität des Fürsten zu verbergen.

»Der Fürst? Er ist der erste mir wirklich zugetane Mensch, dem ich in meinem Leben begegnet bin. Er hat auf den ersten Blick an mich geglaubt, und so glaube auch ich an ihn.«

»Ich habe dann nur noch Nastassja Filippowna meinen Dank auszusprechen für das außergewöhnliche Zartgefühl, mit dem sie ... mich behandelt hat«, sagte endlich mit unfester Stimme und verzerrt lächelnden Lippen Ganja, der sehr bleich war. »Das hat natürlich so kommen müssen ... gewiß ... Aber der Fürst ... ist in dieser Angelegenheit ...«

»Nicht ganz unparteiisch und hat es wohl auf die Fünfundsiebzigtausend abgesehen, wie?« unterbrach ihn Nastassja Filippowna. »Das war's doch wohl, was Sie sagen wollten? Leugnen Sie es nicht, daß Sie gerade das anzudeuten beabsichtigten. Afanássij Iwánowitsch, ich vergaß hinzuzufügen: diese fünfundsiebzigtausend Rubel behalten Sie und vernehmen Sie, daß ich Sie unentgeltlich freigebe. So, und jetzt Schluß damit! Auch Sie muß man doch einmal aufatmen lassen! Neun Jahre und drei Monate! Morgen – beginnt ein neues Leben, heute aber bin ich noch das Geburtstagskind und gehöre mir selbst – zum erstenmal in meinem Leben! Iwan Fjodorowitsch!« wandte sie sich an den General, »auch Sie, nehmen Sie Ihre Perlen zurück, schenken Sie sie Ihrer Gemahlin. Und morgen ziehe ich aus, ich verlasse diese Wohnung. Abendversammlungen wird es bei mir nicht mehr geben, meine Herrschaften!«

Und sie erhob sich plötzlich, als wollte sie fortgehen.

»Nastassja Filippowna! Nastassja Filippowna!« ertönte es von allen Seiten. Alle erschraken, standen auf, umdrängten sie; beunruhigt vernahm man diese hervorgestoßenen, fieberhaften, maßlosen Worte; alle empfanden eine gewisse Unordnung, die auf einmal da war, niemand verstand so recht, was denn geschah, niemand begriff etwas. In diesem Augenblick ertönte plötzlich schrill und überlaut die Glocke im Vorzimmer, genau wie vorhin in Ganjas Wohnung.
»A–a–ah! Da kommt die Entscheidung! Endlich! Halb zwölf!« rief Nastassja Filippowna. »Ich bitte Sie, Platz zu nehmen, meine Herrschaften, das ist die Entscheidung!«
Sie kehrte zu ihrem Platz zurück und setzte sich. Ein eigentümliches Lachen zitterte auf ihren Lippen. Sie saß schweigend da, fiebernd vor Erwartung, und sah auf die Tür.
»Rogóshin und die Hunderttausend; zweifellos«, brummte Ptizyn vor sich hin.

XV

Ganz erschrocken trat die Zofe ins Zimmer.

»Dort sind Gott weiß wer, Nastassja Filippowna, eine ganze Bande ist eingedrungen, und alle sind betrunken, an die zehn Mann, und sie wollen hierherkommen! Sie sagen, es sei Rogoshin, und Sie wüßten schon selbst ...«

»Ich weiß, Kátja, laß sie sogleich alle herein.«

»Aber ... wie, alle, Nastassja Filippowna? Sie sind doch so unanständig! Ganz schrecklich!«

»Ja, laß alle herein, Kátja, du brauchst dich nicht zu fürchten, alle ohne Ausnahme, sonst werden sie auch ohne dich eintreten. Da, was sie für einen Lärm machen, ganz wie vorhin! Meine Herrschaften, wird es Sie nicht kränken, daß ich diese ganze Schar in Ihrer Gegenwart empfange? Das täte mir sehr leid und ich bitte Sie um Entschuldigung, aber es muß sein, und ich würde es sehr gern sehen, wenn Sie einwilligten, bei dieser bevorstehenden Entscheidung meine Zeugen zu sein ... übrigens, ganz wie Sie wollen ...«

Die Gäste wußten vor Überraschung nicht, was sie tun sollten: sie sahen sich gegenseitig fragend an, wunderten sich, hier und da wurden wohl auch schnell und besorgt ein paar Worte geflüstert, – doch klar war nur eines: daß Nastassja Filippowna diesen Besuch vorausgesehen hatte, und daß niemand mehr sie von der Ausführung ihres Vorhabens – von Sinnen wie sie war – ablenken konnte. Hinzu kam, daß alle von unsäglicher Neugier erfaßt wurden. Und schließlich war ja nicht viel zu befürchten. An Damen befanden sich nur zwei unter den Gästen: die lebhafte Darja Alexejewna, die als Schauspielerin schon so manches erlebt hatte und deshalb auch schwer einzuschüchtern war; und dann die schöne, doch schweigsame Unbekannte – diese begriff jedoch kaum etwas von dem, was um sie herum vorging; sie war eine zugereiste Deutsche und verstand kein Wort Russisch. Außerdem war sie allem Anschein nach ebenso dumm wie hübsch. Sie war erst seit kurzem in Petersburg, aber schon war es üblich geworden, sie zu gewissen Gesellschaften einzuladen, da sie immer in pompöser Toilette und wie für eine Ausstellung frisiert erschien, und ihr einen Platz anzuweisen, nicht anders als wie manche Leute sich für ihre Gesellschaften von Bekannten ein Gemälde, eine Vase, eine Statue oder einen Ofenschirm für einen Tag zur Verschönerung des Raumes ausleihen. Was aber die Herren betraf, so war Ptizyn z. B. ein guter Bekannter von Rogoshin, und Ferdyschtschenko gar, der fühlte sich in dieser Gesellschaft wie ein Fisch im Wasser. Gánetschka war immer noch wie betäubt, empfand aber, wenn auch halb unbewußt, so doch um so unbezwingbarer ein fiebriges Verlangen, bis zum Ende an seinem Pranger auszuharren. Der alte Lehrer, der dunkel begriff, um was es sich handelte, war dem Weinen nahe und zitterte buchstäblich vor Angst, da ihn die allgemeine Erregung und der ungewohnte Zustand Nastassja Filippownas, die er wie eine geliebte Enkelin vergötterte, aufrichtig erschreckte. Nein, der wäre eher gestorben, als daß er sie in einem solchen Augenblick verlassen hätte. Tozkij dagegen hätte sich sonst nie und nimmer so kompromittiert, daß er mit dieser »Kohorte« unter einem Dach verweilte, nur war er leider gar zu sehr an der Sache interessiert: Nastassja Filippowna hatte da einige Worte fallen lassen, nach denen er unmöglich so einfach wegfahren konnte, ohne sich vorher in der ganzen Sache Klarheit verschafft zu haben. Er beschloß also, gleichfalls bis zum Ende auszuharren, wenn auch, wie er sich vornahm, nur als völlig stummer Beobachter, was er der Wahrung seiner Würde durchaus schuldig zu sein glaubte. Nur Jepantschin, den Nastassja Filippowna noch vor einem Augenblick durch die so unzeremonielle und lächerliche Rückgabe seines Geschenks beleidigt hatte, fühlte sich durch diese neue Exzentrizität, den Empfang Rogoshins, gar zu sehr gekränkt. Überdies hatte er sich für sein Empfinden ja ohnehin schon dadurch gar zu weit herabgelassen, daß er neben einem Ptizyn und einem Ferdyschtschenko hier geblieben war. Doch was die Macht der Leidenschaft verschuldet hatte, das mußte jetzt schleunigst das Pflichtgefühl, wollte er sich seines Ranges und seiner gesellschaftlichen Stellung nicht unwürdig zeigen, gutmachen; denn sonst hätte er seine ganze Selbstachtung eingebüßt. Nein, Rogoshin und dessen Gefolge waren mit der Anwesenheit Seiner Exzellenz unvereinbar!

»Ach, Exzellenz«, besann sich auch sogleich Nastassja Filippowna, kaum daß er einen Schritt auf sie zugetreten war, »verzeihen Sie meine Vergeßlichkeit! Aber Sie können mir glauben, daß ich es nicht anders erwartet habe. Wenn es Ihnen so entwürdigend erscheint, so werde ich Sie nicht zurückhalten, obschon ich gerade Sie jetzt sehr gern bei mir sehen würde. Nun, jedenfalls danke ich Ihnen sehr für Ihre freundlichen Besuche und die schmeichelhafte Aufmerksamkeit ... doch wenn Sie fürchten ...«

»Erlauben Sie, Nastassja Filippowna«, unterbrach sie der General mit galantem Eifer in einer Anwandlung von ritterlicher Großmut, »zu wem sagen Sie das? Ich werde jetzt unbedingt bei Ihnen bleiben, schon allein zum Beweis meiner Ergebenheit, und zudem, falls Ihnen eine Gefahr drohen sollte ... Ich bin sogar außerordentlich gespannt ... Ich wollte Sie nur darauf aufmerksam machen, daß diese Leute doch nur die Teppiche ruinieren und dies oder jenes zerschlagen könnten ... Tatsächlich, Nastassja Filippowna, meiner Meinung nach wäre es besser, sie überhaupt nicht hereinzulassen!«

»Da! Rogoshin selbst!« rief Ferdyschtschenko aus.

»Was meinen Sie, Afanassij Iwanowitsch«, flüsterte der General noch schnell Tozkij zu, »sollte sie nicht irrsinnig geworden sein? ich meine es ohne jede Symbolik – ganz realiter irrsinnig? was meinen Sie?«

»Ich habe Ihnen doch gesagt, daß sie von jeher dazu disponiert gewesen ist«, flüsterte Tozkij doppelsinnig zurück.

»Und jetzt noch die Influenza . . .«

Rogoshins Gefolge bestand aus denselben Gestalten, mit denen er schon bei Ganja eingedrungen war. Hinzugekommen waren nur noch zwei: ein heruntergekommener alter Mann, der seinerzeit Redakteur eines Mißstände enthüllenden Skandalblättchens gewesen war und von dem die Sage ging, er habe schließlich auch seine in Gold gefaßten falschen Zähne versetzt und vertrunken, und außer diesem noch ein verabschiedeter Unterleutnant, der in jeder Beziehung, sowohl seinem Gewerbe wie seiner Bestimmung nach, der zweifellose Rivale und Konkurrent des Riesen mit den Fäusten zu sein schien, und den kein einziger der Rogoshinleute kannte. Er hatte sich ihnen auf der Straße ganz einfach angeschlossen, auf der Sonnenseite des Newskij-Prospekts, wo er die Vorübergehenden im Stile Marlinskijs[5] um eine Unterstützung anzugehen pflegte, mit der eingeflochtenen raffinierten Begründung, er habe früher selbst »je fünfzehn Rubel an die Bittsteller gegeben«. Die beiden Konkurrenten nahmen sogleich eine feindselige Haltung gegeneinander an. Der Riese mit den Fäusten fühlte sich durch die Aufnahme des »Bittstellers« in das Gefolge sogar beleidigt, und da er von Natur schweigsam war, so knurrte er nur oder brummte manchmal wie ein Bär und blickte mit tiefer Verachtung auf die Einschmeichelungsversuche und Scherze, mit denen sich der Bittsteller an ihn heranmachte und sich dabei als weltgewandt und diplomatisch veranlagt erwies. Dem Anschein nach hätte sich der ehemalige Unterleutnant im Ernstfall mehr auf Geschick und Wendigkeit verlassen als auf Kraft, um so mehr, als er von Wuchs kleiner war als der Herr mit den Fäusten. Er hatte auch schon ein paarmal vorsichtig, offenen Widerspruch vermeidend, jedoch sehr prahlerisch die Vorzüge des englischen Boxens angedeutet und sich als entschiedener Verehrer des Westens zu erkennen gegeben. Der Herr mit den Fäusten dagegen hatte bei dem Wort »Boxen« nur geringschätzig und beleidigend gelächelt und seinerseits schweigend, ohne den Rivalen eines Wortstreites zu würdigen, nur ab und zu gleichsam absichtslos ein unverkennbar nationales Attribut, eine gewaltige, sehnige, derbknorrige und mit rötlichem Flaum bewachsene Faust sehen lassen oder, richtiger gesagt, zur Schau gestellt. Und da war allen ohne weiteres klar geworden, daß, wenn dieses ultranationale Ding gutgezielt auf etwas niedersauste, von diesem in der Tat nur noch ein nasses Fleckchen übrigbliebe.

Vollkommen »fertig«, d. h. betrunken, war auch diesmal wiederum kein einziger unter ihnen, infolge der persönlichen Bemühungen

Rogóshins, der den ganzen Tag nur diesen seinen Besuch bei Nastassja Filippowna als Ziel vor Augen gehabt hatte. Er selbst war inzwischen fast ganz nüchtern geworden, aber dafür war er wie betäubt von all den Eindrücken dieses unanständigen, mit keinem anderen vergleichbaren Tages in seinem bisherigen Leben. Nur eines schwebte ihm ständig vor, im Gedächtnis und im Herzen, in jedem Augenblick, in jeder Sekunde. Nur um dieses einen willen hatte er die ganze Zeit von fünf Uhr nachmittags bis elf Uhr nachts in unendlicher Beklemmung und Ruhelosigkeit verbracht, während er sich gleichzeitig mit Biskup, Kinder und Konsorten abgeben mußte, die gleichfalls fast wie die Besessenen für ihn umherrannten, um seinen Wünschen nachzukommen. Und tatsächlich, die Hunderttausend, die Nastassja Filippowna flüchtig, spöttisch und vollkommen unklar hatte bieten lassen, waren in dieser kürzesten Zeit in barem Gelde beschafft worden, zu Prozenten, von deren Höhe selbst ein Biskup aus Schamgefühl nicht laut, sondern nur flüsternd mit seinen Freunden sprach.
Wieder war es Rogoshin, der als erster eintrat, und dem sich dann die anderen nachschoben, was sie trotz des vollen Bewußtseins ihrer Macht doch etwas schüchtern taten. Am meisten fürchteten sie sich, und Gott weiß weshalb, vor Nastassja Filippowna. Manche waren sogar fest überzeugt, daß sie allesamt die Treppe hinunterbefördert werden würden. Dieser Meinung war unter anderen auch der Stutzer und Herzenbesieger Saljósheff. Die anderen jedoch, und vor allen der Faustmensch, empfanden, wenn sie es auch nicht in Worten äußerten, in ihrem Herzen nur tiefste Verachtung und sogar Haß für Nastassja Filippowna und gingen zu ihr, wie man zu einer Belagerung vorrückt. Doch siehe, die kostbare Ausstattung der ersten zwei Zimmer, die vielen nie gesehenen, ihnen ganz märchenhaft erscheinenden Dinge, die Gemälde an den Wänden, dies einzigartige Meublement, die große Marmorstatue der Venus von Milo – alles das machte einen unwiderstehlichen Eindruck auf sie und flößte ihnen beinahe Scheu und Ehrfurcht ein. Aber das hinderte sie natürlich nicht, sich allmählich immer weiterzuschieben und trotz aller Furchtsamkeit mit frecher Neugier sich hinter Rogoshin auch in den Salon hineinzudrängen. Als sie jedoch plötzlich unter den Gästen den General Jepantschin erblickten, durchfuhr sie wiederum ein unbehagliches Gefühl, und einige von ihnen, voran der Faustmensch und der Boxkünstler, begannen sich eingeschüchtert ins vordere Zimmer zurückzuziehen. Nur Lébedeff, der am meisten Mut und sogar Wagemut hatte, hielt sich dicht hinter Rogoshin; denn er wußte, was es heißt, ein Vermögen von einer Million vierhunderttausend Rubeln zu besitzen und hunderttausend bar in der Hand zu halten. Übrigens waren sie alle – selbst der Sachverständige Lébedeff nicht ausgeschlossen – etwas unsicher in der Beurteilung ihrer Macht: und ob ihnen denn jetzt auch wirklich alles oder nur manches erlaubt war? Lebedeff war in manchem

Augenblick zum heiligsten Schwur bereit, daß ihnen alles erlaubt sei; doch in anderen Augenblicken empfand er wiederum das Bedürfnis, sich auf alle Fälle einzelne vornehmlich beruhigende Paragraphen des Strafgesetzbuches zu vergegenwärtigen.
Auf Rogoshin selbst machte Nastassja Filippownas Salon den entgegengesetzten Eindruck wie auf seine Begleiter. Kaum hatte er die Portiere zurückgeschlagen und Nastassja Filippowna erblickt, als alles andere für ihn zu existieren aufhörte, ganz wie auch schon vorher in der Wohnung Ganjas, nur diesmal in noch viel stärkerem Maße. Er wurde blaß und blieb stehen, und man erriet, daß sein Herz unerträglich schlug. Scheu und wie geistesabwesend sah er Nastassja Filippowna ein paar Sekunden lang an, ohne den Blick von ihr loszureißen. Plötzlich – es war, als hätte er alle Überlegung eingebüßt – schritt er fast wankend näher zum Tisch ... unterwegs stieß er an Ptizyns Stuhl und trat der hübschen Deutschen mit seinen schmutzigen, derben Stiefeln auf die spitzenbesetzte Schleppe ihrer kostbaren, hellblauen Abendtoilette ... weder entschuldigte er sich, noch schien er es bemerkt zu haben. Vor dem Tisch blieb er stehen und legte einen Gegenstand auf ihn hin, den er schon beim Eintreten in den Händen gehalten hatte – vor sich in beiden Händen. Es war ein Paket von etwa drei Zoll Höhe und etwa vier Zoll Länge, in eine Nummer der Börsenzeitung fest eingewickelt und mehrmals kreuzweise mit einer Schnur fest umbunden, einer Schnur von der Art, die man zum Umschnüren der Zuckerhüte benutzt. Und nachdem er das Paket hingelegt hatte, blieb er stehen, ohne ein Wort zu sagen, mit herabhängenden Armen, als erwarte er sein Urteil. Er war in denselben Kleidern wie vorhin, nur um den Hals hatte er ein ganz neues seidenes Halstuch, hellgrün und rot gemustert, mit einer großen Brillantnadel, die einen Käfer darstellte; und an dem schmutzigen Ringfinger seiner rechten Hand trug er einen massiv goldenen Ring, gleichfalls mit einem großen Brillanten. Lebedeff war drei Schritte vom Tisch stehengeblieben. Von den übrigen hatten sich nur wenige in den Salon gewagt. Kátja und Pàscha, Nastassja Filippownas Zofen, lugten verwundert und ängstlich hinter der Portiere einer anderen Tür hervor.
»Was ist das?« fragte Nastassja Filippowna, nachdem sie aufmerksam und kritisch Rogoshin gemustert hatte, mit dem Blick auf das Paket in Zeitungspapier deutend.
»Hunderttausend!« antwortete jener fast flüsternd.
»Ah, er hat also sein Wort gehalten, nicht übel! Bitte – nehmen Sie Platz, dort auf jenem Stuhl. Ich werde Ihnen später etwas sagen. Wer ist dort noch? Die ganze Gesellschaft vom Nachmittag? Nun, mögen sie hereinkommen und sich setzen. Dort auf dem Sofa ist noch Platz, und auch dort auf dem anderen Sofa. Und dort sind noch zwei Sessel ... wie, Sie wollen nicht?«
In der Tat waren einige des Gefolges verlegen geworden und zogen sich immer mehr ins andere Zimmer zurück, um dort den Verlauf

der Dinge abzuwarten. Andere jedoch blieben im Salon und nahmen nach der Aufforderung auch wirklich Platz, nur taten sie es möglichst fern vom Tisch und bevorzugten namentlich die Ecken. Einige hätten sich immer noch lieber gedrückt; andere wiederum gewannen mit zunehmender Geschwindigkeit ihren Mut zurück. Rogoshin hatte sich gleichfalls auf den ihm zugewiesenen Stuhl gesetzt, blieb aber nicht lange sitzen; er stand bald auf und setzte sich dann nicht mehr hin. Allmählich begann er auch die Gäste, gleichsam jetzt erst, zu bemerken. Als er Ganja erblickte, lächelte er höhnisch und sagte nur halblaut ein spöttisches »Seht doch!« Den General und Tozkij sah er ohne jede Verwirrung und sogar ohne jedes besondere Interesse an. Als er jedoch neben Nastassja Filippowna den Fürsten erblickte, konnte er vor Erstaunen lange den Blick nicht von ihm abwenden, ganz als wäre er nicht imstande, sich über diese Begegnung Rechenschaft abzulegen. Man konnte glauben, daß er, wenigstens in manchen Augenblicken, ganz benommen war wie ein wachend Träumender; denn abgesehen von allen Erschütterungen dieses Tages hatte er die letzte Nacht auf der Reise zugebracht und nun wohl schon zwei Nächte nicht geschlafen.

»Das hier, meine Herrschaften, sind hunderttausend Rubel«, sagte Nastassja Filippowna, sich mit einer geradezu fieberhaft ungeduldigen Herausforderung an die Anwesenden wendend, »hier in diesem schmutzigen Zeitungspapier. Vorhin bei Gánetschka rief er plötzlich wie ein Irrsinniger aus, daß er mir noch heute abend hunderttausend Rubel bringen werde, und ich habe hier die ganze Zeit auf ihn gewartet. Er wollte mich nämlich kaufen: zuerst bot er achtzehntausend, dann sprang er plötzlich auf vierzig, und dann – auf die hundert hier. Er hat also sein Wort gehalten! Pfui, wie bleich er ist! ... Das geschah vorhin bei Gánetschka: ich war zu ihm gefahren, um seiner Mutter einen Besuch zu machen und meine zukünftigen Verwandten kennenzulernen; doch seine Schwester schrie mir ins Gesicht: ‚Ist denn niemand hier, der diese Unverschämte hinausweist!', worauf sie ihrem Brüderlein Gánetschka ins Gesicht spie. Ein charaktervolles Mädchen, das muß man ihr lassen!«

»Nastassja Filippowna!« sagte der General vorwurfsvoll. Er begann zu begreifen, was hier vorging – allerdings auf seine Art.

»Wie beliebt? Unanständig, was? Ach, Exzellenz, lassen wir doch das Getue! Daß ich im Französischen Theater wie eine unnahbare Beletagentugend saß und alle, die mir fünf Jahre lang nachstellten, wie eine Wilde floh und dabei die Miene einer stolzen Unschuld aufsetzte, – das waren ja doch alles nur Albernheiten! Da, da steht jetzt vor Ihnen einer, der hunderttausend auf den Tisch geworfen hat, nach fünf Jahren Unschuld! – und sicher hat er schon seine Troiken bereit, die nur auf mich warten. Auf hunderttausend hat er mich geschätzt! Gánetschka, ich sehe, du bist mir immer noch böse? Ja, – wolltest du mich denn wirklich in deine Familie einführen? Mich, die so eine für einen Rogoshin ist!? Was sagte doch der Fürst vorhin?«

»Ich habe nicht gesagt, daß Sie ... eine für Rogoshin seien, denn Sie sind es nicht!« sagte der Fürst mit stockender Stimme.

»Nastassja Filippowna, laß gut sein, meine Liebe, hör', was ich sage, Täubchen«, mischte sich plötzlich Darja Alexejewna ein, die sich nicht mehr bezwingen konnte, »wenn sie dir so zuwider geworden sind, wozu läßt du sie dann hier sitzen? Willst du denn wirklich mit solch einem gehen, und wenn auch für hunderttausend! Nun ja, hunderttausend – sieh mal an! Ach was! – nimm die Hunderttausend und ihn setz vor die Tür! Siehst du, so springt man mit solchen Leuten um! Weiß Gott, ich an deiner Stelle würde sie alle ... nein wirklich, was soll denn das?«

Darja Alexejewna ärgerte sich aufrichtig. Sie war eine gutmütige Frau und leicht zu beeindrucken.

»Aber so ärgere dich doch nicht, Darja Alexéjewna«, beruhigte Nastassja Filippowna sie lächelnd. »Ich habe ihm das doch auch ganz ohne Ärger gesagt. Habe ich ihm denn Vorwürfe gemacht? Ich kann wirklich nicht verstehen, wie ich auf diesen albernen Einfall gekommen bin, in eine anständige Familie eindringen zu wollen. Ich habe auch seine Mutter gesehen und ihr die Hand geküßt. Daß ich mich aber so bei dir aufführte, Gánetschka, das tat ich ja nur, um einmal zu sehen, wozu du fähig bist. Nun, du hast mich in Erstaunen gesetzt, das muß ich sagen! Auf vieles war ich gefaßt, auf das aber doch nicht! Hättest du mich denn wirklich genommen, nachdem du gesehen, daß der hier mir ein so kostbares Geschenk macht und ich es so kurz vor der Hochzeit mit dir annehme? Und dann noch Rogoshin? Der hat doch in deinem Hause in Gegenwart deiner Mutter und Schwester mich zu kaufen versucht, du aber bist trotzdem als Bewerber gekommen und hast beinahe noch deine Schwester mitgebracht! Ist es denn wirklich wahr, was Rogoshin von dir sagt, daß du für drei Rubel auf allen Vieren bis zur Wassíljeff-Insel kröchest?«

»Sicher!« sagte plötzlich Rogoshin halblaut vor sich hin, doch in einem Ton, aus dem felsenfeste Überzeugung sprach.

»Ich würde nichts sagen, wenn du dem Hungertode nahe wärest, aber du bekommst doch, soviel ich weiß, ein gutes Gehalt! Und obendrein, außer der Schande, hättest du ja dann eine verhaßte Frau in dein Haus einführen müssen! (Denn du haßt mich doch, das weiß ich.) Nein, jetzt glaube ich es, daß so einer wie du für Geld Menschen umbringt! Sind doch heutzutage alle von einer solchen Geldgier ergriffen, daß sie förmlich von Sinnen zu sein scheinen – so werden sie von der Habsucht beherrscht. Unreife Jungen wollen Wucherer sein! Oder sie umwickeln die Rasiermesserachse mit einem dicken Seidenfaden, damit das Messer feststeht, und schleichen dann hinterrücks an den Freund heran und schlachten ihn wie einen Hammel, wie ich vor kurzem noch gelesen habe. Ein Schamloser bist du, Ganja! Auch ich bin eine Schamlose, du aber bist noch hundertmal mehr. Von diesem Blumenbesorger da will ich schon gar nicht reden ...«

»Sind Sie das selbst, Nastassja Filippowna, sind Sie das selbst!« rief der General aus, in aufrichtigem Schmerz die Hände erhebend. »Sie, die Sie so zartfühlend sind, so vornehm denken, – und nun! Welch eine Sprache! Was für Worte!«

»Ich bin jetzt berauscht, Exzellenz, bin betrunken!« lachte plötzlich Nastassja Filippowna auf, »ich will durchgehen! Heute ist mein Tag, mein Jahrestag, mein Schaltjahr! Ich habe lange genug darauf gewartet! Darja Alexejewna, siehst du den Bukettherrn dort, jenen Monsieur aux camélias, da sitzt er und lacht über uns ...«

»Ich lache nicht, Nastassja Filippowna, ich höre nur mit größter Aufmerksamkeit zu«, versetzte Tozkij würdevoll.

»Nun, sag doch, wozu habe ich ihn wohl ganze fünf Jahre lang gequält und nicht von mir fortgelassen? War er denn das wert? Er ist doch nur so, wie er sein muß ... Er kann ja schließlich noch sagen, daß ich in seiner Schuld stehe: er hat mich doch erziehen lassen, hat mich wie eine Gräfin ausgestattet und Geld, – Gott! – wieviel Geld er für mich ausgegeben hat! Schon dort hat er für mich einen achtbaren Mann gesucht und hier schließlich Gánetschka gefunden. Und was glaubst du wohl: ich habe in diesen fünf Jahren nicht mit ihm gelebt und dabei doch Geld von ihm angenommen und noch obendrein geglaubt, ich hätte ein Recht dazu! Ich hatte mich ja selbst ganz irre gemacht. Du sagst, nimm die Hunderttausend und jage ihn fort, wenn es dich anekelt. Es ist wahr, es ekelt mich an ... Ich hätte ja schon längst heiraten können, und noch ganz andere als Gánetschka, aber es war doch zu ekelhaft. Und wozu habe ich nun meine fünf Jahre verloren? Aber wirst du's mir glauben, vor etwa vier Jahren dachte ich aus Trotz eine Zeitlang daran, ob ich nicht schließlich doch noch meinen Afanassij Iwanowitsch heiraten sollte? Aus Bosheit dachte ich daran – als ob ich wenig Einfälle gehabt hätte! Und glaub mir, ich hätte es auch durchgesetzt! Er hat sich mir ja selbst angetragen, kannst du dir das vorstellen? Freilich tat er es nicht aus Liebe, aber er ist doch gar zu erpicht, kann ja nicht widerstehen. Da überlegte ich es mir aber noch zum Glück und dachte: Ist er denn solcher Bosheit überhaupt wert, lohnt es sich denn? Und da wurde er mir plötzlich so widerlich, daß ich ihn um keinen Preis genommen hätte, selbst wenn er allen Ernstes um mich angehalten hätte. Und so habe ich es die ganzen fünf Jahre getrieben! Nein, dann schon lieber auf die Straße, wohin ich ja sowieso gehöre! Entweder mit Rogoshin in Saus und Braus oder ich werde morgen noch Wäscherin! Denn ich habe ja doch nichts, mir gehört ja nichts! Wenn ich fortgehe, werfe ich ihm alles hin, auch den letzten Lappen; ohne alles aber wird mich ja doch niemand nehmen, frag mal Ganja! Nicht einmal Ferdyschtschenko würde mich nehmen!«

»Ferdyschtschenko würde Sie wahrscheinlich nicht nehmen, Nastassja Filippowna, ich bin ein aufrichtiger Mensch«, unterbrach sie Ferdyschtschenko, »dafür aber würde der Fürst Sie nehmen! Da sitzen Sie nun und klagen, aber schauen Sie doch nur auf den Fürsten! Ich beobachte ihn nämlich schon lange ...«
Nastassja Filippowna wandte sich neugierig brüsk zum Fürsten und sah ihn an.
»Ist das wahr?« fragte sie.
»Ja«, sagte der Fürst.
»Sie würden mich so nehmen, wie ich bin, ohne alles?«
»Ich würde Sie so nehmen, Nastassja Filippowna ...«
»Da haben wir ja eine neue Geschichte!« stieß der General hervor. »Doch ... das war zu erwarten!«
Der Fürst, den Nastassja Filippowna immer noch betrachtete, sah ihr mit traurigem, ernstem und durchhaltendem Blick offen ins Gesicht.
»Da hat sich noch einer gefunden!« sagte Nastassja Filippowna, sich wieder Darja Alexejewna zuwendend. »Und doch wirklich nur aus gutem Herzen, ich kenne ihn. Da habe ich jetzt einen Wohltäter! Übrigens – vielleicht ist es wahr, was man von ihm sagt, daß er ... nun, *jenes* ... Wovon wirst du denn leben, wenn du schon so verliebt bist, daß du eine Rogoshinsche nimmst, du, ein Fürst Myschkin? ...«
»Ich nehme Sie als ehrbares Weib, Nastassja Filippowna, und nicht als was Sie sich da bezeichnen«, sagte der Fürst.
»Was, ich soll ein ehrbares Weib sein?«
»Ja, Sie.«
»Nun, das ... stammt wohl aus Romanen! Das sind alte Ammenmärchen, mein lieber Fürst, heutzutage ist man klüger in der Welt und nennt so etwas ganz richtig Faselei. Und wie kannst du denn heiraten, du brauchst ja selbst noch eine Wärterin!«
Da erhob sich der Fürst und begann mit scheuer, unsicherer Stimme, doch mit der Miene eines tief überzeugten Menschen:
»Ich weiß nichts von der Welt, Nastassja Filippowna, ich habe nichts gesehen, Sie haben recht, aber ich ... ich fasse es so auf, daß Sie mir eine Ehre erweisen würden, nicht ich Ihnen. Ich bin nichts, Sie aber haben gelitten und sind aus einer solchen Hölle rein hervorgegangen, das aber ist viel. Weshalb schämen Sie sich, und weshalb wollen Sie zu Rogoshin gehen? Das ist ja alles nur Fieber ... Sie haben Herrn Tozkij die Fünfundsiebzigtausend zurückgegeben und sagen, daß Sie alles, was hier ist, ihm gleichfalls zurückgeben; das aber würde hier keiner tun, kein einziger. Ich ... Nastassja Filippowna ... ich liebe Sie. Ich würde für Sie sterben, Nastassja Filippowna. Ich werde niemandem erlauben, ein schlechtes Wort über Sie zu sagen, Nastassja Filippowna. Wenn wir arm sind, werde ich arbeiten, Nastassja Filippowna ...«
Bei diesen Worten hörte man ein leises Grunzen von Ferdy-

schtschenko und Lébedeff, und selbst der General krächzte einmal ganz absonderlich, was er sogleich mit einem ernsten Räuspern zu verdecken suchte. Ptizyn und Tozkij konnten nur mit Mühe ein Lächeln verbergen, nahmen sich aber gleich zusammen. Die übrigen begriffen vor lauter Staunen vorläufig überhaupt noch nichts.

»... Aber vielleicht werden wir nicht arm sein, sondern sogar sehr reich, Nastassja Filippowna«, fuhr der Fürst mit derselben scheuen Stimme fort. »Ich weiß es nicht genau und ich bedaure, daß ich heute den ganzen Tag noch nichts Bestimmtes darüber habe erfahren können: ich habe, als ich noch in der Schweiz war, von einem gewissen Herrn Ssaláskin aus Moskau einen Brief erhalten, in dem er mir mitteilt, daß mir eine sehr große Erbschaft zufallen solle. Ich habe ihn bei mir, den Brief, hier ist er ...«

Und der Fürst zog tatsächlich aus der Brusttasche seines Rockes einen Brief hervor.

»Sollte er nicht schon verrückt sein?« fragte sich der General. »Das ist ja hier die reine Irrenanstalt!«

Für einen Augenblick trat allgemeines Schweigen ein.

»Sie sagten, Fürst, wenn ich mich nicht verhört habe, daß Sie den Brief von einem gewissen Ssaláskin erhalten hätten?« fragte Ptizyn. »Ssalaskin ist in seiner Sphäre eine sehr bekannte Persönlichkeit, und wenn er Sie von einer Ihnen zugefallenen Erbschaft benachrichtigt, so können Sie ihm aufs Wort glauben. Ich kenne zufällig seine Handschrift, ich habe vor einiger Zeit geschäftlich mit ihm zu tun gehabt – wenn Sie mir den Brief zeigen wollten, könnte ich Ihnen wenigstens sagen, ob es derselbe Ssalaskin ist.«

Der Fürst reichte ihm schweigend mit zitternder Hand den Brief hin.

»Wa–as? Was soll denn das bedeuten?« fuhr nun der General auf, indem er verständnislos von einem zum andern sah. »Doch nicht tatsächlich eine Erbschaft?«

Alles blickte auf Ptizyn, der den Brief las. Die allgemeine Neugier hatte auf einmal eine neue Richtung bekommen. Ferdyschtschenko konnte nicht ruhig sitzen bleiben. Rogoshin sah verständnislos und nur maßlos beunruhigt bald den Fürsten, bald Ptizyn an. Darja Alexejewna saß in der Erwartung wie auf Nadeln. Auch Lebedeff hielt es nicht aus und schlüpfte, gleichsam krumm und lahm geschlagen, herbei, um über Ptizyns Schulter wenigstens einen Blick auf den Brief werfen zu können, sah aber dabei ganz so aus wie ein Mensch, der jeden Augenblick darauf gefaßt ist, weggeschubst zu werden.

XVI

»Die Sache hat ihre Richtigkeit«, erklärte endlich Ptizyn, indem er den Brief zusammenfaltete und dem Fürsten zurückgab. »Sie bekommen ohne alle Scherereien nach dem unanfechtbaren Testament Ihrer Tante ein sehr großes Vermögen.«

»Nicht möglich!« rief der General wie aus der Pistole geschossen aus.

Die meisten vergaßen den Mund zu schließen.

Hierauf erzählte Ptizyn, sich vornehmlich an den General wendend, was Ssalaskin dem Fürsten im Brief mitgeteilt hatte. Der Inhalt war kurz folgender:

Vor fünf Monaten war die Tante des Fürsten Lew Nikolájewitsch Myschkin, die ältere Schwester seiner Mutter, gestorben. Sie war die Tochter eines Moskauer Kaufmanns dritter Gilde, Papúschin, der nach einem Bankerott, wie es hieß, in Armut gestorben war. (Der Fürst hatte beide nie gekannt.) Doch der ältere leibliche Bruder dieses Papúschin war ein bekannter sehr reicher Kaufmann. Vor etwa einem Jahre hatte er ganz plötzlich – in ein und demselben Monat – seine beiden Söhne verloren, worauf der Alte aus Gram ebenfalls erkrankt und gestorben war. Seine einzige noch lebende Verwandte und Erbin, jene Tochter seines armen Bruders, die zu der Zeit auch schon von den Ärzten aufgegeben war (sie starb bald darauf an der Wassersucht), hatte sogleich nach dem Fürsten zu forschen begonnen, hatte ihr Testament gemacht und Ssalaskin die Erledigung der Angelegenheit übertragen. Nach dem Empfang dieses Briefes von Ssalaskin hatte sich der Fürst dann entschlossen, selbst nach Rußland zurückzukehren ...

»Ich kann Ihnen einstweilen nur sagen«, schloß Ptizyn, sich an den Fürsten wendend, »daß Sie alles, was Ssalaskin Ihnen von der Unanfechtbarkeit Ihrer Erbschaft schreibt, ohne weiteres als bare Münze nehmen können. Dieser Brief ist ebensogut wie bares Geld in der Tasche. Ich gratuliere, Fürst! Vielleicht erben Sie auch so an anderthalb Millionen, vielleicht aber auch noch mehr. Papuschin war ein sehr reicher Kaufmann.«

»Teufel noch eins! Na, er lebe hoch, der letzte Fürst aus dem Geschlecht der Myschkin!« gröhlte Ferdyschtschenko, der als erster die Fassung wiedergewann.

»Hurra!« krähte mit heiserer Stimme Lebedeff – er hatte inzwischen am meisten getrunken.

»Und ich habe dem armen Jungen noch mit fünfundzwanzig Rubel unter die Arme gegriffen, hahaha! Wie nennt man das! Umgekehrte

Welt!« rief der vor Überraschung noch ganz konfuse General lachend aus. »Nun, mein Lieber, ich gratuliere!«
Und sich vom Platz erhebend, ging er auf den Fürsten zu und umarmte ihn. Nach ihm erhoben sich auch die anderen, um dem Erben Glück zu wünschen. Selbst die Zaghafteren, die sich zuvor in das andere Zimmer zurückgezogen hatten, begannen im Salon zu erscheinen. Alles sprach durcheinander, es war kein Wort zu verstehen, Ausrufe wurden laut, man verlangte Champagner, alles geriet in Bewegung. Ja, im ersten Augenblick vergaß man sogar Nastassja Filippowna und daß sie doch immerhin die Dame des Hauses war. Allmählich aber besann man sich darauf und erinnerte sich zugleich, daß der Fürst ihr doch kurz zuvor einen Heiratsantrag gemacht hatte, was die ganze Situation jetzt noch dreimal unerhörter machte. Tozkij konnte vor Verwunderung nur noch die Achseln zucken. Von den Herren war er der einzige, der noch saß, während die anderen alle sich in einem dichten Haufen um den Tisch drängten. Später wurde von den meisten behauptet, daß erst in diesem Augenblick Nastassja Filippowna tatsächlich den Verstand verloren hätte. Sie saß immer noch auf ihrem Platz und betrachtete eine Weile alle mit einem seltsamen, gewissermaßen erstaunten Blick, als begriffe sie gar nicht, was hier vorging, und als strenge sie sich an, etwas Unverständliches zu erfassen. Dann wandte sie sich plötzlich dem Fürsten zu und sah ihn, die Brauen drohend zusammengezogen, scharf und feindselig an – aber das dauerte nur einen Augenblick. Vielleicht schien es ihr, daß es nur ein Scherz sein könne, daß er sich über sie lustig mache. Doch der Blick des Fürsten schloß jeden Zweifel aus. Sie sann einen Augenblick nach, und dann lächelte sie wieder, aber als wüßte sie selbst nicht, worüber sie lächelte ...
»Also wirklich Fürstin!« murmelte sie gleichsam etwas spöttisch vor sich hin, und als ihr Blick zufällig auf Darja Alexejewna fiel, lachte sie auf. »Eine etwas unverhoffte Lösung ... ich ... nein ... das hatte ich nicht erwartet ... Aber meine Herrschaften, was stehen Sie denn, bitte, setzen Sie sich doch und gratulieren Sie uns! Jemand hat, glaube ich, Champagner verlangt – Ferdyschtschenko, gehen Sie, bitte, bestellen Sie! Katja, Pascha!« – sie erblickte plötzlich ihre Mädchen in der Tür – »kommt her, ich heirate, habt ihr es schon gehört? Den Fürsten dort, er hat anderthalb Millionen, er ist ein Fürst Myschkin und nimmt mich!«
»Mit Gott, meine Liebe, es ist auch Zeit! Sonst verscherzt du sie ja alle!« warf Darja Alexejewna ein, die durch das Erlebte geradezu erschüttert war.
»Aber so setzen Sie sich doch her zu mir, Fürst«, fuhr Nastassja Filippowna lebhaft fort, »so, und dort kommt ja auch schon der Champagner, also bitte zu gratulieren, meine Herren!«
»Hurra! Hoch! Hurra!« ertönte es von mehreren Seiten.
Viele drängten zum Champagner hin, darunter fast alle Begleiter Rogoshins. Aber wenn auch vornehmlich sie es gewesen waren,

die das Hoch ausbrachten, so waren doch viele von ihnen noch immer schüchtern und erwarteten mißtrauisch die Entwicklung der Dinge. Sie fühlten, daß die Sache eine andere Wendung genommen hatte. Viele flüsterten miteinander, daß es ja nichts Außergewöhnliches sei, daß doch so manche Fürsten noch ganz andere Weiber geheiratet hätten, sogar Zigeunerinnen aus dem Nomadenlager! Rogoshin selbst stand da und blickte mit einem starren, verständnislosen Lächeln drein.

»Fürst, lieber Junge, besinn dich!« flüsterte der General ganz entsetzt dem Fürsten zu, indem er ihn, von der anderen Seite leise an ihn herantretend, am Ärmel zupfte.

Nastassja Filippowna hörte es und lachte auf.

»Nein, Exzellenz! Jetzt bin auch ich Fürstin, und Sie haben doch gehört, daß der Fürst mich nicht beleidigen lassen wird! Afanássij Iwánowitsch«, wandte sie sich zu Tozkij, »so wünschen Sie mir doch Glück! Ich werde mich ja jetzt überall neben Ihre Gemahlin setzen dürfen. Was meinen Sie, ist es nicht vorteilhaft, einen solchen Mann zu haben? Anderthalb Millionen und dazu noch Fürst, und überdies noch, wie es heißt, ein Idiot, was will man mehr? Jetzt erst beginnt das wirkliche Leben! Rogoshin, du bist zu spät gekommen! Nimm dein schmutziges Geldpaket, ich heirate den Fürsten und bin jetzt selbst reicher als du!«

Da begriff Rogoshin endlich, was geschehen war. Sein Gesicht verzerrte sich in unsäglichem Schmerz. Er hob die Arme und ein Stöhnen entrang sich seiner Brust.

»Tritt zurück!« schrie er plötzlich dem Fürsten zu.

Ringsum erscholl Gelächter.

»Damit du an seine Stelle treten kannst?« fiel Darja Alexejewna siegesstolz ein. »Pfui so einer! Wie er das Geld auf den Tisch warf, da sah man gleich den Bauer! Der Fürst heiratet sie, du aber willst sie nur zur Schande haben!«

»Auch ich heirate sie! Auf der Stelle heirate ich sie, sofort! Alles gebe ich hin! ...«

»Hört doch! Du bist ja wie ein Betrunkener in der Schenke. Vor die Tür setzen sollte man dich!« sagte Darja Alexejewna empört.

Das Gelächter wurde noch lauter.

»Hörst du es, Fürst«, wandte sich Nastassja Filippowna an ihn, »wie ein Bauer deine Braut kaufen will?«

»Er ist betrunken«, sagte der Fürst. »Er liebt Sie sehr.«

»Aber wirst du dich später nicht dessen schämen, daß deine Braut beinahe mit einem Rogoshin davongefahren wäre?«

»Das wollten Sie nur im Fieber, Sie fiebern auch jetzt noch und reden wie im Delirium.«

»Und du wirst dich auch nicht schämen, wenn man dir später sagt, daß deine Frau Tozkijs Geliebte gewesen ist?«

»Nein, ich werde mich nicht schämen. Sie waren nicht aus freiem Willen bei Tozkij.«

»Und du wirst es mir nie vorwerfen?«
»Nein, niemals.«
»Nun, sieh dich vor, versprich nichts fürs ganze Leben!«
»Nastassja Filippowna«, sagte der Fürst leise und wie aus tiefem Mitleid, »ich sagte Ihnen vorhin, daß ich Ihre Einwilligung als Ehre auffassen werde, daß *Sie* mir eine Ehre erweisen, und nicht ich Ihnen. Sie lächelten über diese Worte und ringsum, das sah ich, wurde gleichfalls gelächelt. Ich habe mich vielleicht sehr lächerlich ausgedrückt und ich war vielleicht auch selbst lächerlich, aber es will mir immer scheinen, daß ich ... sehr wohl begreife, was Ehre ist. Und ich bin überzeugt, daß ich die Wahrheit gesagt habe. Sie wollten sich soeben ins Verderben stürzen, unwiderruflich, für immer, denn Sie hätten sich das nie verziehen. Aber es trifft Sie doch gar keine Schuld. Es ist doch nicht möglich, daß Ihr Leben schon für immer vernichtet sein soll. Was will denn das besagen, daß Rogoshin zu Ihnen gekommen ist und Gawrila Ardalionytsch Sie hat betrügen wollen? Weshalb kommen Sie immer wieder gerade darauf zurück? Das, was Sie getan haben – dazu wären nur wenige fähig, das sage ich Ihnen nochmals. Daß Sie aber mit Rogoshin fortfahren wollten, das wollten Sie ja nur im Augenblick einer krankhaften Anwandlung. Sie sind auch jetzt noch krank, solche Anwandlungen gehen nicht so schnell vorüber. Es wäre besser, Sie gingen zu Bett. Sie würden morgen Wäscherin werden, denn bei Rogoshin würden Sie ja doch nicht bleiben. Sie sind stolz, Nastassja Filippowna; vielleicht aber sind Sie schon dermaßen unglücklich, daß Sie sich selbst für tatsächlich schuldig halten. Sie müssen behutsam gepflegt werden, Nastassja Filippowna, und ich werde Sie pflegen. Als ich heute Ihr Bild erblickte, war es mir, als hätte ich ein bekanntes Gesicht wiedererkannt. Und es schien mir sogleich, als riefen Sie mich ... Ich ... ich werde Sie mein ganzes Leben lang hochachten, Nastassja Filippowna ...«, brach plötzlich der Fürst kurz ab, und er errötete. Es war ihm mit einemmal zum Bewußtsein gekommen, vor welchen Menschen er redete.
Ptizyn senkte vor lauter Schamgefühl den Kopf und blickte zu Boden. Tozkij dachte bei sich: »Zwar ein Idiot, weiß aber doch, daß man mit Schmeichelei am besten fängt. Instinkt.« Der Fürst fühlte und sah auch Ganjas brennenden Blick auf sich ruhen, mit dem jener ihn gleichsam versengen zu wollen schien. Ganja stand in der entferntesten Ecke.
»Endlich sieht man einmal einen guten Menschen!« sagte Darja Alexejewna ganz gerührt.
»Ein gebildeter Mensch, aber hoffnungslos!« brummte der General für sich.
Tozkij schickte sich an aufzustehen. Er sah sich nur noch nach dem General um und verständigte sich mit ihm durch einen Blick; sie wollten sich beide entfernen.
»Ich danke Ihnen, Fürst. Bis jetzt hat noch niemand so zu mir ge-

sprochen«, sagte Nastassja Filippowna. »Man hat mich immer nur kaufen wollen, doch heiraten wollte mich noch kein einziger Ehrenmann. Haben Sie gehört, Afanassij Iwanowitsch? Wie gefiel Ihnen das, was der Fürst sagte? Sie fanden es vielleicht unschicklich ... Rogoshin!« unterbrach sie sich, »du wart noch mit dem Fortgehen! Aber du gehst ja auch noch gar nicht fort, wie ich sehe. Vielleicht werde ich noch mit dir gehen. Wohin wolltest du mich bringen?«
»Nach Katharinenhof!«[6] rapportierte sofort Lébedeff aus einer Ecke, Rogoshin aber zuckte nur zusammen und starrte sie an, als könne er nicht glauben, was er gehört hatte. Er schien völlig stumpf geworden zu sein, wie von einem entsetzlichen Schlag auf den Kopf.
»Was, was redest du da, was fällt dir ein, Täubchen? Laß das doch jetzt, diese Albernheiten! Bist du denn ganz von Sinnen?« fuhr die erschrockene Darja Alexejewna auf.
»Ja, hast du denn im Ernst daran gedacht?« Nastassja Filippowna sprang lachend auf. »Diesen jungen Knaben da sollte ich zugrunde richten? Das wäre ja ganz nach Afanassij Iwanowitschs Geschmack, der liebt ja besonders halbwüchsige Kinder! Fahren wir, Rogoshin! Halte dein Geldpaket bereit! Das hat nichts zu sagen, daß du mich heiraten willst, das Geld mußt du mir trotzdem geben. Ich nehme dich vielleicht noch gar nicht. Du glaubst wohl, wenn du mich heiratest, behältst du das Geld? Unsinn! Ich bin doch eine Schamlose! Ich bin doch Tozkijs Konkubine gewesen ... Fürst! Du brauchst jetzt eine Aglaja Jepántschina, aber nicht mich, denn sonst – Ferdyschtschenko würde doch mit dem Finger auf uns weisen! Du fürchtest dich nicht, ich aber würde mich fürchten, daß ich dich zugrunde richte und du es mir später vorwerfen wirst! Und was du da redest, daß ich dir eine Ehre erweise, nun, so weiß doch Tozkij, wie es sich damit verhält. Du aber, Gánetschka, hast Aglaja Jepántschin schon verspielt – weißt du das auch? Hättest du nicht mit ihr geschachert, so würde sie dich ja unbedingt genommen haben! Aber so seid ihr ja alle! Nein: entweder mit ehrlosen oder mit ehrbaren Frauen leben – eines von beiden! Denn sonst gibt's unfehlbar Konfusion ... Da sieht mich der General an und kann den Mund nicht mehr schließen ...«
»D–D–Das ist ja Sodom! Sodom!!« stieß der General hervor, die Schultern vor Entrüstung in die Höhe ziehend, und erhob sich schleunigst. Alles war wieder auf den Beinen. Nastassja Filippowna gebärdete sich wie eine Rasende.
»Ist es denn möglich!« stöhnte der Fürst, und seine Hände krampften sich zusammen.
»Du glaubst wohl – nicht? Ich bin vielleicht noch stolzer, als ihr glaubt, und wenn ich auch tausendmal eine Verworfene bin! Du sagtest vorhin, an mir sei alles vollkommen – eine schöne Vollkommenheit das, wenn sie einzig, um sich nachher damit brüsten zu können, eine Million und die Fürstenkrone unter die Füße tritt und in die Spelunke geht! Was bin ich denn für eine Frau für dich? Afa-

nassij Iwanowitsch, hören Sie! Ich habe doch tatsächlich eine Million zum Fenster hinausgeworfen! Und Sie glaubten wohl, ich würde es für ein Glück ansehen, wenn ich mit Ihren Fünfundsiebzigtausend Ihren Gánetschka bekäme? Die Fünfundsiebzigtausend kannst du behalten, Afanassij Iwanowitsch – nicht einmal bis zu Hundert hat er sich emporgeschwungen, da ist doch Rogoshin nobler als er! – Gánetschka aber werde ich selber trösten, ich habe schon einen Gedanken. Jetzt aber will ich mich einmal amüsieren, ich bin ja doch eine Straßendirne! Zehn Jahre lang hab' ich im Gefängnis gesessen, jetzt kommt mein Glück! Was stehst du so da, Rogoshin? Komm, fahren wir!«

»Fahren wir!« brüllte Rogoshin, fast rasend vor Freude. »He, ihr alle! ... kommt! Wein her! Uch! ...«

»Sorge nur für Wein, ich werde trinken. Wird es dort auch Musik geben?«

»Alles, alles wird's geben! – Komm nicht zu nah!« schrie Rogoshin in seiner Raserei, als er sah, daß Darja Alexejewna sich Nastassja Filippowna nähern wollte. »Sie gehört mir! Alles gehört mir! Königin! Schluß!«

Der Atem stockte ihm vor Herzklopfen; er ging immer nur um Nastassja Filippowna herum und schrie jedem zu: »Komm nicht zu nah!« Inzwischen hatten sich schon alle seine Begleiter im Salon versammelt, selbst die schüchternsten hatten sich hervorgewagt. Die einen tranken, die andern schwatzten und lachten, alle waren sie in der lebhaftesten und ungezwungensten Stimmung. Ferdyschtschenko versuchte bereits, sich freundschaftlich ihnen anzuschließen, um dann gleichfalls mit nach Katharinenhof fahren zu können. Der General und Tozkij machten wieder eine Bewegung zur Tür hin, um schnell zu verschwinden. Ganja hatte gleichfalls schon seinen Hut in der Hand; doch schien er sich von dem Bilde, das sich hier vor seinen Augen aufrollte, noch nicht losreißen zu können.

»Komm nicht zu nah!« schrie wieder Rogoshin.

»Was grölst du denn so!« lachte ihn Nastassja Filippowna aus. »Noch bin ich hier die Herrin im Hause, wenn ich will, lasse ich dich hinauswerfen. Ich habe von dir noch kein Geld genommen, da liegt es ja noch auf dem Tisch! Gib es her, das ganze Paket! Und hier in diesem Paket sind hunderttausend Rubel? Pfui, wie abscheulich! Was hast du nur, Darja Alexejewna? Soll ich ihn denn wirklich zugrunde richten?« (Sie wies auf den Fürsten.) »Wo kann er denn ans Heiraten denken, er braucht ja selbst noch eine Wärterin! Da, der General, der wird seine Wärterin sein – seht doch, wie er um ihn scharwenzelt. Sieh, Fürst, deine Braut hat das Geld hier genommen, denn sie ist ja doch eine Dirne – und du wolltest sie heiraten! Aber warum weinst du denn? Bitter ist das, was? Du lach' doch, ich finde, du hast Grund, froh zu sein«, fuhr Nastassja Filippowna fort, auf deren eigenen Wangen zwei dicke Tränen glänzten. »Vertraue der Zeit – alles geht vorüber! Es ist besser, sich jetzt zu besinnen, als nachher, wenn's zu spät ist . . . Aber warum weint ihr denn alle – da, auch Katja weint! Katja, was hast du, mein liebes Ding? Ich hinterlasse dir und Pascha viele Sachen, es ist schon alles vorgesehen . . . Jetzt aber lebt wohl! Ich habe dich, ein ehrsames Mädchen, mich Dirne bedienen lassen . . . Es ist besser so, Fürst, wahrhaftig besser, du würdest mich später doch verachten, und wir wären beide unglücklich. Schwöre nicht, ich glaube ja doch nichts! Und es wäre ja auch so dumm! . . . Nein, glaub mir, es ist besser so, wir scheiden im Guten. Auch ich bin ja eine Träumerin, was käme dabei heraus? Habe ich denn nicht selbst schon von dir geträumt? Du hast recht, schon lange habe ich von dir geträumt, schon dort in Otrádnoje, wo er mich fünf Jahre in der Einsamkeit seelenallein sitzen ließ! Da denkt man denn bisweilen und denkt und spinnt Träume und Träume – da habe ich mir denn immer solch einen wie du vorgestellt, einen wahren und ehrlichen und guten und mutigen Menschen, und der auch ebenso dumm ist wie du, so dumm, daß er plötzlich zu mir kommt und sagt: ‚Sie tragen keine Schuld, Nastassja Filippowna, und ich vergöttere Sie!' Und so spinnt man die Träume immer weiter, bis man wahnsinnig zu werden meint . . . Und dann kommt wieder jener da angefahren: bleibt zwei Monate im Jahr, entehrt, beschmutzt, entfacht, verdirbt und fährt fort – oh, tausendmal schon wollte ich mich im Teich ertränken, war aber zu feig dazu, der Mut langte nicht! – nun, und jetzt . . . Rogoshin, bist du bereit?«

»Fahren wir!! . . . Komm nicht zu nah!«

»Fahren wir!« ertönten mehrere Stimmen.

»Die Troiken warten! Mit Schellen am Kummetholz!«

Nastassja Filippowna ergriff das Geldpaket.

»Ganja, ich habe einen guten Einfall: ich will dich entschädigen, denn warum sollst du alles verlieren? Rogoshin, wird er für drei Rubel bis zu der Wassíljeff-Insel kriechen?«

»Sicher!«

»Nun, dann höre mich an, Ganja, ich will deine Seele zum letztenmal bewundern: du hast mich drei Monate lang gequält, jetzt ist die Reihe an mir. Siehst du hier dieses Paket in Zeitungspapier: das sind hunderttausend Rubel. Nun sieh, ich werde es sogleich in den Kamin werfen, ins Feuer, hier in Gegenwart aller Anwesenden, alle sind Zeugen! Sobald dann das Feuer das Papier erfaßt hat – kriech in den Kamin, aber ohne Handschuhe, mit bloßen Händen, nur die Ärmel kannst du aufkrempeln, – und hol das Paket aus dem Feuer! Holst du es heraus – so gehört es dir, die ganzen Hunderttausend gehören dir! Wirst dir höchstens die zarten Fingerchen ein bißchen verbrennen, aber dafür sind es doch Hunderttausend, bedenk bloß! Wie lange zieht man sie denn aus dem Feuer! Es ist ja nur ein Augenblick! Ich aber will mich an deiner Seele ergötzen, ich habe meine Freude dran, daß du nach meinem Gelde ins Feuer kriechst! Hier sind alle Zeugen: das ganze Paket gehört dir! Ziehst du es nicht heraus,

so verbrennt es, ich werde es keinen anderen herausnehmen lassen. Fort da vom Kamin! Alle fort! Das Geld gehört mir! Ich hab's für eine Nacht von Rogoshin bekommen. Ist's mein Geld, Rogoshin?«
»Deines, meine Freude! Deines, Königin!«
»Nun, dann alle fort von dort! Was ich will, das tue ich! Psst! Ruhe! Mischt euch nicht ein! Ferdyschtschenko, schüren Sie das Feuer!«
»Nastassja Filippowna, die Hände gehorchen mir nicht!« stammelte Ferdyschtschenko wie betäubt.
»A–ach!« rief Nastassja Filippowna unwillig, ergriff selbst die Feuerzange, schob die zwei glimmenden Holzscheite zurecht, und wie das Feuer aufschlug, warf sie das Geldpaket darauf.
Ein Schrei entfuhr den Anwesenden. Viele bekreuzten sich unwillkürlich.
»Sie ist verrückt geworden! Sie ist wahnsinnig!«
»Soll ... soll ... sollte man sie nicht binden?« flüsterte der General Ptizyn zu; »oder ... oder nach dem Arzt schicken ... Sie ist ja doch wahnsinnig, wahnsinnig, das ist sie doch!«
»N–nein, das ist vielleicht doch nicht gerade Wahnsinn«, murmelte Ptizyn. Er war blaß und zitterte und vermochte seinen Blick von dem bereits glimmenden Zeitungspapier nicht abzuwenden.
»Sie ist doch wahnsinnig, absolut wahnsinnig, sehen Sie denn das nicht?« wandte sich der General an Tozkij.
»Ich habe Ihnen ja gesagt, daß sie ein Weib mit Kolorit ist«, flüsterte der gleichfalls etwas blasse Tozkij zurück.
»Aber, ich bitte Sie! – es sind doch Hun–dert–tau–send! ...«
»Großer Gott, großer Gott, heiliger Vater im Himmel!« ertönte es ringsum. Alles drängte zum Kamin, alle wollten sehen, wie das Geld brannte, alles rief und schrie durcheinander ... Einige sprangen sogar auf die Stühle, um über die Köpfe der anderen hinwegzusehen. Darja Alexejewna eilte in höchster Angst zur Tür und tuschelte dort entsetzt mit Katja und Pascha. Die schöne Deutsche aber lief fort.
»Mütterchen! Königin! ... Allmächtige!« schrie Lébedeff, der vor Nastassja Filippowna auf den Knien umherrutschte und immer wieder verzweifelt mit beiden Händen auf den Kamin wies. »Hunderttausend! Hunderttausend! Habe sie selbst gesehen, vor meinen Augen wurden sie eingepackt! Mütterchen! Barmherzige! Laß mich in den Kamin kriechen! Ich krieche dir mit allen Vieren hinein, den ganzen grauen Kopf steck' ich ins Feuer! ... Hab' eine kranke, gelähmte Frau, dreizehn Stück Kinder, mutterlose Waisen, den Vater vor einer Woche beerdigt, haben nichts zu beißen und zu brechen! Erbarmen, Erbarmen, Nastassja Filippowna!«
Und noch mit dem letzten Schrei auf den Lippen kroch er schon zum Kamin.
»Fort! Nicht! Weg da!« schrie ihn Nastassja Filippowna an und stieß ihn fort. »Tretet zur Seite, alle, alle! Ganja, was stehst du denn da? Schäm' dich doch nicht! Kriech! Dein Glück ist's!«

Doch Ganja hatte an diesem Tage und Abend schon gar zuviel ausgehalten. Auf diese letzte, unerwartete Folter war er nicht vorbereitet. Das Gedränge teilte sich vor ihm in zwei Hälften, es bildete sich eine Gasse zwischen ihnen, und Ganja stand drei Schritte von Nastassja Filippowna, Auge in Auge ihr gegenüber. Sie aber stand am Kamin und wartete und sah ihn mit brennendem Blick unverwandt an. Ganja stand schweigend mit verschränkten Armen, im Frack, den Hut und die Handschuhe in der Hand, vor ihr, ohne sich zu rühren, und sah starr ins Feuer. Ein sinnloses, irres Lächeln huschte über sein Gesicht, das so bleich war wie eine weißgetünchte Wand. Zwar konnte er den Blick nicht losreißen von dem glimmenden Päckchen, doch schien sich plötzlich etwas Neues in seiner Seele erhoben zu haben: es war, als hätte er sich geschworen, die Folter auszuhalten. Er rührte sich nicht: nach ein paar Augenblicken wurde es allen klar, daß er nicht nach dem Geldpaket greifen werde, daß er es *nicht wollte*.

»Ei, sie verbrennen, die Hunderttausend!« rief ihm Nastassja Filippowna zu. »Du wirst dich ja später erhängen, wenn du sie nicht nimmst! Ich scherze nicht!«

Das Feuer war zuerst zwischen den zwei glimmenden Holzscheiten fast erloschen, als das Geldpaket darauf niedergefallen war. Nur ein kleines blaues Flämmchen züngelte noch am unteren Rande des einen Holzscheites. Allmählich kroch es weiter, bis es die eine Ecke des Päckchens zu belecken begann; das Feuer blieb haften und schlängelte sich dann als schmale, dünne Zunge von der Ecke hinauf, lief von der oberen Ecke wieder am Rande weiter, und plötzlich umschlang es das ganze Paket, und eine helle Flamme schlug flackernd nach oben, zugleich einen Feuerschein ins Zimmer werfend.

»Mütterchen!« schrie Lebedeff, und wieder wollte er auf den Knien zum Kamin kriechen, doch da zog ihn Rogoshin fort und stieß ihn zur Seite. Rogoshin selbst war nichts als ein einziges glühendes Augenpaar, sein ganzes Ich lag in seinem Blick, der wie gebannt immer wieder zu Nastassja Filippowna zurückkehrte – er berauschte sich an ihr, er war im siebenten Himmel.

»Das, ja, das ist eine Königin!« rief er begeistert aus, sich an alle und jeden wendend, gleichviel an wen. »Das, das ist von unserer Art!« stieß er wie berauscht hervor. »Nun, wer von euch, ihr Gauner allesamt, brächte so was fertig! was?!«

Der Fürst war der einzige, der schweigend beobachtete. Sein Gesicht war ernst, und in seinen Augen lag Trauer.

»Ich ziehe es mit den Zähnen heraus, auch nur für einen einzigen Tausender!« erbot sich Ferdyschtschenko.

»Ich auch!« knirschte im Hintergrunde der Faustmensch, wahrscheinlich in einem Anfall entschiedener Verzweiflung. »T–teufel noch eins! Es brennt, alles brennt!« schrie er laut auf, als er die Flamme emporschlagen sah.

»Es brennt, es brennt!« schrien alle wie aus einem Munde, und ein wildes Drängen zum Kamin hub an.
»Ganja, zier dich nicht, ich sage es zum letztenmal!«
»So geh doch, geh!« brüllte Ferdyschtschenko außer sich, und er stürzte sich auf Ganja, um ihn am Ärmel mit Gewalt zum Kamin zu zerren. »So kriech doch in den Kamin, du Prahlhans! Es verbrennt! Oh, verrr–dammt!«
Doch Ganja stieß plötzlich mit aller Kraft Ferdyschtschenko zurück, wandte sich um und ging zur Tür. Er hatte aber noch keine zwei Schritte gemacht, als er plötzlich wankte und krachend zu Boden schlug.
»Ohnmacht! Eine Ohnmacht!« schrien mehrere Stimmen.
»Mütterchen! Allbarmherzige! Sie verbrennen!« schrie Lebedeff.
»Sie verbrennen umsonst!« brüllte es von allen Seiten.
»Katja, Pascha, bringt ihm Wasser! . . . Essenz!« rief Nastassja Filippowna erregt ihren Mägden zu, ergriff dann selbst die Feuerzange und zog das Paket aus den Flammen hervor.
Die ganze Umhüllung war schon verbrannt und fiel in glimmenden Blätterschichten ab, doch man sah sofort, daß der Inhalt fast unversehrt war. Rogoshin hatte das Geld in dreifaches Zeitungspapier eingepackt. Alles atmete auf.
»Nur ein einziges kleines Tausendchen ist angebrannt, die anderen sind alle ganz!« berichtete Lebedeff mit noch zitternder Stimme. Er weinte fast vor Rührung.
»Alle gehören ihm! Das ganze Paket gehört ihm! Sie hören es, meine Herren!« rief Nastassja Filippowna laut, und sie legte das Geldpaket neben den ohnmächtigen Ganja hin. »Er ist doch nicht gegangen, hat es doch ausgehalten! Seine Eitelkeit ist doch noch größer als seine Geldgier! Tut nichts, er wird schon wieder zu sich kommen! Da, er kommt schon wieder zu sich! General, Ptizyn, Darja Alexejewna, Katja, Pascha, Rogoshin, habt ihr's gehört? Das ganze Geld gehört Ganja! Ich gebe es ihm als sein Eigentum, als Entschädigung, als Belohnung . . . nun, da, gleichviel wofür! Sagt es ihm. Mag es hier neben ihm liegen. Rogoshin, marsch! Leb wohl, Fürst, ich habe zum erstenmal einen Menschen gesehen! Leben Sie wohl, Afanássij Iwánowitsch, merci!«
Das ganze Gefolge Rogoshins drängte mit Geräusch und Geschwätz dem Ausgang zu, wohin Nastassja Filippowna und Rogoshin bereits vorausgegangen waren. Im Saal brachten ihr die Mädchen den Pelz. Auch die Köchin Marfa kam aus der Küche herbeigelaufen. Nastassja Filippowna küßte sie alle drei zum Abschied.
»Mütterchen, ist es denn wirklich wahr, daß Sie uns für immer verlassen? Wohin wollen Sie denn gehen? Und noch dazu am Geburtstage, an einem solchen Fest!« jammerten die weinenden Mädchen, die ihr die Hände küßten.
»Auf die Straße gehe ich jetzt, Marfa, du hast es doch schon gehört, dort ist mein Platz, oder am Waschtrog! Ich bin fertig mit Afanassij

Iwanowitsch! Grüßt ihn mir und gedenkt meiner nicht im Bösen ...«

Der Fürst eilte, so schnell er konnte, hinab zum Portal, wo sich die ganze Gesellschaft bereits in die vier Troiken gesetzt hatte. Der General holte ihn nur noch mit Mühe auf der Treppe ein.

»Ich bitte dich, Fürst, komm zur Besinnung!« rief er ihm zu, ihn am Arm packend, um ihn zurückzuhalten. »Laß sie doch! Du siehst doch, wie sie ist! Wie ein Vater rate ich dir ...«

Der Fürst sah ihn an, doch ohne ein Wort zu sagen, riß er sich los und eilte hinaus.

Als der General auf die Straße trat, waren die Troiken schon fort und er sah nur noch, wie der Fürst dem nächsten Droschkenkutscher zurief: »Nach Katharinenhof, hinter den Troiken her!«

Der Wagen des Generals fuhr vor, und der Traber, ein Schimmel, brachte seinen Herrn nach Hause – mit neuen Hoffnungen und Berechnungen und auch mit dem kostbaren Schmuck, den Seine Exzellenz schließlich doch nicht vergessen hatte mitzunehmen. Und zwischen den Gedanken und Hoffnungen des Generals tauchte auch wieder Nastassja Filippownas Bild vor ihm auf in seiner ganzen verführerischen Schönheit. Der General seufzte:

»Schade! Wirklich schade! Ein verlorenes Weib! Ein verrücktes Weib! ... Nun, aber der Fürst braucht jetzt etwas anderes als eine Nastassja Filippowna. Schließlich ist es noch ganz gut, daß es so gekommen ist ...«

Fast in derselben Art wurden auch noch von zwei anderen Gästen Nastassja Filippownas, die es vorzogen, ein Stück Weges zu Fuß zu gehen, ihr ein paar moralische Betrachtungen nachgesandt.

»Wissen Sie, Afanássij Iwánowitsch, bei den Japanern, hörte ich, soll es etwas Ähnliches geben«, sagte Iwán Petrówitsch Ptízyn zu Tozkij. »Der Beleidigte geht dort zu seinem Beleidiger und sagt: ‚Du hast mich beleidigt, und dafür schlitze ich mir vor deinen Augen den Bauch auf', und bei diesen Worten schlitzt er sich auch in der Tat den Bauch auf und fühlt dabei wahrscheinlich eine außerordentliche Genugtuung, ganz als habe er sich nun wirklich an jenem gerächt. Es gibt sehr seltsame Charaktere auf der Welt, Afanassij Iwanowitsch!«

»Sie meinen, daß auch hier etwas Ähnliches getan worden sei?« fragte Tozkij mit einem Lächeln. »Hm! Nicht übel ... Sie haben einen sehr scharfsinnigen Vergleich angeführt. Aber Sie haben doch selbst gesehen, mein bester Iwan Petrowitsch, daß ich alles getan habe, was ich nur tun konnte: mehr als das kann ein Mensch nicht, das müssen Sie doch zugeben? Und andererseits, wenn man bedenkt – es läßt sich doch nicht leugnen, daß diese Frau kolossale Vorzüge hat ... wirklich glänzende Gaben! Ich wollte ihr vorhin schon zurufen – wenn ich mir das in diesem Durcheinander hätte gestatten können –, daß sie selbst meine beste Rechtfertigung gegen alle ihre Beschuldigungen ist. Nun, sagen Sie doch bitte, wer hätte sich nicht an diesem Weibe mitunter berauscht, bis zum Vergessen der Vernunft und alles ... übrigen? Sie sehen, dieser Bauer, dieser Rogoshin – er hat doch hunderttausend Rubel für sie herangeschleppt! Mag auch alles, was dort geschehen ist, sagen wir ephemer, romantisch, unschicklich sein, so hat es dafür doch Kolorit, es ist originell! – das müssen Sie doch zugeben! Gott, was könnte sie nicht sein: bei diesen Vorzügen und dieser Schönheit! Aber trotz aller Bemühungen, trotz aller Mittel, selbst ungeachtet ihrer Erziehung und Bildung – ist doch alles verloren! Ein ungeschliffener Diamant – das habe ich schon mehr als einmal gesagt ...«

Und Afanássij Iwánowitsch seufzte tief.

Zweiter Teil

I

Am zweiten Tage nach den sonderbaren Vorgängen in der Wohnung Nastassja Filippownas reiste Fürst Myschkin eilig nach Moskau, um dort alles Nötige in seiner Erbschaftsangelegenheit persönlich zu erledigen. Es wurde damals allerdings vermutet, daß er auch noch aus anderen Gründen seine Abreise so beschleunigt hätte; doch sowohl hierüber wie auch über alle weiteren Erlebnisse des Fürsten in Moskau und überhaupt während seiner Abwesenheit von Petersburg wissen wir nicht viel Näheres zu berichten. Der Fürst war ganze sechs Monate von Petersburg abwesend, und in dieser Zeit konnten selbst diejenigen, die Ursache hatten, sich für sein Schicksal zu interessieren, nur sehr weniges über sein Tun und Treiben erfahren. Freilich drangen diesem und jenem bisweilen Gerüchte zu Ohren, aber die waren größtenteils recht seltsamer Art und widersprachen sich außerdem fast immer. Das größte Interesse hatte man für den Fürsten im Hause des Generals Jepantschin, wo der Fürst, nebenbei bemerkt, nicht einmal seinen Abschiedsbesuch gemacht hatte. Der General war mit ihm allerdings noch zwei- oder dreimal zusammengekommen, und sie hatten sogar sehr ernste Gespräche geführt; aber in der Familie hatte der General kein Wort davon verlauten lassen. Und überhaupt wurde bei Jepantschins in der ersten Zeit, d. h. fast einen ganzen Monat nach der Abreise des Fürsten, nicht von diesem gesprochen, als gehöre es sich so. Nur die Generalin Lisaweta Prokofjewna äußerte ganz zu Anfang, daß sie sich im Fürsten »grausam getäuscht« habe. Einige Tage später bemerkte sie, doch jetzt ohne den Fürsten zu nennen, sondern nur so im allgemeinen, ihr »auffallendster Charakterzug« sei, daß sie sich beständig in den Menschen täusche. Und schließlich, nach Verlauf weiterer zehn Tage, schloß sie, durch die Töchter aus irgendeinem Anlaß in gereizte Stimmung versetzt, bereits in Form einer Sentenz: »Genug der Täuschungen! Jetzt dürfen keine mehr vorkommen!« Das war ihr letztes Wort. Doch auch ganz abgesehen davon, herrschte in ihrem Hause, was hier nicht verschwiegen werden darf, ziemlich lange eine recht unangenehme Stimmung: es lag eine gewisse Spannung, etwas Unausgesprochenes in der Luft, alle waren mißvergnügt und gereizt. Der General war Tag und Nacht beschäftigt und mit Arbeit überhäuft; selten hatte man ihn stärker in Anspruch genommen und tätiger gesehen – besonders im Dienst. Seine Angehörigen bekamen ihn kaum zu Gesicht. Was aber die drei Mädchen betrifft, so ließ keine von ihnen in Gegenwart der Eltern ein Wort über den Fürsten fallen, und vielleicht hatten sie auch unter sich nur wenig über ihn gesprochen – vielleicht aber auch nicht einmal das.

Sie waren stolze, hochmütige Mädchen, und sogar unter sich zuweilen sehr verschämt; übrigens verstanden sie einander schon beim ersten Wort oder gar schon beim ersten Blick, so daß es sich manchmal von selbst erübrigte, noch Worte zu wechseln.

Jedenfalls hätte aus oben Erwähntem ein Beobachter, falls ein solcher vorhanden gewesen wäre, mit ziemlicher Sicherheit das Richtige erraten können: daß der Fürst doch einen gewissen Eindruck im Hause des Generals hinterlassen hatte, obschon er nur ein einziges Mal und auch dann nur kurze Zeit dort gewesen war. Möglicherweise war dieser Eindruck nur durch die etwas seltsamen Erlebnisse des Fürsten zu erklären ... Aber wie dem auch sein mochte, jedenfalls war ein Eindruck verblieben.

Die Gerüchte, die sich anfänglich über ihn in der Stadt verbreitet hatten, gerieten alsbald in Vergessenheit. Es war eine Zeitlang in gewissen Kreisen von irgendeinem recht beschränkten jungen Fürsten – den Namen wußte niemand genau – gesprochen worden, von einem, man kann wohl sagen, halben Idioten, der ein großes Vermögen geerbt und eine zugereiste Französin, eine bekannte Kankantänzerin aus dem „Château des Fleurs" in Paris, geheiratet habe. Dann hatte es eine Zeitlang geheißen, das Vermögen hätte ein gewisser General geerbt, und die Französin habe ein ungeheuer reicher russischer Kaufmann geheiratet, der auf seiner Hochzeit einzig aus Prahlsucht siebenhunderttausend Rubel in Staatsschuldscheinen an einer Kerze verbrannt hätte, natürlich in der Trunkenheit. Doch alle diese Gerüchte verstummten sehr bald, wozu die Umstände selbst viel beitrugen. So war zum Beispiel das gesamte Gefolge Rogoshins mit diesem selbst an der Spitze nach Moskau gereist – eine Woche nach der Orgie in Katharinenhof, an der auch Nastassja Filippowna teilgenommen hatte –, und somit waren gerade diejenigen, die am ehesten etwas hätten erzählen können, nicht mehr in Petersburg. Nur einige wenige, die wirklich Grund hatten, sich für die Angelegenheit zu interessieren, erfuhren später, daß Nastassja Filippowna schon am nächsten Tage nach jener Orgie geflüchtet und verschwunden war und man ihr jetzt endlich auf die Spur gekommen sei: wie verlautete, hatte sie sich nach Moskau begeben, und als nun Rogoshin gleichfalls nach Moskau fuhr, brachte man den Zweck seiner Reise unwillkürlich mit Nastassja Filippowna in Zusammenhang.

Desgleichen wurde auch über Gawrila Ardalionytsch Iwolgin, der in seinem Kreise durchaus nicht so unbekannt war, gar mancherlei gesprochen; doch auch hier trat bald ein Umstand ein, der alle für ihn nachteiligen Gerüchte vergessen ließ: er erkrankte ernstlich und konnte daher nicht nur nicht in der Gesellschaft erscheinen, sondern auch nicht einmal die Arbeit, die er als Angestellter der Aktiengesellschaft zu verrichten hatte, fortsetzen. Nachdem er einen Monat das Bett gehütet, setzte er seine Bekannten dadurch in Erstaunen, daß er diese Anstellung aufgab, worauf seinen Posten ein anderer erhielt. Auch beim General Jepantschin erschien er nicht mehr, so daß ihn auch dort ein anderer ersetzen mußte. Seine Feinde hätten nun annehmen können, daß er sich schäme, sich auch nur auf der Straße zu zeigen; aber er kränkelte immer noch, war fast zum Hypochonder geworden, war nachdenklich und sehr reizbar. Warwára Ardaliónowna verheiratete sich noch im Laufe des Winters mit Iwán Petrówitsch Ptízyn. Alle Bekannten der Familie behaupteten, daß sie ihn einzig deshalb genommen habe, weil Ganja seine frühere Arbeit nicht wieder aufnehmen wollte und daher auch die Familie nicht mehr unterstützen konnte; ja, er bedurfte jetzt selbst der Unterstützung und sogar der Pflege.

Bei der Gelegenheit sei noch nebenbei bemerkt, daß im Hause des Generals Jepantschin auch Gawríla Ardaliónytschs mit keinem Wort Erwähnung getan wurde, ganz als hätte es nie einen solchen Menschen weder in ihrem Hause, noch auf der Welt gegeben. Und doch hatten dort alle Damen bald etwas sehr Bedeutsames über ihn erfahren, und zwar folgendes: Als er in jener Nacht von Nastassja Filippowna zurückgekehrt war, hatte er sich nicht schlafen gelegt, sondern in fieberhafter Ungeduld die Rückkehr des Fürsten erwartet. Der Fürst nun war aus Katharinenhof erst um sechs Uhr morgens zurückgekehrt. Da war Ganja zu ihm ins Zimmer gegangen und hatte das angebrannte Geldpaket – die ihm, als er ohnmächtig auf dem Boden lag, von Nastassja Filippowna geschenkten hunderttausend Rubel – vor dem Fürsten auf den Tisch gelegt und ihn mit allem Nachdruck gebeten, bei nächster Gelegenheit dieses Geschenk Nastassja Filippowna zurückzugeben. Als Ganja beim Fürsten eintrat, sei er in feindseliger und verzweifelter Stimmung gewesen, darauf aber seien zwischen ihm und dem Fürsten einige Worte gewechselt worden, worauf Ganja noch ganze zwei Stunden bei jenem geblieben sei und die ganze Zeit bitterlich geschluchzt habe. Geschieden seien sie freundlich voneinander.

Und diese Nachricht beruhte auch vollkommen auf Wahrheit. Unverständlich war nur, daß Nachrichten dieser Art sich so schnell verbreiten konnten; so war zum Beispiel der Verlauf der ganzen Abendgesellschaft bei Nastassja Filippowna fast schon am nächsten Tage im Hause des Generals bekannt geworden, und sogar noch mit ziemlich genauen Einzelheiten. Man hätte annehmen können, daß Warwára Ardaliónowna, die zum größten Erstaunen Lisawéta Prokófjewnas ganz plötzlich mit den drei jungen Mädchen enge Freundschaft pflegte, diesen alles Nähere erzählt habe. Doch wenn es Warwara Ardalionowna aus irgendeinem Grunde auch nötig erschienen war, mit Jepantschins Freundschaft zu schließen, so würde sie doch niemals ungebeten von ihrem Bruder erzählt haben. Sie war gleichfalls stolz, allerdings in ihrer Art – wenn sie auch jetzt Freundschaft dort anknüpfte, so ihrem Bruder der Verkehr so gut wie abgesagt worden war. Sie war freilich schon früher mit den Schwestern bekannt gewesen, aber sie hatte sie doch nur wenige

Male besucht. Übrigens zeigte sie sich auch jetzt nur selten in ihrem Empfangssalon, und gewöhnlich kam sie über die Hintertreppe, um dann nur kurze Zeit bei den jungen Mädchen zu bleiben. Die Generalin war ihr niemals besonders gewogen gewesen, obschon sie Warjas Mutter sehr achtete. Über Warjas Besuche ärgerte sie sich und schrieb diese neue Freundschaft ihrer Töchter den Launen »dieser Mädchen« zu, die »selbst nicht mehr wissen, was sie aus Trotz einem noch antun sollen«. Doch ungeachtet dieses Ärgers der Generalin setzte Warwára Ardaliónowna auch nach ihrer Verheiratung mit Ptizyn die Besuche bei den Generalstöchtern fort.

Da erhielt die Generalin eines Tages – ungefähr einen Monat nach der Abreise des Fürsten – von der alten Fürstin Bjelokónskaja, die vor etwa zwei Wochen nach Moskau zu ihrer ältesten, verheirateten Tochter gefahren war, einen Brief, und dieser Brief machte auf die Genralin Jepantschin offenbar einen nicht geringen Eindruck. Zwar teilte sie von seinem Inhalt weder ihren Töchtern noch ihrem Gemahl Iwán Fjódorowitsch etwas mit; doch konnte man aus untrüglichen Anzeichen schließen, daß sie sich nach Empfang dieses Briefes in merkwürdig gehobener Stimmung befand. Sie knüpfte mit den Töchtern Gespräche über die seltsamsten Dinge an, über Dinge, die, wie man meinen sollte, ganz fern lagen. Allem Anschein nach hatte sie etwas auf dem Herzen, das sie jedoch vorläufig noch für sich behalten wollte. Am ersten Tage nach dem Empfang des Briefes war sie sogar sehr lieb zu ihren Töchtern, küßte Aglaja und Adelaida und erklärte sich in irgend etwas für schuldig vor ihnen – worin nun eigentlich, das konnten beide nicht verstehen. Selbst gegen Iwan Fjodorowitsch, der jetzt einen Monat in Acht und Bann gewesen war, zeigte sie sich plötzlich gnädig gestimmt. Natürlich ärgerte sie sich schon am nächsten Tage wieder unsäglich über ihre »Sentimentalität« und fand bereits vor Tisch Zeit und Gelegenheit, sich mit allen von neuem zu überwerfen; aber gegen Abend klärte sich der Horizont wieder auf. Diese freundlichere Stimmung hielt sogar eine ganze Woche an, was man eigentlich lange nicht mehr erlebt hatte.

Es vergingen acht Tage, und die Generalin erhielt einen zweiten Brief von der Bjelokónskaja, worauf sie sich dann doch entschloß, ihr Schweigen zu brechen. Nicht ohne eine gewisse Feierlichkeit hub sie ihre Mitteilung an: daß »die alte Bjelokónskaja« – sie nannte sie nie Fürstin, wenn sie mit anderen von ihr sprach – ihr äußerst beruhigende Dinge über diesen ... »nun, diesen da, diesen Sonderling, den Fürsten« mitgeteilt habe. Die alte Dame hatte in Moskau Erkundigungen über ihn eingezogen und, wie sie schrieb, sehr Gutes über ihn erfahren. Schließlich sei auch der Fürst selbst bei ihr erschienen und habe einen fast außergewöhnlichen Eindruck auf sie gemacht. Ferner habe sie ihn eingeladen, sie täglich zwischen eins und zwei zu besuchen, »und jener schleppt sich auch täglich zu ihr hin und ist ihr bis jetzt noch nicht langweilig geworden«, schloß die Generalin, worauf sie noch kurz hinzufügte, daß der Fürst dank der

»alten Bjelokonskaja« auch in ein paar anderen sehr angesehenen Familien empfangen worden sei. – »Gut wenigstens, daß er nicht nur in seinen vier Wänden hockt und sich nicht wie ein Tölpel vor den Menschen fürchtet.«

Den jungen Mädchen war es nach diesen Mitteilungen sogleich klar, daß die Mutter ihnen lange nicht alles gesagt hatte, was die Briefe enthielten. Vielleicht aber hatten sie bereits viel mehr von anderer Seite erfahren, etwa von Warwara Ardalionowna, die ja doch alles wissen konnte, was Ptizyn wußte. Ptizyn aber wußte höchstwahrscheinlich mehr als alle anderen, und wenn er auch als Geschäftsmann einem jeden gegenüber sehr verschwiegen war, so machte er doch in der Beziehung mit Warja eine Ausnahme, weshalb sich denn auch die Generalin nicht wenig über deren Besuche ärgerte.

Jedenfalls war jetzt das Eis gebrochen und in der Familie konnte man wieder laut vom Fürsten sprechen. Und da zeigte es sich denn nur zu deutlich, einen wie großen Eindruck der Fürst im Hause des Generals hinterlassen hatte. Die Generalin wunderte sich auch nicht wenig über den Eindruck, den ihre Moskauer Nachrichten auf die drei Mädchen machten, und diese wiederum wunderten sich ebenfalls nicht wenig über ihre Mutter, die doch so feierlich erklärt hatte, daß ihr »auffallendster Charakterzug« das ewige Sichtäuschen in Menschen sei, und die dabei gleichzeitig den Fürsten der Aufmerksamkeit der »allmächtigen« Fürstin empfahl – wobei nicht zu vergessen war, daß man deren Aufmerksamkeit mit endlosen Reden erbitten mußte, denn die alte Dame kargte sehr mit ihrer Protektion. Und da nun, wie gesagt, das Eis gebrochen war und ein neuer Wind in der Familie wehte, entschloß sich auch der General, seine Meinung zu äußern, und es zeigte sich, daß auch er sich in ganz erstaunlicher Weise für den Fürsten interessierte. Was er mitteilte, bezog sich übrigens nur auf die geschäftliche Seite der Angelegenheit. Zur nicht geringen Verwunderung der Gattin und Töchter hatte der General zwei zuverlässige und in ihrer Art einflußreiche Herren in Moskau beauftragt, über den Fürsten und namentlich über Ssaláskin, seinen Rechtsbeistand, Erkundigungen einzuziehen und ihn auch gewissenhaft zu überwachen. Die Erbschaft, »das heißt, die Tatsache der Erbschaft«, habe ihre Richtigkeit, aber das Vermögen sei schließlich doch nicht so groß, wie man zuerst angenommen hatte; die Hälfte desselben liege fest; da seien Schulden; da seien weiß Gott was für Prätendenten; und der Fürst selbst verführe trotz aller Ratgeber und Beiräte in einer Weise mit dem Kapital, die bei jedem Geschäftsmann nur ein Kopfschütteln hervorrufen könne. »Ich wünsche ihm selbstverständlich nur das Beste«, sagte der General, und da jetzt der Bann aufgehoben war, konnte er es sogar »von ganzem Herzen« wünschen; denn »wenn der Junge auch so ... nun ja ... etwas *so* ist, so ist er es doch wert, daß man ihm Gutes wünscht«. Kurz und gut, der junge Mann habe aber bei dieser Gelegenheit die eine große Dummheit begangen: es seien da verschiedene Gläubiger des alten

Kaufmannes gekommen, mit ganz ungenügenden Dokumenten, mit Dokumenten, deren Ungültigkeit auf der Hand lag, und manche, die von dem fürstlichen Erben Wind bekommen hatten, seien sogar ohne Dokumente gekommen, und was war geschehen? – Der Fürst hatte ihre Forderungen beglichen, trotz aller Vorhaltungen seiner Freunde, die ihm vergeblich versicherten, daß alle diese Leutchen ganz rechtlos wären. Und zwar hätte er sie nur deshalb befriedigt, weil einige von ihnen andernfalls ihr tatsächlich geliehenes Geld verloren oder sonstwie »durch Papúschin« Schaden erlitten hätten.
Die Generalin bemerkte hierauf, daß auch die Bjelokonskaja ihr in diesem Sinne schreibe, und das sei natürlich sehr dumm von ihm, »sehr dumm, aber Dummheit ist nun einmal nicht heilbar«, fügte sie schroff hinzu; doch ihrem Gesicht sah man es an, wie sehr ihr die Handlungsweise dieses »Dummen« innerlich gefiel. Jedenfalls fiel es dem General plötzlich auf, daß seine Lisaweta Prokofjewna »für diesen Fürsten eine Teilnahme übrig habe, als wäre er ihr leiblicher Sohn«, und daß sie zu Aglaja doch auffallend zärtlich wurde. Nach Beendigung dieses Gedankenganges und einem nochmaligen prüfenden Blick auf seine Gattin beschloß der General, zeitweilig die Haltung eines vielbeschäftigten Mannes anzunehmen.
Allein, diese gute Stimmung sollte wiederum nicht lange andauern. Es vergingen nur kurze zwei Wochen, und plötzlich »schlug das Wetter wieder um«, wie der General bei sich sagte: die Generalin war wieder schlechter Laune, und er selbst mußte sich, nachdem er ein paarmal die Schultern in die Höhe gezogen, schließlich doch drein fügen, daß über gewisse Vorgänge und Personen fortan eisiges Schweigen herrschte. Vor zwei Wochen hatte er die kurze und deshalb etwas unklare, doch nichtsdestoweniger glaubwürdige Nachricht erhalten, daß Nastassja Filippowna, die anfangs in Moskau gelebt und die Rogoshin nach langem Suchen endlich dort gefunden hatte, wieder geflohen und wieder von Rogoshin aufgesucht worden war, zu guter Letzt doch eingewilligt habe, diesen zu heiraten. Das war die erste Nachricht. Und nun, nach kaum vierzehn Tagen, hatte Seine Exzellenz wieder eine Nachricht erhalten, die ihn nicht weniger erregte: Nastassja Filippowna war zum drittenmal geflohen, fast vom Altare fort, und diesmal sollte sie irgendwo in der Provinz verschwunden sein. Nun aber war plötzlich auch Fürst Myschkin aus Moskau verschwunden, nachdem er alle seine Erbschaftsangelegenheiten Ssalaskin übertragen hatte; »ob nun mit ihr zusammen oder hinter ihr her, das weiß man nicht, doch steht seine Abreise zweifellos mit ihrer Flucht in Zusammenhang«, schloß der General. Auch die Generalin hatte unangenehme Nachrichten erhalten. So kam es, daß man nach zwei Monaten in Petersburg nichts mehr vom Fürsten wußte, und im Hause des Generals Jepantschin wurde »das Eis des Schweigens« hinfort nicht mehr gebrochen. Nur Warwara Ardalionowna besuchte immer noch ab und zu die drei jungen Mädchen . . .

Um nun mit all diesen Gerüchten, Nachrichten und Stimmungen abzuschließen, sei hier noch erwähnt, daß sich bei Jepantschins zum Frühling hin sehr vieles veränderte, so daß es schließlich nur natürlich war, wenn man den Fürsten, der nichts von sich hören ließ und vielleicht sogar selbst vergessen werden wollte, mit der Zeit fast vergaß. Im Laufe des Winters hatte man sich allmählich entschlossen, im Sommer eine Reise ins Ausland zu machen, das heißt, nur Lisaweta Prokofjewna und die drei Töchter. Der General dagegen hatte keine Zeit für »solche Zerstreuungen«. Der Beschluß war gefaßt worden, weil die drei jungen Mädchen sich eingeredet hatten, die Eltern wollten sie nur deshalb nicht ins Ausland bringen, weil sie sie sobald als möglich an den Mann zu bringen wünschten. Vielleicht waren nun die Eltern zur Überzeugung gekommen, daß es ja auch im Auslande Männer gab, und die Reise ins Ausland nicht nur nichts »verderben«, sondern sogar sehr »zustatten« kommen könnte. Hier muß noch erwähnt werden, daß die einstmals projektierte Heirat zwischen Afanássij Iwánowitsch Tozkij und Alexándra Jepántschina ganz ins Wasser gefallen und es zu einem formellen Antrag seinerseits gar nicht gekommen war. Es hatte sich das ganz von selbst gemacht, ohne viele Worte oder gar Familienszenen. Seit der Abreise des Fürsten war von beiden Seiten nicht mehr davon gesprochen worden, aber wenn die Generalin auch damals schon gesagt hatte, daß es sie nur freue und sie mit beiden Händen ein Kreuz schlage, so war das doch den Winter über mit ein Grund der schlechten Stimmung gewesen, in der sich die Familie befand. Der General fühlte zwar, daß er teilweise selbst daran schuld war, spielte aber trotzdem oder vielmehr gerade deshalb den Stolzen. Ihm tat es nur um Tozkij leid – »wenn man bedenkt: ein solches Vermögen und dazu ein so gewandter Mensch!« Es dauerte aber nicht lange, und der General erfuhr, daß Tozkij sich schon von den Reizen einer vor kurzem in Petersburg eingetroffenen Französin hatte bestricken lassen, einer Marquise und Legitimistin, und daß Tozkij sie sogar baldigst heiraten werde, worauf sie mit ihm nach Paris und von dort nach der Bretagne zu fahren gedächte. »Nun, wenn du dich schon mit Französinnen einläßt, bist du bald verloren!« dachte der General bei sich.

Und so stand es denn fest, daß Jepantschins im Sommer verreisen würden. Doch siehe, plötzlich kam wieder etwas dazwischen, das abermals alle Pläne umwarf und die Reise zur größten Freude des Generals und der Generalin hinausschob.

Vor nicht langer Zeit war in Petersburg ein gewisser Fürst Sch. eingetroffen, ein Moskauer Aristokrat, der sich eines sehr guten Rufes erfreute, eine bekannte Persönlichkeit. Er war einer jener ehrenhaften, für sich selbst anspruchslosen, tätigen Männer der neuen Zeit, die sich nicht vordrängen, die aufrichtig und bewußt das Nützliche wollen und durchführen, immer arbeiten und sich auch noch durch die seltene und glückliche Eigenschaft auszeichnen, daß sie immer

Arbeit für sich finden. Ohne sich um die Zwietracht und die Händel der großredenden Parteien zu kümmern, ohne sich zu überheben oder zu den Ersten zählen zu wollen, faßte der Fürst doch vieles von dem jüngst Geschehenen oder sich noch Vollziehenden in höchst verständiger Weise auf. Er hatte zuerst im Staatsdienst gestanden und sich dann mit den Agrarfragen zu beschäftigen begonnen. Außerdem war er ein geschätztes korrespondierendes Mitglied mehrerer gelehrter Gesellschaften. In Gemeinschaft mit einem bekannten Techniker oder Ingenieur hatte er auf Grund eingehender Untersuchungen einer gerade projektierten, sehr wichtigen Eisenbahnlinie die Baukommission derselben auf verschiedene Fehler im Projekt aufmerksam gemacht und gleichzeitig den Plan einer mit Rücksicht auf die Ortsverhältnisse weit zweckmäßigeren Linie eingereicht. Er war fünfunddreißig Jahre alt, gehörte zur vornehmsten Gesellschaft und besaß ein »gutes, sicheres Vermögen«, wie der General verlauten ließ, der den Fürsten in einer ziemlich schwierigen Sache beim Grafen, seinem Vorgesetzten, kennengelernt hatte. Der Fürst machte aber seinerseits auch sehr gern die Bekanntschaft von russischen »Tatmenschen«. Kurzum, der Fürst wurde mit der Familie des Generals bekannt und Adelaida Iwanowna, die mittlere der drei Schwestern, machte einen so großen Eindruck auf ihn, daß er zu Ende des Winters bei den Eltern um ihre Hand anhielt. Und da er Adelaida Iwanowna sehr gefiel und auch der Generalin gefiel, wurde die Hochzeit auf das Frühjahr festgesetzt. Der General war sehr erfreut. Selbstverständlich mußte nun die Reise ins Ausland verschoben werden.

Freilich hätte die Generalin deshalb immer noch im Sommer oder zu Ende des Sommers auf ein bis zwei Monate mit Alexandra und Aglaja reisen können, allein schon um der Zerstreuung willen: nach der Trauer um den Verlust Adelaidas! Doch da kam wieder etwas dazwischen: gegen Ende des Frühlings führte Fürst Sch. – die Hochzeit war inzwischen auf die Mitte des Sommers angesetzt worden – seinen entfernten Verwandten Jewgénij Páwlowitsch Rádomskij bei Jepantschins ein. Das war ein noch junger Offizier, Flügeladjutant des Zaren, eine auffallend schöne Erscheinung, vornehmer Herkunft, geistreich, glänzend, »modern in jeder Beziehung und unerhört gebildet«, wie es hieß, und zum Überfluß noch enorm reich. In betreff dieses letzten Punktes pflegte der General stets etwas skeptisch zu sein. Er zog Erkundigungen ein, aber das Ergebnis derselben war zufriedenstellend: »Es scheint tatsächlich etwas Wahres daran zu sein, doch, wie gesagt, man muß sich noch vergewissern«, äußerte sich der General. Dieser junge Offizier, dem man eine »Zukunft« voraussagte, war von der alten Bjelokonskaja in einem Brief aus Moskau in den Himmel gehoben worden. Nur ein einziger Punkt war dabei etwas kitzliger Art: man sprach von gewissen Verbindungen, von gewissen Siegen und Eroberungen und von unglücklichen Herzen. Nachdem er aber Aglaja erblickt und kennengelernt hatte, wurde er auffallend seßhaft im Hause Jepantschin. Es war allerdings noch von nichts gesprochen worden, selbst Andeutungen hatte noch niemand gehört, aber den Eltern wurde es trotzdem klar, daß man in diesem Sommer an eine Reise ins Ausland wirklich nicht denken konnte. Aglaja selbst war vielleicht anderer Meinung.

Alles das geschah kurz vor der abermaligen Ankunft unseres Helden in Petersburg, als dem äußeren Scheine nach bereits alle den armen Fürsten Myschkin vergessen hatten. Wäre er jetzt plötzlich unter seinen Bekannten aufgetaucht, so hätten sie ihn wie einen vom Himmel Herabgefallenen überrascht und verwundert angestarrt. Indessen muß doch noch einer Sache Erwähnung getan werden, bevor wir diese Einleitung abschließen.

Kolja Iwolgin hatte nach der Abreise des Fürsten sein früheres Leben unverändert fortgesetzt, d. h. er besuchte das Gymnasium, besuchte seinen Freund Ippolit, beaufsichtigte den General und half Warja in der Wirtschaft, indem er gewissermaßen als Laufbursche in ihren Diensten stand. Mit den Mietern war es übrigens bald zu Ende. Ferdyschtschenko verschwand am dritten Tage nach der Orgie in Katharinenhof, und bald war er ganz verschollen; anfangs hatte es noch geheißen, er »trinke dort irgendwo«, aber Genaueres wußte niemand von ihm. Fürst Myschkin war, wie gesagt, nach Moskau abgereist, und weitere Pensionäre hatten sie nicht gehabt. Späterhin, als Warja heiratete, zogen mit ihr auch Nina Alexandrowna und Ganja zu Ptizyn, der in dem Stadtteil Ismáilowskij Polk lebte. Was jedoch den alten verabschiedeten General Iwolgin betrifft, so war ihm etwas sehr Seltsames zugestoßen: er kam nämlich in das Schuldgefängnis. Hineingebracht hatte ihn seine ehemalige »Seelenfreundin«, die Hauptmannswitwe, auf Grund seiner ihr zu verschiedenen Zeiten ausgestellten Schuldverschreibungen, alle zusammen in der Höhe von etwa zweitausend Rubeln. Diese Einforderung der Schuld kam für den armen General vollkommen unerwartet, er war »entschieden das Opfer seines unbeschränkten Glaubens an den Edelmut des Menschenherzens, im allgemeinen gesprochen«, wie er sich ausdrückte. Es war ihm zur beruhigenden Gewohnheit geworden, Pfandbriefe und Wechsel zu unterzeichnen, da er nicht einmal an die Möglichkeit, die verschriebenen Summen könnten jemals eingefordert werden, gedacht hatte, sondern vielmehr überzeugt gewesen war, daß alles *»nur so«* sei. »Traue jetzt noch den Menschen, bekunde jetzt noch Zutrauen!« rief er pathetisch im Kreise seiner neuen Freunde im Gefängnis aus und erzählte ihnen dann bei einer Flasche Rotspon die Belagerung von Kars und die Geschichte vom auferstandenen Soldaten. Übrigens hatte er sich dort sehr schnell und vorzüglich eingelebt. Ptizyn und Warja sagten, daß diese Unterkunft für ihn wie geschaffen sei, und Ganja war ungefähr derselben Ansicht. Nur die arme Nina Alexandrowna weinte im stillen bitterlich – was ihre Angehörigen eigentlich recht wunderte –, und ob-

schon sie kränkelte, raffte sie sich doch immer wieder auf, um ihren Mann im Schuldgefängnis zu besuchen.
Seit diesem, wie Kolja sich ausdrückte, »Malheur« mit dem General und der Verheiratung Warjas hatte sich Kolja immer mehr von der Familie losgelöst, und in der letzten Zeit brachte er es sogar so weit, daß er selbst zur Nacht nicht nach Hause kam, sondern es vorzog, bei seinen Freunden zu schlafen. Wie man hörte, hatte er viele neue Freundschaften angeknüpft und war auch im Schuldgefängnis ein fast täglicher Besucher geworden. Nina Alexandrowna konnte dort gar nicht ohne ihn auskommen, zu Hause aber wurde er nicht einmal mit Neugier belästigt, obschon eine solche bei seinem Treiben verständlich gewesen wäre. Selbst Warja, die früher so strenge Warja, nahm ihn jetzt nie ob seiner Lebensweise ins Verhör. Und auch Ganja begann, zur größten Verwunderung der Familie, ganz freundschaftlich mit ihm zu reden und umzugehen – trotz seiner Hypochondrie –, was gegen sein früheres Verhältnis zum Bruder sehr abstach. Hatte doch der siebenundzwanzigjährige Ganja den fünfzehnjährigen Kolja nicht der geringsten freundschaftlichen Beachtung gewürdigt, ihn »einfach grob« behandelt, von allen anderen wie auch von sich selbst nur Strenge ihm gegenüber verlangt und ewig gedroht, »einmal noch mit seinen Ohren in nähere Berührung zu kommen«, was dann Kolja »aus den letzten Grenzen menschlicher Geduld« brachte. Man konnte sogar glauben, daß der jüngere Bruder Ganja gewisse Dienste leistete und diesem daher unentbehrlich wurde. Kolja war sehr erstaunt darüber gewesen, daß Ganja Nastassja das Geld zurückgegeben hatte, und war deshalb bereit, ihm vieles zu verzeihen.
Etwa im dritten Monat nach der Abreise des Fürsten erfuhr man in der Familie Iwolgin, daß Kolja inzwischen auch mit Jepantschins bekannt geworden war und von den jungen Mädchen sehr nett behandelt wurde. Das hatte Warja bald in Erfahrung gebracht. Übrigens war Kolja nicht durch Warja dort bekannt geworden, sondern »von sich aus«, wie er sagte. Allmählich gewannen ihn Jepantschins sehr gern. Die Generalin war ihm anfänglich nicht sehr gewogen gewesen. Bald aber wurde er fast zu ihrem Liebling, »weil er aufrichtig ist und nicht schmeichelt«, wie sie behauptete. Daß Kolja nicht schmeichelte, war richtig: er hatte es verstanden, als gesellschaftlich vollkommen gleichstehender, unabhängiger junger Mann aufzutreten, und dabei blieb es auch, selbst wenn er der Generalin Zeitungen oder Bücher vorlas – er war eben gern gefällig. Zweimal hatte er sich aufs heftigste mit Lisaweta Prokofjewna überworfen, hatte ihr erklärt, daß sie eine Despotin sei und er seinen Fuß nicht mehr in ihr Haus setzen werde. Das erstemal war der Grund des Streites die Frauenfrage gewesen und das zweitemal die Frage, welche Jahreszeit zum Zeisigfang die beste sei. Wie unwahrscheinlich es nun auch scheinen mag, so ist es doch Tatsache, daß Lisaweta Prokofjewna ihm am dritten Tage nach dem Zerwürfnis durch den

Diener einen Brief sandte, in dem sie ihn bat, unbedingt zu ihr zu kommen, worauf Kolja sich nicht lange zierte und ohne Aufschub hinging. Nur Aglaja allein schien ihm nicht ganz wohlgeneigt zu sein und behandelte ihn von oben herab. Gerade sie aber sollte er einmal in Erstaunen setzen.

Eines Tages, es war in der Osterwoche, benutzte Kolja, als sie einmal allein im Zimmer waren, die Gelegenheit, um ihr einen Brief zu übergeben. Er sagte nur, es sei ihm aufgetragen, den Brief ihr einzuhändigen. Aglaja maß den »eingebildeten Bengel« mit zornigem Blick vom Kopf bis zu den Füßen, doch Kolja kümmerte sich nicht weiter um sie und ging hinaus. Aglaja entfaltete den Brief und las:

»Eines Tages haben Sie mich Ihres Vertrauens gewürdigt. Vielleicht haben Sie mich jetzt schon ganz vergessen. Wie kommt es nun, daß ich an Sie schreibe? Ich weiß es nicht; aber ich habe plötzlich ein unbezwingbares Verlangen, Sie an mich zu erinnern, und zwar gerade Sie. Wie oft habe ich mich nach Ihrer aller Gegenwart gesehnt, doch von allen dreien sah ich immer nur Sie allein vor mir. Ich bedarf Ihrer, ich bedarf Ihrer sehr. Von mir habe ich Ihnen nichts zu schreiben, nichts zu erzählen. Nicht deshalb schreibe ich an Sie; ich würde nur unendlich gern Sie glücklich wissen. Sind Sie glücklich? Nur das wollte ich Ihnen sagen.

Ihr Bruder L. Myschkin.«

Als Aglaja diesen kurzen und eigentlich recht sinnlosen Brief zu Ende gelesen hatte, wurde sie plötzlich dunkelrot und hierauf nachdenklich. Ihren Gedankengang wiederzugeben, würde nicht leichtfallen. Unter anderem fragte sie sich: »Soll ich den Brief jemand zeigen?« Es war ihr doch ein wenig so, als schämte sie sich. Schließlich warf sie den Brief mit einem spöttischen und seltsamen Lächeln in das Schubfach ihres Tischchens. Am nächsten Tage jedoch nahm sie ihn von dort heraus und legte ihn in ein dickes, in Leder gebundenes Buch (wie sie es mit allen ihren Papieren tat, um sie schneller zu finden, wenn man sie brauchte). Erst nach einer Woche sah sie zufällig auf das Titelblatt des Buches: es stand darauf in dicken Lettern: „Don Quijote de la Mancha". Aglaja lachte laut auf – der Grund ihres Lachens blieb aber unaufgeklärt.

Auch wäre es schwer festzustellen, ob sie den Brief jemals den Schwestern gezeigt hat.

Während sie ihn aber noch las, kam ihr plötzlich der Gedanke: sollte dieser eingebildete Bengel Kolja vom Fürsten zum Vertrauensmann erkoren worden sein, und war er vielleicht gar sein ständiger Korrespondenzvermittler? Sie beschloß, Kolja auf den Zahn zu fühlen. Sie setzte eine möglichst geringschätzige Miene auf und fragte ihn wie von ungefähr, wie er denn zu diesem Brief gekommen sei. Aber der sonst stets sehr empfindliche »Bengel« übersah diesmal ihre Geringschätzung und erklärte, allerdings ziemlich kurz und trocken, daß er dem Fürsten vor dessen Abreise zwar seine ständige Adresse mitgeteilt und seine Dienste angeboten habe, doch sei dies der erste

Auftrag, der ihm vom Fürsten zuteil geworden, worauf er als Beweis den Brief hervorzog, den der Fürst an ihn persönlich gerichtet hatte. Aglaja wollte den Brief zuerst nicht lesen, nahm ihn dann aber doch und las folgendes:

»Lieber Kolja, seien Sie so freundlich und übergeben Sie das beigefügte Schreiben Aglaja Iwanowna. Ich wünsche Ihnen das Beste.

Ihr Sie liebender Fürst L. Myschkin.«

»Es ist aber doch lächerlich, sich einem so kleinen Bengel anzuvertrauen«, sagte Aglaja, indem sie Kolja den Brief zurückgab, in beleidigendem Ton und ging mit verächtlicher Miene an ihm vorüber.

Das war aber denn doch zu empörend für Kolja! Er hatte sich noch extra zu diesem Besuch von Ganja dessen neue Krawatte ausgebeten, ohne einen Grund anzugeben, und nun wurde er so behandelt! Er fühlte sich grausam verletzt.

II

Es war in den ersten Tagen des Juni, und das Wetter war in Petersburg schon seit einer ganzen Woche sehr schön. Jepantschins besaßen eine prächtige eigene Villa in Páwlowsk.[7] Eines Tages bekam es die Generalin mit der Unruhe und trieb zum Aufbruch; und in zwei Tagen war die Familie übergesiedelt.

Einen oder zwei Tage darauf traf mit dem Frühzug aus Moskau Fürst Lew Nikolajewitsch Myschkin in Petersburg ein. Ihn erwartete niemand; aber als er das Coupé verließ, schien es ihm plötzlich, daß ein seltsamer, glühender Blick zweier Augen aus der Menge, die sich auf den Bahnsteig drängte, starr auf ihn gerichtet wäre. Als er jedoch genauer hinschaute, konnte er davon nichts mehr entdecken. Gewiß war es ihm nur so vorgekommen, wie man zuweilen etwas vor den Augen flimmern sieht; trotzdem blieb in ihm eine unangenehme Empfindung zurück, die ihn in seiner traurigen, nachdenklichen Stimmung noch mehr bedrückte; es war, als beschäftigte ihn eine bestimmte Sorge.

Er nahm eine Droschke und sagte dem Kutscher, er solle ihn zu einem Hotel fahren. In der Nähe der Litéinajastraße hielt der Kutscher vor einem mittelmäßigen Gasthof. Der Fürst ließ sich zwei Zimmer anweisen, schien es kaum zu bemerken, daß sie klein, dunkel und schlecht möbliert waren, wusch sich, kleidete sich um, verlangte sonst nichts und ging eilig wieder fort, als fürchte er, unnütz seine kostbare Zeit zu verlieren oder jemanden nicht zu Hause anzutreffen.

Hätte ihn jetzt jemand von seinen früheren Bekannten gesehen, die ihn vor sechs Monaten in Petersburg kennengelernt, so würden sie ihn auf den ersten Blick sehr verändert gefunden haben, und zwar zum Besseren verändert. Doch im Grunde genommen war das wohl kaum der Fall. Nur die Kleidung war allerdings ganz anderer Art: sie war in Moskau gearbeitet, und man sah ihr sofort den guten Schneider an; aber schließlich wäre auch an ihr etwas auszusetzen gewesen: es war alles zu sehr nach der Mode gefertigt, wie es eben alle guten Schneider machen, und das paßte nicht zu einem Menschen, der sich dafür nicht im geringsten interessierte, so daß Lachlustige bei näherem Betrachten des Fürsten vielleicht Grund zu einem Lächeln gefunden hätten ... Doch worüber lächeln diese Leute nicht?

Der Fürst nahm wieder eine Droschke und fuhr nach dem Stadtteil Peskí. In der Roshdéstwenskajastraße fand er alsbald ohne Mühe die Hausnummer, die er suchte. Zu seiner Verwunderung war es ein sehr hübsches, wenn auch nicht großes Holzhäuschen, das offenbar sauber und in guter Ordnung gehalten wurde, und an der Straße davor lag sogar ein kleines Gärtchen, in dem schon Blumen blühten. Die Fenster zur Straße waren geöffnet, und man hörte eine laute Stimme fast schreiend reden, und zwar redete sie so ununterbrochen, daß man glauben konnte, es werde etwas laut vorgelesen oder eine Rede gehalten, die nur hin und wieder von schallendem Gelächter heller, jugendlicher Stimmen übertönt wurde. Der Fürst trat auf den Hof, stieg eine kleine Treppe zum Flur hinauf und fragte nach Herrn Lébedeff.

»Da ist er ja, hören Sie ihn denn nicht?« sagte die Küchenmagd, die mit bis zum Ellbogen aufgekrempelten Ärmeln erschienen war, um ihm die Tür zu öffnen – und ärgerlich wies sie mit dem Finger auf die Zimmertür.

Dem Fürsten blieb nichts anderes übrig, als durch die bezeichnete Tür einzutreten. Das Besuchszimmer Lebedeffs war sehr sauber und sogar mit gewissen Ansprüchen eingerichtet, d. h. in dem blau tapezierten Zimmer befanden sich ein Sofa, ein runder Tisch, eine bronzene Stutzuhr unter einer Glasglocke, zwischen den Fenstern ein Stehspiegel, und an dem Ampelhaken in der Mitte der Decke hing an einer Bronzekette ein altertümlicher, kleiner Kronleuchter mit Glasprismen. Herr Lebedeff, der mit dem Rücken zur Tür stand, durch die der Fürst eintrat, war sommerlich gekleidet, ohne Rock, bloß in der Weste, und hielt unter überzeugungsvollen Faustschlägen gegen die eigene Brust, eine schwungvolle Rede über irgendein Thema. Seine Zuhörer waren: ein etwa fünfzehnjähriger Knabe mit einem lustigen und nicht dummen Gesicht und einem Buch in der Hand, ein etwa zwanzigjähriges Mädchen in Trauerkleidern mit einem kleinen Kinde im Steckkissen in den Armen, ein dreizehnjähriges Mädchen, gleichfalls in Trauer, das beim Lachen den Mund erschreckend weit auftat, und ferner noch ein äußerst seltsamer Zuhörer, der sich auf dem Sofa ausgestreckt hatte, ein junger Mann von etwa zwanzig Jahren, mit einem recht hübschen Gesicht, mit dichtem, dunklem, ziemlich langem Haar, großen dunklen Augen und einem kleinen Ansatz zu jenem kurz geschnittenen Backenbart, der kaum bis zur halben Wange reicht, wie man ihn zu Anfang des Jahrhunderts trug. Allem Anschein nach war es dieser Zuhörer, der den unaufhaltsam redenden Lebedeff öfter unterbrach, und wahrscheinlich waren es seine Zwischenbemerkungen, die das übrige Publikum zu dem schallenden Gelächter reizten.

»Lukján Timoféjewitsch, he, Lukján Timoféjewitsch! Ob der hört, wenn man ihn ruft! So seht doch her! ... Da ist wirklich alles umsonst!«

Und die Küchenmagd entfernte sich wütend, indem sie – zum Ausdruck, daß Reden doch vergeblich sei – nur mit der Hand schlug und vor Ärger ganz rot wurde.

Lebedeff sah sich aber doch um und – erstarrte. Der Anblick des Fürsten überraschte ihn wie ein Blitzschlag aus heiterem Himmel.

Dann fuhr er sich an den Kopf und stürzte dem Fürsten entgegen, doch auf halbem Wege blieb er wie angewurzelt stehen, bis er sich so weit faßte, daß er mit untertänigem Lächeln stottern konnte:
»Du–du–du–durchlauchtigster Fürst!«
Doch plötzlich, immer noch wie ohne Fassungskraft, besann er sich eines anderen, wandte sich zurück und stürzte sich auf das junge Mädchen in Trauer und mit dem Säugling, so daß dieses ob der Plötzlichkeit zurückschrak. Aber Lebedeff ließ sie bereits im Stich und stürzte sich auf das dreizehnjährige Mädchen, das in der Tür zum nächsten Zimmer sich noch die Seiten von der Anstrengung der letzten Lachsalve hielt, und dessen Gesicht die Lachfalten noch nicht aufgegeben hatte. Sie zuckte erschrocken zusammen, als der Vater sie so anfuhr, und stürzte davon, in die Küche, während Lebedeff hinterdrein wie in Berserkerwut mit den Füßen trampelte und drohend die Faust hob. Doch da begegnete er zufällig dem Blick des Fürsten, der ihn ganz verlegen ansah, und er beeilte sich, seine Handlungsweise zu rechtfertigen:
»Um–um–um Ehrerbietung beizubringen, hehehe ...«
»Aber wozu ...«, wollte der Fürst beginnen, doch schon unterbrach ihn Lebedeff.
»Sofort, sofort, sofort ... wie 'n Wirbelwind bin ich wieder da!«
Und er verschwand im Handumdrehen aus dem Zimmer. Der Fürst blickte verwundert das junge Mädchen, den Knaben und den jungen Mann auf dem Sofa an: alle lachten. Da mußte auch der Fürst lächeln.
»Er will sich nur den Rock anziehen«, sagte der Knabe.
»Wie fatal, daß er ...«, sagte der Fürst, »ich wollte mit ihm ... Sagen Sie, ist er ...«
»Betrunken, meinen Sie!« rief der junge Mann vom Sofa. »Keine Spur! Nur so seine drei, vier Gläschen wird er gekippt haben, nun, sagen wir fünf, höchstens, aber das ist doch nur der Disziplin halber, um in der Übung zu bleiben.«
Der Fürst wollte sich der Stimme auf dem Sofa zuwenden, doch da begann das junge Mädchen mit dem aufrichtigsten Ausdruck in ihrem liebreizenden Gesicht zu sprechen.
»Morgens trinkt er niemals viel; wenn Sie mit ihm etwas Geschäftliches zu besprechen haben, so tun Sie es nur; jetzt ist die beste Zeit dazu. Bloß abends, wenn er nach Hause kommt, ist er etwas ... aber jetzt weint er gewöhnlich und liest uns bis in die Nacht hinein aus der Bibel vor. Unsere Mutter ist vor fünf Wochen gestorben.«
»Hören Sie, er ist ja nur davongelaufen, weil er noch nicht genau weiß, was er Ihnen antworten soll!« rief lachend der junge Mann auf dem Sofa. »Ich könnte wetten, daß er Ihnen ein X für ein U vormachen will und sich gerade jetzt sein Vorgehen überlegt.«
»Erst vor fünf Wochen! Vor genau fünf Wochen!« griff Lebedeff, der schon zurückkehrte, die letzten Worte seiner Tochter auf und blinzelte betrübt mit den Augen, während er aus der Rocktasche

das Schnupftuch hervorzog, um sich seine Tränen abzuwischen. »Waisen sind wir! Allesamt mutterlos!«
»Aber, Papa, weshalb haben Sie denn diesen alten Rock angezogen? Der hat ja Löcher!« sagte das junge Mädchen, »hier hinter der Tür hängt doch Ihr neuer Rock, haben Sie ihn denn nicht gesehen?«
»Schweig still, du Heuschrecke!« fuhr Lebedeff sie an. »Bist du wohl ...«, und wieder trampelte er drohend mit den Füßen.
Wieder lachten alle schallend auf.
»Was erschrecken Sie mich, ich bin doch nicht Tánja, die gleich wegläuft! So können Sie noch Ljúbotschka aufwecken und die kann noch Krämpfe bekommen ... was schreien Sie denn!«
»Pst–pst–pst! Pfeffer auf deine Zunge!« flüsterte Lebedeff ganz entsetzt, schlich auf den Fußspitzen zum jungen Mädchen, welches das Kind hielt, und bekreuzte das kleine Ding mehrmals mit ängstlicher Miene. »Gott behüte uns davor! Gott behüte! Das ist ja doch mein eigener Säugling, müssen Sie wissen, meine Tochter Ljubów«, wandte er sich an den Fürsten, »geboren in der gesetzmäßigsten Ehe von meiner jüngst verschiedenen Gattin Jeléna, die bei der Geburt das Leben ließ. Und diese Kiebitzin hier ist meine Tochter Wjéra, in Trauer, wie Sie sehen ... dieser aber, dieser dort, oh, dieser! ...«
»Na was, kommst mit Worten zu kurz?« rief der junge Mann lachend dazwischen. »Fahr nur fort, genier dich nicht.«
»Euer Durchlaucht!« rief Lebedeff plötzlich wie aus der Pistole geschossen aus und mit einer Stimme, die fast überschlug. »Haben Sie von der Ermordung der Familie Shemárin in den Zeitungen zu lesen geruht?«
»J ... ja«, sagte der Fürst etwas verwundert.
»Nun, dann sehen Sie her: das ist der leibhaftige Mörder der Familie Shemárin, er selbst, er selbst!«
»Was! Was reden Sie?« Der Fürst war ganz verdutzt.
»Das heißt, allegorisch gesprochen, ein zukünftiger zweiter Mörder einer zukünftigen zweiten Familie Shemárin, wenn sich eine solche nochmals irgendwo finden sollte. Darauf bereitet er sich vor ...«
Alle lachten. Dem Fürsten kam es in den Sinn, daß Lebedeff vielleicht tatsächlich nur deshalb so viel sprach und schrie, weil er seine Fragen voraussah und nur Zeit gewinnen wollte, um sich seine Antworten zu überlegen.
»Er revoltiert! Er stiftet ganze Verschwörungen an!« schrie Lébedeff, als befände er sich in einer Wut, die jede Selbstbeherrschung ausschloß. »Nun, wie kann ich denn, habe ich denn überhaupt das Recht, ein solches Lästermaul, einen solchen, man kann schon sagen – Wüstling und Auswurf des Menschengeschlechts, eine solche *Kreatur* als meinen leiblichen Neffen, als den einzigen Sohn meiner Schwester Aníssja, der Seligen, anzuerkennen?«
»Na, weißt du, jetzt kannst du aber auch aufhören, Alter! Werden Sie es glauben, Fürst, jetzt ist es ihm eingefallen, sich mit der Advokatur zu befassen: er spielt den Verteidiger vor Gericht, und so redet

er auch zu Hause mit seinen Kindern nur noch im Deklamatorenstil. Vor fünf Tagen hat er vor dem Friedensrichter plädiert, und was glauben Sie wohl, wessen Verteidigung er übernommen hatte? Nicht die des alten Weibes, das ihn hier gebeten und angefleht und das ein alter Wucherer ausgeplündert hat (fünfhundert Rubel, ihr ganzes Vermögen, hat sich der Kerl eingesackt) – o nein, sondern die des Wucherers, Saidler mit Namen, irgend so ein Jüdchen, weil der Kerl versprochen hatte, ihm fünfzig Rubel zu geben ...«

»Fünfzig Rubel, wenn ich gewinne, und nur fünf, wenn ich verliere«, erklärte Lebedeff plötzlich mit einer ganz anderen Stimme, als er bisher gesprochen hatte, mit einer so zahmen, als hätte er nie geschrien.

»Na, natürlich ist er durchgefallen, es ist ja doch nicht mehr die gute alte Zeit, man hat sich nur krank gelacht über ihn. Aber er ist doch ungeheuer zufrieden mit sich selbst und seiner Leistung. ‚Bedenken Sie', hat er gesagt, ‚bedenken Sie, meine hochverehrten Herren Richter, ohne Ansehen der Person, wollte sagen, ganz unparteiisch, daß dieser armselige Greis, dem die Füße schon den Dienst versagen und der von ehrlicher Arbeit lebt, daß er somit sein letztes Brot verlieren würde! Gedenket der weisen Worte des Gebers aller Gesetze: Es walte die Milde im Gericht!' – Und was glauben Sie, diese Rede hält er an jedem Morgen, den Gott werden läßt, vor der versammelten Familie, Wort für Wort, wie er sie dort gehalten hat. Heute war's schon das fünftemal; kurz bevor Sie kamen, redete er wieder, dermaßen hat er sich in sie verliebt. Leckt sich die Lippen ab vor lauter Gefallen an sich selbst. Und nun bereitet er sich vor, wieder irgend jemand zu verteidigen ... Sie sind, glaube ich, Fürst Myschkin? Kolja hat mir schon von Ihnen erzählt; Sie seien der klügste Mensch, der ihm bisher auf der Welt begegnet wäre ...«

»Das stimmt! stimmt! der klügste Mensch!« mußte Lebedeff sofort bestätigen ...

»Na, was dieser sagt, das brauchen Sie nicht zu glauben. Der eine liebt Sie und dieser hier will Ihnen bloß schmeicheln. Was nun mich betrifft, so habe ich durchaus nicht die Absicht, Ihnen Schmeicheleien zu sagen, das sei vorausgeschickt. Aber Sie sind doch immerhin ein denkender Mensch, – seien Sie jetzt mal unser Schiedsrichter, und schlichten Sie unseren Streit. Na, du, bist du damit einverstanden, daß der Fürst entscheide?« wandte er sich an seinen Onkel. »Ich bin sogar sehr froh, daß Sie gerade zur rechten Zeit hergekommen sind, Fürst.«

»Gut! Ich bin einverstanden!« rief Lebedeff entschlossen aus und sah sich unwillkürlich nach dem Publikum um, das wieder heranzurücken begann.

»Was haben Sie denn hier zu schlichten?« fragte der Fürst stirnrunzelnd.

Sein Kopf tat ihm weh, und zudem fühlte er mit jedem Augenblick deutlicher, daß Lebedeff ihn betrog und sehr froh darüber war, daß er die Aussprache hinausschieben konnte.

»Also, die Sache verhält sich so: Ich bin sein Neffe, das ist seltsamerweise nicht gelogen, wenn auch sonst alles gelogen ist. Ich bin Student, habe jedoch das Studium nicht beendet, will aber und werde es unfehlbar beenden, denn ich habe Charakter. Vorläufig aber nehme ich, um leben zu können, eine Anstellung an der Eisenbahn für fünfundzwanzig Rubel monatlich an. Ich gestehe freiwillig und gebe zu, daß er mir zwei- oder dreimal bereits geholfen hat. Nun besaß ich zwanzig Rubel, und die habe ich jetzt verspielt. Werden Sie es glauben, Fürst, ich war tatsächlich so gemein, so unendlich dumm, daß ich sie verspielte? ...«

»Und noch an einen Schurken, an einen Schurken, den er gar nicht hätte bezahlen sollen!« schrie Lebedeff.

»Ja, an einen Schurken, den man jedoch nichtsdestoweniger bezahlen muß«, fuhr der junge Mann fort. »Daß er aber ein Schurke ist, kann auch ich bezeugen, und zwar nicht etwa deshalb, weil er dich mal verprügelt hat. Das ist nämlich, müssen Sie wissen, ein heruntergekommener ehemaliger Offizier, ein verabschiedeter Unterleutnant aus Rogoshins Gefolge, der jetzt Unterricht im Faustkampf erteilt und sich einen meisterhaften Boxer nennt. Jetzt, nachdem Rogoshin die Kerle zum Deubel gejagt hat, treiben sie sich brotlos in der Stadt umher. Was jedoch das Dümmste dabei ist: das ist, daß ich schon ohnehin wußte, wer er war, – nämlich ein Schuft und Spitzbube und so'n kleiner Dieb – und mich dennoch hinsetzte und mit ihm zu spielen begann, und daß ich, als ich den letzten Rubel verspielte – wir spielten ein Hasardspiel – bei mir dachte: Verliere ich auch diesen, so gehe ich zu Onkel Lukján, mache ihm meinen Bückling – er wird mir schon Geld geben. Sehen Sie, das war schon gemeine Berechnung, ja, das war wirklich schon eine Gemeinheit, das gebe ich zu. Das war schon ganz bewußte Niedertracht!«

»Jawohl, das war schon ganz bewußte Niedertracht!« bestätigte Lebedeff.

»Na, triumphier' nur nicht gleich, wart' noch ein bißchen damit!« rief der Neffe gekränkt dem Onkel zu. »Er freut sich noch! Ich kam also zu ihm, Fürst, hierher in dieses Haus und gestand ihm alles: Sie sehen, ich handelte edel, denn ich habe mich selbst nicht geschont; ich beschimpfte mich vor ihm, wie ich nur konnte – hier sind die Zeugen. Um nun die Stelle bei der Eisenbahn antreten zu können, muß ich mich vorher doch einigermaßen equipieren, ich bin ja doch ganz heruntergekommen. Da, sehen Sie nur die Stiebel! So kann ich mich doch nicht dort einfinden, das geht doch nicht! Finde ich mich aber nicht ein, nun, so erhält die Stellung eben ein anderer, und ich sitze dann wieder auf dem Äquator und kann warten, bis ich eine neue Stellung finde. Jetzt bitte ich ihn im ganzen nur um fünfzehn Rubel und verspreche ihm hoch und heilig, daß ich fernerhin niemals mehr einen Pumpversuch bei ihm machen und zweitens innerhalb der ersten drei Monate ihm die ganze Schuld bezahlen werde –, ich aber pflege mein Wort zu halten! Was verlangt also der

Mensch eigentlich? Ich kriege es schon fertig, ganze Monate nur von Brot und Kwaß[8] zu leben, denn, wie gesagt, ich habe Charakter. Für drei Monate Dienst erhalte ich fünfundsiebzig Rubel. Mit dem Früheren zusammen schulde ich ihm summa summarum nur fünfunddreißig Rubel, folglich kann ich ihm die Schuld bezahlen, ich habe dann was, wovon! Na, und wenn er Prozente haben will, so zahle ich sie ihm auch, hol's der Teufel! Kennt er mich denn etwa noch nicht? Bin ich ihm denn ein Fremder? Fragen Sie ihn doch, Fürst, ob ich nicht alles ehrlich bezahlt habe, was er mir früher gepumpt hat? Weshalb will er mir denn jetzt nichts mehr pumpen? Es ärgert ihn, daß ich dem Exleutnant die Spielschuld bezahlt habe, das ist der ganze Grund! Sehen Sie, so ist dieser Mensch, – weder sich noch anderen wird etwas gegönnt!«

»Und er geht nicht fort!« rief Lebedeff aus, klagend und empört zugleich. »Hat sich hier festgesetzt und geht nicht fort!«

»Ich habe dir doch gleich gesagt: ich gehe nicht eher fort, als bis du gibst. Sie scheinen zu lächeln, Fürst? Sie finden wohl, daß ich im Unrecht bin?«

»Ich lächle nicht, doch meiner Meinung nach sind Sie allerdings ein wenig im Unrecht«, sagte der Fürst zögernd. Dieses ganze Gespräch behagte ihm sehr wenig.

»Ach, sprechen Sie es doch nur ruhig aus, daß ich ganz und gar im Unrecht bin, Winkelzüge sind hier nicht angebracht! Was heißt das: ‚ein wenig'!«

»Nun ja, wenn Sie wollen: Sie sind ganz und gar im Unrecht.«

»Wenn ich will! Lachhaft! Aber glauben Sie denn wirklich, ich wüßte nicht, daß es verfänglich ist, so vorzugehen, das Geld gehört doch ihm, sein freier Wille gleichfalls; meinerseits aber läuft es schließlich auf einen Erpressungsversuch hinaus. Aber Sie, Fürst ... kennen das Leben nicht! Wenn man diese Leute nicht zwingt, kommt nichts Gescheites aus ihnen heraus. Man muß sie zwingen. Mein Gewissen ist doch rein; nach meinem Gewissen bringe ich ihm keinen Schaden, sondern gebe ihm noch die Prozente zu verdienen. Eine moralische Genugtuung hat er gleichfalls durch mich gehabt: er hat meine Erniedrigung gesehen. Was verlangt er also noch? Wozu würde er denn überhaupt taugen, wenn er nicht wenigstens in dieser Weise der Menschheit Nutzen brächte? Und erlauben Sie mal, wie treibt er's denn selbst? Fragen Sie mal, was er mit anderen Leuten tut, wie er denen das Fell über die Ohren zieht! Wie ist er denn zu diesem Hause hier gekommen? Und ich wette meinen Kopf, daß er auch Sie bereits betrogen und sich auch schon überlegt hat, wie er Sie noch mehr betrügen kann! Sie lächeln? Sie glauben mir nicht?«

»Ich glaube, daß das nichts mit Ihrer Sache zu tun hat«, bemerkte der Fürst.

»Ich liege hier schon den dritten Tag, und was habe ich hier nicht alles zu sehen bekommen!« fuhr der junge Mann fort, ohne die Be-

merkung des Fürsten weiter zu beachten. »Denken Sie sich nur, Fürst, er verdächtigt diesen Engel, dieses reizende junge Mädchen dort, meine leibliche Kusine und seine leibliche Tochter – unerlaubter Beziehungen und vermutet in jeder Nacht liebe Freunde in ihrem Zimmer! Überall schnüffelt er nach Liebhabern herum, selbst hierher zu mir schleicht er sich nachts und sucht sogar unter dem Sofa nach einem Eindringling. Er ist verrückt geworden vor lauter Mißtrauen, in jeder Ecke glaubt er Diebe zu sehen. In der Nacht springt er alle fünf Minuten aus dem Bett, um bald die Fenster, bald die Türen zu untersuchen, ob auch alles hübsch fest ist, sogar in den Ofen steckt er den Kopf hinein, und das wiederholt sich ungefähr siebenmal in einer Nacht! Vor Gericht verteidigt er Spitzbuben, um dann in der Nacht den Himmel um Schutz vor ihnen anzuflehen; dann kniet er hier in diesem Zimmer nieder, schlägt mit der Stirn auf den Fußboden und betet und bittet. Herr des Himmels, wenn Sie wüßten, für wen alles er hier betet! Natürlich unter der Einwirkung des Alkohols. Sogar für die Seele der Gräfin Dubarry! – ich hab's mit meinen eigenen Ohren gehört, glauben Sie mir! Kostja hat es gleichfalls gehört. Er ist ja doch vollkommen übergeschnappt, ich versichere Ihnen!«
»Sehen Sie, hören Sie, wie er mich verleumdet, Fürst!« schrie Lebedeff, ganz rot im Gesicht und entschieden aus der Fassung gebracht. »Ob er aber auch das erzählt, wie ich Trunkenbold und Herumtreiber, ich Räuber und Missetäter dieses Lästermaul als Säugling in Windeln gewickelt, in der kleinen Kinderwanne gebadet, wie ich bei meiner verwitweten Schwester Aníssja, die ebenso arm war wie ich, ganze Nächte aufgesessen habe, ohne auch nur ein Auge zuzudrücken, wie ich sie beide gepflegt habe – denn beide waren sie krank –, wie ich beim Hausmeister Holz gestohlen, wie ich ihm Wiegenlieder gesungen und zu seiner Erheiterung mit den Fingern geschnippt habe, alles mit leerem Magen – ob er das auch erzählt? Da habe ich jetzt den Dank dafür, daß ich seine Amme gewesen bin, da sitzt jetzt das Produkt und lacht mich alten Mann noch aus! Was kümmert's dich, wenn ich wirklich einmal für die Gräfin Dubarry ein Kreuz schlage? Ich werde Ihnen sagen, Fürst, vor vier Tagen las ich zum erstenmal die Biographie der Dubarry im Lexikon. Weißt du auch überhaupt, wer sie war, diese Dubarry? Sprich, weißt du's oder weißt du's nicht?«
»Na, du hältst dich wohl für den einzigen, der's weiß?« brummte der junge Mann spöttisch, aber doch etwas unbehaglich.
»Das war eine solche Gräfin, daß sie, als sie erst aus dem Straßenschmutz heraus war, an Stelle einer Königin regierte und von einer großen Kaiserin in einem eigenhändigen Schreiben mit „ma cousine" angeredet wurde. Jawohl! Und der Kardinal, der päpstliche Nuntius, erbot sich beim lever-du-roi (weißt du auch, was das ist: „lever-du-roi"?), die seidenen Strümpfchen über ihre bloßen Füßchen zu ziehen, eigenhändig, er, der päpstliche Nuntius und Kardinal

– so ein großes Tier! – und er rechnete sich das noch zur Ehre an! Wußtest du das? Ich sehe es ja schon an deinem Gesicht, daß du davon keinen Schimmer hattest! Nun, und wie ist sie gestorben? Antworte, wenn du's weißt!«

»Ach, hör' auf! Scher' dich weg!«

»Gestorben aber ist sie so, daß sie, diese Herrscherin, nach aller Macht und allem Glanz und allen Ehren, daß sie, die schließlich doch nichts verbrochen hatte, zur Freude der Pariser Marktweiber von dem Henker auf die Guillotine geschleppt wurde, dabei aber vor Angst überhaupt nicht begriff, was mit ihr geschah. Sie sieht nur, daß er ihren Kopf unter das Messer drückt und ihr noch Püffe und Stöße versetzt, jene aber lachen. Und da schreit sie in ihrer Todesangst: „Encore un moment, monsieur le bourreau, encore un moment!", das heißt soviel, wenn du's wissen willst, wie: „Noch einen Augenblick, Herr Henker, noch einen Augenblick!" Und für diesen einen Augenblick wird ihr Gott der Herr vielleicht auch noch alles vergeben, denn eine größere misère der Menschenseele kann man sich kaum vorstellen. Weißt du überhaupt, was dieses Wort „misère" bedeutet? Also, jetzt habe ich dir erläutert, was es bedeutet! Ich sage dir, als ich von diesem einen „moment" las, war mir's, als hätte man mir das Herz mit einer Kneifzange geklemmt. Und was kümmert das dich, du Wurm, daß ich auch sie, die große Sünderin, in mein Gebet eingeschlossen habe? Vielleicht habe ich es nur deshalb getan, weil seit ihrem Hinscheiden noch niemand auf dem ganzen Erdenrund für sie gebetet hat oder auch nur daran gedacht hat, für sie zu beten. Wird es ihr doch in jener Welt sicher wohltun zu hören, daß sich ein ebenso großer Sünder wie sie gefunden hat, der wenigstens einmal auf Erden auch für sie betet. Was lachst du? Du glaubst mir nicht, Atheist! Was kannst du wissen! Und dabei hast du mich noch falsch verstanden, obschon du gewissenlos genug gewesen bist, mich zu belauschen: ich habe nicht nur für die Gräfin Dubarry gebetet, sondern wortwörtlich so wie folgt: ‚Erbarme dich, Vater, der Seele der Gräfin Dubarry, der großen Sünderin, wie der Seelen aller, die ihr gleichen!' – das aber ist etwas ganz anderes! Denn solcher Sünderinnen und Beispiele der Wandelbarkeit Fortunas, solcher Menschen, die viel gelitten haben, hat es in der Welt allerorten unzählige gegeben, und sie alle winden sich jetzt in der Höllenpein, stöhnen und warten! Aber damit habe ich ja doch auch für dich und deinesgleichen Gott den Herrn um Gnade angefleht, für ganz genau solche unverschämten Lästermäuler und unverfrorenen Frechlinge, wie du einer bist, das schreib dir hinter die Ohren, wenn du dich schon so weit verirrt hast, daß du mich belauschst, wenn ich bete.«

»Na, aber jetzt hör auf, Schluß! Bet', für wen du willst, hol dich der Teufel!« unterbrach ihn der Neffe verdrossen. »Er ist ja doch ein belesener Mann, wußten Sie das schon, Fürst?« sagte er dann plötzlich mit einem etwas genierten Spottlächeln. »Er ist ja jetzt ohne irgend so ein Memoirenbüchelchen gar nicht mehr denkbar.«

»Ihr Onkel ist jedenfalls ... kein herzloser Mensch«, bemerkte halb wider Willen der Fürst, dem der junge Mann auf dem Sofa durchaus nicht gefiel.
»Oh, ihn zu loben ist gefährlich! Mit solchen Bemerkungen können Sie ihn ja noch ganz verrückt machen! Sehen Sie, da hat er schon wieder die Hand aufs Herz gepreßt und den Mund zum „O“ geformt. Ist in Geschmack gekommen. Herzlos ist er gerade nicht, dafür aber gerissen, das ist der Jammer. Zudem ist er jetzt noch dem Alkohol ergeben, da hat er denn so ein paar Schrauben verloren, wie es schließlich jedem passiert, der jahrelang keinen nüchternen Tag sieht. Seine Kinder liebt er, das muß man ihm lassen, seine Frau hat er sehr geachtet ... Sogar mich hat er gern, und was glauben Sie, er hat mich sogar im Testament bedacht, bei Gott, er will auch mir etwas hinterlassen!«
»N–nichts hinterlasse ich dir!« schrie Lebedeff wie in grimmigster Erbitterung.
»Hören Sie, Lebedeff«, wandte sich der Fürst fest und entschlossen an ihn, indem er dem jungen Mann den Rücken zukehrte, »ich weiß aus eigener Erfahrung, daß Sie ein guter Geschäftsmann sind, wenn Sie es sein wollen ... Ich habe sehr wenig Zeit, und wenn Sie jetzt ... Verzeihung, wie ist Ihr Vorname und Ihr Vatername? Ich habe es im Augenblick ...«
»Ti–ti–Timoféi.«
»Und?«
»Lukjánowitsch.«
Alle Anwesenden brachen in schallendes Gelächter aus.
»Er lügt ja!« rief der Neffe. »Auch dabei muß er lügen! Er heißt ja gar nicht Timoféi Lukjánowitsch, Fürst, sondern Lukján Timoféjewitsch! Na, sag doch, weshalb hast du denn wieder gelogen? Kann es dir denn nicht ganz egal sein, ob du Lukjan oder ob du Timofei heißt, und was macht sich schließlich der Fürst daraus? Glauben Sie mir, Fürst, ihm ist das Lügen so zur Gewohnheit geworden, daß er überhaupt kein wahres Wort mehr reden kann!«
»Ist es wahr?« fragte der Fürst ungeduldig.
»Lukján Timoféijewitsch, allerdings«, bestätigte der verlegen gewordene Lebedeff, indem er schuldbewußt die Augen niederschlug und die Hand aufs Herz preßte.
»Ja, warum tun Sie denn das, ach Gott!«
»Aus ... zur Selbsterniedrigung«, flüsterte Lebedeff, der immer schuldbewußter den Kopf hängen ließ.
»Was ist denn dabei für eine Selbsterniedrigung! Wenn ich nur wüßte, wo ich jetzt Kolja finden könnte!« sagte der Fürst stirnrunzelnd und wandte sich zur Tür, um fortzugehen.
»Ich werde es Ihnen sagen, wo Kolja ist«, rief der junge Mann.
»Ni–ni–nicht doch!« fuhr Lebedeff entsetzt dazwischen.
»Kolja Iwólgin hat hier übernachtet, und am Morgen begab er sich auf die Suche nach seinem General, den Sie, Fürst, aus dem Schuld-

gefängnis ausgekauft haben, wozu und weshalb, mag Gott wissen. Der General aber versprach gestern noch, zur Nacht herzukommen, ist aber bis jetzt noch nicht erschienen. Es ist anzunehmen, daß er im Gasthaus „Zur Waage" die Nacht verbracht hat. Kolja wird also entweder dort sein – das ist hier in nächster Nähe – oder in Páwlowsk bei Jepantschins. Geld hatte er und hinfahren wollte er schon gestern. Also entweder in der „Waage" oder in Pawlowsk.«

»In Pawlowsk, in Pawlowsk, versteht sich! ... Wir aber, wir wollen ins Gärtchen gehen, hier, hier, wenn ich bitten darf, und ... ein Täßchen Kaffee zu uns nehmen ...«

Lebedeff hatte den Fürsten schon am Ärmel gefaßt und zog ihn fort.

Sie traten aus dem Hause, gingen über den kleinen Hof und gelangten zu einem Gartenpförtchen, das Lebedeff aufschloß. Vor ihnen lag ein sehr netter, wenn auch nur sehr kleiner Garten, dessen Bäume dank dem warmen Wetter schon hellgrüne Blätter hatten. Lebedeff führte den Fürsten zu einer grünen Bank, vor der auf einem eingerammten Pfosten ein gleichfalls grün angestrichener Tisch stand. Er bat den Fürsten, Platz zu nehmen, und setzte sich selbst ihm gegenüber. Gleich darauf wurde auch schon der Kaffee gebracht. Der Fürst lehnte nicht ab. Lebedeff fuhr fort, ihn dienstbeflissen mit gespannt neugierigen Blicken zu betrachten.

»Ich wußte gar nicht, daß Sie ein so nettes Haus besitzen«, sagte der Fürst im Tone eines Menschen, der an etwas ganz anderes denkt, nicht aber an das, was er spricht.

»M–m–mutterlos sind wir ...«, stotterte Lebedeff erschrocken, brachte aber nichts weiter hervor, da ihm Schweigen ratsamer erschien.

Der Fürst blickte zerstreut vor sich hin und hatte seine Frage schon wieder vergessen. Das Schweigen dauerte eine ganze Weile. Lebedeff beobachtete ihn und wartete.

»Nun, was?« sagte der Fürst, gleichsam erwachend. »Ach so! Ja, Sie wissen doch selbst, Lebedeff, um was es sich handelt. Ich bin auf Ihren Brief hin gekommen. Also reden Sie.«

Lebedeff senkte ganz verwirrt den Blick, wollte etwas sagen, schloß aber wieder den Mund, ohne eine Silbe hervorgebracht zu haben. Der Fürst wartete und ein trauriges Lächeln glitt über sein Gesicht.

»Ich glaube Sie sehr gut zu verstehen, Lukján Timoféjewitsch: Sie haben mich ganz einfach nicht erwartet. Sie dachten wohl nicht, daß ich mich auf Ihre erste Benachrichtigung hin aufmachen und meine Einöde verlassen würde, und so schrieben Sie nur zur Beruhigung Ihres Gewissens. Und da bin ich nun plötzlich hier eingetroffen. Doch nun genug, hören Sie jetzt auf mit dem Betrügen. Zweien Herren kann man nicht zu gleicher Zeit dienen. Rogoshin ist schon seit drei Wochen hier, ich weiß alles. Haben Sie inzwischen Zeit gehabt, sie ihm wieder zu verkaufen, wie damals? Sagen Sie die Wahrheit.«

»Das Ungeheuer hat ja doch von selbst alles erfahren, ganz von selbst!«
»Schelten Sie ihn nicht. Er hat Sie freilich nicht gut behandelt ...«
»Verprügelt hat er mich, verprügelt hat er mich!« fiel ihm Lebedeff erregt ins Wort. »Und in Moskau hat er mich noch mit einem Hunde gehetzt, die ganze Straße entlang, mit einer Windhündin, einer wütenden Bestie!«
»Sie scheinen mich für ein kleines Kind zu halten, Lebedeff. Sagen Sie: Hat Sie ihn wirklich im Ernst verlassen, jetzt, in Moskau?«
»Im Ernst, im Ernst, und wieder fast vom Altar fort. Jener zählte schon die Minuten, sie aber entfloh hierher, direkt zu mir. ,Rette mich, beschütze mich, Lukjan, und auch dem Fürsten sag kein Wort' ... Sie fürchtet Sie jetzt noch mehr als ihn, Fürst, und darin liegt – hohe Weisheit!«
Und Lebedeff tippte sich bedeutsam mit dem Finger vor die Stirn.
»Und jetzt haben Sie sie wieder zusammengeführt?«
»Durchlauchtigster Fürst, wie hätte ich ... wie hätte ich das verhindern können?«
»Nun, genug, ich werde schon selbst alles erfahren. Sagen Sie nur – wo ist sie jetzt? Bei ihm?«
»O nein! Sie denkt nicht daran! Gehört sich noch ganz allein, sich selbst! ,Ich bin vollkommen frei', sagt sie, und wissen Sie, Fürst, darauf besteht sie! ,Ich bin', sagt sie, ,noch vollkommen frei!' Sie wohnt jetzt immer noch auf der Petersburger Seite im Hause meiner Schwägerin, wie ich Ihnen schrieb.«
»Und ist sie auch jetzt dort?«
»Auch jetzt, wenn sie bei dem schönen Wetter nicht nach Pawlowsk gefahren ist, zu Darja Alexéjewna, die dort eine Villa besitzt! ,Ich bin noch vollkommen frei, noch vollkommen frei, noch vollkommen frei', sagt sie. Noch gestern hat sie Nikolai Ardalionytsch, dem Kolja, viel von ihrer Freiheit erzählt. Brüstet sich damit. 'n schlechtes Zeichen!«
Und Lebedeff lächelte.
»Ist Kolja oft bei ihr?«
»Oh, der ist leichtsinnig und unvernünftig und obendrein noch nicht einmal verschwiegen!« lenkte Lebedeff ab.
»Sind Sie oft bei ihr gewesen?«
»Jeden Tag, jeden Tag.«
»Also auch gestern?«
»N–nein, vor vier Tagen zum letztenmal.«
»Wie schade, daß Sie heute etwas zu viel getrunken haben, Lebedeff! Ich hätte Sie sonst etwas gefragt ...«
»Ni–ni–nicht die Spur, nicht die Spur!«
Lebedeff war ganz Ohr.
»Sagen Sie, wie war sie, als Sie sie verließen?«
»S–su–suchend ...«
»Suchend?«

»Ja, so, als ob sie immer etwas suchte, als hätte sie etwas verloren. Von der Heirat darf man überhaupt nicht reden, sie faßt es als Beleidigung auf. Selbst der Gedanke daran ist ihr ekelhaft geworden. An *ihn* denkt sie nicht mehr – und nicht *mehr* jedenfalls als etwa an ein Apfelsinenschalenstückchen – das heißt selbstverständlich: bedeutend mehr, sogar mit Furcht und Entsetzen, verbietet strengstens, von ihm auch nur zu sprechen, und sie sehen sich auch nur dann, wenn es durchaus nötig ist ... und er empfindet das sogar sehr! Doch was! – was geschehen muß, wird geschehen! ... Unruhig ist sie, spöttisch, doppelzüngig, zänkisch ...«

»Doppelzüngig, zänkisch?«

»Jawohl. Viel fehlte nicht, und sie wäre mir das letztemal, als ich dort war, in die Haare gefahren, wegen eines Gespräches. Ich wollte sie mit der Offenbarung Sankt Johannis wieder herstellen.«

»Was?« Der Fürst glaubte, sich verhört zu haben.

»Sie ist nun einmal eine Dame mit unruhigem Geist. Hehe! Und wie ich beobachtet habe, gar zu geneigt zu ernsten, wenn auch abstrakten Gesprächen. So was liebt sie und faßt es als Beweis von Hochachtung auf, wenn man auf so etwas zu sprechen kommt. Jawohl. Ich aber bin in der Auslegung der „Apokalypse" geübt und befasse mich damit schon seit fünfzehn Jahren. Sie war sogar ganz meiner Meinung, daß wir jetzt beim dritten Rosse stehen, bei dem Rappen, und bei dem Reiter mit dem Maß in der Hand, da doch heutzutage alles nach Maß und Vertrag geht und jeder Mensch nur sein eigenes Recht sucht: „Ein Maß Weizen um einen Denar und drei Maß Gerste um einen Denar", wie es in der Heiligen Schrift geschrieben steht ... und dabei wollen sie noch freien Geist und reines Herz und gesunden Leib und alle guten Gaben Gottes behalten und bewahren. Das aber können und werden sie nicht, wenn sie das Recht so auffassen, und hierauf folgt das fahle Roß und der, dessen Name ist Tod, und dann folgt schon die Hölle ... Darüber disputieren wir nun, wenn wir zusammenkommen und – es hat stark gewirkt.«

»Und Sie glauben selbst daran?« fragte der Fürst und betrachtete Lebedeff mit seltsamem Blick.

»Jawohl. Also glaube ich und also lege ich es aus; denn ich bin arm und nackend und nur ein Atom im Kreislauf der Menschheit. Wer wird einen Lebedeff achten? Ein jeder hat ihm etwas am Zeuge zu flicken und versetzt ihm, wenn nichts anderes, dann wenigstens einen Rippenstoß. Hier aber, in der Auslegung der „Apokalypse", bin ich jedem Großen dieser Welt gleich. Denn hierbei gilt nur der Verstand! Einmal hat schon ein Großer vor mir gezittert, auf seinem Fauteuil, als ihm ein Licht aufging. Seine hohe Exzellenz Nil Alexejewitsch ließen mich vor drei Jahren – es war kurz vor dem Osterfest und ich hatte damals noch in ihrem Departement eine Anstellung – durch Pjotr Sachárytsch in ihr Kabinett rufen und fragten mich also unter vier Augen: ‚Ist es wahr, daß du ein Professor des Antichrist bist?‘ Und ich verschwieg’s auch nicht: ‚Ich bin’s‘, sprach ich, und ich begann meine Auslegung und stellte es dar und verminderte auch den Schrecken nicht im geringsten, sondern vergrößerte ihn noch, indem ich die allegorische Thora aufrollte und die Zahlen deutete. Anfangs hatten sie noch gelächelt, bei den Zahlen aber und den Gleichnissen begannen sie zu zittern und baten, das Buch zu schließen und fortzugehen, und zu Ostern gaben sie mir noch eine Gratifikation, doch am St. Thomastage hauchten Seine Exzellenz dann ihre Seele aus!«

»Was reden Sie da, was ist in Sie gefahren, Lebedeff?«

»Tatsache! Nach dem Mittagessen geruhten Seine Exzellenz aus dem Wagen zu fallen ... an einer Straßenecke mit dem Oberschädel senkrecht auf einen Prellstein, und wie ein Kindchen, wie ein kleines Kindchen geruhten sie sogleich die Seele auszuhauchen. Dreiundsiebzig Jahre alt, nach der Rangliste berechnet. Ein rosa-graues Herrchen in einer Wolke von Parfüm und ewig mit einem Lächeln im Gesicht, ewig lächelnd, auf ein Haar wie ein kleines Kindlein. Da sagte noch Pjotr Sachárytsch zu mir: ‚Das hast du ihm vorausgesagt!‘ sagte er.«

Der Fürst erhob sich. Lebedeff wunderte sich darüber und sah ihn ganz verblüfft an.

»Sie sind mir aber doch etwas zu gleichmütig geworden, hehe ...«, wagte er mit unterwürfigem Blick zu bemerken.

»Ich ... ich fühle mich nicht ganz wohl, der Kopf ist mir schwer, von der Reise natürlich«, antwortete der Fürst stirnrunzelnd.

»Sie müßten aufs Land, müßten sich ein Landhaus mieten«, bemerkte Lebedeff vorsichtig.

Der Fürst stand in Gedanken versunken vor ihm.

»Auch ich werde so in drei Tagen mit Kind und Kegel in die Sommerfrische übersiedeln, um das neugeborene Würmchen am Leben zu erhalten und inzwischen hier das Haus renovieren zu lassen. Ich gehe gleichfalls nach Páwlowsk.«

»Und auch Sie gehen nach Páwlowsk?« fragte der Fürst überrascht. »Was ist denn das, hier zieht ja wirklich alle Welt nach Pawlowsk? Und Sie haben dort, wie Sie sagen, ein eigenes Landhaus?«

»Oh, nach Pawlowsk zieht durchaus nicht alle Welt! Mir aber hat Iwan Petrowitsch Ptizyn eine der Villen, die ihm sehr billig zugefallen sind, ebenso billig abgetreten. Es ist dort sehr schön und vornehm und grün und musikalisch, und deshalb zieht man für den Sommer nach Pawlowsk. Ich, das heißt, ich wohne selbst nur im Anbau, die eigentliche Villa aber ...«

»Haben Sie vermietet?«

»N–n–nein. N–n–nicht ganz fest vermietet.«

»Überlassen Sie sie mir, ich will sie mieten!« schlug der Fürst plötzlich vor.

Lebedeff schien nur darauf gewartet zu haben. Erst vor einem Augenblick war der Gedanke in ihm aufgetaucht, und sofort übersah er die ganze »neue Wendung der Dinge«, die ihm sehr vielversprechend erschien. Zwar hatte sich ein Villenmieter bereits bei ihm gemeldet, der, wie Lebedeff wußte, die Villa bestimmt nehmen würde; doch da jener beim Fortgehen sich mit »Vielleicht« und »Wahrscheinlich« verabschiedet hatte, so fühlte sich Lebedeff nicht gebunden. Auf den Vorschlag des Fürsten ging er dagegen mit Entzücken ein, so daß er selbst auf die Frage nach dem Preise nur mit der Hand abwinkte.

»Nun, gleichviel, Sie sollen das Ihrige nicht verlieren«, sagte der Fürst. – Sie gingen bereits zum Pförtchen.

»Ich würde Ihnen ... ich würde Ihnen ... wenn Sie nur wollten, könnte ich Ihnen etwas Hochinteressantes mitteilen, hochverehrter Fürst, könnte Ihnen etwas mitteilen, das sich gleichfalls darauf bezieht«, flüsterte Lebedeff, der vor Freude fast zappelnd neben dem Fürsten einherlief.

Der Fürst blieb stehen und sah ihn fragend an.

»Darja Alexéjewna hat in Pawlowsk gleichfalls ein Villachen.«

»Nun, und?«

»Und die gewisse Dame ist mit ihr befreundet und beabsichtigt allem Anschein nach, sie oft in Pawlowsk zu besuchen. Und – zu einem gewissen Zweck!«

»Und?«

»Und Aglaja Iwanowna ...«

»Ach, genug, hören Sie auf, Lebedeff!« unterbrach ihn der Fürst, ganz als sei eine wunde Stelle in seinem Innern berührt worden. »Alles das ... ist doch nicht so. Sagen Sie mir lieber, wann Sie übersiedeln, mir wäre es je früher desto angenehmer; denn ich bin in einem Gasthof abgestiegen, der mir ...«

Sie traten durch das Pförtchen und gingen über den Hof zur Straße.

»Aber da ist es doch das Beste«, fiel Lebedeff ein, »Sie ziehen sogleich zu mir herüber und leben so lange hier, bis wir dann übermorgen alle zusammen nach Pawlowsk auswandern!«

»Ich werde sehen«, sagte der Fürst nachdenklich und trat aus dem Hof auf die Straße.

Lebedeff sah ihm verwundert nach. Ihn machte diese plötzliche Zerstreutheit des Fürsten stutzig; beim Fortgehen hatte er nicht einmal „Adieu“ gesagt, nicht einmal mit dem Kopf genickt, das aber schien ihm mit der Höflichkeit und Aufmerksamkeit des Fürsten ganz unvereinbar.

III

Es ging schon auf zwölf. Der Fürst wußte, daß er bei Jepantschins in ihrer Stadtwohnung jetzt nur den General antreffen würde, und vielleicht nicht einmal diesen. Außerdem stand zu befürchten, daß der General ihn sogleich nach Pawlowsk würde mitnehmen wollen, er aber wollte vorher noch unbedingt einen bestimmten Menschen aufsuchen. Und so entschloß er sich, selbst auf die Gefahr hin, den General nicht mehr anzutreffen und den Besuch bei ihnen in Pawlowsk auf den nächsten Tag hinausschieben zu müssen, zuerst jenes Haus aufzusuchen, zu dem es ihn so sehr hinzog.

Dieser Besuch hatte indessen etwas Gewagtes für ihn. Er wußte eigentlich noch nicht, ob er gehen oder nicht gehen sollte. Die Adresse kannte er nicht genau; er wußte nur, daß das Haus in der Goróchowaja, nicht weit von der Ssadówaja lag, und so ging er in dieser Richtung weiter, während er sich innerlich damit beruhigte, daß er ja bis dahin noch Zeit genug haben werde, sich endgültig zu entscheiden.

Als er an die Kreuzung der beiden Straßen kam, wunderte er sich selbst über seine ungewöhnliche Aufregung: er hatte nicht gedacht, daß sein Herz so heftig schlagen werde. Ein Haus in der Goróchowaja zog, wahrscheinlich durch seine besondere Bauart, schon von weitem die Aufmerksamkeit des Fürsten auf sich, und er sagte sich: ‚Bestimmt ist es dieses Haus!' Mit fast schmerzhafter Neugier näherte er sich ihm, um sich zu überzeugen, ob seine Ahnung ihn nicht betrog; er fühlte, daß es ihm aus irgendeinem Grunde ganz besonders unangenehm sein würde, wenn er es erraten hätte. Es war ein großes, düsteres Haus von drei Stockwerken, ohne jeden architektonischen Schmuck, von dunkler, schmutziggrüner Farbe. Einige, übrigens nur sehr wenige Häuser dieser Art, die aus dem Ende des vorigen Jahrhunderts stammen, haben sich noch hier und da unverändert erhalten, selbst hier in diesen Straßen Petersburgs, wo sich doch sonst alles so schnell verändert. Sie sind sehr dauerhaft gebaut, mit dicken Mauern und verhältnismäßig nur wenigen Fenstern, die in der unteren Etage bisweilen noch mit einem starken Eisengitter versehen sind. Im Erdgeschoß befindet sich gewöhnlich eine Wechselbank, und der Besitzer, ein Sektierer (in der Regel ist es einer von der Skopzensekte[9]), hat seine Wohnung in einem der oberen Stockwerke. Von außen wie von innen scheinen diese Häuser in gewisser Weise ungastlich zu sein, dunkel und ernst, alles scheint sich gleichsam zurückziehen und verbergen zu wollen, hinter allem scheint ein Geheimnis zu stecken, weshalb das aber so scheint, nur aus der Physiognomie des Hauses heraus so scheint – das wäre schwer zu

erklären. Die architektonischen Linien und Proportionen haben natürlich ihr eigenes Geheimnis. In solchen Häusern leben fast ausschließlich Kaufleute. Als der Fürst an den Eingang des Hauses kam, blickte er auf das Schild über der großen Tür und las: „Haus des erblichen Ehrenbürgers Rogoshin".
Der Fürst entschloß sich und öffnete die Glastür, die geräuschvoll hinter ihm zuschlug, als er eingetreten war und auf der steinernen Treppe zum zweiten Stockwerk emporzusteigen begann. Das ganze Treppenhaus war dunkel, massiv aus Stein gebaut, ohne jeden Schmuck, und die Wände waren rot gestrichen. Er wußte, daß Parfjónn Rogóshin mit seiner Mutter und seinem Bruder Ssemjón das ganze zweite Stockwerk dieses düsteren Hauses bewohnte. Der Bediente, der dem Fürsten öffnete, führte ihn sogleich, ohne ihn vorher anzumelden, durch mehrere große und kleine Räume: zuerst gingen sie durch einen großen Saal, dessen Wände nach altem Stil marmorartig bemalt waren, mit kostbarem Eichenparkett und den schweren geradlinigen Möbeln aus den zwanziger Jahren; dann folgten kleinere Räume, einzelne fast wie Käfige so klein, doch der Diener führte ihn immer noch weiter, im Zickzack bald nach rechts, bald nach links; zu manchen Zimmern stiegen sie zwei oder drei Stufen hinauf, um dann bald wieder ebensoviel Stufen hinabzusteigen, bis der Bediente endlich vor einer Tür stehenblieb und anklopfte.
Man hörte Schritte und die Tür wurde geöffnet – von Parfjónn Rogoshin. Als er den Fürsten erblickte, wich alles Blut aus seinem Gesicht, und er blieb wie zu Stein erstarrt stehen und sah ihn mit seinem unbeweglichen, fragend erschrockenen Blick an, während sein Mund plötzlich zuckte, als wolle er sich zu einem Lächeln verziehen, und dann lächelte er auch wirklich, wie in höchster Verwunderung. Es war, als hätte Rogoshin den Besuch des Fürsten für etwas ganz Unmögliches, für ein tatsächliches Wunder gehalten. Der Fürst hatte zwar etwas Derartiges erwartet, mußte sich nun aber doch selber darüber wundern.
»Vielleicht komme ich dir nicht gelegen, – Parfjonn . . . dann will ich dich nicht stören«, sagte er schließlich verwirrt.
»Nein doch, durchaus gelegen!« Rogoshin besann sich plötzlich, »bitte, tritt nur ein!«
Sie duzten sich. In Moskau waren sie oft und stundenlang zusammengewesen, und es hatte während ihres Zusammenseins Augenblicke gegeben, die sich beiden zu tief ins Herz geprägt hatten, um jemals von ihnen vergessen werden zu können. Jetzt hatten sie sich seit mehr als drei Monaten nicht gesehen.
Rogoshin war immer noch bleich, und von Zeit zu Zeit lief es wie ein plötzliches, kaum merkliches Zucken über sein Gesicht. Er hatte den Fürsten zwar gebeten, näher zu treten, aber seine ungewöhnliche Erregung und Verwirrung waren noch nicht vergangen. Während er den Fürsten zu einem der großen Lehnstühle am Tisch führte,

blickte sich jener wie zufällig nach ihm um und blieb regungslos unter dem seltsamen Eindruck eines unbestimmbaren, schweren Blickes stehen. Es war dem Fürsten, als hätte ihn etwas durchbohrt, und gleichzeitig fühlte er sich an etwas erinnert – etwas Schweres, Finsteres, Düsteres ... vor ein paar Stunden Geschehenes. Regungslos, ohne sich zu setzen, blickte er Rogoshin unverwandt in die Augen; die waren im ersten Augenblick gleichsam noch mehr erglüht. Endlich lächelte Rogoshin flüchtig, aber in diesem Lächeln lag eine gewisse Verwirrung und Befangenheit.

»Was siehst du mich so aufmerksam an?« brummte er dann mit halblauter Stimme. »Setz dich!« Er wies auf einen Stuhl. Der Fürst setzte sich.

»Parfjonn«, sagte er, »sage mir aufrichtig: Wußtest du, daß ich heute in Petersburg eintreffen würde?«

»Daß du kommen würdest, hab' ich mir gedacht, und da hab' ich mich ja, wie du siehst, auch nicht geirrt«, sagte jener mit ironischem Lächeln. »Aber woher hätte ich denn wissen sollen, daß du gerade heute kommen würdest?«

Die gewisse schroffe Heftigkeit und seltsame Gereiztheit der Frage fielen dem Fürsten noch mehr auf.

»Und wenn du auch gewußt hast, daß ich *heute* kommen würde, weshalb braucht man sich denn da zu ärgern?« fragte der Fürst leise und augenscheinlich verwirrt.

»Wozu stellst du denn diese Frage?«

»Als ich heute morgen aus dem Coupé stieg, sah ich ein Augenpaar, das genau so aussah und so blickte wie deine Augen, als du soeben hinter meinem Rücken auf mich sahst.«

»Sieh mal an! Wessen Augen waren denn das?« fragte Rogoshin mißtrauisch.

Dem Fürsten schien es, als sei er zusammengezuckt.

»Ich weiß nicht, in der Menge irgendwo ... Es will mir sogar scheinen, daß es mir nur so vorgekommen ist – ich fange jetzt wieder an, alles mögliche zu sehen. Und weißt du, Bruder Parfjonn, ich fühle mich fast wie damals vor fünf Jahren, als ich noch meine epileptischen Anfälle hatte.«

»Nun was, vielleicht hat es dir auch nur so geschienen; ich weiß nicht ...«, brummte Parfjonn, und er versuchte, freundlich zu lächeln, aber dieses Lächeln paßte in diesem Augenblick nicht zu ihm, – es war, als hätte er gewaltsam etwas unterdrücken wollen, und das gelang ihm nicht, wie sehr er sich auch dazu zwang.

»Was, nun geht's wieder ins Ausland?« fragte er, und plötzlich lachte er: »Aber weißt du noch, wie wir im Waggon dritter Klasse damals im Herbst aus Pskow kamen, ich hierher, und du ... in dem Kapuzenmantel, weißt du noch, und den Gamaschen?«

Und Rogoshin lachte, doch tat er es diesmal mit unverhohlenem Ingrimm, ganz als freue es ihn, daß er diesen Ingrimm wenigstens in irgendeiner Weise ausdrücken konnte.

»Lebst du jetzt ganz hier?« fragte der Fürst, indem er sich im Raum umsah.
»Ja, ich bin hier zu Hause. Wo sollte ich denn sonst sein?«
»Wir haben uns lange nicht gesehen. Ich habe von dir Dinge gehört, die ich dir gar nicht zugetraut hätte.«
»Was wird nicht alles geschwatzt«, bemerkte Rogoshin trocken.
»Aber du hast doch die ganze Bande fortgejagt; sitzt selbst zu Hause und machst keine Geniestreiche mehr. Ich dächte – das ist gut. Gehört das Haus dir oder euch gemeinsam?«
»Das Haus gehört der Mutter. Zu ihr geht man hier durch den Korridor.«
»Und wo wohnt dein Bruder?«
»Mein Bruder Ssemjón Ssemjónytsch wohnt im Seitenflügel.«
»Ist er verheiratet?«
»Witwer. Wozu fragst du das?«
Der Fürst sah ihn an, ohne zu antworten. Er war plötzlich wie in Gedanken versunken und hörte die Frage nicht.
Rogoshin bestand nicht auf Antwort, er wartete. Beide schwiegen.
»Ich habe dieses Haus, als ich herkam, schon auf hundert Schritt als das deinige erkannt«, sagte der Fürst.
»Woran denn das?«
»Das weiß ich selbst nicht. Dein Haus hat die Physiognomie eurer ganzen Familie und eures ganzen Rogoshinschen Lebens; wenn du aber fragen wolltest, woraus ich das schließe, so könnte ich es dir mit nichts erklären. Wahn, natürlich. Es ängstigt mich sogar, daß mich das so beunruhigt. Ich hätte früher nie gedacht, daß du in solch einem Hause wohnst; als ich es aber erblickte, kam mir sogleich der Gedanke: ‚Aber genau so muß ja doch sein Haus sein, es kann ja gar nicht anders sein!'«
»Sieh mal an!« sagte Rogoshin unbestimmt, das Gesicht kurz zu einem Lächeln verziehend. Er hatte den unklaren Gedanken des Fürsten nicht ganz verstanden. »Dieses Haus hat noch mein Großvater gebaut«, bemerkte er. »Hier haben beständig Sektierer gewohnt, Skopzen, eine Familie Chludjäkóff. Und auch jetzt noch leben sie hier zur Miete.«
»Wie düster es hier ist. Du sitzt hier so im Dunkeln«, sagte der Fürst, sich wieder im Raum umschauend.
Es war ein großes Zimmer mit hoher, dunkler Decke, und auch alles übrige war ziemlich dunkel gehalten. Das ganze Zimmer war voll von allerhand Möbelstücken: da waren große Arbeitstische, ein Pult und an den Wänden große Schränke, in denen verschiedene Geschäftspapiere und noch andere Papiere aufgestapelt lagen. Ein großes, breites Kanapee, das mit rotem Saffianleder überzogen war, diente Rogoshin augenscheinlich als Schlafstelle.
Der Fürst bemerkte auf dem Tisch, an dem sie beide saßen, ein paar Bücher. Eins von diesen, die „Russische Geschichte" Ssolowjóffs, war aufgeschlagen und mit einem Lesezeichen versehen. An den

Wänden hingen in einstmals vergoldeten, doch nun matt und braun gewordenen Rahmen einige stark nachgedunkelte Ölgemälde, auf denen man nur schwer noch etwas unterscheiden konnte. Dagegen zog ein lebensgroßes Männerporträt sofort die Aufmerksamkeit des Fürsten auf sich: es stellte einen etwa fünfzigjährigen Mann dar in einem langschößigen europäischen Rock, mit zwei Medaillen auf der Brust, einem sehr spärlichen, kurzen, grauen Bart, runzligem, gelbem Gesicht und einem argwöhnischen, verschlossenen und ein Leiden verratenden Blick.
»Ist das nicht gar dein Vater?« fragte der Fürst.
»Er selbst«, antwortete Rogoshin mit einem unangenehmen einmaligen Auflachen, ganz als hätte er sich im nächsten Augenblick irgendeinen unehrerbietigen Scherz über seinen verstorbenen Vater erlauben wollen.
»Er war doch kein Altgläubiger?«
»Nein, er ging in die Kirche; aber es ist schon wahr, er sagte, der alte Glaube sei doch richtiger. Die Skopzen hat er auch immer sehr geachtet. Das hier war ja sein Kabinett. Wozu hast du das gefragt, das von der Altgläubigkeit?«
»Wirst du die Hochzeit hier feiern?«
»J–a, hi–er«, antwortete Rogoshin langsam, doch war er bei der unerwarteten Frage kaum merklich zusammengezuckt.
»Bald?«
»Du weißt doch selbst: hängt es denn von mir ab?«
»Parfjonn, ich bin nicht dein Feind und will dich an nichts hindern. Ich sage es dir jetzt nochmals, wie ich es dir schon früher einmal gesagt habe, in einer ähnlichen Stunde. Als in Moskau deine Trauung vollzogen werden sollte, bin ich nicht dazwischengetreten, das weißt du. Das erstemal kam *sie* von selbst zu mir gestürzt, fast vom Altare fort, und flehte mich an, sie vor dir zu ‚retten'. Ich wiederhole nur ihre eigenen Worte. Dann lief sie auch von mir fort. Du suchtest sie wieder auf und brachtest sie wieder zum Altar, und da, sagt man mir, sei sie wieder von dir fortgelaufen und habe sich hierher geflüchtet. Ist das wahr? So hat es mir Lebedeff geschrieben, und deshalb bin ich auch hergekommen. Daß ihr euch aber hier wieder halbwegs ausgesöhnt habt, habe ich erst gestern im Eisenbahncoupé von einem deiner früheren Freunde erfahren, von Saljósheff, wenn es dich interessiert. Hergereist aber bin ich mit einer ganz bestimmten Absicht: ich will *sie* bereden, ins Ausland zu fahren, um dort für ihre Gesundheit etwas zu tun; denn sie ist sowohl geistig wie körperlich sehr der Pflege bedürftig ... namentlich macht mir ihr seelischer Zustand Sorge. Ich selbst wollte sie nicht ins Ausland begleiten, sondern beabsichtigte, es irgendwie ohne mich zu arrangieren, mich selbst dabei ganz aus dem Spiel zu lassen. Ich sage dir die volle Wahrheit. Wenn es aber wahr ist, daß ihr wieder einig seid, so werde ich mich überhaupt nicht mehr zeigen, und auch zu dir werde ich dann nie mehr kommen. Du weißt, daß ich dich nicht betrügen werde;

denn ich bin ja auch früher immer offen und ehrlich zu dir gewesen. Ich habe dir auch meine Überzeugung nicht verschwiegen, daß die Heirat mit dir – *ihr* unbedingtes Verderben sein würde. Auch dein Verderben ... vielleicht sogar noch mehr als ihres. Wenn ihr wieder auseinandergehen solltet, wird es mich sehr beruhigen; aber ich habe deshalb noch nicht die Absicht, euch zu entzweien oder zwischen euch zu treten. Sei also in der Beziehung ganz ruhig und verdächtige mich nicht. Doch du weißt es ja selbst – bin ich denn jemals im Ernst dein Nebenbuhler gewesen, selbst damals, als sie von dir zu mir flüchtete? Da lachst du nun wieder dein kurzes Lachen! Ich weiß, weshalb du so kurz aufgelacht hast. Wir haben dort ganz getrennt gelebt, sogar in verschiedenen Städten, und das weißt du ja selbst ganz genau. Ich habe dir ja schon früher einmal erklärt, daß ich sie nicht ‚aus Liebe', sondern ‚aus Mitleid' liebe. Ich glaube, es so ganz richtig zu bezeichnen. Du sagtest damals, daß du diese meine Worte begriffen hättest. Ist das nun wahr? Hast du sie wirklich begriffen? Wie haßerfüllt du mich jetzt wieder ansiehst! Ich bin doch nur gekommen, um dich zu beruhigen, weil auch du mir teuer bist. Ich habe dich sehr lieb, Parfjonn. Ich werde jetzt weggehen und niemals wiederkommen. Leb wohl.«

Der Fürst erhob sich.

»Bleib noch ein wenig bei mir«, sagte Parfjonn leise, den Kopf in die rechte Hand gestützt, ohne sich zu erheben. »Ich habe dich lange nicht gesehen.«

Der Fürst setzte sich wieder. Beide schwiegen.

»Ich ... wenn ich dich nicht vor mir sehe, fühle ich gleich Wut gegen dich, Lew Nikolajewitsch. In diesen drei Monaten, da ich dich nicht gesehen habe, bin ich dir immerwährend, in jeder Minute, böse gewesen, bei Gott. Ich hätte dich so packen und vergiften mögen vor lauter Grimm. Und jetzt sitzt du noch keine Viertelstunde bei mir, und schon ist meine ganze Wut vergangen, und ich hab' dich wieder so lieb wie früher. Bleib noch ein Weilchen bei mir ...«

»Wenn ich bei dir bin, dann glaubst du mir, und wenn ich nicht mehr da bin, dann hörst du sogleich auf, mir zu glauben, und verdächtigst mich wieder. Du bist wie dein Vater!« sagte der Fürst mit freundschaftlichem Lächeln, bemüht, das Gefühl, das aus seinen Worten sprach, zu verbergen.

»Ich glaube deiner Stimme, wenn du bei mir bist. Ich begreife doch, daß man uns beide nicht miteinander vergleichen kann, dich und mich ...«

»Weshalb hast du das hinzugefügt? Da bist du nun wieder gereizt«, sagte der Fürst und wunderte sich über ihn.

»Ach, hierbei, Bruder, wird nicht nach unserer Meinung gefragt«, entgegnete jener, »das ist schon ohne uns so bestimmt worden. Wir lieben ja auch, wie du siehst, ganz verschieden ... das heißt, in allem ist eben ein Unterschied«, fuhr er nach kurzem Schweigen leise fort. »Du liebst sie, sagst du, nur aus Mitleid. Ich aber empfinde nichts von

Mitleid mit ihr, so was fühle ich gar nicht in mir. Und sie haßt mich ja auch nur, haßt mich mehr als alles andere. Jede Nacht träumt mir jetzt, daß sie mit einem anderen über mich lacht. Und so ist es auch, Bruder. Sie wird mit mir zum Altar gehen; aber an mich dabei auch nur denken, das tut sie nicht, selbst das wird sie vergessen – es ist einfach so, wie wenn sie Schuhe wechselte. Glaubst du mir, ich habe sie schon seit fünf Tagen nicht gesehen; denn ich wage nicht hinzugehen: wenn sie nun fragt: ‚Wozu hast du dich herbemüht?' Hat sie mir denn wenig Schimpf angetan ...«

»Was – wieso Schimpf angetan? Was sagst du da?«

»Als ob du's nicht wüßtest! Hast es doch noch selbst vorhin ausgesprochen, daß sie ‚vom Altar weg' zu dir gelaufen ist.«

»Aber du glaubst doch selbst nicht, daß ...«

»Und das mit dem Offizier, dem Semtjúshnikoff in Moskau – war denn das kein Schimpf? Ich weiß es ganz genau, daß sie mir die Schande, die Schmach angetan hat, und das noch, nachdem sie schon selbst den Tag der Trauung bestimmt hatte.«

»Nicht möglich!« rief der Fürst aus.

»Ich weiß es ganz genau«, wiederholte Rogoshin in fester Überzeugung. »Was, ‚keine solche', meinst du? Darüber, Bruder, darüber lohnt es sich gar nicht zu reden, daß sie keine solche ist. Mit dir wird sie keine solche sein und vielleicht wird sie vor diesen Sachen sogar Entsetzen empfinden; mit mir aber ist sie, siehst du, gerade eine solche. Das ist schon so. Sie hält mich für den allerletzten Kerl, als gehörte ich zum Gesindel. Mit Keller, mit diesem ehemaligen Leutnant, dem „Boxer" – hat sie sich, das weiß ich ganz genau, nur abgegeben, um über mich zu spotten ... Du weißt noch gar nicht alles, was sie in Moskau angestellt hat! Und wieviel Geld habe ich fortgeworfen ...«

»Ja, aber ... wie kannst du sie dann jetzt heiraten! ... Wie wird denn das später werden?« fragte der Fürst ganz entsetzt.

Rogoshin sah ihm mit schwerem, furchtbarem Blick in die Augen und antwortete nichts.

»Jetzt bin ich schon fünf Tage nicht bei ihr gewesen«, fuhr er nach einer Weile fort, als hätte er sein Schweigen vergessen. »Ich fürchte immer, daß sie mich hinausjagt. ‚Ich bin immer noch meine eigene Herrin', sagt sie, ‚wenn ich will, jage ich dich ganz von mir fort und fahre ins Ausland.' Das hat auch sie mir schon gesagt, daß sie ins Ausland fahren würde«, fügte er plötzlich wie in Parenthese noch hinzu, während er dabei dem Fürsten mit einem ganz besonderen Blick in die Augen sah.

»Manchmal will sie mich nur erschrecken, immer lacht sie über mich. Ein anderes Mal aber verdüstert sich ihr Gesicht, sie runzelt die Stirn und spricht kein Wort mit mir. Das aber fürchte ich am meisten. Neulich dachte ich: ich werde von jetzt ab nicht mehr mit leeren Händen hinfahren – da machte sie sich wieder nur lustig über mich, und schließlich wurde sie sogar böse. Ihrer Kammerzofe, der

Katjka, schenkte sie meinen Schal, den ich ihr als Geschenk mitgebracht hatte; aber wenn sie früher auch reich gelebt und teure Sachen getragen hat, einen solchen Schal hatte sie vielleicht doch noch nie gesehen! Und davon, wann denn die Trauung sein soll, davon darf man überhaupt nicht zu sprechen anfangen. Was ist denn das für ein Bräutigam, der sich fürchtet, sie auch nur zu besuchen? So sitze ich denn hier, und wenn es unerträglich wird, dann schleiche ich heimlich, verstohlen an ihrem Hause vorüber, auf der Straße, oder ich verberge mich hinter einer Hausecke. Vor kurzem noch habe ich so eine ganze Nacht bis zum Morgen an ihrer Hofpforte Wache gestanden – mir hatte damals so etwas geschienen ... Sie aber muß mich wohl aus dem Fenster beobachtet haben. ‚Was hättest du denn', fragte sie später, ‚was hättest du denn mit mir getan, wenn du einem Betrug auf die Spur gekommen wärst?' Da hielt ich's nicht aus und sagte: ‚Das weißt du selbst.'«

»Was weiß sie denn?«

»Ja, wie soll ich's denn wissen!« Rogoshin lachte grimmig. »In Moskau hab' ich sie damals mit keinem überraschen können, obschon ich ihr lange genug auflauerte. Da trat ich einmal auf sie zu und sagte: ‚Du hast dein Wort gegeben, daß du dich mit mir trauen lassen wirst, du kommst in eine ehrbare Familie; weißt du aber auch, was für eine du jetzt bist? Sieh, solch eine bist du!' sagte ich.«

»Das sagtest du ihr ins Gesicht?«

»Ja.«

»Und?«

»‚Ich werde dich', antwortete sie, ‚ich werde dich jetzt vielleicht noch nicht einmal als Diener zu mir nehmen, geschweige denn dich heiraten!' – ‚Und du glaubst, daß ich weggehe?' fragte ich. – ‚Dann werde ich sofort Keller rufen', sagte sie, ‚und ihm befehlen, dich hinauszuwerfen.' Da packte ich sie und schlug sie, bis sie blaue Flecken hatte.«

»Nicht möglich! Das kann nicht sein!« stieß der Fürst atemlos hervor.

»Ich sage: es war so«, sagte leise, doch mit blitzenden Augen Rogoshin. »Zwei Tage aß ich nicht, trank nicht, schlief nicht, ging nicht aus dem Zimmer hinaus, kniete vor ihr nieder. ‚Ich sterbe lieber, aber ich gehe nicht weg', sagte ich, ‚ich gehe nicht eher weg, als bis du mir verziehen hast; läßt du mich aber hinauswerfen, so ertränke ich mich, denn – was bin ich jetzt noch ohne dich?' Wie eine Wahnsinnige war sie den ganzen Tag: bald weinte sie, bald wollte sie mich mit dem Messer erstechen, bald drohte sie mit der Faust und begann mich wie eine Rasende zu beschimpfen – jawohl, zu beschimpfen. Saljósheff, Keller, Semtjúshnikoff und alle rief sie zusammen, zeigte dann auf mich und begann mich wieder zu schmähen. ‚Gehen wir, meine Herren', sagte sie dann, ‚gehen wir alle jetzt ins Theater, mag er hier allein sitzen, wenn er nicht fortgehen will, ich bin für ihn nicht angebunden. Ihnen aber, Parfjonn

Ssemjonytsch, wird man hier in meiner Abwesenheit Tee bringen. Sie müssen ja ganz hungrig sein.' Aus dem Theater kehrte sie allein zurück. ‚Alle sind sie Feiglinge und Lumpen', sagte sie, ‚alle haben sie Angst vor dir, und da wollen sie natürlich auch mir Angst einflößen: sie behaupten, du würdest so nicht fortgehen, sondern mich vorher womöglich noch ermorden. Ich aber werde, sieh, wenn ich dorthin in mein Schlafzimmer gegangen bin, die Tür nicht hinter mir zuschließen, sieh, so wenig fürchte ich dich! Damit du das ein für allemal weißt und siehst! Hast du Tee getrunken?' – ‚Nein', sagte ich, ‚und ich werde auch nicht.' – ‚Wenn das dir Ehre einlegte, wäre es etwas anderes, aber so – wenn du wüßtest, wie wenig das zu dir paßt.' Und wie sie gesagt hatte, so tat sie's auch: die Tür zu ihrem Schlafzimmer blieb offen. Am nächsten Morgen kam sie – lachte. ‚Bist du denn ganz von Sinnen, sag doch? So wirst du ja noch vor Hunger sterben.' – ‚Vergib', sagte ich. ‚Ich will nicht, und heiraten will ich dich erst recht nicht; es bleibt dabei, was ich gesagt habe. Hast du denn die ganze Nacht in diesem Lehnstuhl gesessen und nicht geschlafen?' – ‚Nein, ich habe nicht geschlafen', sagte ich. – ‚Ach, wie klug! Und Tee trinken und essen wirst du wieder nicht?' – ‚Ich habe doch gesagt: Vergib!' – ‚Wenn du wüßtest, wie schlecht das zu dir paßt, wie ein Sattel auf eine Kuh! Oder ist es dir etwa in den Sinn gekommen, mich schrecken zu wollen? Daraus mache ich mir gerade viel, und daß du hier hungrig sitzst, ach, wie entsetzlich du mich damit einschüchterst!' Dann wurde sie böse, aber nicht auf lange, und nun begann sie wieder zu spotten und zu sticheln. Da wunderte ich mich über sie, daß doch eigentlich gar keine Bosheit in ihr war. Sonst vergißt sie doch Böses nicht so leicht, vergißt es lange nicht! Und da kam es mir in den Sinn, daß sie mich wohl für so niedrig hält, daß sie nicht einmal große Wut über mich empfinden kann. Und das ist wahr. ‚Weißt du auch, wer das ist: der römische Papst?' fragte sie. – ‚Ja, ich habe gehört, wer das ist', sage ich. – ‚Du, Parfjonn Ssemjonytsch, hast ja von der Allgemeinen Geschichte nicht viel gelernt!' sagte sie. – ‚Ich habe überhaupt nichts gelernt', sage ich. – ‚Dann werde ich dir etwas zu lesen geben, oder hör zu: Es war einmal ein Papst, und der wurde auf einen Kaiser böse, und dieser Kaiser lag drei Tage ohne Essen und Trinken barfuß auf den Knien vor dem Schloß des Papstes, bis dieser ihm verzieh. Was meinst du: was hat wohl der Kaiser in diesen drei Tagen, als er barfuß dort kniete, bei sich gedacht und welche Rache dem Papst geschworen? . . . Doch warte, ich werde es dir selbst vorlesen!' sagte sie und stand auf und brachte das Buch. ‚Es sind Verse', sagte sie, und dann las sie mir vor, wie dieser Kaiser in diesen drei Tagen geschworen, sich an dem Papst zu rächen. ‚Gefällt dir das nicht, Parfjonn Ssemjonytsch?' fragte sie. – ‚Das stimmt alles, was du da gelesen hast', sagte ich. – ‚Aha', rief sie aus, ‚du gibst also selbst zu, daß es stimmt, dann schwörst auch du jetzt Rache und sagst dir: Wenn sie mich erst geheiratet hat, dann werde ich ihr schon alles heimzahlen, dann werde ich mich dafür entschädigen!' – ,Ich weiß nicht', sag' ich, ,vielleicht denk' ich auch so!' – ,Wieso weißt du denn das nicht?' – ,So', sag' ich, ,ich weiß es nicht, nicht daran denke ich jetzt.' – ,Woran denkst du denn jetzt?' – ,Wenn du aufstehst vom Stuhl, gehst du an mir vorüber, und ich sehe auf dich und folge dir mit den Augen; dein Kleid wird rauschen, und mir wird das Herz stillstehen, und wenn du hinausgegangen bist aus dem Zimmer, denke ich an jedes einzelne deiner Worte, was und wie und mit welch einer Stimme du es gesagt hast; diese ganze Nacht habe ich an nichts anderes gedacht, ich habe nur gehorcht, wie du im Schlaf atmetest und dich zweimal bewegtest ...' – ,Ja, dann denkst du ja vielleicht', lachte sie, ,dann denkst du ja vielleicht auch daran gar nicht mehr, daß du mich geschlagen hast?' – ,Vielleicht', sag' ich, ,vielleicht denke ich auch daran nicht mehr, ich weiß nicht.' – ,Wenn ich dir aber nicht verzeihe und dich nicht heirate?' – ,Ich habe gesagt, ich ertränke mich.' – ,Schlägst mich aber vorher wahrscheinlich noch tot ...' Sagte es und wurde nachdenklich. Dann wurde sie böse und ging aus dem Zimmer. Nach einer Stunde kommt sie wieder zu mir zurück, ernst, düster. ,Ich werde dich heiraten, Parfjonn Ssemjonytsch', sagte sie, ,doch nicht deshalb, weil ich dich etwa fürchte, sondern weil es doch auf eins herauskommt, wo man umkommt. Wo ist's denn besser? Setz dich', sagte sie, ,man wird dir gleich zu essen bringen. Wenn ich dich aber heirate', fügte sie hinzu, ,werde ich dir ein treues Weib sein, daran brauchst du nicht zu zweifeln, kannst ruhig sein.' Dann schwieg sie eine Weile und dann sagte sie noch: ,Du bist doch kein Lakai – ich dachte früher, du seist ein echter, ein ganzer Lakai.' Und nun bestimmte sie selbst den Tag, an dem die Trauung stattfinden sollte; nach einer Woche aber lief sie von mir fort und flüchtete sich hierher zu Lebedeff. Als ich dann herkam, sagte sie: ,Ich habe mich durchaus nicht von dir losgesagt, ich will es nur noch aufschieben, solange es mir paßt; denn ich bin ja doch noch ganz Herrin meiner selbst. Warte auch du, wenn du willst.' Siehst du, so stehen wir jetzt miteinander ... Was meinst du zu alledem, Lew Nikolajewitsch?«

»Wie denkst du selbst darüber?« fragte der Fürst mit traurigem Blick auf Rogoshin.

»Denk' ich denn überhaupt!« entfuhr es diesem ganz unwillkürlich. Er wollte noch etwas hinzufügen, unterdrückte es aber und schwieg in grenzenlosem Gram.

Der Fürst erhob sich von neuem, um fortzugehen.

»Trotzdem werde ich dir nicht in den Weg treten«, sagte er leise, fast wie in Gedanken versunken, und es war, als hätte er auf einen eigenen inneren Gedanken geantwortet.

»Weißt du, was ich dir sagen will?« wandte sich plötzlich Rogoshin erregt an ihn, und seine Augen blitzten auf. »Wie kannst du sie mir nur so abtreten, das verstehe ich nicht! Oder hast du schon ganz aufgehört, sie zu lieben? Früher warst du doch immerhin noch traurig, ich weiß es, ich habe es doch gesehen. Wozu bist du denn jetzt so Hals über Kopf hergereist? Aus Mitleid?« (Sein Gesicht verzog sich in boshaftem Spott.) »He–he!«

»Du glaubst, daß ich dich betrüge?« fragte der Fürst.

»Nein, ich glaube dir, nur verstehe ich davon nichts. Am wahrscheinlichsten ist wohl, daß dein Mitleid noch größer ist als meine Liebe!«

Etwas Böses, das gleichsam herausdrängte, das sich unbedingt sogleich äußern wollte, war in seinem Gesicht aufgeflammt.

»Deine Liebe kann man vom Haß kaum unterscheiden«, lächelte der Fürst, »und wenn sie vergeht, Bruder, wird das Unglück vielleicht noch größer sein. Ich sage dir nur das eine, Parfjonn ...«

»Daß ich sie ermorden werde?«

Der Fürst zuckte zusammen.

»Du wirst sie um dieser Liebe, dieser Qual willen, mit der du dich jetzt quälst, gar zu sehr hassen. Am meisten wundert mich aber, wie sie überhaupt zu dir zurückkehren kann. Als ich es gestern hörte, wollte ich es kaum glauben, so schwer wurde es mir ... Zweimal ist sie schon von dir fortgelaufen, fast vom Altar weg, also muß sie doch eine Vorahnung haben! ... Weshalb will sie dich denn jetzt noch nehmen? Doch nicht deines Geldes wegen? Das ist ja doch Unsinn! Und von deinem Gelde hast du ja auch schon soviel vergeudet. Und doch auch nicht, um nur einen Mann zu bekommen? Denn du bist doch nicht der einzige, den sie heiraten könnte! Da wäre doch jeder andere besser als du, denn du wirst sie ja vielleicht wirklich morden, und das begreift sie doch selbst nur zu gut! Oder weil du sie so leidenschaftlich liebst? Ja, es sei denn dieses eine ... Ich habe gehört, daß es welche geben soll, die gerade solche Liebe suchen ... nur ...«

Der Fürst hielt nachdenklich inne.

»Was lächelst du wieder über meines Vaters Bild?« fragte Rogoshin, der seinen Blick nicht vom Gesicht des Fürsten abwandte und aufmerksam jede Veränderung im Gesicht, jeden Blick des Fürsten verfolgte.

»Weshalb ich soeben lächelte? Es kam mir in den Sinn, daß du, wenn dir nicht dieses Unglück zugestoßen, wenn nicht diese Liebe über dich gekommen wäre, daß du dann auf ein Haar wie dein Vater geworden wärst, und das sogar in sehr kurzer Zeit. Du würdest dich schweigend hier in diesem Hause niederlassen mit deiner Frau, einem gehorsamen, verschüchterten Wesen, würdest nur wenig und jedes Wort in strengem Tone sprechen, würdest keinem Menschen trauen, keines Menschen Vertrauen brauchen und nur schweigend und finster dein Geld aufhäufen. Viel wäre es, wenn du einmal die alten Bücher loben und dich für das Bekreuzen mit zwei Fingern aussprechen würdest, aber auch das höchstens im Alter ...«

»Spotte nur. Genau dasselbe hat auch sie mir vor nicht langer Zeit gesagt, gleichfalls als sie dieses Porträt betrachtete. Das ist doch wunderlich, wie jetzt bei euch alles übereinstimmt ...«

»Ja, ist sie denn schon einmal bei dir gewesen?« fragte der Fürst überrascht.

»Einmal. Das Porträt betrachtete sie lange, fragte mich über den Verstorbenen aus. ‚Du würdest genau so scin', sagte sie dann lachend, ‚du hast mächtige Leidenschaften, Parfjonn Ssemjonytsch', sagte sie, ‚solche Leidenschaften, daß du mit ihnen unentgeltlich nach Sibirien kämst, wenn du nicht – wenn du nicht deinen Verstand hättest, und du hast einen großen Verstand', sagte sie – gerade so sagte sie's, wirst du's mir glauben! Zum erstenmal hörte ich von ihr ein solches Wort! –

‚Du würdest diesen ganzen Unsinn bald lassen. Und da du ein ganz ungebildeter Mensch bist, so würdest du dich einfach aufs Geldverdienen verlegen und würdest dich ganz wie dein Vater in diesem Hause festsetzen, mit deinen Skopzen natürlich. Vielleicht würdest du zum Schluß auch noch zu ihrem Glauben übertreten. Das Geld aber, das würdest du so liebgewinnen, daß du nicht nur zwei Millionen, sondern vielleicht ganze zehn Millionen zusammenscharrtest, um dann auf deinen Geldsäcken am Ende Hungers zu sterben; denn du bist in allem leidenschaftlich, ja, bei dir wird alles, was du beginnst, zur Leidenschaft.' Genau so sagte sie, mit denselben Worten. Niemals noch hatte sie so zu mir gesprochen! Denn sonst hat sie nur Albernheiten mit mir geredet oder über mich gespottet. Auch hier hatte sie lachend begonnen, dann aber wurde sie plötzlich sehr ernst. Durch das ganze Haus ging sie, alles besah sie, ganz als fürchte sie sich immer vor etwas. ‚Ich werde das alles hier verändern', sage ich, ‚alles verschönern oder auch zur Hochzeit ein neues Haus kaufen.' Da war sie ganz erschrocken: ‚Nein, nein, um Gottes willen nicht!' sagte sie; ‚alles muß so bleiben, wie es ist, gerade so wollen wir hier leben. Ich will neben deiner Mutter leben', sagte sie, ‚wenn ich deine Frau sein werde.'

Dann führte ich sie zu meiner Mutter – sie war ehrerbietig gegen sie wie eine leibliche Tochter. Meine Mutter ist nun schon seit zwei Jahren nicht ganz bei vollem Verstande – krank ist sie – und nun seit dem Tode des Vaters ist sie ganz wie ein Kind geworden, spricht gar nicht mehr, kann nicht mehr gehen, die Füße tragen sie nicht, und so sitzt sie und grüßt nur vom Platz aus einen jeden, den sie sieht. Wenn man ihr nicht zu essen geben wollte, würde sie es drei Tage lang nicht merken, so steht's mit ihr. Ich nahm die rechte Hand meiner Mutter, legte die drei Finger zum Segen zusammen und sagte: ‚Mütterchen, segnet sie, sie geht mit mir zum Altar', und da küßte sie meiner Mutter die Hand, aber nicht nur so, sondern wirklich innig. ‚Viel Leid', sagte sie, ‚muß deine Mutter erduldet haben.' Dieses Buch hier sah sie: ‚Was ist das', fragte sie, ‚fängst du an, russische Geschichte zu lesen?' Sie selbst hatte mir einmal in Moskau gesagt: ‚Wenn du dich doch wenigstens etwas bilden würdest, lies doch wenigstens Ssolowjoffs „Russische Geschichte", du weißt ja doch gar nichts'; ja, das hatte sie mir schon in Moskau gesagt. ‚Das ist gut', sagte sie jetzt, ‚lies nur weiter. Ich werde dir ein kleines Verzeichnis aufschreiben von Büchern, die du ganz zuerst lesen mußt. Willst du, soll ich?' Nie, nie hatte sie vorher so mit mir gesprochen, ich war ganz erstaunt; zum erstenmal atmete ich auf, wie ein lebender Mensch.«

»Das freut mich, das freut mich sehr, Parfjonn«, sagte der Fürst warm, »ich bin sehr froh darüber. Wer weiß, vielleicht hat Gott euch doch noch zu einem gemeinsamen Leben bestimmt.«

»Nein, das ist unmöglich!« rief Rogoshin heftig aus.

»Höre, Parfjonn, wenn du sie so liebst – willst du dann nicht ihre Achtung verdienen? Und wenn du es willst – weshalb willst du dann nicht auch hoffen? Ich sagte vorhin, daß es für mich unbegreiflich sei, weshalb sie dich überhaupt noch heiraten will? Doch wenn ich es mir auch jetzt noch nicht ganz erklären kann, so sehe ich doch eines ein: daß sie dazu einen genügenden Grund, einen vernünftigen Grund haben muß. Von deiner Liebe ist sie überzeugt, aber gewiß ist sie es auch von manchen deiner guten Eigenschaften. Anders kann es ja gar nicht sein! Und was du soeben erzähltest, bestätigt meine Annahme vollkommen. Du sagst doch selbst, daß es ihr möglich gewesen ist, in einer ganz anderen Weise mit dir zu reden, als sie es früher tat. Du bist argwöhnisch und eifersüchtig, deshalb übertreibst du auch alles, was du Schlechtes von ihr erfahren hast. Es liegt doch auf der Hand, daß sie lange nicht so schlecht von dir denkt, wie du erzählst; denn sonst müßte man ja doch von ihr sagen, daß sie mit vollem Bewußtsein ins Wasser geht oder unter das Messer, wenn sie dich heiratet. Ist denn das möglich? Wer geht denn bewußt aufs Messer los?«

Mit bitterem Spottlächeln hörte Rogoshin die eifrigen Worte des Fürsten an. Seine Überzeugung schien bereits unerschütterlich festzustehen.

»Wie schwer dein Blick ist, mit dem du mich ansiehst, Parfjonn!« stieß plötzlich der Fürst unter einem erdrückenden Gefühl hervor.

»Ins Wasser oder unter das Messer!« sprach Rogoshin endlich langsam nach. »He–he! Ja, einzig deshalb nimmt sie mich doch, weil sie überzeugt ist, daß sie bei mir der Dolch erwartet! Solltest du denn bis jetzt wahrhaftig noch nicht erraten haben, Fürst, um was es sich hier handelt?«

»Ich verstehe dich nicht.«

»Was, vielleicht begreift er's auch wahrhaftig nicht, he–he! Sagt man doch von dir, daß du ... nun, *jenes*! ... Einen anderen liebt sie! – begreifst du's jetzt? Ganz so, wie ich sie jetzt liebe, genau so liebt sie jetzt einen anderen. Und dieser andere ist – weißt du, wer? Das bist *du*! Was, wußtest du das noch nicht?«

»Ich?«

»Ja, *du*. Sie hat sich gleich damals, damals an ihrem Geburtstag, in dich verliebt – und seit der Stunde liebt sie dich. Nur glaubt sie jetzt, daß sie dich nicht heiraten darf, weil sie dir damit eine Schande antun und dein Leben verderben würde. ‚Man weiß ja doch, was für eine ich bin', sagt sie. Und davon ist sie nicht abzubringen. Alles das hat sie mir selbst ganz offen ins Gesicht gesagt. Dich zu verderben und dir Schande anzutun – das fürchtet sie, mich aber, siehst du, mich kann man heiraten, bei mir macht's nichts aus – sieh, so hoch schätzt sie mich ein! – das kannst du dir gleichfalls merken!«
»Aber wie ist sie denn ... wie ist sie denn von dir zu mir und ... von mir wieder ...«
»Von dir wieder zu mir zurückgekehrt! Haha! Als ob ihr wenig in den Kopf käme! Sie ist doch jetzt ganz wie im Fieber, wie im Delirium. Bald schreit sie mir zu: ‚Dich heiraten oder ins Wasser – ist eins! Die Hochzeit so schnell wie möglich!' sie drängt selbst, bestimmt den Tag, rückt aber die Zeit heran, dann – erschrickt sie, oder es kommen ihr andere Gedanken. Gott weiß – du hast sie doch gesehen: sie weint, lacht, gebärdet sich wie eine Rasende. Was Wunder, wenn sie da auch von dir wieder fortgelaufen ist? Sie ist ja doch nur deshalb von dir fortgelaufen, weil es ihr plötzlich zum Bewußtsein kam, wie sehr sie dich liebt. Sie hielt bei dir ihre eigene Liebe zu dir nicht mehr aus. Du sagtest, ich hätte sie damals in Moskau aufgesucht. Das ist ja gar nicht wahr – sie selbst kam von dir zu mir gelaufen. ‚Bestimme den Tag', sagte sie, ‚ich bin bereit! Bringe Champagner her! Fahren wir zu den Zigeunern!' rief sie ... Wäre ich nicht gewesen, so hätte sie sich schon längst ertränkt. Glaube mir! Nur deshalb tut sie es nicht, weil ich vielleicht noch furchtbarer bin als der Tod im Wasser. Nur aus Grimm will sie mich heiraten ... Wenn sie mich heiratet, so kannst du sicher sein, daß sie es nur aus bösestem Ingrimm tut.«
»Ja, aber wie kannst du dann ... wie kannst du dann! ...« rief der Fürst ganz bestürzt aus, doch sprach er nicht zu Ende, was er sagen wollte.
Ganz entsetzt sah er Rogoshin an.
»Warum sprichst du's denn nicht aus?« fragte jener höhnisch mit geschürzter Lippe. »Willst du, so werde ich dir sagen, was du in diesem Augenblick bei dir denkst? – ‚Nun, wie kann sie ihn dann noch heiraten? Wie kann man das dann noch zulassen?' Ich weiß schon, was du denkst.«
»Ich bin nicht deshalb hergekommen, Parfjonn, ich schwöre es dir, glaub mir, ich hatte nicht das im Sinn ...«
»Schon möglich, daß du nicht deshalb gekommen bist, daß du nicht das im Sinn hattest; nur ist es jetzt schon ganz sicher geworden, daß du doch deshalb gekommen bist, he–he! Nun, genug! Was bist du so bestürzt? Wußtest du es denn wahrhaftig nicht? Da wundere ich mich über dich!«
»Das ist alles nur deine Eifersucht, Parfjonn, deine Krankheit, du

vergrößerst alles unendlich, du übertreibst ...«, stotterte der Fürst in unbeschreiblicher Erregung. »Was willst du?«
»Laß das!« sagte Rogoshin barsch, indem er dem Fürsten das Messer aus der Hand riß, das jener vom Tisch genommen hatte. Rogoshin legte es neben das Buch auf dieselbe Stelle zurück, wo es gelegen hatte.
»Es ist mir, als hätte ich es bei der Einfahrt in Petersburg schon gewußt, als hätte ich es vorausgefühlt ...«, fuhr der Fürst fort. »Ich wollte nicht herfahren! Ich wollte alles das hier vergessen, aus dem Herzen herausreißen! Nun, aber jetzt leb wohl ... Was hast du!«
In seiner Zerstreutheit hatte der Fürst beim Sprechen wieder das Messer in die Hand genommen, und wieder riß Rogoshin es ihm aus der Hand, um es auf den Tisch zurückzuwerfen. Es war ein ganz einfaches Messer, nicht zusammenlegbar, mit einem Griff aus Hirschhorn und einer etwa dreieinhalb Zoll langen und entsprechend breiten Klinge.
Als Rogoshin sah, daß der Fürst stutzig wurde – denn das Messer mußte ihm doch auffallen, wenn es ihm zweimal in dieser Weise aus der Hand gerissen wurde –, nahm er es sichtlich ärgerlich und legte es ins Buch, das er mit einer kurzen Bewegung auf den anderen Tisch schleuderte.
»Schneidest du damit die Blätter auf?« fragte der Fürst, doch war seine Frage immer noch wie in Zerstreutheit gestellt, als wäre er nach wie vor in Gedanken versunken.
»Ja, die Blätter ...«
»Das ist doch ein Gartenmesser?«
»Ja, ein Gartenmesser. Darf man denn mit einem Gartenmesser keine Blätter aufschneiden?«
»Ja, aber ... es ist ganz neu.«
»Was ist denn dabei, daß es neu ist? Darf ich mir denn nicht, wenn ich will, ein neues Messer kaufen?« schrie Rogoshin plötzlich wie rasend; jedes Wort hatte seine Gereiztheit gesteigert.
Der Fürst fuhr zusammen und blickte ihm aufmerksam ins Gesicht.
»Ach, wir sind aber auch!« lachte er dann auf, plötzlich zur Besinnung gekommen. »Verzeih mir, Bruder, mein Kopf ist mir jetzt so schwer, und diese Krankheit ... ich bin jetzt immer so zerstreut und lächerlich. Ich wollte das ja gar nicht fragen ... ich weiß nicht mehr, was es war. Leb wohl!«
»Nicht durch diese Tür«, sagte Rogoshin.
»Ich weiß nicht mehr, durch welche ...«
»Hier, hier, komm, ich werde dir den Weg zeigen.«

IV

Sie gingen durch dieselben Zimmer, durch die der Fürst bereits gekommen war. Rogoshin ging voran und der Fürst folgte ihm. Sie kamen in den großen Saal. Hier hingen an den Wänden mehrere Gemälde, meistens waren es Porträts von Bischöfen und stark nachgedunkelten Landschaften, deren Einzelheiten kaum noch zu erkennen waren. Über der Tür zum folgenden Zimmer hing ein Bild von sehr sonderbarem Format: es war ungefähr eineinviertel Meter lang und nicht mehr als einen Viertelmeter hoch. Es stellte den vom Kreuz abgenommenen Heiland dar. Der Fürst blickte flüchtig darauf hin, und es war ihm, als entsänne er sich eines ähnlichen oder auch desselben Bildes, er blieb aber weiter nicht davor stehen, sondern wollte durch die Tür hinaustreten. Er fühlte sich sehr bedrückt und wollte schneller dieses Haus verlassen. Da blieb Rogoshin plötzlich stehen.
»Alle diese Bilder hier«, sagte er, »alle sind für einen oder für zwei Rubel von meinem Vater auf Auktionen erstanden, er liebte Bilder sehr. Ein Kenner hat sie sich hier einmal alle angesehen; taugen nichts, sagte er, dieses aber, sagte er, dieses hier über der Tür, das gleichfalls für zwei Rubel erstanden ist – dieses, sagte er, sei von großem Wert. Schon damals fand sich einer, der für das Bild dreihundert Rubel bot, Ssawéljeff aber, Iwán Dmítritsch – das ist ein Kaufmann, ein großer Bilderliebhaber – der bot dem Verstorbenen vierhundert, und in der vorigen Woche hat er meinem Bruder Ssemjón Ssemjónytsch sogar fünfhundert geboten. Ich hab's für mich behalten.«
»Das ist ... das ist eine Kopie nach Hans Holbein«, sagte der Fürst, der das Bild inzwischen aufmerksamer betrachtet hatte. »Ich bin zwar kein großer Kenner, aber wie mir scheint, ist es eine vorzügliche Kopie. Ich habe das Original im Auslande gesehen, und seitdem kann ich dieses Bild nicht mehr vergessen. Aber ... was hast du ...«
Rogoshin hatte sich plötzlich wieder abgewandt und ging bereits durch die Tür, um den Fürsten dem Ausgang zuzuführen. Freilich konnten seine Zerstreutheit und seine seltsam gereizte Stimmung diese Plötzlichkeit sehr wohl erklären; doch trotzdem wunderte es den Fürsten, daß Rogoshin so schnell das Gespräch abgebrochen, das er doch selbst begonnen hatte, und seine Bemerkung nicht zu beachten schien.
»Aber wie ist's, Lew Nikolajewitsch, ich wollte dich schon lange fragen, glaubst du an Gott?« fragte plötzlich Rogoshin, nachdem sie ein paar Schritte gegangen waren.
»Wie sonderbar du fragst und ... mich ansiehst!« sagte der Fürst unwillkürlich.

»Dieses Bild liebe ich zu betrachten«, sagte Rogoshin nach kurzem Schweigen, als hätte er seine Frage vergessen.
»Dieses Bild!« rief der Fürst unter dem Eindruck eines plötzlichen Gedankens ganz erschrocken aus, »dieses Bild! Aber vor diesem Bilde kann ja manch einem jeder Glaube vergehen!«
»Der vergeht auch ohnedies«, stimmte Rogoshin plötzlich ganz unverhofft bei.
Sie waren an der Tür zum Treppenhaus angelangt.
»Wie?« Der Fürst blieb vor Überraschung stehen. »Was sagst du! Ich habe ja doch nur gescherzt, du aber sagst es so ernst! Weshalb fragtest du mich, ob ich an Gott glaube?«
»Ach nichts, nur so. Ich wollte es dich eigentlich schon immer fragen. Heutzutage glauben doch viele nicht. Aber wie, ist es wahr – du hast doch im Auslande gelebt –, mir sagte einmal einer in der Betrunkenheit, daß es bei uns in Rußland mehr als in allen anderen Ländern solche gäbe, die an Gott nicht glaubten. Uns, sagte er, falle das leichter als ihnen, denn wir seien darin fortgeschrittener ...«
Rogoshin lachte sarkastisch. Er öffnete die Tür und wartete, den Türgriff in der Hand, daß der Fürst hinaustrete.
Der Fürst wunderte sich darüber, trat aber doch hinaus. Rogoshin folgte ihm auf den Treppenflur und zog die Tür hinter sich zu. Sie standen sich gegenüber, und wie es schien, hatten sie beide vergessen, wohin sie gekommen waren, und was sie hier tun wollten.
»Also leb wohl«, sagte der Fürst sich besinnend und reichte Rogoshin die Hand.
»Leb wohl«, sagte Rogoshin, indem er fest, doch ganz mechanisch die ihm entgegengestreckte Hand drückte.
Der Fürst trat eine Stufe hinunter, wandte sich dann aber nochmals zurück.
»Und was den Glauben anbetrifft«, sagte er lächelnd (offenbar wollte er den anderen nicht so verlassen), und wahrscheinlich war ihm plötzlich etwas in den Sinn gekommen, das ihn belebte, »so hatte ich an zwei Tagen der letzten Woche vier verschiedene Erlebnisse. Am Morgen des einen Tages fuhr ich auf einer neuen Eisenbahnstrecke und unterhielt mich vier Stunden lang mit einem gewissen S., mit dem ich im Coupé zusammensaß. Ich hatte schon früher von ihm gehört, unter anderem auch, daß er ein Atheist sei. Er war ein allerdings sehr gelehrter Mann, und es freute mich, daß ich mit einem solchen über dieses Thema sprechen konnte. Außerdem war er vorzüglich erzogen, so daß er mit mir sprach, als wäre ich ihm an Gelehrsamkeit vollkommen gleich. An Gott glaubt er nicht. Nur machte mich eines stutzig: daß er die ganze Zeit gar nicht *davon* sprach, und zwar machte mich das gerade deshalb stutzig, weil es mir auch früher aufgefallen ist, so oft ich mit Atheisten zusammengekommen bin oder Schriften von ihnen gelesen habe, daß sie gar nicht *davon* sprachen oder schrieben, wenn es auch hundertmal diesen Anschein hat. Ich sagte ihm, daß ich diese Beobachtung gemacht

hätte, doch muß ich mich wohl nicht ganz verständlich ausgedrückt haben, denn er begriff nicht, was ich damit sagen wollte ... Am Abend desselben Tages mußte ich im Gasthof einer kleinen Kreisstadt absteigen, um zu übernachten. Dort hatte sich in der vorhergegangenen Nacht ein Mord zugetragen, und so wurde natürlich, als ich eintraf, nur von diesem Mord gesprochen. Zwei vollkommen nüchterne und bejahrte Bauern, zwei alte Bekannte, oder man kann sogar sagen, zwei gute Freunde, hatten am Abend Tee getrunken und wollten in einem kleinen Stübchen übernachten. Der eine aber hatte in den zwei Tagen, die sie schon in der Stadt waren, bemerkt, daß der andere eine silberne Uhr an einer Glasperlenkette trug, die er früher nicht an ihm gesehen hatte. Dieser Mann war durchaus kein Dieb, er war sogar ein ehrlicher Kerl und für einen Bauern durchaus nicht arm. Die Taschenuhr gefiel ihm aber dermaßen, und ihr Besitz erschien ihm so verlockend, daß er sein Messer nahm und, als der Freund sich abwandte, leise hinterrücks an ihn heranschlich, die Augen zum Himmel aufschlug, sich fromm bekreuzte und inbrünstig betete: ‚Gott, verzeihe mir um Christi willen!' – um darauf den Freund mit einem einzigen Stoß niederzustechen wie einen Hammel und ihm die Uhr aus der Tasche zu nehmen.«

Rogoshin brach in ein schallendes Gelächter aus. Er lachte unbändig, lachte, als hätte er einen Lachkrampf. Und dieses plötzliche konvulsivische Lachen erschien um so sonderbarer, als er sich noch vor einem Augenblick in finsterer Stimmung befunden hatte.

»Das gefällt mir! Nein, das ist großartig!« stieß er zwischendurch fast außer Atem hervor. »Der eine glaubt überhaupt nicht an Gott, der andere aber glaubt schon so sehr, daß er, zu ihm betend, sogar Menschen ermorden kann! Nein, das, Bruder Fürst, so etwas kann man sich nicht ausdenken! Hahaha! Nein, das ist doch wirklich großartig! ...«

»Am folgenden Morgen machte ich einen Spaziergang durch die Stadt«, fuhr der Fürst fort, sobald Rogoshin sich ein wenig beruhigt hatte, wenn auch sein Mund immer noch zuckte und das Lachen aus seinem Gesicht nicht verschwinden wollte. »Da sehe ich, vor mir auf dem Trottoir kommt mir im Zickzack ein betrunkener Soldat entgegen, in ganz zerzaustem Zustand. Wie er sich mir nähert, sagt er plötzlich: ‚Kauf, Herr, ein silbernes Kreuz, gebe es dir für zwanzig Kopeken; ein echt silbernes!' Ich sehe, er hat in der Hand ein Kreuz, das er offenbar soeben erst vom Hals genommen, an einem hellblauen, nur schon sehr abgenutzten Bande, doch ist es ein einfaches Zinnkreuz, das sieht man auf den ersten Blick, ziemlich groß, achteckig, nach echt byzantinischem Muster. Ich gab ihm ein Zwanzigkopekenstück und legte mir sogleich das Kreuz um den Hals. Man sah seinem Gesicht an, wie zufrieden er darüber war und wie es ihn freute, daß er den dummen Herrn so geschickt hatte betrügen können, worauf er sich zweifellos nach der nächsten Schenke begab, um das Geld für sein Kreuz zu vertrinken. Weißt du, Bruder, ich war damals noch so unter dem Einfluß all der Eindrücke, die hier in Rußland auf mich einstürmten. Ich hatte doch früher nichts von Rußland begriffen, ich war doch wie ein Taubstummer aufgewachsen, und in diesen fünf Jahren im Ausland entsann ich mich seiner nur halb phantastisch. Ich ging weiter und dachte bei mir: Nein, ich werde doch damit warten, diesen Christusverkäufer zu verurteilen. Kann doch nur Gott allein wissen, was diese trunkenen, schwachen Herzen in sich bergen. Nach einer Stunde, als ich zum Gasthof zurückkehrte, begegnete ich einem jungen Weibe, das ein kleines Kindchen auf den Armen trug. Es war ein noch junges Weib, und das Kleine wird so sechs Wochen alt gewesen sein. Da sehe ich, wie sie sich plötzlich so fromm bekreuzt, so inbrünstig geradezu. ‚Weshalb bekreuzt du dich, junge Mutter?' fragte ich sie (ich frage doch nach allem und jedem). ‚Ach', sagte sie, ‚ebenso groß wie die Freude einer Mutter ist, wenn sie das erste Lächeln ihres Kindes erblickt, ist auch die Freude Gottes jedesmal, wenn er vom Himmel sieht, wie ein Sünder vor ihm von ganzem Herzen zu beten beginnt.' Das sagte mir das Weib fast mit diesen selben Worten, und damit sprach sie einen so tiefen, so feinen und wahrhaft religiösen Gedanken aus, einen Gedanken, in dem sich das ganze Wesen des Christentums ausdrückt, das heißt, die ganze Vorstellung von Gott als unseren Vater und von der Freude Gottes am Menschen als der Freude eines Vaters an seinem leiblichen Kinde – das aber ist doch der Grundgedanke Christi! Es war ein ganz einfaches junges Bauernweib! Freilich, eine Mutter ... Und wer weiß, vielleicht war sie das Weib jenes Soldaten. Höre, Parfjonn, du fragtest mich vorhin, ich will dir noch deine Frage beantworten: Das Wesen des religiösen Gefühls ist durch keinerlei vernunftmäßige Überlegungen zu erfassen, wird von keinem Vergehen, von keinem Verbrechen berührt und steht außerhalb aller Atheismen; es handelt sich da um etwas ganz Anderes, um etwas Andersartiges und wird in alle Ewigkeit andersartig sein; es ist hierbei etwas, woran die Atheisten ewig abgleiten werden und ewig werden sie *nicht davon*, sondern daran vorbei reden. Die Hauptsache aber ist, daß man dies am klarsten und schnellsten am russischen Herzen beobachten kann, und das ist meine ganze Schlußfolgerung! Es ist dies eine meiner ersten Überzeugungen, die ich hier in unserem Rußland gewonnen habe. Es gibt hier etwas zu tun, Parfjonn! Es gibt vieles zu tun, hier in unserer russischen Welt, glaube mir! Denk daran, wie wir in Moskau zusammenkamen und sprachen ... Nein, ich wollte gar nicht mehr hierher zurückkehren! ... Und das Wiedersehen mit dir hatte ich mir ganz, ganz anders gedacht! Doch was! ... Leb wohl, auf Wiedersehen! ... Möge Gott dich behüten!«

Er wandte sich um und stieg die Treppe hinunter.

»Lew Nikolájewitsch!« rief plötzlich Parfjonn von oben, als der Fürst schon beim ersten Treppenabsatz angelangt war, »das Kreuz, das du dem Soldaten abgekauft hast – hast du das bei dir?«

»Ja.«
Und der Fürst blieb stehen.
»Zeig mal her!«
Wieder eine neue Seltsamkeit. Der Fürst dachte einen Augenblick nach, dann entschloß er sich und stieg die Treppe wieder hinauf, zog das Kreuz hervor und zeigte es Rogoshin, ohne es jedoch vom Halse zu nehmen.
»Gib's mir«, sagte Rogoshin.
»Wozu? Willst du denn . . .«
Der Fürst wollte sich nicht gern von diesem Kreuz trennen.
»Ich werde es tragen und mein Kreuz dir geben, das trag du dann.«
»Du willst mit mir das Kreuz tauschen? Wenn du das willst, Parfjonn, wird es mich freuen – seien wir Brüder!«
Der Fürst nahm sein zinnernes Kreuz ab und Parfjonn sein goldenes, und sie tauschten die Kreuze. Parfjonn schwieg. Mit schmerzlichem Erstaunen gewahrte der Fürst, daß das frühere Mißtrauen, das frühere bittere und fast spöttische Lächeln immer noch im Gesicht seines Wahlbruders zu zucken schien, wenigstens trat es für Augenblicke sichtbar hervor. Schweigend nahm schließlich Rogoshin die Hand des Fürsten und behielt sie eine Weile gleichsam unschlüssig in der seinen; plötzlich zog er ihn nach sich, indem er kaum hörbar ein »Komm mit!« brummte. Sie gingen über den Treppenflur, und Rogoshin klingelte an der zweiten Tür, die jener, aus der sie herausgetreten waren, gegenüberlag. Es wurde ihnen bald geöffnet. Ein altes, kleines, schon ganz krummes Frauchen in schwarzem Kleide und einem um die Haare gebundenen Tüchlein verbeugte sich schweigend und tief vor Rogoshin. Dieser stellte flüchtig irgendeine Frage an sie, führte jedoch, ohne stehenzubleiben oder ihre Antwort abzuwarten, den Fürsten weiter durch die folgenden Zimmer. Auch hier waren es dunkle, hohe Räume, in denen eine ganz besondere Sauberkeit herrschte, und kalt und streng wirkten auch die altertümlichen Möbel in den weißen, sauberen Überzügen. Ohne Anmeldung führte Rogoshin den Fürsten in ein nicht großes Zimmer, das etwa als Gastzimmer eingerichtet zu sein schien, doch wurde ein Teil vom Raume durch eine glänzend polierte Mahagoniholzwand, in der rechts und links eine Tür war, abgeteilt, und dieser Teil diente wahrscheinlich als Schlafzimmer.
In der einen Ecke des Gastzimmers saß dicht am Ofen in einem großen Lehnstuhl eine kleine, alte Frau. Übrigens war sie vielleicht noch gar nicht so sehr alt; ihr angenehmes, rundes Gesicht hatte noch eine frische Farbe, aber ihr Haar war schon ganz silbergrau, und auf den ersten Blick konnte man erkennen, daß sie bereits kindisch geworden war. Sie trug ein schwarzwollenes Kleid, um die Schultern ein weiches, schwarzes Tuch und auf dem Kopf eine saubere weiße Haube mit Bändern. Die Füße ruhten auf einem Fußbänkchen. Neben ihr saß ein anderes, ebenso sauberes Frauchen, vielleicht etwas älter an Jahren, gleichfalls in einem Trauerkleid und einer weißen

Haube – offenbar eine arme, alte Seele, die im Hause lebte und von Rogoshins ernährt wurde. Sie strickte schweigend an einem Strumpf. Augenscheinlich hatten sie beide die ganze Zeit geschwiegen. Als die ältere, fremde Frau Rogoshin und den Fürsten erblickte, lächelte sie freundlich und nickte mehrmals zum Zeichen ihrer Freude mit dem Kopf.

»Mütterchen«, sagte Rogoshin, nachdem er seiner alten Mutter die Hand geküßt hatte, »hier ist mein Freund, Fürst Lew Nikolájewitsch Myschkin; wir haben beide die Kreuze getauscht; er war eine Zeitlang in Moskau wie ein leiblicher Bruder zu mir, er hat viel für mich getan. Segne du ihn, Mütterchen, wie du deinen leiblichen Sohn segnen würdest. Wart, Mütterchen, gib die Hand her, ich werde dir die Finger zum Segnen zurechtlegen ...«

Doch noch bevor Parfjonn ihre Hand ergreifen konnte, hatte sein Mütterchen schon die Rechte erhoben, die drei Finger zusammengelegt und schlug andächtig dreimal das Kreuz über den Fürsten. Es war ein fast zärtlicher Ausdruck in ihrem Gesicht, als sie ihm darauf freundlich mit dem Kopf zunickte.

»Nun, gehen wir, Lew Nikolájewitsch«, sagte Parfjonn, »ich habe dich nur deshalb hergeführt ...«

Als sie wieder auf den Treppenflur hinaustraten, fügte er noch hinzu:

»Sie versteht sonst nichts, was man zu ihr sagt, und auch meine Worte hat sie nicht verstanden, und doch segnete sie dich; sie muß es selbst gewollt haben ... Nun leb wohl, es ist Zeit für uns beide, für dich wie für mich.«

Und er öffnete die Tür, die zu seiner Wohnung führte.

»Aber so laß dich doch zum Abschied wenigstens umarmen, du sonderbarer Mensch!« rief der Fürst aus, indem er ihn mit liebevollem Vorwurf anblickte, und er näherte sich ihm.

Doch Parfjonn hatte kaum die Hände erhoben, als er sie auch schon wieder sinken ließ. Er konnte sich nicht entschließen und wandte sich von ihm ab, um ihn nicht anzusehen. Er wollte ihn nicht umarmen.

»Hab keine Angst! Ich habe wohl von dir dein Kreuz genommen, aber wegen einer Taschenuhr werde ich dich doch nicht ermorden!« brummte er undeutlich und lachte dann ganz eigentümlich auf.

Doch plötzlich veränderte sich sein ganzes Gesicht: er wurde schrecklich blaß, seine Lippen zitterten und seine Augen flammten auf. Er erhob die Arme, umarmte den Fürsten mit aller Kraft und stieß, vor Erregung atemlos, hervor:

»So *nimm* sie denn, wenn das Schicksal es schon so will! Sie sei *dein*! Ich trete zurück! ... Gedenke Rogoshins!«

Und hastig verließ er den Fürsten, ohne ihn anzusehen, und trat durch die Tür, die er hinter sich zuschlug.

V

Es war schon ziemlich spät, fast halb drei, und so traf der Fürst den General nicht mehr in seiner Stadtwohnung an. Er hinterließ seine Visitenkarte und begab sich hierauf in den Gasthof „Zur Waage", um dort mit Kolja zu sprechen oder, falls er auch ihn nicht antreffen sollte, ein paar Worte an ihn zu schreiben, die Kolja dann bei seiner Rückkunft vorfinden würde. Im Gasthof wurde ihm aber auf seine Frage mitgeteilt, daß Nikolai Ardaliónytsch Iwólgin bereits am Morgen ausgegangen sei, vor dem Fortgehen aber hinterlassen habe, für den Fall, daß jemand nach ihm fragte, daß er um drei Uhr vielleicht zurückkehren werde; wenn er aber bis halb vier noch nicht erschienen sein sollte, so bedeute das, daß er mit der Bahn nach Páwlowsk gefahren sei, nach dem Landhause der Generalin Jepantschin, und dann würde er auch zu Tisch dort bleiben. Der Fürst beschloß zu warten, und ließ sich irgend etwas zum Mittagessen geben.
Die Uhr schlug halb vier und schlug vier, doch Kolja kam nicht. Der Fürst trat auf die Straße hinaus und ging mechanisch weiter. Es gibt bisweilen zu Anfang des Sommers wundervolle Tage in Petersburg, die Luft ist dann so hell, warm, still. Und es war gerade ein solcher Tag. Der Fürst schlenderte eine ganze Weile ziellos umher. Die Stadt war ihm wenig bekannt. An den Straßenkreuzungen, vor einzelnen Häusern, auf Plätzen und Brücken blieb er stehen; einmal setzte er sich in eine Konditorei, um ein wenig auszuruhen. Hin und wieder begann er auch mit großem Interesse die Vorübergehenden zu betrachten; am häufigsten aber sah er weder diese, noch bemerkte er überhaupt, wo er sich befand. Er fühlte sich in qualvoll gespannter und unruhiger Stimmung, und gleichzeitig empfand er ein unbezwingbares Bedürfnis nach Einsamkeit. Er wollte allein sein, um sich dieser quälenden Stimmung völlig passiv hingeben zu können, ohne auch nur den geringsten Ausweg aus ihr zu suchen. Ihn ekelte vor all diesen Fragen, die plötzlich seine Seele und sein Herz bestürmten. »Wie denn, bin ich denn schuld an alledem?« murmelte er halb unbewußt vor sich hin.
Es war bereits gegen sechs, als er plötzlich gleichsam erwachte und sich auf dem Bahnhof der Zárskoje-Sseló-Bahn sah. Die Einsamkeit wurde ihm bald unerträglich; ein neues Gefühl erfaßte ihn heiß und erhellte für einen Augenblick grell das Dunkel, in dem seine Seele rang. Er löste ein Billett nach Páwlowsk, und es drängte ihn, so schnell wie nur möglich fortzufahren. Doch offenbar verfolgte ihn etwas, und was ihn verfolgte, war nicht irgendein Wahn seiner Phantasie, wie er vielleicht zu glauben geneigt war, sondern Wirklichkeit. Kaum hatte er sich ins Coupé gesetzt, als er mit einemmal

das soeben gelöste Billett wegwarf, auf den Bahnsteig hinabsprang und zerstreut und wie in Gedanken versunken den Bahnhof verließ. Nach einer Weile, bereits auf der Straße, kam ihm dann plötzlich eine Vorstellung ganz besonderer Art, die ihm zum Bewußtsein brachte, was ihn schon lange beunruhigt hatte. Er ertappte sich nun mit einem Male bei einer sehr sonderbaren Empfindungsäußerung, die schon ziemlich lange andauerte, die er jedoch erst jetzt bemerkte: schon seit mehreren Stunden, sogar schon in der „Waage", vielleicht aber auch schon vorher, kamen immer wieder Augenblicke, wo er plötzlich mit den Blicken ringsum irgend etwas zu suchen begann, bis er es dann plötzlich wieder vergaß – und sogar auf lange Zeit, etwa auf eine halbe Stunde –, um sich dann ebenso plötzlich wieder umzusehen und wieder unruhig mit den Augen zu suchen und zu suchen.

Doch kaum waren ein paar Minuten vergangen, nachdem er diesen krankhaften und bisher vollkommen unbewußten Vorgang bemerkt hatte, als auf einmal noch eine andere Erinnerung in ihm auftauchte, die sogleich ein ganz besonderes Interesse in ihm erweckte: er entsann sich, daß er in dem Augenblick, als er sich seines immer wiederkehrenden Suchens bewußt wurde, gerade auf dem Trottoir vor einem Schaufenster gestanden und mit großem Interesse die ausgestellte Ware betrachtet hatte. Nun wollte er sich unbedingt überzeugen, ob er tatsächlich vor vielleicht fünf Minuten auf seinem Wege an einem solchen Fenster vorbeigekommen war, oder ob er es sich nur einbildete, vor einem solchen Fenster gestanden zu haben. Hatte er nicht irgend etwas verwechselt? Gab es wirklich ein solches Schaufenster mit dieser Ware? Fühlte er sich doch heute eigentümlich krank, unruhig, unbehaglich, fast in derselben Stimmung, die früher seinen epileptischen Anfällen vorausgegangen war. Er wußte, daß er in den Stunden vor einem Anfall stets ungewöhnlich zerstreut gewesen war und häufig sogar Gegenstände und Personen verwechselt hatte, wenn er sie nicht gerade mit angespannter Aufmerksamkeit ansah. Aber es gab da noch einen besonderen Grund, weshalb er sich unbedingt vergewissern wollte, ob er in dem Augenblick tatsächlich vor einem Schaufenster gestanden hatte: unter den zur Schau gestellten Gegenständen war ein Gegenstand gewesen, den er unverwandt angesehen, und den er sogar auf sechzig Silberkopeken geschätzt hatte – dessen entsann er sich noch genau, trotz all seiner Zerstreutheit und Erregung. Wenn nun dieses Schaufenster existierte und dieser Gegenstand sich wirklich unter den übrigen befand, so war er nur wegen dieses Gegenstandes stehengeblieben; folglich aber mußte dieser doch von so großem Interesse für ihn sein, daß seine Aufmerksamkeit von ihm gefesselt worden war, und das noch dazu in einem Augenblick so bedrückender Zerstreutheit, nachdem er kaum den Bahnhof verlassen hatte! Der Fürst ging denselben Weg zurück zum Bahnhof und blickte fast angstvoll auf die Schaufensterreihe, während sein Herz in ungeduldiger Erwartung laut schlug. Endlich, da war das Fenster! Er war also schon an fünfhundert Schritt an ihm vorübergegangen. Und da war auch jener Gegenstand, den er auf sechzig Kopeken geschätzt hatte. »Natürlich, sechzig Kopeken, nicht mehr und nicht weniger!« dachte er bei sich und lachte. Doch dieses Lachen war nervös, er fühlte sich unsäglich bedrückt. Und auf einmal entsann er sich, daß er gerade hier, als er vor diesem Fenster gestanden, sich plötzlich umgewandt hatte, ganz wie vorhin bei Rogoshin, als er dessen Blick auf sich ruhen fühlte. Nachdem er sich überzeugt, daß er sich im Schaufenster nicht getäuscht hatte – wovon er übrigens auch schon vor der Rückkehr zum Fenster eigentlich überzeugt gewesen war – wandte er sich wieder um und ging schnell fort. Über alles das hieß es jetzt nachdenken, um möglichst bald mit sich selbst ins reine zu kommen. Jetzt war es ja klar, daß auch am Morgen bei seiner Ankunft etwas unbedingt Wirkliches auf ihm gelastet hatte, das zweifellos mit dieser seiner früheren Unruhe zusammenhing. Er wollte über alles nachdenken ... aber da stieg in ihm ein gewisser unbezwingbarer Ekel auf und erstickte alles übrige; er mochte nicht nachdenken, er wollte nicht daran denken ... seine Gedanken hingen an etwas ganz anderem.

Er dachte unter anderem auch daran, daß in seinem früheren epileptischen Zustand kurz vor jedem Anfall (wenn der Anfall nicht gerade nachts im Schlaf kam) ganz plötzlich mitten in der Traurigkeit, der inneren Finsternis, des Bedrücktseins und der Qual, sein Gehirn sich für Augenblicke gleichsam blitzartig erhellte und alle seine Lebenskräfte sich mit einem Schlage krampfhaft anspannten. Die Empfindung des Lebens, des Bewußtseins verzehnfachte sich in diesen Augenblicken, die nur die Dauer eines Blitzes hatten. Der Verstand, das Herz waren plötzlich von ungewöhnlichem Licht erfüllt; alle Aufregung, alle Zweifel, alle Unruhe löste sich gleichsam in eine höhere Ruhe auf, in eine Ruhe voll klarer, harmonischer Freude und Hoffnung, voll Sinn und letzter Schöpfungsursache. Aber diese Momente, diese Lichtblitze waren erst nur eine Vorahnung jener einen Sekunde, in der dann der Anfall eintrat (länger als eine Sekunde währte es nie). Diese Sekunde war allerdings unerträglich. Wenn er später in bereits gesundem Zustande über diese Sekunde nachdachte, mußte er sich sagen, daß doch all diese Lichterscheinungen und Augenblicke eines höheren Bewußtseins und einer höheren Empfindung seines Ich, und folglich auch eines »höheren Seins«, schließlich nichts anderes waren als eine Unterbrechung des normalen Zustandes, eben als seine Krankheit; war aber das der Fall, so konnte man es doch keineswegs als »höheres« Sein, sondern im Gegenteil nur als ein niedrigstes betrachten. Und doch, trotz alledem, kam er zu guter Letzt zu einer überaus paradoxen Schlußfolgerung: »Was ist denn dabei, daß es Krankheit ist?« meinte er schließlich, »was geht es mich an, daß diese Anspannung nicht normal ist, wenn das Resultat, wenn der Augenblick dieser Empfindung, nachher bei der Erinnerung an ihn und beim Überdenken bereits in gesundem Zustand, sich als höchste Stufe der Harmonie, der Schönheit erweist, als ein unerhörtes und zuvor niegeahntes Gefühl der Fülle, des Maßes, des Ausgleichs und des erregten, wie im Gebet sich steigernden Zusammenfließens mit der höchsten Synthese des Lebens?« Diese nebelhaften Ausdrücke kamen ihm selbst sehr verständlich vor, nur fand er sie noch viel zu schwach. Daran aber, daß dies wirklich »Schönheit und Gebet«, daß dies wirklich »höchste Synthese des Lebens« war, daran konnte er nicht zweifeln, ja, konnte er Zweifel überhaupt nicht für zulässig halten. Denn das waren doch in diesem Moment nicht irgendwelche geträumten Visionen, wie nach dem Genuß von Haschisch, Opium oder Alkohol, die die Denkfähigkeit herabsetzen und die Seele verzerren, unnormale und unwirkliche Trugbilder. Das konnte er nach dem Vergehen des krankhaften Zustandes völlig klar beurteilen. Jene Augenblicke waren vielmehr eine außergewöhnliche Steigerung des Selbstbewußtseins – wenn man diesen Zustand mit einem einzigen Wort bezeichnen soll –, des Selbstbewußtseins und zugleich eines im höchsten Grade unmittelbaren Selbstgefühls. Wenn er in jener Sekunde, das heißt, im allerletzten Augenblick des Bewußtseins, vor dem Anfall, sich manchmal noch klar und bewußt zu sagen vermochte: »Ja, für diesen Augenblick kann man das ganze Leben hingeben!«, so war dieser eine Augenblick wohl etwas Einzigartiges und auch das ganze Leben wert. Übrigens: für den dialektischen Teil seines Folgeschlusses konnte er nicht einstehen, der Stumpfsinn, die seelische Finsternis, die Idiotie standen ihm als Folgeerscheinungen dieser »höchsten Augenblicke« klar vor Augen. Darüber würde er im Ernst natürlich nicht disputiert haben. In seiner Schlußfolgerung, das heißt in seiner Einschätzung dieses Augenblicks lag zweifellos ein Fehler, aber die Tatsache der Empfindungen, ihre Realität gab ihm doch zu denken und machte ihn einigermaßen befangen. In der Tat, was tun mit dieser Wirklichkeit? Sie ließ sich doch nicht verleugnen, war doch da, er hatte doch sich selbst noch in eben jener Sekunde zu sagen vermocht, daß diese Sekunde um des grenzenlosen Glückes willen, das er voll empfand, am Ende wohl das ganze Leben wert sein könne. »In diesem Augenblick glaube ich jenes Wort zu verstehen, daß *hinfort keine Zeit mehr sein soll*«, hatte er einmal zu Rogoshin in Moskau gesagt, in der Zeit ihrer dortigen Zusammenkünfte. Und lächelnd hatte er noch hinzugefügt: »Wahrscheinlich ist das dieselbe Sekunde, in der der bis zum Rande mit Wasser gefüllte Krug des Epileptikers Mohammed umstürzte und doch nicht Zeit hatte, überzufließen, während Mohammed in derselben Sekunde alle Wohnstätten Allahs überschaute.« Ja, in Moskau war er oft mit Rogoshin zusammengekommen, und dann hatten sie nicht nur darüber gesprochen.

»Rogoshin sagte vorhin, daß ich damals wie ein Bruder zu ihm gewesen sei ... Das hat er heute zum erstenmal gesagt«, dachte der Fürst bei sich.

Als er das dachte, saß er auf einer Bank unter einem Baum im

„Sommergarten".[10] Es war gegen sieben Uhr und der Garten schon ganz menschenleer; etwas Dunkles schob sich für einen Augenblick vor die untergehende Sonne. Es war schwül; als zöge in der Ferne ein Gewitter herauf. Der Fürst befand sich in einem betrachtenden Zustand, der für ihn jetzt etwas Verlockendes hatte. Er klammerte sich mit seinen Erinnerungen und seinem Denken an jeden äußeren Gegenstand, der ihm auffiel oder im Laufe des Tages aufgefallen war, und dieses Spiel gefiel ihm: es war, als wollte er etwas vergessen, etwas Gegenwärtiges, Bevorstehendes, aber schon nach dem ersten Blick ringsum erkannte er in sich wieder seinen dunklen Gedanken, diesen Gedanken, den er doch um jeden Preis loswerden wollte. Er zwang sich, daran zu denken, was er in der „Waage" mit dem Oberkellner über einen sehr seltsamen Mord, der in letzter Zeit viel von sich reden gemacht, eigentlich gesprochen hatte. Doch kaum begann er daran zu denken, als plötzlich schon wieder etwas Sonderbares mit ihm geschah.

Ein allmächtiger, unbezwingbarer Wunsch, der fast wie eine teuflische Versuchung war, umkrallte plötzlich seine ganze Willenskraft. Er erhob sich von der Bank und ging aus dem Garten geradeswegs zur „Petersburger Seite".[11] Er hatte sich schon vorhin am Newakai von einem Vorübergehenden den Weg dorthin zeigen lassen, war aber dann doch nicht hinübergegangen. Es wäre ja auch ganz zwecklos gewesen, hinzugehen, das wußte er. Die Adresse war ihm bekannt, und das Haus der Verwandten Lébedeffs hätte er bald gefunden; aber was half das, wenn er doch fast sicher wußte, daß er sie nicht zu Hause antreffen würde?

»Bestimmt ist sie nach Pawlowsk gefahren, sonst hätte Kolja nach der Verabredung eine Nachricht in der „Waage" hinterlassen.« Wenn er aber jetzt dennoch hinging, so tat er es natürlich nicht, um sie zu sehen. Eine andere dunkle und quälende Neugier lockte ihn dorthin. Es war ihm plötzlich ein neuer Gedanke gekommen ...

Vorläufig genügte es ihm vollkommen, daß er ging und daß er wußte, wohin er ging. Doch kaum war eine Minute verstrichen, und er wußte nicht mehr, wohin er ging; er empfand es überhaupt nicht, daß er sich weiterbewegte. An seinen neuen Gedanken zu denken, ekelte ihn und wurde ihm ganz unmöglich. Mit qualvoll angespannter Aufmerksamkeit begann er alles zu betrachten, was ihm in den Weg kam, oder er betrachtete den Himmel, die Newa. Ein kleines Kind, das ihm begegnete, redete er an. Vielleicht war es nur die epileptische Spannung, die immer größer in ihm wurde.

Das Gewitter schien in der Tat, wenn auch nur langsam, heraufzuziehen. In der Ferne begann es schon zu donnern. Es wurde sehr schwül ...

Aus irgendeinem Grunde mußte er jetzt fortwährend an den Neffen Lebedeffs denken, den er am Vormittag gesehen hatte – wie einen bisweilen ein dummes, musikalisches Motiv verfolgt, das man auf keine Weise loswerden kann, auch wenn es einem schon bis zum

Überdruß langweilig geworden ist. Das Sonderbarste daran war aber, daß dieser Neffe ihm immer als jener Mörder erschien, als den Lebedeff ihn vorgestellt hatte. Von diesem Mörder hatte er noch vor ein paar Tagen gelesen. Überhaupt hatte er viel von derartigen Geschehnissen gelesen, seitdem er wieder in Rußland war; er verfolgte alle diese Dinge mit großer Spannung. Und in der „Waage" hatte er mit dem Oberkellner sehr interessiert über die Ermordung der Familie Shemárin gesprochen. Der Oberkellner war ganz seiner Meinung gewesen, dessen entsann er sich. Er dachte an den Eindruck, den dieser Oberkellner auf ihn gemacht hatte: ein nicht dummer Bursche, solide und vorsichtig, – »übrigens ... Gott weiß, was er sein kann ... es ist schwer, in einem neuen Land neue Menschen zu durchschauen.« An die russische Seele begann er übrigens leidenschaftlich zu glauben. Oh, viel, viel für ihn ganz Neues, Ungeahntes, Unerhörtes, Unerwartetes hatte er in diesen sechs Monaten erfahren! Aber eine fremde Seele bleibt stets ein Rätsel, und auch die russische Seele ist ein Rätsel, für viele ein Rätsel. Da war er nun lange Zeit so oft mit Rogoshin zusammengekommen, wie »Brüder« waren sie zueinander gewesen, und dennoch – kannte er Rogoshin? – »Was ist das hier alles für ein Chaos, welch ein Durcheinander, welch eine Unordnung! Was doch dieser Neffe Lebedeffs für ein unsympathischer und selbstzufriedener Gernegroß ist! Übrigens, was fällt mir ein!« (fuhr es im Fürsten traumhaft fort zu denken), »*er* war es doch gar nicht, der diese Familie ermordet hat, die sechs Menschen? Ich glaube, ich verwechsle alles ... wie sonderbar das ist! Ich glaube, mein Kopf ist ganz wirr, es dreht sich alles in ihm ... Was für ein reizendes, sympathisches Gesicht die älteste Tochter Lébedeffs hat, die dort mit dem Kinde stand, welch ein unschuldiger, fast kindlicher Ausdruck und dazu dieses kindlich-heitere Lachen! Seltsam, daß er dieses Gesicht fast ganz vergessen hatte und es erst jetzt in seiner Erinnerung auftauchte. Und Lébedeff, der sie mit den Füßen trampelnd anschreit, vergöttert höchstwahrscheinlich alle seine Kinder. Und was sogar noch wahrscheinlicher, was sogar ganz zweifellos Tatsache ist, das ist, daß Lebedeff auch seinen Neffen vergöttert!

Übrigens wie kommt er darauf, über sie alle ein endgültiges Urteil fällen zu wollen, er, der erst heute hier eingetroffen ist? Nehmen wir selbst diesen Lebedeff – der hat ihm doch vorhin einfach ein Rätsel aufgegeben: hätte er denn früher jemals einen solchen Lebedeff für möglich gehalten? Lebedeff und die Dubarry – Heiliger Vater! Wenn Rogoshin mordet, so wird er wenigstens nicht so unanständig morden. Es wird nicht dieses Chaos sein. Eine nach eigener Zeichnung bestellte Mordwaffe und sechs Menschen, alle sechs vorher in bewußtlosem Zustande! Hat denn Rogoshin eine nach eigener Zeichnung bestellte Mordwaffe? ... er hat ... aber ... steht es denn fest, daß Rogoshin morden wird?!« fragte sich der Fürst, plötzlich zusammenzuckend. »Ist es nicht ein Verbrechen, eine Schändlichkeit, eine Niedertracht meinerseits, so zynisch offen eine solche Annahme auch nur in Gedanken zuzulassen?« rief er innerlich, und die Röte der Scham stieg ihm jäh ins Gesicht. Wie von einem Schlag getroffen blieb er stehen, und mit einem Mal stand auch deutlich vor seinem geistigen Auge der Bahnhof der Zárskoje-Sseló-Bahn, von wo aus er nach Páwlowsk hatte fahren wollen, dann der Nikolaibahnhof am Morgen bei der Ankunft und die direkte Frage an Rogoshin in betreff der »Augen« und dann das Kreuz Rogoshins, das er jetzt auf seiner Brust trug, und der Segen der alten Mutter Rogoshins, zu der ihn jener selbst geführt hatte, und dann die letzte krampfhafte Umarmung und plötzlich der Verzicht Rogoshins, vorhin, auf der Treppe – und nach alledem mußte er sich nun immerwährend darauf ertappen, daß er irgend etwas in seiner Umgebung gleichsam suchte, – und dann jenes Schaufenster und jener eine Gegenstand ... welch eine Gemeinheit von ihm! Und nach alledem geht er jetzt mit einer »besonderen Absicht« und einem besonderen »plötzlichen Gedanken« dorthin. Verzweiflung und Qual erfaßten seine ganze Seele. Er wollte sofort umkehren und in sein Hotel zurückgehen; er wandte sich auch schon um und ging zurück, aber nach ein paar Schritten blieb er stehen, dachte nach, wandte sich wieder um und setzte seinen früheren Weg fort.

Da sah er, daß er bereits auf der „Petersburger Seite" war, und daß es zu dem Hause der Verwandten Lebedeffs nicht mehr weit sein konnte. Ging er doch jetzt nicht mehr mit der früheren Absicht hin, nicht mehr mit seinem »besonderen Gedanken«! Wie ging das zu? Ja, seine Krankheit kehrt wieder, daran kann er nicht mehr zweifeln; vielleicht wird er heute noch einen Anfall haben? Deshalb auch diese ganze Dunkelheit innerlich, deshalb auch dieser plötzliche Gedanke, diese neue Idee! Jetzt ist das Dunkel zerstreut, der Dämon vertrieben, alle Zweifel sind aufgehoben, in seinem Herzen ist Freude! Und – er hat *sie* so lange nicht gesehen, er muß sie schnell sehen und ... ja, er möchte jetzt Rogoshin treffen, er würde ihn bei der Hand nehmen, und sie würden beide zusammen gehen ... Sein Herz ist rein. Ist er denn Rogoshins Nebenbuhler? Morgen wird er zu Rogoshin gehen und ihm sagen, daß er bei ihr war; er ist doch hergeeilt, nur um sie zu sehen, wie Rogoshin vorhin sagte! Vielleicht wird er sie doch antreffen; es steht ja noch gar nicht fest, daß sie nach Pawlowsk gefahren ist!

Ja, es muß jetzt vor allen Dingen Klarheit geschaffen werden, damit sich alle über alle klar sind, damit es in der Leidenschaft nicht wieder zu solchen erschreckenden Verzichten kommt wie heute, als Rogoshin auf sie verzichtete und sie ihm abtrat ... Ja, es muß das alles frei geschehen, frei und ... licht. Ist denn Rogoshin unfähig zu einem Leben im Lichten? Er sagt, er liebe sie nicht so, empfinde kein Mitleid wie ich. Allerdings fügte er dann noch hinzu: »Dein Mitleid ist vielleicht noch größer als meine Liebe« – aber er verleumdet sich ja doch nur. Hm! ... Rogoshin liest Bücher –, ist denn das nicht

»Mitleid«, nicht der Anfang des »Mitleids«? Beweist denn nicht schon dieses eine Buch auf seinem Tisch, daß er sein Verhältnis zu *ihr* vollkommen begreift? Und was er vorhin erzählte? Nein, das ist tiefer als bloße Leidenschaft. Und kann denn ihr Gesicht nur Leidenschaft allein erwecken? Und noch dazu jetzt, so wie es jetzt ist? Mitleid erweckt es, die ganze Seele nimmt es gefangen, es ... Brennende, quälende Erinnerung durchzuckte plötzlich das Herz des Fürsten.
Ja, quälend war die Erinnerung. Er mußte daran denken, wie er sich überzeugt hatte, daß sie ja doch ganz von Sinnen war. Er war damals der Verzweiflung nahe gewesen. Und wie hatte er sie damals verlassen können, als sie von ihm zu Rogoshin geflohen war? Seine Pflicht wäre es gewesen, ihr nachzueilen, nicht aber, auf Nachrichten zu warten. Aber ... sollte Rogoshin noch immer nicht bemerkt haben, daß sie von Sinnen ist? Hm? ... Rogoshin vermutet in allem andere Ursachen, in allem vermutet er Leidenschaft. Und was das doch für eine sinnlose Eifersucht ist! Was wollte er vorhin mit seiner Annahme sagen? (Der Fürst errötete plötzlich, und es war ihm, als ob etwas in seinem Herzen erzitterte.)
Doch wozu daran denken? Sowohl Rogoshin wie sie – beide waren sie wahnsinnig. Daß aber er, der Fürst, diese Frau leidenschaftlich lieben sollte – das war ja ganz undenkbar, das wäre ja fast eine Grausamkeit, eine Unmenschlichkeit gewesen! Ja, ja! Nein, Rogoshin verleumdet sich selbst: er hat ein großes, ein so großes Herz, ein Herz, das zu leiden und auch Mitleid zu empfinden vermag. Wenn er erst die ganze Wahrheit erfahren wird, wenn er erst sehen wird, was für ein armes Geschöpf dieses beschimpfte und erniedrigte, halb wahnsinnige Weib ist, – wird er ihr dann nicht alles verzeihen, alle Qualen, die er durch sie gelitten? Wird er dann nicht ihr Diener, ihr Bruder, ihr Freund, ihre Vorsehung werden? Das Mitleid wird ihn lehren und lenken. Das Mitleid ist ja doch das wichtigste und vielleicht das einzige Gesetz des Seins der ganzen Menschheit. Oh, wie unverzeihlich und ehrlos hat er sich jetzt Rogoshin gegenüber schuldig gemacht! Nein, nicht die russische Seele ist ein Rätsel, sondern seine eigene Seele mußte ein Rätsel sein, wenn er einen so schändlichen, so entsetzlichen Verdacht hegen konnte. Für ein paar warme, herzliche Worte, die er in Moskau zu ihm gesprochen hat, nennt ihn Rogoshin bereits seinen Bruder, er aber ... Aber das ist ja alles nur Krankheit, nur Fieber! Es wird sich ja alles bald entscheiden! ... Wie finster doch Rogoshin vorhin gesagt hatte, daß in ihm der Glaube »vergehe«! Nein, dieser Mensch muß sich unsäglich quälen. Er sagt, er »liebe es, dieses Bild zu betrachten«; das heißt, er liebt es nicht, aber er empfindet das Bedürfnis, es zu betrachten. Rogoshin ist nicht nur eine leidenschaftliche Seele; er ist auch ein Kämpfer: er will mit Gewalt den verlorenen Glauben wiedergewinnen. Und nach Glauben verlangt es ihn jetzt bis zur Pein ... Ja, an etwas glauben! An jemand glauben! Aber wie sonderbar doch dieses Holbeinsche Bild ist ... Ah, da ist die Straße! Da ist auch

wahrscheinlich schon das Haus ... Richtig: Nr. 16. „Haus der Kollegien-Sekretärin Filísoff". Das ist es!
Der Fürst zog die Klingel und fragte nach Nastássja Filíppowna.
Die Hausbesitzerin, die ihm selbst geöffnet hatte, teilte ihm mit, daß Nastassja Filippowna bereits am Morgen nach Páwlowsk zu Dárja Alexéjewna gefahren sei – »und es ist möglich, daß sie etliche Tage daselbst verbleibt«, fügte sie mitteilsam hinzu.
Die Filissowa war ein mageres, spitzes Dämchen von etwa vierzig Jahren, mit spitzem Gesicht und scharfen Augen, die den Fürsten listig und aufmerksam musterten. Auf ihre Frage, »mit wem sie denn die Ehre habe« – sie fragte gleichsam mit Absicht in möglichst geheimnisvollem Ton – wollte der Fürst eigentlich nicht gern antworten, und er wandte sich bereits zum Fortgehen, besann sich aber sogleich, nannte seinen Namen und bat sie, Nastassja Filippowna von seinem Besuch in Kenntnis zu setzen. Die Filissowa horchte auf und machte ein höchst verschwiegenes Gesicht, als hätte sie damit sagen wollen: »Ich weiß schon, seien Sie unbesorgt!« Der Name des Fürsten hatte offenbar großen Eindruck auf sie gemacht. Der Fürst blickte sie nur zerstreut an, wandte sich dann um und kehrte auf die Straße zurück. Doch als er das Haus verließ, sah er anders aus als beim Eintritt in dasselbe. Es war in ihm wieder eine Veränderung vor sich gegangen, und wieder war es in einer einzigen Sekunde geschehen: wieder war er bleich, müde, gequält und erregt; seine Knie zitterten, und ein unstetes, trübes Lächeln ließ seine bläulich gewordenen Lippen hin und wieder zucken: sein »plötzlicher Gedanke« hatte seine Bestätigung gefunden, es hatte also seine Richtigkeit damit, und – wieder glaubte er an seinen Dämon!
Aber hatte er auch wirklich seine Bestätigung gefunden? Hatte es wirklich seine Richtigkeit damit? Weshalb zitterte er denn jetzt wieder? Woher kam dieser kalte Schweiß auf der Stirn, diese Dunkelheit und Kälte in der Seele? Weil er soeben wieder jene *Augen* gesehen hatte? Aber er war ja doch nur zu dem Zweck aus dem Sommergarten hergekommen, um sie zu sehen! Das war ja doch sein ganzer »plötzlicher Gedanke« gewesen. Er hatte unbedingt, unbedingt »jene Augen von vorhin« sehen wollen, um sich endgültig zu überzeugen, daß er sie unfehlbar »*dort*, bei jenem Hause« sehen würde. Dieser krampfhafte Wunsch hatte ihn hergeführt, – weshalb ist er denn jetzt so zermalmt, nachdem er sie nun auch wirklich gesehen hat? Ganz als hätte er es doch nicht erwartet! Ja, es waren *dieselben* Augen (daß es tatsächlich *dieselben* waren, darüber konnte kein Zweifel bestehen!), *dieselben*, die in der drängenden Volksmenge plötzlich aufblitzend starr ihn angesehen hatten, als er aus dem Coupé gestiegen war; *dieselben* (genau, genau dieselben!), deren Blick er vorhin auf sich ruhen gefühlt, die Augen dicht hinter seinen Schultern, als er bei Rogoshin im Begriff gewesen war, sich zu setzen. Rogoshin hatte geleugnet, hatte nur mit ironischem, eisigem Lächeln gefragt: »Wessen Augen waren's denn?« Und der Fürst hatte

noch vor kurzem – als er sich auf dem Bahnhof der Zárskoje-Sseló-Bahn ins Coupé gesetzt, um zu Aglaja zu fahren, und plötzlich wieder diese Augen sah, bereits zum drittenmal an diesem Tage – auf Rogoshin zugehen und *ihm* sagen wollen, »wessen Augen es waren«! Statt dessen war er aus dem Bahnhof hinausgeeilt und erst vor dem Schaufenster jener Messerhandlung halbwegs zur Besinnung gekommen, als er dort stehen geblieben war und halb unbewußt einen Gegenstand mit einem Hirschhorngriff auf sechzig Kopeken geschätzt hatte. Der seltsame, grauenvolle Dämon heftete sich endgültig an ihn und wollte ihn nicht mehr verlassen. Dieser Dämon hatte ihm im Sommergarten, als er gedankenverloren unter der Linde saß, plötzlich zugeflüstert, daß Rogoshin, wenn er es nötig fand, ihn seit dem Morgen zu verfolgen, sich gleichsam an seine Fersen zu heften, dann doch sicherlich nach der Feststellung, daß der Fürst nicht nach Pawlowsk fuhr (was für Rogoshin natürlich von verhängnisvoller Bedeutung war), ganz zweifellos *dorthin* gehen würde, zu jenem Hause auf der Petersburger Seite, um dort den Fürsten zu erwarten, der ihm doch noch am Vormittage sein Ehrenwort gegeben hatte, daß er sie »nicht sehen« werde und »nicht deshalb nach Petersburg gekommen sei«. Und dennoch – wie im Krampf war er zu jenem Hause gestrebt. Und was ist denn dabei, daß er dort tatsächlich Rogoshin antraf? Er hatte doch nur einen unglücklichen Menschen gesehen, dessen Seelenzustand dunkel und düster, doch nichtsdestoweniger nur zu verständlich war. Dieser unglückliche Mensch hatte sich jetzt nicht einmal mehr versteckt. Ja, Rogoshin hatte, als er ihn nach jenen Augen gefragt, geschwiegen und nicht die Wahrheit gesagt, doch auf dem Bahnsteig der Zárskoje-Sseló-Bahn hatte er, fast ohne sich verbergen zu wollen, dagestanden; eher war sogar er es gewesen, der Fürst, der sich verborgen hatte, nicht aber Rogoshin. Jetzt aber, bei jenem Hause, hatte er auf der anderen Seite der Straße gestanden, vielleicht fünfzig Schritt entfernt, schräg gegenüber dem Hause; auf dem Trottoir hatte er gestanden, die Arme über der Brust verschränkt, und gewartet. Hier hatte er frei gestanden, allen sichtbar, und offenbar hatte er mit Absicht gewollt, daß der Fürst ihn sähe. Wie ein Ankläger und Richter hatte er dort gestanden und nicht wie ... Nicht wie wer?

Aber weshalb war er, der Fürst, denn nicht auf ihn zugegangen? Weshalb hatte er sich von ihm abgewandt, als hätte er ihn nicht bemerkt, obschon ihre Blicke sich begegnet waren? (Ja, ihre Blicke waren sich begegnet, und sie hatten einander in die Augen gesehen.) Hatte er doch noch vor kurzem selbst den Wunsch gehabt, Rogoshin bei der Hand zu nehmen und mit ihm zusammen *dorthin* zu gehen? Hatte er nicht morgen zu ihm gehen und ihm sagen wollen, daß er bei ihr gewesen war? Hatte er sich doch selbst von seinem Dämon losgesagt, noch auf dem halben Wege dorthin, als plötzlich Freude seine ganze Seele erfüllt hatte. Oder war in Rogoshin tatsächlich irgend etwas gewesen, in der ganzen *heutigen* Erscheinung dieses Menschen, in der Gesamtheit seiner Worte, Bewegungen, Handlungen, Blicke, das die entsetzlichen Vorahnungen des Fürsten und die furchtbaren Einflüsterungen seines Dämons rechtfertigen konnte? Irgend etwas, das man vielleicht ganz unbewußt, ganz von selbst sieht, das sich aber schwer analysieren oder in Worten ausdrücken läßt, und das, wenn man es auch tausendmal nicht begründen kann, dennoch einen vollkommen in sich abgeschlossenen und unwiderstehlichen Eindruck macht, der ganz unwillkürlich zur vollen Überzeugung auswächst? ...

Überzeugung? – Zu was für einer Überzeugung? (Oh, wie die Ungeheuerlichkeit dieser »erniedrigenden« Überzeugung, »dieser niedrigen Vorahnung« den Fürsten quälte, und wie bittere Vorwürfe er sich ihretwegen machte!) »So sag es doch, wenn du es wagst, was das für eine Überzeugung ist?« sagte er immer wieder herausfordernd zu sich selbst, »formuliere, wage es doch, deinen ganzen Gedanken klar, treffend, ohne zu zögern, auszusprechen! Oh, ein Ehrloser bin ich!« rief er verzweifelt aus, und die Röte der Scham stieg ihm ins Gesicht. »Mit welchen Augen werde ich jetzt mein Leben lang auf diesen Menschen sehen! Was ist das heute für ein Tag! Gott, welch ein Alpdruck!«

Während der Fürst den langen Weg von der Petersburger Seite bis zu seinem Gasthof zurücklegte, überkam ihn in einem Augenblick plötzlich der unbezwingbare Wunsch, sogleich zu Rogoshin zu gehen, ihn zu erwarten, beschämt und unter Tränen zu umarmen und ihm alles zu sagen, alles, alles. Doch da war er bereits bei seinem Gasthof angelangt. Das ganze Haus, die Korridore, seine Nummer hatten ihm schon auf den ersten Blick unsäglich mißfallen, und im Lauf des Tages hatte er mehr als einmal mit ganz besonderem Widerwillen daran gedacht, daß er ja doch noch hierher werde zurückkehren müssen ... »Aber was ist das heute mit mir, ich fange ja wahrhaftig an, wie eine kranke Frau an jedes Vorgefühl zu glauben!« dachte er mit gereiztem Spott und blieb vor dem Haustor stehen: ihm fiel plötzlich ein heute gesehener Gegenstand ein, doch dachte er jetzt »kalt«, mit vollem Bewußtsein, an ihn, nicht wie unter einem Alpdruck: er entsann sich plötzlich des Messers auf Rogoshins Tisch. »Nein, aber weshalb darf denn Rogoshin nicht so viele Messer auf dem Tisch haben, wie er will?« dachte er verwundert über sich selbst, und im selben Augenblick fühlte er, wie er erstarrte: ihm war sein Stehenbleiben vor dem Schaufenster der Messerhandlung eingefallen. »Aber was kann denn damit für ein Zusammenhang bestehen ...«, wollte er ausrufen, sprach es aber nicht zu Ende. Wie eine jeden Widerstand verschlingende Welle überkam ihn von neuem das Schamgefühl, das diesmal fast an Verzweiflung grenzte, und bannte ihn an den Fleck, wo er stand – als er gerade im Begriff war, durch das Haustor einzutreten. Er stand eine Weile wie erstarrt. So pflegt es bisweilen Leuten zu ergehen: plötzliche, überwältigende Erinnerungen, namentlich wenn diese noch ein heißes Schamgefühl in ihnen erwecken, machen sie für einen Augenblick gleichsam erstarren. »Ja, ich bin ein herzloser Mensch und ein Feigling!« sagte der Fürst düster zu sich selbst und machte eine hastige Bewegung, wie um weiterzugehen, aber ... plötzlich blieb er wieder stehen.

In dem ohnehin schon dunklen Torweg war es in diesem Augenblick ganz finster: die mittlerweile heraufgezogene Gewitterwolke hatte die letzte Abendhelle verdunkelt, und als der Fürst in den Torweg trat, fielen die ersten großen Tropfen, denen sofort ein strömender Gewitterregen folgte. Doch in derselben Sekunde, als er nach seinem momentanen Stehenbleiben hastig einen Schritt vortrat – er befand sich noch am Eingang auf der Straße und trat erst durchs Tor –, sah er plötzlich im dunklen Hintergrunde des Torwegs, dort, wo die Treppe begann, einen Menschen. Dieser Mensch schien auf irgend etwas gewartet zu haben, doch als der Fürst im Tor erschien, bewegte er sich schnell zur Seite und verschwand. Der Fürst hatte ihn kaum gesehen und hätte natürlich nicht sagen können, wer es war; zudem war das hier ein Gasthof, und es gingen doch fortwährend Menschen ein und aus –, aber nichtsdestoweniger war er plötzlich fest überzeugt, daß er diesen Menschen erkannt habe, und daß dieser Mensch kein anderer als Rogoshin war. Im nächsten Augenblick eilte der Fürst ihm nach, die Treppe hinauf. Das Herz stand ihm still. »Sogleich wird sich alles entscheiden!« dachte er bei sich in seltsamer Überzeugung.

Die Treppe, die der Fürst hinaufeilte und die zu den Korridoren des ersten und zweiten Stockwerks führte, war wie in fast allen alten Petersburger Häusern eine schmale, dunkle, steinerne Wendeltreppe, die sich um einen dicken, steinernen Pfeiler wand. Auf dem ersten Treppenabsatz befand sich in diesem breiten, steinernen Pfeiler eine Art Nische; sie war etwa einen Schritt breit und einen halben Schritt tief – jedenfalls hätte ein Mensch sich hier verbergen können. Wie dunkel es auch war, so konnte der Fürst doch sofort, als er den Treppenabsatz erreicht hatte, erkennen, daß der Mensch sich hier in der Nische aus irgendeinem Grunde verbarg. Der Fürst wollte zuerst vorübergehen, ohne nach rechts zu sehen, er machte bereits einen Schritt weiter – doch da hielt er es plötzlich nicht aus und wandte sich zurück zur Nische.

Zwei Augen, *dieselben* Augen, die ihn den ganzen Tag verfolgt hatten, begegneten seinem Blick. Der Mensch, der sich in der Nische verborgen hatte, war gleichfalls schon einen Schritt vorgetreten. Eine Sekunde lang standen sie sich dicht gegenüber. Plötzlich packte der Fürst ihn an den Schultern und kehrte ihn zurück zur Treppe, zum Licht: er wollte das Gesicht sehen.

Rogoshins Augen funkelten ihn an, und ein irrsinniges Lächeln verzerrte seine Lippen. Seine rechte Hand erhob sich und es blitzte etwas in ihr; der Fürst dachte nicht daran, die Hand aufzuhalten. In der Erinnerung schien es ihm später, daß er ausgerufen habe: »Parfjonn, ich glaub's nicht ...«

Dann war es ihm plötzlich, als täte sich etwas vor ihm auf: unbeschreibliches, nie dagewesenes Licht erstrahlte in seinem Innern und erhellte seine Seele. Das dauerte im ganzen vielleicht nur eine halbe Sekunde, doch entsann er sich später noch deutlich und bewußt des Anfangs, des ersten Tones jenes entsetzlichen Schreis, der sich plötzlich ganz von selbst seiner Brust entrang, und den er mit keiner Gewalt aufzuhalten, zu unterdrücken oder abzubrechen vermocht hätte. Dann schwand ihm momentan das Bewußtsein, und tiefe Finsternis trat ein.

Es war ein epileptischer Anfall, nachdem er schon lange keinen mehr gehabt hatte. Bekanntlich kommen solche Anfälle ganz plötzlich, das Gesicht verzerrt sich, namentlich der Blick ist entstellt, Krämpfe und Zuckungen erfassen den ganzen Körper und alle Gesichtszüge zucken. Ein entsetzlicher, mit nichts zu vergleichender Schrei entringt sich der Brust: in diesem Schrei verschwindet gleichsam alles Menschliche, und für einen Beobachter ist es ganz unmöglich, sich vorzustellen und zu glauben, daß es wirklich dieser Mensch ist, der da schreit. Es scheint vielmehr, daß ein anderer es tut, einer, der sich im Innern dieses Menschen befindet. Wenigstens haben viele mit diesen Worten ihren Eindruck geschildert; in vielen ruft der Anblick eines Menschen im epileptischen Anfall entschieden unerträgliches Entsetzen hervor, ein Entsetzen, dem sogar etwas Mystisches anhaftet. Es ist anzunehmen, daß der unheimliche Schrei des Fürsten und das durch ihn hervorgerufene plötzliche Entsetzen Rogoshin im Augenblick erstarren machte, und das war's, was den Fürsten vor dem Messer bewahrte, das der andere bereits gegen ihn erhoben hatte. Dann aber, als Rogoshin sah, daß der Fürst plötzlich zurücktaumelte, rücklings die Treppe hinunterfiel und sein Kopf auf die steinernen Stufen schlug, da zuckte er zusammen und stürzte, ohne zu erraten, daß es ein Anfall war, fast besinnungslos die Treppe hinab, am Gefallenen vorüber, hinaus auf die Straße.

Von den Krämpfen, Zuckungen und dem Umsichschlagen rutschte der Körper des Kranken immer weiter die Treppe hinab, von Stufe zu Stufe; bis zum Flur waren es noch volle fünfzehn. Sehr bald, schon nach wenigen Minuten, bemerkte man den Liegenden, und in kürzester Zeit umstand ihn eine Menge Menschen. Die Blutlache, in der der Kopf lag, flößte Schrecken ein: »Hat sich der Mensch selbst beschädigt, oder ist ein Verbrechen geschehen?« fragte man sich. Alsbald jedoch erkannten einige an gewissen Anzeichen den epileptischen Anfall. Einer von den Hotelgästen erinnerte sich, den Liegenden am Morgen im Korridor gesehen zu haben. Der Unbekannte mußte also hier abgestiegen sein. Durch einen Zufall klärte sich die Ungewißheit sehr schnell auf.

Kolja Iwolgin, der versprochen hatte, bis halb vier Uhr in der „Waage" zu sein, statt dessen aber nach Pawlowsk gefahren war, hatte aus irgendeinem Grunde dort abgelehnt, zu Tisch zu bleiben, und war nach Petersburg zurückgekehrt, wo er um sieben Uhr in der „Waage“ eintraf. Der Fürst hatte an ihn einen Zettel mit seiner Adresse hinterlassen, und so war Kolja sogleich in jenen Gasthof geeilt, wo ihm gesagt worden war, daß der Fürst noch nicht zurückgekehrt sei. Darauf hatte sich Kolja in das Büfettzimmer begeben, um dort bei einer Tasse Tee und den Klängen eines Polyphons auf den Fürsten zu warten. Als er dann zufällig von einem »epileptischen Anfall« reden hörte, den soeben jemand von den im Gasthof Abgestiegenen gehabt habe, eilte er, von einer gewissen Vorahnung getrieben, schnell hinaus und erkannte in dem Liegenden den Fürsten. Nun wurden sogleich Vorkehrungen getroffen, und vorsichtig trug man den Fürsten hinauf in sein Zimmer. Er erwachte schon recht bald; doch dauerte es noch ziemlich lange, bis er das volle Bewußtsein wiedererlangt hatte. Der Arzt, der den verletzten Kopf untersuchte, verordnete Wundwasser und Kompressen, erklärte aber die Verletzung für durchaus ungefährlich. Als der Fürst ungefähr nach einer Stunde seine Umgebung langsam zu erkennen begann, brachte ihn Kolja in einem Wagen zu Lebedeff. Dieser nahm den Kranken mit ungeheurem Eifer und vielen Verbeugungen auf. Seinetwegen beschleunigte er auch die Übersiedlung nach Pawlowsk: schon am dritten Tage waren sie alle in der Sommerfrische.

VI

Lebedeffs Landhaus war nicht groß, dafür aber bequem und sogar hübsch. Namentlich jener Teil des Hauses, der zum Vermieten bestimmt war, zeichnete sich durch besonderen Schmuck aus. Auf der recht geräumigen Veranda, über die man von den unweit vorüberführenden Parkwegen in die Wohnräume gelangte, standen in großen grünen Kübeln mehrere Pomeranzen-, Zitronen- und Jasminbäume, die nach Lebedeffs Meinung den Gesamteindruck der Villa zu einem geradezu verführerischen machten. Diese Bäume hatte er zum Teil mit dem Landhaus zusammen erstanden, und da sie ihm so ungemein gefielen, hatte er sich entschlossen, auf einer Auktion noch etliche solcher Bäumchen zur Erhöhung des wundervollen Eindrucks in gleichfalls grünen Kübeln zu billigem Preise hinzuzukaufen. Als dann alle Bäumchen eingetroffen und symmetrisch auf der Veranda aufgestellt waren, lief Lébedeff an jenem Tage alle fünf Minuten die paar Stufen der Veranda hinunter, um sich von der Straße aus am Anblick seines Besitzes zu erfreuen, wobei er jedesmal in Gedanken die Summe erhöhte, die er von seinem künftigen Mieter verlangen wollte. Dem Fürsten, der sich nach dem Anfall müde, geschwächt, bedrückt und körperlich wie zerschlagen fühlte, gefiel die Villa sehr. Übrigens hatte der Fürst am Tage der Übersiedlung nach Pawlowsk äußerlich bereits das Aussehen eines fast völlig Gesunden, wenn er sich auch innerlich immer noch sehr angegriffen fühlte. Es war ihm in diesen drei Tagen besonders angenehm gewesen, Menschen um sich zu haben: er freute sich über Koljas Anwesenheit, der fast ununterbrochen bei ihm saß, freute sich über die ganze Familie Lebedeff – ohne den Neffen, der irgendwohin verschwunden war – und empfing sogar mit Vergnügen den alten General Iwolgin, der ihm schon am zweiten Tage seine Aufwartung machte. Am Tage der Übersiedelung versammelte sich um ihn auf der Veranda eine ganze Schar von Bekannten, die sich alle nach seinem Befinden erkundigen wollten! Zuerst kam Ganja, der sich so verändert hatte und so abgemagert war, daß der Fürst ihn kaum wiedererkannte. Darauf erschienen Warja und Ptizyn, die gleichfalls in Pawlowsk ihr eigenes Landhaus besaßen. General Iwolgin dagegen schien sich bei Lebedeff ganz und gar einquartiert zu haben, ja, er hatte sogar allem Anschein nach nur zu dem Zweck Petersburg verlassen. Lebedeff bemühte sich freilich aus allen Kräften, ihn vom Fürsten fernzuhalten, ging aber sonst ganz freundschaftlich mit ihm um; offenbar waren sie schon lange miteinander bekannt. In den letzten drei Tagen hatte der Fürst bemerkt, daß sie mitunter lange Gespräche führten, nicht selten im Eifer des Disputs sogar schrien und zeterten, und zwar schien es sich dann gewöhnlich um wissenschaftliche Probleme zu handeln, die Lebedeff offenbar mit besonderem Vergnügen erörterte. Ja, man konnte sogar glauben, daß ihm der General zu dieser dialektischen Gymnastik einfach unentbehrlich war.

Leider erstreckte Lebedeff seine Vorsichtsmaßregeln auf Grund der Schonungsbedürftigkeit des Fürsten auch auf alle anderen Hausbewohner, auf seine Kinder sowohl wie auf jeden Gast. Sobald sich erstere in der Nähe der Veranda zeigten, stürzte Lebedeff sofort wutschnaubend auf sie los – selbst mit Wjéra, die stets das kleine Schwesterchen trug, machte er keine Ausnahme – und schrie sie trampelnd an, daß sie auf der Veranda, wo sich der Fürst gewöhnlich aufhielt, nichts zu suchen hätten, obschon ihn dieser immer wieder bat, keinen Menschen von ihm fernzuhalten.

»Erstens tu' ich es deshalb, weil sonst jede Ehrerbietung aufhörte, wenn man sie so rumlaufen ließe; und zweitens schickt es sich für sie auch gar nicht ...«, erklärte er schließlich auf die direkte Frage des Fürsten.

»Aber warum denn nicht?« begann der Fürst ihm ins Gewissen zu reden. »Ich versichere Sie, daß Sie mich mit diesem Aufpassen und Bewachen nur quälen. Ich habe Ihnen doch gesagt, daß ich mich oft langweile, wenn ich hier allein sitze, Sie selbst aber fallen mir mit Ihren ewigen lebhaften Gesten und dem Umherschleichen auf den Fußspitzen weit mehr auf die Nerven.«

Der Fürst wollte ihm zu verstehen geben, daß er, der alle anderen unter dem Vorwand der Ruhebedürftigkeit des Kranken davonjagte, selbst dagegen fast alle Viertelstunden einmal zum Fürsten kam, wobei er jedesmal dasselbe Manöver wiederholte: hatte er die Tür aufgemacht, so steckte er zuerst nur den Kopf durch die Spalte, betrachtete das Zimmer des Fürsten – ganz als hätte er Angst, der Kranke könne am Ende fortgelaufen sein, und als wolle er sich daher nur von seiner Anwesenheit überzeugen – und dann erst trat er vorsichtig auf den Fußspitzen herein, um sich geradezu schleichend dem Fürsten zu nähern, so daß er diesen oftmals wirklich erschreckte. Ewig erkundigte er sich nach seinen Wünschen, und als der Fürst ihn endlich bat, ihn doch nicht immer zu belästigen, da machte er sofort gehorsam kehrt, schlich wieder auf den Fußspitzen zur Tür, wobei er die ganze Zeit ängstlich beschwichtigend die Hände bewegte, als wollte er damit sagen, daß er ja kein Wort mehr rede, er gehe ja schon und werde nicht mehr stören, um Gottes willen nie mehr stören. Nach zehn Minuten aber – oder spätestens einer Viertelstunde – öffnete sich wieder die Tür und Lebedeff steckte von neuem den Kopf ins Zimmer. Daß Kolja zu jeder Zeit beim Fürsten eintreten durfte, rief in Lebedeff tiefen Kummer und sogar gekränkten Unwillen hervor. Alsbald jedoch bemerkte Kolja, daß Lebedeff bisweilen eine halbe Stunde lang hinter der Tür stand

und horchte, was im Zimmer gesprochen wurde. Natürlich teilte er seine Entdeckung sofort dem Fürsten mit.
»Sie scheinen mich ja förmlich als Ihren Privatbesitz zu betrachten und hinter Schloß und Riegel halten zu wollen«, protestierte der Fürst. »Ich bitte Sie, doch wenigstens hier in der Sommerfrische Ihr Verhalten zu ändern, und im übrigen versichere ich Sie, daß ich hier jeden Menschen, wenn es mir paßt, empfangen und zu jeder Zeit ganz nach meinem Gutdünken ausgehen werde.«
»Aber ohne den allermindesten, ohne den allerleisesten Zweifel!« pflichtete Lebedeff sogleich mit beschwichtigendem Handwinken bei.
Der Fürst musterte ihn vom Kopf bis zu den Füßen.
»Sagen Sie mal, Lukján Timoféwitsch, haben Sie Ihr Schränkchen, das Sie in Ihrer Petersburger Wohnung über dem Bett hatten, bereits hergeschafft?«
»Nein, das habe ich nicht hergeschafft.«
»Ist's möglich?«
»'s geht nicht: man müßte es aus der Wand herausbrechen ... es sitzt zu fest, zu fest!«
»Aber vielleicht haben Sie hier auch so ein Schränkchen?«
»Sogar ein noch besseres, ein noch viel besseres, hab's mitsamt dem Landhaus gekauft.«
»Ach so ... Wer war es, den Sie vorhin nicht zu mir hereinlassen wollten? Vor etwa einer Stunde.«
»Das ... das war sozusagen der General. Allerdings: ich ließ ihn nicht zu Ihnen, das stimmt, und es ist auch besser so – es schickt sich nicht. Wissen Sie, Fürst, ich achte diesen Menschen sehr hoch, jawohl, er ist ... ist sozusagen ein durch und durch großartiger Mensch. Sie glauben mir nicht? Nun, Sie werden selbst sehen, aber wie gesagt, trotzdem – besser ist besser, und ich sage Ihnen: es ist besser, durchlauchtigster Fürst, Sie empfangen ihn nicht bei sich.«
»Und weshalb denn das, wenn man fragen darf? Und weshalb stehen Sie jetzt wieder die ganze Zeit auf den Fußspitzen, Lebedeff, und weshalb nähern Sie sich mir jedesmal, als hätten Sie mir ein Geheimnis ins Ohr zu flüstern?«
»Gemein, gemein bin ich, ich fühl's ja selbst«, war Lebedeffs unverhoffte Antwort, und reuig schlug er sich vor die Brust. »Aber wird der General nicht allzu gastfreundlich für Sie sein?«
»Allzu gastfreundlich?«
»Jawohl. Erstens: wie ich merke, schickt er sich bereits an, sich bei mir häuslich niederzulassen. Na, das mag noch hingehen. Aber er ist auch sehr verwegen, so daß er sich sofort jedem als Verwandter vorstellt. Wir beide haben uns schon mehrmals klipp und klar bewiesen, daß wir unbedingt verwandt sein müssen, und wie er nun herausgetüftelt hat, sind wir auch über diese und jene und noch eine dritte hinweg verschwägert. Also gut, mir soll's recht sein. Aber auch Sie, durchlauchtigster Fürst, sind, wie er mir ausführlich erklärt

hat, mütterlicherseits sein Neffe zweiten Grades, – hat's mir noch gestern ausführlich erklärt. Sind Sie aber mit ihm verwandt, so sind Sie es ja durch ihn auch mit mir, nach der neuen Auffassung sozusagen. Aber was, das mag noch hingehen – 'ne kleine Schwäche, wie gesagt, und weiter nichts. Aber soeben hat er mir versichert, daß er während seines ganzen Lebens, angefangen von seiner Fähnrichszeit bis zum elften Juni vorigen Jahres, täglich niemals weniger als zweihundert Personen zu Tisch gehabt habe. Schließlich ging's sogar so weit, daß sie überhaupt nicht mehr von den Stühlen aufstanden, so daß sie etwa dreißig Jahre lang täglich mindestens fünfzehn Stunden zum Frühstück, zu Mittag und zu Abend bei ihm speisten und zwischendurch noch Tee tranken! Und das, wohlgemerkt! ohne die geringste Unterbrechung, kaum daß sie Zeit ließen, die Tischtücher zu wechseln: der eine steht auf, geht fort, der andere kommt, setzt sich – und an Fest- und Feiertagen gab es sogar *drei*hundert Menschen, und am Tage der Feier des tausendjährigen Bestehens des Russischen Reiches zählte er mir sogar *sieben*hundert vor! Das ist doch schauderhaft! So etwas aber ist doch 'n schlimmes Zeichen! Und solche Menschen bei sich zu empfangen, deren Gastfreundschaft mit einem so endlosen Maßstabe gemessen werden muß – da–da–das ist doch mehr als riskant! Nun, sehen Sie wohl, und deshalb dachte ich denn auch so bei mir, ob er für Sie nicht vielleicht gar zu gastfreundlich sein würde?«

»Aber Sie selbst stehen sich doch mit ihm, wie mir scheint, sehr gut?«

»Wie Brüder! Aber ich faß es ja auch nur als Scherz auf. Nun gut, wir sind also verschwägert – gut, mir soll's recht sein. Gereicht mir ja nur zur Ehre. Und im übrigen erkenne ich auch trotz der zweihundert Personen und der siebenhundert zur Jahrtausendfeier unseres Vaterlandes einen außergewöhnlichen Menschen in ihm. Jawohl! – ich bin die Aufrichtigkeit selbst. Sie, Fürst, beliebten vorhin ein Wort über Geheimnisse fallen zu lassen, und zwar in dem Sinne, daß ich mich Ihnen jedesmal so nähere, als hätte ich ein Geheimnis mitzuteilen. Damit haben Sie diesmal den Nagel auf den Kopf getroffen: ich bin nämlich soeben tatsächlich mit einem Geheimnis hergekommen. Die gewisse Dame hat mich nämlich soeben wissen lassen, daß sie mit Ihnen unbedingt eine heimliche Zusammenkunft wünscht.«

»Weshalb denn eine heimliche? Das ist durchaus nicht nötig. Ich werde selbst zu ihr hingehen, meinetwegen heute noch.«

»Aber gewiß doch ‚durchaus nicht nötig'!« beschwichtigte Lebedeff wieder mit beiden Händen. »Und sie fürchtet ja gar nicht das, was Sie vielleicht denken! Übrigens: das Ungeheuer kommt jeden Tag her, um sich nach Ihrer Gesundheit zu erkundigen – wußten Sie das schon?«

»Sie nennen ihn etwas zu oft ein Ungeheuer, das kommt mir sehr verdächtig vor.«

»Aber ich bitte Sie, hier kann doch von einem Verdacht gar nicht die Rede sein ... und im übrigen wollte ich ja nur erklären«, lenkte Lebedeff schnell ab, »daß die betreffende Dame nicht ihn, sondern eine ganz andere Persönlichkeit fürchtet, jawohl ...«
»Nun, wen denn? So sagen Sie doch endlich alles, was Sie zu sagen haben«, drängte der Fürst ungeduldig, da ihn die Geheimnistuerei Lebedeffs aufrichtig ärgerte.
»... Das ist aber eben das Geheimnis.«
Und Lebedeff lächelte vielsagend.
»Wessen Geheimnis?«
»Ihres, natürlich doch! Durchlauchtigster Fürst, Sie werden sich doch wohl dessen entsinnen, daß Sie selbst mir verboten haben, auch nur mit einem Wort davon zu sprechen«, sagte Lebedeff wichtigtuend; und nachdem er sich genugsam daran geweidet hatte, daß es ihm gelungen war, die Neugier seines Zuhörers bis zu nervöser Ungeduld zu steigern, schloß er plötzlich ganz unerwartet: »Sie fürchtet sich vor Aglaja Iwanowna.«
Der Fürst runzelte die Stirn und schwieg eine Weile.
»Bei Gott, Lebedeff, ich werde Ihr Haus verlassen«, stieß er plötzlich hervor. »Wo sind Gawrila Ardalionytsch und Ptizyns? Bei Ihnen? Die wollten Sie wohl gleichfalls von mir fernhalten?«
»Sie kommen ja, sie kommen schon! Und sogar der General kommt mit ihnen. Ich werde alle Türen aufreißen, alle meine Töchter herrufen, alle, alle, sofort, sofort!« flüsterte Lebedeff erschrocken, wieder mit den Händen beschwichtigend, und geschäftig stürzte er zur Tür, besann sich aber, lief zur anderen Tür, zögerte jedoch auch dort und kehrte dann wieder zur ersten zurück.
In diesem Augenblick erschien Kolja auf dem Parkweg, sprang eilig die Stufen zur Veranda empor und meldete, daß ihm auf dem Fuße Gäste folgten – Lisaweta Prokofjewna mit ihren drei Töchtern.
»Soll ich Ptizyns und Gawrila Ardalionytsch hereinlassen? Ja oder nein? Und den General?« fragte geschwind Lebedeff, den diese Nachricht in höchste Aufregung versetzte.
»Aber natürlich, weshalb denn nicht? Alle, wer nur zu mir kommen will. Ich versichere Sie nochmals, Lebedeff, daß Sie sich in Ihrer Auffassung meiner Beziehungen zu meinen Bekannten arg täuschen; Sie fassen alles immer ganz anders auf. Ich habe nicht die geringste Ursache, mich vor irgend jemand, sei es, wer es wolle, zu verbergen«, sagte der Fürst lachend, und im Augenblick verzog auch Lebedeff sein Gesicht zu einem Schmunzeln; denn trotz all seiner Aufregung war er doch ersichtlich äußerst zufrieden mit der Entwicklung der Dinge.
Koljas Meldung erwies sich als richtig: er war den Damen nur ein paar Schritte vorausgeeilt, so daß nun plötzlich von beiden Seiten Gäste erschienen: aus dem Park näherten Jepantschins sich der Veranda, und durch die Zimmertür kamen Ptizyns, Ganja und General Iwolgin.

Jepantschins hatten von der Erkrankung des Fürsten und seiner Anwesenheit in Pawlowsk soeben erst durch Kolja erfahren. Der General hatte ihnen zwar schon vor drei Tagen von der in ihrer Stadtwohnung vorgefundenen Visitenkarte des Fürsten erzählt und damit in seiner Gemahlin die feste Überzeugung erweckt, daß der Fürst sogleich in eigener Person auch in ihrer Villa erscheinen werde. Vergeblich wandten die Töchter ein, daß ein Mensch, der ein halbes Jahr nicht geschrieben hatte, es wohl auch mit dem Besuch nicht so eilig haben werde, und außerdem könne ihn ja noch viel Wichtigeres in Petersburg zurückhalten. Die Generalin ärgerten diese Bemerkungen nicht wenig; sie hätte wetten mögen, daß der Fürst unfehlbar am nächsten Tag erscheinen werde, »obschon auch das noch unverzeihlich spät wäre«. Und so erwartete sie ihn am nächsten Tag den ganzen Vormittag, doch leider vergeblich; nachdem sie um eins ihr Frühstück ohne den Fürsten eingenommen hatten, begann sie ihn zum Diner zu erwarten; da er jedoch auch zum Diner nicht erschien, erwartete sie ihn am Abend; doch als es gar zu dunkeln begann, ohne daß der Fürst erschienen wäre, da ärgerte sie sich dermaßen, daß sie in kürzester Zeit mit allen in Streit geriet und sich aufs ärgste mit ihren Töchtern und ihrem Gatten überwarf. Selbstverständlich ward dabei ihrerseits mit keinem Wort des Fürsten Erwähnung getan. Als aber Aglaja am dritten Tage bei Tisch plötzlich die Bemerkung fallen ließ, daß maman sich ja nur deshalb so ärgere, weil der Fürst noch immer nicht käme (worauf der General sogleich vorbeugend feststellte, daß er, der General, doch nichts dafür könne, das sei doch nicht seine Schuld) – da erhob sich Lisaweta Prokofjewna in hellem Zorn und verließ, ohne ein Wort zu sagen, das Zimmer. Endlich, bereits gegen Abend, erschien Kolja und erzählte, daß der Fürst einen epileptischen Anfall gehabt habe, und was er sonst noch zu erzählen wußte. Das Ergebnis dieser Mitteilung war, daß Lisaweta Prokofjewna triumphierte, doch vorher bekam Kolja noch seinen Teil.

»Sonst sitzt er hier tagelang und ist nicht loszuwerden, diesmal aber ist er nicht einmal auf den Gedanken gekommen, uns wenigstens zu benachrichtigen, wenn er nicht selbst kommen konnte!«

Kolja wollte sich zwar sogleich wegen des »Nichtloszuwerden« gekränkt fühlen, schob es aber noch auf; wenn nicht das Wort an sich gar so beleidigend gewesen wäre, hätte er die Bemerkung sogar ganz verziehen, dermaßen freuten ihn die Aufregung und Unruhe Lisaweta Prokofjewnas nach der Mitteilung von der Krankheit des Fürsten. Sie bestand sofort mit allem Nachdruck auf der Notwendigkeit, einen Diener nach Petersburg zu senden, um eine der größten medizinischen Berühmtheiten zur Konsultation zu bitten; die Töchter rieten jedoch davon ab. Aber sie wollten ihrer Mutter nicht nachstehen, als diese sich sogleich aufmachte, um den Kranken zu besuchen.

»Er liegt im Sterben, und da sollen wir nun Zeremonien beobachten!« rief sie erregt. »Ist er ein Freund unseres Hauses oder nicht?«

»Nur finde ich es nicht ratsam, sich anderen Menschen aufzudrängen«, wagte zwar Aglaja einzuwenden, aber die Mutter bemerkte hierauf nur scharf:

»Dann geh nicht mit. Und du tust sogar sehr gut daran: wenn Jewgénij Páwlowitsch kommt, wäre sonst niemand hier, der ihn empfangen könnte.«

Nach diesen Worten folgte Aglaja natürlich sofort den anderen, was sie übrigens sowieso zu tun beabsichtigt hatte. Fürst Sch., der sich mit Adelaida unterhielt, war auf deren Bitte sogleich bereit, die Damen zu begleiten. Er interessierte sich sehr für den Fürsten, nachdem ihm so manches von diesem erzählt worden war. Übrigens war er mit ihm auch persönlich bekannt: sie hatten beide vor etwa drei Monaten in einem Provinzstädtchen fast volle zwei Wochen in ein und demselben Gasthof gelebt. Er hatte auch seinerseits Jepantschins vom Fürsten erzählt, und zwar äußerte er sich sehr sympathisch über ihn, weshalb er denn jetzt auch gern den alten Bekannten besuchen wollte. Der General war nicht zu Hause, und auch Jewgenij Pawlowitsch war noch nicht aus Petersburg eingetroffen.

Lebedeffs Landhaus war von der Villa Jepantschin nicht mehr als dreihundert Schritte entfernt. Die erste unangenehme Überraschung war dort für Lisaweta Prokofjewna: so viele Gäste anzutreffen (ganz abgesehen davon, daß zwei oder drei von diesen ihr ganz entschieden verhaßt waren), und die zweite: statt des Kranken auf dem Sterbebett einen anscheinend vollkommen gesunden, elegant gekleideten, lachenden jungen Mann zu erblicken, der sofort die Stufen der Veranda herunterstieg und sie sichtlich erfreut begrüßte. Sie blieb sogar stehen vor Verwunderung – zum größten Vergnügen Koljas, der sie natürlich sehr gut über das augenblickliche Befinden des Fürsten hätte aufklären können, als sie noch nicht zum Besuch aufgebrochen war. Er hatte das jedoch absichtlich unterlassen, um sich an ihrem Zorn ergötzen zu können, wenn sie, die dem Fürsten von Herzen das Beste wünschte, diesen bei guter Gesundheit antraf. Ja, Kolja war sogar so taktlos, daß er seinen Gedanken laut aussprach, was er wiederum nur deshalb tat, um Lisaweta Prokofjewna zu necken. Solche Neckereien waren trotz der Freundschaft, die sie verband, gang und gäbe zwischen ihnen.

»Wart noch ein wenig, mein Lieber, beeile dich nicht zu sehr, verdirb nicht deinen Triumph!« versetzte Lisaweta Prokofjewna, indem sie sich auf den vom Fürsten ihr hingeschobenen Lehnstuhl niederließ.

Lebedeff, Ptizyn und der alte General Iwolgin beeilten sich, sogleich den jungen Damen Stühle zu bringen. Der General brachte seinen Stuhl Aglaja. Lebedeff eilte auch zum Fürsten Sch. mit einem Stuhl und bot ihn mit einer so tiefen Verbeugung an, als wollte er durch die Krümmung seines Rückgrats die Tiefe seiner Ergebenheit ausdrücken. Warja begrüßte die jungen Damen wie gewöhnlich mit Entzücken und im Flüsterton.

»Es ist wahr, Fürst, ich glaubte wirklich, dich womöglich im Bett vorzufinden; denn als ich von deiner Erkrankung hörte, mußte ich in der Angst natürlich gleich übertreiben. Aber lügen werde ich deshalb um keinen Preis, und so vernimm es nur ruhig, daß ich mich über dein glückliches Gesicht soeben furchtbar geärgert habe; aber, ich schwöre dir, das tat ich nur einen Augenblick, nur so lange, wie ich noch nicht nachgedacht hatte. Wenn ich erst nachgedacht habe, handle und rede ich immer viel klüger; ich glaube, du auch. Jetzt aber kann ich dir sagen, daß ich mich über die Genesung meines leiblichen Sohnes, wenn ich einen hätte, vielleicht weniger freuen würde als über deine; wenn du mir das nicht glaubst, so hast du dich zu schämen und nicht ich. Dieser boshafte Bengel aber erlaubt sich mir gegenüber doch etwas zu weitgehende Scherze. Du protegierst ihn, glaube ich? Nun, dann sage ich dir im voraus, daß ich eines schönen Tages auf das Vergnügen seiner weiteren Bekanntschaft verzichten werde.«

»Aber was habe ich denn verbrochen?« rief Kolja. »Selbst wenn ich Ihnen noch so überzeugend versichert hätte, daß der Fürst schon fast gesund sei, Sie hätten es mir doch nicht glauben wollen; denn ihn sich auf dem Sterbebett vorzustellen, war doch unvergleichlich interessanter!«

»Wirst du lange hierbleiben?« wandte sich Lisaweta Prokofjewna an den Fürsten.

»Den ganzen Sommer und vielleicht noch länger.«

»Du bist doch allein? Nicht verheiratet?«

»Nein, nicht verheiratet«, antwortete der Fürst, lächelnd über die Naivität dieses Stiches.

»Da ist nichts zu lächeln; das kommt vor. Ich frage wegen des Wohnens, – weshalb bist du nicht zu uns gekommen? Bei uns steht ein ganzer Seitenflügel leer. Übrigens, wie du willst. Wohnst du bei diesem? Bei dem da?« fragte sie halblaut und wies mit einer Kopfbewegung auf Lebedeff hin. »Was fehlt ihm denn, weshalb kann er nicht ruhig stehen?«

In dem Augenblick trat Wjera aus dem Zimmer auf die Veranda; wie gewöhnlich trug sie das Kindchen auf den Armen. Lebedeff, der sich zwischen den Stühlen der Gäste hin und her wand und entschieden nicht wußte, wo er bleiben sollte – jedenfalls aber um alles in der Welt nicht die Veranda verlassen wollte –, stürzte sich plötzlich, wie besessen mit den Armen fuchtelnd, seiner Tochter entgegen, um sie nur ja fortzutreiben, und in der Hitze vergaß er sich sogar so weit, daß er mit den Füßen trampelte.

»Was fehlt ihm, ist er wahnsinnig?« fragte die Generalin erschrokken.

»Nein, er ist ...«

»Betrunken vielleicht? Nein, dein Umgangskreis ist nicht nach meinem Geschmack, offen gesagt, mein Lieber«, meinte sie schroff, während ihr Blick auch die anderen Gäste streifte. »Aber wer war dieses reizende Mädchen?«

»Das war Wjéra Lukjánowna, die Tochter Lebedeffs.«

»Ah! ... Wirklich reizend. Ich möchte sie kennenlernen.«

Kaum hatte Lebedeff die lobenden Worte der Generalin aufgefangen, als er seine Tochter auch schon mit Gewalt herbeizog, um sie untertänigst vorzustellen.

»Waisen, mutterlos!« erläuterte er ihr zerschmelzend. »Und dieses Kindchen im Steckkissen – ist gleichfalls eine Waise, ihr Schwesterchen und meine Tochter, Ljubów mit Namen, und geboren in gesetzmäßigst geschlossener Ehe, von meiner jüngst verstorbenen Gattin Jelena, die vor sechs Wochen im Kindbett, wie gesagt, gestorben ist, nach Gottes Ratschluß ... jawohl. Und sie vertritt jetzt Mutterstelle an der Kleinen, obwohl sie nur ihre Schwester ist, nicht mehr und nicht weniger als ihre Schwester, glauben Sie mir ...«

»Und du, Väterchen, bist nicht mehr und nicht weniger als ein Dummkopf, nimm's mir nicht übel, aber das kannst du mir gleichfalls glauben. Nun, genug, du wirst mich schon richtig verstehen, denke ich«, schnitt ihm Lisaweta Prokofjewna ungehalten das Wort ab.

»Stimmt! Mir aus der Seele gesprochen!« sagte Lebedeff, sich ehrfurchtsvoll und tief vor ihr verneigend.

»Hören Sie, Herr Lebedeff, ist es wahr, daß Sie die „Apokalypse“ auslegen?« fragte Aglaja.

»Jawohl! Die reinste Wahrheit ... seit fünfzehn Jahren.«

»Ich habe davon gehört. Es hat auch in den Zeitungen, glaube ich, etwas über Sie gestanden, nicht wahr?«

»Nein, nicht über mich, über einen anderen, jawohl, einen anderen, aber der ist jetzt tot, und nun bin ich sein Nachfolger«, berichtete Lebedeff verklärt vor Freude.

»Oh, dann seien Sie so gut und erklären Sie sie mir einmal gelegentlich, als unser nunmehriger Nachbar! Ich verstehe so gut wie nichts von der ganzen „Apokalypse“.«

»Ich kann leider nicht umhin, Aglaja Iwanowna, Sie darauf aufmerksam zu machen, daß diese ganze Auslegung seinerseits nichts als Scharlatanerie ist, ich versichere Sie«, mischte sich plötzlich General Iwolgin ein, der neben Aglaja wie auf Nadeln saß und in größter Ungeduld nur auf eine Gelegenheit wartete, gleichfalls etwas sagen zu können. »Ich verstehe ja, Landaufenthalt erlaubt vieles und hat seine besonderen Vergnügungen«, fuhr er in demselben Ton fort, »und der Empfang selbst eines Scharlatans um der Auslegung der „Apokalypse“ willen ist zwar ein Einfall wie jeder andere oder vielmehr ein Einfall, der durch das Niveau seiner geistigen Höhe sogar bemerkenswert ist, doch ich ... Sie sehen mich, wie ich bemerke, etwas erstaunt an? General Iwolgin, – habe die

Ehre, mich vorzustellen. Ich habe Sie auf den Armen getragen, Aglaja Iwanowna.«

»Freut mich sehr. Ich bin mit Warwara Ardalionowna und Nina Alexandrowna bekannt«, murmelte Aglaja, sich auf die Lippen beißend, um nicht zu lachen.

Lisaweta Prokofjewna wurde rot vor Unwillen. Es hatte sich in ihrem Herzen so manches angesammelt, das nun mit Gewalt zum Ausdruck drängte. Sie konnte den General Iwolgin, mit dem sie einmal bekannt gewesen war, aber schon vor langen Jahren, nicht ausstehen.

»Du faselst natürlich wieder, wie gewöhnlich, niemals hast du sie auf den Armen getragen!« sagte sie scharf und unwillig.

»Doch, maman, er hat mich tatsächlich auf den Armen getragen, in Twerj war's«, bestätigte plötzlich Aglaja. »Wir lebten damals in Twerj. Ich war vielleicht sechs Jahre alt, ich entsinne mich dessen noch ganz genau! Er machte mir auch einen Bogen und Pfeile, lehrte mich damit schießen, und ich traf auch eine Taube. Erinnern Sie sich noch, wie wir beide auf die Taube schossen?«

»Und mir brachte er einen Helm aus Pappe und einen hölzernen Säbel! Ich erinnere mich noch!« rief Adelaida.

»Ja, auch ich entsinne mich dessen«, bestätigte nun auch Alexandra. »Du und Adelaida, ihr gerietet zusammen wegen der verwundeten Taube in Streit und wurdet jede in einen Winkel gestellt; und Adelaida stand noch mit ihrem Helm und dem Säbel im Winkel!«

Der General hatte wie gewöhnlich *nur so* zu Aglaja gesagt, er habe sie auf den Armen getragen, – zum Teil, um des Gespräches willen, und zum Teil, weil er mit jedem jüngeren Menschen, wenn er einmal die Bekanntschaft eines solchen machte, auf diese Weise das Gespräch begann. Diesmal aber hatte er ganz zufällig die Wahrheit gesagt, und gerade die Wahrheit hatte er natürlich vergessen. Als ihn nun aber Aglaja so unerwartet daran erinnerte, wie sie beide die Taube geschossen hatten, entsann er sich plötzlich des ganzen Vorfalls, entsann sich seiner mit allen Einzelheiten! So pflegt es nicht selten alten Leuten mit alten Erinnerungen zu ergehen. Freilich ist es schwer, festzustellen, was gerade in dieser Erinnerung so erschütternd auf den armen alten, auch jetzt nicht ganz nüchternen General wirken konnte: er war aber plötzlich in der Tat ganz ergriffen.

»Ja, jetzt fällt es mir ein, ja! ich entsinne mich!« rief er aus. »Ich war damals noch Hauptmann! Und Sie waren so ein kleines, niedliches Dingelchen! Nina Alexandrowna ... Ganja ... Ich wurde bei Ihnen empfangen ... Iwán Fjódorowitsch ...«

»Und nun sieh, wie weit du es gebracht hast!« fiel ihm plötzlich die Generalin ins Wort. »Aber es scheint, daß du deine edleren Gefühle doch noch nicht gänzlich vertrunken hast, wenn alte Erinnerungen noch einen so starken Eindruck auf dich machen können! Deine Frau aber hast du doch zu Tode gequält. Anstatt deine Kinder zu erziehen, sitzt du im Schuldgefängnis. Geh mal, Väterchen, geh mal fort von hier, geh in einen Winkel und wein ein bißchen, denk an das Vergangene und wie schön es war, vielleicht wird dir Gott dann verzeihen. Geh mal, geh, ich sage dir das im Ernst. Wenn man sich bessern will, ist das Beste, was man tun kann, reuig an Vergangenes zu denken.«

Doch die Versicherung, daß sie es im Ernst sagte, war eigentlich überflüssig: der General war, wie alle Trinker, sehr zartfühlend, und wie alle heruntergekommenen Trinker verwand er es nur schwer, wenn man ihn an seine bessere Vergangenheit erinnerte. Er erhob sich und schritt gehorsam zur Tür, so daß er Lisaweta Prokofjewna leid tat.

»Ardalión Alexándrowitsch! Väterchen!« rief sie ihm schnell nach. »Wart noch einen Augenblick – wir sind ja allesamt Sünder! Wenn du fühlst, daß das Gewissen dich weniger drückt, dann komm zu mir auf ein Stündchen, laß uns von den alten Zeiten plaudern. Ich habe ja vielleicht noch fünfzigmal mehr gesündigt als du – aber jetzt geh nur, adieu, adieu, geh nur jetzt, was sollst du auch hier ...«, drängte sie ihn erschrocken doch wieder fort, als er Miene machte, zurückzukehren.

»Gehen Sie ihm vorläufig noch nicht nach!« hielt der Fürst Kolja auf, der dem Vater folgen wollte. »Er würde sich nach einer Minute ärgern, und damit wäre die ganze Stimmung verdorben.«

»Das ist wahr, laß ihn jetzt in Ruh; nach einer halben Stunde kannst du gehen«, entschied Lisaweta Prokofjewna.

»Da sieht man, was das heißt, einmal im Leben die Wahrheit zu hören – 's hat doch bis zu Tränen auf ihn gewirkt!« wagte Lebedeff zu bemerken.

»Nun, Väterchen, auch du mußt gut sein, wenn das alles wahr ist, was ich über dich gehört habe!« setzte ihm die Generalin sofort einen Dämpfer auf.

Die Stellungnahme der Gäste zueinander klärte sich allmählich. Der Fürst, der die ganze Größe der Anteilnahme Lisaweta Prokofjewnas und ihrer Töchter durchaus zu schätzen wußte, fühlte sich verpflichtet, der Generalin zu sagen, es sei seine feste Absicht gewesen, sie spätestens morgen, wenn nicht noch an diesem Abend trotz der späten Stunde und seiner angegriffenen Gesundheit zu besuchen.

Lisaweta Prokofjewna meinte hierauf – nach einem Blick auf seine Gäste –, daß er es ja doch sogleich tun könne, worauf Ptizyn, als höflicher und stets verträglicher Mensch, sich sogleich erhob und sich zu Lebedeffs zurückzog. Beim Hinausgehen machte er noch den Versuch, auch Lebedeff mitzuziehen; doch dieser machte sich mit einem »Sofort, sofort, werde mich sogleich hier losmachen« von Ptizyn los und blieb natürlich. Warja hatte inzwischen mit den jungen Mädchen ein Gespräch angeknüpft. Sie und Ganja atmeten erleichtert auf, als ihr Vater hinausgegangen war. Ganja folgte jedoch bald Ptizyns Beispiel. Während der kurzen Zeit auf der Veranda hatte er sich bescheiden und doch würdig gehalten und sich durch die strengen Blicke Lisaweta Prokofjewnas nicht im geringsten einschüchtern lassen. Er hatte sich im Vergleich zu früher allerdings sehr verändert, was Aglaja überaus gefiel.

»Das war doch Gawrila Ardalionytsch, der soeben hinausging?« fragte sie plötzlich, wie sie es gewöhnlich zu tun pflegte, laut, schroff, ohne sich an jemand persönlich zu wenden oder sich darum zu kümmern, daß sie mit ihrer Frage das Gespräch der anderen unterbrach.

»Allerdings«, antwortete der Fürst.

»Ich habe ihn kaum wiedererkannt. Er hat sich auffallend verändert und zwar . . . bedeutend zu seinem Vorteil.«

»Das freut mich sehr für ihn«, sagte der Fürst.

»Er war sehr krank«, bemerkte Warja erfreut und mitleidig zugleich.

»Inwiefern zu seinem Vorteil verändert?« fragte zornig verwundert und fast erschrocken die Generalin. »Wie kommst du darauf? Ich finde nichts Besseres an ihm. Was scheint dir denn jetzt an ihm besser?«

»Etwas Besseres als den „armen Ritter“ gibt es überhaupt nicht!« rief plötzlich Kolja, der die ganze Zeit neben dem Stuhl Lisaweta Prokofjewnas gestanden hatte, in kategorisch feststellendem Tone aus.

»Der Meinung bin ich auch«, sagte Fürst Sch. lachend.

»Und ich gleichfalls«, erklärte Adelaida feierlich.

»Was ist das für ein „armer Ritter“?« fragte die Generalin verständnislos und blickte ärgerlich die Sprechenden an. Als sie aber sah, daß Aglaja plötzlich rot wurde, fuhr sie ungehalten auf: »Was für ein Unsinn! Was ist denn das für ein „armer Ritter“?«

»Ach, hat denn dieser Bengel, Ihr Liebling Nikolai Ardalionytsch, noch nicht genug Worte verdreht!« lenkte Aglaja mit hochmütigem Unwillen ab.

Wenn Aglaja sich ärgerte (und das tat sie sehr oft), blickte durch ihren hervorgekehrten Ernst und abweisenden Stolz so viel Kindliches, daß es mitunter ganz unmöglich war, bei ihrem Anblick ernst zu bleiben (was übrigens Aglaja zu noch größerem Ärger reizte, da sie es gar nicht begreifen konnte, »wie man *überhaupt wagen durfte*, über sie zu lachen!«). So brachen denn auch diesmal die Schwestern in Lachen aus, auch Fürst Sch. lachte, und selbst Fürst Lew Nikolajewitsch, der plötzlich aus irgendeinem Grunde gleichfalls ganz rot geworden war, mußte lächeln. Kolja triumphierte und freute sich. Aglaja aber ärgerte sich über alle Maßen, und das stand ihr vorzüglich: sie wurde noch reizender durch ihre Verwirrung und den Ärger über diese Verwirrung.

». . . Oder haben Sie schon vergessen, maman, wie oft er den Sinn Ihrer eigenen Worte entstellt hat?« fragte sie verletzt.

»Aber wieso, ich wiederholte doch ganz wortgetreu Ihren eigenen Ausruf!« verteidigte sich Kolja. »Vor einem Monat blätterten Sie im „Don Quijote“ und plötzlich riefen Sie buchstäblich aus, etwas Besseres als den „armen Ritter“ gäbe es überhaupt nicht. Leider weiß ich nicht, von wem die Rede war: von Don Quijote oder Jewgénij Páwlowitsch oder vielleicht von irgendeinem Dritten; ich vermutete nur, daß vorher von einer bestimmten Persönlichkeit gesprochen worden war, und wohl schon lange ...«
»Mein lieber Junge, ich sehe, du erlaubst dir mitunter doch etwas zuviel mit deinen Vermutungen«, unterbrach ihn die Generalin ärgerlich.
»Aber was habe ich denn getan?« wunderte sich der nicht zum Schweigen zu bringende Kolja. »Ich habe doch meines Wissens durchaus keine Indiskretion begangen, alle sprachen damals davon, und das tun sie ja auch jetzt: soeben sprachen doch noch Fürst Sch. und Adelaida von ihm, und alle sagten damals, daß sie auf Seiten des „armen Ritters“ ständen! Also muß es doch diesen „armen Ritter“ nicht nur in der Literatur geben, und meiner Meinung nach ist es nur die Schuld Adelaida Iwanownas, daß wir noch nicht wissen, wie er aussieht.«
»Meine Schuld? Um Gottes willen, inwiefern denn?« fragte Adelaida lachend.
»Weil Sie sein Porträt nicht gemalt haben! Aglaja Iwanowna bat sie damals, den „armen Ritter“ zu malen, und beschrieb Ihnen auch ganz genau das Bild, das sie sich ausgedacht hatte, erinnern Sie sich noch? Sie aber wollten nicht ...«
»Aber was hätte ich denn malen sollen? Wen? Von dem „armen Ritter“ heißt es doch, niemand habe seither mehr gesehen,

„daß er vor anderen hob
einmal noch das Visier“.

Also was? – einen Helm? – ein geschlossenes Visier?«
»Ich verstehe kein Wort! Helm! Visier! – Was soll das heißen, wovon redet ihr?« fragte die Generalin aufrichtig geärgert; denn sie begann bereits zu erraten, wer mit dem „armen Ritter“ gemeint war und offenbar schon seit langer Zeit nach gemeinsamer, stillschweigender Übereinkunft so genannt wurde.
Da bemerkte sie, daß auch Fürst Lew Nikolajewitsch ganz verwirrt aussah und so befangen war wie ein zehnjähriger Knabe – und da war sie empört.
»Aber so sagt mir doch endlich, was diese ganze Dummheit zu bedeuten hat! Nun? Was hat es für eine Bewandtnis mit dem „armen Ritter“? Oder ist es denn ein so furchtbares Geheimnis, daß man überhaupt nicht daran rühren darf?«
Doch die anderen fuhren nur fort zu lachen.
»Es gibt ein merkwürdiges russisches Gedicht, ein Fragment«, nahm es schließlich Fürst Sch. auf sich, den Sachverhalt zu erklären, offenbar um dem Gespräch dann schneller eine andere Wendung geben

zu können, »ein Fragment von einem „armen Ritter", das weder einen richtigen Anfang noch ein richtiges Ende hat. Vor etwa einem Monat scherzten wir einmal alle nach Tisch und schlugen wie gewöhnlich Sujets zu Adelaida Iwanownas zukünftigem großen Gemälde vor. Sie wissen doch, daß es die wichtigste Aufgabe der ganzen Familie ist, für Adelaida Iwanowna ein passendes Sujet zu ersinnen! Und da schlug dann jemand den „armen Ritter" vor, – wer es zuerst tat, dessen entsinne ich mich nicht mehr ...«

»Aglaja Iwanowna!« verriet Kolja.

»Vielleicht, es ist möglich, nur entsinne ich mich dessen nicht mehr«, fuhr Fürst Sch. fort. »Die einen lachten und spotteten über diesen Vorschlag, die anderen wiederum meinten, es gäbe sicher nichts Höherstehendes; doch, um den „armen Ritter" zu malen, müsse man vor allen Dingen ein Gesicht malen, und dazu brauche man ein Modell. Da begannen wir denn, alle Bekannten der Reihe nach durchzunehmen; das Resultat der Prüfung war, daß uns kein einziges Gesicht als dazu passend erschien, und dabei blieb es. Ja, und das war alles. Ich verstehe nur nicht, weshalb Nikolai Ardaliónytsch jetzt darauf zu sprechen gekommen ist? Was damals scherzhaft und bien à propos war, ist doch jetzt von gar keinem Interesse.«

»Wahrscheinlich weil wieder ein Dummkopf damit gemeint wird, irgendeine neue verletzende Taktlosigkeit«, versetzte die Generalin scharf.

»Durchaus keine Taktlosigkeit oder Dummheit, sondern nur die größte Hochachtung«, sagte plötzlich mit ganz unerwartetem Ernst und Nachdruck Aglaja, die sich inzwischen gefaßt und ihre Verlegenheit bezwungen hatte. Ja, man konnte sogar glauben, es freue sie jetzt, daß der Scherz weiter und weiter ging. Und diese ganze Veränderung war in dem einen Augenblick vor sich gegangen, als sie plötzlich die auffallende Verlegenheit und wachsende Verwirrung des Fürsten Lew Nikolajewitsch bemerkt hatte.

»Da werde einer klug draus! Zuerst lachen sie wie die Irren und dann empfinden sie plötzlich die größte Hochachtung! Verrücktes Volk! Sag sofort, weshalb du jetzt mir nichts, dir nichts die größte Hochachtung empfindest?«

»Ganz einfach deshalb«, antwortete Aglaja ebenso ernst und gewichtig auf die fast zornige Frage der Mutter, »weil uns in diesem Gedicht ein Mensch geschildert wird, der fähig ist, ein Ideal zu haben; zweitens, nachdem er sich einmal ein Ideal auserkoren hat, an dasselbe zu glauben, und nachdem er einmal zu glauben begonnen hat, für dieses Ideal blind sein ganzes Leben hinzugeben. So etwas kommt jetzt nicht alle Tage vor. In diesem Gedicht ist nicht direkt gesagt, worin eigentlich dieses Ideal des „armen Ritters" bestand; aber es geht doch wenigstens aus ihm hervor, daß es etwas Lichtes war, „das Bild der reinen Schönheit", so daß der verliebte Ritter sogar auf den Schmuck der seidenen Schärpe verzichtete und statt dieser nur den Rosenkranz zum Gebet sich um den Hals

hängte. Allerdings gibt es dann noch eine dunkle Anspielung in dem Gedicht, eine unausgesprochene Devise, die Buchstaben N. F. B., die er auf seinen Schild geschrieben hat ...«
»A. M. D.!« korrigierte Kolja.
»Ich aber sage N. F. B. und will dabei bleiben!« unterbrach ihn Aglaja ärgerlich. »Doch gleichviel, – jedenfalls ist es klar, daß diesem armen Ritter eines nun schon ganz gleichgültig geworden ist: nämlich, wer seine Dame ist und was sie tut. Es genügt ihm, sie erwählt zu haben und an ihre „reine Schönheit" zu glauben, und danach sein ganzes Leben lang dabei zu bleiben, sie ewig zu verehren; gerade darin besteht ja das Verdienst, daß er auch dann, wenn sie zur Diebin würde, dennoch an sie glauben und für ihre reine Schönheit Lanzen brechen müßte. Der Dichter hat wahrscheinlich in der außergewöhnlichen Gestalt eines reinen und hochstehenden Ritters den ganzen gewaltigen Begriff der mittelalterlich-ritterlichen platonischen Liebe darstellen wollen; natürlich ist das eine Idealgestalt. Im „armen Ritter" aber ist dieses Gefühl schon auf der letzten Stufe angelangt, bei der Askese; man muß aber doch zugeben, daß die Fähigkeit zu einem solchen Gefühl viel bedeutet, und daß solche Gefühle an und für sich einen tiefen und einerseits überaus lobenswerten Grundzug prägen, ganz abgesehen von dem Wert eines Don Quijote. Der „arme Ritter" ist gleichfalls ein Don Quijote, bloß nicht ein komisch aufgefaßter, sondern ein ernst und tragisch gesehener. Anfangs verstand ich das nicht und ich lachte, jetzt aber liebe ich den „armen Ritter", und vor allem habe ich Hochachtung vor seinem Heldentum.«
Damit schloß Aglaja, und wenn man sie ansah, war es sogar schwer zu sagen, ob sie im Ernst oder nur im Scherz gesprochen hatte.
»Nun, das wird wohl irgendein Dummkopf gewesen sein, dieser Ritter mitsamt seinem Heldentum!« fällte die Generalin das Urteil. »Aber auch du, Mütterchen, bist richtig ins Faseln hineingeraten, das war ja ein ganzer Vortrag; aber das schickt sich, meiner Meinung nach, gar nicht für dich; und in jedem Fall ist so etwas unstatthaft. Was ist das für ein Gedicht? Sage es auf, du kannst es doch gewiß auswendig. Ich will es unbedingt hören. Mein Lebtag habe ich Gedichte nicht ausstehen können, als hätte ich's vorausgeahnt! Und da haben wir's nun! Um Gottes willen, lieber Fürst, halte noch ein wenig aus, wir sind beide, scheint es, zu gemeinsamem Dulden verurteilt«, wandte sie sich an den Fürsten Lew Nikolajewitsch. Sie ärgerte sich sehr.
Fürst Lew Nikolajewitsch wollte schon etwas sagen, brachte aber in seiner Verwirrung kein Wort hervor. Nur Aglaja, die sich in ihrem »Vortrag« so viel erlaubt hatte, war die einzige von allen Anwesenden, die sich nicht im geringsten geniert fühlte; ja, sie schien sich sogar zu freuen, daß es so weit gekommen war. Sie erhob sich sogleich, und es hatte fast den Anschein, als hätte sie sich darauf vorbereitet und jetzt nur auf die erste Aufforderung gewartet; sie

trat vor und blieb mitten auf der Veranda, gegenüber dem im Lehnstuhl sitzenden Fürsten stehen. Alle blickten sie im ersten Moment erstaunt an, und fast alle, Fürst Sch., die Schwestern und die Mutter, sahen mit einem unangenehmen Empfinden diesem neuen Streich entgegen, der jedenfalls etwas zu weit zu gehen drohte. Aus der Art und Weise, wie Aglaja vortrat und sich aufstellte, ersah man aber, daß sie an diesem affektierten Auftreten Gefallen fand. Lisaweta Prokofjewna wollte sie schon mit einem strengen Verweis auf ihren Platz zurückschicken. Doch kaum hatte Aglaja die bekannte Ballade begonnen, als sich plötzlich zwei neue Gäste laut sprechend auf dem Parkwege der Veranda näherten. Es waren das General Jepantschin und ein unbekannter junger Mann. Ihr Erscheinen rief eine kleine Aufregung hervor.

VII

Der junge Mann, der den General begleitete, war ungefähr achtundzwanzig Jahre alt eine große und schlanke Erscheinung mit einem klugen Gesicht und großen, dunklen Augen, deren Blick sofort Scharfsinn und Spottlust verriet. Aglaja sah sich nicht einmal nach ihm um, sondern fuhr ohne weiteres in ihrem Vortrag fort, und zwar wandte sie sich ausschließlich an den Fürsten Myschkin, der nun seinerseits begriff, daß sie mit diesem scheinbaren Scherz eine ganz bestimmte Absicht verfolgte. Zum Glück half ihm das Erscheinen der neuen Gäste ein wenig aus seiner unangenehmen Lage: er erhob sich sogleich, als er sie erblickte, nickte dem General von weitem zu und bat ihn durch einen Wink, den Vortrag nicht zu stören, worauf er hinter seinen Stuhl trat und, den linken Ellenbogen auf die Lehne stützend, die Ballade in gewissermaßen freierer Haltung, und nicht so »komisch« wie im Lehnstuhl sitzend, zu Ende hören konnte. Lisaweta Prokofjewna hatte ihrerseits sogleich durch eine befehlende Handbewegung ihrem Gatten und dem fremden Herrn zu verstehen gegeben, daß sie dort stehen bleiben sollten, wo sie waren. Fürst Lew Nikolajewitsch interessierte sich übrigens ungeheuer für den neuen Gast, den ihm der General da zuführte: er erriet sofort, daß der junge Mann kein anderer sein konnte als Jewgénij Páwlowitsch Rádomskij, von dem er schon so viel gehört und an den er schon oft gedacht hatte. Nur eines machte ihn stutzig: der junge Mann trug Zivilkleider, Jewgénij Pàwlowitsch aber war doch, soviel er wußte, Offizier. Während des ganzen Vortrages der Ballade zuckte ein spöttisches Lächeln um den Mund des jungen Mannes, als wäre in seiner Gegenwart schon des öfteren vom „armen Ritter“ die Rede gewesen.
(»Vielleicht stammt sogar der ganze Einfall nur von ihm«, dachte der Fürst bei sich.)
Inzwischen war mit Aglaja eine vollkommene Veränderung vor sich gegangen. Die affektierte Wichtigtuerei, mit der sie vorgetreten war und begonnen hatte, war alsbald einem großen Ernst gewichen, und sie sprach jedes Wort so einfach und doch mit so tiefem Verständnis aus, daß sie zum Schluß nicht nur die allgemeine Aufmerksamkeit gefesselt, sondern auch die anfangs affektiert erschienene Feierlichkeit, mit der sie in die Mitte der Veranda getreten war, gleichsam gerechtfertigt hatte. Wenigstens konnte man jene Feierlichkeit nur noch als Ausdruck der Größe und, nun ja, auch Naivität ihrer Hochachtung auffassen, die sie für den „armen Ritter“ hegte. Ihre Augen glänzten, und zweimal glitt kaum merklich ein leiser Schauer der Begeisterung über ihr schönes Gesicht, als sie die Ballade vortrug.

„Schweigsam und schlicht,
ernst nur und blaß von Angesicht,
furchtlosen Muts jedoch,
ganz sonder Scheu,
lebte im Abendland
einst vor Jahrhunderten
ein armer Ritter.

Einmal – es war das wohl
etwas Unfaßbares! –
sah er erschüttert
eine Vision.
Die schnitt ins Herz sich ihm
für alle Zeiten.

Seit diesem Augenblick
war seine Seele entbrannt,
sah er kein Weib mehr an,
sprach er zu keiner Frau
auch nur ein Wort.

Nur einen Rosenkranz,
der die Gebete zählt,
hing er sich um den Hals
statt jeder Schärpenzier.

Und von der Stunde an
sah es auch niemand mehr,
daß er vor andern hob
einmal noch das Visier.

So ganz erfüllt von dem Bild,
rein in der Liebe und treu,
schrieb er mit seinem Blut
sichtbar auf seinen Schild
nur: A. M. D.

Als dann im Heiligen Land
jeder der Ritter im Kampf
seiner verehrtesten Dame
Namen als Schlachtruf rief –
war es, daß er allein,
wie sonst kein Paladin,
über alles Gedröhn
laut ‚Lumen coeli' rief,
‚sancta rosa!'

Rief es mit solcher Glut,
daß es den Feinden erschien
dräuend wie Donnergegroll,
und jeder Mut sie verließ.

Auf seiner einsamen Burg,
fern im Abendland,
lebte er dann bis ans Grab
immer so einsam allein,
immer so schweigsam und still,
immer so traurig und stumm ...
bis er in Wahnsinn starb."

Wenn der Fürst später an diese Minuten zurückdachte, peinigte ihn stets etwas für ihn ganz Unbegreifliches, und das war: wie sie einen so innigen, schönen Vortrag, der doch von ihrer Begeisterung für den Sinn der Ballade sprach, mit einer so boshaften Absicht, deren Spott doch auf der Hand lag, hatte vereinen können? Daß sie ihn aber hatte verspotten wollen, daran zweifelte er keinen Augenblick. Den Spott hatte er sogleich herausgemerkt, und zwar aus folgendem: Aglaja hatte statt der drei Buchstaben A. M. D. drei andere Buchstaben, N. F. B., genannt. Daß hierbei kein Versehen ihrerseits vorlag und auch er nicht etwa falsch gehört hatte, daran konnte er schlechterdings nicht zweifeln (und er hatte recht, wie sich später herausstellte). Jedenfalls war also Aglajas Ausfall – wenn auch natürlich als Scherz gedacht, freilich als ein sehr herausfordernder und leichtsinniger Scherz – schon vorher mit einer bestimmten Absicht überlegt gewesen. Von dem „armen Ritter" hatten ja alle schon vor einem Monat gesprochen (und »über ihn gelacht«). Und doch hatte Aglaja, wie der Fürst sich trotz allen Nachprüfens in der Erinnerung sagen mußte, diese Buchstaben nicht nur ohne jede Spur von Scherz oder irgendwelchem Spott ausgesprochen, ja sogar ohne eine besondere Betonung, die ihre geheime Bedeutung auffallender verraten hätte, sondern im Gegenteil mit so unverändertem Ernst, mit so unschuldiger und naiver Einfachheit, daß man sehr wohl hätte glauben können, vom Dichter seien in der Ballade gerade diese Buchstaben und keine anderen angegeben. Es war dem Fürsten bei diesem Gedanken zumut, als werde er von etwas Schwerem und Unangenehmem verletzt. Lisaweta Prokofjewna war die Veränderung überhaupt nicht aufgefallen, und ihr Gatte, der General, begriff nur, daß »Verse« deklamiert wurden. Allen übrigen dagegen war Aglajas Ausfall sogleich aufgefallen, und sie wunderten sich nicht wenig über sie; man bemühte sich jedoch, so zu tun, als wäre nichts vorgefallen, um so über die Sache hinwegzukommen. Nur Jewgenij Pawlowitsch hatte nicht bloß begriffen, sondern – darauf hätte der Fürst wetten mögen – schien auch zeigen zu wollen, wie gut er es begriffen hatte: so spöttisch lächelte er.

»Wundervoll! Ein prachtvolles Gedicht!« rief die Generalin aufrichtig entzückt aus, als Aglaja geendet hatte. »Von wem ist es?«
»Von Puschkin, maman, machen Sie uns doch nicht die Schande, das muß man doch wissen!« sagte Adelaida scherzhaft.
»Ach, wenn man mit euch zusammenlebt, kann man noch viel dümmer werden!« meinte Lisaweta Prokofjewna nicht ohne Bitterkeit. »Freilich ist es eine Schande, Puschkin nicht zu kennen! Wenn wir nach Hause kommen, müßt ihr mir sofort den Puschkin geben.«
»Ich glaube, wir besitzen gar keinen Puschkin.«
»Zwei alte, halb zerrissene Bände liegen dort irgendwo seit undenklichen Zeiten herum«, sagte Alexandra.
»Dann müssen wir sogleich nach der Stadt schicken, Fjodor oder Alexei, mit dem nächsten Zug, besser Alexei, damit er die Gesamtausgabe kauft. Aglaja, komm her! Gib mir einen Kuß, du hast es vorzüglich vorgetragen, aber – wenn du es aufrichtig getan hast«, fuhr sie fast flüsternd fort, »so tust du mir leid; hast du's aber getan, um ihn zu verspotten, so heiß' ich deine Gefühle nicht gut, so daß es dann jedenfalls besser gewesen wäre, du hättest geschwiegen. Verstehst du? So, und jetzt gehen Sie, mein Fräulein, ich werde noch später mit dir reden, wir aber sind hier doch etwas zu lange sitzen geblieben.«
Inzwischen hatte der Fürst den General begrüßt, worauf ihm dieser den mitgebrachten Gast als Jewgénij Páwlowitsch Rádomskij vorstellte.
»Ich habe ihn unterwegs getroffen, er ist gerade mit dem letzten Zug aus Petersburg gekommen. Als er erfuhr, daß ich mich hierher begebe und auch die Meinigen alle hier sind . . .«
»Als ich erfuhr, daß auch Sie hier sind«, unterbrach ihn Jewgénij Páwlowitsch, »beschloß ich, da ich mir fest vorgenommen hatte, nicht nur Ihre Bekanntschaft zu machen, sondern mich auch um Ihre Freundschaft zu bewerben, weiter keine Zeit zu verlieren und die Gelegenheit beim Schopf zu fassen. Sie sind krank gewesen, wie ich höre . . .«
»Jetzt bin ich wieder ganz gesund, und es freut mich sehr, Sie kennenzulernen. Ich habe durch Fürst Sch. viel von Ihnen gehört und sogar viel mit ihm über Sie gesprochen«, sagte Fürst Lew Nikolajewitsch, indem er ihm die Hand reichte.
Die Begrüßungsworte waren ausgetauscht, sie drückten einander die Hand und blickten sich eine Sekunde lang prüfend in die Augen. Die Unterhaltung wurde im Handumdrehen allgemein. Der Fürst bemerkte übrigens (er bemerkte jetzt sehr vieles und sehr schnell, vielleicht aber auch manches, was gar nicht der Fall war), daß die Zivilkleidung Jewgenij Pawlowitschs ganz ungewöhnliches Aufsehen erregte und die Anwesenden so in Erstaunen setzte, daß im Augenblick alle übrigen Eindrücke vergessen wurden. Daher war es auch nur natürlich, wenn der Fürst in dieser Veränderung einen Umstand von besonderer Bedeutung und großer Wichtigkeit vermu-

tete. Adelaida und Alexandra begannen Jewgenij Pawlowitsch erstaunt auszufragen, und Fürst Sch., der mit ihm verwandt war, schien sogar sehr beunruhigt zu sein. Der General war geradezu aufgebracht. Nur Aglaja betrachtete den jungen Mann zwar interessiert, aber doch mit vollkommener Ruhe, ganz als hätte sie nur feststellen wollen, was ihm wohl besser stand, die Uniform oder der Zivilanzug; doch kaum hatte sie ihn einmal von oben bis unten betrachtet, als sie sich auch schon abwandte, um ihn dann überhaupt nicht mehr zu beachten. Auch die Generalin stellte keine einzige Frage an ihn, obschon auch sie sich vielleicht beunruhigt fühlte. Dem Fürsten wollte es scheinen, daß Jewgenij Pawlowitsch bei ihr zur Zeit in Ungnade stand.

»Ich fiel aus den Wolken! Ich traute meinen Augen nicht!« war des Generals Antwort auf die Fragen der Damen. »Ich wollte es einfach nicht glauben, als ich ihm vorhin in Petersburg begegnete! Und weshalb denn so plötzlich, das ist die Frage! Sonst ist er doch der erste, der anderen den Rat gibt, nicht übereilt zu handeln.«

Wie aber aus dem folgenden Gespräch hervorging, hatte Jewgenij Pawlowitsch schon vor langer Zeit mitgeteilt, daß er den Abschied nehmen werde; nur hatte er es stets in einem so unernsten Ton gesagt, daß es ihm von niemand geglaubt worden war. Übrigens war es seine Art, auch von ernsten Sachen unernst oder fast scherzend zu sprechen, so daß es wirklich schwer war, herauszufühlen, wie er es nun in Wirklichkeit meinte, namentlich, wenn er selbst wollte, daß die anderen es nicht herausbekämen.

»Aber ich werde ja doch nur kurze Zeit, nur ein paar Monate, höchstens ein Jahr in der Reserve bleiben«, sagte er lachend.

»Aber wozu das, das ist doch ganz überflüssig, wenigstens soweit ich Ihre Verhältnisse kenne!« konnte sich der General noch immer nicht beruhigen.

»Um meine Güter zu inspizieren. Dazu haben Sie mir doch selbst geraten; und zudem will ich auch einmal ins Ausland . . .«

Das Gespräch ging auf einen anderen Gegenstand über, doch die eigentümliche andauernde Unruhe bestärkte den Fürsten Lew Nikolajewitsch unwillkürlich in der Vermutung, daß es sich hier um etwas Besonderes handelte.

»Also, der „arme Ritter" ist wieder in Szene gegangen?« fragte Jewgenij Pawlowitsch, an Aglaja herantretend.

Doch diese maß ihn zur größten Verwunderung des Fürsten nur mit erstaunt fragendem Blick, als wolle sie sagen, daß zwischen ihnen doch wohl nie vom „armen Ritter" die Rede gewesen sein könne und sie seine Frage überhaupt nicht verstehe.

»Aber es ist doch zu spät, jetzt ist es doch viel zu spät, noch nach der Stadt zu schicken, um den Puschkin zu kaufen!« bemühte sich Kolja, die Generalin, mit der er sich wieder stritt, von ihrem Vorhaben abzubringen. »Zum dreitausendstenmal sage ich Ihnen: es ist heute viel zu spät dazu!«

»Ja, heute ist es allerdings zu spät, noch nach der Stadt zu schicken«, pflichtete ihm Jewgenij Pawlowitsch, der sich von Aglaja möglichst schnell abwandte, bei. »Auch dürften die Läden in Petersburg schon geschlossen sein, die Uhr geht ja bereits auf neun«, sagte er, seine Uhr hervorziehend.

»Wenn wir so lange nicht darauf verfallen sind, die Bücher zu kaufen, dann werden wir wohl bis morgen noch warten können«, meinte Adelaida.

»Und in der vornehmen Welt ist es doch auch gar nicht Mode, sich allzu lebhaft für Literatur zu interessieren! Fragen Sie mal Jewgenij Pawlowitsch. Das Fashionabelste ist heutzutage, in einem gelben Char-à-bancs mit roten Rädern spazieren zu fahren.«

»Schon wieder ein Zitat, Kolja!« seufzte Adelaida.

»Aber er spricht ja doch nie anders als in Zitaten«, versetzte Jewgenij Pawlowitsch. »Mitunter kann man ganze Sätze aus den kritischen Besprechungen von ihm wiederhören. Ich habe schon lange das Vergnügen, Nikolai Ardaliónytschs Redeweise zu kennen;[12] aber diesmal war es kein Zitat, sondern eine nicht mißzuverstehende Anspielung auf meinen gelben Char-à-bancs mit roten Rädern. Nur haben Sie sich damit leider ein wenig verspätet, denn ich habe meinen Wagen bereits umgetauscht.«

Der Fürst hörte Radomskij mit großem Interesse zu. Er fand, daß Jewgenij Pawlowitsch sich ganz vorzüglich hielt, und namentlich gefiel ihm außer seiner Bescheidenheit und Scherzhaftigkeit, daß er so freundschaftlich mit Kolja sprach, wie mit einem völlig Gleichstehenden, und obgleich dieser ihn doch offenbar hatte necken wollen.

»Was ist das?« fragte Lisaweta Prokofjewna erstaunt, als plötzlich Wjera Lebedewa mit mehreren ganz neuen, prächtig eingebundenen Büchern großen Formats vor ihr erschien und ihr eines derselben reichte.

»Puschkin«, sagte Wjera. »Unser Puschkin. Papa befahl mir, Ihnen unseren Puschkin zu bringen.«

»Wie ist das möglich?« wunderte sich die Generalin.

»Nicht als Geschenk, nicht als Geschenk! Wie dürfte ich das wagen!« beteuerte sofort Lebedeff, der im Augenblick neben seiner Tochter auftauchte. »Zum selben Preise, für den ich ihn gekauft habe! Das ist mein eigener, sozusagen unser Familien-Puschkin, die Ausgabe von Ánnenkoff, die jetzt nirgends mehr zu haben ist; zu demselben Preise, wie gesagt. Ich biete Ihnen die ganze Ausgabe untertänigst zum Kaufe an, um die edle Ungeduld des literarischen Wissensdranges Eurer Exzellenz zu befriedigen.«

»Ach so, du willst deinen Puschkin verkaufen, – besten Dank. Sollst nichts verlieren, hab keine Angst; nur krümme dich, bitte, nicht so viel, Väterchen. Ich hab schon von dir gehört: du sollst ja ungeheuer belesen sein, sagt man. Dann können wir einmal diskutieren. Willst du selbst deinen Puschkin zu mir bringen?«

»Gewiß, mit der größten Ehrfurcht und ... Ehrerbietung!« – Lebedeff, der die Bücher seiner Tochter bereits aus den Händen nahm, dienerte in höchster Zufriedenheit.

»Verlier sie nur nicht bis dahin, bring sie meinetwegen auch ohne Ehrerbietung, doch mit der einen Bedingung«, fügte sie hinzu, indem sie ihn fest ansah, »nur bis zur Schwelle; denn heute werde ich dich nicht empfangen. Deine Tochter Wjera dagegen kannst du meinethalben gleich zu uns schicken, die gefällt mir sehr.«

»Warum sagen Sie denn nichts von jenen, Papa?« wandte sich Wjera ungeduldig an ihren Vater. »Sonst werden sie ja schließlich noch unaufgefordert eintreten, sie sind doch nicht mehr zurückzuhalten. Lew Nikolajewitsch«, wandte sie sich an den Fürsten, der nach seinem Hut gegriffen hatte, um Jepantschins, die bereits aufbrechen wollten, zu begleiten, »es sind dort vier junge Leute, die mit Ihnen sprechen wollen, sie warten schon lange bei uns und sind wütend, weil Papa sie nicht zu Ihnen lassen will.«

»Was wollen sie von mir?« fragte der Fürst.

»Es sei eine geschäftliche Angelegenheit, sagen sie; aber sie sind doch so, daß sie schließlich noch einen großen Skandal machen werden, wenn man sie nicht empfängt, oder sie werden Sie im Park aufhalten. Ich denke, es ist besser, Lew Nikolajewitsch, Sie empfangen sie jetzt schnell und schicken sie dann weg, – dann sind Sie sie los. Gawrila Ardalionytsch und Ptizyn reden dort auf sie ein, aber sie wollen sich nicht wegschicken lassen.«

»Pawlíschtscheffs Sohn, ja, Pawlíschtscheffs Sohn ist's! Lohnt sich nicht, nicht der Mühe wert!« beteuerte Lebedeff, mit beiden Händen abwinkend. »Es lohnt sich wahrhaftig nicht, sie überhaupt anzuhören! Und sich von solchen Leutchen auch noch aufhalten zu lassen, wäre ganz unter Ihrer Würde, durchlauchtigster Fürst. Jawohl, das ist meine Meinung. Es lohnt sich wahrhaftig nicht ...«

»Pawlischtscheffs Sohn! Mein Gott!« rief der Fürst in größter Verlegenheit. »Ich weiß ... aber ich habe doch ... ich habe doch diese ganze Angelegenheit Gawrila Ardalionytsch übergeben! Und Gawrila Ardalionytsch sagte mir noch vor einer Stunde ...«

In diesem Augenblick trat Gawrila Ardalionytsch schon aus dem Zimmer auf die Veranda und ihm folgte Ptizyn. Im nächsten Zimmer hörte man Lärm und Stimmengewirr, in dem nur die laute Stimme des Generals Iwolgin zu unterscheiden war, der offenbar die anderen zu überschreien suchte. Kolja eilte sofort hin.

»Das ist sehr interessant«, bemerkte plötzlich Jewgenij Pawlowitsch laut, so daß es alle hörten.

(»Also er weiß schon etwas davon!« dachte der Fürst bei sich.)

»Was? Ein Sohn von Pawlischtscheff? Aber ... was kann es denn für einen Sohn von Pawlischtscheff geben?« wunderte sich General Jepantschin und blickte fragend vom einen zum anderen. Zu seinem Erstaunen bemerkte er, daß alle etwas zu wissen schienen, wovon nur er allein keine Ahnung hatte.

Allerdings wäre die allgemeine Erwartung und das offenkundige Interesse der Anwesenden selbst einem Unbefangenen aufgefallen; den Fürsten aber wunderte es unsäglich, daß eine Angelegenheit, die doch nur ihn persönlich etwas anging, so vielen bereits bekannt war und dazu noch augenscheinlich so sehr interessierte.

»Es wäre sehr gut, wenn Sie diese Angelegenheit hier sogleich *selbst* erledigten«, sagte Aglaja, die plötzlich mit auffallendem Ernst an den Fürsten herantrat, »und ich hoffe, Sie erlauben uns allen, Ihre Zeugen zu sein. Man will Sie mit Schmutz bewerfen, Fürst, Sie müssen sich öffentlich rechtfertigen und ich freue mich schon im voraus sehr für Sie.«

»Ja, auch ich würde wünschen, daß diese empörende Prätention endlich einmal energisch zurückgewiesen wird!« rief die Generalin erregt. »Lieber Fürst, schone sie nicht, gib's ihnen ordentlich! Mir gellen schon die Ohren von dieser Skandalgeschichte, weiß Gott, sie hat viel böses Blut in mir gemacht. Deinetwegen, Fürst. Und es wird auch nicht uninteressant sein, diese Menschensorte einmal kennenzulernen. Ruf sie nur herein, wir setzen uns inzwischen. Das war sehr richtig, Aglaja, was du da sagtest. Haben Sie schon davon gehört, Fürst?« wandte sie sich an den Fürsten Sch.

»Oh, gewiß; in ihrem Hause. Doch was mich besonders interessiert, ist – jene jungen Leute mit eigenen Augen zu sehen«, antwortete Fürst Sch.

»Das sind jetzt also Nihilisten, nicht wahr?«

»Nein, Nihilisten sind sie eigentlich nicht«, versetzte sofort Lebedeff, der vor Aufregung nicht wußte, wo er sich lassen sollte, indem er einen Schritt nähertrat, »sie gehören vielmehr zu einer anderen, einer besonderen Kategorie. Mein Neffe sagt, sie gingen viel weiter als die Nihilisten. Eure Exzellenz glauben vielleicht, sie durch Eurer Exzellenz Anwesenheit verlegen zu machen, aber das wäre ein großer Irrtum: die werden nicht verlegen. Nihilisten sind mitunter auch gebildete Leute, sogar gelehrte Leute, diese aber gehen weiter, sie sind vor allem Geschäftsleute und beginnen sogleich mit der Nutzanwendung. Diese Sorte Menschen ist eigentlich nur eine gewisse Folgeerscheinung des Nihilismus, aber doch keine direkte, sondern sozusagen eine indirekte; den Nihilismus kennen sie nur vom Hörensagen, und ihre Meinung äußern sie nicht etwa wie jene in Zeitungsartikelchen, sondern direkt in Taten, sehen Sie! Und nicht nur um die Sinnlosigkeit Puschkins, oder, zum Beispiel, um die Notwendigkeit des Zerfalls des Russischen Reiches handelt es sich bei ihnen! – nein, sie erklären einfach, ein jeder habe das Recht, wenn er nach irgend etwas Verlangen trägt, vor keinem Hindernis mehr zurückzuschrecken oder sich von moralischen Bedenken abhalten zu lassen, und wenn sie dabei auch acht lebendigen Menschen den Garaus machen müßten. Aber ich würde Ihnen, durchlauchtigster Fürst, doch nicht raten ...«

Doch der Fürst schritt bereits zur Tür, um sie den ungebetenen Gästen zu öffnen.

»Sie verleumden sie, Lebedeff«, sagte er lächelnd, »Ihr Neffe hat Sie sehr gekränkt. Glauben Sie ihm nicht, Lisaweta Prokofjewna. Ich versichere Ihnen, die Gorskijs und Daníloffs[13] sind nur Ausnahmefälle, diese hier aber ... irren sich nur ... Nur würde ich nicht gern hier in Gegenwart aller ... Verzeihen Sie, Lisaweta Prokofjewna, wenn ich die jungen Leute nur auf einen Augenblick hierher bitte, damit Sie sie sehen können, und sie dann wieder hinausführe. – Bitte, meine Herren!«

Ihn beunruhigten weniger die bevorstehende Aussprache als ein geradezu qualvoller Gedanke: wie nun, wenn dieses Zusammentreffen, gerade an diesem Tage und zu dieser Stunde, von irgend jemand absichtlich herbeigeführt worden war, um gerade diesen Zeugen nicht etwa seinen Sieg, sondern seine Niederlage zu zeigen! Doch das Quälendste waren die Vorwürfe, die er sich selbst wegen seines »ungeheuerlichen und teuflischen Argwohns« machte. Er glaubte sterben zu müssen vor Scham, wenn jemand seine geheimen Gedanken erführe. Als die neuen Gäste auf die Veranda traten, war er aufrichtig bereit, sich unter allen Anwesenden in sittlicher Beziehung für den Letzten der Letzten zu halten.

Es traten im ganzen fünf Mann ein, vier neue Gäste und hinter diesen der alte General Iwolgin – höchst ereifert und aufgebracht und, wie gewöhnlich in solchen Fällen, von überströmender Redelust. »Der wenigstens wird zu mir halten!« dachte der Fürst lächelnd. Auch Kolja war wieder zurückgekehrt und redete eifrig auf Ippolít ein (der war einer von den vieren), doch Ippolít lächelte nur boshaft.

Der Fürst bat die Neueingetretenen, Platz zu nehmen. Sie waren aber alle ein noch so junges, sogar so unmündiges Völkchen, daß man sich über sie, ihr Vorhaben und die Umstände, die man mit ihnen machen mußte, nur wundern konnte. Iwan Fjodorowitsch Jepantschin zum Beispiel, der von diesem ganzen »neuen Skandal« nichts wußte und nichts begriff, war sogar empört über diese ihre Jugendlichkeit und hätte sicherlich irgendwie gegen eine weitere Verhandlung protestiert, wenn ihn nicht dies unerklärliche Interesse seiner Gemahlin für die Privatangelegenheit des Fürsten davon abgehalten hätte. Übrigens blieb er zum Teil auch aus Neugier und zum Teil aus Gutmütigkeit, in der Hoffnung, vielleicht auch helfen, doch jedenfalls durch seine Autorität von Nutzen sein zu können. Da aber wagte es der alte General Iwolgin, ihn von weitem zu grüßen, was Seine Exzellenz sogleich wieder empörte; er runzelte die Stirn und beschloß, beharrlich zu schweigen.

Übrigens war einer von den vier doch nicht mehr so ganz jung – so an die Dreißig; das war jener Leutnant a. D. aus Rogoshins Gefolge, „der Boxer" genannt, der einst selber an die fünfzehn Rubel jedem Bettler gegeben haben wollte. Allem Anschein nach begleitete

er die anderen als aufrichtiger Freund zur Unterstützung ihres Mutes und, falls erforderlich, auch ihrer Muskeln. Unter den übrigen drei spielte die erste Rolle natürlich derjenige, der von sich behauptete, Pawlíschtscheffs Sohn zu sein; doch stellte er sich dessenungeachtet als Antíp Burdówskij vor. Er war ein noch junger Mann in ärmlicher Kleidung, die sich noch durch Unordentlichkeit, Schmierigkeit und fettig glänzende Ärmel auszeichnete; die befleckte Weste hatte er bis zum Halse zugeknöpft, die Wäsche war Gott weiß wo geblieben, die Krawatte war gleichfalls bis zur Unglaublichkeit fettig und fast zur Schnur zusammengerollt; die Hände waren ungewaschen, das Gesicht voller Pickel und der Blick war, wenn man sich so ausdrücken kann, unschuldig-frech. Er war nicht klein von Gestalt, mager und ungefähr zweiundzwanzig Jahre alt. In seinem Gesicht lag aber keine Spur von Ironie, ja nicht einmal der geringste Reflex eines Denkens, sondern nur ein stumpfes Berauschtsein von seinem »Recht« und gleichzeitig ein seltsames Etwas, das schon zu einem ewigen Bedürfnis geworden war, beständig beleidigt zu sein oder sich beleidigt zu fühlen. Er sprach aufgeregt und schnell, blieb jedoch nach jeden drei Worten im Satz stecken, als wäre ihm das Stottern angeboren oder als wäre er ein Ausländer, obgleich er rein russischer Herkunft war.
Ihn begleitete der Neffe Lebedeffs, der den Lesern bereits bekannt ist, und Ippolít. Diesen sah der Fürst zum erstenmal. Er war noch sehr jung, siebzehn, höchstens achtzehn Jahre alt, mit einem klugen Gesicht, das aber stets einen Ausdruck von Gereiztheit hatte und deutlich die furchtbaren Anzeichen seiner Krankheit zeigte. Mager war er wie ein Skelett, seine Augen glänzten, und auf den eingefallenen Wangen von gelblich-bleicher Farbe zeichneten sich zwei rote Flecke ab. Er hustete sehr stark, und sein Atmen hatte etwas Pfeifendes. Man sah ihm sofort an, daß er im höchsten Grade schwindsüchtig war. Dem Aussehen nach konnte er nur noch zwei bis drei Wochen leben. Er war erschöpft und ließ sich als erster auf einen Stuhl nieder. Die anderen waren im ersten Augenblick etwas zeremoniell und fast sogar befangen geworden, blickten indes doch noch möglichst wichtig drein und waren offenbar sehr darauf bedacht, sich nichts von ihrer Würde zu vergeben, was zu ihrer Reputation, grundsätzliche Gegner aller unnützen gesellschaftlichen Formen, aller Vorurteile und fast alles Übrigen außer der Wahrnehmung ihrer eigenen Interessen zu sein, in seltsamem Widerspruch stand.
»Antíp Burdówskij«, stellte sich eilig und doch stotternd der sogenannte „Sohn Pawlíschtscheffs" vor.
»Wladímir Doktorénko«, sagte klar und deutlich, als wolle er sich mit seinem Namen brüsten, der Neffe Lebedeffs.
»Keller!« brummte kurz und nicht sehr laut der Leutnant a. D.
»Ippolít Teréntjeff«, meldete sich als letzter mit ganz unerwartet kreischender Stimme der Schwindsüchtige. Alle setzten sich in

einer Reihe auf Stühlen dem Fürsten gegenüber; alle machten, nachdem sie ihre Namen genannt hatten, finstere Gesichter und nahmen, gleichsam um sich zu ermutigen, die Mützen aus der einen Hand in die andere; alle bereiteten sich vor, zu sprechen, doch keiner machte den Anfang, und so schwiegen sie und warteten mit herausfordernder Miene, was nun kommen werde, während ihre Blicke selbstbewußt zu sagen schienen: »Nein, mein Bester, du irrst dich, uns führst du nicht hinters Licht!« Man hatte das Gefühl, es brauchte jetzt gleichviel wer nur den Anfang zu machen, nur ein erstes Wort zu sagen, und sie würden sogleich alle Mann zu reden beginnen, sich gegenseitig ins Wort fallen und einander zu überholen suchen.

VIII

»Meine Herren, ich habe keinen von Ihnen erwartet«, begann der Fürst, »denn ich war bis heute krank. Aber Ihre Angelegenheit« (er wandte sich an Antíp Burdówskij) »habe ich bereits vor einem Monat Herrn Gawríla Ardaliónytsch Iwólgin übergeben, wovon Sie durch mich noch an demselben Tage in Kenntnis gesetzt worden sind. Übrigens habe ich auch gegen eine persönliche Aussprache nichts einzuwenden, nur werden Sie selbst zugeben, daß es heute schon etwas spät ist. Ich mache Ihnen den Vorschlag, wir ziehen uns in eines meiner Zimmer zurück, wenn es nicht allzulange dauert ... Ich habe hier augenblicklich Besuch von Freunden ...«

»Freunde ... können hier zugegen sein, soviel Sie wollen, aber Sie werden mir die Bemerkung gestatten«, unterbrach ihn der Neffe Lebedeffs in überaus zurechtweisendem Tone, wenn auch noch nicht mit allzu erhobener Stimme, »die Bemerkung gestatten, daß Sie uns auch etwas höflicher hätten behandeln können und uns nicht zwei Stunden lang in Ihrer Dienerstube hätten warten lassen sollen ...«

»Und natürlich ... auch ich ... das ist natürlich nach Fürstenart! Und das ... Sie sind wohl ein General? Ich bin aber nicht Ihr Diener! Auch ich ... ich ...«, begann plötzlich in unbeschreiblicher Erregung Antip Burdowskij zu stottern; seine Lippen und seine Stimme bebten, und bei jedem Worte spritzte Speichel von seinen Lippen, als wäre er im Begriff, vor Wut zu bersten; doch ebenso plötzlich, wie er begonnen hatte, hörte er auch wieder auf; was er aber eigentlich hatte sagen wollen, das begriff niemand.

»Das war echt fürstlich!« lachte höhnisch mit heiserer, gleichsam kreischender Stimme Ippolít.

»Wenn man sich das mir gegenüber erlaubt hätte«, brummte der „Boxer", »ich meine, direkt mir gegenüber, so hätte ich als Mann von Ehre an Burdowskijs Stelle ... ich ... khm ...«

»Aber, meine Herren, ich habe es doch erst vor zwei Minuten erfahren, daß Sie hier sind, bei Gott!« versicherte der Fürst.

»Wir haben keine Furcht vor Ihren Freunden, Fürst, wer diese Freunde auch immer sein mögen, denn wir sind in unserem Recht«, erklärte Lébedeffs Neffe.

»Was für ein Recht aber haben Sie, erlauben Sie, daß ich Sie das frage«, schrie mit seiner heiseren Stimme wieder Ippolít, der aber nun schon sehr erregt war, »was für ein Recht haben Sie, Burdowskijs Privatangelegenheit dem Urteil Ihrer Freunde zu unterbreiten? Woher wissen Sie, ob wir das Urteil Ihrer Freunde überhaupt hören wollen? Man weiß doch, was ein Urteil solcher Freunde wert ist!«

»Aber wenn Sie, Herr Burdówskij, die Sache nicht in Gegenwart Unbeteiligter erörtern wollen«, gelang es dem Fürsten, den dieser Anfang ganz betroffen machte, zu Wort zu kommen, »so bin ich ja doch, wie gesagt, sogleich bereit, mich mit Ihnen allen in ein Zimmer zurückzuziehen, und ich bitte Sie, mir nur glauben zu wollen, daß ich erst vor zwei Minuten ...«

»Aber Sie haben kein Recht, Sie haben kein Recht, Sie haben nicht das Recht dazu! ... Ihre Freunde ... Da!« ... stotterte plötzlich wieder Burdowskij, indem er sich mit wildem und doch ängstlichem Blick umsah und sich um so mehr ereiferte, je mehr er mißtraute und je scheuer er wurde. »Und Sie haben kein Recht! Ganz einfach!«

Und nachdem er das hervorgestoßen hatte, schwieg er wieder ganz plötzlich, wie abgehackt, und starrte stumm, indem er seine kurzsichtigen, auffallend gewölbten, von dicken, roten Äderchen durchzogenen Augen aufriß, mit fragendem Blick den Fürsten an, wobei er seinen ganzen Oberkörper weit vorstreckte. Diesmal war der Fürst so verblüfft, daß auch er verstummte und ihn gleichfalls wortlos mit großen Augen ansah.

»Lew Nikolájewitsch!« rief plötzlich Lisawéta Prokófjewna, »hier lies das, dieses hier, und bitte laut; lies es sofort vor, es bezieht sich gerade auf diese deine Angelegenheit.«

Sie hielt ihm eilig eines unserer humoristischen Wochenblätter hin und wies auf den Titel eines Artikels. Lébedeff, der sich eifrig um die Gunst Lisaweta Prokófjewnas bewarb, war beim Eintritt der Gäste sogleich hinter ihren Stuhl geschlüpft, hatte aus der Seitentasche seines Rockes das Blatt hervorgezogen und es ihr vor die Augen gehalten, während er mit dem Zeigefinger eifrig auf eine angestrichene Spalte wies. Sie überflog den Anfang des Artikels, und was sie da las, überraschte und erregte sie maßlos.

»Wäre es nicht besser, es nicht laut vorzulesen«, wagte der Fürst, nicht wenig verwirrt, einzuwenden, »ich werde es lieber allein lesen, später ...«

»Dann lies du es vor, lies es sofort, laut! So daß es alle hören!« wandte sich Lisaweta Prokofjewna an Kolja in einem Ton, der keinen Widerspruch duldete, und gereizt nahm sie dem Fürsten das Blatt, das er kaum genommen hatte, wieder aus der Hand, um es Kolja zu geben. »Lies es laut vor, laut, hörst du, damit es jeder hört, hier, dies hier!«

Lisaweta Prokofjewna war eine heißblütige Dame, die sich leicht hinreißen ließ, so daß sie manchmal ganz plötzlich und ganz unbedacht alle Anker lichtete und ins offene Meer hinausfuhr, ohne vorher nach dem Wetter zu fragen. Iwan Fjodorowitsch bewegte sich unruhig. Doch alle waren noch so überrascht und verwundert, daß niemand daran dachte, gegen das laute Vorlesen Einspruch zu erheben, und so begann denn Kolja, dem Lebedeff sogleich eifrig zeigte, von wo er anfangen sollte, mit lauter Stimme den Artikel vorzulesen:

„*Proletarier* und *Aristokraten!*
Ein Beispiel unserer alltäglichen Diebstähle!
Fortschritt! Reform! Gerechtigkeit!

Seltsame Dinge ereignen sich in unserem sogenannten heiligen Rußland, in unserer Ära der Reformen und unternehmungslustigen Aktiengesellschaften, des erwachenden Nationalbewußtseins und der jährlichen Ausfuhr Hunderter von Millionen Rubel ins Ausland, in der Ära der Industriebegünstigung und der Ohnmacht des Arbeiters usw., usw., – alles läßt sich ja doch nicht aufzählen, meine Herrschaften, und deshalb zur Sache.

Eine seltsame Geschichte hat sich wieder einmal zugetragen mit einem Sproß unsrer einst so allmächtig *gewesenen* (de profundis!) Aristokratie, einem von jenen, deren Großväter bereits ihr ganzes Vermögen im Auslande beim Roulette verzettelt, deren Väter dann ihr Leben als Fähnriche und Leutnants fristen mußten und in der Regel wegen eines harmlosen Defizits in einer Staatskasse im Untersuchungsgefängnis starben, und deren Kinder jetzt entweder als Idioten vegetieren, gleich dem Helden unserer Erzählung, oder sich in Kriminalprozesse verwickeln, wofür sie übrigens – wohl infolge der neuen Erziehungs- und Besserungsprinzipien und zur Erbauung der Zuschauer – von den Geschworenen freigesprochen werden; oder die schließlich für Unterhaltungsstoff sorgen, indem sie Stückchen losschießen, die das Publikum in Erstaunen setzen und unseren ohnehin schon beschämenden Zeitgeist zu einem noch beschämenderen machen.

Vor etwa einem halben Jahr kehrte unser Adelssproß in ausländischen Stiefeletten und zitternd vor Kälte in einem unwattierten Kapuzenmantel mitten im Winter nach Rußland zurück, und zwar direkt aus der Schweiz, woselbst er sich längere Zeit aufgehalten hatte, um sich zu heilen; denn er war krank, und seine Krankheit war – Idiotie. (Sic!) Man muß gestehen, daß ihm das Glück nicht abhold gewesen ist; denn von Idiotie geheilt zu werden, dürfte mehr Glück sein, als Fortuna sonst je einem Sterblichen vergönnt. Man bedenke: von Idiotie! Und diese Gunst Fortunas läßt sich in seinem ganzen Leben nachweisen: als Säugling allein auf Erden zurückgeblieben, nach dem Tode eines Vaters, der in Untersuchungshaft gestorben war, weil er, wie es heißt, als Leutnant die ganzen Kompagniegelder verspielt hatte, vielleicht aber auch infolge einer für Untergebene in Menschengestalt zu reichlich bemessenen Prügelstrafe (Sie entsinnen sich wohl noch der alten Zeit, meine Herrschaften?), wurde unser Adelssproß von einem überaus reichen Gutsbesitzer aus Gnade und Mitleid erzogen. Dieser russische Gutsbesitzer – nennen wir ihn der Kürze halber Herrn P. – besaß in der alten goldenen Zeit viertausend leibeigene Seelen (leibeigene Seelen! Begreifen Sie diesen Ausdruck, meine Herrschaften? Ich nicht. Man muß im Konversationslexikon nachschlagen; – „Die Sage ist zwar jung, und doch schon kaum noch glaubhaft!“[14] und gehörte offenbar zu jenen Russen, die ewig auf der Bärenhaut liegen und ihre müßige Zeit im Auslande verbringen, im Sommer in Kurorten und im Winter in Paris, und dort gewöhnlich in einem Château des fleurs, wo sie seinerzeit unermeßliche Summen zurückgelassen haben. Man kann doch fast positiv behaupten, daß wenigstens ein Drittel des ganzen zur Zeit der Leibeigenschaft in Rußland gezahlten Pachtzinses in die Hände des Besitzers des Pariser Château des fleurs geflossen ist. (Muß das ein glücklicher Mensch gewesen sein!) Aber wie dem auch sei, jedenfalls ließ der sorglose Herr P. seinen Pflegling fürstlich erziehen, engagierte für ihn Erzieher und Gouvernanten (zweifellos recht hübsche), die er natürlich nicht vergaß, aus Paris selbst mitzubringen. Doch leider erwies sich der Sproß, der Letzte seines Stammes, als Idiot. Da half auch die ganze Kunst der Pariser Gouvernanten nichts, und bis zum zwanzigsten Lebensjahre erlernte ihr Zögling überhaupt keine Sprache, die russische nicht ausgenommen. Letzteres dürfte übrigens verzeihlich sein. Eines Tages aber stellte sich in dem Gutsherrnschädel des Herrn P. der wundervolle Gedanke ein, daß man dem Idioten in der Schweiz ganz sicherlich zu gesundem Verstande verhelfen könne – ein Gedanke, der unter diesen Verhältnissen von einwandfreier Logik war: wie sollte ein Mensch seines Schlages, so ein ewiger Müßiggänger und Proprietär, nicht der Meinung sein, daß man für Geld selbst Verstand auf dem Markte kaufen könne, namentlich in der Schweiz! Für seinen Zögling folgten also fünf Jahre lang kalte Duschen in der Schweiz unter Aufsicht eines berühmten Professors, und Geld ward für ihn ausgegeben, wie es sich von selbst versteht, zu Tausenden. Aus dem Idioten wurde natürlich kein Philosoph; aber immerhin entwickelte sich in ihm ein Quantum Verstand, das vorläufig genügte, um ihn wenigstens einen Menschen nennen zu können, allerdings nur mit knapper Not. Da aber stirbt plötzlich Herr P., stirbt ganz unerwartet. Ein Testament hinterläßt er selbstverständlich nicht, und selbstverständlich herrscht in seinen Vermögensverhältnissen die größte Unordnung: Erben aber gibt es mehr als genug, Erben, denen es um die aus Barmherzigkeit versuchte Heilung erblicher Idioten in der Schweiz nicht das allermindeste zu tun ist. Der Idiot war zwar ein Idiot, wußte aber dennoch so klug zu sein, daß er seinen Professor geschickt betrog und sich jahrelang gratis von ihm weiter behandeln ließ, indem er ihm den Tod. P.s verschwieg. Aber auch der Professor war nicht auf den Kopf gefallen: der völlige Geldmangel erschien ihm schließlich doch etwas bedenklich, und da der zunehmende Appetit seines fünfundzwanzigjährigen faulenzenden Zöglings die Sache für ihn noch bedenklicher machte, so entschloß er sich, seinen Patienten abzuschütteln, schenkte ihm seine alten Stiefeletten, desgleichen seinen alten Kapuzenmantel und expedierte ihn nach Rußland, indem er auch noch die Reise dritter Klasse aus seiner Tasche bezahlte. Nun sollte man meinen, Fortuna habe dem Jüngling fortan nur noch ihre Rückseite gezeigt, doch nein – mitnichten! Sie, die ganze Gouvernements Hungers sterben läßt, schüttet plötzlich das Füllhorn ihrer Gaben über dem Haupte des aristokratischen Idioten aus, gleich der „Wolke" in Kryloffs berühmtester Fabel, die über das dürre Feld zieht, ohne einen Tropfen Wassers zu spenden, und über dem Ozean einen ganzen Gewitterregen niedergehen läßt. Also geschah es auch hier: fast an demselben Tage, wo der junge Mann in Petersburg eintrifft, stirbt in Moskau ein Verwandter seiner Mutter (die natürlich nur aus dem Kaufmannsstande stammte), ein alter, kinderloser, griesgrämiger Altgläubiger mit einem langen Bart, und hinterläßt ein Kapital von mehreren Millionen, und dieses ganze unanfechtbare, bare Geld (wenn wir es doch hätten, Sie, mein Leser, und ich!) – alles das fällt unserem Baron, der fürwahr mehr Glück als Verstand hat, ohne die geringsten Scherereien in den Schoß! Da zog natürlich alle Welt sogleich ganz andere Saiten auf: unser Baron in den alten Stiefeletten, der übrigens schon einer berühmten Schönheit und Mätresse den Hof zu machen begonnen hatte, war in kürzester Frist von einer Schar von Freunden umgeben, es fanden sich sogar Verwandte ein, vor allem aber ganze Schwärme hochwohlgeborener junger Mädchen, die nur noch danach schmachteten, von ihm zum Altare geführt zu werden; denn so einer ist doch das Ideal eines Gatten: Aristokrat, Millionär und Idiot – was will man mehr? – alle Vorzüge in einer Person! Einen solchen Mann kann man ja nicht einmal mit der Laterne finden, und selbst auf Bestellung könnte einem keiner einen zweiten solchen liefern! . . ."

»Das . . . das ist aber doch empörend!« rief Iwan Fjodorowitsch in höchster Entrüstung aus.

»Hören Sie auf, Kolja!« rief ihm der Fürst beschwörend zu.

Von allen Seiten wurden Ausrufe laut.

»Weiterlesen! Unbedingt weiterlesen!« befahl Lisaweta Prokofjewna kurz und bündig. Man sah es ihr an, daß sie nur noch mit Mühe an sich hielt. »Fürst!« wandte sie sich an diesen, »wenn du ihn nicht weiterlesen läßt – sind wir Feinde!«

Es war nichts zu machen. Erregt, mit rotem Kopf und mit einer Stimme, die vor Aufregung vibrierte, las Kolja weiter vor:

„Doch während unser neugebackener Millionär sozusagen im Überflusse schwelgte, geschah von anderer Seite etwas ganz Unvorhergesehenes. Eines schönen Morgens erscheint bei ihm ein Herr mit einem ruhigen, strengen Gesicht, bescheiden, doch anständig gekleidet, mit höflicher, würdiger und rechtschaffener Redeweise, seiner Gesinnung nach offenbar zur fortschrittlichen Richtung gehörend, und erklärt ihm in zwei Worten den Grund seines Erscheinens: er ist ein bekannter Advokat, der von einem jungen Mann einen gewissen Auftrag erhalten hat; in dessen Namen ist er nun erschienen. Dieser junge Mann ist nichts mehr und nichts weniger als der natürliche Sohn des verstorbenen Herrn P., wenn er auch einen anderen Namen trägt. Der alte Lüstling P. hatte ein ehrsames, armes Mädchen von seinem Gutsgesinde, das jedoch europäisch erzogen war, auf Grund seiner Gutsherrnrechte verführt und dann, als sich die unausbleiblichen Folgen seines Leichtsinns bemerkbar machten, schnell mit einem Manne verheiratet, der selbst seinen Unterhalt verdiente und sogar im Staatsdienst stand, und der dieses Mädchen seit langem liebte. Anfangs half er hin und wieder den Neuvermählten; doch bald wurde seine Hilfe von dem edelgesinnten Gatten der jungen Frau zurückgewiesen, und mit der Zeit vergaß Herr P. nicht nur die beiden Eheleute, sondern auch den Sohn, den sein ehemaliges Gutsmädchen bald nach ihrer Verheiratung geboren hatte. Und dann kam ein Tag, an dem Herr P., wie gesagt, ganz plötzlich starb, ohne ein Testament gemacht zu haben. Inzwischen war der Sohn, den der edeldenkende Gatte seiner Mutter wie seinen leiblichen Sohn erzogen hatte, herangewachsen. Als dieser darauf auch seinen Pflegevater, dessen bürgerlichen Namen er trug, durch einen plötzlichen Tod verlor, blieb er mit seiner kränkelnden, halb gelähmten Mutter in einer fernen Provinz zurück und sah sich nur auf seine eigene Kraft angewiesen. In der Hauptstadt verdiente er sich Geld durch tägliche anständige Arbeit – er gab in Kaufmannsfamilien Privatstunden – und erhielt sich auf diese Weise zuerst als Gymnasiast, dann als Hörer der für ihn förderlichen Universitätsvorlesungen, da er als strebsamer junger Mann ein höheres Ziel im Auge hatte. Doch wie weit kommt man mit Privatunterricht, wenn der russische Kaufmann nur zehn Kopeken für die Stunde zahlt und wenn man außer sich selbst auch noch eine kranke Mutter ernähren muß? Deshalb bedeutete schließlich auch der Tod seiner Mutter keine besondere Entlastung für ihn. Jetzt ist die Frage: Was hätte unser Adelssproß in diesem Falle gerechterweise tun sollen? Sie, meine verehrten Leser, werden natürlich der Meinung sein, daß er folgendes bei sich gedacht habe: ‚Ich habe mein ganzes Leben lang von P. alle Wohltaten erfahren; für meine Erziehung, meine Gouvernanten und meine Heilung von der Idiotie in der Schweiz hat er Zehntausende ausgegeben. Jetzt besitze ich Millionen, der natürliche Sohn P.s jedoch muß bei seinem edlen Charakter durch Erteilen von Privatstunden kümmerlich sein Leben fristen und unschuldig für die Sünden seines leichtfertigen, vergeßlichen Vaters büßen. Alles, was P. für mich ausgegeben hat, hätte er von Rechts wegen für ihn, seinen Sohn, ausgeben müssen. Auf diese riesigen, für mich ausgegebenen Summen hatte ich gar kein Anrecht, das war ein Irrtum der blinden Fortuna; sie kamen seinem Sohne zu. Wenn ich wirklich dankbar, zartfühlend und gerecht sein will, so muß ich jetzt seinem Sohne die Hälfte meiner gegenwärtigen Millionen geben. Da ich aber vor allen Dingen ein berechnender Mensch bin und nur zu gut begreife, daß er gerichtlich nichts von mir verlangen kann, so werde ich ihm die Hälfte meiner Millionen nicht geben. Aber *gar nichts* zu geben, wäre doch gemein (der Edelmann vergaß, sich zu sagen, daß es nicht klug wäre), also muß ich ihm jetzt zum mindesten jene Zehntausende zurückerstatten, die sein Vater für meine Heilung von der Idiotie verausgabt hat. Damit tue ich nach meinem Gewissen und der Gerechtigkeit nur meine Pflicht und Schuldigkeit. Denn was wäre schließlich aus mir geworden, wenn sich P. nicht meiner, sondern seines natürlichen Sohnes angenommen hätte?'

Doch nein, meine verehrten Leser! Unsere Adelssprößlinge pflegen anders zu denken! Wie beredt auch der Advokat, der einzig aus Freundschaft und fast gegen den Willen des Jünglings, nahezu gewaltsam die Sache übernommen hatte, dem gegenwärtigen Millionär und ehemaligen Idioten die Pflicht der Ehre und Gerechtigkeit und sogar den Vorteil der Klugheit vorhielt, der in der Schweiz geschulte Idiot blieb unerbittlich. Und was tat er statt dessen? Ja, was er tat, das ist und bleibt unverzeihlich, das läßt sich schon mit keiner interessanten Krankheit mehr entschuldigen: dieser Millionär, der kaum aus den Stiefeletten seines Professors heraus war, begriff nicht einmal, daß der edeldenkende Sohn seines Wohltäters, der sich mit Privatunterricht abquälte, nicht um eine gnädige Unterstützung bat, sondern nur um das, was ihm von Rechts wegen zukommt, und nicht einmal selber bat, sondern daß nur von seinen Freunden für ihn gebeten wurde. In aufgeblasenem Hochmut und berauscht von der Macht seiner Millionen, die ihm jetzt erlauben, ungestraft die Machtlosen unter die Füße zu treten, zieht unser Adelssproß einen Fünfzigrubelschein aus seinem Portemonnaie und schickt ihn frech als Almosen dem edlen jungen Mann zu. Sie wollen es nicht glauben, meine verehrten Leser! Sie sind empört, beleidigt, Sie schreien auf vor Entrüstung – und dennoch: er hat es getan! Selbstverständlich ist ihm das Geld sogleich zurückgesandt, sozusagen ins Gesicht geworfen worden. Doch welch eine Lösung ist wohl jetzt, wie die Verhältnisse liegen, zu erwarten? Juristisch ist ihm nicht beizukommen, nach dem geschriebenen Gesetz kann man ihm nichts anhaben; es bleibt also nichts andres übrig, als die Sache der Öffentlichkeit zu übergeben. So unterbreiten wir sie denn dem Urteil des Publikums, indem wir uns zum Schluß noch für die Richtigkeit des Geschriebenen verbürgen. Wie wir hören, hat einer unserer bekanntesten Humoristen, dem dieser Fall gleichfalls zu Ohren gekommen ist, ein köstliches Epigramm darauf verfaßt, das durchaus verdient, nicht nur in einem Provinzblatt, sondern selbst in Residenzblättern als Sittenschilderung veröffentlicht zu werden, weshalb wir es denn hier auch noch anführen wollen:

,In einem Mantel von Schneider[1]
Spielte Lew[2] fünf Jahre lang,
Doch zum Studieren er leider
Nie spürte einen Drang.
Da plötzlich erbt' er Millionen,

Das ließ sich nun nicht verhehlen,
Aber 'nen armen Studenten
Konnte er dennoch bestehlen!'

[1] So heißt der Schweizer Professor, der von Idiotie heilen zu können vorgibt.
[2] Nennen wir so unsern Adelssproß!"

Als Kolja zu Ende gelesen hatte, gab er das Blatt schnell dem Fürsten, stürzte, ohne ein Wort zu sagen, in den nächsten Winkel, drückte sich ganz in ihn hinein und verbarg das Gesicht in den Händen. Er schämte sich unerträglich, und sein kindliches Empfinden, das noch nicht Zeit gehabt hatte, sich an Schmutz zu gewöhnen, war über alles Maß hinaus empört. Es war ihm, als sei etwas Unerhörtes geschehen, etwas, das alles Bisherige mit einem Schlage zerstört hatte, und als sei er selbst womöglich mit daran schuld, schon allein dadurch, daß er dieses laut vorgelesen hatte.
Aber auch die anderen schienen fast alle ähnliches zu empfinden. Den jungen Mädchen war die Situation mehr als peinlich und sie schämten sich. Die Generalin bezwang mit aller Gewalt ihren heftigsten Zorn und bereute vielleicht bitter, daß sie sich in diese Angelegenheit überhaupt eingemischt hatte; jetzt schwieg sie. Mit dem Fürsten aber geschah das, was in solchen Fällen mit zartfühlenden Menschen oft geschieht: er schämte sich dermaßen für andere, für diese seine neuen Gäste, daß er sie zunächst nicht einmal anzusehen wagte. Ptizyn, Warja, Ganja und sogar Lebedeff machten alle verlegene Gesichter. Doch am sonderbarsten war wohl, daß auch Ippolít und Burdowskij, der „Sohn Pawlischtscheffs", gleichfalls etwas verwundert aussahen; und selbst der Neffe Lebedeffs schien mit irgend etwas unzufrieden zu sein. Nur der „Boxer" saß wichtig und ruhig auf seinem Stuhl und drehte seinen Schnurrbart, den Blick ein wenig gesenkt – jedoch nicht etwa aus Verlegenheit gesenkt, sondern im Gegenteil gleichsam aus edler Bescheidenheit infolge gar zu offenkundigen Triumphgefühls. Jedenfalls war zu ersehen, daß der Artikel ihm sehr gefiel.
»Der Teufel weiß, was das sein soll!«, brummte Iwan Fjodorowitsch halblaut, »das ist ja, wie wenn fünfzig Lakaien sich zusammengetan und dann auch glücklich die größte Gemeinheit zustande gebracht hätten!«
»Erl–auben Sie, mein Herr, wie dürfen Sie uns mit solchen Vermutungen beleidigen?« empörte sich, am ganzen Leibe zitternd, Ippolít.
»Das ist für einen Mann von Ehre ... das werden Sie doch selbst zugeben, Exzellenz, daß für einen, einen Mann von Ehre so etwas doch schon beleidigend ist!« brummte diesmal etwas lauter der „Boxer", der sich gleichfalls aus irgendeinem Grunde verletzt zu fühlen schien, und mit gekränkter Miene zwirbelte er seine

Schnurrbartspitzen, während er dazu bald mit dieser, bald mit jener Schulter zuckte.

»Ich bin für Sie nicht ‚mein Herr', und im übrigen habe ich nicht die Absicht, Ihnen irgendwelche Erklärungen zu geben!« antwortete scharf und in heller Wut Iwán Fjódorowitsch. Er erhob sich und ging ohne ein weiteres Wort zum Ausgang der Veranda, wo er auf der obersten Stufe, den Rücken der Gesellschaft zugekehrt, stehenblieb – in größter Empörung über Lisaweta Prokofjewna, die auch jetzt noch nicht daran dachte, sich von ihrem Platz zu erheben.

»Meine Herren, ich bitte Sie, meine Herren, lassen Sie uns doch so sprechen, daß wir einander verstehen!« rief der Fürst, in dessen Gesicht sich seine ganze Qual und Erregung widerspiegelten: »Über den Artikel, meine Herren, wollen wir weiter nicht reden. Nur ist doch alles unwahr, was dort geschrieben steht; ich sage das nur, weil Sie das selbst wissen; man muß sich ja schämen. Es würde mich daher nur sehr wundern, wenn das jemand von Ihnen verfaßt haben sollte.«

»Ich habe von diesem ganzen Artikel bis jetzt nichts gewußt«, erklärte Ippolít. »Ich billige ihn nicht.«

»Ich habe zwar gewußt, daß er geschrieben war, aber ... von einer Veröffentlichung hätte ich entschieden abgeraten; denn dazu ist es noch zu früh«, sagte Lebedeffs Neffe, Doktorénko.

»Ich habe gewußt, aber ich habe das Recht ... ich ...«, stotterte der „Sohn Pawlischtscheffs".

»Was! Sie haben das selbst geschrieben?« fragte der Fürst fast erschrocken, und erstaunt blickte er Burdowskij an. »Das ist doch nicht möglich!«

»Man könnte Ihnen übrigens das Recht zu solchen Fragen auch absprechen«, trat Doktorénko für seinen Freund ein.

»Ich wunderte mich ja nur, daß Herr Burdowskij so etwas zustande gebracht hat ... aber ... wenn Sie die Sache bereits an die Öffentlichkeit gebracht haben, weshalb waren Sie dann vorhin so beleidigt, als ich in Gegenwart meiner Freunde davon zu sprechen begann?«

»Endlich!« stieß Lisaweta Prokofjewna in ihrem Ärger halblaut hervor.

»Und dabei geruhen Sie noch, Fürst, mit Stillschweigen darüber hinwegzugehen«, warf Lebedeff ein, der fieberhaft belebt hinter den Stühlen der anderen hervorschlüpfte und sich nicht mehr bezwingen konnte, »jawohl, darüber hinwegzugehen, daß es einzig und allein Ihr guter und freier Wille und die unvergleichliche Güte Ihres Herzens war, diese Herren zu empfangen und anzuhören, und sie infolgedessen überhaupt kein Recht haben, von Ihnen eine Unterredung zu verlangen, um so weniger, als Sie, durchlauchtigster Fürst, bereits Gawrila Ardalionytsch mit der Führung dieser Sache betraut haben. Jetzt aber, durchlauchtigster Fürst, wo Sie sich im Kreise Ihrer erlesenen Freunde befinden, können Sie doch nicht wegen solcher paar Herren Ihre hochverehrten Gäste zurücksetzen,

und deshalb wird es Ihnen niemand verargen dürfen, wenn Sie jetzt den Wunsch aussprechen, diese Herren die Stufen hinunterbefördert zu sehen, was ich in meiner Eigenschaft als Hausbesitzer sogar mit ganz besonderem Vergnügen ...«
»Das einzig Richtige!« dröhnte plötzlich aus dem Hintergrunde General Iwolgins Stimme.
»Genug, Lebedeff, hören Sie auf ...«, wollte der Fürst beginnen, doch ein ganzer Sturm von Ausrufen verschlang seine Worte.
»Nein, entschuldigen Sie, Fürst, entschuldigen Sie, jetzt ist's mit einem ‚Hören Sie auf' nicht abgetan!« überschrie Lebedeffs Neffe alle anderen. »Vor allem tut jetzt not, daß man die Sache klar und deutlich hinstellt; denn offenbar wird sie hier überhaupt nicht verstanden. Wie ich sehe, will man uns mit juristischen Winkelzügen einschüchtern und auf Grund dieser möglichen Winkelzüge droht man uns sogar, uns hinauszuwerfen! Aber halten Sie uns denn, Fürst, wirklich für zu dumm, um selber zu begreifen, daß wir, wenn wir juristisch gegen Sie vorgehen wollten, keinen Rubel von Ihnen zu verlangen das Recht hätten! Wir verstehen nur zu gut, daß es hier, wenn von juristischem Recht keine Rede sein kann, ein um so größeres menschliches, *natürliches* Recht gibt, ein Recht der gesunden Vernunft und der Stimme des Gewissens, und wenn dieses Recht auch nicht in alten vermoderten Kodexen steht, so ist doch ein anständiger und ehrlicher Mensch, das heißt so viel wie ein Mensch mit gesunder Vernunft, dennoch verpflichtet, auch in solchen Fällen, die in keinem Kodex vorgesehen sind, ein ehrenhafter und anständiger Mensch zu sein und dementsprechend zu handeln. Deshalb sind wir auch hergekommen, ohne zu fürchten, daß man uns (wie Sie soeben gedroht haben) hinauswerfen wird, bloß weil wir *nicht bitten*, sondern *fordern*, und weil unser Besuch zu so später Stunde unhöflich sei (obschon wir längst nicht so spät gekommen sind, sondern Sie selbst uns so lange in Ihrer Dienerstube haben warten lassen). Eben deshalb, wie gesagt, sind wir ohne Furcht zu Ihnen gekommen, weil wir Sie für einen Menschen mit gesunder Vernunft hielten, das heißt soviel wie für einen Mann von Ehre und Gewissen. Ja, es ist wahr, wir sind nicht de- und wehmütig, nicht wie Schmarotzer und Bittsteller hier eingetreten, sondern erhobenen Hauptes, als freie Menschen, die wir sind, und durchaus nicht mit untertänigen Bitten, sondern mit einer freien und stolzen Forderung (hören Sie: Forderung und *nicht* Bitte, merken Sie sich das!). Wir stellen ohne alle Winkelzüge frei und offen die Frage an Sie: Glauben Sie in der Angelegenheit Burdowskijs im Recht oder im Unrecht zu sein? Geben Sie es zu oder geben Sie es *nicht* zu, daß Pawlíschtscheff Ihr Wohltäter gewesen ist und Sie vielleicht sogar vom Tode errettet hat? Wenn Sie das zugeben (und das können Sie doch nicht abstreiten), so fragen wir Sie, ob Sie die Absicht haben, oder ob Sie es vor Ihrem Gewissen für gerecht halten, nachdem Sie Millionen geerbt haben, nun von sich aus dem darbenden, natürlichen Sohne

Ihres Wohltäters das zurückzuzahlen, was Sie von seinem Vater ungerechterweise geschenkt erhalten haben? *Ja* oder *nein?* Wenn *ja*, das heißt mit anderen Worten: wenn Sie auch nur einen Funken von dem in sich haben, was Sie in Ihrer Sprache Ehre und Gewissen nennen, und was wir treffender mit gesunder Vernunft bezeichnen, so befriedigen Sie uns, und die Sache ist erledigt. Aber befriedigen Sie uns, ohne dabei auf Bitten und Dankbarkeit unsererseits zu rechnen, erwarten Sie die nicht von uns; denn Sie tun es ja doch nicht für uns, sondern um der Gerechtigkeit willen. Wollen Sie uns jedoch *nicht* befriedigen, das heißt: wenn Sie auf unsere Frage mit einem *Nein* antworten, so werden wir uns sofort zurückziehen, und die Sache ist gleichfalls abgetan; nur werden Sie uns dann wohl gestatten, daß wir in Gegenwart all Ihrer Freunde und Zeugen Ihnen ins Gesicht sagen, daß Sie ein Mensch von plumpem Verstande sind und geistig auf einer sehr niedrigen Entwicklungsstufe stehen, und daß Sie hinfort nicht mehr das Recht haben, sich einen Mann von Ehre und Gewissen zu nennen, da Sie sich dieses Recht denn doch gar zu billig kaufen wollen. Ich habe geendet. Die Frage ist nun gestellt! Lassen Sie uns doch jetzt hinauswerfen, wenn Sie es wagen. Sie haben ja die Macht dazu. Aber vergessen Sie nicht, daß wir dennoch fordern und nicht bitten. Fordern und nicht bitten!«
Lebedeffs Neffe, der sich in Eifer geredet hatte, hielt inne.
»Ja, fordern, fordern, fordern und nicht bitten! ...« stotterte Burdowskij und wurde rot wie ein Krebs.
Nach dieser Rede von Lebedeffs Neffen ging eine gewisse allgemeine Bewegung durch die Gesellschaft; sogar ein Gemurr wurde laut, obschon es alle sichtlich vermieden, sich in die Sache einzumischen, außer Lebedeff, der wie im Fieber war. Seltsam: obschon Lebedeff offenbar zum Fürsten hielt, empfand er jetzt doch so etwas wie Familienstolz nach der Rede seines Neffen und überschaute mit der Miene befriedigten Stolzes das ganze Publikum.
»Meiner Ansicht nach«, begann der Fürst ziemlich leise, »meiner Ansicht nach haben Sie, Herr Doktorénko, in dem, was Sie soeben gesagt haben, zum Teil recht, sogar zum weit größeren Teil, und ich wäre mit Ihnen vollkommen einverstanden, wenn Sie in Ihrer Rede nicht etwas ganz aus dem Auge gelassen hätten. *Was* Sie da übersehen haben, vermag ich nicht genau anzugeben, aber es fehlt da etwas, und deshalb sind Ihre Worte doch nicht ganz gerecht. Aber kommen wir lieber zur Sache, meine Herren. Sagen Sie, weshalb haben Sie diesen Artikel veröffentlicht? Jedes Wort ist ja hier eine Verleumdung, so daß Sie meiner Ansicht nach eine Gemeinheit begangen haben, meine Herren.«
»Erlauben Sie! ...«
»Mein Herr ...«
»Das ... das ... das ...«, hörte man gleichzeitig von den aufgeregten Gästen.
»Was diesen Artikel betrifft«, griff Ippolít mit seiner heiseren Stimme

auf, »was diesen Artikel betrifft, so habe ich Ihnen bereits gesagt, daß sowohl ich wie auch die anderen ihn nicht billigen. Geschrieben aber hat ihn dieser hier.« (Er wies auf den neben ihm sitzenden „Boxer".) »Ich gebe zu, daß er ihn unanständig und in einem Stil geschrieben hat, der allen verabschiedeten Leutnants seines Schlages eigen ist. Er ist ein dummer Mensch und obendrein denkt er nur an Gelderwerb, das gebe ich zu – ich sage es ihm ja jeden Tag ins Gesicht; aber zur Hälfte ist er doch in seinem Recht: Die Öffentlichkeit ist das gesetzliche Recht eines jeden, also folglich hat es auch Burdowskij. Seine Albernheiten aber mag er selbst verantworten. Und was das betrifft, daß ich vorhin im Namen aller gegen die Anwesenheit Ihrer Freunde protestierte, so erkläre ich jetzt, daß ich einzig deshalb protestiert habe, um unser Recht zu wahren, im Grunde aber sind uns Zeugen sogar erwünscht, und darin sind wir bereits früher, noch bevor wir hier eintraten, übereingekommen. Also, gleichviel, wer die Zeugen sind, mögen es selbst Ihre Freunde sein, denn sie werden doch nicht umhin können, einzusehen, daß Burdowskij vollkommen in seinem Recht ist (denn sein Recht ist ja mathematisch klar!). Also ist es um so besser, wenn diese Zeugen Ihre Freunde sind: um so sichtbarer wird die Wahrheit sich durchsetzen.«
»Das ist wahr, wir waren übereingekommen, daß . . .«, wollte Lebedeffs Neffe Ippolíts Mitteilung bestätigen.
»Aber weshalb erhoben Sie dann vorhin sogleich bei den ersten Worten ein solches Geschrei, wenn Ihnen Zeugen sogar erwünscht waren?« fragte der Fürst verwundert.
»In betreff des Artikels, Fürst«, bemerkte eilig der „Boxer", der furchtbar gern auch zu Wort kommen wollte, und der sich nun, als ihm das endlich gelang, in angenehmer Erregung befand (man kann wohl sagen, daß die Anwesenheit von Damen sichtlich und stark auf ihn wirkte), »in betreff des Artikels muß ich allerdings gestehen, daß ich der Verfasser bin, obschon mein kranker Freund, dem ich um seiner Krankheit willen vieles zu verzeihen gewöhnt bin, sich soeben sehr absprechend über diesen meinen Artikel geäußert hat. Ich habe ihn aber in dem Blatt eines meiner besten Freunde gewissermaßen nur als eingesandten Brief veröffentlichen lassen. Nur die Verse zum Schluß sind nicht von mir, sondern von einem bekannten Humoristen. Vorgelesen habe ich den Artikel nur meinem Freunde Burdowskij, aber auch ihm nicht alles; ich erhielt aber von ihm sogleich die Erlaubnis, meinen Artikel zu veröffentlichen, was ich schließlich auch ohne seine Erlaubnis hätte tun können, das werden Sie doch zugeben. Die Öffentlichkeit ist ein allgemeines, edles und wohltuendes Recht. Ich hoffe, auch Sie, Fürst, sind so weit fortschrittlich gesinnt, daß Sie das nicht in Abrede stellen werden . . .«
»Gewiß stelle ich das nicht in Abrede, aber Sie sehen doch wohl selbst ein, daß Ihr Artikel . . .«
»Etwas scharf ist, wollen Sie vielleicht sagen? Aber hier handelt es sich doch, das müssen Sie nicht vergessen, um das Gemeinwohl,

und dann – wie hätte man eine solche Gelegenheit unbenutzt vorübergehen lassen können? Um so schlimmer ist es für die Schuldigen, aber das Wohl der Allgemeinheit geht stets voran. Und was die paar Ungenauigkeiten betrifft oder sozusagen die Hyperbeln, so sind doch diese nicht von Belang, die Hauptsache bleibt doch, nicht wahr, die Initiative, der Zweck und die Absicht sozusagen. Wichtig ist das erzieherische Beispiel, der besondere Einzelfall kommt doch erst hinterher in Betracht. Und dann ist's doch auch eine Stilfrage, es ist ja förmlich eine humoristische Aufgabe und dann, nicht wahr, alle schreiben doch jetzt so! Haha!«

»Aber das ist doch ein ganz falscher Weg! Ich versichere Ihnen, meine Herren!« rief der Fürst, »Sie haben den Artikel in dem Glauben geschrieben, daß ich unter keiner Bedingung einwilligen würde, Herrn Burdowskijs Ansprüche zu befriedigen, und so haben Sie mich auf diese Weise schrecken und sich an mir irgendwie rächen wollen. Woher aber wissen Sie, was ich zu tun gedenke und bei mir beschlossen habe? Ich sage Ihnen jetzt offen in Gegenwart aller, daß ich seine Ansprüche bedingungslos befriedigen werde ...«

»Ah, das ist doch endlich ein kluges und edles Wort eines klugen und edlen Menschen!« erklärte der „Boxer".

»Großer Gott!« stieß Lisaweta Prokofjewna hervor.

»Das ist ja unerträglich!« brummte der General.

»Erlauben Sie, meine Herren, erlauben Sie, ich will Ihnen die Sache auseinandersetzen«, bat der Fürst. »Vor etwa fünf Wochen erschien bei mir in S. ein gewisser Herr Tschebároff, Ihr Bevollmächtigter, Herr Burdowskij. Sie haben ihn aber doch etwas gar zu schmeichelhaft geschildert, Herr Keller, das muß ich schon sagen!« wandte sich der Fürst plötzlich unwillkürlich lachend an den „Boxer". »Mir gefiel dieser Herr ganz und gar nicht. Ich begriff nur sogleich, daß die ganze Geschichte von diesem Tschebároff ausging, und vielleicht war er es, der Sie, Herr Burdowskij, überhaupt darauf gebracht hat, diesen Anspruch zu erheben, indem er wohl geschickt Ihre Unwissenheit und Vertrauensseligkeit auszunutzen verstand, wenn ich offen sein darf.«

»Sie haben kein Recht dazu ... ich ... ich bin nicht unwissend ... das ...«, stotterte Burdowskij sehr erregt.

»Mit welchem Recht erlauben Sie sich, solche Vermutungen zu äußern!« sagte zurechtweisend Lebedeffs Neffe.

»Das ist im höchsten Grade beleidigend!« kreischte Ippolít. »Das ist eine beleidigende, unwahre Vermutung, die zudem gar nicht zur Sache gehört.«

»Verzeihung, Verzeihung, meine Herren«, beeilte sich der Fürst einzulenken, »verzeihen Sie mir, bitte. Ich sagte es ja nur, weil ich glaubte, wir täten besser, vollkommen offen miteinander zu reden. Doch wie Sie wollen. Ich sagte Herrn Tschebároff, ich würde, da ich nicht selbst nach Petersburg fahren konnte, meinen Freund sogleich mit der Untersuchung der Angelegenheit betrauen und Sie,

Herr Burdowskij, unverzüglich davon in Kenntnis setzen. Ich sage Ihnen offen, meine Herren, daß mir dieses ganze Ansinnen als eine große Spitzbüberei erschien, und zwar gerade deshalb, weil dieser Tschebaroff die Sache vertrat ... Oh, um Gottes willen, seien Sie doch nicht wieder beleidigt! Ich bitte Sie, meine Herren!« unterbrach sich der Fürst sehr schnell, als er in Burdowskijs Miene schon wieder die Unruhe des Gekränkten und in denen der Freunde Protest und Empörung bemerkte. »Das kann *Sie* doch unmöglich kränken, wenn ich sage, daß ich die Sache für eine Spitzbüberei, für einen schändlichen Betrug gehalten habe, denn ich kannte doch damals noch keinen einzigen von Ihnen, nicht einmal Ihre Namen waren mir bekannt! Ich konnte doch nur nach dem Eindruck urteilen, den Tschebaroff auf mich machte ... und ich sage es überhaupt, weil ... wenn Sie wüßten, wie ich betrogen worden bin, seit ich die Erbschaft erhalten habe!«

»Sie sind unglaublich naiv, Fürst«, meinte Lebedeffs Neffe spöttisch.

»Und dabei ein Fürst und Millionär! Aber ungeachtet Ihres vielleicht wirklich guten und einfältigen Herzens, können Sie sich immerhin nicht dem allgemeinen Gesetz entziehen«, erklärte Ippolít.

»Möglich, sehr möglich, meine Herren«, beeilte sich wieder der Fürst zu erwidern, »das heißt, wenn ich auch nicht verstehe, von welch einem allgemeinen Gesetz Sie reden; aber ich fahre fort. Nur bitte ich Sie, sich nicht sogleich gekränkt zu fühlen; ich versichere Ihnen, mir liegt nichts so fern wie die Absicht, Sie irgendwie zu kränken. Aber wie kommt das doch, wirklich, meine Herren: man kann ja kaum zwei Worte offen zu Ihnen reden, da fühlen Sie sich schon gekränkt! ... Vor allem überraschte es mich ungeheuer, daß ein natürlicher Sohn von Pawlíschtscheff lebte, und dazu noch in solchen Verhältnissen, wie sie Tschebaroff mir schilderte. Pawlíschtscheff war mein Wohltäter und der Freund meines Vaters. (Ach, weshalb haben Sie in Ihrem Artikel so schändliche Unwahrheiten über meinen Vater geschrieben, Herr Keller? Daß er die Kompagniegelder verspielt oder einen Untergebenen habe prügeln lassen – das ist doch alles nicht wahr, davon bin ich fest überzeugt! Wie hat Ihre Hand nur eine solche Verleumdung schreiben können?) Aber das, was Sie über Pawlischtscheff geschrieben haben, ist einfach unverantwortlich! Sie nennen diesen edelsten aller Menschen so dreist und überzeugt einen leichtsinnigen alten Lüstling, als sagten Sie damit die unantastbarste Wahrheit! Pawlischtscheff war sicherlich einer der sittenstrengsten Männer, die es je gegeben hat! Er war sogar ein ernster Gelehrter und hat in seinem Leben viel Geld für wissenschaftliche Zwecke ausgegeben. Was Sie aber über sein Herz und seine guten Taten geschrieben haben, das ist vollkommen zutreffend. Ich war damals wirklich fast ein Idiot und konnte nicht alles verstehen (aber Russisch sprach ich doch und verstand auch, was man zu mir sagte), jetzt aber vermag ich das alles ganz klar zu beurteilen ...«

»Erlauben Sie«, krächzte Ippolít, »wird das nicht gar zu gefühlvoll werden? Wir sind keine Kinder. Sie wollten doch zur Sache kommen, die Uhr geht auf zehn, vergessen Sie das nicht.«

»Wie Sie wollen, meine Herren«, willigte der Fürst sogleich ein. »Nach dem ersten Mißtrauen sagte ich mir, daß ich mich täuschen und daß Pawlischtscheff vielleicht wirklich einen natürlichen Sohn haben könnte. Mich wunderte nur sehr, daß dieser Sohn so leichtfertig, das heißt, Verzeihung, ich will sagen: so öffentlich das Geheimnis seiner Herkunft aufdeckt und vor allem seine Mutter nicht schont. Denn Tschebaroff drohte mir schon damals mit der Veröffentlichung ...«

»Was für eine Dummheit!« rief Lebedeffs Neffe ärgerlich aus.

»Sie haben nicht das Recht ... haben kein Recht!« rief Burdowskij.

»Der Sohn ist für die liederliche Handlung des Vaters nicht verantwortlich, die Mutter aber trägt keine Schuld«, kreischte Ippolít, der sich sehr ereiferte.

»Um so mehr hätte er sie, denke ich, schonen sollen ...«, bemerkte der Fürst fast schüchtern.

»Sie sind nicht nur furchtbar naiv, Fürst, sondern sind noch etwas mehr als das«, meinte Lebedeffs Neffe mit boshaftem Lächeln.

»Und welches Recht hatten Sie ...«, kreischte wieder mit ganz unnatürlicher Stimme Ippolit.

»Überhaupt keines, überhaupt keines!« kam ihm der Fürst eilig zuvor. »Darin haben Sie recht, das gebe ich vollkommen zu. Es geschah nur ganz unwillkürlich, und ich habe mir auch schon damals gleich gesagt, daß meine persönlichen Gefühle mit der Sache selbst nichts zu tun haben dürfen; denn wenn ich es einmal als meine Pflicht ansehe, auf Grund meiner Pawlischtscheff geschuldeten Dankbarkeit, Herrn Burdowskijs Forderung zu befriedigen, so muß ich es in jedem Falle tun, also gleichviel, ob ich Herrn Burdowskij persönlich achte oder nicht. Ich bin jetzt, meine Herren, nur deshalb darauf zu sprechen gekommen, weil es mir doch unnatürlich erschien, daß ein Sohn das Geheimnis seiner Mutter der Öffentlichkeit preisgibt ... Mit einem Wort, gerade daraus glaubte ich zu ersehen, daß Tschebaroff eine Kanaille sein müsse und er allein Herrn Burdowskij durch einen Betrug zu einem solchen Erpressungsversuch bewogen haben könne.«

»Aber das ist ja nicht mehr zum Aushalten!« ertönte es von seiten seiner Gäste, von denen einige sogar von ihren Plätzen aufsprangen.

»Meine Herren! Nur deshalb kam ich zu der Überzeugung, der unglückliche Herr Burdówskij müsse ein treuherziger, schutzloser Mensch sein, der leicht das Opfer jedes geschickten Spitzbuben werden kann! Folglich aber war es dann um so mehr meine Pflicht, ihm als „Sohn Pawlischtscheffs" zu helfen, und zwar, indem ich erstens *gegen* Herrn Tschebároff auftrat, zweitens ihm, Herrn Burdowskij, als treuer Freund mit Rat und Tat behilflich sein wollte, und drittens, indem ich ihm zehntausend Rubel auszuzahlen beschloß, also dieselbe Summe, die Pawlischtscheff nach meiner Berechnung für mich ausgegeben haben kann ...«

»Was! Nur zehntáusend!« schrie Ippolit.

»Nein, Fürst, Sie sind in der Arithmetik doch sehr schwach! ... oder vielleicht gerade sehr stark, wenn Sie sich auch noch so harmlos stellen!« rief der Neffe Lebedeffs.

»Auf zehntausend gehe ich nicht ein!« erklärte Burdowskij.

»Antíp, geh' drauf ein!« tuschelte ihm schnell, aber doch vernehmbar der „Boxer" zu, indem er sich über Ippolits Stuhllehne zu Burdowskij beugte. »Geh drauf ein, später kann man ja dann immer noch sehen!«

»Hören Sie mal, Herr Myschkin«, kreischte Ippolit, »begreifen Sie doch endlich, daß Sie nicht dumme Jungen vor sich haben, wie hier alle Ihre Gäste von uns zu glauben scheinen, namentlich diese Damen, die jetzt so empört über uns sind und so spöttisch lächeln, auch jener elegante Herr dort (er wies auf Jewgenij Pawlowitsch), den zu kennen ich freilich nicht die Ehre habe, doch von dem mir, wenn ich mich nicht täusche, schon manches zu Ohren gekommen ist ...«

»Erlauben Sie, erlauben Sie, meine Herren, Sie haben mich ja wieder nicht verstanden!« wandte sich der Fürst erregt aufs neue ihnen zu. »Sie, Herr Keller, haben in Ihrem Artikel mein Vermögen sehr falsch taxiert: ich habe ja gar keine Millionen geerbt, ich besitze vielleicht nur den achten oder zehnten Teil von dem, was Sie glauben. Und dann: Zehntausende sind für mich bestimmt nicht verausgabt worden. Professor Schneider erhielt nicht mehr als sechshundert Rubel jährlich, und auch die hat er nur in den ersten drei Jahren erhalten. Hübsche Gouvernanten aber hat Pawlischtscheff niemals aus Paris mitgebracht – das ist wiederum eine Verleumdung. Ich bin überzeugt, daß Pawlischtscheff alles in allem bedeutend weniger als zehntausend Rubel für mich ausgegeben hat, doch ich habe nun einmal die Summe nach oben abgerundet, und dabei bleibt es. Mehr aber als das, was ich empfangen habe, kann ich doch Herrn Burdowskij nicht gut anbieten, selbst wenn ich ihn noch so lieb hätte, denn sonst würde ich doch sein Zartgefühl verletzen; was von mir verlangt wird, ist: eine Schuld zu bezahlen, nicht ein Almosen zu geben! Ich begreife nicht, meine Herren, wie Sie das nicht verstehen! Aber ich wollte das durch meine Freundschaft ausgleichen, ich wollte ihm in jeder Beziehung behilflich sein und ihm beistehen: denn er ist doch offenbar betrogen worden! Anders ist es ja gar nicht möglich, denn wie hätte er sich sonst zu einer solchen ... solchen Gemeinheit verstehen können, wie es zum Beispiel die Veröffentlichung jener Sätze in Herrn Kellers Artikel ist, der Sätze über seine Mutter ... Aber weshalb geraten Sie denn schon wieder außer sich, meine Herren? Man kann ja mit Ihnen keine zwei Worte in Ruhe reden! So werden wir uns ja bald überhaupt nicht mehr verstehen! Und ich habe mich ja auch nicht getäuscht in meinen Voraussetzungen, davon habe ich mich jetzt mit meinen eigenen Augen überzeugen können«, versicherte der Fürst, bemüht, die aufgeregten Geister zu beruhigen, ohne dabei zu bemerken, daß er sie nur noch mehr erregte.

»Was? Wovon haben Sie sich überzeugt?« Sie drangen geradezu empört auf ihn ein.

»Aber ich bitte Sie, erstens habe ich jetzt Herrn Burdowskij selbst kennengelernt, ich sehe doch, was er ist ... Er ist ein unschuldiger Mensch, den alle betrügen! Ein schutzloser Mensch, und deshalb muß ich ihn in Schutz nehmen. Und zweitens hat Gawrila Ardalionytsch, – von dem ich lange keine Nachrichten über den Stand der Dinge erhalten habe, da ich unterwegs war und dann hier in Petersburg drei Tage krank gewesen bin–, Gawrila Ardalionytsch hat mir erst heute, vor etwa einer Stunde, mitgeteilt, als wir uns zum erstenmal wiedersahen, daß er die Absichten Tschebároffs nun ganz durchschaue, und daß Tschebaroff genau das sei, wofür ich ihn gehalten habe. Ich weiß, meine Herren, daß mich viele für einen Idioten halten, und so hat auch Tschebaroff, da ich in dem Ruf stehe, daß man mit Leichtigkeit von mir Geld erhalten könne, mich eben betrügen wollen, indem er schlau meine Gefühle für Pawlischtscheff auszunutzen gedachte. Aber die Hauptsache – so hören Sie doch, meine Herren, lassen Sie mich doch zu Ende sprechen! –: wie sich jetzt herausstellt, ist ja Herr Burdowskij gar nicht Pawlischtscheffs Sohn! Vor einer Stunde hat mir Gawrila Ardalionytsch mitgeteilt, daß er die sichersten Beweise dafür erlangt habe! Nun, in welch einem Licht erscheint Ihnen jetzt die Sache? Das ist ja fast überhaupt nicht zu glauben, nach allem, was Sie bereits angestiftet haben! Und Sie hören: positive Beweise! Ich glaube es noch gar nicht recht, ich glaube es selbst noch nicht, ich versichere Ihnen! Ich zweifle auch jetzt noch, denn Gawrila Ardalionytsch hatte heute keine Zeit, mir alles ausführlich zu erklären. Daß aber Tschebaroff eine Kanaille ist, daran zweifle ich keinen Augenblick mehr! Er allein ist es, der den armen Herrn Burdowskij und auch Sie alle, meine Herren, die Sie Ihrem Freunde beistehen (da er des Beistandes offenbar bedarf, das begreife ich doch!), ja, der Sie alle in eine unsaubere Unternehmung verwickelt hat; denn das Ganze ist doch im Grunde nichts als Betrug und Spitzbüberei!«

»Wieso Spitzbüberei! ... Wieso nicht Pawlischtscheffs Sohn? ... Wie ist das möglich!?« ertönten die Ausrufe durcheinander. Burdowskijs ganze Schar befand sich in unsäglicher Erregung und Verwirrung.

»Gewiß Spitzbüberei! Wie wollen Sie denn die Ansprüche Herrn Burdowskijs anders nennen, wenn er mit Pawlischtscheff überhaupt nicht verwandt ist? Das heißt: selbstverständlich hat er das nicht gewußt! Aber deshalb sage ich ja immer wieder, daß er das Opfer eines Betruges ist, und deshalb will ich ihn doch verteidigen! Deshalb sage ich auch, daß man ihn bemitleiden muß, daß er in seiner Treuherzigkeit unbedingt des Beistandes bedarf, denn andernfalls würde er doch jetzt als Spitzbube dastehen. Ich bin überzeugt, daß er nichts davon ahnt! Ich bin ja doch selbst in einem solchen Zustand gewesen wie er, vor meiner Reise nach der Schweiz, ich stammelte gleichfalls unzusammenhängende Worte – man will sich ausdrükken und kann es nicht ... Ich weiß, wie das ist, ich kann es ihm nachfühlen; denn ich selbst war ja fast ebenso, deshalb kann er es mir nicht übelnehmen, wenn ich es sage. Aber ich werde dennoch – ganz abgesehen davon, daß es einen „Sohn Pawlischtscheffs" nicht mehr gibt, und das Ganze sich als Mystifikation erweist – ich werde dennoch meinen Entschluß nicht ändern, und ich bin trotzdem bereit, Herrn Burdowskij zehntausend Rubel anzuweisen. Ich hatte zuvor die Absicht, sie für eine Schule zu verwenden, dem Andenken Pawlischtscheffs zu Ehren, aber ich kann sie ja ebensogut Herrn Burdowskij zusprechen; denn wenn er auch nicht tatsächlich Pawlischtscheffs Sohn ist, so ... ist er doch gewissermaßen sein Sohn: er ist doch selbst so schändlich betrogen worden. Er selbst war doch überzeugt, daß er Pawlischtscheffs Sohn sei! Ich bitte Sie, meine Herren, Gawrila Ardalionytsch anzuhören, damit dann die Sache endlich einmal abgetan ist, nur regen Sie sich nicht auf und seien Sie mir nicht böse. Bitte, setzen Sie sich wieder; Gawrila Ardalionytsch wird Ihnen sogleich alles erklären, und, offen gestanden, auch ich bin sehr gespannt darauf, alle Einzelheiten zu erfahren. Er ist sogar nach Pskow gereist und hat mit Ihrer Frau Mutter gesprochen, Herr Burdowskij. Nur ist sie durchaus noch nicht gestorben, wie es in jenem Artikel heißt ... Setzen Sie sich, meine Herren, bitte, setzen Sie sich!«

Der Fürst setzte sich, und seinem Beispiel folgten schließlich auch die jungen Leute, die schon alle aufgesprungen waren. In den letzten zehn oder zwanzig Minuten hatte der Fürst laut, ungeduldig und schnell gesprochen, und in dem Bestreben, sich überhaupt Gehör zu verschaffen und womöglich alle zu überzeugen, sich in immer größeren Eifer hineingeredet, so daß er jetzt manches Ausgesprochene bitter zu bereuen begann. Hätte er sich nicht so ereifert, so würde er sich auch nicht erlaubt haben, manche seiner Mutmaßungen so offen auszusprechen. Doch kaum hatte er sich wieder hingesetzt, als auch schon brennende Reue bis zum Schmerz sein Herz durchdrang: er hatte Burdowskij nicht nur dadurch »beleidigt«, daß er bei ihm dieselbe Krankheit voraussetzte, von der er, der Fürst, in der Schweiz geheilt worden war, er hatte ihn auch noch tief gekränkt; denn das Angebot, die zehntausend Rubel ihm statt einer Schule zu geben, war seiner Meinung nach in einer rohen und verletzenden Weise geschehen, besonders dadurch, daß er es in Gegenwart anderer, also gewissermaßen öffentlich getan hatte.

(»Ich hätte damit warten sollen, ich hätte es ihm morgen unter vier

Augen anbieten sollen«, dachte der Fürst sofort, »und das läßt sich jetzt nicht mehr gutmachen! Ja, ich bin ein Idiot, ein richtiger Idiot!« sagte er sich in einem Anfall von Scham und unerträglicher Betrübtheit.)

Gawrila Ardalionytsch, der bis dahin abseits gestanden und vorsätzlich geschwiegen hatte, trat auf die Aufforderung des Fürsten hin neben seinen Stuhl und schickte sich ruhig an, den Sachverhalt der Angelegenheit, die zu untersuchen er vom Fürsten beauftragt worden war, auseinanderzusetzen.

Alle Gespräche verstummten sofort. Alle hörten nun mit größter Spannung zu, besonders die Genossen Burdowskijs.

IX

»Sie werden es gewiß nicht in Abrede stellen wollen, Herr Burdowskij«, begann Gawrila Ardalionytsch, sich direkt an den „Sohn Pawlischtscheffs“ wendend, der ihm mit krampfhafter Aufmerksamkeit und mit vor Verwunderung weit aufgerissenen Augen in großer Verwirrung zuhörte, »daß Sie genau zwei Jahre nach der Verheiratung Ihrer verehrten Mutter mit dem Herrn Kollegiensekretär Burdowskij, Ihrem Vater, geboren sind. Der Tag Ihrer Geburt ist an der Hand von Dokumenten gar zu leicht und genau nachzuweisen, und deshalb wollen wir, um Sie und Ihre Mutter nicht zu verletzen, die Entstellung der Tatsache in jenem Artikel mit einer Verwirrung der zweifellos blühenden Phantasie Herrn Kellers erklären, der mit diesen ... Hyperbeln Ihnen und Ihren Interessen offenbar zu dienen gemeint hat. Herr Keller sagte, er habe Ihnen seinen Artikel nur zum Teil vorgelesen; daher können wir annehmen, daß er es nicht bis zu dieser Stelle getan hat ...«

»Allerdings nicht bis dahin«, unterbrach ihn der „Boxer“, »aber die Fakta waren mir von einer durchaus glaubwürdigen Person mitgeteilt worden, und ich ...«

»Erlauben Sie, Herr Keller, daß *ich* jetzt rede«, unterbrach ihn Gawrila Ardalionytsch. »Auf Ihren Artikel werden wir noch zu sprechen kommen, dann können Sie Ihre Erklärungen vorbringen; jetzt aber wollen wir zuerst sachgemäß fortfahren. Zufällig gelangte ich durch die Freundin meiner Schwester, eine gewisse Wjéra Alexéjewna Súbkowa, eine Witwe und Gutsbesitzerin, in den Besitz eines Briefes, den der verstorbene Nikolài Andréjewitsch Pawlíschtscheff vor vierundzwanzig Jahren aus dem Auslande an sie geschrieben hat. Auf meine Bitte um nähere Auskunft erteilte mir Wjera Alexejewna den Rat, mich an den Obersten a. D. Timoféi Fjódorowitsch Wjásowkin zu wenden, einen entfernten Verwandten und einstigen nahen Freund Pawlischtscheffs. Von diesem erhielt ich dann noch weitere zwei Briefe Pawlischtscheffs an ihn, die gleichfalls aus dem Ausland geschrieben sind. Der Inhalt dieser drei Briefe schließt jeden Zweifel daran, ob Herr Pawlischtscheff auch wirklich damals, anderthalb Jahre vor Ihrer Geburt, ins Ausland gefahren ist, wo er dann drei Jahre verblieb, von vornherein völlig aus. Ihre Mutter aber hat, wie Sie wissen, Rußland nie verlassen. Ich will mir augenblicklich nicht die Zeit nehmen, die drei Briefe vorzulesen; es ist heute etwas spät geworden, deshalb begnüge ich mich mit der bloßen Mitteilung der Tatsachen. Doch wenn Sie wünschen, Herr Burdowskij, können Sie gleich morgen vormittag, sagen wir, um zehn oder um elf – wann es Ihnen genehm ist –, mit Ihren Zeugen und Sachverständigen zu mir kommen, um die Authentizität der Briefe festzustellen; denn ich zweifle keinen Augenblick daran, daß Sie sich von der Wahrheit überzeugen lassen werden, und wenn Sie sich überzeugt haben, so dürfte die Sache damit abgetan sein, denke ich.«

Wieder folgte diesen Worten eine allgemeine Bewegung und Aufregung. Plötzlich erhob sich Burdowskij.

»Wenn es so ist, dann bin ich betrogen worden, betrogen ... jedoch nicht von Tschebaroff, sondern schon vor langer Zeit; ich will keine Sachverständigen ... ich will nichts feststellen, ich glaube es ... ich ... ich verzichte ... Die Zehntausend will ich nicht ... Adieu ...«

Er nahm seine Mütze, schob den Stuhl zurück und wollte fortgehen.

»Verzeihung, Herr Burdówskij«, hielt ihn Gawríla Ardalíonytsch mit leiser und sanftester Stimme zurück, »wäre es Ihnen nicht möglich, noch fünf Minuten zu bleiben? Es haben sich in dieser Angelegenheit noch einige äußerst wichtige Tatsachen herausgestellt, namentlich für Sie wichtige, für uns dagegen nur interessante. Meiner Meinung nach dürften Sie es sich nicht entgehen lassen, mit ihnen bekannt zu werden, und es wird Ihnen gewiß angenehmer sein, wenn die ganze Sache vollkommen aufgeklärt wird ...«

Burdowskij setzte sich schweigend, den Kopf ein wenig gesenkt, wie tief in Gedanken versunken. Seinem Beispiel folgte auch Lebedeffs Neffe, der sich gleichfalls schon erhoben hatte, um mit ihm wegzugehen; dieser schien zwar den Kopf und die Dreistigkeit noch nicht verloren zu haben, schaute aber doch sehr befremdet drein. Ippolit sah finster, traurig und sehr erstaunt aus. In diesem Augenblick hatte er übrigens einen so starken Hustenanfall, daß auf dem Taschentuch, das er vor den Mund preßte, Blutflecken erschienen. Der „Boxer" war geradezu erschrocken.

»Ach, Antíp!« rief er plötzlich jammervoll aus, »hab' ich's dir damals nicht gleich gesagt, vor drei Tagen schon, daß du vielleicht wirklich gar nicht Pawlischtscheffs Sohn bist!«

Verhaltenes Lachen ertönte, zwei oder drei lachten lauter.

»Was Sie da soeben mitteilten, Herr Keller«, griff Gawrila Ardalionytsch schnell auf, »ist als Faktum äußerst wertvoll. Nichtsdestoweniger kann ich auf Grund der sichersten Beweise behaupten, daß Herr Burdowskij, dem zwar die Zeit seiner Geburt sehr wohl bekannt war, von jenem Aufenthalt Herrn Pawlischtscheffs im Ausland jedoch völlig ununterrichtet ist. Bekanntlich hat Herr Pawlischtscheff den größten Teil seines Lebens im Auslande verbracht und ist immer nur auf kurze Zeit nach Rußland zurückgekehrt. Außerdem ist seine Abreise anderthalb Jahre vor Ihrer Geburt, Herr Burdowskij, an sich so wenig aufsehenerregend gewesen, daß es nur zu begreifen ist, wenn sich ihrer nach vierundzwanzig Jahren selbst seine Verwandten und Freunde nicht mehr erinnern. Deshalb wären auch alle meine Nachforschungen ergebnislos gewesen, wenn der Zufall mir nicht ganz unvermutet diese Briefe in die Hände gespielt hätte. Und deshalb wären auch für Herrn Burdówskij und sogar für Tschebároff solche Nachforschungen fast unmöglich gewesen, selbst wenn sie welche hätten vornehmen wollen ...«

»Erlauben Sie, Herr Iwólgin«, unterbrach ihn plötzlich Ippolit gereizt, »wozu halten Sie diese ganze Rede, was soll diese Litanei (entschuldigen Sie)? Die Hauptsache ist doch erklärt, und wir haben eingewilligt, an die Richtigkeit zu glauben; wozu also noch breittreten, was ohnehin schon schwer und verletzend ist? Oder wollen Sie vielleicht Ihre Geschicklichkeit als Nachforscher, als Spion zeigen? Oder beabsichtigen Sie gar, eine Verteidigungsrede für Burdowskij zu halten, weil er das alles nur aus Unwissenheit getan hat? Das wäre denn doch zu verletzend, mein Herr! Burdowskij bedarf weder Ihrer Rechtfertigungen noch Entschuldigungen! Es kränkt ihn nur, er ist ohnehin in einer peinlichen Situation, das sollten Sie erraten, begreifen ...«

»Schon gut, Herr Teréntjeff, schon gut«, unterbrach ihn Gawrila Ardalionytsch, »beruhigen Sie sich, Sie regen sich ganz unnütz auf. Sie sind, glaube ich, sehr krank? Ich kann Ihnen das sehr wohl nachfühlen ... In dem Falle habe ich, das heißt, wenn Sie es so wünschen, alles gesagt oder vielmehr bin ich gezwungen, nur noch in aller Kürze jene Fakta mitzuteilen, die zu erfahren meiner Meinung nach nicht überflüssig sein dürfte«, lenkte er ein, als er eine allgemeine Bewegung bemerkte, die bereits Ungeduld zu verraten schien. »Ich habe Ihnen mitzuteilen, Herr Burdowskij, daß Herr Pawlischtscheff nur deshalb Ihrer Mutter gutgesinnt gewesen ist und ihr so oft geholfen hat, weil sie die leibliche Schwester jenes Hofmädchens ist, in das sich Herr Pawlischtscheff in seiner Jugend so verliebt hatte, daß er sie unfehlbar geheiratet hätte, wenn sie nicht jung gestorben wäre. Ich habe Beweise, daß dieser Jugendroman nur sehr wenigen bekannt gewesen und von diesen alsbald sogar ganz vergessen worden ist. Ferner kann ich Ihnen mitteilen, daß Herr Pawlischtscheff Ihre Mutter seit ihrem zehnten Jahre hat erziehen lassen und ihr eine gute Mitgift gegeben hat, und gerade diese seine Anteilnahme hat unter seinen Verwandten und Bekannten eine gewisse Besorgnis erregt und zu verschiedenen Gerüchten Anlaß gegeben; eine Zeitlang hat es sogar geheißen, daß er seinen Pflegling heiraten werde. Aber es endete damit, daß sie im Alter von zwanzig Jahren aus Liebe, wofür ich gleichfalls Beweise habe, den Feldvermessungsbeamten Burdowskij heiratete. Ferner habe ich die sichersten Beweise dafür, daß Ihr Vater, Herr Burdowskij, nach Empfang der Mitgift Ihrer Mutter, die sich auf fünfzehntausend Rubel belief, seinen Dienst aufgab, sich an verschiedenen kommerziellen Spekulationen beteiligte, betrogen wurde, das ganze Kapital verlor und vor Kummer zu trinken begann, worauf er bald erkrankte und starb, im achten Jahre seiner Ehe mit Ihrer Mutter. Ihre Mutter blieb hierauf, wie sie mir selbst erzählt hat, in der größten Armut zurück und wäre elend zugrunde gegangen, wenn nicht Herr Pawlischtscheff ihr großmütig immer wieder geholfen hätte. Er hat ihr bis zu sechshundert Rubel im Jahr geschickt. Ferner gibt es unzählige Beweise dafür, daß Pawlischtscheff Sie als Kind sehr liebgewonnen hatte. Aus diesen Beweisen und nicht zum geringsten Teil aus den Aussagen Ihrer Mutter geht hervor, daß er Sie hauptsächlich deshalb so liebte, weil Sie ein schwächliches, stotterndes, armseliges Kindchen gewesen sind. (Pawlischtscheff aber hat sein Leben lang eine ganz besondere, fast zärtliche Liebe für alles Behaftete empfunden, für alles ‚von der Natur Gekränkte', namentlich aber, wenn es sich um Kinder handelte. Diese Tatsache, für die ich gleichfalls mehrere Beweise habe, ist für uns in diesem Fall von besonderer Wichtigkeit.) Und schließlich kann ich mich rühmen, auch das noch erklären zu können, wie diese auffallende Liebe Pawlischtscheffs – der es auch ermöglichte, daß Sie das Gymnasium besuchten und sogar unter besonderer Aufsicht lernen konnten – mit der Zeit unter seinen Verwandten den Glauben erweckt hat, daß Sie sein Sohn seien. Doch dieser Glaube ist erst in den letzten Lebensjahren Pawlischtscheffs, als man sich seines Testaments wegen Sorgen zu machen begann, in seinen Verwandten zur Überzeugung geworden, also erst dann, als die alten Fakta vergessen waren und Nachforschungen immer unmöglicher wurden. Zweifellos ist dieses Gerücht auch Ihnen zu Ohren gekommen und hat dann auch einen entsprechenden Eindruck auf Sie gemacht. Ihre Mutter, die persönlich kennenzulernen ich das Vergnügen gehabt habe, hat zwar von diesen Gerüchten gehört, weiß aber bis jetzt noch nicht – auch ich verschwieg es natürlich –, daß auch Sie, ihr Sohn, sich von ihnen haben beeinflussen lassen. Ihre Mutter fand ich in Pskow krank und in großer Armut vor, da sie mit Pawlischtscheffs Tod nicht nur den Freund und Gönner, sondern auch die Unterstützung verloren hatte. Unter Tränen der Dankbarkeit teilte sie mir mit, daß sie nur noch dank Ihrer Hilfe lebe; sie erwartet viel von Ihnen und glaubt felsenfest an Ihre zukünftigen Erfolge ...«

»Das ist aber doch nicht mehr auszuhalten!« erklärte plötzlich laut in größter Ungeduld Lebedeffs Neffe. »Was bezwecken Sie mit der Wiedergabe dieses ganzen Romans?«

»Ekelhaft! Einfach unanständig!« stieß Ippolit mit einer gereizten Bewegung hervor.

Burdowskij jedoch bemerkte nichts und rührte sich nicht einmal.

»Was ich damit bezwecke?« wunderte sich Gawrila Ardalionytsch mit listigem Lächeln und schickte sich boshaft an, seine Schlußfolgerungen darzulegen. »Erstens wird Herr Burdowskij jetzt überzeugt sein, daß Herr Pawlischtscheff ihn nicht als leiblichen Sohn, sondern nur aus Mitleid geliebt hat. Das aber dürfte für Herrn Burdowskij, der die Handlungsweise Herrn Kellers vorhin nach der Vorlesung des Artikels guthieß, jedenfalls wissenswert sein. Ich sage das nur deshalb, weil ich Sie für einen anständigen Menschen halte, Herr Burdowskij. Ferner stellt es sich jetzt heraus, daß selbst von seiten Tschebaroffs durchaus keine bewußte Spitzbüberei vorliegt, das aber ist auch für mich von Wichtigkeit; denn der Fürst äußerte sich vorhin im Eifer des Gesprächs ungefähr in dem Sinne, daß auch ich in dieser Beziehung seiner Meinung sei. Im Gegenteil, hier handelt es sich bei allen um eine feste Überzeugung, und wenn auch Tschebaroff vielleicht in der Tat ein großer Spitzbube ist, so hat er doch wenigstens in dieser Sache nur wie ein echter Winkeladvokat gehandelt. Er hat offenbar gehofft, bei der Gelegenheit viel Geld zu verdienen, und seine Berechnung ist durchaus nicht so dumm gewesen: er rechnete auf die Leichtigkeit, mit der man vom Fürsten Geld erhalten kann, sowie auf dessen Gefühle für den verstorbenen Pawlischtscheff; vor allem jedoch – was am wichtigsten ist – auf gewisse ritterliche Ansichten des Fürsten bezüglich Ehren- und Gewissenspflichten. Von Herrn Burdowskij aber kann man sagen, daß er, der sich infolge einiger seiner Ansichten von Tschebaroff und seinem Freundeskreise offenbar leicht beeinflussen läßt, seine Ansprüche anfangs eigentlich gar nicht aus materiellem Interesse erhoben hat, sondern fast nur infolge seiner Überzeugung, daß er damit der Wahrheit, dem Fortschritt und der ganzen Menschheit diene. Jetzt, nachdem ich alle Fakta mitgeteilt und die Beweggründe auseinandergesetzt habe, hoffe ich, daß alle in Herrn Burdowskij einen ehrenwerten Menschen sehen werden und der Fürst ihm jetzt leichteren Herzens seine Freundschaft und auch jene Hilfe anbieten kann, deren er vorhin Erwähnung tat, als er von der Pawlischtscheff zu Ehren einer Schule zugedachten Summe sprach ...«

»Hören Sie auf, Gawrila Ardalionytsch, hören Sie auf!« unterbrach ihn der Fürst wahrhaft entsetzt, aber es war schon zu spät.

»Ich habe gesagt, ich habe schon dreimal gesagt«, rief Burdowskij gereizt, »ich will das Geld nicht! Ich werde es nicht annehmen ... weshalb nicht ... ich will es nicht ... So! ...«

Und schon verließ er die Veranda. Doch Lebedeffs Neffe eilte ihm nach, ergriff ihn am Arm und flüsterte ihm etwas zu. Burdowskij kehrte ebenso plötzlich zurück, zog aus der Rocktasche ein offenes Kuvert großen Formats hervor und warf es auf den kleinen Tisch neben dem Fürsten.

»Da! das Geld ... Sie durften nicht ... durften nicht ... durften nicht! ... Das Geld! ... !« stieß er erregt hervor.

»Das sind die zweihundertundfünfzig Rubel, die Sie gewagt haben, ihm wie ein Almosen durch Tschebaroff zu übersenden«, erklärte Doktorenko.

»Im Artikel steht: Fünfzig Rubel!« rief Kolja.

»Ich bitte Sie, mir zu verzeihen«, sagte der Fürst, auf Burdowskij zutretend, »ich habe Ihnen ein großes Unrecht abzubitten, Herr Burdowskij. Dieses Geld aber habe ich Ihnen nicht als Almosen zugesandt, glauben Sie es mir. Es ist jetzt ein anderes Unrecht, das ich meine – eines, das ich vorhin begangen habe.« (Der Fürst sah sehr angegriffen, müde und schwach aus, und seine Rede war stockend.) »Ich sprach von einer Spitzbüberei ... das bezog sich nicht auf Sie, ich habe mich falsch ausgedrückt. Ich sagte, daß Sie ... ebenso seien wie ich, ebenso krank. Aber Sie sind nicht ebenso wie ich, Sie ... erteilen Unterricht, Sie unterstützen Ihre Mutter. Ich sagte, Sie hätten Ihre Mutter nicht geschont, aber Sie lieben sie; sie sagt es selbst ... ich wußte das nicht ... Gawrila Ardalionytsch hat mir vorhin nicht alles erzählt ... ich bitte Sie, mir zu verzeihen. Ich habe gewagt, Ihnen zehntausend Rubel anzubieten, verzeihen Sie es mir, ich hätte sie nicht anbieten sollen, jetzt aber ... geht es nicht, denn Sie müssen mich ja verachten.«

»Das ist ja ein Irrenhaus!« rief Lisaweta Prokofjewna.

»Wußten Sie das noch nicht, Mama?« fragte Aglaja schroff, denn auch ihr riß die Geduld, aber ihre Worte hörte fast niemand in dem Lärm, der sich erhoben hatte. Alle sprachen durcheinander, die einen stritten, andere redeten laut und gescheit, einige lachten. Iwan Fjodorowitsch Jepantschin war im höchsten Grade empört und wartete mit der Miene gekränkter Würde nur auf den Augenblick, in dem sich seine Gattin endlich erheben würde.

»Ja, Fürst, das muß man Ihnen lassen«, ergriff Lebedeffs Neffe noch einmal das Wort, »Sie verstehen es großartig, aus Ihrer ... nun, sagen wir, um uns höflicher auszudrücken, – Krankheit Kapital zu schlagen. Sie haben Ihre Freundschaft und das Geld in einer so geschickten Form anzubieten gewußt, daß ein anständiger Mensch sie in keinem Fall annehmen kann. Das war Ihrerseits entweder gar zu naiv oder vielleicht ungeheuer geschickt ... Das werden Sie übrigens selbst am besten wissen.«

»Erlauben Sie, meine Herren«, rief plötzlich Gawrila Ardalionytsch, der mittlerweile das Kuvert untersucht hatte, »hier sind im ganzen nur hundert Rubel und nicht zweihundertfünfzig. Ich mache Sie jetzt nur darauf aufmerksam, Fürst, damit es später nicht zu irgendwelchen Mißverständnissen kommt.«

»Lassen Sie, lassen Sie!« winkte der Fürst schnell Gawrila Ardalionytsch ab.

»Nein, ‚lassen Sie' es durchaus nicht!« fiel ihm sofort Lebedeffs Neffe ins Wort. »Ihr, ‚lassen Sie', Fürst, ist für uns beleidigend. Wir wollen nichts verheimlichen, wir sagen es offen: ja, dieses Kuvert enthält nur hundert und nicht zweihundertundfünfzig Rubel, aber ist denn das nicht ganz gleich ...«

»N–nein, ich dächte nicht«, unterbrach ihn Gawrila Ardalionytsch mit naiver Verwunderung.

»Unterbrechen Sie mich nicht; wir sind nicht solche Dummköpfe, wie Sie glauben, mein Herr Advokat«, bemerkte Lebedeffs Neffe boshaft und ärgerlich. »Selbstverständlich sind hundert Rubel nicht zweihundertundfünfzig Rubel; ich will nur sagen, daß es nicht auf die Vollzähligkeit der Summe ankommt, sondern auf das Prinzip.

Die Hauptsache ist hier die Initiative, der fehlende Rest ist – ein Einzelfall. Wichtig ist, daß Burdowskij Ihr Almosen nicht annimmt, Euer Durchlaucht, daß er es Ihnen ins Gesicht wirft, und in diesem Sinne ist es ganz gleich, ob es hundert oder zweihundertundfünfzig sind. Burdowskij hat die Zehntausend nicht angenommen, das haben Sie gesehen; und er würde auch die hundert Rubel nicht zurückgebracht haben, wenn er ehrlos wäre. Die hier fehlenden hundertfünfzig Rubel sind für Tschebaroffs Unkosten, seine Reise zu Ihnen usw. draufgegangen. Wenn Sie lachen wollen, dann lachen Sie über unser Unvermögen, eine Sache richtig anzufassen, über unsere Unkenntnis in solchen Dingen (Sie haben sich ja so redlich drum bemüht, uns lächerlich zu machen!) aber wagen Sie es nicht, uns zu sagen, daß wir keine Ehre hätten! Diese hundertfünfzig Rubel werden wir alle, mein Herr, dem Fürsten zurückzahlen, und wenn wir die Summe auch nur rubelweise zurückerstatten, aber jedenfalls mit den Zinsen. Burdowskij ist arm, er besitzt keine Millionen, Tschebaroff aber präsentierte nach der Reise seine Rechnung. Wir hofften zu gewinnen ... Wer hätte an seiner Stelle anders gehandelt?«
»Wer?« mischte sich Fürst Sch. hinein.
»Ich werde hier noch verrückt!« stieß Lisaweta Prokofjewna hervor.
»Das erinnert ja auffallend«, begann lachend Jewgenij Pawlowitsch, der die ganze Zeit geschwiegen und nur beobachtet hatte, »ganz auffallend an eine vor kurzer Zeit gehaltene berühmte Rede eines Advokaten, der, nachdem er als Entschuldigungsgrund die Armut seines Klienten hervorgehoben – sein Klient hatte sechs Menschen in einer Nacht ermordet und beraubt –, plötzlich mit den Worten schloß: ‚Es ist ja ganz natürlich, daß dem Angeklagten infolge seiner Armut der Gedanke in den Kopf kam, diese sechs Menschen zu ermorden; aber wem wäre denn an seiner Stelle dieser Gedanke nicht in den Kopf gekommen?' Oder ungefähr mit diesen Worten, jedenfalls war's etwas überaus Amüsantes.«
»Genug jetzt!« erklärte plötzlich, fast zitternd vor Zorn, Lisaweta Prokofjewna. »Es ist Zeit, daß man diesem sinnlosen Geschwätz sogleich ein Ende macht! ...« Sie kochte innerlich vor Wut, warf fast drohend den Kopf in den Nacken und ließ mit stolzer, hochmütiger Herausforderung ihren Blick über die ganze Gesellschaft schweifen, offenbar ohne im Augenblick die Freunde von den Feinden zu unterscheiden. Sie war bei jenem Punkt angelangt, über den hinaus ihr Zorn sich nicht mehr eindämmen ließ, sondern rücksichtslos zum Ausbruch, zum offenen Kampf drängte, um dann über den ersten besten herzufallen. Alle, die sie näher kannten, fühlten sofort, daß diesmal ein ganz besonderer Ausbruch bevorstand. Am nächsten Tage sagte Iwan Fjodorowitsch zum Fürsten Sch.: »Ja, das kommt bei ihr vor, aber mit einer solchen Wucht, wie gestern, doch nur sehr selten, höchstens alle drei Jahre einmal. Aber nicht öfter, nein, nicht öfter!« fügte er in bestimmtem Tone hinzu.

»Lassen Sie mich, Iwán Fjódorowitsch!« rief Lisawéta Prokófjewna. »Wozu bieten Sie mir jetzt noch Ihren Arm? Wenn es Ihnen als Mann und Familienvater nicht früher eingefallen ist, mich von hier wegzuführen – jetzt ist es zu spät. Am Ohr hätten Sie mich wegziehen sollen, wenn ich nicht freiwillig gegangen wäre. Wenn Sie sich doch wenigstens um Ihre Töchter bekümmern würden! Jetzt aber werden wir auch ohne Sie den Weg finden ... die Schmach reicht für ein ganzes Jahr ... Warten Sie noch einen Augenblick, ich will mich nur noch beim Fürsten bedanken! ... Ich danke dir, Fürst, für das Gastspiel ... Und ich hatte mich hier hingesetzt, um unsere Jugend zu hören! ... Das ist ja eine Niedertracht, eine Gemeinheit! Das ist ja ein Chaos, so etwas kann man sich ja nicht einmal träumen lassen! Gibt es denn wirklich noch viele solche? ... Schweig, Aglaja! Sei still, Alexandra! Ihr habt euch nicht einzumischen! ... So lassen Sie mich doch, Jewgenij Pawlowitsch, ich habe Ihre Bücklinge wirklich satt! ... Also du, mein Junge, bittest sie noch um Verzeihung«, wandte sie sich an den Fürsten, »‚verzeiht mir, daß ich euch ein Vermögen anzubieten gewagt habe!' Was lachst du, du Prahlhans!« fuhr sie empört Lebedeffs Neffen an, der zu lächeln wagte, »also, ‚wir bitten nicht, wir fordern, wir werfen ihm das Geld ins Gesicht!' Und dabei tut er noch, als wüßte er nicht, daß dieser Idiot sich spätestens morgen zu ihnen hinschleppen wird, um wieder seine Freundschaft und sein Geld anzubieten! Hab' ich nicht recht? Du wirst doch hingehen? Wirst du gehn, ja oder nein?«

»Ja, ich werde hingehen«, antwortete der Fürst leise und bescheiden.

»Habt ihr's gehört! Und darauf rechnest du ja nur«, wandte sie sich wieder zu Doktorénko, »das Geld hast du ja jetzt schon so gut wie in der Tasche, deshalb prahlst du ja auch so unverfroren, um uns Sand in die Augen zu streuen ... Nein, mein Täubchen, da müßt ihr euch andere suchen, die dümmer sind als ich, denn ich durchschaue euch durch und durch ... euer ganzes Spiel durchschaue ich!«

»Lisawéta Prokófjewna!« rief der Fürst.

»Gehen wir, Lisaweta Prokofjewna, es ist Zeit, und den Fürsten fordern wir auf, sich uns anzuschließen«, sagte möglichst ruhig und möglichst harmlos lächelnd Fürst Sch.

Die jungen Mädchen standen fast erschrocken etwas abseits, der Schreck des Generals aber war entschieden groß. Übrigens waren alle zum mindesten erstaunt. Einige, die etwas weiter abstanden, lächelten verstohlen oder flüsterten sich ein paar Worte zu. Lebedeff aber war geradezu entzückt.

»Gemeinheit und Chaos, gnädige Frau, findet man überall«, sagte Lebedeffs Neffe, der übrigens gleichfalls etwas verblüfft war.

»Aber nicht solche! Nicht solche, Väterchen, wie jetzt bei euch, nicht solche Niedertracht, das kannst du mir glauben!« fiel ihm Lisaweta Prokofjewna mit einer wahren Schadenfreude, wie in einem hysterischen Anfall, ins Wort. »Ach, werdet ihr mich denn nicht endlich in Ruhe lassen!« fuhr sie die anderen an, die sie beschwichtigen wollten. »Nein, wenn sogar die Verteidiger vor Gericht es ganz natürlich finden, daß man sechs Menschen umbringt, bloß weil man arm ist, so kann ja wahrhaftig das Ende der Welt nicht mehr fern sein. So etwas habe ich denn doch noch nicht gehört! Jetzt ist mir alles klar geworden! Würde denn dieser Stotterer, dieser dort« (sie wies auf Burdowskij, der sie höchst verwundert ansah), »würde denn der nicht morden? Ich könnte wetten, daß er's fertigbringt! Dein Geld, die zehntausend Rubel, wird er vielleicht nicht annehmen, das ist wahr, wird sie aus Gewissensskrupel nicht annehmen; aber in der Nacht herkommen und ermorden, um sie aus der Schatulle herauszunehmen – das wird er bestimmt tun, dagegen wird sein Gewissen nichts einwenden! Das wird dann vor seinem Gewissen nicht ehrlos sein! Das nennt man jetzt ‚Ausbruch edler Verzweiflung' oder ‚Verneinung', oder weiß der Himmel wie noch ... Pfui! Alles ist jetzt verkehrt, alle stellen sich auf den Kopf und strampeln mit den Beinen in der Luft! Wird da ein junges Mädchen von ehrsamen Eltern im Hause erzogen – plötzlich springt sie mitten auf der Straße in einen Wagen und fährt davon: ‚Mamachen, ich habe mich vor ein paar Tagen mit einem Kárlytsch oder Iwánytsch verheiratet, adieu!' Und das ist Ihrer Meinung nach sehr richtig, nicht wahr? Aller Achtung wert? Durchaus natürlich? Frauenfrage? ... Sogar dieser Bengel hier« (sie wies auf Kolja) »wollte noch vor kurzem mit mir streiten, behauptete, gerade das sei ja der ganze Kern der „Frauenfrage". Wenn auch die Mutter dumm gewesen ist, so sei du doch immerhin wie ein Mensch zu ihr! ... Weshalb hoben Sie vorhin die Nase so hoch, als Sie hier eintraten? Es war ja, als hätten Sie sagen wollen: ‚Platz da, wir kommen! Uns gebt alle Rechte, ihr aber dürft euch kein einziges anmaßen! Uns müßt ihr alle Ehren erweisen, sogar solche, die es überhaupt noch nicht gegeben hat, und dafür werden wir euch wie die letzten Lakaien trätieren!' Das sagte da jede eurer Nasenspitzen! Ihr sagt: ‚Wir suchen die Wahrheit' und ‚wir bestehen auf unserem Recht' – was wißt ihr von Recht und Wahrheit, wenn ihr in eurem Artikel wie die Straßenräuber über einen Unschuldigen herfallt und Lügen über Lügen schreibt! ‚Wir bitten nicht, wir fordern, und erwarten Sie von uns keine Dankbarkeit; denn Sie tun es nur zur Beruhigung Ihres Gewissens!' Das ist mir mal eine Moral! Wenn du im voraus sagst, daß du ihm nicht dankbar sein wirst, so kann dir doch der Fürst gleichfalls sagen, daß auch er für Pawlischtscheff keine Spur von Dankbarkeit empfindet, denn dieser habe das Gute auch nur zur Beruhigung des eigenen Gewissens getan. Auf was aber hast du denn gerechnet, wenn nicht auf die Dankbarkeit, die er für Pawlischtscheff empfindet? *Du* hast ihm doch nicht das Geld gegeben, er schuldet es doch nicht *dir*, auf was hast du denn sonst gerechnet, wenn nicht auf seine Dankbarkeit? Wie kannst du dich dann aber selbst von jeder Dankbarkeit lossagen? Verrückt seid ihr! Ihr behauptet, die Gesellschaft sei roh und unmenschlich, weil sie ein verführtes Mädchen ausstößt. Aber wenn du deshalb die Gesellschaft für roh und unmenschlich erklärst, so gibst du doch damit zu, daß diese Handlungsweise der Gesellschaft dem Mädchen weh tut. Wenn du aber das zugibst, wie kannst du sie dann vor dieser selben Gesellschaft in den Zeitungen bloßstellen und dabei von ihr verlangen, daß ihr das nicht weh tun soll? Verrückt seid ihr! Eure Ruhmsucht hat euch alle verrückt gemacht! Ihr glaubt weder an Gott noch an Christus. Ihr seid ja von eurer Eitelkeit und eurem Stolz so geschwollen, daß ihr euch zum Schluß noch gegenseitig auffressen werdet, das prophezeie ich euch! Und das soll kein Chaos sein, das soll keine Schändlichkeit sein? Und nach alledem geht dieser Schamlose noch hin und bittet sie noch um Verzeihung! Gibt es denn viele solcher wie ihr seid? Was lacht ihr? Weil ich mich so erniedrige, daß ich überhaupt mit euch rede? Jetzt ist es zu spät, was geschehen ist, ist geschehen, da ist nichts zu machen ... Du aber hast hier nichts zu grinsen, du ungezogener Bengel!« fuhr sie plötzlich empört Ippolit an. »Er selber kann kaum noch atmen, verdirbt aber noch andere! Du hast mir diesen Bengel da« (sie wies wieder auf Kolja), »den hast du mir auch verdorben, er phantasiert ja überhaupt nur noch von dir, du hast ihn zum Atheismus bekehrt, du glaubst nicht an Gott, hast aber selbst noch Ruten verdient, jawohl, denen bist du noch nicht entwachsen, mein Junge! ... Also, du wirst morgen zu ihnen hingehen, Fürst Lew Nikolajewitsch?« fragte sie plötzlich fast atemlos den Fürsten.

»Ja, ich werde gehen.«

»Dann kenne ich dich von Stund an nicht mehr!« – Sie wandte sich hastig zur Treppe, um wegzugehen, doch plötzlich kehrte sie wieder zurück. »Und auch zu diesem Atheisten wirst du gehen?« fragte sie, auf Ippolit weisend, – »aber was lachst du denn wieder über mich, du unverschämter Bengel!« schrie sie ihn plötzlich wie mit einer ganz fremden Stimme an – sein beißendes Lächeln hatte sie um den letzten Rest von Selbstbeherrschung gebracht.

»Lisaweta Prokofjewna! Lisaweta Prokofjewna! Lisaweta Prokofjewna!« ertönte es von allen Seiten.

»Maman, das ist eine Schande!« rief Aglaja laut.

»Regen Sie sich nicht auf, Aglaja Iwanowna«, antwortete Ippolit ruhig, obgleich ihn die Generalin aus einem unverständlichen Grunde immer noch krampfhaft am Arm festhielt und ihn mit ihrem glühenden Blick förmlich durchbohren zu wollen schien. »Beunruhigen Sie sich nicht, Ihre maman wird einsehen, daß man sich an einem Sterbenden nicht vergreifen darf ... Ich bin gern bereit zu erklären, weshalb ich gelacht habe ... es wird mich freuen, wenn man es mir erlaubt ...«

Ein plötzlicher Hustenanfall, der eine ganze Minute andauerte, erstickte seine Worte.
Lisaweta Prokofjewna ließ erschrocken seinen Arm fahren und sah entsetzt, wie er sich das Blut von den Lippen wischte.
»Mein Gott, er stirbt ja doch schon und will noch reden! Du darfst kein Wort mehr sprechen, hörst du! Du mußt gleich gehen und dich hinlegen ...«
»Das wird auch geschehen«, sagte heiser, leise, fast flüsternd Ippolit. »Sobald ich heute zurückkehre, werde ich mich sogleich hinlegen ... in zwei Wochen bin ich tot ... Das hat mir schon in der vorigen Woche B–n gesagt ... Wenn Sie erlauben, werde ich Ihnen noch zwei Worte zum Abschied sagen.«
»Bist du von Sinnen? Unsinn! Kurieren mußt du dich, was willst du denn jetzt reden? Geh, leg dich ins Bett! ...« Lisaweta Prokofjewna war wirklich ganz erschrocken.
»Wenn ich mich hinlege, so werde ich ja doch nicht mehr aufstehen, bis man mich aus dem Bett in den Sarg legt«, versetzte Ippolit lächelnd. »Ich wollte mich eigentlich schon gestern so hinlegen ... um dann nie mehr aufzustehen ... bis zum Tode ... aber dann beschloß ich, es bis morgen aufzuschieben, solange ich mich noch auf den Füßen halten kann ... um heute mit ihnen hierherzukommen ... Nur müde bin ich jetzt ...«
»Aber so setz dich doch, setz dich, was stehst du denn! Hier hast du einen Stuhl!« und Lisaweta Prokofjewna schob ihm selbst schnell einen Stuhl hin.
»Ich danke Ihnen«, fuhr er leise fort, »aber Sie müssen sich mir gegenübersetzen, und dann lassen Sie uns miteinander reden ... wir müssen unbedingt miteinander reden, Lisaweta Prokofjewna, jetzt bestehe ich darauf ...«, lächelte er ihr wieder zu. »Bedenken Sie, daß ich heute zum letztenmal in freier Luft und unter Menschen bin, in zwei Wochen aber bin ich unter der Erde. Das wird also jetzt so etwas wie mein Abschied von den Menschen und von der Natur werden. Ich bin zwar nicht besonders sentimental, aber stellen Sie sich vor, es freut mich doch sehr, daß alles das hier draußen in Pawlowsk geschehen ist: so kann ich doch wenigstens noch einen belaubten Baum sehen.«
»Was sprichst du da, sei still, du hast ja doch Fieber!« unterbrach ihn Lisaweta Prokofjewna, immer besorgter werdend. »Vorhin schriest du und sprachst du so viel, jetzt aber kannst du kaum noch atmen!«
»Ich werde mich sogleich erholen. Weshalb wollen Sie mir nicht meine letzte Bitte gewähren? ... Wissen Sie auch, daß ich schon lange davon geträumt habe, wie ich einmal mit Ihnen zusammenkommen würde, Lisaweta Prokofjewna? ... Ich habe viel von Ihnen gehört. – Kolja hat mir von Ihnen erzählt; er ist ja fast der einzige, der mich nicht verläßt ... Sie sind eine originelle Frau, das habe ich jetzt selbst gesehen ... wissen Sie auch, daß ich Sie sogar ein bißchen geliebt habe? ...«

»Gott, und ich hätte ihn doch wahrhaftig beinah geschlagen!«
»Aglaja Iwanowna hat Sie daran verhindert; ich irre mich doch nicht? Das ist doch Ihre Tochter Aglaja Iwanowna? Sie ist so schön, daß ich vorhin auf den ersten Blick erriet, sie müsse es sein, obgleich ich sie vorher nie gesehen habe. Lassen Sie mich noch zum letztenmal im Leben eine Schönheit sehen«, bat er mit einem seltsam unbeholfenen und schiefen Lächeln. »Auch der Fürst ist hier und Ihr Mann und der ganze Bekanntenkreis. Weshalb wollen Sie mir meinen letzten Wunsch nicht erfüllen?«
»Einen Stuhl!« rief Lisaweta Prokofjewna, ergriff jedoch schnell selbst einen und setzte sich Ippolit gegenüber. »Kolja«, rief sie diesem zu, »du wirst mit ihm unverzüglich aufbrechen, begleit ihn nach Hause, morgen aber werde ich unbedingt selbst ...«
»Wenn Sie erlauben, würde ich den Fürsten um ein Glas Tee bitten ... Ich bin sehr müde ... Wissen Sie was, Lisaweta Prokofjewna, Sie wollten, glaube ich, den Fürsten zu sich zum Tee mitnehmen: bleiben Sie hier, verbringen wir die Zeit zusammen, und der Fürst wird bestimmt so freundlich sein, uns mit Tee zu bewirten. Verzeihen Sie, daß ich so ... ungefragt Anordnungen treffe ... Aber ich kenne Sie doch, Sie haben ein gutes Herz, der Fürst auch ... wir sind ja alle bis zur Lächerlichkeit gutherzige Menschen ...«
Der Fürst bestellte sogleich den Tee, Lebedeff stürzte Hals über Kopf hinaus, und Wjera eilte ihm nach.
»Nun gut«, entschied die Generalin, »sprich also, nur sprich leiser und rege dich nicht auf. Du tust mir so leid, mein Junge ... Fürst! Du hast es eigentlich nicht verdient, daß ich bei dir Tee trinke, aber mag es denn so sein, ich bleibe. Doch bitte ich, nicht etwa zu glauben, daß ich hier jemanden um Verzeihung bitten werde! Unsinn! Übrigens – wenn ich dich gescholten habe, Fürst, so verzeihe es mir, – das heißt: wenn du willst. Ich will hier niemanden zurückhalten«, wandte sie sich plötzlich in geradezu hochmütigem Zorn an ihren Mann und an ihre Töchter, als hätten auch diese ihr ein furchtbares Unrecht angetan. »Ich kann auch allein nach Hause zurückkehren ...«
Aber man ließ sie nicht zu Ende sprechen: sogleich traten alle bereitwilligst näher und umringten sie und Ippolit. Stühle wurden herbeigerückt, man setzte sich. Der Fürst lud sogleich alle zum Tee ein und entschuldigte sich, daß er nicht früher selbst darauf verfallen war. Sogar der General wurde liebenswürdig, murmelte etwas Beruhigendes und fragte ritterlich besorgt seine Gemahlin, ob es ihr nicht vielleicht etwas zu kühl auf der Veranda werde. Es fehlte nicht viel, und er hätte Ippolit gefragt: »Wie lange sind Sie schon auf der Universität?« – unterließ es aber noch im letzten Augenblick. Jewgenij Pawlowitsch und Fürst Sch. wurden plötzlich ungeheuer liebenswürdig und waren ersichtlich sehr aufgeräumt; Alexandra und Adelaida sah man es trotz ihrer noch immer andauernden Verwunderung an, daß sie gern blieben. Kurz, alle waren erfreut, daß Lisaweta

Prokofjewna sich beruhigt hatte. Nur Aglaja setzte sich finster und schweigend etwas abseits nieder. Auch Burdowskij und seine Freunde blieben, keiner wollte weggehen, auch der alte General Iwolgin blieb, doch Lebedeff flüsterte ihm im Vorbeigehen etwas zu – augenscheinlich etwas nicht ganz Angenehmes – und da zog er sich mehr in den Hintergrund zurück. Der Fürst bat auch Burdowskij und die anderen, ohne jemanden zu übergehen, zum Tee zu bleiben. Sie murmelten mit etwas gezwungenen Mienen, daß sie auf Ippolit warten würden, und hierauf setzten sie sich in der entferntesten Ecke der Veranda wieder alle in einer Reihe hin. Der Ssamowar mußte bei Lebedeff schon aufgestellt gewesen sein, denn er wurde im Augenblick hereingetragen. Die Uhr schlug elf.

X

Ippolit nahm das Teetäßchen, das Wjera Lebedewa ihm reichte; kaum aber hatte er die Lippen benetzt, da stellte er auch schon die Tasse wieder auf den Tisch und blickte sich verwirrt, gleichsam verlegen werdend, im Kreise um.
»Sehen Sie doch diese Täßchen, Lisawéta Prokófjewna«, lenkte er schnell ihre Aufmerksamkeit von sich ab, und überhaupt sprach er jetzt wie sich überhastend, »das sind ja Porzellantassen, und wie's scheint, ist es sogar vorzügliches Porzellan ... die stehen ja bei ihm sonst immer im Glasschränkchen verschlossen, werden niemals benutzt ... wie das so Sitte ist ... sie gehören noch zur Aussteuer seiner Frau ... heute aber hat er sie hergegeben, Ihnen zu Ehren, versteht sich, dermaßen hat ihn Ihr Besuch erfreut ...«
Er wollte noch weitersprechen, fand aber in der Verwirrung keine Worte.
»Glücklich verlegen geworden, das dachte ich mir«, raunte plötzlich Jewgenij Pawlowitsch unbemerkt dem Fürsten zu. »So etwas ist doch wohl gefährlich, oder nicht? Das sicherste Anzeichen, daß er jetzt aus Ärger darüber irgend etwas so Exzentrisches losschießen wird, daß selbst Lisaweta Prokofjewna es vielleicht nicht mehr wird verzeihen können.«
Der Fürst sah ihn schweigend an.
»Fürchten Sie das etwa nicht?« fuhr Jewgenij Pawlowitsch fort. »Ich sehe ihn jedenfalls kommen, den Rückschlag, und ich wünschte sogar, daß es so käme: mir ist's dabei nur darum zu tun, daß unsere liebe Lisaweta Prokofjewna bestraft wird, und zwar unbedingt heute noch, sogleich, vorher möchte ich gar nicht fortgehen. Aber Sie scheinen ja ganz krank zu sein?«
»Später, stören Sie nicht. Ja, ich bin nicht ganz wohl«, antwortete der Fürst zerstreut und sogar etwas ungeduldig.
Er hörte seinen Namen nennen, Ippolit sprach von ihm.
»Sie glauben es nicht?« fragte Ippolit hysterisch auflachend. »Das dachte ich mir, der Fürst aber wird es sofort glauben und sich nicht im geringsten wundern.«
»Hörst du es, Fürst?« wandte sich Lisaweta Prokofjewna an ihn, »hast du gehört?«
Die meisten lachten. Lebedeff trat geschäftig vor und scharwenzelte und verbeugte sich wiederholt vor der Generalin.
»Er sagt, daß dieser hier, dieser Clown, dein Hauswirt, jenem Herrn dort den Artikel korrigiert habe, der vorhin hier laut vorgelesen wurde.«
Der Fürst sah Lebedeff erstaunt an.

»Was schweigst du denn, so antworte doch!« sagte Lisaweta Prokofjewna ärgerlich und schlug sogar mit der Fußspitze auf den Boden.
»Was soll ich denn noch antworten«, murmelte der Fürst halblaut, ohne den Blick von Lebedeff abzuwenden, »ich sehe doch schon, daß er es getan hat.«
»Ist das wahr?« wandte sich Lisaweta Prokofjewna hastig an Lebedeff.
»Die reine Wahrheit, Exzellenz!« bestätigte Lebedeff mit unerschütterlicher Miene, und legte dabei die Hand aufs Herz.
»Und das sagt er noch, als wenn er stolz darauf wäre!« Lisaweta Prokofjewna sprang fast vom Stuhl auf.
»Gemein, gemein bin ich!« murmelte Lebedeff, schlug sich vor die Brust und senkte das Haupt tiefer.
»Was hab' ich davon, daß du dich jetzt ‚gemein' nennst! Er glaubt wohl, wenn er sich selbst ‚gemein' nennt, habe er damit alles wieder gutgemacht! Und du schämst dich nicht, Fürst, dich mit solchen Leuten abzugeben? Das werde ich dir niemals verzeihen!«
»Mir wird der Fürst verzeihen!« sagte Lebedeff überzeugt und gerührt zugleich.
»Einzig aus Anständigkeit, gnädige Frau«, fiel plötzlich mit lauter Stimme der aufspringende „Boxer" ein, »einzig aus Anständigkeit und um meinen Freund nicht zu kompromittieren, habe ich vorhin kein Wort über diese Mitarbeit verlauten lassen, und dies sogar trotz seinem Anerbieten, uns die Treppe hinunterzubefördern, das Sie selbst gehört haben. Doch um die Wahrheit nicht zu entstellen, muß ich gestehen, daß ich mich allerdings an ihn gewandt und seine Hilfe für sechs Rubel in Anspruch genommen habe, nur wohlgemerkt, nicht zur Verbesserung des Stils, sondern einzig um die Fakta von ihm zu erfahren, die mir zum größten Teil völlig unbekannt waren, also wie gesagt, weil mir seine Kompetenz fehlte. Die Stiefeletten, der zunehmende Appetit beim Schweizer Professor, die fünfzig Rubel anstatt der zweihundertfünfzig, mit einem Wort, diese ganze Gruppierung des Materials stammt von ihm, für sechs Rubel, wie gesagt, den Stil aber hat er nicht korrigiert.«
»Ich muß bemerken, daß ich nur die erste Hälfte des Artikels korrigiert habe«, unterbrach ihn Lebedeff mit geradezu fieberhafter Ungeduld, »jawohl, nur die erste Hälfte, denn da wir in der Mitte wegen der Fassung eines Satzes in Streit gerieten, habe ich die zweite Hälfte nicht mehr korrigiert, daher ist auch alles stilistisch Unzulässige in dieser Hälfte (und von solchen Verstößen wimmelt es dort) nicht mir anzurechnen.«
»Also, das ist deine größte Sorge!« fuhr Lisaweta Prokofjewna empört auf.
»Gestatten Sie die Frage«, wandte sich Jewgenij Pawlowitsch an Keller, »wann haben Sie denn diesen Artikel korrigiert?«
»Gestern morgen«, rapportierte Keller gehorsamst. »Wir hatten eine

Zusammenkunft verabredet und uns gegenseitig ehrenwörtlich verpflichtet, das Geheimnis beiderseits zu wahren.«

»Also zur selben Zeit, als er vor dir seine Bücklinge gemacht und dich seiner Ergebenheit versichert hat! Er trägt dich ja seit drei Tagen auf Händen, wie Kolja sagt! Das sind mir mal Menschen! Ich brauche deinen Puschkin nicht, und deine Tochter braucht auch nicht zu mir zu kommen!«

Lisaweta Prokofjewna wollte sich bereits erheben, doch da bemerkte sie, daß Ippolit lachte, und gereizt wandte sie sich an ihn:

»Was, mein Lieber, wolltest du dich hier etwa über mich lustig machen?«

»Gott behüte!« versetzte Ippolit mit einem schiefen Lächeln, »mich wundert nur, daß Sie wirklich so exzentrisch sind, Lisaweta Prokofjewna. Ich will's gestehen, daß ich mit Absicht diese Sache zur Sprache gebracht habe: ich wußte, wie das auf Sie wirken würde, auf Sie allein; denn der Fürst wird ihm bestimmt verzeihen, er hat ihm schon verziehen und sucht bereits offenbar nach einer Entschuldigung für ihn. Nicht wahr, Fürst, hab' ich nicht recht?«

Er atmete schnell und seine seltsame Aufregung wuchs mit jedem Wort.

»Nun! ...«, sagte Lisaweta Prokofjewna kurz und ungehalten, denn der Ton, den er jetzt anschlug, wunderte sie. »Nun?«

»Ich habe viel von Ihnen gehört ... vieles von dieser Art ... es hat mich furchtbar gefreut ... und ich habe Sie achten gelernt ...«, fuhr Ippolit fort.

Es war, als hätte er gar nicht das sagen wollen, was er sprach, sondern etwas ganz anderes, etwas, das er mit keinem Wort andeutete. Er sprach mit einem leisen Schimmer von Spott, regte sich aber dabei ganz unbegreiflich auf, blickte sich mißtrauisch im Kreise um, schien sehr verwirrt zu sein und verlor beständig den Faden, so daß er durch dieses sonderbare Wesen, bei seinem schwindsüchtigen Aussehen, mit dem eigentümlich flackernden, irrenden und bösen Blick, unwillkürlich die Aufmerksamkeit der Anwesenden zu fesseln fortfuhr.

»Ich hätte mich eigentlich darüber wundern müssen, obgleich ich doch die Welt und die Gesellschaft fast gar nicht kenne (ich gebe das selbst zu), daß Sie nicht nur in unserer, für Sie so unanständigen Gesellschaft geblieben sind, sondern auch diesen ... jungen Mädchen erlaubt haben, diese skandalöse Geschichte anzuhören, wenn den Damen auch aus ... Romanen schon längst alles bekannt ist. Übrigens, ich ... vielleicht ... ich weiß nicht ... ich habe es nicht so sagen wollen ... doch jedenfalls – wer wäre denn sonst geblieben ... auf die Bitte eines Knaben ... (nun, ja, Knaben, ich gebe es wieder selbst zu) mit ihm einen Abend zu verbringen und ... Anteil zu nehmen ... an allem ... um sich dann am nächsten Tage dessen zu schämen ... (Ich gebe übrigens selbst zu, daß ich mich nicht richtig ausdrücke.) Ich kann das alles nur loben ... und Hochachtung dafür empfinden ... obschon man aus der Miene Seiner Exzellenz, Ihres Gatten, deutlich ersehen kann, wie wenig das gesellschaftlich comme il faut für ihn ist ... Hihi!« kicherte er, da er in eine aussichtslose Sackgasse geraten war; doch plötzlich bekam er einen heftigen Hustenanfall, so daß er erst nach zwei Minuten wieder sprechen konnte.

»Da hat man's!« meinte kühl und schroff Lisaweta Prokofjewna, indem sie ihn mit strengem Blick musterte. »Nun, mein lieber Junge, jetzt haben wir uns wohl genug mit dir befaßt. Es ist Zeit!«

»Gestatten Sie auch mir, mein Herr, Ihnen meinerseits zu bemerken«, begann plötzlich gereizt Iwan Fjodorowitsch, der allmählich seine letzte Geduld verlor, »daß meine Gemahlin sich hier beim Fürsten Lew Nikolajewitsch befindet, unserem Freunde und Nachbarn, und daß es in jedem Fall nicht Ihnen, junger Mann, zusteht, die Handlungen Lisaweta Prokofjewnas zu kritisieren, ebensowenig mir ins Gesicht zu sagen, was mein Gesicht ausdrückt. Und wenn meine Gemahlin hier geblieben ist«, fuhr er, mit jedem Wort gereizter werdend, fort, »so hat sie es, mein Herr, nur aus Verwunderung getan und aus der sehr verständlichen Neugier, einmal Repräsentanten der heutigen Jugend kennenzulernen. Auch ich bin hier geblieben, wie man eben bisweilen auch wohl auf der Straße stehen bleibt, wenn man eine ... eine ...«

»Rarität erblickt«, half Jewgenij Pawlowitsch.

»Ganz recht, sehr richtig und treffend, gerade eine Rarität«, fuhr Seine Exzellenz erfreut fort, nachdem man ihm über den schwierigen Vergleich hinweggeholfen hatte. »Doch ganz abgesehen davon, wundert es mich sehr und betrübt mich sogar, daß Sie, junger Mann, nicht einmal begriffen haben, daß meine Gemahlin nur deshalb bei Ihnen geblieben ist, weil Sie krank sind – ich nehme an, daß Sie es auch wirklich sind – das heißt also, daß sie nur aus Mitleid geblieben ist, weil Sie ihr sozusagen leid tun, junger Mann, und vielleicht merken Sie sich gefälligst, daß sowohl dem Namen wie den Eigenschaften und der hohen Stellung meiner Gemahlin unter keinen Umständen sich etwas Schmutziges anheften kann ... Lisaweta Prokofjewna!« schloß der General, der ganz rot geworden war, »wenn es dir recht ist, jetzt aufzubrechen, so können wir uns von unserem lieben Fürsten verabschieden und ...«

»Ich danke Ihnen für die Lehre, General«, unterbrach ihn ganz unerwartet mit ernstem Gesicht Ippolit, und nachdenklich sah er ihn an.

»Gehen wir, maman, wie lange soll das denn noch dauern!« sagte Aglaja ungeduldig und geärgert, und sie erhob sich von ihrem Platz.

»Nur noch einen Augenblick, lieber Iwan Fjodorowitsch, wenn du erlaubst«, wandte sich Lisaweta Prokofjewna, im Tone, in der Haltung geradezu würdevoll, an ihren Gemahl. »Ich glaube, er hat hohes Fieber und phantasiert; ich sehe es an seinen glänzenden Augen; so

darf man ihn nicht sich selbst überlassen. Lew Nikolajewitsch! Könnte er nicht hier bei dir übernachten, damit man ihn heute nicht noch nach Petersburg zurückzubringen braucht? Cher prince, Sie langweilen sich doch nicht?« wandte sie sich aus irgendeinem Grunde an den Fürsten Sch. »Komm her, Alexandra, bringe dein Haar ein wenig in Ordnung, meine Liebe.«
Und sie ordnete ihr das Haar, an dem übrigens nichts zu ordnen war, und gab ihr einen Kuß; nur deshalb hatte sie sie zu sich gerufen.
»Ich glaubte, Sie seien entwicklungsfähig ...«, begann aufs neue Ippolít, indem er aus seiner Versunkenheit wieder wie zu sich kam. »Ja, richtig, was ich sagen wollte«, rief er erfreut aus, als wäre ihm plötzlich etwas eingefallen. »Da haben wir Burdowskij, der aufrichtig seine Mutter verteidigen will, nicht wahr? Und dabei kommt es so heraus, daß gerade er sie beleidigt und bloßstellt. Da will nun der Fürst Burdowskij helfen, bietet ihm ohne Arg und Falsch einfach aus Herzensgüte seine Freundschaft und sein Geld an und ist vielleicht der einzige von uns allen, der sich nicht von ihm angeekelt fühlt, und gerade sie stehen sich beide als wahre Feinde gegenüber ... Hahaha! Sie alle hassen Burdowskij, weil er sich ihrer Meinung nach häßlich und unfein seiner Mutter gegenüber benommen hat, das ist es doch? Nicht wahr? Sie lieben doch alle unbeschreiblich Schönheit und feine Form, nur für die allein leben Sie doch, hab' ich nicht recht? (Ich habe ja schon lange Verdacht gehabt, daß Sie alle nur dafür leben!) Nun, dann hören Sie jetzt, daß vielleicht kein einziger von Ihnen seine Mutter so liebt wie Burdowskij! Sie, Fürst, ich weiß, Sie haben durch Gánetschka heimlich der Mutter Burdowskijs Geld gesandt, und da könnt' ich nun wetten – hihihi!« lachte er hysterisch, »möchte wetten, daß gerade dieser Burdowskij Ihnen jetzt Unzartheit und Mißachtung seiner Mutter gegenüber vorwerfen wird, bei Gott, so ist es, hahaha!«
Wieder unterbrach ihn ein Hustenanfall.
»Nun, ist das jetzt alles? Hast du alles gesagt, was du sagen wolltest? Nun, dann geh jetzt schlafen, du hast dich erkältet, du fieberst ja doch«, unterbrach ihn ungeduldig Lisaweta Prokofjewna, die ihren besorgten Blick nicht von ihm abwandte. »Ach Gott! Da fängt er schon wieder an!«
»Sie lachen, wie es scheint? Weshalb lachen Sie über mich? Ich habe es gesehen, daß Sie die ganze Zeit über mich lachen!« wandte sich Ippolit plötzlich unruhig und gereizt an Jewgénij Páwlowitsch.
Dieser lächelte in der Tat.
»Ich wollte Sie nur fragen, Herr ... Ippolit ... pardon, ich habe Ihren werten Namen vergessen ...«
»Herr Teréntjeff«, sagte der Fürst.
»Richtig, Teréntjeff, ich danke Ihnen, Fürst; vorhin hörte ich ihn zwar, doch im Augenblick war er mir entfallen ... Ich wollte Sie fragen, Herr Teréntjeff, ob es wahr ist, was ich gehört habe: Sie

sollen, sagte man mir, der Meinung sein, daß Sie nur eine Viertelstunde lang aus dem Fenster zum Volk zu sprechen brauchten und dasselbe würde sogleich in allem Ihrer Ansicht sein und sogleich Ihnen folgen ...«

»Sehr möglich, daß ich das gesagt habe ...«, antwortete Ippolit, indem er sich gleichsam dessen zu entsinnen suchte. »Bestimmt hab' ich's gesagt!« bestätigte er dann plötzlich, wieder lebhafter werdend, und mit festem Blick sah er Jewgenij Pawlowitsch an. »Nun, und?«

»Nichts weiter; ich fragte nur zur Kenntnisnahme, nur so, um das Bild zu vervollständigen ...«

Jewgénij Páwlowitsch verstummte, doch Ippolit sah ihn immer noch in ungeduldiger Erwartung an.

»Nun, ist das alles, hast du alles gefragt?« wandte sich Lisaweta Prokofjewna an Jewgenij Pawlowitsch. »Komme schneller zum Schluß, Väterchen, er muß schlafen gehen. Oder weißt du nicht weiter?« Sie ärgerte sich entsetzlich.

»Oh, ich bin gern bereit, fortzufahren«, sagte Jewgenij Pawlowitsch lächelnd. »Alles, was ich hier von Ihren Kameraden gehört habe, Herr Teréntjeff, und was Sie soeben selbst mit unbestreitbarem Beobachtungstalent vorgebracht haben, ist meiner Meinung nach im Resultat nichts anderes als in erster Linie, und ganz abgesehen von allem anderen und sogar mit Ausschluß alles anderen, die Theorie des Triumphes dessen, was Sie ‚Recht' nennen, und vielleicht sogar ohne jede nähere Untersuchung, worin denn dieses Recht überhaupt besteht. Oder irre ich mich vielleicht?«

»Natürlich irren Sie sich, ich verstehe Sie nicht einmal ... Weiter?«

Im Hintergrund hörte man murren. Lebedeffs Neffe sprach dort halblaut irgend etwas.

»Weiter? – oh, so gut wie nichts«, fuhr Jewgenij Pawlowitsch fort, »ich wollte nur bemerken, daß man von diesem Standpunkt aus sehr leicht auf den des Rechts der Kraftüberlegenheit hinüberspringen kann, ich meine, auf das Recht der einzelnen Faust und des jeweiligen Begehrens, womit es ja übrigens auch stets in der Welt geendet hat. Ist doch auch Proudhon[15] zur Theorie des Vorrechtes dieser Überlegenheit gelangt. Und zur Zeit der Negerbefreiung in Amerika haben sich ja sogar viele der angesehensten Liberalen für die Plantagenbesitzer ausgesprochen, mit der Begründung, daß die Neger eben Neger seien und niedriger stünden als die Menschen der weißen Rasse, und folglich hätten die Weißen das Recht, die Neger als Sklaven zu behandeln ...«

»Nun?«

»Sie haben also gegen das Recht der größeren Macht nichts einzuwenden?«

»Weiter?«

»Sie sind jedenfalls konsequent. Ich wollte nur bemerken, daß es

vom Recht der Kraft bis zum Recht der Tiger und Krokodile und sogar dem der Gorskijs und Daniloffs nicht weit ist.«
»Ich weiß nicht, weiter?«
Ippolit hörte kaum darauf, was Jewgenij Pawlowitsch sprach, und auch das »nun« und »weiter« schien er nicht aus Interesse für das Weitere zu sagen, sondern einfach, weil es ihm zur Gewohnheit geworden war, einen jeden, der ihm von der Welt draußen an seinem Krankenlager erzählte, mit »nun« und »weiter« zum Weitererzählen zu drängen.
»Ja, weiter wollte ich nichts sagen ... das war alles.«
»Ich bin Ihnen übrigens nicht böse«, sagte Ippolit plötzlich ganz unvermittelt und streckte, vielleicht ohne sich selbst dessen bewußt zu sein, Jewgenij Pawlowitsch die Hand entgegen und lächelte sogar dazu.
Jewgenij Pawlowitsch wunderte sich zuerst, reichte ihm aber dann doch mit dem ernstesten Gesicht die Hand, als empfinge er wirklich Ippolits Verzeihung.
»Ich kann nicht umhin, Ihnen meinen Dank auszusprechen für die Aufmerksamkeit, mit der Sie mich angehört haben«, sagte er in demselben zweideutig-höflichen Ton, »denn nach meinen unzähligen Beobachtungen ist unser Liberaler nie imstande, einem anderen Menschen eine andere Überzeugung zu gestatten und seinem Opponenten nicht sogleich mit Schimpfworten zu antworten oder mit noch Schlimmerem ...«
»Das ist eine sehr richtige Bemerkung«, versetzte General Iwan Fjodorowitsch, worauf er, die Hände auf den Rücken legend, mit der gelangweiltesten Miene wieder an den Ausgang der Veranda trat, wo er dann vor Mißmut heimlich sogar gähnte.
»Nun, jetzt haben wir aber genug von dir gehört«, erklärte plötzlich Lisaweta Prokofjewna, zu Jewgenij Pawlowitsch gewandt. »Ihr werdet mir langweilig ...«
»Es ist Zeit!« Besorgt und fast erschrocken erhob sich Ippolit sofort, verwirrt um sich blickend. »Ich habe Sie aufgehalten; ich wollte Ihnen alles sagen ... ich glaubte, alle würden ... zum letzten Mal ... das war eine Illusion ...«
Es war ihm anzusehen, daß er sich nur ruckartig belebte, aus nahezu richtiger Fieberbenommenheit plötzlich auf kurze Zeit zu sich kam und nur dann mit vollem Bewußtsein dachte, sich erinnerte und sprach, meist bruchstückhaft, in abgerissenen Sätzen, die er wohl schon vor langer Zeit gedacht und immer wieder gedacht und auswendig behalten hatte in den öden, endlosen Stunden auf seinem Krankenlager, wenn er schlaflos in seiner Einsamkeit lag.
»Also: Leben Sie wohl!« sagte er plötzlich schroff. »Sie glauben wohl, daß es mir leicht fällt, Ihnen ‚Leben Sie wohl' zu sagen? Haha!« lachte er kurz auf, ärgerlich über seine *unbeholfene* Frage, und plötzlich, wie in Wut geratend darüber, daß es ihm immer nicht gelang, das zu sagen, was er hatte sagen wollen, rief er laut und gereizt:

»Exzellenz! Ich habe die Ehre, Sie zu meiner Beerdigung einzuladen, vorausgesetzt, daß Sie mich dieser Ehre würdigen mögen, und ... Sie alle, meine Herrschaften, im Gefolge des Generals! ...«
Wieder lachte er auf; aber das war schon das Lachen eines Irren. Lisaweta Prokófjewna näherte sich ihm erschrocken und griff nach seiner Hand. Ippolit sah sie unverwandt an, mit demselben Lachen im Gesicht, aber es war nicht mehr hörbar, sondern hielt inne und gefror gleichsam auf seinem Gesicht.
»Wissen Sie auch, daß ich nur deshalb hergekommen bin, um Bäume zu sehen? Diese hier ...« (er wies auf die Bäume des Parks) »ist das nicht lächerlich, wie? Aber hierbei ist doch nichts Lächerliches?« fragte Lisaweta Prokofjewna sehr ernst und versank plötzlich in Gedanken; nach einem Augenblick hob er aber wieder den Kopf und begann gierig in der Schar der Anwesenden jemanden mit den Augen zu suchen. Er suchte Jewgénij Páwlowitsch, der sich rechts von ihm ganz in seiner Nähe auf demselben Platz wie vorhin befand, doch Ippolit schien bereits vergessen zu haben, wo er gestanden hatte, und suchte ihn ringsum. »Ah, da sind Sie ja, Sie sind nicht fortgegangen!« rief er aus, als er ihn endlich entdeckte. »Sie machten sich lustig darüber, daß ich nur eine Viertelstunde aus dem Fenster reden wollte ... Aber wissen Sie auch, daß ich nicht achtzehn Jahre alt bin: ich habe so lange auf diesem Kopfkissen gelegen, ich habe so lange durch dieses Fenster geschaut, ich habe so endlos nachgedacht ... über alle ... so daß ... Ein Toter hat kein Alter, wie Sie wissen. Noch in der vorigen Woche dachte ich darüber nach, als ich in der Nacht aufwachte ... Aber wissen Sie auch, was Sie am meisten fürchten? Unsere Aufrichtigkeit fürchten Sie am meisten, obschon Sie uns verachten! Das habe ich gleichfalls damals, in jener Nacht, auf meinem Kissen gedacht ... Sie glauben, Lisaweta Prokofjewna, daß ich mich vorhin über Sie lustig machen wollte? Nein, ich habe mich nicht über Sie lustig gemacht, ich wollte nur sagen, daß es lobenswert ist, daß Sie so sind ... Kolja hat mir gesagt, der Fürst habe Sie ein Kind genannt ... das ist gut ... Aber was wollt' ich doch ... ich wollte doch noch etwas sagen ...« Er bedeckte die Augen mit der Hand und dachte krampfhaft nach. »Richtig, das war's! – als Sie vorhin schon weggehen wollten, dachte ich plötzlich: hier sind nun Menschen, und nie wieder wirst du sie vor dir sehen, und nie wieder wird das alles so sein, nie wieder! Und auch die Bäume nicht, – nur die Backsteinmauer wird vor mir sein, die rote von Meyers Mietkaserne ... die Brandmauer vor meinem Fenster ... nun, so sprich zu ihnen jetzt einmal von alledem ... versuch es doch, rede davon; da« – er wies auf Aglaja – »eine Schönheit! ... du bist ja ein Toter, stell dich ihnen als Toter vor, sag ihnen: ‚ein Toter darf alles sagen' ... und daß die Fürstin Marja Alexéjewna nicht schelten wird,[16], haha! ... Sie lachen nicht?« Er blickte sich mißtrauisch im Kreise um. »Aber wissen Sie, auf diesem Kopfkissen sind mir viele Gedanken gekommen ... wissen Sie, ich habe

eingesehen, daß die Natur sehr spottlustig ist ... Sie sagten, ich sei ein Atheist, aber wissen Sie auch, daß diese Natur ... Weshalb lachen Sie wieder? Sie sind furchtbar grausam!« unterbrach er sich traurig und unwillig, indem er sich wieder mißtrauisch umblickte. »Ich habe Kolja nicht verdorben«, schloß er plötzlich in einem ganz anderen Ton, ernst und überzeugt, als wäre ihm plötzlich wieder dies eingefallen ...
»Niemand, niemand lacht hier über dich, beruhige dich!« bat ihn Lisaweta Prokofjewna sichtlich gequält. »Morgen wird dich ein anderer Arzt untersuchen, dein Arzt hat sich geirrt! Aber so setz dich doch, was stehst du denn, du kannst dich ja kaum auf den Füßen halten! Du fieberst und phantasierst ... Ach, was soll man jetzt mit ihm anfangen!« sorgte sie sich um ihn und bemühte sich ängstlich, ihn wieder zum Niedersitzen auf einen Lehnstuhl zu bewegen, damit er nur ja nicht mehr stehe.
Eine Träne glänzte auf ihrer Wange.
Ippolit blieb ganz betroffen stehen, hob die Hand, die er ängstlich vorstreckte, und berührte zaghaft diese Träne.
Er lächelte ein völlig kindliches Lächeln.
»Ich ... ich ... habe Sie ...«, begann er selig, »Sie wissen nicht, wie ich Sie ... er hat mir immer mit einer solchen Begeisterung von Ihnen erzählt, er, dort, Kolja ... ich liebe seine Begeisterung ... Ich habe ihn nicht verdorben! Nur ihn allein lasse ich zurück ... ich wollte alle zurücklassen, alle – aber es war niemand da, niemand war da ... Ich wollte ein ... Wirkender sein, ich hatte ein Recht ... Oh, wieviel ich gewollt habe! Jetzt will ich nichts mehr, ich will auch nichts mehr wollen, ich habe mir das Wort gegeben, nichts mehr zu wollen; mögen sie ohne mich die Wahrheit suchen, mögen sie doch! Ja, die Natur ist spottlustig! Weshalb erschafft sie«, brach es plötzlich in bebender Leidenschaft aus ihm hervor, »weshalb erschafft sie die besten Wesen, um dann nur ihren Spott mit ihnen zu treiben? Hat sie es doch so eingerichtet, daß das einzige Wesen, das auf Erden als vollkommen anerkannt wurde ... hat sie es doch so gemacht, daß gerade dieses Wesen *das* aussprechen mußte, um dessentwillen so viel Blut geflossen ist, daß die Menschen, wenn es auf einmal geflossen wäre, bestimmt im Blute hätten ertrinken müssen! ... Oh, es ist gut, daß ich sterbe! Ich würde ja vielleicht auch irgendeine furchtbare Lüge sagen, die Natur würde es schon so einrichten! ... Ich habe niemanden verdorben ... Ich wollte zum Glück aller Menschen leben, um die Wahrheit zu ergründen und zu verkünden ... Ich sah durch mein Fenster auf Meyers Backsteinmauer und glaubte, eine Viertelstunde würde mir genügen, um alle, alle zu überzeugen, und da bin ich nun einmal im Leben mit Menschen zusammengekommen ... mit Ihnen, wenn auch nicht mit allen Menschen! – und was ist nun herausgekommen? Nichts! Es ist das herausgekommen, daß Sie mich verachten! Folglich bin ich ein Dummkopf, folglich bin ich überhaupt nicht nötig, nicht fähig, bin

untauglich, folglich ist es Zeit, daß ich gehe! Und nicht die geringste Erinnerung habe ich zu hinterlassen verstanden! Keinen Laut, keine Spur, nicht eine einzige Tat, keine einzige Überzeugung habe ich verbreitet! Lachen Sie nicht über den Tölpel! Vergessen Sie ihn! Vergessen Sie alles ... vergessen Sie, ich bitte Sie darum, seien Sie nicht so grausam! Wissen Sie auch, daß ich, wenn nicht diese Schwindsucht gekommen wäre, mich selbst umgebracht hätte ...«

Er wollte offenbar noch vieles sagen, konnte aber nicht weiter und fiel in den Lehnstuhl, bedeckte das Gesicht mit den Händen und schluchzte wie ein kleines Kind.

»Da! Er weint! Mein Gott, was soll man jetzt mit ihm anfangen!« rief Lisaweta Prokofjewna aufs äußerste erschrocken aus; sie trat schnell an seinen Stuhl, nahm seinen Kopf in ihre Hände und drückte ihn fest, fest an ihre Brust. Er schluchzte wie im Krampf.

»Nun – nun – nun! ... Nun, weine nur nicht, nun, genug, du bist ein guter Junge. Gott wird dir alles verzeihen, wegen deiner Unwissenheit; nun, laß gut sein, sei ein ganzer Mann ... Und du wirst dich ja später schämen ...«

»Ich habe dort«, begann Ippolit stockend, und er bemühte sich, den Kopf zu erheben, »ich habe einen Bruder und zwei Schwestern, Kinder, kleine Kinder, arme, unschuldige ... *Sie* wird sie verderben! Entreißen Sie sie ihr ... Sie – sind eine Heilige, Sie ... Sie sind selbst ein Kind – retten Sie sie! Retten Sie sie vor dieser ... sie ... wird sie der Schande ... Oh, helfen Sie ihnen, erbarmen Sie sich ihrer, Gott wird es Ihnen hundertfach vergelten, um Christi willen! ...«

»So sagen Sie doch endlich, Iwan Fjodorowitsch, was soll man denn jetzt tun!« rief Lisaweta Prokofjewna gereizt ihren Mann um Rat an. »Haben Sie doch die Güte und brechen Sie endlich Ihr erhabenes Schweigen! Wenn Sie sich zu nichts entscheiden, werde ich selbst hier übernachten, damit Sie's nur wissen; Sie haben mich zur Genüge mit Ihrer Herrschsucht tyrannisiert!«

Lisaweta Prokofjewna war zu jedem Opfer bereit, was sich äußerlich in ihrem Zorn verriet, und erwartete eine sofortige Antwort. Leider pflegen in solchen Fällen die Anwesenden, selbst wenn ihrer viele sind, mit Schweigen und passiver Neugier zu antworten, um nur ja nichts auf sich zu nehmen. Ihre Gedanken aber äußern sie gewöhnlich erst lange nachher. Hier nun gab es unter den Anwesenden sogar solche, die womöglich die ganze Nacht bis zum nächsten Morgen dageblieben wären, ohne auch nur ein Wort zu sagen – zum Beispiel Warwára Ardaliónowna Ptizyn, die die ganze Zeit schweigend dagesessen und nur mit ungeheurem Interesse zugehört hatte – vielleicht nicht ohne ihre besonderen Gründe zu diesem Interesse zu haben.

»Mein Freund«, versetzte der General, sich an seine Gemahlin wendend, »meine Meinung ist die, daß hier jetzt eher eine Kranken-

pflegerin am Platze wäre als unsere Aufregung ... oder für diese Nacht zum mindesten ein nüchterner, zuverlässiger Mensch. Jedenfalls müssen wir aber den Fürsten bitten und ... unverzüglich Ruhe gönnen. Morgen können wir ja dann wieder unsere Teilnahme ...«
»Es ist sogleich zwölf, wir fahren jetzt. Wird er mit uns kommen oder bleibt er bei Ihnen?« wandte sich Doktorenko gereizt und geärgert an den Fürsten.
»Wenn Sie wollen, so bleiben Sie doch auch hier bei ihm«, sagte der Fürst, »Platz habe ich genug.«
»Exzellenz«, wandte sich ganz unerwartet und förmlich begeistert Herr Keller an den General, »wenn ein zuverlässiger Mensch für die Nacht verlangt wird, so bin ich gern bereit, meinem Freunde das Opfer zu bringen ... er ist ein seltener Mensch! Ich halte ihn schon längst für genial, Exzellenz! Ich habe gewißlich, was meine Bildung anbetrifft, viel versäumt ... aber wenn er kritisiert, das kann auch ich beurteilen, dann streut er ja nur so Perlen aus dem Ärmel, Perlen, Exzellenz! ...«
Mit Verzweiflung im Gesicht wandte sich der General von ihm ab.
»Es würde mich sehr freuen, wenn er hier bliebe; es würde ihn natürlich sehr angreifen, jetzt noch zu fahren«, sagte der Fürst halb benommen auf die gereizten Fragen Lisaweta Prokofjewnas.
»Ja, du schläfst wohl schon? Wenn du nicht willst, Väterchen, werde ich ihn zu mir bringen! Ach Gott, was ist das, du hältst dich ja selbst kaum auf den Füßen! Bist du krank? Was fehlt dir?«
Da Lisaweta Prokofjewna den Fürsten nicht sterbend vorgefunden hatte, hielt sie ihn nach seinem Aussehen für viel gesunder als er war. In Wirklichkeit aber hatten der Anfall, die schweren Erinnerungen, die sich an ihn knüpften, die physische Müdigkeit in den Gliedern, dann der ermüdende Abendbesuch, dieser ganze Vorfall mit dem „Sohn Pawlischtscheffs" und nun auch noch der mit Ippolit – all das hatte die krankhafte Resonanzfähigkeit des Fürsten geradezu bis ins Fieberhafte gesteigert. Außerdem verrieten jetzt seine Augen noch irgendeine besondere Sorge oder sogar Angst: fast furchtsam blickte er auf Ippolit, ganz als befürchte er von diesem noch irgend etwas.
Da erhob sich plötzlich Ippolit, unheimlich bleich, mit einem Ausdruck unerträglicher, an Verzweiflung grenzender Scham in dem verzerrten Gesicht. Diese Scham drückte sich vor allem in seinem Blick aus, der haßerfüllt und doch angstvoll über die Anwesenden huschte, und in dem verlorenen, verzerrten und gleichsam sich windenden Spottlächeln auf seinen zuckenden Lippen. Übrigens senkte er den Blick sogleich zu Boden und wankte mit unsicheren Schritten, immer noch dasselbe Lächeln auf den Lippen, zu Burdówskij und Doktorénko, die bereits an der Treppe standen: er wollte mit ihnen fahren.
»Gerade ... das fürchtete ich ja!« rief der Fürst aus. »So mußte es ja kommen!«

Ippolit wandte sich brüsk nach ihm um, und rasende Wut sprach aus seinem Gesicht, in dem jeder Nerv zu zittern und zu sprechen schien.
»Ah, also das haben Sie befürchtet! ‚So mußte es ja kommen' Ihrer Meinung nach? So hören Sie denn, daß ich, wenn ich hier jemanden hasse (und ich hasse Sie hier alle!)«, kreischte er heiser, und die Speicheltröpfchen flogen von seinen Lippen, »daß ich Sie, Sie Jesuit, Sie erbärmliche Sirupseele, Sie Idiot, Sie Millionär und Wohltäter, daß ich Sie mehr als alle und alles auf der Welt hasse! Ich habe Sie längst durchschaut und zu hassen begonnen, schon damals, als ich Sie nur vom Hörensagen kannte, haßte ich Sie mit dem ganzen Haß meiner Seele ... Das haben Sie jetzt so herbeigeführt! Sie haben mich zu diesem Anfall gebracht! Sie haben mich, den Sterbenden, dieser Schmach ausgesetzt, Sie, Sie, Sie allein sind schuld an meinem erbärmlichen Kleinmut! Ich würde Sie totschlagen, wenn ich am Leben bliebe! Ich brauche Ihre Wohltaten nicht, ich nehme von keinem welche an, hören Sie, von keinem, nichts! Ich fieberte ... ich habe nur phantasiert, Sie dürfen es nicht wagen, zu triumphieren! Ich verfluche Sie alle ein für allemal!«
Seine Stimme versagte, er war atemlos.
»Schämt sich seiner Tränen!« flüsterte Lebedeff Lisaweta Prokofjewna zu. »Da haben wir das ‚So mußte es kommen!' Ja, der Fürst! Hat wieder bis ins Innerste geschaut ...«
Doch Lisaweta Prokofjewna würdigte ihn nicht einmal eines Blikkes. Sie stand, stolz aufgerichtet, den Kopf in den Nacken geworfen, und betrachtete mit verächtlich abschätzendem Blick »diese Leutchen«. Als Ippolit atemlos verstummt war, hatte der General nur die Schultern in die Höhe gezogen, woraufhin ihn seine Gattin jetzt zornig vom Kopf bis zu den Füßen maß, als verlange sie Rechenschaft über diese Bewegung; doch dann wandte sie sich, ohne ein Wort zu sagen, an den Fürsten.
»Ich danke Ihnen, Fürst, unserem exzentrischen Freund, für den angenehmen Abend, den Sie uns allen bereitet haben. Sie können sich ja jetzt von Herzen freuen, daß es Ihnen doch gelungen ist, auch uns in Ihre Dummheiten zu verwickeln ... Genug jetzt, lieber Freund unseres Hauses, ich danke Ihnen, daß Sie uns dabei Gelegenheit geboten haben, Sie endlich näher kennen zu lernen!«
Und unwillig begann sie ihre Mantille zurechtzuziehen, da sie erst abwarten wollte, bis »jene« sich fortbegeben hatten. Doktorenko hatte bereits vor einer Viertelstunde Lebedeffs Sohn, den Gymnasiasten, nach einer Droschke geschickt, mit der dieser nun gerade vorgefahren war. Dem Beispiel seiner Gattin folgend, wandte sich auch der General an den Fürsten.
»In der Tat, Fürst, ich hätte es nicht erwartet ... nach allem ... nach allen freundschaftlichen Beziehungen ... und schließlich hat ja Lisaweta Prokofjewna ...«
»Nein, nicht doch! – wie kann man nur so!« rief Adelaida im Un-

willen über ihre Eltern aus, trat schnell auf den Fürsten zu und reichte ihm die Hand.
Mit verlorenem Blick lächelte der Fürst sie an, vielleicht ohne sie zu sehen. Plötzlich drang ein heißes, schnelles Geflüster an sein Ohr.
»Wenn Sie diese erbärmlichen Menschen nicht sogleich hinauswerfen lassen, werde ich mein ganzes Leben, mein ganzes Leben lang nur Sie allein hassen!«
Es war Aglaja; sie war wie rasend, wie außer sich; doch noch bevor der Fürst sie ansehen konnte, hatte sie sich schon von ihm abgewandt. Übrigens gab es niemanden mehr hinauszuwerfen: Ippolit war von seinen Freunden inzwischen im Wagen untergebracht worden – in diesem Augenblick fuhren sie bereits davon.
»Nun, gedenken Sie sich noch lange hier aufzuhalten, Iwan Fjodorowitsch? Was meinen Sie? Soll ich noch lange diesen Lümmeln ausgesetzt sein?« fragte Lisaweta Prokofjewna.
»Tja, ich, mein Freund ... ich ... bin selbstverständlich sofort bereit ... Fürst ...«
Der General streckte doch noch seine Hand aus, um sich vom Fürsten zu verabschieden, wartete aber nicht, bis der Fürst, der ihn nur zerstreut ansah, ihm gleichfalls die Hand reichte, sondern eilte seiner Gemahlin nach, die soeben zornig und rauschend die Treppe hinunterstieg. Adelaida, deren Bräutigam und Alexandra verabschiedeten sich herzlich vom Fürsten, desgleichen Jewgenij Pawlowitsch, der als einziger von ihnen seine heitere Stimmung bewahrt hatte.
»Sehen Sie, da habe ich doch recht gehabt! Schade nur, daß auch Sie Ärmster jetzt darunter zu leiden haben!« sagte er halblaut mit dem gewinnendsten Lächeln zum Fürsten – vielleicht aber lag dennoch ein wenig Spott in diesem Lächeln.
Aglaja ging fort, ohne sich zu verabschieden.
Doch die Überraschungen dieses Abends waren damit noch nicht zu Ende. Es gab noch eine sehr unerwartete Begegnung zu überstehen.
Lisaweta Prokofjewna war noch nicht von der Treppe auf den Fahrweg getreten, der sich um den Park schlängelte, als plötzlich ein elegantes Gefährt, eine offene Kalesche, mit zwei prächtigen Schimmeln bespannt, in schnellem Tempo an der Villa des Fürsten vorüberfuhr. Im Fond des Wagens saßen zwei schön gekleidete Damen. Doch plötzlich, kaum waren sie zehn Schritte an der Veranda vorübergefahren, hielt der Wagen; die eine der Damen wandte sich hastig zurück, als hätte sie einen Bekannten erblickt, mit dem sie unbedingt ein paar Worte wechseln mußte.
»Jewgénij Pàwlowitsch! Bist du es?« ertönte plötzlich eine helle, schöne Stimme, die den Fürsten zusammenzucken machte, und vielleicht nicht nur den Fürsten allein. »Nein, bin ich froh, daß ich dich endlich gefunden habe! Ich habe doch einen Boten zu dir in die Stadt geschickt; sogar zwei! Den ganzen Tag wirst du gesucht!«
Jewgenij Pawlowitsch stand auf der Treppenstufe wie vom Schlage

gerührt. Auch Lisaweta Prokofjewna war stehengeblieben, doch nicht vor Schreck und Verwunderung wie Jewgenij Pawlowitsch: sie blickte die kühne Dame mit derselben kalten Verachtung an, mit der sie vor fünf Minuten die »Leutchen« betrachtet hatte, und richtete dann ihren prüfenden Blick sofort auf Jewgenij Pawlowitsch.

»Freue dich!« fuhr die helle Stimme fort. »Rogoshin hat deine Wechsel aufgekauft, von Kupfer, für dreißigtausend, ich habe ihn darum gebeten. Jetzt kannst du noch drei Monate lang ruhig sein! Und mit Biskup und dem übrigen Pack werden wir es auch noch arrangieren, aus alter Bekanntschaft! Also, wie du siehst, alles geht gut! Kannst dich freuen! Auf Wiedersehen morgen!«

Die Pferde zogen an und griffen aus, der Wagen verschwand ebenso schnell, wie er aufgetaucht war.

»Das ist eine Irrsinnige!« stieß endlich Jewgenij Pawlowitsch hervor, bis über die Stirn errötend vor Unwillen, und verständnislos blickte er sich im Kreise um. »Ich verstehe kein Wort von dem, was sie da sagte! Was sind das für Wechsel? Wer ist sie überhaupt?«

Doch Lisaweta Prokofjewna sah ihn immer noch unbeweglich an: zwei Sekunden lang ruhten ihre Blicke ineinander; dann wandte sie sich plötzlich stolz ab und ging schnell weiter auf dem Wege zu ihrem Hause. Die anderen folgten ihr.

Nach einer Minute kehrte Jewgenij Pawlowitsch in höchster Erregung zum Fürsten auf die Veranda zurück.

»Fürst, sagen Sie mir die Wahrheit, wissen Sie nicht, was das zu bedeuten hat?«

»Ich habe keine Ahnung!« antwortete der Fürst, der sich gleichfalls in krankhafter Spannung und Erregung befand.

»Wirklich nicht?«

»Sie können es mir glauben.«

»Ja, auch ich weiß es nicht«, lachte plötzlich Jewgenij Pawlowitsch. »Bei Gott, ich habe keinen Schimmer von irgendwelchen Wechseln, Sie können es mir wahrhaftig glauben, ich versichere Sie auf mein Ehrenwort! ... Aber was ist mit Ihnen, Sie werden doch nicht ohnmächtig?«

»Oh, nein, nein, gewiß nicht, nein ...«

XI

Erst am dritten Tage wurde dem Fürsten von Jepantschins verziehen. Zwar sprach der Fürst, wie gewöhnlich, sich allein die ganze Schuld zu und erwartete daher mit Gewißheit seine Strafe; trotzdem war er innerlich von Anfang an überzeugt, daß Lisaweta Prokofjewna ihm nicht ernstlich böse sein könne, sondern sich aller Wahrscheinlichkeit nach mehr über sich selbst ärgere. Deshalb fühlte er sich denn auch am dritten Tage, als ihm noch immer nicht Verzeihung gewährt worden war, moralisch ganz niedergedrückt. Außerdem kamen noch andere Dinge hinzu, die ihn quälten, namentlich etwas, das sich im Laufe der drei Tage dank dem zunehmenden Mißtrauen des Fürsten fortschreitend vergrößerte und immer beängstigender wurde. (Er machte sich seit einiger Zeit heftige Vorwürfe wegen seines »sinnlosen, zudringlichen« Vertrauens und seines »finsteren, niedrigen« Mißtrauens.) Kurz und gut – bis zum Abend des dritten Tages hatte der Zwischenfall mit der exzentrischen Dame, die aus dem Wagen zu Jewgenij Pawlowitsch gesprochen hatte, in seinen Gedanken bereits eine wahrhaft rätselhafte Bedeutung von nahezu erschreckendem Umfang angenommen. Die unheimlichste Frage war für ihn – ganz abgesehen von allen anderen unangenehmen Seiten des Vorfalls – ob nun wiederum er allein an dieser neuen »Ungeheuerlichkeit« schuld sei, oder nur . . . Doch er sprach es nicht aus, wen er meinte. Was jedoch die Umänderung der Buchstaben A. M. D. in N. F. B. anlangte, so glaubte er jetzt nur einen harmlosen Scherz darin erblicken zu dürfen, eine kindliche Unart, so daß ihm selbst längeres Nachdenken darüber beschämend und in einer Beziehung sogar unehrenhaft erschien.

Übrigens hatte der Fürst am nächsten Tage nach jenem »abscheulichen Abend« das Vergnügen gehabt, den Fürsten Sch. und Adelaida bei sich zu empfangen: sie waren »*hauptsächlich* deshalb gekommen, um sich nach seiner Gesundheit zu erkundigen«. Adelaida hatte im Park einen »entzückenden alten Baum« entdeckt, eine Trauerweide mit langen hängenden Ästen in frischem jungen Grün; unterwegs – sie waren beide »nur so« spazierengegangen – hatte Adelaida beschlossen, »unbedingt, unbedingt diesen Baum zu malen«. Und von diesem Baum war fast die ganze Zeit gesprochen worden, mindestens eine halbe Stunde lang. Fürst Sch. war so liebenswürdig und aufmerksam gewesen, wie er es immer war, hatte den Fürsten nach diesem und jenem gefragt, hatte ihn an ihre erste Begegnung in der kleinen Provinzstadt erinnert, so daß des vorhergegangenen Abends mit keinem Wort Erwähnung getan wurde. Schließlich hatte es Adelaida doch nicht ausgehalten: sie hatte zu lachen begonnen und

gestanden, daß sie gewissermaßen »inkognito« zu ihm gekommen seien. Doch das war auch alles, was sie verriet – nicht viel, aber auch gewiß nicht wenig, denn aus diesem »inkognito« konnte man mit Leichtigkeit die Stimmung ihrer Eltern erraten. Doch weder über ihre Mutter noch über Aglaja und nicht einmal über Iwan Fjodorowitsch ließ Adelaida ein Wort fallen, und als sie aufbrachen, um ihren Spaziergang fortzusetzen, luden sie den Fürsten nicht ein, sich ihnen anzuschließen, und daß er sie besuchen solle, davon war erst recht keine Rede! Ja, in der Beziehung verriet ein kurzes Gespräch sogar noch viel mehr: als Adelaida von ihrer letzten Aquarellmalerei erzählte, wünschte sie plötzlich sehr, daß der Fürst sie kritisiere. »Aber wie soll ich sie Ihnen zeigen?« stutzte sie auf einmal. »Warten Sie! Ich werde Kolja bitten, wenn er heute zu uns kommt ... oder nein, ich werde sie Ihnen morgen selbst bringen, wenn ich mit dem Fürsten wieder spazierengehe!« entschied sie schnell, sehr erfreut über die gefundene Lösung des Problems.
Sie verabschiedeten sich bereits, als Fürst Sch. sich scheinbar erst jetzt ganz plötzlich einer Sache zu entsinnen schien.
»Ach, à propos«, wandte er sich an den Fürsten, »wissen Sie nicht wenigstens, bester Lew Nikolajewitsch, wer diese Dame war, die gestern Jewgenij Pawlowitsch diese rätselhaften Worte zurief?«
»Das war Nastasssja Filippowna«, sagte der Fürst. »Sollten Sie das noch nicht erfahren haben, daß sie es war? Wer aber die andere Dame im Wagen war, das weiß ich nicht ...«
»Doch, doch, ich weiß, ich hab's gehört!« unterbrach ihn Fürst Sch. eilig. »Aber was bedeutete das, was sie ihm da zurief? Das ist, ich muß gestehen, ein solches Rätsel ... für mich, wie auch für alle anderen ...«
Fürst Sch. sprach ersichtlich in größter Verwunderung.
»Sie sprach von irgendwelchen Wechseln Jewgenij Pawlowitschs«, antwortete der Fürst sehr einfach, »die Rogoshin von einem Wucherer gekauft hat, auf ihre Bitte hin, und daß Rogoshin auf die Einlösung derselben noch warten werde.«
»Ich weiß, ich weiß, mein bester Fürst, aber das ist ja doch ein Ding der Unmöglichkeit! Jewgenij Pawlowitsch hat überhaupt keine Wechsel ausgestellt, wozu hätte er das nötig? – bei seinem Vermögen! ... Freilich hat er früher mitunter aus Leichtsinn welche ausgestellt, und sogar ich habe ihn manches Mal aus der Patsche gezogen ... Aber bei einem solchen Vermögen einem Wucherer Wechsel auszustellen und sich dann ihretwegen noch Sorgen zu machen – das ist doch ausgeschlossen, ganz ausgeschlossen! Und ebenso kann er sich doch mit Nastassja Filippowna unmöglich auf du und du stehen – das ist mir noch das Rätselhafteste! Er schwört, daß er kein Wort von der ganzen Sache verstehe, und ich glaube es ihm gern. Die Sache ist nur die, bester Fürst, – ich wollte Sie fragen, ob nicht Sie vielleicht irgend etwas wissen? Das heißt, ich meine ja

nur – vielleicht ist Ihnen durch irgendeinen Zufall etwas zu Ohren gekommen?«
»Nein, ich weiß nichts, und ich versichere Ihnen, daß ich nicht daran beteiligt gewesen bin.«
»Aber lieber Fürst, wer denkt denn daran! Wie sonderbar Sie sind! Ich erkenne Sie heute kaum wieder. Hätte ich denn jemals so etwas auch nur vermuten können? – *Sie*, beteiligt an einer *solchen* Intrige? ... Aber Sie sind heute nervös.«
Er umarmte und küßte ihn herzlich.
»Das heißt – an welch einer ‚*solchen*' Intrige beteiligt? Ich kann hier keinerlei ‚*solche*' Intrige sehen.«
»Nun, zweifellos hat doch die betreffende Person Jewgenij Pawlowitsch an irgend etwas verhindern wollen, indem sie ihm in den Augen der Anwesenden Eigenschaften beilegte, die er nicht hat und auch gar nicht haben kann«, antwortete Fürst Sch. ziemlich trokken.
Den Fürsten Lew Nikolajewitsch schien diese Antwort nicht wenig zu verwirren, doch blickte er trotzdem unverwandt Fürst Sch. an; jener verstummte aber plötzlich.
»Sollten es nicht doch einfach Wechsel sein? Ist es nicht buchstäblich so, wie sie gestern sagte?« stieß der Fürst plötzlich in nervöser Ungeduld hervor, man hörte jedoch heraus, daß er unsicher war.
»Aber so urteilen Sie doch selbst, was kann es denn Gemeinsames geben zwischen Jewgenij Pawlowitsch und ... ihr und außerdem noch Rogoshin? Glauben Sie mir, er besitzt tatsächlich ein großes Vermögen, ich weiß es ganz sicher. Und ein zweites großes Vermögen wird ihm vielleicht bald noch von seinem Oheim zufallen. Nastassja Filippowna hat einfach ...«
Wieder verstummte Fürst Sch. ganz plötzlich; offenbar wollte er dem Fürsten gegenüber nicht mit seinen Gedanken über Nastassja Filippowna herausrücken.
»Aber dann ist sie doch jedenfalls mit ihm bekannt?« fragte der Fürst nach kurzem Schweigen.
»Das scheint allerdings der Fall zu sein. Er war ein bißchen leichtsinnig. Doch übrigens, wenn er auch mit ihr bekannt gewesen ist, so ist das immerhin schon lange her, so ... sagen wir – zwei bis drei Jahre. Er war ja doch mit Tozkij gut bekannt. Jetzt aber kann von einer näheren Bekanntschaft oder gar einer Freundschaft auf du und du überhaupt nicht die Rede sein! So intim ist er mit ihr nie gewesen, nie! Und Sie wissen doch selbst sehr gut, daß sie lange Zeit gar nicht in Petersburg gelebt hat. Und die meisten wissen es überhaupt noch nicht, daß sie wieder hier aufgetaucht ist. Diesen Wagen und die Pferde habe ich erst vor etwa drei Tagen zum erstenmal hier gesehen.«
»Ein entzückendes Gespann!« bemerkte Adelaida.
»Ja, das Gespann ist allerdings tadellos.«
Übrigens verließen sie den Fürsten in der freundschaftlichsten Stim-

mung, fast kann man sogar sagen, daß sie sich wie Geschwister von ihm verabschiedeten.

Für den Fürsten Lew Nikolajewitsch war aber dieser Besuch von ganz ungeheurer Bedeutung. Nun ja, er hatte ja selbst vieles vermutet, bereits seit der gestrigen Nacht (vielleicht aber auch schon früher); doch hatte er bis zu diesem Besuch immer noch nicht gewagt, seine Befürchtungen vor sich selbst zu rechtfertigen. Jetzt aber war wenigstens so viel klar, daß Fürst Sch., der natürlich das Ganze an sich falsch auffaßte, immerhin der Wahrheit auf der Spur war, wenn er hier eine *Intrige* vermutete.

»Übrigens ...«, dachte der Fürst bei sich, »vielleicht faßt er es im geheimen ganz richtig auf, will es aber nur nicht anderen aufdecken und legt die Sache deshalb absichtlich falsch aus.«

Jedenfalls stand jetzt eines fest: daß Adelàida und Fürst Sch. (namentlich Fürst Sch.) in der Hoffnung zu ihm gekommen waren, von ihm etwas Näheres erfahren zu können; war aber das der Fall, so mußte man ihn doch unbedingt für beteiligt an der Intrige halten. Und außerdem: wenn der ganze Vorfall wirklich von solch einer Wichtigkeit war, dann mußte *sie* doch irgend etwas Furchtbares im Sinne haben – was aber konnte das sein? ... Wie diese Gedanken quälten!

»Und wie könnte man *sie* von etwas abbringen, das sie sich einmal in den Kopf gesetzt hat? Das ist ja doch ganz unmöglich, ganz ausgeschlossen, wenn sie sich von der Notwendigkeit der Durchführung ihrer Absicht überzeugt hat!« Das wußte der Fürst aus Erfahrung nur zu gut. »Sie ist ja doch wahnsinnig! ... wahnsinnig! ...«

Doch der quälenden Probleme gab es für ihn an diesem Morgen gar zu viele; alle tauchten sie jetzt auf einmal auf, und über alle mußte er nachdenken, lange nachdenken, und alle wollten schnell gelöst sein. So kam es, daß der Fürst sehr ernst und niedergedrückt war. Ein wenig Zerstreuung brachte ihm Wjéra Lébedewa, die mit ihrem kleinen Schwesterchen Ljúbotschka zu ihm kam und lachend irgend etwas erzählte. Bald darauf erschien auch ihre andere Schwester, die, welche beim Lachen den Mund immer so weit aufriß, und dieser folgte Lebedeffs Sohn, der Gymnasiast, der sich dann gleichfalls an der Zerstreuung des Fürsten beteiligte und lebhaft versicherte, daß der „Wermutstern" in der „Apokalypse", der „auf die Quellen der Gewässer" fiel, nach der Auslegung seines Vaters nichts anderes als das Eisenbahnnetz bedeute, das sich jetzt über Europa auszubreiten beginne. Der Fürst wollte es nicht glauben, daß Lebedeff den Stern so deute, worauf dann beschlossen wurde, ihn selbst bei nächster Gelegenheit danach zu fragen. Von Wjéra Lébedewa erfuhr der Fürst ferner, daß Herr Keller sich bei ihnen gestern heimisch niedergelassen hatte und aller Voraussicht nach nicht so bald wieder wegziehen werde, zumal er in dem alten General Iwolgin einen Gesellschafter und neuen Freund gefunden hätte; übrigens habe er erklärt, daß er einzig »zur Komplettierung seiner Bildung« bei ihnen bliebe.

Überhaupt gefielen Lebedeffs Kinder dem Fürsten mit jedem Tag mehr.

Kolja erschien den ganzen Tag nicht: er war am Morgen nach Petersburg gefahren (Lebedeff hatte sich bereits in aller Frühe dorthin begeben – in Geschäften, wie es hieß), und so erwartete der Fürst mit Ungeduld den Besuch Gawrila Ardalionytschs, den ihm dieser am Abend vorher beim Abschied zugesagt hatte.

Um sieben Uhr abends erschien er denn auch richtig – sogleich nach dem Essen.[17] Beim ersten Blick auf ihn glaubte der Fürst zu erraten, daß ihm alles, was an dem Abend passiert war, bis aufs Letzte bekannt sei. Wie sollte es auch anders sein, wenn er solche Helfershelfer wie seine Schwester Warja und seinen Schwager Ptizyn hatte! Zwischen Ganja und dem Fürsten bestand ein etwas eigentümliches Verhältnis. Der Fürst hatte ihm zum Beispiel die Führung der ganzen Angelegenheit mit Burdowskij anvertraut und ihn noch ganz besonders gebeten, die Sache zu übernehmen; doch ungeachtet dieses Vertrauens und noch so mancher anderen Bande, die sie verknüpften, blieben gewisse Punkte zwischen ihnen bestehen, die von ihnen gleichsam nach gemeinsamer Verabredung mit keinem Wort berührt wurden. Dem Fürsten hatte allerdings geschienen, daß Ganja ihm gegenüber vielleicht vollkommen und freundschaftlich aufrichtig zu sein wünschte, und so dachte er auch jetzt, daß Ganja, als er eintrat, im höchsten Grade überzeugt sei, daß nun der Augenblick gekommen wäre, in dem das Eis an diesen gewissen Punkten von beiden Seiten gebrochen werden könnte. Nur hatte Ganja diesmal leider nicht viel Zeit: seine Schwester wartete auf ihn bei Lebedeffs, und sie hatten zusammen noch etwas Eiliges vor.

Aber wenn Ganja vielleicht tatsächlich eine ganze Reihe ungeduldiger Fragen, unwillkürlicher Äußerungen oder gar freundschaftlicher Mitteilungen und Herzensergüsse erwartet hatte, so harrte seiner allerdings eine große Enttäuschung. Während der ganzen Zeit seines Besuches war der Fürst fast wie geistesabwesend, wenigstens sehr wortkarg und sehr zerstreut.

Die ganze Reihe von Fragen oder vielmehr die eine Frage, die Ganja erwartet hatte, wurde vom Fürsten nicht an ihn gerichtet. Da beschloß auch Ganja, zurückhaltender zu sein. Nichtsdestoweniger erzählte er ohne Unterlaß die ganze Zeit, lachte, scherzte – kurzum, unterhielt den Fürsten während der zwanzig Minuten, die er bei ihm war, in der liebenswürdigsten Weise, doch die Hauptsache berührte er mit keinem Wort.

Unter anderem erzählte er, daß Nastassja Filippowna sich erst seit etwa vier Tagen in Pawlowsk aufhalte und doch bereits die allgemeine Aufmerksamkeit auf sich gelenkt habe. Sie wohne in einem kleinen, unscheinbaren Hause bei Darja Alexéjewna, irgendwo in einer „Matrosenstraße“, wenn er sich nicht irre, ihre Equipage aber sei die schönste in Pawlowsk. Es habe sich auch bereits eine ganze Schar von alten und jungen Verehrern um sie versammelt, von denen sie auf ihren Spazierfahrten mitunter hoch zu Roß begleitet werde. Zwar sei sie immer noch sehr wählerisch in ihrem Verkehr mit Herren, doch stünde ihr trotzdem ein ganzes Korps zur Verfügung, falls sie irgendwie desselben bedürfen sollte. Ein erklärter Bräutigam, einer der Pawlowsker Villenbesitzer, habe sich bereits ihretwegen mit seiner Braut entlobt, und ein alter General habe ihretwegen seinen Sohn fast verstoßen. Gewöhnlich fahre sie mit einem sehr schönen jungen Mädchen, einer Verwandten Darja Alexejewnas, aus; dieses junge Mädchen habe eine wundervolle Stimme und singe so schön, daß das unscheinbare Haus der Darja Alexejewna abends die Aufmerksamkeit auf sich lenke. Übrigens führe sich Nastassja Filippowna überall tadellos auf, kleide sich nicht auffallend, doch stets so elegant, daß alle Damen sie wegen ihres Geschmacks, ihrer Schönheit und ihrer prachtvollen Equipage beneideten.

»Ihr exzentrischer Ausfall von gestern abend«, verschnappte sich Ganja schließlich doch einmal, »ist natürlich auf eine besondere Absicht zurückzuführen und zählt daher nicht mit. Um ihr etwas anhaben zu können, müßte man es direkt darauf absehen oder sie einfach verleumden, was übrigens das schnellste und sicherste Mittel wäre«, schloß er in der Erwartung, daß der Fürst jetzt unbedingt fragen werde, weshalb er ihrem Ausfall eine »besondere Absicht« zugrunde lege und weshalb er »Verleumdung das schnellste und sicherste Mittel« nenne.

Doch der Fürst sagte nichts.

Da begann Ganja auch von Jewgenij Pawlowitsch ohne besondere Aufforderung des Fürsten zu sprechen, was um so seltsamer war, als er ganz unvermittelt begann. Seiner Meinung nach war Jewgenij Pawlowitsch früher nicht mit Nastassja Filippowna bekannt gewesen und kannte sie auch jetzt kaum, da er ihr erst vor vier Tagen auf dem Spaziergang vorgestellt worden sei; und daß er sie mit den anderen zusammen besucht habe, sei wiederum aus gewissen Gründen nicht anzunehmen. Was jedoch die Wechselgeschichte betreffe, so könne sehr wohl etwas Wahres daran sein (das wurde von Ganja mit auffallender Sicherheit behauptet – offenbar hatte er etwas Näheres hierüber von Ptizyn erfahren). Jewgenij Pawlowitschs Vermögen sei allerdings sehr groß, »doch zum Teil sind seine Vermögensverhältnisse ziemlich unklar«, fügte er kurz hinzu, und damit brach er plötzlich ab. Auch über Nastassja Filippowna sprach er weiter kein Wort. Endlich kam Warja, um den Bruder abzuholen, setzte sich aber doch noch auf einen Augenblick und erzählte – gleichfalls ungebeten –, daß Jewgenij Pawlowitsch »heute den ganzen Tag und vielleicht auch noch morgen« in Petersburg bleiben werde, und daß auch ihr Mann, Iwan Petrowitsch Ptizyn, in Petersburg sei. Ja, fast kam es so heraus, als weile ihr Mann nur wegen einer Geldangelegenheit Jewgenij Pawlowitschs in der Stadt. Bereits im Fortgehen begriffen, sagte sie dann noch, daß Lisaweta Prokofjewna

sich in entsetzlicher Stimmung befinde, doch am meisten befremde es sie, Warja, daß Aglaja sich mit der ganzen Familie, nicht nur mit dem Vater und der Mutter, sondern auch mit den beiden Schwestern ernstlich entzweit habe – »und sogar wirklich im Ernst«. Und nachdem sie anscheinend ganz gleichmütig diese Nachrichten – die für den Fürsten von so großer Wichtigkeit waren! – mitgeteilt hatte, entfernten sich Bruder und Schwester.
Der Fürst blieb allein zurück. Auch Burdowskijs hatte Ganja mit keinem Wort Erwähnung getan, vielleicht aus falschem Zartgefühl, um den Fürsten nicht an Unangenehmes zu erinnern; doch der Fürst unterließ es trotzdem nicht, ihm für seine Mühe zu danken.
Er freute sich sehr, daß er endlich allein war. Langsam stieg er die Stufen der Veranda hinunter und ging über den Fahrweg in den Park. Er wollte sich einen entscheidenden Schritt, den er fast im Begriff war zu tun, reiflich überlegen. Doch dieser »Schritt« war gerade einer von denen, die man sich nicht überlegt, sondern zu denen man sich einfach kurz entschließt; er wollte plötzlich unsäglich gern wieder dorthin zurückkehren, woher er gekommen war, nur irgendwohin, weit, weit fort, in den Wald, in die einsamste Gegend, und alles hier so zurücklassen, wie es war, nicht einmal sich von jemandem verabschieden! Eine fast drohende Ahnung sagte ihm, daß er, wenn er auch nur noch wenige Tage hier blieb, sich rettungslos in diese Welt würde hineinziehen lassen, und diese Welt, die würde dann sein Schicksal sein! Er hatte aber noch keine zehn Minuten den Plan dieser Flucht erwogen, als er auch schon entschied, daß es »ganz unmöglich« für ihn sei, so zu flüchten, daß es von ihm »kleinmütig« wäre, daß er jetzt vor großen Aufgaben stünde, die er unbedingt lösen müsse, oder wenn auch nicht das, so habe er jetzt doch überhaupt nicht mehr das Recht, wegzufahren, sondern müsse zum mindesten alle seine Kräfte anspannen zu ihrer Lösung. Mit diesem Gedanken kehrte er zur Villa zurück, nachdem er kaum eine Viertelstunde im Park gewesen war. Er fühlte sich entsetzlich unglücklich in diesem Augenblick.
Lebedeff war noch immer nicht aus der Stadt zurückgekehrt, und so gelang es am Abend dem verabschiedeten Leutnant Keller, ungehindert beim Fürsten einzutreten. Er war nicht gerade betrunken, aber jedenfalls auch nicht mehr nüchtern; denn seine Redseligkeit war auffallend und seine geradezu verblüffende Offenherzigkeit mehr als verdächtig. Er begann sogleich damit, daß er den Grund seines Erscheinens erklärte: er sei gekommen, um dem Fürsten seine ganze Lebensgeschichte zu erzählen, und nur zu dem Zweck sei er in Pawlowsk geblieben. Es war nicht die geringste Aussicht vorhanden, ihn loszuwerden; selbst wenn man ihm die Tür gewiesen hätte, wäre er doch nicht gegangen. Er setzte sich fest und schickte sich an, lange und ziemlich ungereimt zu reden; doch siehe da, fast schon nach den ersten Worten sprang er ganz plötzlich auf den Schluß über und erklärte, mit der Zeit sei ihm jeder Schimmer von

»Moral abhanden gekommen« (und das einzig infolge seines Unglaubens an den Höchsten), so daß er sogar gestohlen habe.

»Können Sie sich das vorstellen!«

»Hören Sie, Keller, ich würde an Ihrer Stelle doch nicht so unnützerweise solche Dinge gestehen«, wandte der Fürst ein. »Doch – vielleicht wollen Sie sich mit Absicht anschwärzen? Wozu sagen Sie das alles?«

»Nur Ihnen auf Gottes ganzem Erdenrund, einzig und allein Ihnen sage ich es, und zwar nur deshalb, um damit meine moralische Entwicklung zu fördern! Sonst keinem eine Silbe! Keinem einzigen! Wenn ich sterbe, soll mein Geheimnis mit mir in die Grube fahren und von dort dann meinetwegen aufwärts gen Himmel! Aber, Fürst, wenn Sie nur wüßten, wenn Sie nur wüßten, wie schwer es heutzutage ist, irgendwo Geld aufzutreiben! Wo soll man es denn hernehmen, wenn Sie mir das doch wenigstens gefälligst sagen könnten? Die einzige Antwort ist: ‚Bring Gold und Brillanten, dann kriegst du welches' – mit anderen Worten also gerade das, was ich nicht habe. – Können Sie sich das vorstellen? Ich wurde schließlich wütend, stand, stand: – ‚Aber für Smaragde', fragte ich, ‚geben Sie dafür auch welches?' – ‚Gewiß, auch für Smaragde geben wir welches.' – ‚Na bon', sagte ich, nahm meinen Hut und ging. Der Teufel hol' sie samt und sonders, 's ist 'ne Gaunerbande, bei Gott!«

»Hatten Sie denn Smaragde?«

»Wie sollt' ich wohl Smaragde haben? Oh, Fürst, wie ahnungslos und unschuldig, wie rosig und, man kann wohl sagen, schäferhaft Sie noch auf das Leben blicken!«

Dem Fürsten tat er schließlich ... nicht gerade leid, aber der Fürst glaubte plötzlich, sich schämen zu müssen. Ihm kam sogar der Gedanke: »Könnte man nicht noch etwas aus diesem Menschen machen? – wenn er unter einen guten Einfluß käme?« Seinen eigenen Einfluß hielt er aus gewissen Gründen für absolut untauglich dazu, und das nicht etwa aus falscher Beobachtung, sondern eigentlich nur infolge seiner nunmehrigen Auffassung verschiedener Dinge und Verhältnisse. Allmählich aber kamen sie beide so ins Sprechen hinein, daß sie ans Aufhören gar nicht mehr dachten. Keller bekannte mit ungewöhnlicher Bereitwilligkeit, sogar an solchen Dingen schuldig zu sein, von denen auch nur zu sprechen man wohl nie und nimmer für möglich halten würde. Vor Beginn jeder neuen Erzählung versicherte er nachdrücklich, daß er es bereue und »innerlich voll Tränen« sei, worauf er aber dann jedesmal so erzählte, als wenn er auf seine Tat noch ganz besonders stolz wäre, und dabei wußte er noch alles so amüsant wiederzugeben, daß sie schließlich beide, sowohl er selbst wie auch der Fürst, wie die Unsinnigen lachten.

»Die Hauptsache ist, daß Sie noch eine gewissermaßen kindliche Zutraulichkeit und eine wirklich seltene Wahrheitsliebe besitzen«, sagte schließlich der Fürst. »Wissen Sie auch, daß Sie schon allein damit sehr vieles wieder gutmachen?«

»Edel bin ich, edel, ritterlich edel!« bestätigte Keller sofort gerührt. »Aber wissen Sie, Fürst, das beschränkt sich alles leider immer nur auf die Träume, wenn ich mich der Phantasie hingebe und dann besonders couragiert bin, in der Wirklichkeit aber kommt es nie so heraus! Und weshalb ist es so? Ich begreife es wahrhaftig nicht!«
»Verzagen Sie deshalb nicht. Sie haben mir jetzt alles bis aufs Letzte erzählt; wenigstens können Sie doch an Häßlichem und Schlechtem nichts mehr hinzufügen, denke ich ...«
»Nichts mehr hinzufügen?« rief Keller in einem geradezu mitleidigen Ton aus. »Jesus, Fürst, bis zu welch einem Grade Sie die Menschen doch immer noch sozusagen schweizerisch auffassen!«
»Gibt es denn wirklich noch etwas ...?« fragte mit zaghafter Verwunderung der Fürst. »Aber was haben Sie denn von mir erwartet, Keller, sagen Sie mir das noch, weshalb sind Sie denn mit Ihrer Beichte zu mir gekommen?«
»Von Ihnen? Was ich von Ihnen erwartet habe? Erstens ist es so angenehm, Ihre Herzenseinfalt zu sehen; es ist ein wahrhaft herzerquickendes Gefühl, bei Ihnen zu sitzen und zu schwatzen; wenigstens weiß ich dann, daß der tugendhafteste Mensch vor mir sitzt; und zweitens ... zweitens ... khm ...«
Er stockte, räusperte sich und wußte nicht recht weiter.
»Sie wollten vielleicht Geld von mir leihen?« half ihm der Fürst vollkommen ernst und sehr einfach, sogar ein wenig schüchtern.
Keller fuhr fast zusammen, sah dem Fürsten erstaunt mit einem schnellen Blick in die Augen ... und plötzlich schlug er mit der Faust auf den Tisch.
»Das ist es ja, weiß der Teufel, womit Sie einen total aus dem Konzept bringen! Erbarmen Sie sich, Fürst: bald sind Sie die leibhaftige Verkörperung einer solchen Unschuld, einer solchen Herzenseinfalt, wie sie selbst im goldenen Zeitalter unerhört gewesen sein muß, und bald wiederum oder vielmehr gleichzeitig durchschauen Sie einen mit den tiefsten psychologischen Beobachtungen, die einem wie Pfeile durch Mark und Bein gehen! Erlauben Sie, Fürst, das verlangt noch Erklärungen, denn ich ... ich bin wie vor den Kopf gestoßen! Selbstverständlich war zu guter Letzt Zweck und Ziel meines Besuches – von Ihnen Geld zu leihen. Sie aber fragen mich das plötzlich von vornherein und noch dazu in einem Ton, als würden Sie nicht den geringsten Anstoß daran nehmen, als ob es gerade so sein müßte!«
»Ja ... bei Ihnen mußte es auch so sein.«
»Und Sie sind nicht empört?«
»Weshalb denn?«
»Hören Sie, Fürst, ich muß Ihnen alles von Anfang an sagen: ich blieb gestern abend hier in erster Linie aus besonderer Hochachtung für den französischen Erzbischof Bourdaloue[18], von dem Lebedeff erzählte (wir entkorkten bei Lebedeffs bis drei Uhr morgens eine Flasche nach der anderen), und in zweiter Linie und hauptsächlich

(ich schlage mir alle Kreuze vor die Stirn, Sie können es mir also aufs Wort glauben!) hauptsächlich deshalb, weil ich die Absicht hatte, Ihnen, Fürst, einmal mein ganzes Herz auszuschütten, um durch diese sozusagen von Herzen kommende Ohrenbeichte meiner eigenen moralischen Entwicklung etwas auf die Beine zu helfen; mit diesem Gedanken schlief ich denn auch so gegen vier Uhr morgens unter fließenden Tränen ein. Und jetzt glauben Sie mir: in demselben Augenblick, als ich im Begriff war, einzuschlummern – ich war schon halbwegs weg – (und dabei war ich doch so voll aufrichtiger innerer Tränen, daß sie sozusagen überflossen; denn zu guter Letzt weinte ich tatsächlich, dessen entsinne ich mich noch ganz genau!) in demselben Augenblick kam mir plötzlich ein teuflischer Gedanke: ‚Aber was', dachte ich bei mir, ‚sollte man nicht ganz zum Schluß, nach der Beichte, einen Pumpversuch bei ihm machen?' Und so bereitete ich mich denn unter Tränen einerseits zu meiner Beichte vor, die ich gleichfalls unter Tränen vortragen wollte, um andererseits mit diesen Tränen mir den Weg zu Ihrem Herzen zu bahnen, damit Sie mir dann zum Schluß, von Mitleid bewegt, mit hundertundfünfzig Rubelchen unter die Arme griffen. Ist das nun nicht eine Gemeinheit, was meinen Sie?«

»Aber das ist doch bestimmt nicht so gewesen, das eine ist nur ganz zufällig zum anderen gekommen, zwei Gedanken sind sich begegnet, wie das sehr oft geschieht. Bei mir geschieht das fortwährend. Übrigens glaube ich, daß das nicht gut ist, und, offen gestanden, gerade wegen dieser Doppelgedanken mache ich mir die größten Vorwürfe. Es ist mir fast, als hätten Sie mir von mir selbst erzählt. Ich habe sogar mitunter gedacht«, fuhr der Fürst sehr ernst und aufrichtig interessiert fort, »daß alle Menschen so seien, so daß ich schließlich aufhörte, mich deshalb zu quälen; denn es ist sehr schwer, gegen diese Doppelgedanken anzukämpfen; ich weiß es ... Gott weiß, woher sie kommen, wie sie entstehen ... Aber da kommen Sie nun und nennen es doch einfach eine Gemeinheit! Jetzt fange auch ich wieder an, diese Gedanken zu fürchten. Jedenfalls kann ich nicht Ihr Richter sein. Aber immerhin finde ich, daß man es doch nicht so ohne weiteres eine Gemeinheit nennen kann, was meinen Sie? Sie haben auf schlaue Weise durch Tränen Geld herauslocken wollen; aber Sie schwören doch selbst, daß Ihre Beichte für Sie auch einen anderen Zweck hatte, einen geistigen, edlen, und nicht nur materiellen. Und was das Geld betrifft, so brauchen Sie es doch zum Verzechen, nicht wahr? Das aber ist freilich nach solch einer Beichte zum mindesten kleinmütig. Aber andererseits: wie soll man so plötzlich von seinen bisherigen Gewohnheiten lassen? Das geht doch nicht. Also was tun? Am besten ist, man überläßt das Ihrem eigenen Gewissen, was meinen Sie?«

Der Fürst blickte Keller mit ungeheurem Interesse an. Das Problem der »Doppelgedanken« hatte ihn offenbar schon lange beschäftigt.

»Jetzt sagen Sie mir nur gefälligst, weshalb man Sie nach alledem noch einen Idioten nennt! – das verstehe ich nicht! – da hört doch alles auf!« rief Keller ganz begeistert aus.

Der Fürst errötete ein wenig.

»Selbst der gerechte Mann Gottes, Bourdaloue, hätte einen Menschen nicht so geschont wie Sie! Und Sie haben mich noch menschlich mir selbst nähergebracht! Nun gut, um mich zu bestrafen und zu beweisen, daß ich gerührt bin, will ich jetzt nicht mehr hundertundfünfzig Rubel – geben Sie mir nur fünfundzwanzig, und damit basta! Das ist alles, was ich brauche, wenigstens für zwei Wochen. Vor zwei Wochen werde ich bestimmt nicht wiederkommen mit dieser Bitte. Ich wollte mal meine Agáschka etwas verwöhnen, aber was! – sie ist es ja doch nicht wert! O mein gütigster Fürst, ich danke Ihnen, Gott segne Sie dafür!«

Lebedeff, der soeben aus der Stadt zurückgekehrt war und gerade eintrat, machte, als er Keller die Banknote von fünfundzwanzig Rubeln in Empfang nehmen sah, ein finsteres Gesicht; doch Keller drückte sich schleunigst. Da begann Lebedeff sofort über ihn herzuziehen.

»Sie sind ungerecht«, bemerkte schließlich der Fürst, »er hat tatsächlich aufrichtig bereut.«

»Ja, aber was will das besagen! Das ist ja doch ebenso wie ich gestern: ‚Gemein, gemein bin ich' – wunderschön, aber das sind doch alles nur Worte!«

»So waren es also nur Worte von Ihnen? Und ich dachte bereits ...«

»Na, ich will Ihnen, aber auch nur Ihnen allein, die Wahrheit sagen; denn Sie durchschauen ja doch jeden Menschen: leere Worte und Aufrichtigkeit, Lüge und Wahrheit – alles zusammen war's, und jedes war echt, war wirklich echt! ‚Wahrheit und Aufrichtigkeit' bestehen bei mir in der aufrichtigen Reue – glauben Sie es oder glauben Sie es nicht, ich schwöre es jedenfalls – ‚leere Worte und Lüge' bestehen in dem teuflischen und immer gegenwärtigen Gedanken, wie ich auch hier einen anderen Menschen übers Ohr hauen, wie ich auch hier aus den Tränen der Reue Vorteil ziehen könnte! Bei Gott, so ist es! Einem anderen würde ich es nicht sagen, er würde mich auslachen; Sie aber, Fürst, Sie denken menschlich.«

»Nun, sehen Sie: genau dasselbe, fast mit denselben Worten, hat mir auch Keller soeben gesagt – und beide scheinen Sie sich damit gleichsam brüsten zu wollen! Sie setzen mich damit sogar wirklich in Erstaunen ... nur hat er aufrichtiger gesprochen als Sie; denn bei Ihnen ist es schon entschieden zu einer Art Handwerk geworden. Nun, genug, reden wir nicht mehr davon, und machen Sie schnell ein anderes Gesicht, Lebedeff, und pressen Sie doch nicht immer so die Hand aufs Herz! Haben Sie mir nicht etwas zu sagen? Sie pflegen doch nie grundlos zu mir zu kommen ...«

Lebedeff begann sich zu winden und zu drehen und hinterm Ohr zu kratzen, sagte aber kein Wort.

»Ich habe Sie den ganzen Tag erwartet, um eine Frage an Sie stellen zu können; antworten Sie mir jetzt und sagen Sie mir doch wenigstens einmal im Leben sogleich die Wahrheit: Sind Sie an dem Vorfall mit dem Wagen gestern abend beteiligt oder nicht?«

Lebedeff begann sich wieder zu winden, fuhr sich mit dem Finger in den Kragen, räusperte sich, kicherte, räusperte sich wieder, rieb sich die Hände, nieste sogar; doch zu sprechen entschloß er sich noch immer nicht.

»Ich sehe schon, daß Sie mitgewirkt haben.«

»Aber nur indirekt, einzig nur indirekt! Ich sage die reinste Wahrheit! Nur insoweit mitgewirkt, als ich die gewisse Dame rechtzeitig benachrichtigt habe, daß bei ... bei mir sich so eine Gesellschaft versammelt habe, und daß auch gewisse Personen darunter seien.«

»Ich weiß, daß Sie Ihren Sohn *dorthin* geschickt haben, er hat es mir vorhin selbst gesagt; aber was soll denn diese Intrige wieder bedeuten!« rief der Fürst ungeduldig aus.

»Das ist nicht meine Intrige, nicht meine Intrige, bei Gott nicht!« wehrte Lebedeff mit beiden Händen ab. »Hier handelt es sich um andere, ganz andere, und das Ganze ist mehr ein phantastischer Einfall als eine Intrige zu nennen.«

»Aber um *was* handelt es sich denn, so erklären Sie mir doch wenigstens *das*, um Christi willen! Begreifen Sie denn nicht, daß mich das diesmal ganz persönlich angeht? Hier wird doch Jewgenij Pawlowitsch angeschwärzt!«

»Fürst! Durchlauchtigster Fürst!« begann Lebedeff wieder sich zu verneigen und dabei die Hand aufs Herz zu pressen, »Sie erlauben mir doch nicht, die ganze Wahrheit zu sagen! Ich habe doch schon oft davon angefangen, nicht nur einmal, Sie aber haben mir immer sofort verboten, weiterzusprechen ...«

Der Fürst schwieg eine Weile und dachte nach.

»Nun gut; aber sagen Sie die Wahrheit«, sagte er endlich gepreßt, augenscheinlich nach einem schweren Kampf.

»Aglaja Iwanowna ...«, begann Lebedeff bereitwillig.

»Schweigen Sie, schweigen Sie!« schrie ihn der Fürst sogleich beschwörend an, und er wurde rot vor Unwillen – vielleicht auch vor Scham. »Das ist doch unmöglich, das kann doch nie und nimmer sein, das ist doch Unsinn! Sie haben sich das alles selbst ausgedacht, oder ebenso Wahnsinnige wie Sie! Und hören Sie: daß ich nie mehr auch nur ein Wort davon aus Ihrem Munde vernehme!«

Spät am Abend, bereits gegen elf Uhr, erschien endlich Kolja mit einem ganzen Sack voll Neuigkeiten. Zuerst erzählte er schnell in ein paar Worten das Wichtigste aus der Stadt, das sich hauptsächlich auf Ippolit und den vorhergegangenen Abend bezog, und ging dann, um später wieder darauf zurückzukommen, schnell zu den Pawlowsker Neuigkeiten über.

Vor etwa drei Stunden war er aus Petersburg zurückgekehrt und, ohne beim Fürsten vorzusprechen, direkt zu Jepantschins gegangen.

»Dort ist einfach alles auf den Kopf gestellt! Natürlich steht in erster Linie und obenan der Vorfall mit dem Wagen«, berichtete Kolja; doch müsse unbedingt noch etwas geschehen sein, was ihm und dem Fürsten noch unbekannt war.

»Ich wollte natürlich nicht spionieren oder ausforschen. Übrigens wurde ich sehr gut empfangen, sogar so gut, wie ich es gar nicht erwartet hatte; doch von Ihnen, Fürst, wurde mit keinem Wort gesprochen!«

Die Hauptsache und das Interessanteste jedoch sei, daß Aglaja sich mit allen anderen Ganjas wegen überworfen habe. »Wie und weshalb – das weiß ich nicht, nur ist es tatsächlich Ganjas wegen geschehen – können Sie sich das denken? Und nicht etwa im Scherz, sondern vollkommen ernst, also muß es doch etwas Wichtiges sein.« Der General sei erst spät aus der Stadt ziemlich »brummig« heimgekehrt, zusammen mit Jewgenij Pawlowitsch, der gleichfalls vorzüglich empfangen worden sei. Jewgenij Pawlowitsch sei selbst erstaunlich guter Laune, heiter und liebenswürdig gewesen. Die kapitalste Nachricht war aber die, daß die Generalin Lisaweta Prokofjewna ohne viel Wesen und Aufsehen Warwara Ardalionowna, Koljas Schwester, die bei den jungen Mädchen gesessen, zu sich gerufen und sie ein für allemal ersucht habe, ihr Haus fernerhin nicht mehr zu betreten – »übrigens in der höflichsten Weise – Warja hat's mir selbst erzählt«, fügte Kolja hinzu. Als Warja dann noch zu den jungen Mädchen gegangen war, um sich von ihnen zu verabschieden, hatten diese ihr alle ganz unbefangen die Hand gereicht und offenbar keine Ahnung davon gehabt, daß die Mutter der Freundin die Tür gewiesen hatte und diese sich nun zum letztenmal von ihnen verabschiedete.

»Aber Warwara Ardalionowna – war noch um sieben Uhr bei mir«, bemerkte der Fürst verwundert, »und ...«

»Und hinausgeworfen worden ist sie erst um acht oder kurz vor acht! Warja tut mir sehr leid und ebenso Ganja ... Sie haben natürlich immer etwas vor, ewig spinnen sie ihre Intrigen, ohne die können sie, wie's scheint, nicht auskommen. Was sie aber eigentlich wollen, was sie im Schilde führen, was sie beabsichtigen – das habe ich nie begreifen können ... und will's auch nicht. Aber ich versichere Ihnen, lieber, guter Fürst, Ganja hat wirklich Herz! Er ist in vielen Dingen natürlich ein verlorener Mensch, aber in anderen Dingen hat er doch gewisse Züge, die zu entdecken sich wirklich lohnt, und ich werde es mir nie verzeihen, daß ich ihn früher nicht begriffen habe ... Ich weiß nicht, soll ich dort noch weiter verkehren, nach der Geschichte mit Warja? Ich habe mich wohl von Anfang an ganz unabhängig gestellt, aber man muß es sich doch noch überlegen.«

»Sie haben keine Ursache, Ihren Bruder zu bedauern«, bemerkte der Fürst. »Wenn es schon dazu gekommen ist, daß Lisaweta Prokofjewna Ihrer Schwester den Verkehr mit ihren Töchtern verboten

hat, so muß Gawrila Ardalionytsch in ihren Augen gefährlich geworden sein; folglich aber müssen sich doch einzelne seiner Hoffnungen bestätigen.«
»Wie, was für Hoffnungen?« fragte Kolja erstaunt. »Oder glauben Sie etwa, daß Aglaja Iwanowna ... das ist doch unmöglich!«
Der Fürst schwieg eine Weile.
»Sie sind ein furchtbarer Skeptiker, Fürst«, sagte Kolja endlich, nach vielleicht vollen zwei Minuten. »Es fällt mir auf, daß Sie seit einiger Zeit immer skeptischer werden; Sie fangen an, an nichts mehr zu glauben und alles zu vermuten ... Habe ich in diesem Fall das Wort ‚Skeptiker' richtig angewandt?«
»Ich glaube ja, doch übrigens – weiß ich es selbst nicht genau.«
»Nein, nein! – ich sage mich selbst vom ‚Skeptiker' los; denn ich habe eine andere Erklärung gefunden!« rief Kolja plötzlich laut auflachend, »Sie sind nicht skeptisch, sondern einfach eifersüchtig! Sie sind wegen eines gewissen stolzen Mädchens höllisch eifersüchtig auf Ganja!«
Kolja sprang auf und lachte, lachte so, wie er vielleicht noch nie im Leben gelacht hatte. Und als er sah, daß der Fürst plötzlich ganz rot geworden war, lachte er noch mehr. Ihm gefiel der Gedanke, daß der Fürst Aglajas wegen auf Ganja eifersüchtig sei, ganz ungeheuer. Aber er verstummte sofort, als er bemerkte, daß es dem Fürsten weh tat. Dann sprachen sie noch eine oder anderthalb Stunden sehr ernst und besorgt miteinander.
Am nächsten Tage mußte der Fürst in einer unaufschiebbaren Angelegenheit nach Petersburg fahren, wo er den ganzen Vormittag verblieb. Als er gegen fünf Uhr auf den Bahnhof kam, um nach Pawlowsk zurückzufahren, stieß er dort mit General Jepantschin zusammen. Dieser erschrak zuerst, ergriff dann schnell seine Hand, und nachdem er sich fast ängstlich umgeblickt, zog er ihn schnell mit sich in ein Coupé erster Klasse, um mit ihm zusammen zurückzufahren. Er brannte vor Verlangen, mit ihm über alle die wichtigen Ereignisse zu reden.
»Vor allen Dingen, mein lieber Fürst, sei mir nicht böse, und wenn meinerseits etwas nicht so war, wie es hätte sein sollen, so vergiß es. Ich wäre gestern gern zu dir gekommen, ich war aber nicht sicher, wie Lisaweta Prokofjewna es ... Bei mir zu Hause ist einfach ... die Hölle los! Eine rätselhafte Sphinx hat sich dort niedergelassen, und ich gehe umher und verstehe nichts. Was dich betrifft, so bist du meiner Meinung nach von uns allen am wenigsten an der Sache schuld, wenn auch nur durch dich allein fast alles gekommen ist. Sieh, mein lieber Fürst, Philanthrop zu sein, ist angenehm, aber an sich sehr schwer. Wirst vielleicht auch schon selbst in die Früchte gebissen haben. Ich, versteht sich, ich liebe Güte und achte Lisaweta Prokofjewna, aber ...«
Der General sprach noch lange in dieser Art, doch seine Sätze waren seltsam unzusammenhängend. Jedenfalls sah man es ihm an, daß er

durch etwas für ihn absolut Unbegreifliches vor den Kopf gestoßen und verwirrt, wenn nicht erschüttert war.
»Ich zweifle keinen Augenblick daran, daß du an diesem ganzen Zwischenfall nicht im geringsten beteiligt bist«, sprach er sich endlich etwas deutlicher aus; »aber ich bitte dich als Freund von ganzem Herzen: besuch uns vorläufig nicht, warte ab, bis sich der Wind gedreht hat. Und was Jewgenij Pawlowitsch betrifft«, fuhr er mit ungewöhnlichem Eifer fort, »so war das die sinnloseste Verleumdung, die man sich nur denken kann! Es liegt doch auf der Hand, daß einfach eine Intrige dahintersteckt! Die Absicht, uns mit ihm zu entzweien, schaut doch nur zu deutlich hervor! Sieh, Fürst, ich werde dir etwas ins Ohr sagen: zwischen uns und Jewgenij Pawlowitsch ist noch kein Wort gefallen, du weißt – du verstehst doch? Wir sind noch durch nichts gebunden – aber dieses Wort kann vielleicht bald gesprochen werden, vielleicht sogar sehr bald! Also galt es, das zu verhindern! Weshalb aber das, wozu, warum – das mag ein anderer wissen! Sie ist ja doch ein wunderbares Weib, aber ein *un–be–rechenbares* Weib! Ich fürchte mich vor ihr so, daß ich kaum noch schlafen kann. Und was für Pferde sie hat, was für einen Wagen! Das ist doch einfach schick, genau das, was der Franzose unter schick versteht! Und wer hat ihr das geschenkt? Bei Gott, ich habe gesündigt, noch vorgestern verdächtigte ich Jewgenij Pawlowitsch. Jetzt aber hat es sich herausgestellt, daß das ganz ausgeschlossen ist . . . Wenn es aber ausgeschlossen ist, was will sie dann eigentlich, weshalb kommt sie uns dann in den Weg, weshalb will sie dann die Sache aus dem Leim bringen? *Das, das* ist ja das Rätsel! Um Jewgenij Pawlowitsch zu behalten? Aber ich versichere dir, und hier hast du ein Kreuz, daß er mit ihr überhaupt nicht bekannt und die Wechselgeschichte nichts als ihre eigene Erfindung ist! Und mit welch einer Frechheit sie ihn noch öffentlich mit ‚du' anredet! Das ist ja eine reine Verschwörung! Es ist doch klar, daß man das Ganze nur mit Verachtung zurückweisen kann und die Hochachtung für Jewgenij Pawlowitsch verdoppeln muß. Das habe ich auch Lisaweta Prokofjewna gesagt. Doch jetzt werde ich dir meinen intimsten Gedanken mitteilen – was ich so bei mir selbst denke: ich bin fest *überzeugt*, daß sie das nur deshalb getan hat, um sich an mir persönlich zu rächen; du weißt doch, für das Frühere, obgleich ich mir doch ihr gegenüber nie etwas habe zuschulden kommen lassen! Ich erröte wirklich schon bei der bloßen Erinnerung daran. Jetzt, sieh, ist sie wieder aufgetaucht, und ich glaubte bereits, sie sei für immer verschwunden. Wo sitzt denn dieser Rogoshin eigentlich, sag mir doch wenigstens das! Ich glaubte, sie sei schon längst Madame Rogóshina!«
Mit einem Wort, man sah es dem Mann an, daß er tatsächlich durch dieses Ereignis wie aus dem Konzept gebracht war. Während der ganzen Fahrt sprach fast nur er allein; er stellte Fragen, die er selbst beantwortete, drückte dem Fürsten die Hand, und wenn er diesen

von etwas schließlich überzeugt hatte, so war es nur dies, daß er, der General, in bezug auf ihn, den Fürsten, nicht den geringsten Verdacht in irgendeiner, gleichviel welch einer Beziehung, ja, nicht einmal ein leises Ahnen von einem möglichen Verdacht hegte. Das aber war für den Fürsten von außerordentlicher Wichtigkeit. Zum Schluß erzählte er noch von einem leiblichen Onkel Jewgenij Pawlowitschs, der Chef irgendeiner Kanzlei war – »jedenfalls ein großes Tier, stark in den Siebzigern, viveur, Gastronom, überhaupt, wie gesagt, ein verlockender Greis ... haha! Wie ich weiß, hat er sich auch um Nastassja Filippownas Gunst bemüht. Ich war heute zu ihm hingefahren; leider ist er krank, empfängt nicht. Aber reich ist er, schwer reich, nicht ohne Einfluß und ... gebe Gott ihm langes Leben, aber wenn er stirbt, fällt sein ganzes Vermögen wiederum Jewgenij Pawlowitsch zu ... Ja, ja ... aber ich habe doch Angst! Ich weiß selbst nicht, was ich fürchte, aber ich fürchte mich ... Es muß etwas in der Luft sein, etwas Dunkles, wie eine Fledermaus ... irgendein Unheil ist in der Luft ... Ich fürchte mich, weiß Gott, ich fürchte mich wirklich! ...«

Und erst am dritten Tage, wie bereits oben erwähnt, erfolgte schließlich die formelle Aussöhnung der ganzen Familie Jepantschin mit dem Fürsten Lew Nikolajewitsch.

XII

Es war sieben Uhr nachmittags; der Fürst schickte sich an, in den Park zu gehen. Plötzlich erschien Lisaweta Prokofjewna ganz allein bei ihm auf der Veranda.

»*Erstens*: Daß du mir nicht zu denken wagst«, begann sie, »ich sei hergekommen, um dich um Verzeihung zu bitten. Unsinn! Du allein bist der Schuldige.«

Der Fürst schwieg.

»Bist du der Schuldige oder nicht?«

»In demselben Maße wie Sie. Übrigens bin weder ich es, noch sind Sie es. Wir sind beide in nichts bewußt die Schuldigen. Vor drei Tagen hielt ich mich allerdings für schuldig, doch jetzt habe ich nachgedacht und eingesehen, daß das nicht richtig ist.«

»Also *so* bist du! Nun gut; jetzt höre und setz dich, denn ich habe nicht die Absicht, noch lange so zu stehen.«

Sie setzten sich.

»*Zweitens*: Kein Wort über die Bengel. Ich werde hier sitzen und zehn Minuten mit dir sprechen; ich bin gekommen, um mich bei dir nach etwas zu erkundigen (du dachtest wohl schon weiß Gott was?), aber wenn du auch nur mit einer Silbe die frechen Bengel erwähnst, stehe ich auf und gehe, und dann ist es ein für allemal aus zwischen uns, damit du's weißt.«

»Gut, ich werde sie nicht erwähnen«, sagte der Fürst.

»Jetzt erlaube die Frage: Hast du vor zwei oder zweieinhalb Monaten, so um Ostern herum, an Aglaja einen Brief zu schreiben versucht?«

»J–j–ja.«

»Zu welchem Zweck? Was stand im Brief? Zeig ihn mir!«

Lisaweta Prokofjewnas Augen blitzten, sie zitterte beinahe vor Ungeduld.

»Ich habe den Brief nicht«, sagte der Fürst verwundert, und ihm ward entsetzlich bange zumut; »wenn er überhaupt noch existiert, so befindet er sich im Besitze Aglaja Iwanownas.«

»Mach keine Flausen! Was hast du in diesem Brief geschrieben?«

»Ich mache durchaus keine Flausen, und ich brauche mich vor nichts zu fürchten. Nur kann ich durchaus keinen Grund sehen, weshalb ich nicht hätte schreiben sollen ...«

»Schweig! Später kannst du reden. Was stand in dem Brief? Weshalb bist du rot geworden?«

Der Fürst dachte eine Weile nach.

»Ich kenne Ihre Gedanken nicht, Lisaweta Prokofjewna. Ich sehe nur, daß dieser Brief Ihnen sehr mißfällt. Sie werden aber doch ein-

sehen, daß ich mich sehr wohl weigern könnte, auf diese Frage zu antworten. Doch um Ihnen zu beweisen, daß ich nichts fürchte und durchaus nicht bereue, den Brief geschrieben zu haben, und auch keineswegs deshalb erröte« (der Fürst wurde fast noch einmal so rot), »werde ich Ihnen Wort für Wort den ganzen Brief hersagen – ich glaube, daß ich den Inhalt behalten habe.«
Und der Fürst sagte tatsächlich aus dem Gedächtnis den ganzen Wortlaut des Briefes her.
»Solch ein Blödsinn! Was soll denn das alles bedeuten, deiner Meinung nach?« fragte Lisaweta Prokofjewna schroff, nachdem sie ungeheuer aufmerksam die Wiedergabe des Briefes angehört hatte.
»Das weiß ich selbst nicht genau; ich weiß nur, daß ich gerade das empfand, was ich schrieb. Ich hatte dort bisweilen Augenblicke, in denen ich so voll Leben und voll ungeheurer Hoffnungen war . . .«
»Was waren denn das für Hoffnungen?«
»Das ist schwer zu erklären, jedenfalls aber nicht eine solche, wie Sie jetzt vielleicht annehmen. Eine Hoffnung . . . nun, mit einem Wort, Hoffnung auf die Zukunft und Freude darüber, daß ich in Rußland vielleicht kein Fremder bin, kein Ausländer. Es gefiel mir plötzlich ganz unsäglich in der Heimat. Und an einem sonnigen Morgen setzte ich mich hin und schrieb an sie diesen Brief; weshalb gerade an sie – das weiß ich nicht. Mitunter sehnt man sich doch nach einem Freund . . . so werde ich mich damals wohl auch nach einem Freunde gesehnt haben . . .«, fügte der Fürst nach kurzem Schweigen hinzu.
»Sag mal: bist du etwa in sie verliebt?«
»N–nein. Ich . . . ich habe an sie wie an meine Schwester geschrieben: ich unterschrieb mich ja auch ‚Ihr Bruder'.«
»Hmhm! Absichtlich; ich verstehe.«
»Es fällt mir sehr schwer, Ihnen auf diese Fragen zu antworten, Lisaweta Prokofjewna.«
»Ich weiß, daß es dir schwerfällt, aber was geht das mich an, ob es dir schwerfällt. Höre, sag mir die Wahrheit, antworte mir wie deinem Gott: lügst du mir da was vor oder lügst du nicht?«
»Ich lüge nicht.«
»Ist es wirklich wahr, daß du nicht verliebt bist?«
»Ich . . . glaube, daß es wahr ist.«
»Sieh mal an! – ‚ich glaube'! Der Bengel hat ihn übergeben?«
»Ich hatte Nikolai Ardalionytsch gebeten . . .«
»Der Bengel! Der Bengel!« unterbrach ihn Lisaweta Prokofjewna zornig. »Einen Nikolai Ardalionytsch kenne ich überhaupt nicht! Der Bengel heißt er!«
»Nikolai Ardalionytsch . . .«
»Der Bengel, sag ich dir!«
»Nein, er heißt nicht der Bengel, sondern Nikolai Ardalionytsch«, widersprach in festem Tone, wenn auch ziemlich leise, der Fürst.
»Nun gut, mein Täubchen, gut! Das werde ich dir nicht vergessen!«

Sie kämpfte ihre Erregung nieder und erholte sich ein Weilchen.
»Aber was ist das mit dem „armen Ritter"?«
»Das weiß ich nicht; davon habe ich keine Ahnung; wohl ein Scherz, denke ich.«
»Sehr angenehm, das plötzlich zu erfahren! Sollte sie es wirklich fertiggebracht haben, sich für dich zu interessieren? Hat dich doch selbst ‚Narr' und ‚Idiot' genannt.«
»Das hätten Sie mir auch nicht zu sagen brauchen«, bemerkte der Fürst vorwurfsvoll, wenn auch sehr leise.
»Sei nicht bös. Sie ist ein eigenwilliges, verrücktes, verzogenes Mädchen – liebt sie, so wird sie unbedingt vor den anderen über ihn herziehen und ihn verspotten; ich war genau so. Nur, bitte, triumphier deshalb noch nicht, mein Täubchen, noch ist sie nicht dein! Niemals werde ich das glauben! Ich sage dir das, damit du jetzt gleich deine Maßregeln ergreifen kannst. Hör mal. schwöre mir, daß du nicht mit *jener* verheiratet bist!«
»Lisaweta Prokofjewna! Was fällt Ihnen ein? Erbarmen Sie sich!« Der Fürst sprang fast vom Stuhl auf.
»Aber fast hättest du sie doch geheiratet?«
»Fast hätte ich sie geheiratet«, murmelte der Fürst, zu Boden blikkend, und er senkte den Kopf tiefer.
»Was, bist du dann etwa *in sie* verliebt, wenn es so ist? Bist du jetzt *ihretwegen* hergekommen? Wegen *jener*?«
»Ich bin nicht deshalb hergekommen, um zu heiraten«, antwortete der Fürst.
»Gibt es für dich etwas auf der Welt, was dir heilig ist?«
»Ja.«
»Schwöre mir, daß du nicht deshalb gekommen bist, um *jene* zu heiraten.«
»Ich schwöre es!«
»Ich glaube dir; komm, gib mir einen Kuß. So, endlich kann man freier aufatmen. Doch wisse: Aglaja liebt dich nicht, richte dich danach, und solange ich lebe, wird sie nicht die Deine werden! Hast du gehört?«
»Ja, ich habe gehört.«
Der Fürst errötete dermaßen, daß er Lisaweta Prokofjewna überhaupt nicht anzusehen wagte.
»Merk dir's. Ich habe dich wie die Vorsehung selbst erwartet – bist es natürlich nicht wert gewesen! Ich habe mein Kissen in jeder Nacht mit Tränen benetzt – nicht deinetwegen, mein Täubchen, beunruhige dich nicht, ich habe noch ein ganz anderes, mein eigenes Leid, ewig ein und dasselbe. Nein, da gab es einen anderen Grund, weshalb ich dich mit einer solchen Ungeduld erwartete: ich glaube immer noch, daß dich Gott der Herr selbst zu mir gesandt hat, als Freund und leiblichen Bruder. Ich habe doch keine Menschenseele außer der alten Bjelokonskaja, aber auch die ist jetzt fortgeflogen, und außerdem ist sie vor Alter auch noch dumm geworden. Jetzt

antworte mir einfach *ja* oder *nein*: Weißt du, weshalb sie an jenem Abend Jewgenij Pawlowitsch das zurief?«

»Ich gebe Ihnen mein Ehrenwort, daß ich weder daran irgendwie beteiligt war noch sonst etwas von ihren Beweggründen weiß.«

»Genug, ich glaube es dir. Jetzt denke ich auch anders darüber, aber gestern noch, gestern morgen noch beschuldigte ich in allem Jewgenij Pawlowitsch. Die ganzen ersten vierundzwanzig Stunden bis gestern morgen, den Vormittag noch mitgerechnet. Jetzt muß ich den anderen natürlich beistimmen: es liegt ja doch auf der Hand, daß man ihn hier aus irgendeinem Grunde und zu irgendeinem Zweck zum Narren gehabt hat. Das allein ist schon verdächtig! – und kann auch nichts Gutes verheißen! Aber Aglaja bekommt er doch nicht, das sage ich dir! Mag er hundertmal ein guter Mensch sein, aber dabei bleibt es. Früher war ich noch unschlüssig, aber jetzt steht es fest: ‚Legt mich zuerst in den Sarg und begrabt mich, dann könnt ihr sie verheiraten!' – das habe ich heute in kurzen Worten Iwan Fjodorowitsch erklärt. Siehst du jetzt, daß ich dir vertraue, siehst du es?«

»Ich sehe es und verstehe es.«

Lisaweta Prokofjewna blickte den Fürsten durchdringend an: vielleicht wollte sie gar zu gern erfahren, welch einen Eindruck diese Mitteilung betreffs Jewgenij Pawlowitsch auf ihn gemacht hatte.

»Von Gawrila Iwolgin weißt du nichts?«

»Das heißt ... ich weiß sehr vieles ...«

»Weißt du oder weißt du es noch nicht, daß er mit Aglaja korrespondiert?«

»Nein, davon wußte ich noch nichts!« Der Fürst war im ersten Augenblick sogar ein wenig zusammengezuckt. »Wie, Sie sagen, Gawrila Ardalionytsch korrespondiert mit Aglaja Iwanowna? Unmöglich!«

»Erst seit kurzem. Hier hat die Schwester ihm den ganzen Winter den Weg gebahnt, wie eine Ratte hat sie gearbeitet und genagt.«

»Ich glaube es nicht«, sagte der Fürst überzeugt nach kurzem Nachdenken, und seine Aufregung legte sich. »Wenn es wahr wäre, hätte ich es bestimmt erfahren.«

»Du glaubst wohl, daß er dann zu dir gekommen wäre, um an deiner Brust unter Tränen sein Herz auszuschütten! Du bist mir mal eine heilige Unschuld! Alle betrügen dich doch wie ... wie ... Und du schämst dich gar nicht, ihm dein Vertrauen zu schenken? Siehst du denn wirklich nicht, daß er dich wie einen dummen Jungen betrogen hat!«

»Ich weiß es, daß er mich bisweilen betrügt«, gab der Fürst wider Willen halblaut zu, »und er weiß, daß ich es weiß ...«, fügte er noch hinzu, sprach jedoch den Satz nicht zu Ende.

»Wissen, daß man betrogen wird, und dabei doch vertrauen! Das fehlte gerade noch! Übrigens, von dir war auch nichts anderes zu erwarten. Worüber wunderte ich mich noch? Großer Gott! Hat man jemals solch einen Menschen gesehen! Pfui! Aber weißt du

auch, daß dieser Ganjka oder diese Warjka sie mit Nastassja Filippowna in Beziehungen gebracht haben?«
»Wen?!« stieß der Fürst entsetzt hervor.
»Aglaja.«
»Das glaube ich nicht! Das kann nicht sein! Zu welchem Zweck denn eigentlich?«
Er sprang vom Stuhl auf.
»Auch ich glaube nicht daran, obwohl es Beweise dafür gibt. Sie ist doch ein eigenwilliges Mädchen, ein phantastisches Mädchen, ein verrücktes Mädchen! Und böse, böse, böse ist sie! Tausend Jahre werde ich behaupten, daß sie böse ist! Alle sind sie jetzt bei mir so, selbst diese Alexandra, diese begossene Henne, – aber die ist mir schon entwachsen. Aber auch ich glaube noch nicht daran! Vielleicht weil ich nicht glauben will«, fügte sie wie zu sich selbst hinzu. »Weshalb bist du nicht gekommen?« wandte sie sich plötzlich wieder an den Fürsten. »Weshalb bist du in diesen drei Tagen nicht zu uns gekommen?« wiederholte sie in höchster Ungeduld ihre Frage.
Der Fürst begann seine Gründe aufzuzählen, doch sie unterbrach ihn wieder.
»Alle halten sie dich für dumm und betrügen dich, daß man es nicht mit ansehen kann! Du bist gestern in der Stadt gewesen – ich könnte wetten, daß du diesen Spitzbuben auf den Knien gebeten hast, die zehntausend Rubel anzunehmen!«
»Durchaus nicht, ich habe nicht einmal daran gedacht. Ich habe ihn überhaupt nicht gesehen ... und außerdem ist er kein Spitzbube. Ich habe einen Brief von ihm erhalten.«
»Zeig ihn her!«
Der Fürst zog seine Brieftasche hervor, entnahm ihr den Brief und reichte ihn Lisaweta Prokofjewna, die folgendes las:
»Sehr geehrter Herr!
Ich habe in den Augen der Leute natürlich nicht das geringste Recht, Ehrgeiz zu besitzen. Nach deren Meinung bin ich viel zu gering dazu. Doch das ist die Meinung der Leute, nicht Ihre Meinung. Ich habe mich überzeugt, daß Sie, geehrter Herr, vielleicht besser sind als alle anderen. Ich teile nicht mehr Doktorenkos Ansicht; in diesem Punkte sind unsere Ansichten jetzt ganz verschieden. Ich werde nie auch nur eine Kopeke von Ihnen annehmen; aber Sie haben meiner Mutter geholfen, und so muß ich Ihnen dankbar sein, wenn auch nur aus Schwäche. Ich beurteile Sie jetzt anders und halte es für nötig, Sie davon zu benachrichtigen. Ich nehme an, daß es zwischen uns nach dem Vorgefallenen keinerlei Beziehungen mehr geben kann.
Antip Burdowskij.
P. S. Die an den zweihundertfünfzig Rubeln fehlende Summe wird Ihnen mit der Zeit sicher zurückgezahlt werden.«
»Solch ein Blödsinn!« sagte Lisaweta Prokofjewna verächtlich und warf den Brief auf den Tisch. »Nicht der Mühe wert, daß man's liest. Was lachst du?«

»Gestehen Sie es doch nur, daß es Ihnen sehr lieb war, diesen Brief zu lesen.«

»Was? Diesen von Eitelkeit durchtränkten Blödsinn? Ja, siehst du denn nicht, daß sie vor Stolz, Ehrgeiz und Ruhmsucht alle einfach den Verstand verloren haben?«

»Ja, aber er hat doch gewissermaßen um Entschuldigung gebeten, und das ist ihm um so schwerer gefallen, je größer sein Stolz und sein Ehrgeiz sind. Oh, was für ein kleines Kind Sie sind, Lisaweta Prokofjewna!«

»Wa ... du willst wohl eine Ohrfeige von mir haben?!«

»Nein, das will ich durchaus nicht. Ich sage es deshalb, weil Sie sich über den Brief freuen und Ihre Freude doch nicht eingestehen wollen. Weshalb schämen Sie sich Ihrer Gefühle? Und das ist doch bei Ihnen in allem so.«

»Daß du deinen Fuß jetzt nicht mehr über meine Schwelle setzt!« Die Generalin fuhr, bleich vor Zorn, vom Stuhle auf. »Daß du mir nie im Leben mehr unter die Augen kommst!«

»Aber nach drei Tagen werden Sie doch selbst kommen und mich zu sich zu rufen ... Nun, schämen Sie sich denn nicht? Das sind doch Ihre besten Gefühle, weshalb verleugnen Sie sie? Damit quälen Sie sich doch nur selbst.«

»Ich sterbe eher, als daß ich zu dir komme! Auch deinen Namen werde ich vergessen!! Hab' es schon!«

Und fast rasend vor Zorn wandte sie sich zur Treppe.

»Mir ist ja ohnehin verboten, Ihr Haus zu besuchen!« rief ihr der Fürst nach.

»Wa–as? Wer hat's dir verboten?«

Wie von einer Nadel gestochen, fuhr sie zusammen, und im Augenblick kehrte sie zurück.

Der Fürst war etwas unschlüssig: er fühlte, daß er sich unbedacht verraten hatte.

»Wer hat es dir verboten?« fuhr ihn Lisaweta Prokofjewna in höchster Empörung an.

»Aglaja Iwanowna ...«

»Wann? So sprich doch!«

»Heute morgen schickte sie mir einen Zettel; ich dürfe es nicht mehr wagen, bei Ihnen zu erscheinen.«

Lisaweta Prokofjewna stand wie erstarrt vor ihm, doch ihre Gedanken arbeiteten.

»Was hat sie geschickt? Durch wen? Den Bengel? Mündlich?« fuhr sie plötzlich wieder auf.

»Ich habe einen Zettel erhalten«, sagte der Fürst.

»Wie? Gib ihn her! Sofort!«

Der Fürst dachte einen Augenblick nach, zog aber dann doch aus seiner Westentasche ein gewöhnliches Stück Papier hervor, auf dem geschrieben stand:

»Fürst Lew Nikolajewitsch!

Wenn Sie nach allem, was geschehen ist, mich noch durch einen Besuch in unserem Hause in Erstaunen setzen sollten, so werden Sie mich, dessen können Sie sicher sein, nicht unter der Zahl der Erfreuten finden. Aglaja Jepantschina.«

Lisaweta Prokofjewna überlegte eine Weile. Plötzlich ergriff sie den Fürsten bei der Hand und zog ihn hinter sich her.

»Sofort! Du kommst jetzt sofort! Unverzüglich!« befahl sie in ungewöhnlicher Aufregung und Ungeduld.

»Aber Sie setzen mich doch den größten ...«

»Was? Wem setze ich dich aus? Du unschuldige Einfalt! Gott, das soll ein Mann sein! Nun werde ich selbst alles sehen, mit eigenen Augen ...«

»Aber meinen Hut lassen Sie mich doch wenigstens nehmen ...«

»Hier hast du deinen abscheulichen Hut, gehen wir! Nicht einmal eine Fasson hast du dir mit Geschmack aussuchen können! ... Das hat sie ... Das hat sie nach jenem Auftritt ... das hat sie in der ersten Wut ...«, murmelte Lisaweta Prokofjewna, den Fürsten, dessen Hand sie keinen Augenblick losließ, hinter sich herziehend. »Vorhin trat ich für dich ein, sagte laut, daß du ein Esel seist, weil du nicht kämst ... sonst hätte sie nicht diesen Zettel –! Wie sie als wohlerzogenes, kluges Mädchen überhaupt so etwas fertiggebracht hat! ... Hm!« fuhr sie in ihrem Gedankengang fort, »oder ... vielleicht ... vielleicht hat sie sich selbst darüber geärgert, daß er nicht kam, nur hat sie vergessen, daß man an einen Idioten so nicht schreiben darf; denn der nimmt es ja doch wörtlich, wie er es nun auch getan hat ... Was horchst du?« fuhr sie plötzlich zusammen, als sie gewahr wurde, daß sie ihre Gedanken immerhin hörbar ausgesprochen hatte. »Einen Narren braucht sie, gerade solch einen wie du einer bist; hat dich lange nicht gesehen, deshalb schreibt sie! Aber mich freut es, mich freut es, daß sie dich jetzt durch die Hechel ziehen wird, das freut mich! Gerade das hast du verdient! Geschieht dir recht. Und sie versteht es, oh, sie versteht es, das kannst du mir glauben!«

F. M. Dostojewski
Sämtliche Werke
in zehn Bänden

Revidierte Dünndruck-Ausgabe
Aus dem Russischen von E. K. Rahsin

Onkelchens Traum
Drei Romane. 989 Seiten. Leinen und Leder

Rodin Raskolnikoff
Schuld und Sühne. 764 Seiten. 61. Tsd. Leinen und Leder

Der Spieler
Späte Romane und Novellen. 800 Seiten. Leinen und Leder

Tagebuch eines Schriftstellers
666 Seiten. Leinen und Leder

Aus einem Totenhaus
Aufzeichnungen aus einem Totenhaus und drei Erzählungen
863 Seiten. Leinen und Leder

Die Dämonen
Roman. 1031 Seiten. 54. Tsd. Leinen und Leder

Der Idiot
Roman. 979 Seiten. 71. Tsd. Leinen und Leder

Der Jüngling
Roman. 892 Seiten. 42. Tsd. Leinen und Leder

Die Brüder Karamasoff
Roman in vier Teilen mit einem Epilog
1303 Seiten. 93. Tsd. Leinen und Leder

R. Piper & Co. Verlag München